SIX OIES CENDRÉES

Henri Coulonges est né en 1936. Son premier roman, *Les Rives de l'Irra-waddy*, a été publié en 1975. Traduite en douze langues, sa deuxième œuvre, *L'Adieu à la femme sauvage*, a obtenu en 1979 le Prix RTL et le Grand Prix du roman de l'Académie française. En 1983, il publie *A l'approche d'un soir du monde*, en 1986 *Les Frères moraves* (Prix des Quatre Jurys), en 1989 *La Lettre à Kirilenko* (Prix Chateaubriand), puis *La Marche hongroise* (1992) et *Passage de la comète* (1996).

Paru dans Le Livre de Poche :

A L'APPROCHE D'UN SOIR DU MONDE

L'ADIEU À LA FEMME SAUVAGE

LES FRÈRES MORAVES

LA LETTRE À KIRILENKO

LA MARCHE HONGROISE

PASSAGE DE LA COMÈTE

LES RIVES DE L'IRRAWADDY

HENRI COULONGES

Six oies cendrées

ROMAN

GRASSET

We had soared beneath these mountains
Unresting ages.

SHELLEY *(Prometheus unbound)*

Nous avions volé au flanc de ces montagnes
Durant des siècles jamais en repos.

(Trad. Louis Cazamian)

Prologue

« Vous conviendrez, dom Mauro, qu'à votre âge on ne pouvait tout de même plus vous laisser grimper seul sur ces escabeaux glissants et instables... dit le père prieur en évitant de regarder son interlocuteur.

— Mais quoi ? répliqua avec indignation le vieux bibliothécaire. Je vous semble soudain si podagre ? Si impotent ? Si diminué ?

— Vous oubliez que vous venez d'avoir quatre-vingts ans, père ! Vous pourriez glisser et vous rompre les os au pied de ces rayonnages... Personne ne vous entendrait.

— Et alors, dom Gaetano ? Il y a pire mausolée que des murs tapissés de livres ! Cela me permettrait peut-être de continuer à étudier, là-haut... »

Un mince sourire vint éclairer le visage du père prieur.

« Sachez que nous tenons à vous garder encore long-temps parmi nous, dom Mauro ! répliqua-t-il avec élan. Ce que je vous demande en revanche, ajouta-t-il à voix plus basse tout en s'approchant de lui, c'est de ne pas trop morigéner le jeune frère Corrado. Vous risquez de le décourager, si ce n'est pas déjà fait... Nous voulions juste que vous ayez à votre disposition un jeune novice qui puisse vous soulager des tâches les plus astreignantes. »

Le vieux religieux se retourna avec vivacité.

« A ma disposition ! répéta-t-il sur un ton d'irritation. Mais justement, je ne veux disposer de personne, dom Gaetano... La vérité c'est que le père abbé m'a imposé ce jeune vaurien. Je vous fiche mon billet que ce n'est pas de la bonne graine de bénédictin. Depuis qu'il est arrivé je ne me sens d'ailleurs plus chez moi à la bibliothèque. Peut-être suis-je devenu goutteux et dur d'oreille, mais il en profite et prend trop d'indépendance pour un novice. Trouvez-vous normal qu'il disparaisse de longues heures durant, puis revienne sans me donner de raison valable pour son absence ? Et que je le voie surgir soudain devant moi sur la pointe des pieds sans même l'avoir entendu ouvrir la porte, la mine chafouine, comme un comploteur ou un mari volage ? Il glisserait entre la colle et l'affiche s'il le pouvait. Un passe-muraille qui écouterait aux portes. Un jour j'en aurai une attaque. Avec ça, sans respect, sans manières, sans désir de s'attirer mes bonnes grâces, sans piété apparente, sans...

— Je vous trouve un peu injuste, dom Mauro, l'interrompit le père prieur d'un ton plus ferme. Pour ce qui est des manières, je vous accorde qu'il a encore des progrès à faire, mais il vient d'un milieu modeste et c'est à nous de l'éduquer en y mettant un peu de patience ! Vous savez bien qu'avec tout ce qui se passe nous avons beaucoup de mal à attirer des jeunes au monastère et à susciter des vocations, surtout pour devenir frère convers ! Le curé de San Sebastiano m'avait chaudement recommandé Corrado.

— Sans doute a-t-il voulu s'en débarrasser à bon compte...

10

— Oh, père, un peu de charité !

— ... Ou peut-être avait-il sur lui emprise ou autorité, mais ce n'est pas mon cas. Renvoyez-le donc au jardin, dom Gaetano, il paraît qu'on y manque de bras, et la charité n'y perdra rien.

— Vous n'ignorez pas que les réfugiés s'en occupent, du jardin ! Que mangeraient-ils, sans le jardin... Et nous-mêmes... »

« Le voilà qui revient, le voilà qui revient ! » clama soudain une voix à la fois grêle et perçante. Dom Gaetano sursauta.

« *Madonna santa...* Il était là ? chuchota-t-il à l'oreille de dom Mauro.

— Je vous l'avais bien dit, murmura ce dernier. Il revient toujours sans qu'on y prenne garde. Eh bien, au moins saura-t-il ce que je pense de lui. Mais nous aurions discuté des pressentiments de l'immortalité chez le père Malebranche qu'il nous aurait interrompus avec la même désinvolture. »

« C'est la voiture d'hier ! reprit la voix. Je crois bien que c'est une Horch ! Elle vient de passer à la hauteur de la Rocca Janula. »

Dom Gaetano se leva cette fois avec agacement et chercha des yeux l'interrupteur. Suivi par dom Mauro il s'avança alors entre les tables de lecture. L'imposante stature du père prieur contrastait avec la silhouette fluette et voûtée du bibliothécaire.

« Corrado, je ne te vois pas ! appela ce dernier. Où es-tu, d'abord ?

— J'suis là ! » lui fut-il répondu.

La voix provenait de l'une des embrasures des fenêtres.

« On dit : "Je suis ici, mon père", se récria dom Mauro. Ah, te voilà, sacripant. »

Le profil aigu du jeune novice se détachait à contre-jour sur la plaine déjà roussie par l'automne. La main en abat-jour, il scrutait la route en lacet qui grimpait vers l'abbaye et sa tonsure brillait au soleil.

« V' z'entendez ? » fit-il lorsqu'il vit le religieux.

Le bruit de moteur d'une puissante voiture recouvrit sa voix.

« On ne parle pas comme ça, Corrado ! lança dom Mauro avec exaspération. Occupe-toi plutôt de passer le plumeau sur les rayonnages et cesse de t'agiter pour rien !

— Pour rien ! Alors là je peux vous dire qu'y viennent pas pour rien avec une bagnole pareille ! Hier ils étaient déjà venus mais ils avaient fait demi-tour avant le poste de garde. »

Renonçant à lui faire une nouvelle remarque le prieur s'approcha à son tour de la fenêtre. Le bruit de la puissante limousine augmentait à chaque virage.

« Apparemment, cette fois ils continuent, constata dom Gaetano sans chercher à masquer son inquiétude.

— Un chauffeur devant et un officier derrière ; je vois d'ici ses épaulettes », précisa Corrado.

Le père prieur se retourna vers dom Mauro.

« Ça ne me dit rien de bon, grommela-t-il. Je vais prévenir le père abbé.

— Déranger dom Gregorio ? Mais à cette heure-ci il récite tierce dans sa cellule...

— Il y a un temps pour tout, comme dit l'Ecclésiaste », grommela dom Gaetano.

Coiffé non d'une arrogante casquette mais d'un simple calot, l'officier descendit de la limousine et, sa serviette de cuir sous le bras, salua avec aménité le petit groupe des religieux qui l'attendaient sur le seuil, paraissant écrasés par les hauts murs qui les dominaient.

« Oberstleutnant Schlegel », dit-il sans hausser la voix.

Dom Gregorio Diamare répondit d'un bref signe de tête et s'avança d'un pas contraint. Lorsque Schlegel se fut incliné devant lui, cherchant à baiser son anneau comme s'il était un prince de l'Eglise, il ne put s'empêcher d'esquisser un mouvement de recul pour prévenir son geste.

« Vous me voyez très honoré, monsieur l'archiabbé, d'accéder au périmètre sacré de la *Terra Sancta Benedicti* », dit néanmoins l'officier d'un ton à la fois affable et maniéré, comme s'il craignait soudain d'avoir commis un impair.

Décontenancé par ce comportement débonnaire et par le respect qui lui était ainsi prodigué, le père abbé demeura coi, au point qu'un lourd silence retomba sur les religieux. Soudain mal à l'aise, le nouvel arrivant paraissait attendre quelque manifestation de bienvenue qui ne se produisait pas. Dom Gaetano crut alors bon d'intervenir.

« Je suis dom Gaetano Fornari, le père prieur. Et voici le père bibliothécaire et archiviste dom Mauro Stroppa. »

Schlegel salua cette fois avec un peu de raideur.

« Nous n'avons pas reçu d'officier allemand dans nos murs depuis que le général von Senger était venu communier pour la messe de minuit, reprit dom Gaetano. Votre visite inopinée nous surprend donc et, pour tout dire, colonel... nous inquiète quelque peu. »

Schlegel hocha pensivement la tête puis fit quelques pas pour s'écarter de sa voiture. Il paraissait remuer les lèvres comme si, tel un acteur, il répétait son entrée en matière.

« La vérité, père, c'est que j'habite en Bavière non loin de la magnifique abbaye d'Ottobeuren dont je fréquentais assidûment la bibliothèque lorsque j'étais étudiant. J'y ai lu les philosophes et même les Pères de l'Eglise... Peut-être avais-je alors quelque idée derrière la tête... Toujours est-il que, bien que ma vie ait pris comme vous le voyez un tout autre cours, je suis demeuré un humaniste qui s'intéresse en particulier à l'histoire, à la doctrine et au rayonnement de votre ordre. C'est ainsi que je suis déjà venu me recueillir ici même au Mont-Cassin comme jeune marié, alors que l'abbaye était ouverte pour la Pentecôte... C'était en 1924 et 1925... On y accédait alors en téléphérique.

— Il a été détruit par les bombardements le mois dernier et nous manque bien, soupira dom Gaetano.

— Je me souviens même que, mon épouse et moi, nous étions demeurés plus d'une heure en contemplation devant la grande *Consécration* de Giordano qui est au-dessus du porche de la basilique. »

Il s'exprimait dans un italien parfait mais guttural, et donnait en effet l'impression d'avoir appris son texte par cœur ; pourtant le père abbé parut cette fois touché par cette limpide évocation conjugale.

« C'est l'œuvre la plus grandiose de ce peintre dont nous avons ici tant de chefs-d'œuvre. Si vous voulez la revoir... », proposa-t-il d'un ton plus aimable en lui faisant cette fois signe d'entrer.

Un bref cortège se forma alors derrière sa silhouette un peu voûtée. Dom Gaetano s'aperçut toutefois que dom Gregorio se dirigeait non pas vers l'église abbatiale mais vers son parloir particulier donnant sur le cloître d'entrée. Il s'effaça pour laisser passer l'officier. La pièce était étroite et lambrissée, et une austère table de chêne en occupait tout l'espace. Au mur était gravée en lettres gothiques la devise ORA ET LABORA. Le père abbé désigna un siège au colonel Schlegel et s'assit en face de lui, entouré de dom Mauro et de dom Gaetano. Il appuya sur une petite sonnette en cuivre et un frère convers apparut aussitôt, portant sur un plateau une tisanière et des tasses.

« Je crains de ne pas avoir grand-chose à vous offrir, dit-il. Bien sûr nous n'avons plus de café, ni d'orge. Il ne nous reste plus que le millepertuis du père Mauro, dit-il en se tournant vers son voisin de gauche, mais on peut ne pas l'apprécier.

— Il passe pour calmer l'anxiété et la tension, aussi l'ai-je mis en culture au jardin, expliqua le vieux religieux. Je dois admettre que c'est un peu âcre. »

Le colonel avala le brouet et ne put réprimer une grimace.

« Les bénédictins ont toujours eu une image de frugalité, dit-il en reposant sa tasse.

— Jamais ils ne l'ont autant méritée qu'aujourd'hui », confia le père abbé.

Le colonel s'apprêtait à reprendre son discours lorsqu'il se mit à le regarder avec une soudaine attention.

« Qu'ai-je donc dit de si extraordinaire ? demanda dom Gregorio.

— Ne vous dit-on jamais que vous ressemblez au

portrait du cardinal Albergati par Van Eyck ? demanda-t-il.

— Jamais, répondit le père abbé d'un ton surpris. Je ne connais d'ailleurs pas ce tableau. »

Schlegel prit un air contrit.

« Je n'aurais pas dû vous parler de ce cardinal.

— Et pourquoi donc, colonel ? demanda dom Gaetano avec une soudaine curiosité.

— C'était un père chartreux. »

Le visage de dom Gregorio Diamare s'éclaira enfin.

« Personne n'est parfait », répliqua-t-il.

La réflexion du père abbé parut détendre l'atmosphère. Il se pencha en travers de la table vers l'officier.

« Pour vous dire la vérité et vous expliquer la tension que vous éprouvez peut-être ici, il faut que vous sachiez que nous nous sentions encore récemment... à cause de la ferveur de nos prières... ou de notre situation au sommet de cette butte... planer au-dessus des désastres de la guerre et des querelles des hommes. Et voilà que cette sérénité vole en éclats...

— La vérité est que vous n'aimez pas voir la guerre vous rattraper ! dit Schlegel.

— Les pères s'inquiètent, colonel : *Quod finxere, timent*... comme l'écrit Lucain.

— Mais c'est déjà fait, monsieur l'archiabbé. Il ne s'agit plus de craintes improbables. Les événements vous ont rejoints ! J'entends d'ici des cris d'enfants. Je sais qu'à la suite du bombardement de la ville vous avez accueilli nombre de réfugiés. »

Dom Gregorio acquiesça.

« Nous ne pouvions pas ne pas ouvrir les portes à ces malheureux qui avaient tout perdu. Ils sont montés ici par familles entières dès le début des bombardements et nous les avons abrités dans les bâtiments du séminaire et du noviciat.

— Combien sont-ils ? »

16

Dom Gregorio eut un geste d'ignorance.

« Plusieurs centaines. Nous parvenons pour l'heure à les nourrir sur les réserves du couvent, mais elles s'épuisent et je crains qu'ils ne soient maintenant trop nombreux. Il y a en ce moment des cas de rixes, de déprédations... Disons que la situation devient préoccupante, et qu'il va nous falloir envisager avec leur accord une évacuation progressive. »

Il tapota doucement sur le coin de la table.

« J'ajoute que les Alliés sont au courant de cette situation. Ils savent aussi, dit-il en détachant ses mots, que nous n'abritons que des civils de la région. »

Schlegel hocha la tête.

« Savent-ils vraiment qu'aucune de nos unités n'est stationnée ici ? demanda-t-il avec une soudaine insistance.

— Nous l'avons fait savoir par l'intermédiaire du Vatican aux généraux Alexander et Clark, et de la façon la plus nette, répondit fermement le père abbé. L'état-major connaît même l'existence du poste de garde à mi-pente dont la fonction est d'empêcher vos troupes d'accéder au monastère...

— Ceci dit, les Alliés pourraient s'y méprendre tant vous fortifiez avec énergie la montagne aux alentours ! observa le père prieur. Depuis le début de ces travaux de fortifications, nous sommes fréquemment survolés par des avions d'observation américains.

— Et puis les réfugiés nous disent que le comportement de vos compatriotes a changé, renchérit le père abbé. Ce ne sont plus les mêmes Allemands. Ils n'ont plus l'amabilité de naguère...

— Mais comment voulez-vous que ce ne soit pas le cas ! s'exclama Schlegel. Ce qui a tout changé, c'est l'armistice et la chute de Badoglio ! En une nuit, l'Italie est devenue un pays occupé par ses anciens alliés ! »

Il se leva brusquement, fit quelques pas les mains derrière le dos, l'air soucieux, puis se laissa lourdement tomber sur son siège.

« C'est d'ailleurs cette situation nouvelle qui me donne bien des raisons de m'inquiéter pour cette abbaye à laquelle m'attachent — j'espère avoir été convaincant sur ce point — tant de liens précieux... »

A nouveau le silence se fit tout autour de la table. Sans mot dire il ouvrit sa serviette et en sortit une carte d'état-major qu'il déplia et étendit avec soin. Elle était zébrée de flèches et striée de traits inscrits au crayon gras. « Nous y voilà », pensa dom Gaetano.

« Voici donc la ligne de fortifications — la ligne Gustav — dont nous venons de parler, dit-il en suivant du doigt le trait le plus épais. La Ve armée américaine vient en effet de franchir le Volturno et je ne crois enfreindre aucun secret militaire en vous annonçant que lors d'une conférence d'état-major tenue récemment à Spolète notre commandant de division le général Conrath n'a pas fait mystère de sa volonté de résister coûte que coûte à toute percée sur cette ligne. »

D'un même mouvement anxieux dom Gregorio et dom Gaetano se penchèrent sur la carte.

« Mais votre ligne Gustav passe à l'endroit même où se trouve l'abbaye ! s'exclama le père abbé. On dirait qu'elle sépare comme un profond ravin le cloître du Bramante de celui des Bienfaiteurs !

— Exactement, dit Schlegel de son air placide, avant de préciser : c'est bien pourquoi je suis ici. »

Le père abbé se recula brusquement comme si entre le colonel et lui la longue et sévère table de chêne matérialisait soudain une frontière infranchissable.

« Je répète, colonel, et il me semble qu'il faut que cela soit clair pour les deux camps, dit-il d'un ton qui devint de plus en plus ferme à mesure qu'il parlait, que nous n'abritons que des civils, que nous ne représentons aucun danger militaire pour quiconque, et que nous souhaitons dans tous les cas stratégiques être mainte-

18

nus en dehors du champ des hostilités. Libre à vous d'inscrire des lignes sur la carte, mais il est hors de question que nous soyons intégrés au système de fortifications que vous édifiez. Après l'armistice que vous évoquiez, vos compatriotes ont eu l'adresse et la bienséance de ne jamais occuper ces murs. Nul doute que les Alliés, s'ils venaient à progresser, n'adoptent le même comportement. Chacun des belligérants sait parfaitement que nous ne sommes et ne serons jamais un objectif militaire. »

Le colonel eut une moue dubitative.

« Vous oubliez cet élément dont vous parliez et contre lequel vous ne pouvez rien, père : votre situation géographique au sommet de cette butte ! Une bataille décisive risque de faire bientôt rage au pied de ce haut lieu insigne de la chrétienté — dont le défaut, également insigne, est de dominer toute la région depuis le sommet de cette colline escarpée ! Vous représentez l'observatoire idéal dont aucun des belligérants ne pourra se passer. Les Alliés en particulier ne toléreront pas de ne pas avoir accès à un tel belvédère, et vous risquez de vous retrouver piégés au milieu du champ de bataille comme une brebis innocente entre deux hordes de loups. »

Il s'était exprimé de façon si vive et si alarmiste que dom Gregorio ne put s'empêcher de regarder vers la fenêtre, comme s'il entendait soudain dans la plaine la sourde rumeur des chars. Schlegel suivit son regard.

« Notre ligne de défense sur le Volturno vient d'être enfoncée et je crains qu'avant un mois vous n'observiez depuis ces fenêtres la percée de la Ve armée américaine vers cette vallée du Liri qui commande la route de Rome. La menace se précisant, j'ai pris sur moi de venir aussitôt vous en informer. Car je peux prévoir dès aujourd'hui ce qui risque de se passer : si j'en juge par la stratégie habituelle du général Clark, la tentative de percée sur la ligne Gustav qui s'édifie actuellement sera précédée d'une attaque aérienne de grande ampleur qui ne pourra pas être combattue par nos forces puisque, hélas, nous n'avons plus depuis longtemps la maîtrise du ciel... Tout le danger vient de là, car ce ne sera pas au septième jour que les murailles s'écrouleront, mais dès la première heure. »

En parlant il les avait fixés tour à tour, et le père prieur crut un instant qu'il allait prendre congé d'eux sur ces apocalyptiques prédictions, les laissant désemparés comme après le passage d'une tornade. Au lieu de cela il replia posément la carte, aspira lentement l'air confiné du parloir, le regard perdu comme si les effluves qui émanaient des lambris de chêne lui rappelaient d'anciens souvenirs de ses voyages d'étudiant.

« Colonel, répondit dom Gregorio d'une voix douce, nous nous sentons gratifiés de l'intérêt que vous portez à l'ordre et à son abbaye mais, à moins que vous ne ressentiez soudain une réelle vocation pour entrer chez nous qui me semblerait en l'occurrence quelque peu inattendue, je ne vois guère où vous voulez en venir. »

Etait-ce l'ironie que distillaient les lèvres minces de l'abbé, mais Schlegel esquissa pour la première fois un geste d'humeur.

« Pardonnez-moi de vous le rappeler, père, mais il n'est pire sourd que celui qui ne veut entendre. C'est l'intérêt même que je porte à cette abbaye qui me pousse en dépit des circonstances et des difficultés de tous ordres à vous mettre en garde contre ce qui risque de se produire, et vous accueillez mes paroles avec une ironie proche, vous me permettrez de vous le dire, de l'insouciance...

— Il n'en est rien, colonel, et les deux pères qui m'accompagnent pourront en témoigner, mais que voulez-vous que je fasse, sinon m'en remettre à la Providence ? Elle ne nous a jamais abandonnés. Depuis plus de douze siècles en avons-nous connu des catastrophes, des guerres, des incendies, des saccages, et même des tremblements de terre. Trois fois déjà l'abbaye fut détruite puis reconstruite... Mais j'ai cette fois le sentiment que vous exagérez les périls qui nous attendent : ne craignons pas des événements qui ne se produiront jamais. Jamais en effet les Alliés ne nous attaqueront ni ne nous bombarderont, car s'ils connaissent la place considérable du Mont-Cassin dans l'histoire de la chrétienté, ils savent aussi que cette place est inexistante dans les fortifications de la ligne Gustav. »

Le colonel haussa les épaules.

« Ont-elles hésité, ces bonnes âmes, à bombarder les églises de Palerme, Santa Chiara à Naples, Saint Laurent à Rome, la cathédrale de Bénévent et même en ville le palais épiscopal ? Sans une protection efficace, la *Cène* de Léonard de Vinci n'aurait-elle pas été complètement détruite ? Vous savez mieux que moi que l'abbaye contient des trésors inestimables réunis au cours des siècles par une succession d'abbés exceptionnels. Qu'adviendrait-il de ces reliques, de ces œuvres d'art, de ces milliers de livres précieux, s'il survenait une attaque ennemie ? Je vous assure qu'un mois n'est pas de trop pour envisager le pire et se préparer à l'éviter. Il faudrait... »

Il parut chercher un mot qui ne choquât point trop les religieux.

« Osons le mot... Un déménagement qui serait en fait un sauvetage. Il serait nécessaire que vous trouviez à tout le moins le courage... si le péril se précisait... d'envisager cette solution. »

Un lourd silence suivit sa proposition.

« Un déménagement, colonel ! Comme vous y allez ! finit par réagir le père prieur. Et avec quels moyens, Seigneur ? Nous n'avons aucun véhicule, pas même une automobile pour transporter à Cassino les frères infirmiers qui soignent les blessés en ville et perdent plusieurs heures chaque jour à faire l'aller et retour. Et même si nous en avions une ! Nous n'avons pas plus d'essence que nous n'avons de café !

— Mais j'ai tout cela, moi ! répliqua Schlegel de son ton à la fois affable et obstiné. Du moins pour l'instant. A titre de commandant d'un escadron de services dans une grande unité je dispose en effet d'un certain nombre de camions et de bons de carburant, et je suis venu les mettre à votre disposition pendant qu'il est encore temps, c'est-à-dire pendant que nous tenons encore la route de Rome. »

Le père abbé se pencha à nouveau vers lui.

« A supposer que le péril que vous évoquez ne soit pas exagéré, voire imaginaire, et que vous puissiez rassembler les moyens dont vous parlez, pensez-vous une seconde que nous lancerions sur des routes peu sûres, la nuit, sans protection, à la mauvaise saison, ces précieuses reliques qui n'ont jamais quitté ces saints lieux, ces remarquables ensembles d'incunables et de codex, ces centaines de tableaux et d'objets de valeur qui forment cet inestimable patrimoine rassemblé au cours des siècles pour la plus grande gloire de saint Benoît... Tout cela mal arrimé, mal classé, mal protégé... Vous conviendrez que cela n'a pas de sens, colonel. Imaginez la responsabilité que nous prendrions. Tous ces objets seraient exposés à des risques bien plus graves s'ils quittaient l'abbaye que s'ils y demeuraient... Si les circonstances devaient s'aggraver et si la situation l'exigeait, nous disposerions de toute façon de suffisamment de caves et de cryptes pour abriter les pièces les plus rares, ajouta-t-il d'une voix ferme, comme pour mieux conjurer l'avenir.

— Une seule bombe incendiaire et elles se transformeraient en autant de fournaises ! Tout se conjuguerait alors, le manque d'eau, les courants d'air dus aux ouvertures multiples, pour attiser l'incendie et transformer ces caves en d'affreux pièges, répliqua Schlegel.

— Bien. Peut-être avez-vous raison, peut-être

devons-nous imaginer, intervint le père prieur. Eh bien, imaginons le pire : le feu chez nous, et les tableaux sur les routes. Où irions-nous ? *Cras ingens iterabimus aequor ?* s'interrogeait Horace. Devons-nous naviguer sur la mer immense ? »

Schlegel se mit à rire.

« Non, père, car je n'ai pas de bateaux, simplement des camions et je ne vous emmènerai ni aux Etats-Unis ni en Angleterre ! Simplement au Vatican, et chaque chargement sera accompagné par un moine qui signera un bon de décharge. »

Le père abbé regarda avec stupeur dom Gaetano.

« Mon Dieu, mais il a déjà tout prévu, même le comportement de nos frères bénédictins ! Décidément il faut que je vous fasse présider un chapitre ! s'exclama-t-il, soudain facétieux. Et que pense donc votre général de cette généreuse proposition ?

— Il ne pense rien du tout : ma hiérarchie n'est nullement au courant de ma démarche. »

Les religieux se regardèrent.

« J'ai pris sur moi de venir depuis mon QG de Spolète parce que j'ai la conviction personnelle qu'il est temps d'agir », ajouta-t-il en détachant ses mots.

Dom Gregorio et dom Gaetano se chuchotèrent quelques mots à l'oreille. Le père prieur semblait presque soulagé.

« Il semble impossible que vous puissiez dissimuler à vos supérieurs une telle initiative ! s'exclama-t-il.

— Je crois avoir l'oreille du général Conrath, répondit l'officier avec l'assurance mêlée de modestie qui paraissait le caractériser. Je suis persuadé que si je lui faisais part de votre acceptation je pourrais obtenir son accord.

— Mais nous ne savons même pas le nom de votre unité ! dit le père prieur. Je remarque un écusson marqué H.G. sur votre vareuse...

— C'est l'insigne de la célèbre division Hermann

Goering qui se trouve actuellement au centre de notre dispositif. »

Les trois religieux échangèrent à nouveau des regards interloqués.

« C'est une plaisanterie, colonel, s'exclama le père abbé. Vous connaissez la réputation de votre protecteur ! Permettez-moi de vous dire que cela ne plaide pas en votre faveur et ne peut guère nous inspirer confiance.

— On sait bien où tout cela serait envoyé ! » renchérit la voix nasillarde de dom Mauro qui parut se réveiller à cette occasion d'un long silence réprobateur.

Le visage du lieutenant-colonel Schlegel s'empourpra.

« Mais vous ne pouvez pas dire cela alors que je propose moi-même de faire cette opération avec l'accord du Vatican,. et sous le contrôle des religieux ! »

Dom Gaetano prit à son tour la parole.

« De toute façon nous ne pouvons disposer de ce patrimoine, dit-il. Vous n'ignorez pas que depuis la loi sur les congrégations de 1866 il appartient en propre à l'Etat italien et nous ne pouvons donc en décider. »

Pour la première fois, Schlegel se départit de son calme.

« Mais, père, ne vous rendez-vous donc pas compte qu'il n'y a plus d'Etat italien ! Ne savez-vous donc pas, vous, dans votre empyrée, qu'après l'armistice du maréchal Badoglio, l'Italie est passée directement d'une dictature à une double occupation séparée par la ligne de front ? Avez-vous reçu dans ce parloir le surintendant des Beaux-Arts ? Connaissez-vous même son nom ? Cet excellent homme se rend-il compte de la menace qui rôde autour de ce haut lieu de la chrétienté ? Se soucie-t-il du péril mortel que court l'abbaye et tout ce qu'elle contient ? Nous avons peu de temps pour agir, et je vous offre toutes les garanties.

— Garanties, quelles garanties ? persifla dom Mauro. Garanties, oui, que tout cela va à l'encontre du bon sens

24

le plus évident ! Pour ce qui est des livres en tout cas, on me passera sur le corps plutôt que d'en sortir un seul de la bibliothèque ! »

Le père abbé parut soudain fatigué de la discussion.

« Ecoutez, reprit-il de sa voix un peu frêle et chevrotante, nous allons discuter de tout cela en chapitre. S'il s'avérait que ces menaces dussent se préciser, nous ne serions pas ainsi pris de court. »

Dom Mauro se dressa alors, tout rouge de colère.

« Je vous en prie, père, refusez, là, tout de suite et définitivement ! s'écria-t-il d'un ton pathétique. Refusons comme auraient refusé nos pères fondateurs ! Pensez aux précieuses reliques de saint Benoît et de sainte Scholastique qui n'ont jamais quitté ces lieux depuis quatorze siècles ! Il n'est nul besoin de chapitre pour donner la réponse qui va de soi ! Le colonel Schlegel est sûrement de bonne foi mais il est sans doute manipulé et... »

La voix de dom Mauro s'arrêta net. Une série de détonations sourdes venait de se faire entendre dans la vallée, suivie de cris de terreur et de pleurs provenant du bâtiment du séminaire qui abritait les réfugiés. Les trois religieux et l'officier quittèrent leur siège et se précipitèrent vers la fenêtre. Une colonne de fumée s'élevait lentement dans le ciel pâle.

« Je les vois, deux avions dans la direction de Cervario, regardez, ils se fondent dans l'ombre du Monte Trocchio ! s'écria dom Gaetano.

— Je les reconnais, ce sont les B-17 qui ont bombardé la ville », précisa Schlegel.

Les deux appareils volaient en effet lentement à faible altitude, semblant butiner au ras des oliviers comme de gros bourdons. A les voir suivre ainsi les courbes du terrain, ils semblaient à la recherche d'un objectif précis. Puis ils disparurent derrière une colline, et presque aussitôt retentirent deux nouvelles détonations. Schlegel revint vers la table et se pencha sur la carte déployée.

« C'est là qu'ils ont frappé : Alta, derrière la ligne Gustav. En visant nos arrières, ils veulent avant tout nous rappeler qu'ils ont la maîtrise de l'air... Cela confirme mes craintes, reprit-il d'une voix anxieuse.

— C'est à croire que c'est vous qui les avez envoyés dans le but de nous effrayer ! s'exclama dom Mauro en pointant son index sur Schlegel. Vous êtes le diable en personne, colonel ! »

Il ne put continuer et vacilla. Dom Gregorio et dom Gaetano accoururent pour le soutenir puis l'installèrent à nouveau dans son siège.

« Le père Mauro est fatigué par tout ce qui se passe, souffla le père abbé au colonel.

— Corrado ! appela le prieur en ouvrant la porte sur la galerie.

— Ah non, pas lui, vous voulez vraiment ma fin ! s'écria dom Mauro d'une voix faible. Donnez-moi plutôt le reste de la décoction, au moins ça, ça me fera du bien. »

Le vieux religieux prit à deux mains la tasse que lui tendait dom Gaetano et ses joues maigres reprirent en effet un peu de couleur.

« J'avais joint au millepertuis de la verveine et de la mandragore, ajouta-t-il d'une voix faible, les yeux mi-clos et la bouche entrouverte comme s'il était à la recherche d'une énergie qui lui faisait défaut. Oh, j'y pense, qu'adviendrait-il de mon jardin de simples, qui s'en occuperait si nous devions partir... Et puis qui apporterait des fleurs chaque jour au pied de la statue de notre sainte patronne... Qui ? répéta-t-il dans une sorte de plainte. Oh, père, rien qu'à imaginer ces lieux déserts je m'en vais déjà moi-même et...

— Ne craignez rien, dom Mauro, il n'en est nullement question », lui dit doucement le père abbé.

Schlegel regardait toujours vers la plaine, comme fas-

26

ciné par les colonnes de fumée qui semblaient se répondre l'une l'autre en funestes signaux. Le père abbé le rejoignit.

« Colonel, je vous sais gré d'être venu de si loin montrer tant d'intérêt pour notre monastère, et je souhaite que vous ne nous teniez pas rigueur de notre réticence devant les solutions... j'ose dire : extrêmes, que vous préconisez, mais que nous ne souhaitons pas envisager pour l'instant. Mais je ne veux pas que nous nous quittions sans que vous ayez revu la grande composition de Luca Giordano que vous admiriez jadis. »

Schlegel se retourna lentement.

« Je ne tiens pas à me dire que c'est la dernière fois que je la revois, dit-il. S'il s'agit bien d'une fin de non-recevoir, je préfère prendre dès maintenant congé de vous.

— Disons que j'ai décidé de nous laisser guider par la Providence, tenta d'expliquer dom Gregorio. Peut-être aussi par mon intuition. »

Schlegel se raidit.

« De toute façon... les conditions que je proposais ne se reproduiront sans doute plus, monsieur l'archiabbé. Nul doute que les camions dont je dispose actuellement ne soient réquisitionnés à brève échéance pour des tâches moins nobles. Il y avait vraiment là une occasion que vous devriez saisir. »

Sa déception paraissait telle que le père abbé le prit alors familièrement par le bras.

« Je ne doute pas une minute que vous ne soyez un homme de bonne foi, et même un homme de bien, lui dit-il d'une voix sourde.

— Ça n'aura pas suffi », murmura Schlegel.

Le père abbé le raccompagna lentement vers la sortie. Au moment où il passait devant dom Mauro, l'officier inclina brièvement sa tête.

« Vous semblez penser que c'est à cause de moi et de mon obstination si votre proposition n'est pas retenue, répliqua spontanément ce dernier. Mais c'est une réaction de bon sens, et les Pères de l'Eglise que vous admirez n'auraient pas réagi autrement...

— Je ne répondrai plus, dit Schlegel. *Curae leves loquuntur, ingentes stupent.*

— Marc Aurèle ? s'interrogea dom Mauro.

— Sénèque, père : "Légers, les soucis sont bavards, immenses ils se taisent." Je me tais donc. »

Dom Mauro eut une moue approbatrice, comme s'il appréciait la citation.

« Je tenais à vous dire néanmoins que je ne suis pas réfugié sur mon empyrée, répondit-il, mais que je me sens au contraire indestructible à me dresser ainsi sur ce socle de granit de l'Eglise — tels sont les termes de saint Anselme lorsqu'il parle de notre abbaye, en référence à une expression de Denys l'Aréopagite... »

Schlegel haussa les épaules.

« Quel choix ! Ses écrits ont été fabriqués au Vᵉ siècle par les néoplatoniciens ! C'est du moins ce que m'affirmait dom Federico Mansolt.

— J'ai bien connu dom Federico à Terracina, dit le prieur.

— C'est lui qui m'avait donné à lire les six tomes de l'*Historia Cassinensis* du père Diaz... dit Schlegel.

— Allez, colonel, dit dom Mauro dont l'attitude paraissait avoir changé. *Ne utile quidem est scire quid futurum sit, Miserum est enim nihil proficientem angi.* »

Schlegel eut un rire bref et parut se détendre quelque peu.

« "S'il n'est même pas utile de connaître l'avenir, c'est une misère de se tourmenter sans profit." Cicéron, n'est-ce pas ? *De natura deorum.*

— C'est exact, admit dom Mauro, je le sais d'autant mieux que c'est grâce à la transcription des moines de Mont-Cassin que ce traité n'a pas été perdu.

— Je pourrais répondre à la sentence de Cicéron : *Tum quoque cum pax est, trepidant formidine belli.*

— "Même quand c'est la paix, on tremble dans la crainte de la guerre", traduisit cette fois dom Mauro comme s'il se prêtait soudain au jeu. Je ne peux dire le contraire. Encore Sénèque ? Non, Sénèque serait plus original. César ? Ce serait malvenu.

— J'ai la crainte, moi, que ce ne soit d'Ovide, dans *Les Tristes*.

— Je n'en crois rien, répliqua dom Mauro, le visage à nouveau fermé.

— Le mieux est que vous alliez vérifier tous deux à la bibliothèque, proposa soudain le père abbé. Je voudrais que le colonel quitte ces lieux en ami, et que ce duel de lettrés ait au moins un vainqueur.

— Eh bien, *signor colonnello*, suivez-moi », grommela dom Mauro à l'intention de Schlegel sur un ton de précepteur maussade.

Ils traversèrent le cloître du prieur, descendirent un escalier et pénétrèrent alors dans la vaste salle de lecture. Aucun moine ne s'y trouvait, comme si étude et réflexion n'étaient plus de mise en ces temps troublés. Les rayons du soleil mouchetaient gaiement les tables et les lutrins, et des myriades de grains de poussière dansaient avec lenteur dans l'atmosphère saturée de fragrances de cire et de chêne de Hongrie, semblant déposer en poudre soyeuse et délicate un entêtant parfum sur les teintes mordorées des reliures. Fasciné, Schlegel s'immobilisa sur le seuil. Sous des frontons en bois sculpté, des inscriptions en lettres d'or couronnaient les rayonnages d'une frise ininterrompue qui brillait doucement au-dessus de ces strates de savoir accumulées depuis tant de siècles. *Theologi,* lut tout haut Schlegel avec une sorte de recueillement. *Philosophi. Jurisconsulti. Historici. Poeticae. Mathematici. Medici.*

« C'est le département que j'utilise le plus pour l'instant, remarqua dom Mauro. Nous avons certes un frère qui est un ancien médecin, mais il a beaucoup à faire en ville et lorsqu'il y a des problèmes ici en son absence je dois m'en tirer seul, avec mes grimoires et mes simples. »

Schlegel hocha la tête en avançant, puis avisa dans

un renfoncement de grandes armoires grillagées qui formaient une sorte d'alcôve.

« Ah, voici les codex... s'exclama-t-il tout en s'approchant. Je reconnais les mêmes armoires qu'à Ottobeuren. Et je constate qu'il vous reste les étuis en bois précieux qui les protégeaient... Certains même en or et ivoire, ajouta-t-il d'un ton admiratif. En Allemagne les codex ont souvent été reliés tardivement, ce qui fut une grave erreur. Oh, et voilà la célèbre *Historia Langobardorum.* C'est celle qui date de la fin du XIᵉ siècle, n'est-ce pas ?

— Oui, répondit dom Mauro, elle est l'œuvre de Paulus Diaconus, que l'empereur Charlemagne considérait comme l'une des sommités de son époque. Elle a été écrite ici même, dans l'ancien scriptorium. C'est d'ailleurs dans la même pièce que dès le Xᵉ siècle ont été transcrites les œuvres de Cicéron dont nous parlions, une partie de celles de Tacite, les *Dialogues* de Sénèque ainsi que ceux du pape Grégoire le Grand qui comportent la seule biographie connue de notre fondateur. »

Dom Mauro ouvrit une porte encastrée dans les lambris puis s'effaça devant Schlegel. Le scriptorium avait gardé son atmosphère studieuse et confinée, et le mur mitoyen était si épais qu'une petite gravure en décorait le passage. Attentif à chaque détail, le colonel l'examina. Elle représentait saint Benoît et sainte Scholastique sous un ciel d'encre zébré d'éclairs, devant un petit ermitage isolé sous les arbres. La barbe du saint et le voile de la sainte étaient agités par les tourbillons d'un vent violent.

« Vous paraissez avoir une vénération particulière pour la sainte, dit Schlegel en se retournant.

— Comme vous le savez ils étaient frère et sœur, enfants d'une famille de patriciens romains, mais lui refusait néanmoins qu'elle pût s'approcher de la communauté d'hommes qu'il venait de fonder, et il semble qu'elle souffrait beaucoup de sa solitude. Un jour qu'il

31

lui rendait visite dans son ermitage comme il le faisait deux fois l'an, prise d'une sorte de panique elle le supplia de rester. Comme il refusait, le Seigneur envoya le terrible orage ici représenté qui le contraignit à ne pas la quitter. »

Le vieil homme se voûta un peu plus et revint dans la salle de lecture.

« C'est cet accès de faiblesse qui me la rend si présente, et si touchante.

— Apparemment le Seigneur y fut sensible, conclut Schlegel.

— Elle y a gagné en tout cas une dévotion fidèle : cela fait soixante ans que je dispose des fleurs au pied de la statue, et que je récite tout· haut : *Veni columba mea, veni, coronaberis.* "Viens, ô ma colombe, et tu seras couronnée." »

Il regardait vers le plancher, comme s'il avouait là une coupable et secrète passion.

« Eh bien, j'espère que l'orage qu'elle avait alors suscité... Vous voyez ce que je veux dire...

— J'en suis certain, colonel... Elle saura écarter le péril de nos vieilles murailles. »

Schlegel soupira. Ils firent quelques pas en silence dans la vaste salle.

« Ne prenez pas mal ce que le père abbé, le père prieur et moi-même avons voulu vous dire tout à l'heure... reprit dom Mauro. La vraie raison de tout cela c'est que nous ne désirons pas que le frère et la sœur quittent ces saints lieux.

— J'espère qu'ils vous ont soufflé la bonne décision et que vous n'aurez pas à regretter ma proposition, maugréa le colonel. Oh, voici mon cher Ovide, dit-il en s'arrêtant devant le compartiment *Poeticae*. Quel grand poète élégiaque, n'est-ce pas... Je n'ai jamais compris pourquoi l'empereur Auguste l'avait exilé chez les Scythes.

— Sans doute une affaire de conspiration, suggéra dom Mauro.

— Quel désespoir dans sa voix, ensuite... Oh, vous avez l'édition de Bologne de 1471 !

— Nous avons également la vénitienne de 1503. Elle est peut-être plus facile à consulter. »

Schlegel grimpa avec agilité sur un escabeau et feuilleta l'in-octavo.

« Pour en finir avec notre petite controverse, ma citation de tout à l'heure est bien dans le chant III des *Tristes*. Tenez, lisez », dit-il en montrant le passage.

Dom Mauro vérifia.

« Vous avez raison », convint-il.

Lorsque le volume eut été remis en place, il le dévisagea.

« Félicitations, colonel. Je vous vois différemment désormais : un homme de livres et de savoir comme vous ne peut pas être mauvais. Mais il faudra un jour que vous m'expliquiez ce qui est arrivé à la grande Allemagne, celle de Kant, de Goethe et de saint Ulrich.

— En serai-je jamais capable, murmura Schlegel. Tant de périodes de doute, de... Ah, voici les Pères de l'Eglise, ajouta-t-il avec une excitation un peu forcée comme s'il était heureux de changer de sujet. *Origenis opera exegetica.*

— Origène n'était pas exactement un Père de l'Eglise, rectifia dom Mauro. Il lui manquait, selon le dogme, les vertus de sainteté et d'orthodoxie. »

Schlegel n'écoutait pas. Il s'était penché sur les lourds volumes.

« C'est cette fois l'édition de Rouen, n'est-ce pas ? L'édition Delarue a été imprimée par la suite, mais sans les notes, si je me souviens bien. »

Appuyé sur sa canne, dom Mauro le considéra cette fois avec incrédulité.

« Je n'ai guère de mérite, répondit Schlegel. Ces quatre in-folio se trouvaient dans le cabinet de mon oncle, qui était professeur d'histoire à Munich. L'édition qu'il consultait était bien plus tardive, je l'admets... Ah, voici maintenant ceux des Pères auxquels il ne manque aucune vertu : Basile de Césarée, saint Ambroise... »

Il s'avança dans les rayonnages. L'évocation de saint Ambroise avait paru définitivement lever la suspicion que dom Mauro avait à son endroit.

« Rendez-vous compte que les moines bénédictins ont écrit sa vie ici même, dans cette pièce... souffla-t-il comme s'il était encore ému à cette seule idée.

— Quel monument que les *Cinq Livres sur la foi* ! renchérit Schlegel. Oh, mais comme c'est étrange... »

Il s'était arrêté net. A son ton de surprise, dom Mauro s'approcha.

« Que se passe-t-il, colonel ?

— A côté de saint Ambroise, l'*Histoire naturelle des oiseaux de paradis et des toucans,* par M. Levaillant, Paris, 1801, lut-il tout haut. Que vient donc faire un ouvrage de naturaliste au milieu des Pères de l'Eglise ? »

Dom Mauro lui-même paraissait médusé.

« Je sais que la colombe peut aussi bien symboliser l'Esprit saint que votre émouvante patronne, reprit l'officier, mais je ne me hasarderai pas à faire de l'ornithologie une branche de la théologie...

— Je crois savoir qui a fait le coup », s'exclama dom Mauro d'une mine sévère.

Il se retourna.

« Corrado ! lança-t-il d'une voix courroucée. Où es-tu, espèce de *lazzarone,* montre-toi pour une fois que j'ai besoin de toi ! »

Personne ne répondit.

« C'est un jeune novice que l'on m'a donné pour m'aider, expliqua-t-il... Fichu cadeau... Ce n'est pas la première fois qu'il range des livres où cela lui chante ! »

Le voyant rouge de contrariété, Schlegel chercha à le calmer.

« L'apologétique et la théologie sont des disciplines austères pour un jeune homme, murmura-t-il. Ceci dit, j'étais moi-même adolescent lorsque j'ai commencé à m'intéresser à tout cela. »

D'un geste ample il avait désigné les rayonnages emplis de livres sur lesquels jouaient les rayons de soleil. Pour la première fois un sourire vint éclairer l'austère visage du vieux religieux.

« Encore une fois, je regrette de m'être montré si irritable et si... », commença-t-il.

Il ne put achever. Un nouveau fracas de déflagration l'interrompit, faisant violemment trembler les vitres. Puis il y eut, toute proche, une explosion plus forte encore que les précédentes, suivie d'un éclatement de verre brisé et de l'écroulement à grand fracas d'une partie des rayonnages supérieurs. Des centaines de volumes précieux vinrent s'écraser six mètres plus bas dans un crépitement de grêle, leurs reliures retournées par le choc dévoilant leurs garnitures intérieures comme de vieilles femmes détroussées. Puis le silence se réinstalla. Incrédule et muet, dom Mauro contemplait les dégâts. Ses mains tremblaient et son visage était aussi pâle que le tas informe des feuillets de vélin arrachés qui jonchaient le parquet. Puis il s'effondra sur un siège et demeura un instant prostré.

« Mon Dieu... Mon Dieu... murmura-t-il. Tous ces livres détériorés, tachés, saccagés. »

A grands pas dom Gregorio et dom Gaetano firent irruption dans la pièce.

« Vous n'êtes pas blessé, au moins ? s'inquiéta le père prieur en s'avançant vers son bibliothécaire.

— Jamais ça n'était tombé aussi près, s'inquiéta le père abbé. A croire que vous l'avez fait exprès, colonel. »

Schlegel avait ouvert une fenêtre et s'était penché pour juger des impacts. Une âcre odeur de fumée envahissait la vaste salle.

« Cette fois c'est la Rocca Janula qui a été atteinte, constata-t-il. Elle ressemble maintenant au palais de Ménélas dominant Sparte anéantie, dans le *Second Faust*. »

Il se retourna.

« J'appelle ça un coup de semonce, dit-il d'un air songeur.

— Heureusement que vous n'étiez pas sur une échelle, dom Mauro, vous auriez pu tomber, lança Corrado en surgissant de nulle part. Et alors dans quel état on vous aurait trouvé.

— Ah, te voilà enfin, garnement ! grommela le vieil homme. Viens me dire un peu ce que c'est que cette histoire d'oiseaux. »

PREMIÈRE PARTIE

1

29 novembre 1943

Il s'accroupit pour tenter de déchiffrer la plaque tombée au pied d'un immeuble dont la façade éventrée n'ouvrait plus que sur le vide. « Vico Pallonetto Santa Lucia », lut-il. La bombe était tombée là, à l'orée de la ruelle en pente, ne laissant aux habitants qu'un étroit passage entre les murs effondrés. Tout le carrefour avec la via Santa Lucia n'était plus qu'un champ de décombres au milieu duquel des enfants faméliques erraient à la recherche d'une subsistance devenue chaque jour plus rare et plus convoitée.

L'un d'eux le tira par la manche, et il le repoussa avec une brusquerie dont il se repentit et s'excusa en même temps. Maigres et sales, opérant en groupes braillards et gesticulants, ces enfants faisaient en effet régner autour d'eux une agitation si désordonnée, si bruyante, si imprévisible que les militaires qui quadrillaient le quartier les redoutaient et n'hésitaient pas à les repousser avec une brutalité bien supérieure à la sienne. Heureusement, quelques mètres plus loin, la vision d'un tramway renversé sur lequel on discernait encore l'indication MERGELLINA-MUNICIPIO détourna leur attention : ils le prirent d'assaut comme s'ils montaient à l'abordage d'une chaloupe échouée. Ce tramway lui rappelait la via Santa Lucia telle qu'il l'avait descendue en 1936 en compagnie de Livia, toute bruissante de vie et de gaieté insouciante alors que le soleil jouait avec les pimpants et naïfs reposoirs que l'on retrouvait alors à tous les carrefours, illuminés tels de mystérieux tabernacles.

Peu après surgit un massif camion-grue de la Peninsular Base Section qui tenta de dégager sans attendre la chaussée obstruée. Casqués, chaussés de guêtres et de rangers impeccables, les hommes du génie sautèrent du véhicule et chassèrent une fois de plus sans ménagement les enfants de leur repaire. Ceux-ci se regroupèrent néanmoins quelques pas plus haut et, soudain immobiles et silencieux, suivirent avec fascination les évolutions des G.I.'s, leurs gestes amples et précis, leur démarche chaloupée et les énergiques tapes qu'ils s'administrèrent sur l'épaule lorsque la grue eut redressé le tram et l'eut replacé sur ses rails. Comme pour se faire pardonner de leurs jeunes spectateurs ils s'approchèrent alors du petit groupe et lancèrent aux enfants des cigarettes et des bonbons, s'esclaffant à gros rires lorsqu'ils les virent se battre comme des chiffonniers pour les ramasser. Se détournant avec dégoût, Larry reprit sa marche vers le quai. Après le départ des sapeurs il n'y avait plus guère de soldats autour de lui et il se sentait dévisagé de toutes parts — avec commisération lui sembla-t-il, comme si les enfants errants comparaient son uniforme fatigué avec les treillis si seyants et si bien repassés des soldats américains. Les Napolitains ne regardaient que les G.I.'s depuis leur arrivée : si grands, si décontractés. C'était à se demander où pouvaient bien être passés ses copains de la VIIIe armée britannique — on ne leur avait certainement pas dévolu le meilleur territoire pour se faire connaître et acclamer. Mais au moins n'envoyaient-ils pas des bonbons à des gosses affamés pour les regarder se tabasser sous leurs yeux.

Un peu plus bas le charme gracile et juvénile d'une jeune coiffeuse de rue attira son regard, lui rappelant de façon fugace la métropole insouciante de jadis. Assise le buste droit derrière une table basse décorée comme les reposoirs de guirlandes et de verroteries, sa poitrine déjà affirmée sous des épaules malingres, elle ressemblait à une hiératique petite vestale à l'orée du sordide vico Pallonetto. Sur un napperon immaculé elle avait aligné avec soin un jeu complet de peignes et de brosses, trois petits flacons multicolores, et semblait prête à attendre des heures durant une pratique qui se dérobait. Des G.I.'s la regardaient pourtant de loin et, vaguement intimidés ou narquois, se demandaient sans doute de quel bois elle se chauffait ; son visage serein et indifférent demeurait à ce point sans expression qu'elle n'encourageait certes pas à lui faire des propositions malhonnêtes, et pourtant Larry avait l'impression qu'un rien aurait pu l'éclairer, la dérider, colorer son teint diaphane et lui donner un peu d'espoir. Un instant il songea à lui donner l'occasion d'échanger un sourire ou quelques mots, comme si ses fragiles outils et l'odeur astringente de ses lotions devenaient pour lui le symbole de la renaissance de cette ville épuisée. Sa propre timidité, la crainte du malentendu, la certitude que les *sciuscias* ne manqueraient pas de ricaner dans son dos l'en empêchèrent pourtant, et il ne chercha même pas à attirer son regard.

Comme pour l'assurer que cette renaissance aurait bien lieu, de la sombre ruelle s'échappa à cet instant le son d'un gramophone distillant le rythme allègre d'une *canzonetta*. Mais à peine avait-il eu le temps de s'en réjouir que le bruit d'une altercation vint recouvrir la joyeuse mélodie.

Il fit quelques pas pour juger du nouvel incident. Au carrefour une petite foule s'était amassée, l'empêchant de voir ce qui se passait. « Des militaires qui se battent ! » cria l'un des enfants en venant lui prendre la main comme s'il voulait l'entraîner. Larry regarda autour de lui. Agitée de remous, la petite foule masquait déjà la jeune coiffeuse à sa vue. Et pas un homme de la Military Police à l'horizon, alors que les échos de la rixe semblaient enfler comme un feu de brousse. « Fallait que ça tombe sur moi », pensa-t-il en s'approchant à contrecœur.

« *Wat's going on ?* » cria-t-il.

Devant son allure décidée et ses galons, les spectateurs agglutinés s'écartèrent avec empressement. Il put découvrir alors ce qui se passait. Pour une raison qu'il ignorait, un groupe de soldats italiens descendus du Monte di Dio — il pensa tout de suite à des déserteurs tant leurs uniformes étaient sales et dépenaillés — avaient coincé au long du mur une escouade de goumiers portant l'insigne du Corps expéditionnaire français et les abreuvaient de sarcasmes et d'injures, en présence d'une foule silencieuse et comme tétanisée par la violence verbale de cette agression dont elle ignorait le motif. A entendre le dialecte incompréhensible des assaillants, Larry pensa que c'étaient sans doute des Sardes ou des Calabrais en pleine débâcle qui cherchaient à rejoindre leur île ou leur province. Ils étaient armés de manches de pioche et s'en servaient avec une redoutable efficacité, faisant pleuvoir une grêle de coups sur les malheureux qui tentaient de se protéger en faisant des moulinets avec les lourds plis de leurs djellabas.

Au moment où il jouait des coudes pour franchir le dernier rideau de spectateurs il vit avec soulagement une jeep stopper net devant lui. Coiffé d'un casque moulant et chaussé de guêtres impeccables, un officier américain en descendit sans se presser. Sa silhouette brève était bien prise dans son blouson et son pantalon serré aux hanches, mais il aurait peut-être montré moins de nonchalance, pensa Larry, s'il n'avait été escorté de trois policiers militaires dont le plus frêle avait la carrure de Joe Louis. Jouant ostensiblement de leurs matraques vernissées, paraissant rêver d'en découdre sans plus attendre, ils entrèrent d'une démarche presque désinvolte dans la mêlée et, sans faire aucune distinction entre assaillants et victimes, déserteurs et soldats alliés, fondirent sur l'ensemble des belligérants. Il sembla même à Larry qu'ils s'en prenaient particulièrement aux goumiers qui purent ainsi, juste après les manches de pioche sardes, goûter aux matraques yankees. Devant une telle brutalité à laquelle il paraissait loin de s'attendre, l'officier américain esquissait un geste de protestation lorsque, dominant le tumulte et les injures proférées en divers langues et dialectes, une voix féminine s'éleva avec stridence.

« *Keep your hands off my men !* » lança-t-elle aux malabars.

Larry se retourna. Son calot juché avec superbe sur un opulent chignon de cheveux blonds, une vigoureuse auxiliaire portant elle aussi l'insigne du Corps expéditionnaire français fendait à son tour la foule avec détermination. La voyant s'avancer, deux des goumiers se précipitèrent vers elle.

« Ces saletés de Sardes ont piqué le bracelet de Driss, et maintenant c'est les Amerloques qui lui cassent la gueule ! » s'écria le plus proche avec indignation.

Le soldat qui avait perdu sa gourmette était en effet tombé à terre et deux des grands MP's s'acharnaient sur lui. L'officier américain s'efforça sans attendre de s'interposer.

« *Stop that ! Don't you recognize your friends when you see them ?* » s'écria-t-il à son tour.

Comme à regret ils reculèrent, et la jeune femme put alors s'approcher du soldat étendu. Une mince traînée de sang coulait au long de sa joue creuse. Avec une sollicitude presque maternelle elle s'agenouilla près du blessé, déroula le chèche ensanglanté qui entourait son front et s'en servit pour étancher la plaie avant de l'aider à se relever. Leur matraque remisée à la ceinture, les trois soldats semblaient soudain penauds et déconfits.

« Taper sur des alliés qui combattent avec vous depuis la Tunisie ! s'écria-t-elle en anglais d'un ton outré alors que sa poitrine se soulevait d'indignation. C'est une honte ! J'en référerai sans attendre à ma hiérarchie ! »

Larry vit de dos le jeune officier se voûter sous l'algarade, puis l'entendit bafouiller « *Sorry, Ma'am* » avant de poursuivre dans un français incertain : « *Pansements dans le jeep.* »

Sans lui répondre elle lui jeta un regard sans aménité puis se tourna vers les goumiers regroupés le long du mur comme des bêtes traquées.

« Allez, les enfants, on file au Foyer du soldat, lançat-elle d'une voix radoucie en leur montrant la direction des marches. On réglera ça là-bas. »

Sentant qu'ils n'étaient plus en force, les Sardes en avaient profité pour refluer à travers les spectateurs qui s'écartaient en silence devant eux, comme si ceux-ci avaient honte tout à la fois de leur comportement et de leurs uniformes en lambeaux. Au moment où elle quittait les lieux, la Française passa devant l'officier avec une dignité un peu hautaine, sans même le saluer. Larry observa à la dérobée son profil altier, ses hautes pommettes rosies d'émotion et s'aperçut alors qu'elle portait des galons de lieutenant. Lui emboîtant le pas ses hommes lui firent escorte, et leurs silhouettes sombres et farouches s'éloignèrent vers le quai. L'attroupement se dispersa aussitôt.

Paraissant tout déconcerté par l'incident le petit capitaine revint alors sur ses pas, manquant de peu de percuter Larry.

« Vous avez vu cette furie ! s'exclama ce dernier pour le réconforter.

— J'arrive en pleine bataille de rue entouré de ces armoires à glace, alors forcément ils cognent ! Ils sont payés pour ça ! lança l'Américain en suivant des yeux l'endroit où les Marocains avaient disparu. Mais vraiment je suis désolé pour ces pauvres gars.

— D'autant que ces types, on sera bien content de les avoir cet hiver avec toutes ces montagnes qui nous attendent sur la route de Rome. Je les ai vus à l'œuvre en Tunisie, et ce n'est sûrement pas le moment de les mépriser ! » renchérit Larry sans le regarder.

Comme si sa voix avait déclenché quelque lointain et improbable souvenir, il sentit que son interlocuteur le fixait soudain attentivement.

« Mais... Bon Dieu oui, mais c'est Larry ! s'exclama-t-il. Hein c'est toi, vieille chouette, je ne rêve pas ! »

Tout en parlant il retirait son casque, découvrant ses cheveux trempés de sueur.

« Ça par exemple, je ne te reconnaissais pas, s'exclama Larry avec stupeur. Je me disais pourtant que cette voix me rappelait quelque chose... Paul ! *Old chap !* reprit-il d'un ton ému. Je n'arrive pas à le croire. Tant de millions de combattants, sur tant de théâtres d'opérations, et voilà que je tombe sur toi ! Et puis... Trois galons, écoute, ça m'impressionne ! Ne me dis pas que tu commandes un escadron ! »

Le jeune officier paraissait encore tout abasourdi de ce qui venait de se passer.

« Oublie cet incident, dit Larry. Dis-toi que sans cet... esclandre on serait passés l'un à côté de l'autre sans même se voir. »

L'air incrédule, Paul secoua la tête.

« Bon, on va fêter ça, finit-il par répondre. On va prendre un petit marsala quelque part, c'est la seule chose qu'on puisse commander dans cette foutue ville. »

Il s'approcha alors de l'escorte qui l'attendait près de la jeep.

« Merci de m'avoir fait un brin de conduite, les gars,

mais j'ai rencontré un ami avec qui je vais continuer à pied. La prochaine fois, ajouta-t-il sur un ton embarrassé, tâchez quand même de reconnaître vos alliés avant de cogner...

— En tout cas si vous r'voyez la poule, cap'tain, j'espère que vous pourrez arranger les choses ! lança le chauffeur de son accent traînant. Elle avait plutôt l'air en pétard !

— Il y avait de quoi ! s'exclama Paul. Mais je ne la reverrai sans doute pas. Allez, salut, les gars. »

Ils le saluèrent puis, massifs et indifférents, embarquèrent d'un seul mouvement dans la jeep avant de démarrer en trombe. Paul les suivit des yeux comme ils tournaient sur le quai.

« Dis donc, c'étaient pas des tendres, les gars de ton escorte ! s'exclama Larry. Tu étais plutôt protégé !

— Tu plaisantes, j'étais à la gare de la Mergellina quand ces types m'ont proposé de me conduire au Palais Royal où j'ai mon bureau. J'ai accepté, et voilà ce qui arrive. »

Ils firent quelques pas en silence.

« Je suis sûr qu'elle va faire tout un foin, reprit-il en maugréant. Tu le savais, toi, que des Français avaient débarqué ici ? Après la branlée qu'ils ont pris en 40, quand même, elle en a eu du culot de se montrer si arrogante !

— Elle avait quelques raisons pour cela, non ? Allez, ajouta Larry avec un entrain un peu forcé en le prenant par le bras, tu auras sûrement l'occasion de la retrouver et de lui expliquer ce qui s'est passé ! Oublie cela et raccompagne-moi plutôt comme au bon vieux temps ! »

Paul se mit en marche, l'air boudeur.

« Tu peux paraître content de me retrouver, finit-il par dire d'un ton renfrogné, et tu ne vas pas manquer d'évoquer tous nos souvenirs à Oxford, mais quand même, t'es un drôle de lâcheur ! »

Larry sembla cette fois déconcerté par l'expression de son ami.

« Hein, pourquoi n'as-tu jamais donné de tes nouvelles ? insista Paul. Pourquoi avoir disparu si longtemps ? Ce n'est pas faute d'avoir essayé de te retrouver, tu sais !

— Je me doute... », murmura Larry.

Pendant quelques pas il marcha silencieux, le regard dirigé vers le sol, puis donna l'impression de se ressaisir.

« Pour l'instant, décidons où nous allons, reprit-il brusquement comme s'il voulait changer de sujet. Je te propose de passer à mon bureau piazza Vittoria, où on sera plus au calme pour bavarder...

— Comme tu veux, grommela le jeune Américain.

— Tu préfères que nous passions par Pizzofalcone ou par le quai ?

— Ecoute, j'ignore tout de cette ville, répliqua Paul d'une voix impatientée. Pour te dire la vérité, plus vite je l'aurai quittée, mieux je me porterai. J'ajoute que le fait de t'y avoir rencontré ne change pas grand-chose, ajouta-t-il avec un accent de rancœur.

— Tu es aimable, dis donc !

— Enfin, Larry, je te rappelle que l'on venait de passer trois ans ensemble, dans la même maison de surcroît ! On était comme Shelley et son inséparable ami... comment s'appelait-il déjà ?

— Hogg. Thomas Jefferson Hogg. Ils avaient tous les deux été renvoyés de l'université pour athéisme militant.

— Ça ne risquait pas de nous arriver ! remarqua Paul. Le nombre d'offices auxquels on était obligés d'assister, avec cette fichue chorale ! »

Il se retourna vers Larry.

« On ne s'était pas quittés brouillés, que je sache, ou alors tu me l'avais bien caché ! »

Larry haussa les épaules.

« Mais non, qu'est-ce que tu vas chercher ! »

Paul s'arrêta net. De loin les enfants les observaient, comme si la conversation animée de ces deux officiers valait soudain tous les jeux et tous les spectacles de la rue.

« La dernière image que je garde de toi, c'est celle de ton départ pour l'Italie, reprit-il après un silence. Je te revois à Radcliffe Square sous la pluie — cette bonne pluie d'Oxford qui me manque comme jamais — attendant l'autobus qui devait te conduire à l'aérodrome de Croydon. Je trouvais que tu avais une bien petite valise pour un si long voyage...

— Attends que je compte, reprit Larry après un silence. C'était en juillet 36. Plus de sept ans, bon Dieu !

— Sept ans de silence de ta part, renchérit Paul. Comme je te disais, j'ai à maintes reprises tenté d'avoir de tes nouvelles. En fait à ce moment-là je ne me suis pas réellement inquiété... Je pensais que j'allais te revoir assez vite, à tout le moins recevoir un mot de temps en temps. Je t'en fiche ! Trois ans ensemble, et puis plus rien. »

Larry hocha pensivement la tête.

« C'est peu après les vacances que je suis parti pour Boston, ajouta Paul. De là-bas je t'ai adressé des lettres aux numéros de boîte postale en Italie que tu m'avais donnés, mais elles m'ont toujours été retournées.

— Ces histoires de boîtes postales, ça ne fonctionne jamais, marmonna Larry.

— J'ai alors pensé que tu étais revenu à Oxford et je t'ai écrit à notre ancienne adresse. Sans plus de succès. »

Larry hocha pensivement la tête puis entraîna son ami vers une rue qui conduisait vers la mer. Devant eux une massive statue se détachait sur le vert translucide des eaux du golfe sillonnées de chalands et de bateaux de guerre.

« En tout cas je me souviens parfaitement que tu étais

48

parti sur les traces du poète Shelley en Italie, reprit Paul. T'étais dingue de Shelley à cette époque, non ? »

Larry eut un rire bref.

« Sur ce plan ça ne s'est guère arrangé.

— Tu avais l'intention d'écrire sa biographie... Tu l'as publiée ? Non, je l'aurais quand même su... »

Larry esquissa un geste las.

« C'est un travail de longue haleine et la guerre est venue tout arrêter... Et puis, et surtout... A chaque fois que j'ai cru le livre achevé j'ai découvert de nouveaux éléments pour le compléter, soupira-t-il. Ou au contraire pour mettre en doute ce que j'avais écrit. Avec Shelley rien n'est jamais certain, tout est toujours si instable, fragile, précaire... A l'image de la maison de la Riviera di Chiaia qu'il habitait à Naples et dont la façade est maintenant près de s'effondrer.

— Quoi, il était venu à Naples au cours de son voyage ?

— Que oui, dit Larry. C'est même ici, alors qu'il avait toutes les raisons d'être heureux, qu'il a écrit ses poèmes les plus désespérés et les plus poignants...

— Tu étais donc déjà venu ici lors de ton premier séjour ?

— Oui, en septembre 36. Je voulais comprendre pourquoi il y avait été si malheureux. Je pressentais un mystère dans sa vie, une blessure cachée et je m'étais transformé en enquêteur... J'ai découvert alors que cette crise avait pour origine la mystérieuse naissance d'un bébé de mère inconnue qui était mort quinze mois plus tard. A l'époque on m'avait interdit l'entrée de l'immeuble mais j'avais pu consulter aux Archives d'état civil les registres de naissance pour tenter de découvrir qui était la mère... C'est étrange que les circonstances me ramènent ici, reprit-il après un silence. Je pourrais presque reprendre mes recherches là où je les avais laissées. »

Paul hocha la tête.

« Je te retrouve comme à l'époque, lorsque tu préparais ton livre à l'Old Bodleian Library...

— Oh, tu te souviens, fit Larry d'un ton nostalgique, j'y avais annoté le journal de Mary Shelley. Je sens encore l'odeur des vieilles salles gothiques... »

Paul eut un geste vers les façades béantes des immeubles démolis.

« Je te signale quand même, au cas où tu ne t'en serais pas aperçu, que nous sommes en guerre et que tu risques d'avoir peu de temps désormais pour mener tes enquêtes personnelles !

— Ne crois pas ça », répliqua Larry d'un ton énigmatique.

Paul examina la vareuse de son ami, vierge de tout insigne de régiment.

« Alors là ! s'exclama-t-il. Je croyais être le seul homme libre ici. Quelle est donc l'unité miraculeuse qui te laisse tant d'indépendance ?

— Et toi, d'abord ?

— Oh, moi, je suis une unité à moi tout seul », répondit Paul de façon sibylline.

Larry fit la moue.

« Eh bien moi je t'aurais répondu il y a quelques semaines que j'appartenais au Royal Sussex, où l'on ne me laissait de latitude que celle d'obéir, ce qui m'allait au fond fort bien, finit-il par répondre d'un ton un peu ironique. Jusqu'à ce beau matin, en Cyrénaïque, où, alors qu'on avait mis la main sur un vieux film italien, un officier d'état-major de la VIIIe armée s'est aperçu que je riais avant l'arrivée des sous-titres. Deux jours après j'étais convoqué à l'état-major. On m'a dit qu'on avait besoin en Sicile d'officiers parlant couramment l'italien, et que je serais donc incorporé sans délai au Field Security Service — autant dire que je devenais flic. Quand je pense que c'était pour servir Shelley, qui était si libéral, que j'avais appris cette langue ! C'est

50

comme cela que je me suis retrouvé dès juillet à Palerme...

— Voilà ce que c'est que de vouloir aller au cinéma en plein désert ! s'exclama Paul.

— En attendant je commande les dix agents qui forment la 311e section du Field et je passe mon temps à pourchasser anciens fascistes, camorristes et trafiquants de tous bords. J'utilise pour cela les archives du consulat d'Allemagne dont nous avons hérité, les dossiers de la Sicurezza Pubblica et les lettres de dénonciation que je ne manque jamais de recevoir par dizaines chaque matin... Passionnant, comme tu vois ! Et encore, cela pourrait aller si je n'avais pas au-dessus de moi, telle une épée de Damoclès, le major Hawkins qui ne m'apprécie guère car il ne voit pas en moi un vrai policier ! Il est aussi méfiant à mon égard que pouvait l'être notre chère logeuse Angela Havercroft. Tu comprendras alors que j'aie envie de m'évader à nouveau vers la pure et cristalline poésie de Shelley, et de faire mieux connaître à un large public sa brève et fascinante existence ! Comment t'expliquer ? Au milieu de cet immense théâtre d'événements sur lesquels je n'ai aucune influence, obligé de faire des recherches fastidieuses sur un ramassis de canailles sous l'autorité d'un incapable, je me donne là à bon compte l'impression d'avoir mon petit théâtre à moi dans lequel je peux jouer le rôle que je souhaite : celui du narrateur. Comment te dire ? Je prends cela comme une sorte de protestation... voire de révolte... contre l'inanité de ce que l'on me fait faire. »

Paul sourit.

« Havercroft, tu te souviens ? Cette vieille chipie digne de Dickens.

— Toujours occupée à encaisser ses loyers prohibitifs ! Mais le pire je crois, c'était son clavecin désaccordé...

— Et ses fichus appareils de chauffage ! Ses *pennies*

qu'il fallait insérer toutes les deux heures pour ne pas mourir de froid ! Je me demande comment on a pu tenir toutes ces années... En tout cas, la chorale de Trinity College a perdu sa répétitrice de musique la plus incompétente.

— Elle est morte ?

— Je t'écrivais cela dans une de ces fameuses lettres qui me sont revenues... »

Larry ne réagit pas. Ils marchaient le long de la via Partenope et leur conversation était recouverte par le fracas des convois qui longeaient la mer à grande vitesse.

« Maintenant parle-moi de toi, dit Larry. A l'époque tu rêvais d'être Frank Lloyd Wright. »

Paul haussa les épaules.

« Tout cela pour aboutir dans une agence spécialisée dans le pastiche ! Oui, figure-toi que je construis des manoirs Tudor pour la riche clientèle de Boston... Au moins cela m'a permis d'entrer en contact avec le groupe de Harvard, sans lequel je ne serais pas ici.

— *What's that ?* Une société secrète ? »

Paul eut une mimique énigmatique.

« Presque. »

Larry le dévisagea.

« Faut croire que l'on t'a donné une mission importante, dis donc. Cela dit, j'ai le sentiment que toi et moi sommes tenus un peu à l'écart du terrain et de l'avancée des troupes. Ça ne m'étonne pas de nous, on n'a jamais été des foudres de guerre ! »

Paul hocha la tête.

« N'empêche que quand je te dirai ce que je fais, tu ne me croiras pas.

— Laisse-moi deviner. Agent secret ? Coordinateur des loisirs de l'état-major ? Ambassadeur *in partibus* ? Architecte du nouvel aéroport ? Chef jardinier du Palais de Caserte ? Miss Havercroft te demandait toujours de tailler ses rosiers ! »

Paul se mit à rire.

« Tout ce que je peux te dire pour l'instant, c'est qu'on pourrait s'entraider, comme au temps de la Sainte-Alliance-contre-Havercroft. »

Ils étaient parvenus piazza Vittoria. En dépit de la dureté des temps, la vaste place plantée de palmiers avait gardé dans la douce lumière du crépuscule un aspect luxuriant qui évoquait la Riviera et les lacs italiens.

« Regarde un peu mon palais, dit Larry. Il n'est pas aussi beau que le tien — il est bien connu que les Américains s'installent toujours dans les meilleurs endroits — mais il a quand même une petite allure patricienne, tu ne trouves pas ?

— Certes, convint Paul.

— C'était celui des princes de Satriano. J'occupe ce qui devait être la mansarde de l'une des chambrières. »

En dépit de sa façade délabrée et tavelée de traînées verdâtres comme si elle avait été recouverte d'un filet de camouflage, la longue bâtisse avait en effet une certaine allure. Passant sous la voûte devant des plantons indifférents, ils grimpèrent quatre à quatre l'escalier monumental où le tapis élimé démentait l'apparat suranné de la rampe et des lustres. Au bout d'un long corridor obscur du troisième étage, Larry s'effaça pour le laisser passer.

La petite pièce était sommairement meublée d'un bureau avec un téléphone de campagne, d'une table à tréteaux recouverte de piles de dossiers et de deux fauteuils pliants. A côté du téléphone, un cadre représentait un jeune homme en habit noir, auquel une chemise blanche à col largement ouvert donnait un air vaguement efféminé. Paul se pencha. Au-dessous était indiqué :

Il se retourna vivement sur Larry, paraissant soudain contrarié.

« Mais bon Dieu vous ne vous quittez donc jamais ! s'exclama-t-il. Franchement, tu sais, ça finit par m'inquiéter. Shelley par ici, Shelley par là... Ce désir de retrouver sa trace à Naples au détriment même de ton travail... Je finis par me demander si tu n'es pas ensorcelé...

— Il y a des moments où je m'interroge, répliqua Larry d'un air songeur. Figure-toi que jusqu'à la semaine dernière il y avait même une rose pour le fleurir... Je le lui dois bien, mais cela n'a pas eu l'air de plaire à Hawkins. J'ai lu dans ses yeux et senti à une ou deux réflexions que j'étais pour lui... comment te dire... une tante affirmée... Cela n'a pas amélioré mes relations avec lui.

— Je pourrais l'assurer du contraire et lui raconter ton affaire avec certaine petite serveuse du King's Arms, dit Paul en riant, mais quand même, Larry, cette... Comment dire, cette fascination presque obsessionnelle pour Shelley, depuis tant d'années... C'est grave, docteur ? En d'autres mots : qu'est-ce que tu lui trouves ? »

Larry eut un geste vague.

« Que te répondre, en dehors du fait que c'était l'un de nos plus grands poètes ? Il était hardi, sceptique, idéaliste... incompris... charmeur... De là à le fleurir, me diras-tu ! Mais je me dis que la calèche le transportant, lui et son gynécée, a dû passer des dizaines de fois sous mes fenêtres... Il a dû voir certains de ces arbres dont j'aperçois la cime derrière ma vitre... Je lui devais bien ce petit témoignage de reconnaissance !

— Son gynécée ? l'interrogea Paul.

— Il avait alors sous son toit sa femme Mary qui

54

avait déjà écrit à vingt ans le célèbre roman *Franken-stein*...

— J'ai vu le film. Je me souviens encore de la scène du moulin qui brûle.

— Il y avait aussi sa belle-sœur Claire Clairmont qui était sa maîtresse après avoir été celle de Byron dont elle avait d'ailleurs eu une fille, et enfin un personnage assez énigmatique auquel je me suis intéressé : la mystérieuse et, peut-on penser, séduisante gouvernante Elise Foggi.

— Dont il était aussi l'amant, j'imagine ?

— Justement, on n'*imagine* pas quand on écrit une biographie sérieuse comme je tente de le faire. En fait je le pense, mais rien ne me le prouve. »

Paul se pencha sur le portrait.

« Quelle santé, en attendant, pour un homme qui semble si transparent... trois en même temps ! Et tu ne sais pas qui est la mère du bébé dont tu parlais ? »

Larry le regarda.

« J'aimerais bien le savoir. Lors de mon dernier séjour je m'étais même rendu au Municipio pour vérifier la déclaration d'état civil. Le bébé s'appelait Elena et sous la mention : "parents", c'était le nom de Mary qui était inscrit avec celui de son époux. Mais je me souviens très bien, il y avait une faute d'orthographe dans l'énoncé du nom de sa femme.

— Je sens que c'est la gouvernante qui a fait le coup, lança Paul. Depuis que j'ai vu *Rebecca* juste avant de partir en Afrique du Nord, je me méfie des gouvernantes.

— Les autres ne pouvaient tout de même pas ignorer qu'elle était enceinte !

— Oh, tu sais, avec toutes ces jupes qu'elles portaient... »

La grésillante sonnette du téléphone vint les interrompre.

« Field Security Service, 311e section, lieutenant

Hewitt, répondit Larry. Ah. Oui... oui. Oh, écoutez, qu'ils jouent ce qu'ils savent jouer, moi je suis spécialiste de Shelley, pas de Beethoven, et on le sait bien que ce ne sera pas l'orchestre de la BBC ! Et puis non, j'y songe, pas de Beethoven : Hawkins dirait que c'est la musique de l'ennemi. Des cornemuses, en revanche ? Si vous voulez. Du jazz ? Pourquoi pas, à supposer que vous trouviez les instruments adéquats et... oh, vous savez, George, mon avis personnel compte peu, et mon oreille encore moins depuis que je me suis trouvé à côté d'une batterie en Tunisie... J'ai des bourdonnements. Enfin, l'important pour le major, c'est que le concert ait lieu le jour dit, et le jour dit, George, c'est le 16 décembre. »

Il raccrocha. Paul le regarda sans comprendre.

« En plus tu es *kapellmeister* maintenant ?

— Je ne peux pas tout te raconter en une heure de temps ! Figure-toi que Hawkins qui, au cours d'une insomnie, devait chercher une corvée de plus à m'imposer, m'a chargé d'organiser le gala de réouverture du prestigieux théâtre San Carlo. Cette responsabilité revenait paraît-il aux Britanniques, mais non pas le programme qui est préparé par l'ensemble des Alliés. Il laisse donc les unités se débrouiller comme elles peuvent. A mon avis ce sera le concert le plus singulier de toute l'histoire de ce théâtre.

— Enfin, pourquoi te plains-tu ? Ça te change un peu des trafiquants de marché noir et des galipettes de ton poète ! Et puis, après tout, si je me souviens bien, tu étais ténor dans le chœur de Trinity College.

— Une erreur de distribution manifeste, murmura Larry, et puis c'est vrai que j'ai des bourdonnements dans les oreilles depuis la campagne de Tunisie. »

Il se leva.

« Bon, reprit-il, en attendant c'est moi qui vais te faire travailler. J'aimerais avoir ton avis d'architecte sur la maison Shelley. L'immeuble mitoyen a été atteint par les bombes et je suis inquiet de l'état de solidité des murs. Il y a des fissures partout.

— On a déjà beaucoup marché, dit Paul sans manifester d'enthousiasme. C'est loin ?

— Je ne sais pas, moi... Dix minutes tout au plus.

— On pourrait faire ça une autre fois... On va avoir beaucoup d'occasions de se revoir...

— Paul, est-ce que tu te fiches de moi ?

— En plus, on ne va rien y voir avec la nuit qui tombe. »

Larry tapa violemment sur son bureau.

« Enfin, s'exclama-t-il, tu ne peux pas me faire ça ! On ne va pas se quitter là, pour repartir chacun de notre côté dans nos mess respectifs et entendre parler des dernières lettres de fiancées qui ne sont pas les nôtres ! »

A cette idée Paul capitula.

« Bon, je te suis », soupira-t-il.

Il faisait en effet nuit lorsqu'ils descendirent sur la place. Le black-out était encore en vigueur bien qu'il ne fût plus respecté aussi rigoureusement qu'auparavant, mais la lune s'était levée tôt et l'on y voyait assez bien. La déception de Paul fut grande lorsque lui apparut dans la clarté livide l'interminable perspective de la Riviera di Chiaia au long de la Villa Nazionale. Il s'était imaginé une suite ininterrompue de palais enchantés avec des terrasses à balustres descendant par degrés vers le parc, et il ne découvrait qu'une morne succession de façades austères et dégradées dont plusieurs s'étaient effondrées sous les bombes, comme si quelque tragique loterie avait seule décidé quels immeubles seraient dévastés et quels autres, à quelques mètres près, épargnés. A travers les hautes portes béantes il discernait les gouffres d'ombre des loggias écroulées, des cours ravagées et des escaliers à demi suspendus dans le vide au-dessus des décombres. Le parc lui aussi avait souffert. Derrière la grille qui le bordait, par endroits arrachée comme si des chars l'avaient enfoncée, de nombreuses statues dressaient vers le ciel leurs membres mutilés en des gestes pathétiques.

« Je savais bien que je n'aurais pas dû revenir, Larry ! murmura Paul. En fait le soir je ne devrais pas quitter mon lit. Par quelque côté que je prenne cette ville, elle me déprime et me rebute.

— Tu sais ce que disait Murat, quelques années seulement avant que mon poète n'arrive ici ? : "L'Europe finit à Naples, et elle ne finit pas très bien." »

Paul eut un petit rire désenchanté.

« Oh, cette ville devait être charmante, jadis... On n'est simplement pas tombés sur la bonne époque. Et peut-être est-ce après tout moi qui attire les incidents, comme cette rixe de tout à l'heure quand je me suis fait agresser par cette... cette harpie vociférante qui se prenait pour Jeanne d'Arc... »

Larry le vit serrer ses poings comme si l'incident de tout à l'heure gardait encore pour lui toute sa charge de contrariété.

« Oublie ça, dit-il. Tu ne la reverras sûrement pas.

— Et puis, reprit Paul, et ce doit être mon vieux côté protestant, mais depuis trois jours que je suis ici je ne vois partout que vol, vice, famine et agissements de gredins. Ce que j'observe autour de moi est sans doute inévitable à cause de la défaite, mais je ne parviens pas à me faire à ces enfants qui mendient, ces fillettes qui se prostituent, à ces femmes pâles et décharnées qui cherchent à vous attirer dans ces rues fétides et obstruées où l'on entend *Vuoi mangiare, Joe ? Vuoi un ricordo di Napoli, Joe ? Vuoi una bella signorina, Joe ?"* Et toutes ces brutes, c'est-à-dire nous, avec nos sordides comportements de vainqueurs, qui profitons de cet immense boxon à ciel ouvert pour quelques piécettes...

— Mais enfin, Paul, répliqua Larry, tu n'es plus en Nouvelle-Angleterre ! Ce n'est même plus la ville que j'ai connue il y a sept ans ! C'est une ville épuisée et affamée. Les gens sont prêts à tout pour manger, et il n'y a plus rien à manger. Tu n'imagines pas ce qu'ils ont vécu ! La faim, c'est la disparition de toute dignité ! Tu n'as pas tort quand tu me dis que Naples vaut sans doute mieux que ce que tu en as vu et retenu. Je me souviens que lors de ma première visite ses habitants s'étaient montrés vifs, généreux, chaleureux... Contrairement à ce que tu penses, ce n'est pas une ville de vaincus. Meurtrie, affamée, mais pas vaincue. Elle s'est libérée toute seule. Les enfants que tu vois maintenant comme des chats errants attaquaient en septembre les chars allemands avec des bidons enflammés. »

Ils marchèrent quelques instants sans mot dire le long de la perspective déserte. Les rails du tramway miroitaient doucement sous la lueur de la lune, semblant allonger presque à l'infini la chaussée défoncée.

« Le Victoria Embankment fait franchement gai, à côté », marmonna Paul.

Larry ne releva pas. Peu après il s'arrêtait devant une longue façade qui semblait quasi intacte à côté de l'immeuble voisin effondré.

« C'est donc là ? demanda Paul.

— Je me souviens de la première fois où je suis arrivé par le tram n° 3, répondit Larry d'une voix émue. Il y avait une plaque commémorative. »

Ils traversèrent la chaussée pour prendre un peu de recul et s'assirent au pied de la haute grille qui bordait le parc. Le numéro 250 était apparent au-dessus du porche. A peine visibles dans la pénombre, des lézardes sinueuses couraient tout au long de la façade comme si celle-ci se trouvait enserrée par un réseau de plantes grimpantes.

« Qu'en penses-tu ? demanda Larry.

— Ce qui est ennuyeux, c'est l'immeuble mitoyen... S'il s'écroule en effet, c'est tout le pâté de maisons qui risque de s'effondrer comme un château de cartes. »

Larry hocha la tête.

« De toute façon il faut étayer les murs, poursuivit Paul. Si c'est le cas, cela peut durer encore plusieurs mois. Pourquoi, il y a encore du monde là-dedans ?

— Je ne sais pas... Lors de mon premier voyage un

60

vieux ménage habitait au premier étage, et il se disait à Oxford qu'ils avaient gardé des documents laissés derrière eux par les Shelley. Mais ils n'avaient pas le téléphone et le portier était un cerbère intraitable. Je n'ai donc jamais pu entrer en contact avec eux.

— En ce qui concerne le portier, apparemment tu ne risques plus rien », dit Paul.

La porte de la loge battait en effet dans le vide et l'on entendait jusqu'ici le grincement plaintif des gonds.

« La maisonnée Shelley vivait sur les deux étages ?

— C'est vraisemblable, répondit Larry. Quoi qu'il en soit, l'immeuble semble maintenant inhabité. J'ai passé l'autre jour près d'une heure à observer les lieux et je n'ai vu âme qui vive.

— Ça devait être plus tôt dans la journée, murmura Paul. Là, les habitants semblent revenus...

— Pardon ?

— Tu ne vois rien ?

— Mais non ! s'exclama Larry.

— La fenêtre de gauche, au premier... Il me semble distinguer une vague lueur qui brille par intermittence...

— Ça doit être le reflet d'un phare lointain ou d'un bateau de guerre au large ! »

Paul avait placé ses mains en abat-jour.

« Tu as vu ? Elle réapparaît maintenant, mais sur la fenêtre du milieu. »

Il se retourna vers Larry.

« Ce n'est pas un reflet venant de l'extérieur, ça, bon sang ! C'est une bougie que l'on promène d'une pièce à l'autre.

— Une bougie ! Tu deviens aussi ensorcelé que moi, on dirait !

— Ça ne m'étonne pas que sa femme ait écrit *Frankenstein,* chuchota Paul. Regarde, maintenant ça bouge derrière le rideau. Bon Dieu, on se croirait encore dans le film.

« — Il y a même le son », ajouta Larry en lui serrant le bras.

Ils prêtèrent l'oreille. Résonnant sur le pavé dans le silence, le trot d'un cheval se faisait clairement entendre. Presque aussitôt, comme s'il arrivait directement de l'époque qu'ils venaient d'évoquer, se dessina le contour d'un fiacre tintinnabulant. Larry se sentit pâlir.

« Les voilà qui rentrent chez eux », lui souffla Paul à l'oreille.

Semblant lui donner raison, le fiacre s'était arrêté devant le porche. Son habitacle était orné de festons et de passementeries comme Larry en avait vu autrefois sur les photographies du début du siècle. Le cheval paraissait moins étique et plus vaillant que ceux que l'on voyait en ville depuis plusieurs jours. En dépit du couvre-feu le lanternon placé à côté du cocher brillait faiblement — sans doute pour que ce dernier puisse éviter les nids-de-poule et les débris divers qui jonchaient la chaussée. Tapis dans l'ombre ils purent discerner un personnage grand et maigre qui en descendait, habillé d'une redingote d'un autre âge. L'homme se retourna alors et aida galamment une gracieuse silhouette féminine à mettre à son tour pied à terre. Dans la mesure où le halo de la lanterne permettait de l'observer, elle semblait habillée d'une longue jupe que surmontait un justaucorps, et une capeline masquait partiellement son visage. Lui donnant le bras l'homme franchit alors le trottoir, puis ils disparurent dans l'ombre du porche tandis que le fiacre faisait demi-tour.

« Alors ça ! s'exclama Larry. C'est donc habité ! Ça veut dire que la bâtisse est en meilleur état à l'intérieur que je ne le craignais. »

Il avait l'air soulagé, comme s'il s'agissait du sort de sa propre habitation.

« Ils n'étaient pas un peu habillés comme ça, du

temps de ton grand homme ? » demanda Paul sur un ton ironique.

Larry haussa les épaules sans répondre. Il continuait à scruter les hautes fenêtres. Seule apparaissait, flottante et irréelle derrière la vitre comme un feu follet, la faible lueur de tout à l'heure.

« Ils doivent être maintenant arrivés à l'étage, dit Paul.

— Je devine vaguement une forme qui se découpe derrière le rideau...

— Cette fois, c'est moi qui ne vois plus rien !

— J'y vois pour deux, répondit Larry d'une voix étouffée. Et sur deux siècles à la fois : tu avais raison, c'est comme si je les voyais revenir... »

Le vent s'était maintenant levé et jouait dans les cimes des grands pins du parc. Paul frissonna.

« N'oublie quand même pas qu'on est en 1943, et non pas en 1818 ! s'exclama-t-il impatienté. On a assez fait le trottoir, peut-être que toi tu es envoûté, mais moi j'ai froid ! Allez, je t'arrache au maléfice de cette bâtisse branlante, rentrons maintenant dans nos somptueux palais. Désolé, ajouta-t-il d'un ton narquois, nous n'avons pas de carrosse pour nous ramener, ni même de fiacre. »

Il l'avait pris par le bras et l'entraînait. A regret Larry s'arracha à sa contemplation.

« Je ne sens plus mes pieds, sinon je serais bien resté là toute la nuit », murmura-t-il.

« Ce fiacre ! reprit-il après quelques pas en silence. Envoûté ou non, ne me dis pas que tu n'as pas eu l'impression d'avoir une vision...

— Peut-être étaient-ce les occupants du premier étage que tu n'avais pas pu rencontrer lors de ton premier séjour, s'interrogea Larry. Et ce n'était sûrement pas un ménage, en tout cas ! La fille semblait si jeune...

— En fait on l'a mal vue, et son visage était masqué par son chapeau. La seule chose certaine, c'est qu'elle semblait mince et élancée. Quant au déguisement il ne me surprend pas. As-tu remarqué qu'à l'approche de l'hiver, les gens ont sorti un peu n'importe quoi de leurs malles pour se prémunir contre le froid... cela fait quand même un bon moment qu'ils ne peuvent rien s'acheter ! Après tant d'épreuves, j'imagine qu'ils ont envie de retrouver quelques-uns des fastes anciens... On peut d'ailleurs dire la même chose au sujet du fiacre. En effet ce qui me frappe depuis que je suis à Naples, c'est que les autos y sont si rares et si recherchées que les véhicules les plus étranges sortent peu à peu des remises pour tenter de les remplacer. N'importe quoi pourvu que ça roule !

— Si je te racontais ce que j'ai vu dans les rues, renchérit Larry. Des calèches... des carrioles... un vieux phaéton et même un pédalo auquel on avait adapté des roues de bicyclette.

— Et moi l'autre jour, via Toledo, un corbillard heureusement rempli de gens bien vivants. »

Larry ne put réprimer un petit rire.

« Figure-toi que j'ai moi-même laissé dans un garage de Palerme une petite Fiat Topolino que j'avais gagnée au poker à bord du *Duchess of Bedford* qui me menait en Sicile. Je ne me rendais pas compte qu'il s'agissait d'un tel trésor ! »

Paul s'arrêta.

« Au poker ! s'exclama-t-il interloqué. Alors ça ! Tu me surprendras toujours. A Oxford tu n'as jamais touché à une carte ! Cela aurait été du whist, encore, un jeu que ton poète favori pouvait connaître, je comprendrais... Mais toi, jouer au poker ! Apparemment ça t'a quand même porté chance », ajouta-t-il.

Larry fit la moue.

« Je n'en suis pas si sûr, car si cette auto m'a en effet servi à Palerme, elle a aussi fait bien des envieux, à commencer par Hawkins à qui on n'avait alloué qu'une poussive motocyclette... Mes ennuis avec lui ont commencé là. Mais qui c'est, ces types ? » s'exclama-t-il soudain.

Venant de Piedigrotta une jeep avait brusquement surgi à leur hauteur dans un chœur de chants avinés. Le conducteur freina avec un crissement strident de pneus et s'immobilisa devant eux. A son bord quatre G.I.'s hilares les dévisageaient de façon effrontée. C'était un jeune sergent qui conduisait. Paul les regarda à son tour et n'en crut pas ses yeux.

« Mais qu'est-ce que... Qu'est-ce que c'est que ça ? s'écria-t-il d'un ton sévère en s'avançant vers eux. Vous vous croyez encore à l'époque du carnaval ? »

Aux montants du pare-brise étaient attachés, telles de baroques et dérisoires gargouilles, deux singes empaillés qui se faisaient face et semblaient s'entretenir avec le conducteur. A l'arrière c'était pire encore : entre les deux soldats qui chantaient se dressait le cou pelé d'une autruche dont les yeux vitreux semblaient scruter loin devant elle les lointains brumeux de la piazza Vittoria.

« Pardon ? répondit le chauffeur d'une voix incertaine.

— Où avez-vous piqué ça ? demanda Paul en désignant les animaux. Et d'abord, quelle est votre unité, sergent ?

— Notre unité, elle t'emmerde », répondit le gradé.

Paul sortit sa lampe réglementaire et la braqua sur le blouson du sous-officier pour noter son identité.

« Je répète la question, sergent Bannister. Quelle est votre unité ?

— La 135e qui te chie sur la gueule, répondit le jeune chauffeur de sa voix pâteuse. De la 34e division qui te chie aussi sur la gueule.

— Je suis le capitaine Prescott, sergent, rétorqua Paul sans perdre son calme. Que vous soyez gradé ajoute encore à votre responsabilité, et je crains que vous n'ayez à vous en expliquer.

— Je t'emmerde, capitaine de mes deux. Bill, démarre, j'le supporte plus, c'planqué. »

Larry avait contourné sans bruit le véhicule. Revolver dégainé, il surgit à côté du chauffeur.

« Police militaire britannique, mains en l'air, on descend, et tout de suite, sans quoi je tire dans les pneus. »

Il avait un tout autre ton de voix que Paul, et le sergent le remarqua aussitôt.

« Les gars, on est attaqués ! s'écria-t-il. On va pas se laisser faire par un rosbif qui se croit encore au Bengale ! La 135e te... »

D'un geste rapide qui stupéfia son ami par sa soudaine et brutale violence, Larry écrasa la crosse de son revolver au creux du foie du jeune chauffeur. Celui-ci se plia en deux, puis s'affaissa sur le volant sans un mot. De la bave coulait sur son menton et il se mit à geindre spasmodiquement.

« Comme tu y vas ! s'exclama Paul. Tu me reprochais tout à l'heure la brutalité de mon escorte, et tu fais pareil alors que...

— Shelley, mon vieux, l'interrompit Larry. Peut-être un peu le vin qu'on a bu mais surtout Shelley que j'imite une fois de plus. Un jour qu'il était en compagnie de Byron il s'était colleté avec des carabiniers, et tous deux s'étaient retrouvés en prison, non sans quelques horions ! »

Paraissant lentement se dégriser, les trois autres soldats écoutèrent en silence cette page agitée des relations anglo-piémontaises.

« Alors ? répéta Paul. Où avez-vous piqué ça ? Vous me répondez vite, sans quoi j'appelle les MP's qui, à ce que j'ai pu juger tout à l'heure, risquent d'avoir encore moins de patience que nous. »

Un silence suivit, troublé de grognements graveleux, puis l'un des deux soldats qui étaient derrière se racla la gorge. Paul sentit que c'était du quatuor celui qui était le plus en état de répondre.

« Où avez-vous trouvé ces animaux ? lui demanda-t-il en s'efforçant une nouvelle fois de ne pas crier.

— Là-haut dans une grande bâtisse, bredouilla le soldat en désignant la direction de la via Toledo, là où y a des palmiers dans la cour.

— Me dites pas que c'est la collection de zoologie de l'université ! Semblerait, nom de Dieu.

— Je vois des étiquettes accrochées aux pattes des singes, remarqua Larry. Numéros 1604 et 1605. Ça doit être le mâle et la femelle, si tu veux bien vérifier.

— On est pas les seuls ! dit le soldat. Y a d'autres copains qui se baladent avec... j'l'ai vu... une girafe tout ce qu'y a d'empaillée... y se sont même mis à quatre pour la porter, pas vrai, sergent ?

— Tu vas la fermer, oui ? » éructa le gradé.

Paul se retourna vers Larry.

« C'était pas à la Mergellina que j'aurais dû être, c'était là-bas », laissa-t-il échapper d'un ton consterné.

Indifférents à son mécontentement les soldats s'étaient mis à chanter d'une voix éraillée quelque chose qui ressemblait vaguement à *Funiculi-Funicula.* Larry se retourna vers Paul.

« C'est pas le tout, que fait-on maintenant de ces pochards ? » demanda-t-il d'une voix impatiente.

La réponse leur fut apportée dans l'instant par un command-car qui stoppa net à leur hauteur sans qu'ils l'aient entendu arriver.

« Qu'est-ce qui se passe ? » cria une voix péremptoire venue du véhicule.

Larry crut un instant que c'était une patrouille ordinaire de la police militaire mais vit à sa surprise qu'un major en tenue de combat s'approchait d'eux à grands pas. Le sergent prit les devants.

« J'vous reconnais, major, dit-il d'un ton geignard.

Voilà qu'on peut même pas s'amuser le seul jour où on a campos... »

L'officier salua Paul d'un geste sec et hautain.

« Carlsen, commandant en second du 135ᵉ régiment de la 34ᵉ division. Mes hommes sont en permission pour la journée et je cherche actuellement à les regrouper.

— Eh bien, major, vous aurez du mal ! lança Paul d'un ton ironique.

— Que leur reprochez-vous, capitaine ? demanda le commandant en second d'un ton acerbe.

— Ils en font de belles, répliqua Paul en montrant les animaux alignés le long de la grille. Qu'ils soient bourrés comme des canons, le gradé tout le premier, et injurient les officiers qu'ils croisent, c'est une chose qui ne peut intéresser que les MP's à qui je ferai mon rapport. Mais que, pour s'amuser, ils pillent le département de zoologie de l'université de Naples, *cela* c'est hélas de mon ressort.

— Le département de quoi ? répliqua le major avec suffisance. De zoologie, dites-vous ? Mais vous vous foutez de moi, mon vieux ! De quoi vous mêlez-vous, d'abord ? Je vous dis que mes garçons sont de sortie pour quelques heures. Ils le méritent, non, ils n'en ont pas assez bavé, peut-être ? Ils peuvent prendre un peu de bon temps, que diable, sans qu'on se dresse sur ses ergots pour venir les emmerder ! »

Cette allusion à sa petite taille parut à Paul souverainement déplacée.

« Navré, major, répliqua-t-il d'un ton froid, mais ce que vous appelez du bon temps, je l'appelle, moi, vol et déprédation, et je ne peux que déférer ces hommes à la police militaire qui jugera s'il y a matière à sanction. »

L'officier le prit de haut.

« Qu'est-ce que c'est que cette plaisanterie ? Après six mois de campagne, ils ont bien le droit de...

— Tout dévaster sur leur passage ? Sûrement pas.

68

— Dévaster, dévaster, c'est vite dit. C'est pas le sac de Rome, hein. Et vous, montrez-moi donc votre ordre de mission, capitaine. »

Paul lui tendit sa carte. Une torche à la main l'officier la plaça sur le capot de son véhicule et l'examina longuement comme s'il n'en croyait pas ses yeux. « *Commission américaine pour la protection et le sauvetage du patrimoine artistique et des monuments historiques dans les zones de guerre* », lut-il tout haut. Faut le dire vite pour ne pas rigoler, hein, ajouta-t-il en levant la tête.

— Vous pouvez dire pour aller plus vite : Commission Roberts. Elle est dirigée par un juge de la Cour suprême. »

Le major s'était replongé dans le document.

« Et après, c'est le bouquet : "Capitaine Prescott, Officier des Monuments." Officier des Monuments ! Pincez-moi si je rêve, je n'avais jamais rien vu de pareil ! On piétine depuis un mois devant les lignes allemandes et on se préoccupe des vieilles pierres ! »

Il regarda soudain Paul comme si son nom lui rappelait quelque chose.

« C'est donc vous, l'homme invisible arrivé il y a une semaine et dont tout le monde plaisante dans les cantines des Ve et VIIIe armées ? Eh bien, si c'est à ça que vous servez, retrouver des autruches empaillées, vous allez entendre parler de moi à l'état-major, capitaine Prescott ! »

Paul fronça les sourcils.

« C'est en effet un aspect de ma mission que de prévenir et sanctionner les dégradations sur les objets d'art et monuments historiques, répondit-il de sa voix monocorde. Et là, c'est bien le cas, major : vos hommes ont été pris en flagrant délit.

— Tu peux ajouter que tu as un témoin », dit Larry.

Le major explosa.

« Objets d'art, cette autruche et ces macaques pelés !

Non mais regardez-les ! Ah ça, j'aurai tout vu ! L'arrivée de tutus roses sur le champ de bataille, maintenant, le petit doigt en l'air, pour nous expliquer ce qu'on doit faire !

— Je rendrai compte auprès de ma hiérarchie de vos remarques déplacées qui aggravent votre cas, répliqua Paul d'un ton pincé. Je vous rappelle pourtant que la directive concernant notre mission est signée du général Eisenhower. »

Comme si cette suprême caution l'avait agacé plus encore, le major se retourna brusquement vers ses hommes qui attendaient, penauds, dans la jeep.

« Eh bien qu'attendez-vous donc, bande de crétins ? Rendez donc votre ménagerie au gardien du zoo et filez ! » s'écria-t-il d'un ton furieux.

Ce fut plus que n'en put supporter Paul. Brusquement il agrippa l'officier à son blouson.

« Vous retirez immédiatement les mots "gardien de zoo", ou je fais un rapport gratiné auprès des autorités. »

Le major Carlsen haussa les épaules.

« Pourquoi pas le conseil de guerre ! Mais, mon pauvre gars, je me serai fait déquiller bien avant que votre foutu rapport soit écrit ! »

Il avait un timbre de voix si sombre et si fataliste que, brusquement conscient de l'absurdité de la situation, Paul le lâcha. Semblant soudain dessoûlés, les soldats montèrent dans la jeep sans qu'il fît rien pour les arrêter. Sans un mot ni un geste à leur égard le major regagna à son tour son command-car, et le convoi démarra aussitôt avant de disparaître au coin de la piazza Vittoria. Paul et Larry se regardèrent.

« J'ai noté le numéro des deux véhicules, si tu veux faire ton rapport », dit Larry.

Paul se retourna. Dans la nuit il semblait frêle et presque désarmé.

« Inutile, vieux, je ne suis pas de taille à lutter. Je

vais te dire, je n'en ai même pas l'envie. Ils ont sûrement mis cette galerie de zoologie à sac, mais c'est vrai que ce n'est pas marrant, ce qui les attend.

— Quand même, ce type t'injurie alors que tu ne faisais que ton travail... Le plaisant de l'affaire, ajouta-t-il après un silence, c'est que j'ai enfin compris ce que tu faisais ! »

Paul hocha la tête.

« Ma mission ! s'exclama-t-il d'un ton un peu désenchanté. Elle recouvre tant de choses, ma mission, et si mal définies... Non seulement je m'occupe de la protection des monuments, mais je dois aussi tenter de retrouver la localisation des nombreux *ricoveri,* tu sais, ces refuges disséminés un peu partout où ont été cachés toutes sortes d'objets d'art afin de les soustraire aux pillages. Du coup je me retrouve avec tout le monde contre moi, et d'abord les administrateurs des *Belli Arti* qui me refusent toute aide et tout renseignement car ils s'imaginent que je vais comme un vulgaire Goering envoyer outre-Atlantique des cargaisons entières de chefs-d'œuvre. Quant aux autorités militaires... eh bien, tu as pu te faire à l'instant une petite idée !

— Enfin, Paul, ce major n'était qu'un soudard ! Tu ne te fais tout de même pas traiter à chaque fois de danseuse en tutu !

— Non, et le type qui ferait cela ne le dirait pas deux fois, mais sans aller jusque-là, dès que je tente de les sensibiliser à la protection des églises, des temples antiques, des monuments, je ressens — en particulier chez les aviateurs — une réelle incompréhension, quand ce n'est pas une hostilité agressive, comme si je n'étais qu'un intrus chargé par l'état-major de les surveiller, de les brider et de les empêcher de faire leur boulot. A Palerme — et cela bien que j'aie l'appui d'Ike et de son chef d'état-major — Patton nous a sorti d'un ton goguenard, au commandant Hammond et à moi : "Mes amis, nous on fait la guerre et on ne veut donc rien qui puisse limiter nos possibilités tactiques. Tant pis pour la casse, après tout les ritals l'ont bien cherché."

— Au moins, cette histoire d'animaux volés ne va pas manquer de faire le tour des cantines, et cela fera connaître ta volonté de te faire respecter !

— A quoi bon si je n'arrive à aucun résultat ! Et comment veux-tu que j'en obtienne, alors que j'arrive ici sans cartes, sans documentation autre que le Baedeker, et que les archives et les catalogues de musée semblent tous avoir brûlé ou disparu ! Je trouve le Musée National transformé en entrepôt de matériel médical, j'apprends qu'il y a eu des déprédations à Pompéi et qu'une statue d'Eros du IIe siècle se promène sexe au vent dans toutes les cantines ! Tu ne me croiras pas, mais je ne sais même pas où sont les tableaux de la pinacothèque de Naples, l'une des plus riches d'Italie avec ses Titiens et ses Bruegels ! On me dit qu'ils sont au monastère de Montevergine — j'arrive à Montevergine et un moine m'interdit l'entrée et fait semblant de ne pas comprendre mon italien, qui ne vaut pas le tien mais qui n'est pas si mauvais que ça ! Et tout est comme cela... Tu veux un autre exemple ? Depuis quelques jours je suis inquiet quant au sort de la vénérable abbaye bénédictine du Mont-Cassin, qui regorge de trésors inestimables et qui, depuis la percée de la Ve armée sur le Volturno, risque de se retrouver en plein milieu de la ligne de défense allemande. Je cherche donc une documentation sur l'abbaye, des photos, des listes d'inventaire me renseignant sur ce qu'elle contient et abrite afin de les communiquer à l'état-major. Mais rien ! Nulle part ! J'ai fini par trouver un plan du monastère chez un bouquiniste de la via San Biagio dei Librai, que j'ai payé de mes propres deniers, heureusement pas au prix fort. Et je suis seul pour mener tout cela. Songe que mon homologue britannique avec qui je devais travailler à Naples n'est même pas encore nommé !

— Si ça avait pu être moi, s'exclama Larry comme s'il exhalait un cri du cœur. Je crois vraiment qu'on aurait pu former une bonne équipe tous les deux... »

Paul fit quelques pas le long de la clôture du parc, l'air pensif.

« C'est vrai au fond que tu pourrais m'apporter beaucoup, dit-il en se retournant. Tu parles la langue, tu connais et apprécies une ville qui m'est, à moi, et je ne te le cache pas, si impénétrable et incompréhensible... Je suis certain que toi tu en connais les arcanes, les réseaux, que tu sais en repérer les malfaiteurs et les trafiquants...

— Ce n'est pas ce qui manque par ici, mais je ne m'appuie pour l'instant que sur les lettres et les informations qui me parviennent, et malgré leur nombre ce n'est pas suffisant. Ce qu'il nous faudrait afin d'en savoir davantage sur ce qui se passe ici, c'est tout simplement un bon indic, mais pour en attirer un qui soit efficace, il faudrait que nous puissions mettre en commun nos modestes moyens... Paul, tu reçois quelques subsides, j'imagine ?

— Très modestes car je n'émarge à aucun budget régulier. Mason Hammond m'a simplement promis qu'il m'enverrait chaque mois de Sicile quelques centaines de lires...

— Tu n'es pas si isolé, alors ! Et qui est ce Hammond ?

— Celui grâce à qui je me trouve ici. Pour faire bref, il était mon professeur de lettres à Harvard au moment où je terminais mes études et il m'avait alors introduit dans un groupe de professeurs et d'historiens d'art qui sous sa houlette se préoccupaient de ces affaires de protection des monuments historiques en période de guerre. Je venais d'écrire à leur demande un rapport sur leurs travaux lorsque fin mai, alors que Mason avait juste pris la tête de la commission dont ce butor ânonnait tout à l'heure le nom, il m'a été demandé de le rejoindre sans tarder en Sicile. J'étais alors en Afrique et mon changement d'affectation s'est fait en quelques heures... Ensuite, devant le bilan catastrophique des bombardements à Palerme, Milan, Rome et ici même à Naples, j'y ai été dépêché d'urgence après avoir été nommé capitaine, pour me donner j'imagine un peu plus de poids. »

Il s'appuya contre la grille.

« Ecoute, reprit-il après un silence. J'aime l'idée que nos retrouvailles ne sont pas fortuites. Je vais passer sans tarder un message au capitaine Hammond pour lui demander si tu ne peux pas être nommé à ce poste. Après tout ce serait un bel exemple de cette coopération interalliée dont on nous rebat tellement les oreilles...

— Je n'y crois pas, les Anglais vont nommer au moins un major, ne serait-ce que pour tenir tête à Hawkins ! Regarde, même l'autruche n'y croit pas.

— On a surtout l'impression qu'elle a froid », dit Paul.

Le vent ébouriffait les plumes du grand oiseau comme si elle s'ébrouait, soudain désireuse de retrouver au-delà des palmiers du parc les sombres frondaisons de quelque jungle australe.

« En attendant il faut abriter notre bestiaire pour la nuit... Si tu peux les faire reprendre demain matin, Paul, je te propose le vestiaire du palais Satriano. Mais ne me les laisse pas, je n'ai pas envie d'être la risée de tout le service...

— Ne t'inquiète pas, ils rejoindront l'Istituto zoologico dès le début de la matinée.

— Ou ce qu'il en reste après le passage de ces vandales », murmura Larry.

Paul eut un geste fataliste. Ils empoignèrent malaisément leurs fardeaux et d'un pas chancelant se dirigèrent vers l'entrée du palais. Passant devant une sentinelle incrédule ils posèrent les animaux à même le plancher de la petite pièce.

« Le plus lourd, c'était les socles », bougonna Larry.

A peine fut-il revenu sur le trottoir pour prendre congé de son ami qu'il commença à se gratter frénétiquement.

« Saloperie de saloperie, ces foutus macaques étaient couverts de puces ! s'exclama-t-il.

— Pourquoi crois-tu aussi que j'ai choisi l'autruche », dit Paul.

Larry allait lui adresser une bourrade lorsqu'un petit groupe déboucha au même moment de la via Calabritto avant de s'égailler vers le bord de mer. Sans se consulter ils reculèrent dans l'ombre comme des conspirateurs.

« Ça parle français, chuchota Larry. Pas étonnant, je crois qu'ils ont leur foyer au coin de la piazza San Ferdinando. »

Paul ne répondit pas et se rencogna plus encore. Larry se pencha sur son oreille.

« Il paraît que c'est l'endroit le plus animé de la ville... souffla-t-il. Tu devrais y faire un tour, tu y retrouveras peut-être ta conquête de tout à l'heure...

— Cette mégère », grommela Paul sur un ton de ressentiment.

Larry ne voyait plus de son ami qu'un pâle ovale à l'expression renfrognée.

« Allez, c'était une blague, *old boy* ! Et pour ce qui est de tes recherches, ne t'inquiète pas... Je t'en réponds, on va trouver l'informateur adéquat. »

Là-bas le groupe refluait vers le quai, puis le silence retomba sur la vaste place.

« Quand même, grommela Paul. Sept ans sans nouvelles... Alors qu'on était si liés... »

Le regard de Larry se perdit vers la brumeuse perspective de la Riviera di Chiaia.

« Un jour, je t'expliquerai », dit-il d'une voix sourde.

2

« Voyons, dit Larry en consultant son carnet de percaline. Ecoutez ça, Murphy. Ce sont des notes que j'avais prises à Oxford d'après le journal de Mary Shelley : Les dames — c'est-à-dire son épouse, sa belle-sœur et toute la maisonnée — arrivent le 1er décembre 1818, deux jours après lui. Pourquoi deux jours ? Mystère.

— Cela va faire demain cent vingt-cinq ans, *sir,* remarqua le jeune sergent d'un ton indifférent, et il est toujours difficile d'avoir après tant d'années la réponse à ce genre de question. Il est sans doute venu préparer la maison.

— Ça ne lui ressemble pas ! Il aurait pu envoyer son factotum Foggi, celui qui devait le faire chanter plus tard à cause de cette mystérieuse naissance... Rappelez-moi ce que vous faites dans le civil, Murphy ?

— Huissier à Aberdeen, *sir.*

— J'espère que vous lirez Shelley, lorsque vous serez rentré au pays. »

Le sous-officier secoua la tête.

« Risque pas ! Je ne l'ai jamais lu, ce n'est pas

aujourd'hui que je vais commencer, même si je vois son portrait chaque matin sur votre bureau.

— Il faut un début à tout, Murphy ! Et puis vous seriez bien le premier écolier du Royaume à ne pas avoir appris par cœur l'*Ode au vent d'ouest... O wild west wind, thou breath of Autumn's being...* Ça ne vous rappelle rien ?

— Non, *sir.*

— Ce n'est pas possible, dit Larry consterné.

— Faut dire que le vent d'ouest, je le connais en vrai, moi, dit le sergent. Là où j'habite, quand ça souffle des Highlands, on s'accroche aux arbres ! Un peu comme ici ce matin !

— Lors de son arrivée il faisait au contraire très doux, remarqua Larry en regardant les cimes des pins secouées sous une violente averse. Mary précise dans son journal qu'ils n'ont pas besoin de chauffage. Vous voyez, Murphy, c'est à de petits détails comme cela que l'on mesure la valeur d'une biographie et le plaisir qu'y prend le biographe. Je me souviens encore de l'odeur de cire sous les voûtes gothiques de l'Old Bodleian Library où j'étudiais le manuscrit...

— Vous allez finir par me donner le mal du pays !

— A la sortie de la bibliothèque j'allais retrouver Audrey au moment où elle avait pris son service dans la librairie de Saint Michael Street...

— Pardon, *sir* ? »

Larry tressaillit.

« Aurais-je parlé tout seul, sergent ? demanda-t-il comme s'il sortait d'un rêve éveillé.

— Je le crains, répondit Murphy, avant d'ajouter sur un ton de connivence que Larry ne lui avait jamais entendu : c'est drôle, ma *girl-friend* aussi était vendeuse pour payer ses études à l'université d'Edimbourg. »

Ils se regardèrent en souriant.

« Je ne sais pas si je lirai plus tard les poèmes de Shelley, mais en tout cas je lirai votre livre, *captain,* ça me rappellera les bons moments du palais Satriano, continua le jeune sous-officier avant d'ajouter : Au fond vous vous retrouvez entre deux siècles comme on dit : "entre deux chaises".

— Si l'on veut, mais je ne vous cache pas que découvrir si Shelley avait une liaison avec Claire Clairmont, qui était la demi-sœur de sa femme et qui avait été la maîtresse de Byron, m'intéresse infiniment plus que de traquer les truands à la Forcella ou de trier les lettres de délation que je reçois à chaque courrier. »

Murphy s'était tourné vers le portrait.

« Si jeune, il trompait déjà sa femme ?

— Il la trompait doublement car, sans que j'aie pu trouver un document qui me le prouve, je pense qu'il avait aussi une liaison avec la gouvernante suisse de Mary, Elise Foggi, qui lui a causé bien des tourments. J'ajoute que Mary était déjà sa deuxième épouse. La première, Harriet, s'était suicidée après qu'il se fut enfui avec Mary. Vous voyez qu'avec lui rien n'était simple. »

Murphy secoua la tête avec désapprobation.

« C'est cher payer, tous ces beaux vers, murmura-t-il, même si les écoliers les apprennent par cœur...

— Les poèmes composés à Naples sont particulièrement beaux, bien qu'ils soient habités par le désespoir. "Ma tête est malade de tristesse", écrit-il, et...

— Pas besoin d'être un grand poète pour pondre ça, le coupa le sergent. Moi-même, certains soirs à Aberdeen où il pleut quatre jours sur trois, j'aurais pu l'écrire...

— Lui n'habitait pas Aberdeen mais vivait face à Sorrente et à Capri ! Le temps était magnifique lors de son séjour et il avait les deux femmes qu'il aimait à ses côtés — peut-être les trois ! Il venait de visiter avec elles Pompéi, le Vésuve et la tombe de Virgile. C'est le moment qu'il choisit pour tomber dans une mystérieuse mélancolie... »

Murphy haussa les épaules.

« Des maladies de riches, *sir*. A mon avis... »

Le téléphone de la ligne intérieure grésilla. « Ça doit être Hawkins, ça faisait longtemps », grommela-t-il.

« Lieutenant Hewitt, 311ᵉ section, répondit-il.

— Ah, vous êtes là, c'est pas trop tôt », entendit-il.

Larry cligna d'un œil vers le sergent qui s'apprêtait à quitter le bureau.

« Je n'ai pas bougé d'ici depuis ce matin, major.

— Sur quel dossier travaillez-vous en ce moment, à la 311 ?

— Sur le dossier Di Maggio. Plusieurs lettres de dénonciation le concernant : trafic de pénicilline à mille lires l'ampoule. On a localisé l'officine via Sersale et je me proposais...

— C'est à la Forcella, non ? Laissez tomber, lui intima le major Hawkins. C'est le quartier le plus dangereux de la ville et je ne veux pas prendre le risque de perdre l'un de mes agents, même vous.

— Trop aimable, major.

— Il paraît que ce dernier mois, on y a même volé un char Sherman dont on n'aurait retrouvé qu'une tache d'huile au fond d'une cour obscure.

— C'est exact, et c'est même moi qui vous ai raconté l'histoire. La via Forcella est située en pleine *zona di camorra* et je dois vous avouer que nous sommes fort démunis pour remonter les filières. J'en profite pour vous dire que tant que nous n'aurons pas de contacts réguliers avec la population civile celle-ci nous demeurera complètement étrangère. Il n'y a pas une unité alliée qui ne cherche en ce moment à nouer des contacts avec les habitants, et au Field nous sommes un peu démunis, sur ce plan.

— Eh bien prenez-les, ces contacts, *by Jove* ! Trouvez-les, vos indicateurs, comme si vous étiez dans la secrète !

— C'est qu'il me manque le nerf de la guerre, major. Ce n'est pas avec notre dotation d'une livre sterling par mois et par agent que je pourrai débaucher quelqu'un d'efficace.

— Un peu d'imagination, mon vieux, que diable ! Les caisses sont vides, vous le savez bien. Faites donc comme les Américains qui gardent sous le coude certains dossiers compromettants pour mieux tenir les suspects...

— Vous avez dit vous-même qu'il ne fallait pas donner de prime au vice, rétorqua Larry. Et les crapules avérées ne font pas forcément de bons informateurs... Allô ? »

Sans préambule Hawkins avait raccroché. Larry s'abîma quelques instants dans la contemplation du ciel gris sous lequel la ville paraissait frileuse et maladive. L'instant d'après Murphy revenait avec le courrier.

« Vous écoutez aux portes, sergent, lui dit Larry d'un ton sévère.

— Pour une fois ce n'est pas vrai, répliqua le jeune sous-officier. Mais il y a là quelqu'un qui insiste beaucoup pour vous rencontrer.

— Un civil ?

— A ce qu'il semble », répondit-il en faisant la grimace.

Larry laissa percer son irritation.

« Et vous l'avez laissé entrer ? Dois-je vous répéter que personne ne doit monter jusqu'ici ! Il faudrait leur dire en bas de placer un barrage sous la voûte, faute de quoi ça va devenir Harrod's un jour de soldes. Vous l'avez fouillé, au moins ?

— Bien sûr, mon lieutenant. Ecoutez, je parle mal la langue, mais il semble avoir quelque chose à vous dire, ajouta-t-il d'un air entendu.

— A quoi ressemble-t-il, votre zèbre ? »

Murphy fit la moue.

« Mal rasé... mauvaise haleine... costume cravate avec tant de pellicules qu'on a envie de les épousseter, dit-il avec l'accent pointilleux qu'il devait utiliser en Ecosse pour ses constats. Mon avis est que le gars a dû connaître des jours meilleurs. »

Larry réprima un petit rire.

« De la graine de délateur... Il y a toujours quelque chose à en tirer... Faites-le donc entrer. »

Larry lui trouva plutôt meilleure apparence et meilleure mine que ce que lui avait décrit le sergent Murphy. Il se tenait dans l'embrasure de profil à contre-jour, les bras croisés et la tête inclinée comme s'il prenait vaguement la pose en attendant que Larry lui fasse signe d'entrer. Il s'avança de façon à la fois furtive et compassée.

« *Signor ufficiale,* dit-il en s'inclinant. Je suis l'*avvocato* Ambrogio Salvaro. Vous parlez italien ? »

Sur le signe affirmatif de Larry il parut prendre confiance.

« Ne sachant pas par quel moyen obtenir un rendez-vous auprès de vous, je me suis permis de monter, dit-il.

— Lieutenant Hewitt, chef de la 311e section du Field Security Service. *Signor avvocato*, les civils ne peuvent normalement accéder à cet étage, répondit Larry d'un ton sévère. Les plantons ne vous ont-ils pas dit en bas que vous ne pouviez pas monter ?

— Ils parlaient entre eux sous la voûte. Je suis entré et j'ai pris l'escalier... Je dois vous avouer pour ma défense, ajouta-t-il d'un ton un peu embarrassé, que je connais ce palais depuis ma plus tendre enfance. Mon père était en effet le précepteur des jeunes princes de

Satriano. Sa chambre se trouvait d'ailleurs à cet étage, je m'en souviens fort bien. »

Un instant pris de court, Larry lui indiqua un siège. L'homme obtempéra avec une sorte de retenue, se tenant très droit à l'extrême bord du fauteuil. Il fixa d'abord le bas du bureau, puis le plancher, comme s'il n'osait pas rencontrer son regard. Enfin il s'enhardit.

« Si j'ai préféré prendre les devants et me présenter ainsi face à vous, commença-t-il à brûle-pourpoint, c'est que j'ignore pourquoi vous me gardez ainsi sous surveillance.

— Pardon ? fit Larry interloqué.

— Je sais que cette ville est sans cesse la proie de rumeurs et de calomnies, reprit-il d'une voix un peu nasillarde. Quelqu'un aurait voulu nuire à ma réputation que cela ne m'étonnerait pas. »

S'efforçant de ne rien laisser paraître de sa perplexité, Larry demeura impassible.

« Peut-être même avez-vous déjà reçu des lettres me concernant... reprenait déjà son interlocuteur. Si tel était le cas, je préfère m'en expliquer avec vous sans attendre que vous me convoquiez. Car je n'ai rien à me reprocher, *signor*. Je vous assure que je n'ai rien fait de pire que les autres. Rien fait de mieux non plus, ça je vous l'accorde. Comme la plupart des Napolitains, je me suis borné à essayer de survivre. »

Tout en continuant à l'observer, Larry s'efforçait de réfléchir. Comment cet homme qu'il était certain de n'avoir jamais rencontré pouvait-il penser qu'il était sous surveillance ? Il subodora soudain quelque manipulation et se sentit sur ses gardes.

« J'étudierai votre dossier, promit-il prudemment en lui tendant une fiche pourvue d'un carbone. Inscrivez donc vos nom, prénom, adresse et qualités. »

L'avocat calligraphia avec soin son nom en majuscules suivi de son prénom précédé d'un A avec un grand jambage contourné. Il posa alors sa plume.

« Pour ce qui est de l'adresse je pense que c'est inutile », ajouta-t-il avec un petit rire contraint.

Larry pointa un index péremptoire sur le feuillet.

« S'il vous plaît, pour la bonne règle », lui intima-t-il d'un ton sec.

L'*avvocato* haussa les épaules.

« Enfin, *signor tenente*, lança-t-il d'un ton presque facétieux, vous avez passé suffisamment de temps devant cette maison, hier soir encore, pour la connaître, cette adresse ! »

Larry le regarda fixement. La lumière se fit soudain en lui.

« Quoi, c'est vous qui habitez au premier étage sur la Riviera di Chiaia ? »

Il secoua la tête avec une sorte de modestie.

« Oh, non ! Des gens comme moi — même lorsque j'étais un avocat reconnu — ne peuvent accéder qu'au second. Il y a toujours un membre d'une vieille famille qui monopolise le bel étage. »

Larry revit les tristes fenêtres sans rideaux.

« Je croyais le second inhabité...

— Certes non, puisque c'est de là-haut que j'ai pu vous observer... on peut dire... en faction.

— Ne jouez pas au plus fin, *signor avvocato*. Tout cela n'explique pas comment vous connaissez mon nom et l'endroit où je travaille, qui est censé être secret. »

Un bref sourire détendit un instant le visage en lame de couteau de l'avocat.

« En vous voyant l'autre jour si longtemps immobile, j'ai tout de suite pensé que vous stationniez là pour surveiller mes allées et venues. Du coup je n'ai quitté mon domicile que lorsque vous avez vous-même levé le camp — et c'était pour vous suivre à votre insu jusqu'au palais Satriano. Là, mes craintes ont été justifiées car je savais pertinemment quel service il abritait. Endroit secret, me dites-vous ? Je vous laisse vos illusions. J'ai alors failli vous aborder, mais je voulais être certain auparavant que votre surveillance me concernait, moi, et non pas le *signor* Crespi qui habite au premier. Aussi me suis-je borné à relever après votre passage votre nom sur la boîte aux lettres — il n'y avait, je vous le signale, aucune surveillance devant l'entrée.

— Pas plus qu'aujourd'hui, semble-t-il !

— Ce matin les gardes me tournaient le dos et se parlaient entre eux. Toujours est-il que c'est lorsque vous êtes revenu hier soir Riviera di Chiaia en compagnie d'un officier américain, et que vous êtes resté à nouveau fort longtemps à faire le guet à un moment où je savais don Ettore Crespi hors de la maison, que j'ai eu la certitude d'être moi-même l'objet de cette surveillance rapprochée. De toute façon je ne vois pas ce que vous auriez pu reprocher à don Ettore. Donc c'était moi qui étais dans le collimateur de la police secrète britannique ! Je ne peux pas supporter une telle situation et j'ai alors décidé de prendre les devants... »

Il s'exprimait de façon traînante et un peu précieuse. « Il a dû être un bon avocat », pensa Larry tout en se demandant s'il était adroit de l'interroger dès maintenant sur les escapades nocturnes de son voisin du premier. Il préféra ne procéder que par allusion.

« C'est vrai que le second étage me semblait inhabité et que je suis donc surpris de voir soudain surgir son occupant.

— Je ne cherche pas à me cacher ! s'exclama l'*avvocato*.

— En tout cas vous ne sortez pas très souvent de chez vous, apparemment, et vous vivez dans l'obscurité. Pas même de lueur de bougie à la fenêtre, comme au premier... Qui est ce don Ettore Crespi ?

— Un vieux gentilhomme veuf, qui est mon propriétaire. Lui fait ce qu'il veut, moi je fais ce que je peux, et sachez néanmoins que je me couche avec les poules. Après tout il n'est pas interdit de respecter le couvre-feu ! lança-t-il avec une véhémence un peu railleuse.

Ecoutez, *signor ufficiale*, je voulais que vous sachiez dès ce matin que je ne fais rien de répréhensible. Je ne comprends donc pas pourquoi vous vous attachez ainsi à mes faits et gestes. Pourquoi ces longues stations devant la maison, pendant lesquelles vous risquez de vous enrhumer ? ajouta-t-il cette fois sans ironie apparente. Si vous avez quelque grief à mon égard, je suis prêt à l'entendre et à le réfuter sur l'heure. D'autant que, pour gage de ma bonne foi, je souhaiterais pouvoir vous rendre moi-même quelques services... »

Il s'était penché vers lui en baissant la voix. Larry le regarda fixement.

« Où voulez-vous en venir, *signor* Salvaro ?

— Eh bien... Ce serait l'occasion de vous remercier de l'intérêt que vous semblez me porter. Plus sérieusement : sans des gens comme moi vous n'obtiendrez jamais de contacts avec les habitants de la ville, et celle-ci restera pour vous à jamais — il chercha quelques instants le mot qui lui convenait — indéchiffrable. Naples, comprenez-vous, est devenue un perchoir pour tant d'oiseaux. »

Larry esquissa une petite moue.

« Mais... vous me proposez là d'être notre informateur !

— En quelque sorte », répondit Salvaro sans chercher à donner davantage le change.

Pour se ménager un instant de réflexion, Larry se pencha sur la fiche que ce dernier venait de remplir.

« *Avvocato*, écrivez-vous sous la rubrique : "métier, activités". A ce sujet, expliquez-moi donc quelque chose. Depuis que je suis ici, je ne rencontre que des gens qui se désignent comme *avvocato, dottore, ingeniere, professore...* »

Salvaro éleva ses mains vers le plafond d'un geste empli d'onction.

« Lieutenant, les professions libérales étaient jadis la vocation même de la ville et sa principale ressource.

Songez qu'avant guerre, entre Pausilippe et Mercato nous étions près de quatre mille avocats... ce qui veut dire le même nombre à crever de faim désormais, soupira-t-il. Avocat ! Imaginez-vous ce métier, jadis si honorable, par les temps qui courent ? Qui va distraire, afin de se faire rendre justice, ne serait-ce que la centième partie de son revenu ou de son énergie, si rares qu'ils ne servent l'un et l'autre qu'à trouver la force de survivre ? »

En proie à une vive agitation il s'était mis à arpenter de long en large le bureau de Larry.

« Je ne sais quel message vous avez reçu à mon sujet, reprit-il en lorgnant vers les lourds dossiers qui s'empilaient sur la table à tréteaux, mais plus je vous parle, plus je suis certain que quelqu'un cherche à me causer préjudice. Et pourtant j'ai ma conscience pour moi. »

Larry essaya une fois de plus de capter son regard sans y parvenir.

« Revenons à don Ettore Crespi. Vous avez de bons rapports avec lui ? » demanda-t-il à brûle-pourpoint.

Salvaro hésita.

« Nous nous entendions très bien jusqu'à ce qu'interviennent... comment m'exprimer... de petits différends. Je veux dire par là, peut-être l'avez-vous deviné...

— Que vous ne payez pas votre loyer ? »

Il haussa les épaules.

« Comment pourrais-je le faire alors que je ne parviens même pas à me nourrir ! Je lui ai pourtant rendu des services, à cet homme, quand certains ont voulu lui confisquer son beau mobilier pour je ne sais plus quelle "grande cause nationale". Maintenant avec le nouveau régime il aurait tendance à l'oublier.

— Le *signor* Crespi vit-il seul ?

— Vous feriez mieux d'aller le lui demander vous-même, répondit-il avec une brusque irritation. Mais je vous préviens, don Ettore est difficile à trouver chez lui. Le lundi, le cocher vient le chercher pour l'emmener dans ses vignes, ou bien sur les hauteurs du Pausilippe où il se promène sous les arbres. Les autres fois il se rend à pied au Café Gambrinus depuis qu'il a rouvert, pour sa partie de loto ou de dominos. Vous pourrez toujours le trouver là en fin d'après-midi. »

Une idée lui traversa l'esprit.

« Crespi a un vieux valet de chambre qui me déteste, Gianni. Ce ne serait pas lui qui aurait voulu me faire du tort ? »

Larry haussa les épaules avec impatience.

« Arrêtez de croire que le monde entier vous en veut ! »

La remarque parut rassurer Salvaro.

« Certains m'en veulent peut-être, mais croyez-moi, vous faites fausse route, lieutenant. Il n'y a jamais eu de malversations dans ce quartier ni dans cet immeuble. Le seul événement qui se soit jamais passé dans cette maison date des années qui ont suivi le règne de Murat, c'est vous dire ! On raconte qu'à cette époque un poète anglais y a séjourné quelques semaines avec sa famille et qu'il s'y est passé de drôles de choses, mais ça ne peut pas vous intéresser. Et puis plus rien, jusqu'à cet affreux bombardement de juillet dernier qui a failli nous ensevelir, Crespi et moi. Depuis il y a des lézardes larges comme la main dans les murs et tous les matins je me lève pour voir s'ils tiennent encore. Alors vous l'acceptez, ma proposition ? demanda-t-il avec une soudaine impatience.

— Je n'y répondrai qu'après mûre concertation avec mes collègues. Je vous ferai part de ma décision prochainement en me rendant directement chez vous. »

Salvaro fronça les sourcils.

« Mais pourquoi pas maintenant, puisque j'ai fait la première démarche... Pourquoi pas maintenant ? insista-t-il d'une voix presque implorante.

— Encore une fois, croyez-vous que je sois le seul à décider ? expliqua Larry d'un ton désinvolte.

— Quand, alors ? Comprenez que je ne veux pas vivre ainsi à me sentir soupçonné jusque dans ma vie quotidienne. Même vis-à-vis de don Ettore, je ne peux pas avoir comme hier soir des sentinelles au-dessous de chez moi, qui m'espionnent sans que je sache pourquoi !

— Des sentinelles ? répéta Larry sans comprendre. Hier soir je n'ai pas pris racine en bas de chez vous, que je sache !

— Vous ne vous cachiez nullement quand vous parliez avec cet officier américain... Je vous observais et vous aviez l'air de si bien vous entendre ! Je vous assure que je ne mérite pas deux officiers accrochés à mes basques. Je ne suis que du tout petit fretin. »

Larry coupa court.

« Disons demain à neuf heures, *signor avvocato* », lui dit-il en le raccompagnant sur le seuil.

Dans l'encadrement de la porte il ne voyait de lui que ses joues creuses et hâves, puis il demeura un instant silencieux à l'écouter descendre lentement les marches. Enfin il s'approcha de son bureau.

« Murphy ! appela-t-il. Trouvez-moi le dossier Salvaro. Il y en a sûrement un. »

Le fiacre de l'avant-veille n'avait pas laissé de traces, comme s'il s'était évanoui dans un espace indécis et brumeux figurant une sorte d'intervalle entre les deux siècles. Songeur, Larry demeura quelques instants immobile devant le porche, puis franchit le seuil et s'avança sous la voûte. Les dalles portaient encore la trace d'étroites ornières sans doute creusées jadis par les berlines et les *corricoli*. Il leva les yeux pour voir s'il n'était pas observé, mais ne discerna aucune silhouette derrière le morne alignement de fenêtres du second étage. En passant il risqua un regard vers la porte de la loge d'où sept ans auparavant avait surgi, bouffi de son importance, le portier en livrée qui lui intimait de quitter ces lieux. A demi masqués par un rideau alourdi de poussière, les carreaux cassés s'ouvraient désormais sur une pièce abandonnée. Il traversa lentement la cour pavée avec l'impression que les pas de Shelley y avaient laissé des empreintes ineffaçables puis s'engagea sous les hautes loggias superposées qui éclairaient d'une lumière froide le grand escalier : c'était comme si, indifférentes à la dégradation des lieux, les silhouettes diaphanes de Mary, de Claire, de Percy venaient à peine de disparaître dans la volée des marches de pierre et qu'il les entendait commenter de leurs voix juvéniles et distinguées quelque excursion sur la tombe de Virgile ou dans la grotte de la Sibylle. Au-dessus de lui, la haute lanterne baroque qui pendait de la voûte n'exhibait plus que des vitres brisées obscurcies de toiles d'araignée entre ses montants rouillés. Les gravats et les éclats de plâtre tombés de toutes parts des voûtes éclatées jonchaient encore le sol de la cage d'escalier et il dut enjamber de nombreuses marches disjointes avant d'accéder au premier étage. En dépit du réseau de lézardes qui encerclait les murs de soutènement, les craintes de Paul lui parurent exagérées et il se sentit rassuré sur l'état de l'immeuble. A l'affût du moindre bruit, il dépassa sur la pointe des pieds l'imposant palier du premier étage puis continua à grimper silencieusement.

La porte du second était loin d'avoir l'apparence cossue de l'étage noble. Sur la droite un escalier plus étroit encore se perdait dans un boyau obscur et des remugles d'humidité et de salpêtre s'en exhalaient. Il appuya sur une sonnette de porcelaine avant de se rendre compte qu'il n'y avait plus d'électricité et frappa alors discrètement. Des pas se firent entendre, sonores et précipités comme s'ils arpentaient une maison vide. La porte s'ouvrit et il ne reconnut pas la silhouette en contrejour qui demeurait dans l'embrasure.

« *Signor* Salvaro ? demanda-t-il.

— Vous ne me reconnaissez donc pas, lieutenant ?

— Il fait si sombre. Tout s'écroule dans cette maison, dites donc ! »

L'avocat soupira.

« Comme je vous le disais, l'immeuble mitoyen a été atteint par une bombe le 13 juillet. Il y a eu dix morts et moi j'ai cru à un tremblement de terre. Je suis certain que les Alliés voulaient se payer le Café Vacca dans le parc, où il y avait dit-on du marché noir... D'ailleurs le jour suivant les forteresses volantes sont revenues et là elles ne l'ont pas raté... Si vous permettez que je vous précède. »

A sa suite Larry traversa un obscur vestibule et pénétra dans le salon. La pièce montrait tous les indices d'un extrême dénuement. Le papier qui recouvrait les murs était strié de traînées d'humidité comme si d'invisibles tuyaux avaient éclaté tout au long du plafond écaillé. Hormis une imposante psyché dont les montants d'acajou encadraient un haut miroir ovale et deux chaises de cuisine entourant un guéridon, la pièce était entièrement dépourvue de meubles.

« Comme vous voyez, j'ai dû me séparer de tout mon mobilier », expliqua-t-il d'un ton où perçaient à la fois l'amertume et le fatalisme.

Loin de paraître s'apitoyer, Larry s'assit benoîtement sur l'une des deux chaises, tenant serrée contre lui sa serviette de cuir. Salvaro fixa aussitôt cette dernière.

« Alors voilà ce qu'on me reproche, voici toutes ces lettres de délation chargées de fiel, comme autant de flèches prêtes à transpercer le pauvre saint Sébastien ! » s'exclama-t-il en reprenant son style ampoulé de la veille.

A écouter son ton geignard, Larry retrouvait les sentiments contradictoires qu'il avait éprouvés au palais Satriano. Il y avait à la fois chez cet homme quelque chose d'outré et de vaguement attendrissant.

« Ecoutez, *signor* Salvaro, répliqua-t-il d'un ton impatienté. Vous êtes venu hier de votre propre chef me faire des propositions afin de devenir en quelque sorte mon informateur. Il n'était donc pas inutile que je consulte votre dossier avant de vous faire part de ma décision !

— Vous le connaissiez, mon dossier, puisque vous n'arrêtiez pas de me surveiller !

— Hier matin, ce dossier n'était pas complet et je n'avais pas encore pris connaissance des archives du consulat d'Allemagne vous concernant », précisa Larry d'un ton égal.

Ambrogio Salvaro parut surpris.

« Mais enfin, vous n'avez pas planqué pendant si longtemps devant chez moi sans savoir que je n'étais pas tout blanc ! Et si je venais vous proposer de vous aider dans ces circonstances et par ces temps troublés, c'était bien dans l'espoir — donnant donnant — que vous aussi vous pourriez me rendre la pareille en allégeant un peu votre serviette ! Alors, vous me les montrez, ces pièces à conviction, que je puisse au moins me défendre ? ajouta-t-il avec une insistance un peu maladroite, comme s'il avait hâte de mesurer ou de circonscrire l'ampleur des dégâts.

— Oh... simplement quelques lettres, répondit négligemment Larry. Adressées tout de même au colonel Scholl, le gauleiter de la ville après la chute de Mussolini. Apparemment, l'*Oberst* Scholl appréciait les films pornographiques ?

— Son ordonnance, rectifia Ambrogio. Un jeune lieutenant très cultivé. Comme vous, *signor tenente*.

— Peut-être pas sur les mêmes sujets, répliqua Larry d'un air pincé.

— D'ailleurs ce n'était pas un film pornographique, enfin si, dans un sens, mais également — et surtout — une œuvre littéraire. Cet aspect-là pourrait vous intéresser. »

Larry eut un geste d'irritation.

« Ne vous occupez pas de mes goûts, Salvaro.

— Il s'agissait d'un film tourné d'après *Juliette* du Marquis de Sade. Peut-être n'ignorez-vous pas que ce roman se passe justement à Naples. Sous les Bourbons. Décadence et dépravation dans...

— N'en faites pas trop, Salvaro, l'interrompit sèchement Larry. Je suis anglais, donc royaliste.

— Eh bien, ce film a justement été tourné par des Anglais, à Herculanum et à Pompéi. Et pas en dialecte

napolitain, hein ! Je vous le disais, un vrai dialogue littéraire.

— Je vois, du Shakespeare...

— Quand même pas, admit Ambrogio.

— En dépit des fantasmes de vos ex-alliés, reprit
Larry, vous n'étiez pas obligé de terminer votre lettre
à Scholl par ces mots : *con profonda devota osservanza.* »

Ambrogio soupira.

« Il faut savoir ce qu'on veut, lieutenant, et moi ce
que je voulais c'était les deux mille lires que je rece-
vais pour la copie du film. Avec ça j'ai pu manger
— je dirais plutôt : m'alimenter — pendant un bon
mois.

— S'il n'y avait encore que vos turpitudes avec les
autorités allemandes, dit Larry. Mais plusieurs corres-
pondants vous reprochent d'avoir tenté de vous introduire dans un réseau de vente au noir de pénicilline. »

Ambrogio haussa les épaules.

« C'est faux, répliqua-t-il d'un ton assuré. Je n'ai
jamais touché à ça. Je sais que j'ai des ennemis, mais
je ne savais pas qu'ils iraient jusque-là. Ecoutez, regardez autour de vous, reprit-il avec une sorte de rage ren-
trée. Avant guerre, toutes ces pièces étaient emplies de
jolies choses. Des sièges en bois doré qui me venaient
de ma mère, une table de trictrac en marqueterie, et aux
murs des cartes de géographie anciennes dans lesquelles
les Napolitains excellaient. J'avais aussi un tableau de
Joachim Toma acheté par mon grand-père. J'ai dû tout
vendre... Croyez-vous vraiment que si j'avais trempé
dans tous ces trafics dont vous me suspectez, je me
retrouverais aussi démuni ? Au contraire, je me serais
enrichi de belle manière ! »

Larry ne le contredit pas. La nudité des lieux était
en effet un argument qu'il était difficile de réfuter.

« Oh, vous trouverez bien à ajouter à mon dossier
d'autres lettres que j'ai pu adresser à des dignitaires en

chemise noire ou brune qui m'ont valu d'être exclu de l'ordre des avocats par des confrères envieux ! reprit-il de sa voix bizarrement désaccordée. Mais vous n'êtes tout de même pas venu ici pour me décerner un prix de vertu, non ? C'est une denrée qui n'a que rarement cours dans les milieux où je peux vous introduire. Voulez-vous un exemple ? Je sais que vous enquêtez sur une affaire de vol de câbles d'acier près du Mercato. Eh bien, je peux vous assurer que ce ne sont pas les frères Squarcialuppi qu'il faut suspecter. Vous devriez aller traîner avec vos hommes du côté de la via Marinella où il y a un entrepôt dont le contenu vous intéresserait peut-être. Mais attention, ajouta-t-il avec un rire grêle, vous risquez d'être fraîchement accueillis. »

Larry eut du mal à maîtriser sa stupeur.

« Comment savez-vous que je m'occupe de cette enquête ? »

Salvaro plissa les lèvres en une mimique de commedia dell'arte.

« Le dossier était sur votre bureau hier, avec une étiquette fort lisible. »

Larry hocha la tête.

« Mettons tout de suite les choses au point, *signor avvocato*. Je n'ai pas d'argent à vous offrir — ou si peu. Certes je peux garder sous le coude certains documents particulièrement compromettants, mais c'est tout. »

Salvaro blêmit jusqu'à devenir exsangue.

« Quoi, vous êtes venu sans rien ? s'exclama-t-il. Sans munition aucune ?

— Si je soustrais de votre dossier certains éléments à charge pour les procès d'épuration, peut-être pourrez-vous redevenir avocat et... tout peut arriver... regagner honnêtement votre vie. »

Salvaro haussa les épaules.

« Vous savez bien que je ne retrouverai jamais plus de clients ! Ce sera du chantage permanent de votre part... Et puis ce n'est pas dans six mois qu'il faut que je mange... »

Larry sentit son haleine acide et eut l'impression de voir pour la première fois à quel point ses traits étaient creusés, sa peau livide et comme parcheminée, et combien ses mains tremblaient. Il éprouva soudain à son égard une commisération proche de la pitié.

« Pardonnez-moi de me répéter, reprit Salvaro comme s'il avait perçu cet infime changement d'attitude, mais rien de ce qui concerne cette ville en ces temps troublés ne m'est étranger et cela a un prix. Aucune des *combinazioni*, aucun des trafics divers qui s'y développent et prospèrent à foison ne m'échappe — ce qui, encore une fois, ne veut pas dire que j'y participe. Je sais qui est qui, qui fait quoi, qui vend quoi et combien. Les autorités d'occupation ne pourront jamais se passer de gens comme nous. Tenez, voulez-vous que je vous donne un autre conseil que celui concernant la contrebande de câbles ? Mais ce sera le dernier que je vous donnerai gratuitement : dites donc à votre ami américain de l'autre soir que les tableaux de la pinacothèque de Naples ne se trouvent plus dans le refuge du monastère de Montevergine, comme il le croit. »

Larry eut une nouvelle fois du mal à dissimuler sa surprise.

« A nouveau, comment pouvez-vous savoir... commença-t-il.

— Je le sais, c'est tout.

— Vous nous avez écoutés ! C'est de l'espionnage ! Cela aggrave encore votre cas et je peux vous envoyer en prison pour moins que ça !

— Eh bien faites-le donc, au moins je serai nourri ! lança-t-il avec une ironie désespérée avant de lui jeter un regard d'incompréhension. Me menacer ainsi alors que je pourrais être si utile à votre côté... »

Dans son for intérieur Larry n'en disconvenait pas.

Il pensa aux reproches que lui ferait Paul s'il laissait échapper une telle source de renseignements.

« Bon, écoutez, tâchez d'en savoir davantage sur cette affaire de tableaux nomades et je vous promets que je ferai un effort pour épurer votre dossier.

— Ce qu'il me faudrait surtout, c'est une aide urgente, reprit Salvaro d'une voix presque suppliante.

— Pour vous prouver ma bonne volonté j'ai apporté une cartouche de Camel, dit Larry en ouvrant sa serviette. Ce n'est peut-être pas beaucoup mais par les temps qui courent vous pourrez toujours en tirer un petit prix. »

Les yeux d'Ambrogio Salvaro retrouvèrent un peu d'éclat.

« Et comment », s'exclama-t-il.

Larry allait lui donner les cigarettes lorsqu'il retint son geste.

« Ecoutez, une chose me tracasse. Expliquez-moi comment vous avez pu deviner les fonctions de l'officier américain qui m'accompagnait l'autre soir ? »

L'*avvocato* prit un air entendu.

« Lorsque le *signor* Malajoli, surintendant des musées de Naples, rencontre un officier allié au célèbre Café Moccia pour parler, même à voix basse, de la localisation des refuges d'œuvres d'art et que ce dernier, dans la même conversation, évoque la maison de Shelley — celle-là même où nous nous trouvons ! — pour s'inquiéter de son état, il y a en général un barman derrière le comptoir, dont les oreilles traînent au-dessus des verres de marsala...

— Je vois ! s'exclama Larry. L'indicateur a ses propres informateurs !

— Disons mes réseaux, corrigea Ambrogio d'un ton modeste.

— Qui transmettent les informations sans attendre ! En effet cette conversation n'a pu avoir lieu qu'hier soir... Et comment vous-même payez-vous ces renseignements, si vous êtes sans un rond ?

— Mes informateurs sont bénévoles. Enfin, disons qu'ils me font crédit en attendant le moment où j'aurai trouvé un bon client.

— Moi, en l'occurrence, j'imagine ! L'ennui c'est que le "bon client" est quasiment aussi démuni que vous. »

Il y eut un pesant silence.

« Mais vous me disiez que vous étiez prêt à faire un effort ! » s'exclama Ambrogio.

Larry eut conscience d'avoir commis un impair.

« Sans doute pourrai-je m'associer avec l'officier américain dont nous parlions, reprit-il. Cela mérite réflexion mais, je le répète, cette réflexion peut être considérablement accélérée si vous me dites où sont actuellement les tableaux de la pinacothèque.

— C'est impossible ! s'exclama Ambrogio avant d'ajouter : Si vous croyez que c'est facile à savoir...

— Vous en avez dit trop ou pas assez ! Et j'imagine qu'il n'y a rien à attendre du surintendant des Musées sur ce sujet, n'est-ce pas ? »

Ambrogio acquiesça.

« La vérité, c'est qu'après avoir craint pendant des années les déplacements d'œuvres d'art en Allemagne, les gens des Beaux-Arts redoutent maintenant les déprédations causées par les Alliés. En fait ils ont peur de tout   que l'on expédie des œuvres d'ici vers les musées américains, que les Anglais jouent aux fléchettes avec les Titiens, que les G.I.'s s'entraînent au tir en visant le sexe des éphèbes de marbre... Ça s'est vu, vous savez. Enfin. Si vous parvenez à débloquer quelque argent, je vous promets qu'aussitôt je tâcherai d'en savoir plus. »

A en juger par son expression, Larry sentit que c'était une phrase qu'il devait s'attendre à entendre souvent.

« Autre chose, reprit Salvaro d'un ton devenu soudain précis et professionnel. Procédez comme vous le voulez pour le financement, mais sachez que je tiens à demeurer votre unique interlocuteur. Moi-même je ne livrerai des informations qu'à vous, et c'est vous qui me rétribuerez. J'insiste sur cette fidélité, même si le terme peut vous surprendre : c'est notre déontologie, à nous autres avocats. »

Le terme fit sourire Larry, mais il s'aperçut que Salvaro retrouvait de sa superbe et il crut bon de la lui rabattre immédiatement.

« Ex-avocat en ce qui vous concerne, répliqua-t-il sèchement. Si j'en juge par ce que j'ai lu sur vous. »

Ambrogio ne releva pas, mais sa bouche amère se crispa encore un peu plus. Larry estima alors nécessaire de tenter un rapprochement sur une base plus conviviale.

« Cela dit, j'ai quelques bons de ravitaillement que je peux utiliser à titre personnel ; peut-être pourrions-nous sceller cet accord en les utilisant pour un petit repas au restaurant », suggéra-t-il.

Ambrogio le regarda d'un air ahuri.

« Comment ça, un restaurant ?

— Il n'y en a pas d'ouvert ? Je croyais que certains chargements de vivres étaient parvenus à destination...

— Mais vous rêvez ! On raconte que même les généraux Eisenhower et Clark doivent se contenter de rations. De temps en temps il y a bien un arrivage de viande au marché noir, mais on ne sait jamais trop de quel animal il s'agit, et rien ne permet de l'identifier. »

Il poussa un soupir.

« Enfin... C'est vrai que les choses changent un peu, et je pourrais essayer de savoir s'il n'y a pas quelque endroit où l'on peut échapper à la disette... reprit-il d'un ton plus allègre comme s'il avait soudain une idée. Dès que j'aurai retrouvé la trace des tableaux, je vous déposerai un message au palais Satriano. »

Ils échangèrent une brève inclinaison de la tête, puis

Larry se dirigea vers la porte d'entrée, comme si un accord venait d'être signé.

« J'oubliais, dit-il au moment où il tournait le dos. Pourriez-vous m'introduire auprès de ce don Ettore Crespi dont vous me parliez hier ? »

L'*avvocato* parut soudain sur ses gardes.

« Mais je ne peux pas ! Je vous l'ai dit, je lui dois trop d'argent ! Et pourquoi donc voulez-vous le rencontrer ? Il a bien des défauts, cet homme, mais je ne vois pas ce qu'on peut lui reprocher concernant son attitude pendant la guerre. Il s'est cloîtré après la mort de sa femme, n'a vu personne...

— Personne, vraiment ? »

Salvaro le regarda.

« Pas que je sache. Il ne recommence à sortir que depuis quelques semaines.

— Bien, je comprends mieux. Et... Vous m'avez laissé entendre hier que, contrairement à vous, il avait gardé chez lui de beaux meubles ?

— Ah, en bas ce n'est certes pas comme ici ! soupira-t-il. S'il accepte de vous recevoir, vous verrez là — à moins que l'immeuble ne s'écroule avant — un appartement qui n'a pas changé depuis deux siècles...

— C'est bien ce qui m'intéresse », murmura Larry.

Paraissant soudain pensif, il se dirigea vers la fenêtre. A travers les arbres du parc la mer apparaissait comme une mince bande argentée aux tonalités diaprées. A son époque Shelley n'avait pas pu voir la longue façade maintenant dégradée de l'aquarium, mais sur les eaux du golfe derrière les pins, sur la massive forteresse de l'Œuf et au loin, à peine visible dans la brume, sur la silhouette dentelée de Capri, le regard du poète s'était certainement, et longuement arrêté. Il se retourna.

« Autre chose. Vous avez aussi évoqué la présence de Shelley dans cette maison.

« — C'est anecdotique, dit Ambrogio avec quelque surprise. Je ne savais pas...

— Que cela pourrait m'intéresser ? Eh bien détrompez-vous. Figurez-vous que je suis considéré... Je sais que certains universitaires trouveraient peut-être à y redire... comme un spécialiste de cet écrivain. »

Ambrogio parut décontenancé.

« La poésie, murmura-t-il comme pour lui-même. Autrefois je savais par cœur *L'Infini* de Leopardi, mais j'ai tout oublié. Si je n'avais pas tous ces problèmes, j'en lirais un peu plus, je n'ai même jamais rien lu de ce Shelley ! poursuivit-il en s'adressant à Larry. Il habitait au second ou au premier ?

— Sans doute avait-il loué toute la maison.

— Dans ce cas s'il revenait il reconnaîtrait le premier, mais pas le second !

— C'est bien pour cela que je désirerais rendre visite à don Ettore Crespi. Vous ne savez pas s'il a gardé des documents datant de ce séjour ? »

L'*avvocato* le considéra à la dérobée.

« La littérature n'est pas son genre... Il s'intéresse plutôt aux mathématiques. La seule histoire concernant votre poète dont je me souvienne, il me l'avait racontée il y a bien longtemps, et je crois bien que c'était la première fois que j'en entendais parler : Shelley était tombé amoureux, me semble-t-il, d'une jeune Italienne qui demeurait cloîtrée dans un couvent parce que son père ne pouvait pas lui payer une dot pour son mariage... A vingt ans, ce genre d'histoire vous marque... Je ne savais pas à l'époque que j'allais moi-même tant en manquer, d'argent, et que cette histoire de dot me poursuivrait et que...

— Je connais l'histoire, le coupa Larry. La jeune fille s'appelait Emilia Viviani.

— Et alors, comment cela s'est-il terminé ? »

Il se rendit compte qu'il n'avait nulle envie de parler de Shelley avec Salvaro.

« Cela l'avait rendu fort triste, se borna-t-il à répondre. Bon, je dois y aller. »

Ils traversèrent à nouveau les pièces désertées puis le sombre vestibule. Au moment d'ouvrir la porte sur le palier, Salvaro se rapprocha.

« Après quatre ans de guerre dont un an de famine, je ne peux plus prendre ces désespoirs de poètes nantis très au sérieux. Peut-être me serais-je apitoyé autrefois sur ces malheurs de nantis, mais aujourd'hui ! Tous ces Anglais qui faisaient le Grand Tour voyageaient les poches pleines de sequins, leurs berlines de voyage escortées de kyrielles de valets et de chambrières. Donnez-moi le centième de leurs fortunes ou même de leurs revenus et je me charge de leurs états d'âme ! On ne peut même plus s'offrir le luxe d'être malheureux quand on est à bout. »

Larry ne répondit pas.

« Je me souviens maintenant d'une autre affaire dont cette fois mon père m'avait parlé, reprit soudain Ambrogio. N'y a-t-il pas eu lors de son séjour ici une mystérieuse histoire de bébé mort-né ?

— Qu'est-ce que vous racontez encore ? s'exclama Larry avec une brusque irritation.

— Peut-être est-ce une légende, mais c'est ce qu'on disait dans le quartier. Comme vous me disiez qu'il avait été si malheureux...

— Eh bien c'est faux, répliqua sèchement Larry. Un bébé est bien né ici à l'époque de leur séjour à Naples, mais il n'est pas mort... enfin, pas tout de suite.

— C'est ça, pas tout de suite », répéta Ambrogio comme s'il tenait à garder une tonalité funèbre à ce qui s'était passé entre ces murs meurtris.

Etait-ce son ton lugubre ou le triste reflet plombé de la lumière de la cour dans le miroir de la psyché, mais Larry se sentit soudain mal à l'aise. Brusquement il sursauta. Dans l'ovale du miroir s'inscrivait le reflet — un peu troublé comme s'il surgissait derrière un voile de buée — d'une adolescente longue et mince. La lumière froide rehaussait les méplats de ses pommettes et il eut l'impression qu'elle le regardait avec une poignante intensité. Il crut un instant avoir été l'objet d'une hallucination, comme lorsque Shelley avait découvert au fond d'un cloître la beauté menacée de la jeune Emilia. S'appuyant sur la poignée de la porte d'entrée il se retourna vers Ambrogio.

« Mais vous n'êtes pas seul ! s'exclama-t-il. Vous ne m'aviez pas dit que vous aviez une fille ! »

Salvaro demeura impassible comme s'il n'avait pas entendu. Larry tourna à nouveau son regard vers la psyché, puis vers le couloir qu'elle reflétait, mais la silhouette s'était évanouie. Il imagina un instant la fuite hâtive de la jeune fille dans le couloir à petits pas furtifs, et retrouva l'impression qu'il avait ressentie l'autre soir à l'arrivée du fiacre — car elle aussi semblait surgir d'un autre siècle comme si elle était demeurée toutes ces années emprisonnée dans l'épaisseur même du miroir, entourée de ces mouchetures qui en étoilaient la surface comme un essaim d'insectes malfaisants.

« Enfin, je n'ai pas la berlue ! Il y avait une jeune fille, là... à l'instant... Pourquoi ne m'en avez-vous pas parlé ?

— Pourquoi vous en aurais-je parlé ? répliqua l'*avvocato* d'une voix si basse qu'il crut dans la pénombre le voir vaciller de lassitude.

— Vous me dites que vous êtes seul ! Comment voulez-vous que je vous croie par la suite si vous ne dites *jamais* la vérité ? Elle aussi doit avoir faim ! »

Ambrogio eut à nouveau ce mince sourire énigmatique qui l'agaçait tant. Puis Larry se sentit poussé dehors, et il se retrouva sur le palier après que la porte eut été silencieusement refermée sur lui. Il demeura quelques instants immobile, cherchant à percevoir quelque son de voix étouffé ou bribe de dialogue indistincte, mais aucun bruit de voix ne provenait plus de l'appartement. Pensif il redescendit. Un profond silence régnait sur tout l'immeuble, et lorsqu'il sortit il fut presque surpris de constater qu'aucun pas de cheval ne retentissait sur la chaussée et que nul véhicule d'autrefois ne l'attendait.

3

3 décembre

« Un vrai boudoir de cocotte ! » s'exclama Larry en entrant dans le bureau de Paul. « Quand je pense qu'à moi on n'a fourni que des tables métalliques à tréteaux... Déjà chez Havercroft tu avais une chambre bien plus pimpante que la mienne ! »

Paul laissa planer son regard sur les lourds meubles napolitains, dorés et contournés, sur lesquels des dossiers et des livres étaient empilés dans un ordre parfait.

« N'exagérons rien, répondit-il d'un ton désinvolte. Et je t'échangerais bien ce bureau contre un garçon comme Murphy. Songe que je n'ai personne pour me taper mes directives. Quelle importance, d'ailleurs, personne ne les lit.

— En plus, Murphy est toujours de bonne humeur, et il a de la conversation, si toutefois on apprécie l'accent écossais, renchérit Larry. En revanche je veux bien t'envoyer le major Hawkins à la place. Quand je pense que je n'ai même pas le droit de lui faire savoir que je ne le supporte pas !

— Je t'en prie, arme-toi de patience ! » s'exclama Paul.

Il ouvrit alors la fenêtre qui donnait sur le vaste jardin de la via San Carlo, puis inspira largement l'air humide du matin, comme s'il lui fallait trouver quelque sérénité avant d'affronter une épreuve.

« Parle-moi plutôt de cette affaire d'indicateur, puisque tu me dis qu'il faut en passer par là, dit-il sur un ton de désapprobation.

— Il faut savoir ce qu'on veut, c'est tout. »

Paul hocha la tête, comme s'il n'en pensait pas moins.

« J'ai découvert ce type avant-hier, reprit Larry, ou plutôt c'est lui qui s'est mis sur ma route comme un renard sortant du fourré juste devant la meute — ah, c'est vrai, tu n'aimes pas la chasse à courre ! Avanthier je le vois donc apparaître dans mon bureau : figuretoi que pendant qu'on se gelait en bas de la maison Shelley...

— Bon Dieu, c'est vrai que j'ai pris froid, grâces soient rendues à ton grand homme !

— ... Lui nous observait tout à son aise depuis le second étage que je croyais inhabité. Bien entendu il a cru que nous le surveillions et comme il avait pas mal de choses à se faire pardonner — ça, je l'ai appris par la suite en consultant son dossier — il m'a proposé tout de go de devenir mon informateur.

— Lui as-tu dit qu'on n'était pas là pour le guetter, et qu'il se jetait en quelque sorte dans la gueule du loup ?

— J'ai préféré lui laisser croire que nous étions au courant de ses méfaits et turpitudes, et qu'il avait là une bonne occasion de s'amender. Car malgré tes réticences je pense qu'il nous faut quelqu'un de ce genre et que c'est la Providence qui nous l'envoie !

— A moins que ce ne soient les mânes de Shelley... ironisa Paul. Quant à mes réticences, comme tu dis, elles sont surtout pécuniaires, puisqu'on n'a pas un *penny* à lui donner. Remarque, je me demande si ce n'est pas mieux ainsi : tu donnes de l'argent à un Anglais, tu obtiens un professionnel du renseignement. Tu donnes de l'argent à un Italien et tu as un fonctionnaire corrompu de plus. Je crois qu'il sera plus sensible au fait que tu allèges son dossier, bien que cela me révulse... Mais tu ne m'en parleras pas.

— Hawkins m'a assuré qu'à l'état-major de la Vᵉ armée américaine on n'hésite plus maintenant à recommander ce genre de pratiques, dit Larry comme pour se justifier. Et puis arrête de casser du sucre sur les Italiens, alors que tu sais que je les estime et que je les apprécie.

— Parce que Shelley avait les mêmes sentiments à leur égard, tiens ! lança Paul. Bien, je ne le ferai plus. Quant à l'état-major, c'est du joli ! Le vice jusque dans le temple de la vertu. Et qu'est-ce qu'il fait dans la vie, cet homme ?

— Il se dit avocat. Je suis donc allé chez lui. Je n'allais pas laisser passer l'occasion d'entrer dans cette maison dont je voulais déjà franchir le seuil il y a sept ans.

— Ça m'aurait étonné, en effet !

— Moi qui espérais retrouver le climat de l'époque de Shelley, j'ai été servi. Imagine l'ambiance : des pièces entièrement vides aux murs tachés d'humidité, avec pour tout mobilier un lourd miroir ovale à montants d'acajou qui semblait se demander ce qu'il faisait là, seul et oublié, à refléter la lumière sinistre. Et puis il s'est produit une chose étrange. Ce Salvaro et moi nous venions de passer près d'une heure face à face à chercher les termes d'un accord lorsque, au moment où je m'apprêtais à quitter les lieux, est venue soudain s'inscrire dans le miroir — je ne l'ai pas vue directement, uniquement son reflet — la silhouette presque irréelle d'une adolescente qui me fixait d'un air hagard, comme si elle surgissait inopinément dans la lumière grise du petit matin. L'instant d'après elle avait déjà disparu, ou plutôt s'était évanouie, comme un elfe dans le brouillard. »

Paul le dévisagea.

« Tu es sûr que ce n'était pas le spectre de Mary Shelley ? lança-t-il d'un air goguenard.

— Ça ne m'aurait pas étonné plus que cela, répondit Larry. J'ai même regardé en partant si le fiacre de l'autre soir ne l'attendait pas en bas. Et je peux t'assurer que la fille ne ressemblait nullement au monstre du Dr Frankenstein.

— Dans ton langage ça veut dire jolie, j'imagine ? demanda Paul avec inquiétude.

— Autant que j'aie pu juger dans la pénombre, plutôt. »

Paul eut un geste d'agacement.

« Je croyais que tu l'avais à peine entrevue ! Tu ne penses pas que c'était la silhouette féminine de l'autre soir ? »

Larry eut un geste d'ignorance.

« Même si elle s'est achevée sur cet épisode singulier, la conversation que j'ai eue avec le *signor* Salvaro n'a pas été tout à fait inutile — en voici pour preuve le premier renseignement que je peux déposer dans notre corbeille de mariage. Ecoute ça : les fameux tableaux du musée de Naples ne sont plus dans le refuge où tu les croyais bien à l'abri.

— Quoi ? s'exclama Paul. Ils ne sont plus à Montevergine ?

— Cela fait plusieurs semaines qu'ils ont changé de cachette. Mais cela, le *dottore* Malajoli, surintendant des musées de Naples que tu as rencontré avant-hier soir au Café Moccia, aurait pu te le dire aussi bien que moi. »

Paul le regarda avec stupeur.

« Parce que ton informateur était aussi au courant de cette rencontre ? Elle était pourtant censée être secrète !

— C'est *ça*, un indic, *old sport* ! Il se prétend l'homme le mieux informé de la ville. De toute façon, ajouta-t-il sur un ton de remontrance, tu devrais savoir qu'on ne donne pas un rendez-vous *secret* dans un café via dei Mille ! »

Paul haussa les épaules.

« Avocat marron, pilier de bar, délateur professionnel, félicitations pour ton choix ! Et comment savait-il, ton Sherlock Holmes, que c'était moi qui avais rencontré le professeur Malajoli ?

— Lors de ta conversation avec lui, tu as insisté au détour d'une phrase sur les dommages causés à la maison de Shelley par les bombardements. Ce n'est pas moi qui te le reprocherai, mais ça n'a pas échappé non plus au barman qui, sachant que Salvaro y habite, l'a aussitôt prévenu qu'un officier américain s'inquiétait des lézardes de sa façade. Il a vite fait le rapprochement avec l'officier qui m'accompagnait l'autre soir. »

Paul se leva et fit quelques pas d'un air préoccupé.

« Pour ce qui est de la localisation des œuvres d'art, je me doutais bien que le surintendant me cachait quelque chose. La vérité c'est que ses collègues et lui nous prennent pour des cow-boys attrapant les statues au lasso et ignorant jusqu'au nom de Michel-Ange !

— Quand ils ne volent pas des animaux empaillés dans les galeries d'histoire naturelle, ajouta perfidement Larry.

— Oh, arrête. L'administration des *Belli Arti* aurait pourtant tout intérêt à me prévenir de la localisation des refuges.

— Ces fameux *ricoveri* ! Ça permettrait au moins d'éviter certains bombardements et tirs fâcheux...

— Penses-tu que ton "avocat" en sache davantage sur le sujet ? »

Larry eut un geste d'ignorance.

« J'ai surtout l'impression qu'il ne nous donnera désormais ses informations qu'au compte-gouttes — dans ce domaine comme dans les autres. Je m'en suis tiré cette fois avec une cartouche de Camel, mais cela ne suffira plus à l'avenir. La voilà, mon impression.

— Il est très vénal, à ton avis ?

— Il veut toucher assez pour pouvoir nourrir sa fille et lui.

— Comment sais-tu que c'était sa fille ? demanda vivement Paul.

— Parce qu'il veut me la vendre », répondit Larry avec naturel.

Paul fronça les sourcils.

« Pardon ? »

Larry sortit un feuillet de sa poche et le lui tendit.

« Tiens, pour ton édification : Je te précise, c'est plutôt du genre ampoulé... Il écrit comme il parle. C'est daté d'hier et je l'ai reçue ce matin. »

"250, Riviera di Chiaia,
ce jeudi 2 décembre,

"Excellentissime signor tenente,

"Je suis heureux si j'ai pu vous convaincre lors de votre visite d'hier matin qu'en dépit de mon état de faiblesse dû aux privations je suis capable de vous rendre quelques services, et que ceux-ci peuvent se révéler précieux par les temps qui courent. En dépit des obstacles je saurai vous prouver sans attendre que je suis l'homme qui vous convient, et la gratification que je vous demanderai ne sera justifiée que par notre désir de survivre, ma fille Domitilla et moi.

"Nous sommes deux en effet, dans ces murs lézardés. Je n'avais pas voulu vous parler d'elle, non pour la cacher (pourquoi le ferais-je) mais pour ne pas ajouter un élément mélodramatique à des tractations qui me semblaient déjà suffisamment délicates. Pour vous dire la vérité, si vous ne l'aviez pas vue, je ne vous aurais pas du tout parlé d'elle."

« Là au moins il y a un accent de sincérité, dit Paul en levant la tête.

— Attends la suite, tu vas voir où elle mène, sa sincérité. »

"A ce propos j'ai cru observer que vous n'avez pas été insensible à son charme lorsqu'elle vous est apparue dans le couloir. C'est pourquoi je me permets d'ajouter ce qui suit, tout en vous demandant de le prendre au sérieux : Me trouvant en raison des circonstances et pour les causes que vous savez dans l'impossibilité de lui assurer la protection, le bien-être et l'éducation qu'elle serait en droit d'attendre de son père, je comprendrais parfaitement, si vous lui donniez l'assurance d'être nourrie avec régularité, qu'elle puisse à l'occasion accepter les bontés que vous souhaiteriez avoir à son égard. Nul doute qu'avec son caractère enjoué et fidèle elle n'aspire à engager avec un gentilhomme de votre qualité, officier de surcroît, une relation qui l'épanouirait et lui procurerait un bonheur qu'elle ne peut hélas ni trouver ni espérer dans l'avenir sous mon propre toit ébranlé par les bombes et ruiné par l'adversité.

"Avec l'ambition de vous être utile autant qu'agréable, je prie Votre Excellence de me garder à disposition pour de futures missions, et vous pric en attendant de croire au profond dévouement

d'Ambrogio Salvaro, *avvocato*."

« Alors ça, s'exclama Paul en lui rendant le feuillet. "Accepter les bontés que vous souhaiteriez avoir à son égard." Et le fond vaut la forme ! Sa propre fille ! Je n'avais pas encore tout vu en matière de débauche et de stupre !

— Tu as vu comment il termine sa lettre : "*con pro-*

fonda devota osservanza." Il utilisait la même formule
— c'est une des choses que j'ai trouvées dans le dossier — quand il proposait ses bandes pornographiques
au colonel Scholl, gauleiter de la ville.

— Cette lettre aussi, c'est de la pornographie ! Ce
type se conduit comme un vulgaire maquereau ! Et toi
te voilà piégé, et de belle manière. Exactement ce que
je craignais. »

Le débit de Paul s'était soudain précipité.

« Comment ça, piégé ? demanda Larry sans comprendre.

— Tu as dû reluquer la petite un peu trop, et voilà
ce qui arrive.

— Mais puisque je te dis que je l'ai à peine entrevue...

— Crois-moi, ce genre de canaille c'est pire que les
gitans ! Tu mates la fille une seconde de trop, et hop,
le poignard à la main, on t'oblige à l'épouser ! Te rends-
tu compte que tu es une proie toute trouvée : suffisamment pourvue en galons, bien nantie (du moins il le
croit) et surtout, rappelle-toi l'histoire d'Audrey, bien
naïve. »

Larry se tourna vers lui.

« Tu n'aimais pas Audrey, lui dit-il sur un ton de
reproche. Elle était pourtant vraiment gentille.

— La question n'est pas là, mais il est évident qu'à
travers toi elle cherchait à changer de milieu social plus
qu'à vivre une grande passion. »

Larry haussa les épaules.

« Et puis tu ne serais pas le premier à te faire avoir,
reprit Paul. Figure-toi qu'à l'état-major il y a un lieutenant-colonel qui s'est collé avec une Napolitaine, et
maintenant il ne peut plus s'en débarrasser... il l'a plus
ou moins épousée, en lui cachant pourtant qu'il avait
déjà une légitime en Pennsylvanie... En plus elle exige
qu'il remplisse son devoir conjugal tous les jours, et à

114

ce régime le pauvre a déjà perdu cinq livres en quinze jours. »

Son ami ne put cette fois s'empêcher de rire.

« Je ne vais quand même pas le plaindre !

— Eh bien moi, je te conseille de ne plus retourner chez ce Salvaro. Je te connais, si la petite est jolie et désirable, tu ne sauras pas résister. Promets-moi, insista-t-il sur un ton presque suppliant.

— Promis, je n'y retournerai pas. Ce n'était d'ailleurs nullement dans mes intentions. »

Paul parut rassuré par cette affirmation.

« Tu penses bien que si elle a voulu attirer ton attention au moment précis où tu partais, c'est que c'était manigancé entre eux ! »

Larry fit la moue.

« J'y ai réfléchi et je le crois aussi, dit-il.

— Et... tu l'as vraiment regardée comme il le prétend dans la lettre ? »

Larry eut un geste d'irritation.

« Je t'ai déjà dit que je n'avais vu qu'un reflet dans le miroir !

— N'empêche, reprit soudain Paul, il fera tout pour t'entraîner à nouveau chez lui. Laisse-moi donc m'occuper désormais de cette histoire de localisation des tableaux. Après tout, cela me concerne plus que toi. Je retournerai moi-même Riviera di Chiaia, et je t'assure que je resterai de marbre, moi, devant la fille, même si elle me fait des avances !

— Pas question, répliqua vivement Larry.

— Ecoute-moi, insista Paul. Je dirai à ce pantin famélique que je me substitue à toi parce que le repérage et la protection des œuvres d'art me concernent, que les premiers renseignements que tu m'as transmis m'intéressent, que j'attends la suite et suis prêt à payer.

— Payer ? Et avec quel argent, tout à coup ? Tu n'as pas plus de fonds que moi, m'as-tu dit !

— Je ferai de l'intox comme si je disposais de tout l'or de Fort Knox. »

Larry secoua la tête.

« Il ne sera pas longtemps dupe et cela ficherait toute la filière en l'air. Et puis ce serait ne rien comprendre au personnage ! Il sera vexé de ce changement imprévu, pensera que la lettre m'a blessé, et ni toi ni moi n'obtiendrons plus rien. Il a d'ailleurs insisté sur le fait qu'il ne voulait avoir qu'un interlocuteur. Il a été jusqu'à parler de fidélité dans nos futures relations, figure-toi !

— Ce que tu es naïf, décidément ! Dis-moi plutôt la vérité, et la vérité, c'est que tu as envie de revoir sa fille, hein ! Tu as envie de voir ce qu'il y a de réalité dans cette apparition ! »

Larry se mit à rire.

« Tu ne vas pas recommencer ! Et de toute façon, je n'ai pas de femme en Pennsylvanie, moi. »

Paul fit mine de s'arracher les cheveux.

« Ça y est, tu as déjà succombé ! Tu l'as vue une demi-seconde dans cette glace, et tu... »

Larry l'arrêta du geste.

« Je te le répète, la vraie raison pour laquelle je veux y retourner n'a rien à voir avec cette Domitilla.

— Mon œil ! La preuve c'est que tu te souviens déjà de son prénom.

— Je viens de le connaître par la lettre, tout comme toi ! Ce que je voudrais en fait, c'est que Salvaro m'introduise chez son propriétaire qui habite au premier, le vieux Crespi. Contrairement au sien, l'appartement de Crespi n'a, paraît-il, pas changé depuis le siècle dernier, et je ne voudrais pas attendre que tout s'écroule pour le visiter. En plus il n'est pas impossible que ce Crespi possède encore quelques documents datant du passage de Shelley, qui pourraient m'éclairer sur bien des points mystérieux de son séjour ici.

116

— Crois-tu que c'était le vieil homme en habit qui descendait du fiacre l'autre soir ? »

Larry le regarda.

« Je pense aussi à la fille, ajouta-t-il. Je me demande si Domitilla Salvaro n'était pas la silhouette féminine que nous avons vue ce soir-là à son côté.

— Tu penses qu'il y aurait des... allées et venues entre les étages ? » demanda Paul.

A sa grande surprise, Larry s'aperçut que l'idée lui était vaguement désagréable.

« Mystérieuse maison, décidément, murmura-t-il. C'est bien pour cela que je ne vais pas laisser passer la perche qu'il me tend. Tu sais à quoi j'ai pensé ? A utiliser la dotation mensuelle que Hawkins alloue généreusement à ses agents pour l'inviter au restaurant. Il faut absolument qu'on s'attache ce type d'une façon ou d'une autre, et celle-là me semble appropriée. »

Paul écarquilla les yeux.

« Un restaurant ouvert, à Naples ! Alors ça. Tu m'indiqueras où !

— Un endroit de marché noir, m'a-t-il dit. Là encore, il faut ce qu'il faut. Il doit me laisser un message à ce sujet dans ma boîte aux lettres.

— Tu ne veux pas que je vienne ? insista Paul. J'ai des envies de poisson frais et je dois bien pouvoir gratter quelques dollars pour prendre l'addition à mon compte. »

Larry secoua la tête.

« Je t'assure qu'on n'obtiendra rien si nous sommes à deux.

— Je comprends, lança Paul, tu veux lui parler de Shelley et non pas des tableaux ! Tu oublies déjà notre accord...

— J'y pense tellement que j'ai une belle idée pour le financer, dit Larry. T'avais-je parlé de ma Topolino laissée à Palerme ? Figure-toi que j'ai profité du voyage jusqu'à Naples du *Duchess of Bedford* pour la faire venir ici afin de la vendre. »

Paul le regarda sans comprendre.

« Tu ne vas tout de même pas donner tant d'argent à cet escroc !

— Je peux en tout cas lui faire miroiter une commission. Cela me l'attachera...

— Une commission ! Tu te crois à la City ! Il n'aura de cesse de te voler ou de te prendre la moitié du prix de la voiture !

— Quoi qu'il en soit, la voiture est en route et je... »

La sonnerie du téléphone interrompit Larry. Paul décrocha.

« Capitaine Prescott. Ah. Oui, Walters. Oh, mais c'est plutôt... Oui, c'est encourageant. Une directive, oui, me permettrait... Bien, je descends. »

Paul raccrocha et demeura un instant songeur.

« C'était un membre de l'état-major de Gruenther. Le général pense à une directive concernant ma mission qu'il voudrait soumettre à Ike sans tarder... Sûr que ça changerait ma vie. Je ne serais pas obligé de mentir comme l'autre jour avec le major de la 34e. Il souhaiterait que j'en revoie le texte avec lui... S'il savait, ajouta-t-il avec un petit rire de satisfaction, qu'elle est toute rédigée depuis des semaines... »

Il en tremblait d'excitation en cherchant fiévreusement le document dans sa serviette.

« Qu'est-ce que tu dis de cela ? demanda-t-il en exhibant triomphalement le feuillet.

"Aujourd'hui, lut-il, nous combattons dans un pays qui a énormément contribué à notre héritage culturel, un pays riche en particulier de monuments que nous sommes tenus de respecter, dans la mesure où la guerre le permet. Si nous devons choisir entre détruire un monument célèbre et sacrifier nos hommes, la vie de ceux-ci compte infiniment plus, et le monument doit disparaître : c'est un principe admis. Mais l'expression 'nécessité militaire' est parfois utilisée là où il serait plus conforme à la vérité de parler de commodité militaire, ou même de commodité personnelle. Je ne veux pas qu'elle couvre le laisser-faire et l'indifférence. Il est donc de la responsabilité des commandants d'unité de déterminer par l'intermédiaire des officiers spécialisés la localisation des monuments historiques, qu'ils se trouvent devant nos lignes de front ou dans les zones déjà occupées par nous. Cette directive s'adresse à toute la hiérarchie afin que son esprit en soit sauvegardé."

— Mazette, s'exclama Larry. Tu vas encore te faire des amis.

— Tant mieux, dit Paul l'air belliqueux. Tu crois que j'ai le temps de la recopier ?

— Je ne sais pas comment ça se passe chez vous, mais dans l'armée britannique on ne fait pas attendre un chef d'état-major », répliqua Larry.

A sa franche déception, Larry constata que nul message ne l'attendait au département courrier du rez-de-chaussée, et pas davantage au troisième étage, siège de la section du Field. Vaguement déconcerté et néanmoins désireux d'échapper à l'ordinaire du mess et aux lourdes plaisanteries de Hawkins, il alla s'asseoir sur un banc à l'entrée du parc de la Villa communale. Un rayon de soleil égayait les cimes des palmiers, lui rappelant soudain le charme qu'avait naguère l'aimable place lorsque la grille d'entrée du parc s'ouvrait encore sur d'imposants massifs de fleurs. C'était non loin de ce banc qu'il avait donné rendez-vous à Livia lors de son premier séjour. Elle était la nièce de son professeur d'italien à Oxford. Elle avait vingt ans et, lorsqu'elle ne se rendait pas au *Circolo del Tennis*, fréquentait moins qu'assidûment les cours de l'Istituto Orientale au cœur du vieux Naples. Une longue natte sombre tombait avec une émouvante simplicité sur ses corsages immaculés et ses vestes cintrées. A l'Institut elle avait commencé à apprendre l'anglais et demandait « *Do you like Italian wine ?* » avec un accent aussi bouleversant que sa chute de reins. Après qu'il eut rassemblé toutes ses économies et difficilement obtenu l'accord des parents de la jeune fille, il était parvenu à l'inviter un soir au San Carlo. Elle avait fondu en larmes en écoutant Tito Schipa dans — croyait-il se souvenir — la *Fedra* d'Ildebrando Pizzetti. Son mascara coulait à travers ses joues pâles ce qui n'avait pas contribué à l'aider dans sa timide tentative de l'embrasser. « Elle ressemble à la *contessina* Guiccioli qui avait tant captivé Byron », s'était-il dit pour tenter de se disculper d'oublier aussi vite Audrey enceinte. Il soupira tout en contemplant l'animation renaissante de la place, en se demandant qui jouait la musique de Pizzetti, désormais. Et ce qu'avait pu devenir Livia. Il craignait obscurément qu'elle ne fût mariée à l'un de ces dirigeants prévaricateurs qu'il s'attachait désormais à débusquer. Il s'imagina un instant débarquant au milieu d'une famille éplorée et de *bambini* effrayés. Le reconnaîtrait-elle, seulement ? Quant à elle, son visage — hormis la natte — s'était évanoui comme une bulle fragile entraînée par les rafales d'air froid qui venaient du Pausilippe, le quartier qu'elle habitait.

Le passage bruyant d'une jeep chargée de MP's semblables en tout point à ceux qui accompagnaient Paul lors de leurs retrouvailles mouvementées le ramena en pensée vers son ami. Il se demanda si la façon dont Paul avait réagi, après qu'il lui eut raconté sa visite à Salvaro et montré la lettre qu'il avait reçue peu après, ne laissait pas craindre les manifestations d'une amitié plus sourcilleuse encore que du temps de miss Havercroft. « *Taralli...* » criaient joyeusement les enfants au sortir de la via Gaetani. Depuis que l'on retrouvait certains jours dans les échoppes ces petits beignets chauds et sucrés, c'était comme si la ville pressentait qu'elle aurait un viatique pour passer l'hiver et qu'elle renaissait au plaisir de vivre. Il eut envie d'en acheter un pour se trouver à l'unisson de cette allégresse qui refleurissait et se leva pour faire signe à l'un des petits vendeurs.

« *Signor tenente* », entendit-il alors derrière lui.

C'était aussi une voix d'enfant, mais pas celle de l'un des jeunes colporteurs. Il se retourna. Un garçon au visage maigre lui avait emboîté le pas et cherchait à attirer son attention, paraissant soudain tout inquiet de sa hardiesse.

« De la part de l'*avvocato* », bredouilla-t-il en lui tendant maladroitement un mince feuillet plié en quatre.

« Tu me suivais ? » lui demanda Larry.

Il n'y eut pas de réponse. Le petit messager avait disparu dans la direction du quai. Un instant il aperçut sa silhouette dansante courir sur le muret, et elle ne réapparut pas. Il déplia alors le feuillet, dont il reconnut l'écriture.

"Nouveauté concernant sujet vous intéressant. R.V. 1 heure après-midi Trattoria Genovese, 12 piazza Francese, derrière Municipio."

« Ce sont les Français qui seraient contents de découvrir la rue qui porte leur nom, il faudrait y conduire la conquête qu'a faite Paul », se dit-il avec un petit rire sardonique, tant l'étroit *vico* semblait obscur et sordide. Il perdit presque aussitôt sa bonne humeur lorsqu'il découvrit qu'il n'existait nulle enseigne de trattoria au numéro 12. A droite du numéro 10 s'ouvrait pourtant une sorte de boyau dans lequel il hésita à s'engager car y cheminait une théorie de cancrelats. La faim qui le taraudait l'instant d'avant s'était évanouie, remplacée par un vague sentiment de nausée. Prudemment il s'avança. Au bruit de son pas hésitant une femme surgit d'une courette, tenant un balai muni d'une serpillière. Elle passa devant lui sans même lui jeter un regard.

« Trattoria Genovese ? » s'enquit-il lorsqu'elle revint, tout en se plaquant contre le mur pour la laisser passer. D'un geste du menton elle lui indiqua une porte en retrait qu'il n'avait pas remarquée. Se demandant s'il pouvait considérer son uniforme comme une sauvegarde en cas de guet-apens, il s'avança et entra.

Une demi-douzaine de tables recouvertes de linoléum étaient dressées dans une salle déserte. Contrairement aux abords, le lieu paraissait propre et il émanait du sol carrelé la même odeur de créosote qu'il avait sentie avec quelque dégoût à l'hôpital militaire de Bagnoli lors de sa visite d'incorporation au Field. Sur l'un des murs s'inscrivait un distique dont les lettres à demi effacées étaient encore visibles.

> *Amice, alliegre magnammo e bevimmo*
> *Chi sa s'a fauta munno n'ce vedimmo ?*

Larry finissait de lire à voix haute lorsque Ambrogio entra dans la pièce — se glissa, aurait-il mieux fallu dire pour décrire son pas silencieux. A la surprise de Larry, il ne semblait guère connaître les lieux. L'air méfiant, il s'approcha de la fenêtre puis examina avec attention le bas de la porte pour voir sans doute si les cancrelats n'avaient pas trouvé un moyen d'accès. Enfin il découvrit Larry et, réprimant une exclamation de surprise, le salua cérémonieusement en retirant son chapeau. Sans attendre d'y être invité il s'installa alors en face de lui.

« Mon *messaggero* avait peur de ne pas vous trouver, dit-il.

— Installez-vous donc face à la fenêtre, dit Larry. Je ne veux pas que vous soyez à contre-jour, et je tiens moi-même à être proche de la porte.

— Je vois que la confiance règne, dit Ambrogio d'une voix peinée.

— Justement, elle ne règne pas », répliqua Larry de façon abrupte.

L'*avvocato* parut hésiter, puis se leva lourdement et changea de place.

« Peut-être ne connaissez-vous pas l'idiome local, dit-il en désignant l'inscription. Je vous préviens, c'est assez loin de Shelley — du moins ce que j'en imagine. "Amis, mangeons, buvons joyeusement — Qui sait si dans l'autre monde nous nous reverrons", énonça-t-il avec une application qui lui donna, bien qu'il prît une voix moins sinistre que l'avant-veille, un aspect vaguement clownesque.

— D'abord, Shelley était lui aussi un joyeux compagnon, dit Larry d'un ton sec. Ensuite je ne souhaite nullement vous rencontrer dans l'autre monde, et dans celui-ci je ne compte vous revoir qu'à certaines conditions bien précises. La première d'entre elles est que vous évitiez dorénavant de m'adresser des lettres aussi ridicules que celle que je viens de recevoir. »

Salvaro s'était figé.

« Plus encore que ridicule, cette lettre était maladroite, reprit Larry. Votre fille, je l'ai à peine vue. Elle a surgi du couloir au moment même où je vous quittais, comme si elle voulait attirer mon attention. Je trouve donc votre proposition inconvenante — offensante pour moi et dégradante pour cette jeune fille. Aussi je vous demande : qu'est-ce qui vous a pris ? »

Ambrogio poussa un long soupir, comme si une fois de plus l'un de ses tours se retournait contre lui. Plus encore que l'autre jour il semblait hâve et blafard, et Larry remarqua pourtant que ses joues mal rasées et son apparence négligée contrastaient étrangement avec ses ongles soignés.

« Elle veut me quitter, expliqua-t-il d'une voix sourde. Je la comprends, dans un sens.

— Cela ne me regarde en aucune manière, s'exclama Larry d'un ton brusque. La seule chose que je puisse faire pour vous c'est de vous assurer quelques rations, peut-être quelques revenus en échange de renseignements utilisables, et de vous assurer que je serai toujours dans ce domaine votre interlocuteur. Si vous faites un peu de zèle, ajouta-t-il, j'irai comme je vous l'ai dit jusqu'à jeter un coup d'œil bienveillant sur votre dossier. Au cas où mes conditions ne vous satisferaient pas, vous pouvez vous en retourner dès maintenant. Personne ne s'est d'ailleurs occupé de nous jusqu'ici, dit-il en montrant la salle déserte.

— J'ai trop faim pour partir sans rien, avoua Ambrogio.

— Dans ce cas il ne fallait pas donner ce rendez-vous ici ! dit Larry avec humeur. Vous n'imaginez tout de même pas que nous puissions trouver quelque chose de comestible dans cette infâme gargote ! D'ailleurs vous ne sembliez même pas connaître l'endroit !

— Quand j'étais avocat ce n'était en effet pas le genre d'endroit que je fréquentais. J'allais au Parker's, au Ciro's...

— Alors, pourquoi ici où il faut franchir des files de cancrelats avant d'entrer ? »

Ambrogio baissa la tête pour laisser passer l'algarade puis se pencha vers lui.

« Ils ont une langouste, finit-il par murmurer.

— Une langouste ! s'exclama Larry. Alors que le haut état-major en est paraît-il réduit à manger les derniers poissons de l'aquarium ! Ça m'étonnerait plutôt. Et puis, comment le savez-vous ?

— Mes réseaux, dit-il en prenant l'air mystérieux qu'il avait la veille en évoquant ses relations.

— Eh bien, vos réseaux, vous feriez bien de les activer, dit Larry d'un air impatienté. Je ne vois personne et je n'ai pas toute l'après-midi devant moi. »

A contrecœur Ambrogio se leva et alla passer la tête derrière le rideau qui séparait la salle de la cuisine.

« Maurizio », appela-t-il à la cantonade.

Presque aussitôt surgit un homme en maillot de corps. D'un coup d'œil circulaire Ambrogio s'assura que la trattoria était toujours vide.

« C'est bien votre nom, n'est-ce pas ? Est-ce vrai que

vous avez une langouste ? demanda-t-il avec un ton de conspirateur.

— Sûr, *signor avvocato*. Prise à l'aube dans un creux au large de Procida. *E la verità.* »

Ambrogio ferma les yeux comme pour mesurer l'étendue du prodige.

« C'était donc vrai, murmura-t-il. Et... Vous nous la feriez combien ? »

Il avait parlé d'un ton inquiet. L'homme se pencha à son oreille.

« Vous pouvez parler devant lui, dit Ambrogio.

— Mille, chuchota le gargotier.

— Mille lires ! s'exclama Ambrogio. Maurizio, je suis quelqu'un de sérieux. Je voudrais donc que vous me fixiez un prix raisonnable.

— Mille, répéta l'homme d'un air entêté. On ne peut pas changer davantage ce prix qu'on ne peut changer le nombre des mille compagnons de Garibaldi ! »

Ambrogio se retourna vers Larry.

« Il ne vous fait pas de cadeau, ce *lazzarone,* murmura-t-il.

— J'ajouterai deux verres de frascati pour le même prix », dit celui-ci en quittant la pièce, comme pour les laisser prendre seuls une si importante décision.

Larry s'éclaircit la voix.

« Tout dépend du type de renseignement que vous m'apportez. Il peut valoir le prix d'une langouste comme celui d'un plat de bernicles à dix lires. »

L'*avvocato* eut un geste un peu emphatique.

« Je ne peux donner que ce que je détiens. Vous jugerez vous-même.

— Ecoutez, Salvaro, ne jouez pas au plus fin ! répliqua Larry en haussant la voix. J'ai un peu trop le sentiment avec vous que vous tenez le bout d'une longue corde que vous tirez toujours à votre convenance ! Et puis, mille lires c'est une somme. Je veux le renseignement d'abord. »

126

Ambrogio parut réfléchir.

« Et moi j'aimerais voir la bestiole car ce me semble bien tard en saison, dit-il avec une moue soudain circonspecte. Maurizio ! Montre-nous cela. »

L'aubergiste revint, portant un plat recouvert d'un torchon à carreaux qu'il plaça cérémonieusement au centre de la table. Larry observa avec quelque inquiétude que des mouches venaient aussitôt se poser sur l'étoffe. Ce détail n'échappa nullement à Ambrogio qui souleva aussitôt le torchon. Il regarda sans mot dire puis, les sourcils froncés, se pencha pour renifler. Tout aussitôt il se redressa en se pinçant le nez.

« *Porca Madonna !* s'exclama-t-il. Mais c'est une plaisanterie ! Cette langouste n'est pas rouge, elle n'est pas bleue. Elle est verte.

— Elle sent jusqu'ici », renchérit Larry.

Prenant ce dernier à témoin, Ambrogio s'approcha de l'aubergiste d'un air menaçant. Son ton s'emporta à mesure qu'il parlait.

« Tu entends ce que dit le *signor ufficiale* ? Ça ne m'étonne pas que je ne la connaissais pas, ton officine d'empoisonneur ! Pêchée ce matin, tu me dis ! Pêchée avant guerre, oui ! *Che carogna !* Et moi qui meurs de faim pendant que tu te fiches de moi ! Alors que j'avais pour une fois la monnaie d'échange pour quelque chose de bon ! Hein, tu en profitais, tu pensais que j'aurais assez faim pour manger une langouste avariée ! *Ladrone ! Schifoso !* Tu me le paieras ! Allez, venez, lieutenant, dit-il avec superbe en s'efforçant de se calmer. Je savais bien que ce quartier n'était pas pour nous. Allons dépenser nos mille lires ailleurs.

— J'ai un poisson-chat, bredouilla le tenancier tout déconfit.

— Tu trouveras bien un pigeon à empoisonner parmi les soldats alliés ! *Scimmione ! Pezzo da galera !* »

Avec un théâtral geste de dépit il quitta l'espace confiné de la trattoria. Tout au long du couloir il s'égosilla à crier des injures. Mais dès qu'il fut hors de vue, son air bravache l'abandonna brusquement. Ce fut sous les yeux de Larry une transformation digne de la commedia dell'arte. De matamore éructant il devint en quelques pas un fantoche titubant et pitoyable. Ses traits se creusèrent encore et sa peau pâlit jusqu'à devenir cireuse. Au coin de la venelle une interminable quinte de toux le secoua.

« Tout tourne », murmura-t-il en s'appuyant contre un mur.

Larry s'efforça de ne pas céder à la commisération.

« Vous ne connaissez aucun autre endroit où l'on pourrait avaler quelque chose ?

— Il y a bien des œufs au marsala chez *Zi' Alba,* à deux pas d'ici, répondit Ambrogio comme à regret, et je sais au moins qu'on pourra les manger de confiance, mais deux œufs pour le renseignement que j'ai à vous donner... Il ne faut quand même pas gâcher la marchandise !

— Alors tant pis, *signor avvocato.* »

Larry fit mine de s'éloigner vers le port, puis comme Salvaro ne bougeait pas, revint sur ses pas.

« Voulez-vous que je vous dise une chose ? Je n'avais nullement sur moi les mille lires que cette canaille demandait. »

Ambrogio demeura sans voix.

« Mais alors comment aurait-on fait ?

— On aurait mangé la langouste, et puis après... j'aurais laissé un billet de cent lires sous l'assiette et on aurait filé. Vous avez remarqué que j'avais pris la table la plus proche de la sortie, ajouta-t-il d'un ton désinvolte.

— Mais enfin, c'est moi que cette *canaglia* aurait rattrapé ! s'exclama Ambrogio.

— Alors là, mon pauvre ami, vous vous seriez arrangés entre truands ! » s'exclama Larry en faisant le geste de s'en laver les mains.

Les traits de son interlocuteur se figèrent.

« Encore une fois je ne suis pas un truand, je suis quelqu'un qui est dans le besoin ! s'exclama-t-il. Et puis, il faut savoir ce que vous voulez... Vous n'auriez plus jamais obtenu de renseignements de moi !

— Je plaisantais, Salvaro... En fait si la langouste avait été fraîche, j'aurais donné à votre homme tout ce que j'avais sur moi, soit deux cent treize lires, plus une petite corne de buffle en pendentif trouvée sur le cadavre d'un camorriste de renom assassiné via Forcella. Il paraît que ça vaut de l'argent. »

Ambrogio acquiesça.

« Je crois bien ! La corne de buffle est un remède contre les *jettatori*, vous savez, ces jeteurs de sort qui sont, si j'ose dire, l'une des spécialités les plus anciennes de la ville. Ils ont dû s'intéresser à moi à mon insu pour que je sois toujours dans la panade. Tout le monde en a une peur bleue...

— Apparemment le pendentif n'a pourtant pas suffi à nous procurer un déjeuner digne de ce nom. Moi aussi j'y comptais, figurez-vous.

— Bon, enfin vous ne m'auriez donc pas laissé en rade !

— Mais non, je plaisantais, Ambrogio. Nous avons besoin l'un de l'autre, c'est aussi simple que cela. »

C'était la première fois qu'il l'appelait par son prénom. Salvaro en parut tout requinqué.

« Je préfère ça, je préfère ça, grommela-t-il. Eh bien, allons chez Alba, si j'arrive à me traîner jusque-là, ce qui n'est même pas certain. »

C'était à deux pas, via Catalana. Les Catalans n'étaient guère mieux lotis que les Français, pensa Larry, tant la ruelle apparaissait étroite et sombre. La trattoria *Zi' Alba* n'avait pourtant rien du bouge précédent, bien qu'elle fût également déserte.

L'intérieur était pimpant avec ses murs clairs décorés de sous-verre représentant le Vésuve en éruption et de fleurs de celluloïd sur la desserte. Une jeune serveuse les gratifia d'un sourire sans retenue. Ce fut malheureusement pour leur dire que manquait l'essentiel, le nœud de toute l'affaire, le but de son équipée depuis la piazza Vittoria (au moins autant que la recherche du renseignement) : un repas au parfum d'autrefois.

« Je n'ai plus rien », dit-elle avec un air navré.

Larry entendit à côté de lui une sorte de soupir prolongé en une plainte sourde.

« Ne me dites pas ça, je ne vais plus croire aux cornes de buffle, dit Ambrogio d'un ton funèbre.

— J'avais préparé quelques *taralli*, précisa-t-elle, mais dès qu'ils ont senti l'odeur, les gens de la rue se sont précipités, et tout est parti avant même d'être sorti du four.

— Eh bien vous pourriez en confectionner pour nous quelques autres... suggéra Ambrogio d'une voix qui avait déjà perdu tout espoir.

— Je n'ai plus de sucre ni de farine, *signor,* et les *taralli* sans ces *ingredienti...* »

Le visage d'Ambrogio s'allongeait à mesure qu'elle prononçait *ingredienti*. Il faisait peine à voir.

« Je n'ai que des œufs au marsala, reprit la jeune serveuse pour lui redonner espoir. Deux par personne.

— Je ne vais tout de même pas vous donner mon renseignement pour deux œufs au marsala ! s'exclama Ambrogio.

— Vous prendrez les miens », promit Larry.

Ambrogio hésita puis à contrecœur s'assit devant l'une des tables proprettes. De façon un peu perverse un menu d'avant guerre avait été encadré au-dessus de la desserte. « *Fritelle di fiori di zucchina farciti di mozarella*, lut-il d'un ton plaintif. *Spaghetti ai porcini in bianco. Costoletta alla milanese.* »

« Apprenez-le plutôt par cœur, cela exercera votre mémoire », lança Larry.

La jeune fille apportait déjà deux verres de marsala. Au moment où elle s'apprêtait à casser les œufs pour les mélanger Ambrogio arrêta son geste.

« Donnez-les-moi à part et gardez le vin. L'alcool ne me vaut rien.

— Je n'ai pas le droit, *signor*. Il faut consommer sur place, c'est bien pour cela qu'on les mélange. »

Devant l'air consterné d'Ambrogio, elle glissa un regard sur Larry.

« Mais si le *signor ufficiale* est d'accord...

— Oui, oui », fit Larry impatienté.

Sans un mot elle enveloppa les quatre œufs dans un feuillet du *Mattino*. Larry but alors son verre de marsala, cherchant à inciter son interlocuteur à faire de même pour qu'il devienne plus bavard. Il n'en fit rien.

« C'est soixante lires », vint annoncer la serveuse.

Sous le lourd regard d'Ambrogio, Larry lui compta les pièces. L'avocat prit alors les œufs et les serra précautionneusement contre lui.

« Vous voulez les couver ? demanda Larry.

— Quand même, maugréa-t-il, pour vous, c'est pas cher payé ! Quatre œufs pour les informations que j'ai à vous donner !

— Cessez un peu vos simagrées, Ambrogio, répliqua Larry un peu agacé. Devenir mon informateur ne peut qu'améliorer votre sort... Vous me direz que ce n'est pas difficile.

— Bon, dit l'*avvocato* à contrecœur. J'ai un contact avec une fabrique de jus de fruits près de Cassino, à cent kilomètres d'ici sur la route de Rome. Je ne parle pas là de l'abbaye, mais de la ville en contrebas de la butte. Le service d'expédition de l'usine a reçu l'ordre de fabriquer trois cents caisses de bois semblables à celles dans lesquelles ils livrent d'habitude leur marchandise.

— C'est une commande des autorités allemandes ou des moines du monastère ?

— Je ne sais pas, mais ce qui est certain c'est que mon interlocuteur a remarqué au cours du mois de novembre des mouvements de véhicules militaires allemands sur la route d'accès. »

Larry se pencha vers lui.

« Et... votre contact à vous est l'un des religieux ? »

Ambrogio secoua la tête.

« Je ne divulgue jamais mes sources.

— Vous pouvez au moins me dire si c'est un moine ou un ouvrier de l'usine ! C'est important ! »

Son visage demeura impassible. Larry tenta une autre approche.

« A votre avis, cette commande de caisses aurait un rapport avec un transport d'œuvres d'art provenant de l'abbaye ?

— Il y a longtemps que je n'ai plus d'avis, répondit Ambrogio d'un air las.

— Vous feriez bien d'en avoir un ! dit Larry en élevant la voix. Vous en savez bien davantage que vous ne dites ! »

Ambrogio haussa les épaules.

« Si des camions allemands montent en convoi jusque là-haut, ce n'est pas pour transporter des indulgences !

— Ah, vous faites de l'esprit, maintenant ! Je voudrais aborder le problème *sérieusement*, Ambrogio. Pensez-vous que c'étaient les tableaux de la pinacothèque de Naples qui se trouvaient dans ces caisses ?

— S'il s'agit d'eux, ils seraient arrivés à l'abbaye il y a près de trois mois ! Depuis ils ont eu le temps d'en faire, du chemin... Là, je vous parle de faits plus récents. Le monastère ne contient pas que des tableaux... »

Larry se pinça nerveusement les ailes du nez, puis appela la serveuse.

« *Signorina*, pouvez-vous encore ajouter quelques

132

œufs dans un sac de papier ? Je vous en donne vingt lires de plus.

— Deux par personne, je ne peux pas faire plus...

— Nous avons failli être trois, la fille de monsieur devait venir avec lui », dit-il en déposant quarante lires sur la table.

Elle hésita.

« Bon, parce que c'est vous, *lieutenant,* répondit-elle presque timidement en lui apportant avec précaution deux œufs supplémentaires.

— J'espère que votre fille apprécie les omelettes », dit Larry.

Ambrogio eut un sourire las.

« Il y a longtemps que je n'en avais vu tant à la fois », murmura-t-il.

Le silence retomba, troublé par des éclats de voix lointains.

« Puisque vous me parlez d'elle... c'est pas moi, hein, c'est vous... Je ne voulais pas que vous vous formalisiez pour la lettre que vous avez reçue ce matin... Si vous saviez quelle est ma situation... et la sienne... Elle veut me quitter. Et je la comprends, dans un sens. Si vous saviez la jeunesse qu'elle a eue, avec sa mère disparue alors qu'elle n'avait pas douze ans... Et puis, tout de suite la guerre. A cause de cela je l'ai peut-être tenue trop serrée, elle prétend que je l'empêche de sortir, qu'elle n'a jamais vu un garçon de sa vie, et même que je la séquestre... Tout cela parce qu'elle voulait devenir infirmière à l'hôpital militaire de Bagnoli pour s'occuper des blessés alliés... Vous imaginez, à quinze ans ! Je le sais bien, ce qu'on dit de Bagnoli, et comment les blessés regardent les infirmières ! Jolie comme elle est, je sais bien aussi ce qui lui arriverait ! Je prétends moi que je ne la cloître pas, mais à quoi bon lui donner mes raisons, elle m'en veut. Pire, elle me méprise. »

Il avait l'air accablé et parlait d'une voix sourde et saccadée que Larry ne lui avait pas encore entendue.

« Elle me rend responsable de tout, reprit-il, y compris et surtout de la mort de sa mère. Ça s'est passé un soir de décembre justement, et c'est peut-être pour cela que ça la reprend chaque année à cette époque... J'avais loué une camionnette pour transporter là-haut dans un garde-meuble du Vomero un certain nombre de souvenirs des expéditions polaires italiennes que j'avais pu racheter... Je ne sais pas si je vous l'ai dit, reprit-il en levant brusquement la tête, mais, j'étais à ce moment de ma vie passionné par les expéditions polaires du duc de Savoie et d'Umberto Nobile. Surtout de ce dernier, avec ses fameux dirigeables. Ça vous dit quelque chose, Nobile ? »

Sa voix s'était peu à peu animée, de même que ses traits, comme s'il n'était plus le même homme.

« Oui, vaguement... répondit Larry surpris de se retrouver à discuter avec lui d'un sujet si différent. Je devais avoir une dizaine d'années quand il a survolé le pôle Nord. Je ne vous voyais pas du tout intéressé par cela, remarqua-t-il un peu déconcerté.

— Intéressé ? Passionné, vous voulez dire. En fait, Nobile était originaire de la petite ville de Lauro, non loin d'ici, et j'avais toujours entendu parler de lui par mon père. Lorsque j'ai fait mon service militaire en 1928, j'ai ainsi obtenu d'être versé dans l'équipage du *Città di Milano,* le navire de support de sa seconde expédition avec le dirigeable *Italia.* C'était toujours mieux que l'Erythrée ! Je me suis alors pris de passion pour l'Arctique. J'étais quasiment sur place au moment où le dirigeable a été plaqué au sol par la tempête, et où Nobile s'est retrouvé dans les débris de la nacelle avec huit rescapés... Le monde entier en parlait... Ils sont restés bloqués sept semaines dans leur tente rouge avant d'être secourus par un brise-glace russe. J'avais été si captivé par le déroulement du sauvetage que plus

134

tard, en souvenir de ces mois mémorables passés au Spitzberg, j'ai pu racheter, car je pouvais encore m'offrir ce genre de fantaisie à l'époque, des éléments du matériel de l'expédition. En particulier un morceau de la fameuse tente, qui est pour moi comme un fragment de la vraie Croix... En remerciement Nobile m'a donné une bague que je porte toujours à mon doigt », dit-il en lui montrant un sobre anneau d'or gravé de la mention *Italia 1928*.

Il interrompit soudain son monologue comme s'il craignait d'être entendu de la serveuse qui époussetait d'un chiffon nonchalant les fausses fleurs de la desserte.

« Je me demande si ce n'est pas cette tente rouge qui m'a porté malheur, reprit-il un ton plus bas lorsqu'elle se fut éloignée. Tous ces vestiges tenaient trop de place Riviera di Chiaia, dans l'appartement que vous connaissez. Il faut dire qu'il était meublé, à l'époque. J'avais donc loué une camionnette où nous avions chargé tout ce bazar... la tente, les piquets, les raquettes, des fragments de la nacelle naufragée, que sais-je encore... »

Il se tut et se creusa plus encore. La serveuse avait maintenant quitté la salle.

« C'est arrivé au coin de la via Bernini et de la via Cimarosa. Un faisceau de piquets de toile de tente s'est détaché dans le virage, j'ai eu mon attention détournée et je n'ai pas vu arriver un camion. Dans le choc elle a tout pris. Elle est morte après deux jours de souffrance. Je suis resté prostré. Ce sont les propriétaires de la camionnette accidentée qui ont tout apporté ici. Pour moi cet entrepôt est devenu un endroit maudit. Je n'y suis remonté qu'une seule fois. Et maintenant le seul nom de Nobile me fait horreur. »

Il y eut un nouveau silence. Ses mains tremblaient.

« Domitilla ne m'a jamais pardonné. A dater de ce jour mes problèmes avec elle n'ont plus cessé. Je suis certain que si elle veut tellement quitter la maison c'est à cause de cette funeste journée. Et pour cela, avec l'inconscience de son âge, elle a imaginé d'épouser le premier officier allié qu'elle rencontrerait. A supposer qu'elle lui plaise, bien sûr.

— Alors dites à votre fille que je ne suis officier que par les circonstances de la guerre. Dans le civil je ne suis qu'un humble professeur de lettres qui cherche à écrire une biographie qui ne se vendra pas. Je n'ai ni moyens, ni maison, ni fortune et votre fille serait vite déçue, croyez-moi. Ainsi c'est elle qui vous a poussé à écrire cette lettre ? » demanda-t-il après un silence.

Ambrogio hésita.

« En quelque sorte.

— Je préfère ça, dans un sens, laissa échapper Larry avant de poursuivre aussitôt : elle ne peut même pas prétendre qu'elle m'a vu !

— Je la connais, elle a dû vous observer et vous écouter sans que vous la remarquiez. Vous parlez fort bien notre langue, elle n'a pas dû perdre un seul mot ! Elle m'a dit qu'elle avait entendu l'anecdote de votre poète avec la jeune Italienne... Cette lettre, oui, elle me l'a presque dictée. »

Sa voix sonnait soudain faux.

« Le problème avec vous, c'est que vous en faites toujours trop, Salvaro, lui dit Larry d'un ton sévère.

— Il ne faut pas m'en vouloir, reprit-il de sa voix triste. Je ne peux plus ni la nourrir, ni l'élever. Pour elle je suis quelqu'un qui a tout raté dans la vie. Même lorsque je parviens à lui rapporter des aliments à la maison — ces quelques œufs, par exemple — elle trouve que ce n'est pas mangeable et n'y touche même pas. Du coup elle ne pèse plus que quarante kilos. Et pourtant... Vous ne pouvez pas savoir à quel point elle est jolie. A se demander comment je peux être son père.

— Arrêtez de me faire l'article, vous me dégoûtez ! l'interrompit-il avec humeur. Je ne verrai pas votre fille, est-ce assez clair ? »

Sa voix avait dérapé au point que la jeune serveuse, inquiète, repassa la tête dans l'embrasure de la porte. Ambrogio avait mis ses mains devant son visage pour qu'elle ne vît pas à qui s'adressait cette voix courroucée.

« Nous nous donnerons désormais rendez-vous en dehors de chez vous, comme aujourd'hui, reprit Larry. Et ce n'est pas la peine d'utiliser de petits *sciuscias* comme estafettes. Je n'aime pas avoir l'impression d'être surveillé ou suivi. A l'avenir vous n'aurez qu'à déposer les messages à mon intention dans ma boîte aux lettres. »

Ambrogio accusa le coup.

« Attendez avant de m'annoncer que vous ne repasserez pas le seuil de cette maison, dit-il d'une voix soudain anxieuse lorsqu'il vit que Larry se préparait à partir. J'ai eu la chance de rencontrer hier soir don Ettore dans l'escalier et, en dépit de nos différends, je me suis permis de lui parler de vos recherches concernant l'ancien locataire de la maison. Il m'a dit qu'il vous recevrait bien volontiers, et qu'il se demandait même s'il n'avait pas quelques documents susceptibles de vous intéresser. »

Le regard d'Ambrogio était si fuyant et sa diction si précipitée qu'il parut évident à Larry qu'il venait de tout inventer et jouait là sa dernière carte pour l'inciter à revenir Riviera di Chiaia. Il y avait dans cette obstination à vouloir lui présenter sa fille quelque chose qui lui parut à la fois pathétique et vaguement attendrissant.

« Je n'ai pas besoin de vous pour prendre contact avec don Ettore Crespi, lui répliqua-t-il néanmoins d'un ton sec. Et si je venais en effet à franchir à nouveau le seuil de sa maison vous ne seriez certainement pas prévenu. En revanche j'ai besoin de vous pour tous les renseignements et les informations que peut apporter un indicateur de police. J'ai donc cherché un moyen

— puisque les Américains semblent aussi fauchés que nous — de vous rémunérer, et j'ai pensé à la chose suivante. J'ai pu constater que les transports publics ne fonctionnaient pas pour la plupart... Combien faut-il pour aller à pied de Piedigrotta au Mercato ?

— Sûrement plus d'une heure... quant aux transports... vous n'avez donc pas vu tous ces tramways immobilisés ?

— Ecoutez, il se trouve que je suis propriétaire d'une petite Fiat Topolino que j'ai pensé à faire venir ici, depuis Palerme. Pensez-vous que je pourrais en obtenir un bon prix ? »

Ambrogio le regarda. Il semblait flairer la bonne affaire et son attitude en devenait moins évasive.

« Elle est en état de marche ?

— Parfait état. Papiers en règle. Pneus d'avant-guerre presque neufs. »

L'*avvocato* regardait le menu encadré comme s'il devenait soudain possible de le commander.

« C'est en effet un produit rare, surtout maintenant qu'on arrive à obtenir à nouveau des bons d'essence... Il hésita. Je peux m'enquérir d'un prix, disons honnête. Au moins cinquante mille, peut-être plus...

— A supposer que je vous confie cette vente, quel serait votre pourcentage de commission ? »

Les yeux d'Ambrogio papillonnèrent avec rapidité.

« Ce serait en fonction du prix obtenu », répondit-il avec assurance.

Son comportement avait en effet changé. Il s'était redressé sur sa chaise et son regard était plus vif.

« Je peux aussi m'occuper des formalités administratives qui sont particulièrement fastidieuses, ajouta-t-il.

— Combien durent-elles ?

— Au moins une journée, surtout si la transaction concerne un militaire. Car il faudrait la vendre sur le port même, précisa-t-il. Dans la ville je ne lui laisse pas une heure avant d'être volée. »

Il risqua un regard vers la porte et se pencha sur lui.

« On pourrait même se passer complètement de papiers... Comme elle vient de Palerme il n'y a pas de dédouanement. Ni vu ni connu, l'acquéreur s'occupe lui-même de tout, pas de taxe à payer et vous auriez vingt mille lires de plus.

— Alors ça ! répliqua Larry avec irritation. Le naturel revient au galop ! Je passe mes journées à lutter contre les aigrefins, et voilà ce que vous me proposez ! Pas question. Je veux que tout soit transparent. Je vous laisse une commission de dix pour cent, mais sur un contrat de vente en bonne règle !

— Et si j'arrive à en tirer plus de soixante-dix mille ?

— Cela augmente votre commission, mais je ne veux rien sous la table, compris ? »

Ambrogio esquissa une moue désapprobatrice comme si cela contrevenait à tous ses principes.

« Bien, fit-il à contrecœur.

— La voiture arrive lundi à bord du *Duchess of Bedford*. Je ferai remettre à la Commanderie militaire du port le double des papiers nécessaires à la transaction. Vous me les rapporterez avec l'argent. Je préviendrai les autorités alliées que j'ai un intermédiaire mais je ne vous donnerai pas de procuration.

— Ça va me faire dans les sept mille, dit Ambrogio d'un ton rasséréné. Oh, mais ça me change la vie ! Ça, je vous en donnerai des informations en retour !

— J'y compte », dit Larry.

Ils se levèrent. La petite serveuse les regardait à la dérobée et Larry ne voulut pas quitter les lieux sans un petit mot à son égard. Il eut un geste circulaire sur les sous-verre du Vésuve accrochés au mur.

« Heureusement encore qu'il se tient tranquille pour le moment, lança-t-il d'un ton badin. Juste sa petite fumée si rassurante...

— C'est encore heureux, avec tout le mauvais sort qui s'acharne sur nous, répondit la jeune fille du même ton. Je me souviens de l'éruption de 33, j'avais quatre ans...

— Et moi, de celle de 29. J'avais un peu plus », dit Ambrogio d'un air guilleret.

Il paraissait transfiguré, et Larry le vit même sourire lorsqu'elle lui apporta le sac pour les œufs.

Le vaste carrefour de la via Medina et de la via San Felice bruissait d'animation lorsqu'ils débouchèrent de la petite rue. Ambrogio marchait à côté de Larry à pas comptés, protégeant son trésor de l'agitation de la foule à tel point qu'il en paraissait tout voûté.

« Première recommandation, essayez de suivre cette histoire du Mont-Cassin, lui dit Larry à mi-voix. Cette commande de caisses ne me dit rien qui vaille. Encore une fois il ne faudrait pas que Kesselring profite de sa retraite pour déménager les trésors du monastère...

— Si c'est le cas, c'est déjà fait, répondit Ambrogio. De toute façon, on ne sait rien. Entre eux et nous il y a maintenant la ligne de front. Mais faites donc attention ! »

Quelqu'un venait de le bousculer. Ambrogio fit un écart et faillit tomber.

« Faites surtout attention à vos œufs ! Qu'est-ce que dirait votre fille ! »

Ambrogio eut son petit rire en grelot, comme si le fait que Larry lui ait parlé de sa fille de façon plus chaleureuse le déridait au moins autant que la promesse d'une commission.

« La dernière fois que j'ai vu un Italien transporter

des œufs, reprit-il, ils étaient pourris et l'homme s'apprêtait à les lancer contre une affiche de Mussolini.

— Ah bon, vous arriviez pour l'arrêter ?

— Je l'ai injurié. J'ai cru au fascisme, vous savez, j'ai cru qu'il allait réveiller et ressusciter l'Italie. J'étais dans cette rue au milieu de la foule lorsque nous avons pris Addis-Abeba. J'avais tout fait pour ne pas partir là-bas, et pourtant j'en pleurais de bonheur ! J'avais découpé une photo de Clara Petacci et je l'avais placée dans mon petit panthéon personnel à côté de Nobile et de Badoglio. Vous voyez la grande poste devant vous ? Jusqu'au 13 septembre il y avait une non moins grande photo du Duce sur la façade, mais les œufs étaient déjà trop rares pour qu'on songe seulement à... »

Dans un premier temps Larry ne comprit pas pourquoi le mur de marbre gris que lui désignait Ambrogio se désintégrait ainsi. Dans le même instant la pente de la via Monteoliveto parut se redresser de façon vertigineuse et, telle l'échelle de Jacob, monter jusqu'à un ciel devenu soudain aussi opaque et grisâtre que les hautes murailles du château de l'Œuf. Lorsqu'il repensa plus tard à la succession si rapide des événements, il garda cette certitude : la façade de la poste avait tremblé avant qu'il n'entendît la déflagration. Celle-ci fut si violente qu'il eut l'impression d'être soulevé de terre puis d'être violemment projeté au sol et de rester, lui sembla-t-il, quelques instants inconscient. Lorsqu'il reprit ses esprits il était allongé en pleine rue, et au ras de la chaussée des poussières à l'odeur âcre l'empêchaient de respirer. Il se redressa en titubant, et dans une sorte de réflexe courut se placer à l'abri d'un mur. Autour de lui les corps semblaient recouverts d'un suaire grisâtre, comme s'ils venaient d'être exhumés des cendres de Pompéi. « *Terremoto ! Terremoto !* » criait non loin de lui une femme affolée. Il eut envie de crier à son tour, mais aucun son ne sortit de sa bouche. Dans l'atmosphère saturée de poussière, des silhouettes fantomatiques couraient en tous sens en le frôlant, les bras levés vers le ciel noir dans un geste millénaire de révolte et de supplication. Soudain il s'immobilisa. L'une de ces silhouettes, la seule dans tout ce désordre qui se déplaçât avec calme, lui rappela brusquement celle qui lui était apparue peu de temps auparavant dans la lumière livide du miroir. Sous la chape de poussière qui obscurcissait le ciel jusqu'à la pénombre c'était la même démarche précautionneuse, la même grâce dans le mouvement, le même casque de cheveux noirs bouclés. Elle paraissait danser sur les ruines dans une lumière blême où toute impression de pesanteur était absente.

Il se retourna brusquement.

« N'êtes-vous pas... », commença-t-il.

Déjà elle avait disparu au milieu de la foule frappée de stupeur. Pendant quelques instants il ne sut plus dans quelle réalité il se retrouvait. Peu à peu pourtant l'atmosphère se clarifiait. Au loin réapparut sur un fond de ciel d'un bleu pâle et innocent l'harmonieuse courbe du volcan placidement surmontée du petit panache qu'il avait évoqué avec la serveuse, et qui lui apparaissait à cet instant comme un harmonieux cumulus dodu et inoffensif accroché à ses pentes. C'est alors qu'il repensa à Ambrogio. Bon Dieu. Où était-il passé, celui-là.

Il regarda autour de lui. A quelques pas l'*avvocato* était agenouillé et parlait tout seul. Le revers de sa veste était maculé d'une gelée gluante qui devait être du blanc d'œuf mélangé à de la poussière. Il tremblait de tous ses membres.

« Tous cassés », murmura-t-il lorsque Larry s'approcha.

Il avait un ton fataliste, comme si c'était son destin à lui de ne même pas pouvoir ramener un panier d'œufs chez lui.

« Une bombe à la grande poste ! » cria quelqu'un.

« Vous pensez que c'est une bombe ? demanda Larry.

— Oh oui. Je sais bien l'effet que ça produit. Au

moins cinq cents kilos. J'ai déjà entendu celle de juillet à Piedigrotta. Nos ex-alliés en ont laissé partout derrière eux dans leur retraite. Maintenant il va falloir vivre avec ça. »

Sa voix fut recouverte par le fracas des chenillettes qui se frayaient bruyamment un chemin parmi les décombres. Devant lui, à l'orée de la via Monteoliveto qui avait repris sa douce pente naturelle, un panneau indiquait USE TURN SIGNAL BEFORE INTERSECTION, et la lourde chenillette le broya sous ses yeux. A côté de lui Ambrogio marchait les yeux à terre, les mains un peu écartées comme s'il transportait toujours son précieux fardeau. A l'approche des cafés du centre, il tenta d'épousseter un peu son costume, paraissant vouloir retrouver un peu de respectabilité.

« Vous retrouverez bien des œufs maintenant que vous avez un peu d'argent, lui dit Larry d'un ton compatissant. Il y a encore des basses-cours dans ce fichu pays ! »

Ambrogio soupira.

« Pour l'arrivée de la voiture, prévenez-moi la veille, demanda-t-il d'une voix brève.

— J'espère que votre acheteur sera plus sérieux que le type de la trattoria ! »

Il ne répondit pas, et s'éloigna sans un geste. Larry le regarda disparaître en direction du Municipio dans la foule redevenue calme qui paraissait, à l'image des eaux du golfe, n'avoir été saisie que par une brève tornade. Larry repensa alors à la silhouette entrevue. Il aurait donné cher pour savoir si Ambrogio allait dans quelques minutes être accueilli par sa fille — ou si sa mystérieuse « prisonnière » avait déjà quitté ce père détesté.

4

"250, Riviera di Chiaia,
4 décembre

"Monsieur le Lieutenant Lari,

Mon père m'a dit que vous vouliez pas me voir. Vous m'avez pas vue d'ailleurs l'autre jour, mais moi si — cachée dans l'ombre, j'ai pu bien vous regarder. Je vous ai entendu, aussi. J'aime bien votre voix. Avec votre accent anglais, c'est comme si vous tourniez dans un film. Vous parliez de poésie, et mon père vous disait qu'il connaissait *L'Infinito* par cœur — c'est sûrement pas vrai, comme tout ce que raconte papa. Moi j'en connais plein, des poèmes de Leopardi, *Soir d'un jour de fête, A Silvia* surtout. Je sais *aussi* qu'il y a quelque part dans la maison une lettre de la femme du poète dont vous parliez avec papa : don Ettore Crespi (qui habite au premier) me l'a montrée un jour que je lui avais avoué que je lisais des vers. Je me doute bien de ce que papa pourra vous dire si vous faites des affaires avec lui : toutes ses combines tournent autour du chiffre 3, même au loto. Quand il a un renseignement il se débrouille pour le diviser en trois messages successifs afin que ça lui fasse trois repas, ou trois paquets de sel, ou trois cartouches de Camel revendues chacune trois fois le prix. C'est comme pour la Topolino, dont il m'a parlé : il prendra trois fois plus que les dix pour cent qu'il annoncera, surtout si elle a ses pneus. S'il n'en tenait qu'à moi, je lui vendrais la Fiat avec seulement trois pneus, il serait bien embêté ! ! Non, c'était une plaisanterie, mais je méprise mon père à cause de cela et de bien d'autres choses — vous au contraire je suis sûre qu'on peut vous faire confiance.

"Pour vous dire la vraie vérité, c'est moi qui lui ai demandé d'écrire la lettre de l'autre jour — lui l'a juste mise en bon italien. Tout ce qu'il a pu vous dire de moi est vrai — que je veux le quitter et que je suis certaine de pouvoir être heureuse avec vous. Il me dit que vous êtes juste officier de réserve, et que vous n'avez pas de maison en Angleterre, mais ça fait rien on s'arrangera toujours, je prendrai ma part dans tout ce qui nous arrivera. J'ai vu que vous portiez pas d'alliance, et puis je viens d'avoir seize ans, j'ai déjà l'*âge* de partir avec qui je veux.

"Même si vous refusez je tiens à ce que vous gardiez un bon souvenir de moi, aussi je veux vous montrer le renseignement (une photo) que mon père voulait vous donner après avoir reçu la commission pour la Topolino. Après-demain lundi il se rend au port pour toute l'après-midi afin de préparer le débarquement de la voiture comme vous lui avez demandé. *Alors* je crois que c'est l'occasion que je vous montre en plus de la photo la lettre qui appartient à don Ettore (j'ai la clé de son appartement, il le saura pas).

"Venez à 3 heures par l'escalier de service à droite dans la cour.

"Avec mon profond respect, votre dévouée

"Domitilla Salvaro."

Il replia une fois de plus la lettre et revint s'asseoir sur le banc. Elle avait été postée l'avant-veille et il ne l'avait trouvée que le matin même dans sa boîte. Il était maintenant quatre heures de l'après-midi et il ne s'était toujours pas décidé à traverser la rue. Pour la première fois depuis plusieurs jours le temps était gris, et les tristes façades qui alignaient leurs fenêtres aveugles face au parc désolé semblaient si froides et mélancoliques que cela lui parut un bien mauvais présage pour une visite qu'il prévoyait pleine de traquenards. Quelque chose le troublait et l'intriguait à la fois dans ce double feuillet : en dépit de la syntaxe encore malhabile, c'était la missive d'une rouée qui jouait sur tous les registres pour tenter de le faire revenir sur son refus de retourner Riviera di Chiaia. Une tentative de séduction un peu perverse fondée sur le rappel de regards échangés (l'avaient-ils même été ?) dans la pénombre, un chantage presque enfantin aux renseignements, une affirmation réitérée de son désir de quitter sa « prison » — mais aussi une façon fort maladroite, trouvait-il, de titiller sa curiosité en lui faisant miroiter l'existence d'un document concernant le ménage Shelley ! L'éventail de moyens par lesquels elle cherchait à l'attirer était si complet qu'il douta fort dans un premier temps qu'Ambrogio n'eût pas à tout le moins — et en ultime recours — inspiré cette nouvelle rédaction. Il y avait dans cette missive un côté obstiné, presque éperdu, qui ne pouvait venir que de lui.

Larry se leva lourdement du banc de marbre — celui-là même qu'il occupait l'autre nuit avec Paul — et fit quelques pas hésitants le long de la grille du parc, puis déchira la lettre en menus morceaux qu'il enterra soigneusement dans la décharge proche de l'aquarium. Sous le ciel gris les palmiers paraissaient incongrus, et l'impression d'étrangeté qu'il ressentait allait de pair avec son inquiétude : décidément tout cela sentait par trop le piège. Il crut entendre dans le silence la voix de Paul le conjurant de se méfier. « Ta curiosité te perdra », lui aurait-il dit s'il l'avait rencontré à cet instant. Et il aurait eu raison, pensa Larry. Mais comment aurais-je pu lui expliquer que le véritable but de ma présence ici était justement de satisfaire ma curiosité et d'en avoir le cœur net ? Sous prétexte de reprocher à Domitilla la lettre que j'ai reçue d'elle (comme je l'ai fait pour son père ; décidément ils aiment écrire dans cette famille), j'aurai la possibilité de placer un visage derrière ce prénom peu commun et une apparence réelle derrière cette silhouette évanescente. Et alors seulement, après l'avoir gentiment morigénée et avoir mis avec elle les choses au point (comme je l'ai fait également pour son père), je me retirerai en lui recommandant de ne rien dire de mon passage. Il fit quelques pas le long de la grille. Après tout, que risquait-il ? En quittant la 311ᵉ section il avait téléphoné au lieutenant Simmons qui siégeait au bureau du port : celui-ci lui avait confirmé que le *Duchess of Bedford* était depuis peu arrivé à quai, qu'un Italien venant de sa part avait en effet remis son laissez-passer et attendait le déchargement qui devait durer jusque tard dans la soirée, car le bâtiment repartait dès l'aube pour Palerme. Il avait donc le temps. Et puis après tout, elle lui proposait des renseignements, et en allant les vérifier à la source il ne faisait qu'accomplir sa mission !

Le cœur battant il traversa la rue. Sous la voûte, des rideaux misérables encadraient la loge déserte du portier, et les ornières étaient emplies d'une eau croupie qui reflétait en l'obscurcissant la lumière plombée venant de la cour.

Il avança. Dans le sombre puits de l'escalier de service ne subsistait rien du faste un peu décati du grand escalier. Les marches disjointes n'étaient éclairées que par d'étroites lucarnes aux verres maculés de poussière qui donnaient sur la tranquille piazza San Pasquale. Il franchit précautionneusement le palier du premier puis grimpa avec lenteur jusqu'au second. Comme il y accédait il trébucha, se rattrapa à la rampe et, le cœur battant, attendit dans la pénombre de reprendre son calme avant de frapper discrètement sur la porte d'entrée.

Celle-ci s'ouvrit aussitôt et ils se retrouvèrent face à face. Comme surpris de leur commune hardiesse ils restèrent un instant immobiles, à se dévisager sans mot dire. Puis elle s'effaça pour le laisser passer. Il pénétra dans une cuisine faiblement éclairée qui paraissait aussi vétuste et délabrée que ce qu'il avait vu de l'appartement la semaine précédente.

« Il est bien parti ? » s'assura-t-il à mi-voix.

Elle fit signe que oui. Il y eut un silence. Elle regardait ses pieds dans une attitude de timidité et même d'appréhension qui ne ressemblait en rien au maintien présomptueux et roué que lui avait fait craindre la lettre.

« Vous... vous attendiez derrière la porte ? demandat-il, lui-même troublé. Je n'ai pas entendu de pas...

— Je vous ai vu traverser la cour », répondit-elle.

Elle avait cette fois levé la tête vers lui, et il put enfin découvrir le visage de la gracieuse apparition du couloir. Il ressentit une déception mêlée de fascination — et c'était bien ces sensations contradictoires qu'il s'attendait à éprouver. Elle était belle en effet, avec l'arc des sourcils bien dessiné sur des yeux aussi sombres que le casque de ses cheveux mais, si elle ne semblait guère avoir plus de seize ans, elle n'avait pourtant rien de la fraîcheur juvénile d'une adolescente. C'était comme si elle avait déjà tout vécu, et comme si une profonde lassitude venait altérer la pureté de ses traits, cerner son regard et brouiller la fraîcheur de sa peau.

« Vous m'avez vraiment surpris l'autre jour, dit-il. C'était peut-être l'effet de vous découvrir ainsi dans un reflet de miroir, mais j'ai eu l'impression que surgissait soudain dans la pénombre... comment dire... une sorte d'apparition... une rencontre comme dans un rêve... »

Elle eut un petit rire mutin.

« Ou comme dans un château hanté ? » demandat-elle d'un ton enjoué.

Il hocha la tête. « Pourquoi pas, pensa-t-il. On est chez Mary Shelley, ça lui aurait plu. »

« Reflet ou non, reprit la jeune fille, je n'avais pas ce jour-là l'intention de me laisser voir ! Au contraire, je voulais me cacher pour vous apercevoir et vous écouter sans que vous puissiez vous rendre compte de ma présence. Sur ce point, c'est bien raté. »

Il se décida à pousser son avantage.

« Vous avez aussi joué les apparitions lors de l'explosion de la bombe, n'est-ce pas ? »

Elle le gratifia d'un regard noir qu'elle voila l'instant suivant d'étonnement.

« Là encore, vous ne vouliez pas être vue ? »

Elle esquissa un geste bref et comme désinvolte.

« Disons que ce jour-là, c'était un cauchemar, pas un rêve...

— C'était donc vous ? » insista-t-il.

A nouveau son rire un peu désaccordé qui ressemblait à un aveu.

« Vous êtes trop curieux, dit-elle en baissant à nouveau la tête.

— Vous avez dû quand même avoir peur pour votre père, après l'explosion de la bombe ! »

Elle fronça les sourcils.

« Au contraire, j'ai eu un instant le fol espoir qu'il ne se relève pas. J'étais désespérée de le voir se redresser et repartir couvert de poussière et de jaunes d'œufs comme un pauvre pantin... Non, si j'ai eu peur c'est pour vous. J'ai failli venir à votre secours, m'accroupir à côté de vous et vous aider à vous relever. Je l'aurais fait s'il n'y avait pas eu mon père près de vous... »

Il se contenta de hausser les épaules.

« Votre père prétend que vous lui en voulez parce que vous vous sentez prisonnière ici. Apparemment ce n'est pas vrai : vous vous échappez dès qu'il a le dos tourné !

— Ça peut m'arriver, répondit-elle avec un imperceptible sourire. Le jour de la bombe à la poste, peut-être que j'avais simplement envie de voir si je ne m'étais pas trompée sur vous...

— Vous me suiviez depuis quand ? demanda-t-il vivement. Et comment avez-vous su où me retrouver ? »

Elle esquissa une moue un peu moqueuse.

« Certains des messagers de mon père sont aussi les miens...

— Ah, je vois. C'est par le gosse que vous connaissez le nom de la trattoria.

— Vous aviez l'air si inquiet en la découvrant, dit-elle en pouffant comme une petite fille. Moi, j'aurais jamais osé entrer ! Mais après vous avoir vu et vous avoir suivi tout au long de ces petites rues j'étais certaine d'avoir envie de vous écrire à nouveau. »

Mal à l'aise il s'assit sur le tabouret qu'Ambrogio avait apporté dans le salon le lundi précédent, puis se pencha en avant.

« Parlons-en de ces lettres, *signorina,* dit-il d'un ton réprobateur. Deux dans la même semaine, sur le même sujet, c'est deux de trop. Je vais donc vous répéter, avec toutefois moins de brutalité, ce que j'avais déjà dit à votre père : il ne fallait pas me les adresser, car c'est une démarche absurde. Vous êtes la première à savoir que nous nous sommes à peine vus, et vous vous imaginez bien qu'il n'est pas question que puisse s'amorcer entre nous une relation amoureuse, même si je veux bien croire que vous avez toutes les raisons de vouloir quitter cet homme et cette ville. »

Il s'efforçait de lui parler posément, sans élever la voix, comme il aurait expliqué un sujet complexe à une élève inattentive. Une profonde déception se lut sur le visage de la jeune fille.

« Mais alors pourquoi êtes-vous venu, si c'est pour me laisser ici ? demanda-t-elle.

— Mais pour prendre connaissance du document dont vous me parlez ! Dans le cadre de l'enquête que je mène sur les refuges d'œuvres d'art, j'en ai besoin au plus vite ! Je dis bien : au plus vite, car je ne veux en aucun cas rester dans cet appartement plus de quelques instants. »

Appuyée à la table de la cuisine elle poussa un long soupir.

« Quand même, j'ai eu raison de vous l'envoyer, cette lettre, puisque vous êtes là devant moi, que je vous vois et que je vous entends parler, et que cela me rend plus certaine que jamais de ne pas m'être trompée à votre sujet... Vous êtes bien l'homme avec qui je veux vivre, lieutenant, je vous supplie de me croire...

— Ah, vous n'allez pas recommencer, répondit-il sans élever la voix. Votre père ne vous a donc pas dit comment j'ai accueilli sa missive ?

— *Notre* missive, précisa-t-elle à nouveau. Nous l'avions écrite ensemble et c'est d'ailleurs la seule chose que j'aie jamais faite en accord avec lui. C'est quand j'ai su comment vous l'aviez accueillie que j'ai voulu en écrire une seconde avec mes mots à moi, mais avec la même idée derrière la tête et le même but : ficher le camp d'ici le plus vite possible, et avec vous. »

Elle avait prononcé les derniers mots avec une telle détermination qu'il se leva brusquement.

« Mais, encore une fois, pourquoi vouloir partir avec moi ? C'est totalement impossible ! Je n'ai jamais entendu quelque chose de plus insensé ! Je ne vous connais pas, je ne suis pas amoureux de vous et même si je l'étais, cela ne changerait rien : je suis en uniforme, on ne sait pas combien de temps la guerre va durer et je n'ai de toute façon pas de quoi vous entretenir dans mon pays quand la paix sera revenue.

— Mais vous êtes déjà les vainqueurs ! s'exclama-t-elle. Alors ayez un comportement de vainqueur ! Enlevez-moi ! Prenez-moi, cueillez-moi comme une fleur... »

Il l'interrompit d'un geste.

« Vous parlez comme une jeune fille exaltée qui a trop lu de mauvais romans ! Je sais bien que vous avez des excuses, des conditions de vie difficiles, mais je n'y suis pour rien... Peut-être pourrai-je les améliorer si je peux donner un peu d'argent à votre père... En attendant je m'en vais de ce pas », dit-il d'un ton décidé en se rapprochant de la porte de service.

Elle parut un instant décontenancée, se balançant d'un pied sur l'autre comme si elle supputait sa détermination à vraiment franchir le seuil.

« Mais enfin, vous êtes quand même venu, et ce n'est pas pour la photo ! s'exclama-t-elle d'un ton précipité lorsqu'elle le vit traverser la cuisine. La photo, vous l'auriez eue demain, de toute façon, et vous n'êtes pas pressé à ce point ! Si vous êtes venu alors que vous saviez que papa n'était pas là, c'est parce que vous vouliez savoir à quoi je ressemblais ! Je le connais, il a trop envie lui aussi de me voir quitter les lieux, il a dû vous faire l'article et vous dire que j'étais ravissante... Or vous n'aviez entrevu que deux fois ma silhouette et je suis certaine que vous avez voulu vous rendre compte sur place... »

Il se mit à rire.

« J'admets parfaitement que vous êtes jolie, au point que j'ai du mal à croire comme il le disait lui-même que vous puissiez être sa fille, mais je suis également ravi que vous ne demeuriez rien d'autre pour moi qu'une évanescente apparition. Allez, *addio, signorina.* »

Il ouvrit la porte qui donnait sur l'étroit palier.

« Et la lettre concernant Shelley, vous ne voulez pas la voir non plus ? » lança-t-elle comme si elle utilisait ses ultimes munitions.

Il se retourna.

« Vous aimez jouer sur tous les registres, hein ! Désolé, je ne mange pas de ce pain-là. Si j'ai un jour besoin de voir cette lettre, je m'adresserai directement à don Ettore Crespi.

— Pas si je la déchire », répliqua-t-elle avec un air d'adolescente butée.

Il fit mine de ne pas entendre et commença à descendre. D'un bond elle le rattrapa et il sentit contre lui les côtes maigres de son corps efflanqué dont il émanait une odeur presque animale de gosse mal lavée. Sous la stricte étoffe de son corsage ses seins paraissaient trop lourds pour ses maigres épaules.

« Laissez-moi passer ! lui souffla-t-il à l'oreille. Il peut revenir à tout moment, et je ne veux en aucun cas qu'il sache que je suis venu ici !

— Ça veut bien dire que vous étiez venu pour moi ! » s'exclama-t-elle d'un ton triomphant.

Il la bouscula et parvint à redescendre quelques marches avant de s'immobiliser.

« Je savais bien que je n'aurais pas dû venir ! On commet tous des erreurs et j'en ai commis une belle, mais je ne ferai en tout cas pas celle de succomber à vos attitudes provocantes !

— La lettre de la femme du poète anglais aussi était provocante », dit-elle.

Il haussa les épaules.

« Provocante ? s'exclama-t-il. Venant de Mary Shelley ça m'étonnerait plutôt !

— En attendant, mon père s'était bien gardé de vous en parler...

— Vous m'écrivez que cette lettre se trouve chez le *signor* Crespi au premier étage. Comment le savez-vous, alors que votre père m'a dit qu'il était en fort mauvais termes avec lui ?

— Je le sais, c'est tout... Mais remontez, on ne peut pas parler comme cela dans l'escalier. »

Il hésita. Il voyait au-dessus de lui en contre-jour sur le palier sa silhouette qui s'appuyait à la rampe, un peu déhanchée comme une fragile petite tanagra. Il remonta lentement les quelques marches.

« Est-ce vrai que votre père n'entretient pas de bons

154

rapports avec son propriétaire ? demanda-t-il, comme pour justifier le fait d'avoir rebroussé chemin.

— Evidemment, il ne lui paie pas son loyer depuis le début de la guerre ! Mais moi je suis en bons termes avec don Ettore, précisa-t-elle avec une moue entendue. Je le considère comme un vieil oncle. Comme je vous l'écrivais, j'ai même la clé de son appartement et je peux tout de suite aller chercher cette lettre ; aussitôt que vous l'aurez lue je la rapporterai, il n'y verra que du feu.

— Certainement pas, répliqua sèchement Larry. Et... votre père sait-il que vous entretenez ainsi des relations amicales avec le *signor* Crespi ? »

Elle eut une mimique enfantine.

« Amicales et innocentes, hein, n'allez pas croire...

— Je ne crois rien.

— Sans lui je serais morte de faim à l'heure qu'il est. Allez, restez pas sur le palier ! Vous pourrez partir quand vous voudrez ! Je vous promets que je vous en empêcherai pas. Après tout je m'en fiche si vous lisez pas cette lettre de la *signora* Shelley. Elle avait d'ailleurs rien d'extraordinaire : je me rappelle que c'était plutôt un mot qu'une lettre. Mais puisqu'on parle de la poésie, je peux vous dire que c'est à cause de cela que j'ai connu don Ettore Crespi. Comme beaucoup d'enfants je pense, j'écrivais des petites rimes que je lui montrais quand je le rencontrais dans l'escalier — vous voyez, je les montrais à lui, pas à mon père ! Un jour que j'avais appris par cœur *L'Infini* de Leopardi, j'avais même voulu le réciter à don Ettore, et en récompense il m'avait emmenée voir le manuscrit de la Bibliothèque royale en me disant que c'était le poème le plus célèbre de toute la littérature italienne. Remarquez, c'était méritoire de sa part, lui qui ne s'intéresse qu'aux sciences ! C'est justement ce jour-là qu'il m'a raconté qu'un autre poète, anglais celui-là mais aussi grand que Leopardi, et qui vivait à la même époque, avait passé quelques mois dans notre maison. Quand je suis revenue je voyais notre escalier de façon différente. Au fond ils s'y étaient peut-être rencontrés... », ajouta-t-elle.

Si elle n'avait pas le physique de son père, elle avait de lui, dès qu'elle quittait son air buté, une étonnante facilité d'élocution. Ses phrases étaient prononcées avec une sorte de précipitation, comme si elles avaient été longtemps contenues, et sa voix avait des intonations attachantes, à la fois rauques et mélodieuses, qui s'insinuaient en lui peu à peu, tel un philtre enivrant. Il pensa un instant au contraste qu'elle faisait naître entre le calme et solitaire sommet décrit dans *L'Infini* et le fougueux vent d'ouest qui balayait la célèbre *Ode*.

« S'ils se sont rencontrés ? répondit-il. Pas que je sache... Cela aurait pu se produire, remarquez, mais Leopardi était malade et ne sortait guère de chez lui. »

Une envie d'écouter Domitilla dans les célèbres vers lui vint soudain. Mais ce fut en lui une autre voix, moins musicale à tous égards, et même discordante, qui vint la remplacer. « File, mais file donc, *old boy* ! lui criait Paul. Tu avais pourtant commencé à descendre l'escalier. Tu ne te rends pas compte qu'elle est en train de t'embobiner ? » Il secoua la tête comme pour couvrir la voix de son ami et regagna la cuisine. Devant lui, les bras croisés sur sa poitrine, le visage creusé, Domitilla semblait pour la première fois le considérer comme quelqu'un sur lequel elle pouvait peut-être imprimer sa marque.

« Pouvez-vous vous rappeler ces premiers vers du poème que vous récitiez à don Ettore ? » lui demanda-t-il brusquement.

Elle redressa vivement la tête, puis s'appuya à nouveau à la porte, son visage dans ses mains comme si elle recherchait loin dans sa mémoire un texte enfui.

« J'espère que je vais me souvenir, dit-elle. C'était il y a longtemps. Attendez...

Sempre caro mi fu quest' ermo colle
E questa siepe, che da tanta parte
Dell' ultimo orizzonte il guardo esclude. »

Elle s'interrompit, la main soudain soucieuse.

« Avant, je le savais jusqu'au bout... dit-elle confuse.
Quand je pense qu'il n'a que quinze vers...

— C'était parfait, et récité avec le ton qui convient,
lui dit-il. Pour reprendre votre dernier vers, c'est vrai
que les lointains horizons apparaissent souvent bien
bouchés.

— Les proches aussi, surtout en ce moment, dit-elle.

— Lui savait en tout cas que sa vie serait brève et
que ne lui seraient pas offertes de lointaines perspectives. Shelley, lui, ne le savait pas, encore que... Mais
vous ne m'avez pas raconté comment don Ettore avait
découvert cette lettre.

— Il m'avait dit qu'elle avait glissé dans le loge-
ment du tiroir d'un secrétaire où elle avait passé un
siècle. Il me l'avait lue ce fameux jour où il m'avait
emmenée à la Bibliothèque royale. Je me souviens que
c'était plutôt l'un de ces messages que l'on laisse sur
un meuble de l'entrée si on est en colère.

— En colère ! Vous m'aviez dit qu'elle était provocante ! »

Elle haussa les épaules.

« Oui, enfin. Vous aviez utilisé ce mot, alors c'était
pour tenter de vous garder un peu plus longtemps. »

Il demeura muet. Dans le silence, le ruissellement
d'une gouttière se fit entendre quelque part dans la cour.
Le regard devenu rêveur elle parut l'écouter comme si
c'était le symbole même de l'écoulement des jours.

« Je suis enterrée vivante, ici, reprit-elle avec une
sorte d'entêtement. Je m'ennuie, vous pouvez pas savoir
à quel point. C'est vrai que quelquefois, lorsque mon
père n'est pas là, je peux m'échapper comme samedi
dernier pour poster ma lettre, mais lorsqu'il est à la mai-

son il me laisse jamais sortir seule. Il veut pas que j'aille à l'école ni que je rencontre des garçons. En plus j'ai tout le temps faim, il me donne pas de quoi m'alimenter, ou alors ce qu'il rapporte est immangeable.

— Je peux vous dire que, le fameux jour de la bombe, il était désolé d'avoir cassé ces œufs qui vous étaient destinés...

— Croyez pas ça, j'en aurais même pas vu la couleur ! s'exclama-t-elle. Il les aurait vendus au marché noir... Je peux vous assurer que si je n'avais pas eu don Ettore et Gianni, son valet de chambre qui est à son service depuis toujours, je ne pèserais même pas trente kilos. »

Il fouilla dans sa sacoche de cuir.

« Oh, j'oubliais ! Heureusement que vous parlez de victuailles, je vous ai apporté cela... vous bénéficiez en quelque sorte d'un arrivage de Tunisie, mais je n'ai pas pu en obtenir davantage... »

Il avait sorti deux oranges qu'elle fixa avec fascination.

« Il y a longtemps, murmura-t-elle.

— Mangez-les maintenant, j'emmènerai les pelures avec moi... Vraiment, j'insiste là-dessus, il ne faut pas qu'il sache que je suis venu. »

Joignant le geste à la parole il s'apprêtait à peler le premier fruit lorsqu'elle le lui arracha des mains et mordit avec voracité à même l'écorce.

« Je ne peux jamais attendre pour profiter quand il y a quelque chose à manger, dit-elle la bouche pleine.

— Eh bien attendez, justement ! fit-il en la lui retirant doucement de la bouche. Vous avez tout de même le temps de manger comme une enfant bien élevée. »

C'était Livia qui avait dit cela avec humeur à sa petite sœur, un jour qu'il les emmenait toutes deux au *Circolo del Tennis,* et que la fillette se montrait quelque peu capricieuse. « Tu n'es qu'une sale petite poupée trop bien élevée », lui avait-elle lancé.

Domitilla eut un éclair dans ses beaux yeux battus.

« C'est ce que j'aurais aimé être, soupira-t-elle. Bien élevée, je ne sais pas — élevée, tout simplement. Il aurait fallu pour ça que maman soit là. »

Elle le regarda droit dans les yeux.

« Il l'a tuée, vous savez.

— Il m'a raconté », dit Larry en s'efforçant de ne pas prendre un ton funèbre.

Elle avait cessé de mastiquer la pulpe et demeurait le regard absent, sans bouger, ses lèvres humides de jus d'orange crispées dans un soudain rictus de souffrance.

« C'est le début de tous nos malheurs, reprit-elle. Il préférait l'explorateur Nobile à maman. Il s'est ruiné pour racheter de ridicules vestiges d'une expédition qui avait tourné au tragique. Tout ça parce qu'il avait campé au Spitzberg pendant qu'il faisait son service. »

Il se garda de l'aviser que cela aussi, il le savait.

« C'est désolant, dit-il. J'aurais certes préféré un informateur plus fréquentable que ne l'est votre père, mais dans ces domaines on a rarement la possibilité de choisir, vous ne l'ignorez pas ; tout dépend des circonstances et de l'occasion... Et maintenant il faut que je parte, Domitilla. Pour de vrai.

— Oh, vous m'avez appelée par mon prénom, dit-elle d'un ton extasié.

— Vous préférez que je vous appelle *signorina* ?

— Non, non ! s'exclama-t-elle vivement. Oh, restez encore un peu... »

Elle s'approcha et le prit doucement par le bras, comme si elle sentait sa préoccupation.

« Ne craignez rien, s'il revenait, je l'entendrais dans l'escalier, et vous partiriez alors par la porte de service.

— Ou alors je m'enfermerais dans un placard, comme dans Boccace, n'est-ce pas ?

— Vous auriez de la place, ils sont tous vides, dit-elle sans rire.

— En attendant, puisque j'ai fait l'effort de remonter, montrez-moi donc la photo pour laquelle je suis venu... »

Elle pâlit.

« Oh, encore cette photo... Ne me dites pas que vous n'êtes pas venu pour moi, dit-elle en baissant la voix. Ne me dites pas que vous êtes venu uniquement pour cette sale photo toute chiffonnée comme si elle était restée des jours au fond d'une poche !

— C'est sans doute le cas. Vous vous en êtes bien servie pour m'attirer ici, en tout cas.

— Vous m'avez dit que vous étiez venu pour voir si j'étais pas un fantôme, ou quelque chose comme ça...

— Maintenant je sais.

— Si je vous la montre, vous allez partir aussitôt après... Moi, ça fait une semaine que je pense à vous, reprit-elle de sa petite voix entêtée. Pendant tout ce temps j'ai prononcé votre nom tout haut dans la nuit, alors je crois que j'ai mérité de...

— Qu'est-ce que c'est que ça encore ? demanda-t-il vivement. Quel nom prononcez-vous dans la nuit ?

— "Lari." Je ne sais pas comment ça s'écrit car c'est mon père qui me l'a dit. Il m'avait dit aussi votre vrai nom, mais je ne me souviens que de votre prénom. Ou alors je dis : "lieutenant Lari" au moment où je m'endors, pour ne pas oublier que vous êtes officier. »

Il eut un geste d'exaspération.

« Ça, c'est la meilleure ! Grotesque, simplement grotesque ! Domitilla, je suis très sérieux. Je vous *interdis* de prononcer mon nom ainsi, comme si j'étais un acteur ou un chanteur dont vous seriez amoureuse. Cela m'est insupportable. Ensuite, je suis peut-être officier, mais de réserve, comme vous le savez. Dès la fin de la guerre, je ne suis plus rien. »

Elle s'était cette fois écartée de lui et le considérait fixement, presque rêveusement, le regard rivé sur lui jusqu'au strabisme. Au-dehors la nuit était tombée, rendue plus sombre encore par le ciel lourd qui annonçait

l'orage. Comme elle s'approchait presque machinalement de la fenêtre — un mouvement qu'elle devait faire
souvent — sa silhouette fut prise dans le faisceau des
phares d'une patrouille de passage. De ce fugace éclairage surgit alors pour Larry une autre vision. Comment
n'y avait-il pas pensé avant.

« Mais il n'y a pas que le jour de la bombe... dit-il
comme s'il s'agissait d'une soudaine évidence. L'autre
nuit aussi je vous ai vue. Décidément, pour une cloîtrée, vous bougez beaucoup !

— Je finis par me demander si vous ne me voyez
pas partout, rétorqua-t-elle d'un ton espiègle. Peut-être
que je suis le petit elfe — elle avait employé le mot
magique d'*elfo* — qui doit accompagner votre vie. Ceci
dit, où était-ce ? Quelle heure était-il ? Qu'était-il
arrivé ?

— Je vais vous mettre sur la voie. Ce n'était pas loin
d'ici, il était tard, vous portiez une longue robe...

— Vers minuit, non ? L'heure à laquelle Cendrillon
réalise qu'elle est bel et bien invitée au bal...

— Vous deviez réciter des vers de Leopardi à votre
protecteur, j'imagine.

— Décidément vous me rêvez plus que vous ne me
voyez, je devrais en être contente ! » s'exclama-t-elle.

Elle eut un éclair dans le regard, suivi d'un sourire
pourtant mélancolique.

« Ce soir-là mon père était à Capodimonte, donc je
passais la soirée seule, commença-t-elle de sa voix traînante. Don Ettore m'a alors proposé de me rendre avec
lui au théâtre San Carlo dans le fiacre qui l'emmène
d'habitude dans ses vignes. C'était le jour de ses quatre-
vingts ans et il a voulu me montrer comment ça se passait dans les premières années du siècle quand il allait
à l'opéra avec sa femme. Comment on s'habillait. Comment les voitures venaient vous chercher avec des
cochers en livrée, et comment après la représentation
on donnait un petit souper.

— Ne me racontez pas d'histoire ! s'exclama-t-il, le théâtre n'a pas rouvert ! Je suis bien placé pour le savoir, figurez-vous que c'est moi qui m'en occupe, de sa réouverture !

— On s'est juste arrêtés, continua-t-elle sans se préoccuper de son interruption, on a contemplé la façade, il m'a tenu le bras pour que je puisse descendre et faire quelques pas sous les arcades dans une robe que portait jadis sa femme et qui m'allait très bien. J'ai imaginé les carrosses et les calèches qui arrivaient, les *valletti* avec leurs brandebourgs... et puis je suis remontée dans le fiacre, et c'était déjà fini. Pour remplacer le théâtre le cocher et lui ont voulu me chanter un air de *Don Giovanni*, mais ils chantaient aussi faux l'un que l'autre ! Quand même, reprit-elle après un silence, j'aurais bien aimé vivre dans cette ville-là, à l'époque. Dans cette Naples-là. »

Elle avait parlé de façon rêveuse, presque détachée.

« Et puis, arrivée chez lui, vous avez retiré votre robe de fête ? » lui demanda-t-il.

Elle haussa les épaules comme s'il avait perçu sa pensée.

« Je vous disais que sans don Ettore j'aurais rejoint ma mère depuis longtemps. Ça n'aurait pas été plus mal, vous savez. Mais au moins il me protège lorsque mon père me brutalise.

— Parce qu'en plus Salvaro vous brutalise ?

— Regardez. »

Elle élargit l'échancrure de son corsage. A la base du cou il y avait une marque rouge.

« Il a littéralement tenté de m'étrangler lorsque je lui ai dit que je voulais aller à l'hôpital militaire de Bagnoli comme aide-soignante. Il m'a dit qu'il savait comment ça se passait là-bas entre les infirmières et les malades, et que j'étais qu'une traînée.

— Alors vous êtes descendue vous faire consoler par votre vieil oncle.

— Oui », fit-elle ingénument.

Larry fut à nouveau surpris d'éprouver un pincement de cœur, qui agit également comme un signal d'alarme.

« Après tout, Domitilla, je ne sais pas pourquoi je fais semblant de m'intéresser à cela alors que je n'ai rien à y voir, fit-il avec une désinvolture affichée. Après tout, si vous ne voulez pas me la montrer, je m'en passerai de cette photo. »

Il se rapprocha à nouveau de la porte de service. Cette fois elle sentit qu'il la quittait pour de vrai.

« Bon, alors voilà », dit-elle à contrecœur.

Elle souleva le repose-plat dans lequel elle l'avait dissimulée et la lui tendit avec réticence. Il l'examina attentivement. En dépit des pliures du papier on distinguait parfaitement un camion civil stationné devant un porche. Deux hommes également en civil s'affairaient à le débâcher. Sur la partie découverte de la plate-forme de nombreux tableaux étaient visibles, entassés les uns contre les autres sans autre protection que des bourrelets de carton entre les cadres.

« Vous n'auriez pas une loupe ? demanda-t-il.

— Une loupe ! s'exclama-t-elle. Il n'y a plus *rien* ici. »

Il approcha la photo de ses yeux.

« Incroyable », murmura-t-il.

Elle se pencha à son tour.

« Reconnaissez-vous ce porche, Domitilla ?

— Oui, dit-elle l'air entendu. Je le connais. Je vous le dirai si vous m'emmenez avec vous.

— Alors je vous enlève : c'est trop important et on a peu de temps. »

Elle le regarda médusée, se demandant s'il était sérieux.

« Je ne vous crois pas, dit-elle.

— Vous avez raison.

— Oh, vous ! » dit-elle se précipitant sur lui et en le martelant comiquement de coups de poing.

« C'est important, car regardez la partie haute du tableau que l'on voit contre la ridelle. Voilà : tournez la photo pour le voir dans le bon sens. Ça ne vous dit rien ?

— Non, dit-elle. Il m'a jamais emmenée non plus voir les musées.

— On distingue le petit ange de la *Danaé* de Titien. Cela confirme que les plus beaux tableaux de la pinacothèque de Naples, en particulier ceux de la collection Farnèse, ont bien quitté leur refuge de Montevergine. Mais pour où ? A vous de me donner la réponse, Domitilla.

— Un baiser, alors. »

Il la repoussa brusquement, puis d'un pas décidé se dirigea vers la porte de la cuisine. « A ce point d'héroïsme, je mérite la Victoria Cross », se dit-il.

« Avec mes parents nous y allions quelquefois, dit-elle. Ma mère aimait voir l'immense paysage de là-haut.

— C'est bien de procéder par énigmes, surtout quand cela me donne la solution. L'abbaye du Mont-Cassin, n'est-ce pas. Pour vous avouer à mon tour la vérité, je m'en doutais. »

Il n'avait même pas pris de ton interrogatif. Elle acquiesça d'un signe de tête, puis d'un geste plus déterminé elle se planta devant lui.

« Alors voilà, maintenant que vous avez eu ce que vous voulez, vous allez me quitter.

— Mais, Domitilla, même si j'en avais le désir, où voulez-vous que je vous emmène ? Je dispose comme mes collègues d'un bureau exigu avec juste un lit de camp.

— Ça suffira, dit-elle avec simplicité. Je veux partir avant qu'il revienne. J'ai grandi pendant les années de sa déchéance, vous comprenez ce que ça veut dire ? Je

164

n'en peux plus. Je n'en peux plus. Il y a plein d'officiers qui se mettent avec des Italiennes, on m'a dit. »

Elle parlait en phrases saccadées et rapides et fixait sur lui ses yeux agrandis par les cernes.

« C'est en Angleterre que je veux aller, ajouta-t-elle.

— Domitilla, répondit-il d'un ton sévère. Vous me voyez avec une jeunesse de seize ans ? Vous voulez me faire dégrader sur le front des troupes ? Quant à l'Angleterre, vous n'y seriez pas depuis une semaine que vous auriez déjà envie de revenir ici. Ce n'est pas du tout ce que vous croyez. Il y a autant de pauvreté et de rationnement qu'ici.

— Je ne vous crois pas. J'ai lu dans une revue de cinéma de maman que Vivien Leigh se baignait nue dans du lait de concombre... Oh, je voudrais tellement... »

Elle mit ses mains devant ses yeux sans qu'il pût comprendre le reste de sa phrase.

« Je vais vous décevoir mais, même avant guerre les concombres servaient plutôt pour les salades et les sandwiches que pour les bains, fussent-ils ceux de Mrs Vivien Leigh.

— Ne vous moquez pas de moi, je suis trop triste, dit-elle.

— Essuyez d'abord votre menton, ma petite fille, dit-il. Il est tout luisant. »

D'un geste rapide de la main elle obtempéra.

« Lorsque je croise nos soldats qui rentrent chez eux en loques, ne sachant même plus comment regagner leurs villages, je vois bien qu'ils ont des têtes de vaincus, et moi je voudrais être pour une fois dans le bon camp. Alors emmenez-moi... prenez-moi. Si je quittais mon père je suis certaine que de bonnes nouvelles m'arriveraient enfin. Je ne sais même plus ce que c'est qu'une bonne nouvelle, et me marier avec vous ce serait vraiment pour moi ce qui pourrait m'arriver de mieux.

Dites oui. J'attendrai la fin de la guerre si vous voulez. Mais dites oui, je vous en supplie...

— Enfin, Domitilla ! l'interrompit-il. Gracieuse comme vous l'êtes, pourquoi ne songez-vous pas à épouser un jeune Napolitain... je ne sais pas, moi, un gentil garçon qui ne serait pas du quartier afin que votre père ne soit pas sur votre dos... »

Elle eut une expression de désespoir et de lassitude mêlés.

« Vous comprenez donc pas que personne voudra épouser la fille d'un tel homme ? s'écria-t-elle d'une voix sourde. Tout le monde sait qu'il a été radié de l'ordre des avocats le mois dernier. Si vous saviez de quoi avaient l'air tous ceux que j'ai vus se rassembler ici, acoquinés les uns avec les autres... Je suis sûre que c'était des policiers de la Secrète... Ils se pavanaient devant cette psyché, le buste cambré pour chercher l'attitude la plus avantageuse, bras sur les hanches et cou de bouc ! Vous voyez ces taches sombres dans le miroir ? Je pense souvent que ce sont les lambeaux de leurs sales chemises noires ou brunes qui y sont restés accrochés. »

Elle s'était mise à pleurer à petits sanglots silencieux qui venaient secouer ses maigres épaules.

« Vous savez, il y en a plein qui veulent que mon père aille en prison... Quand les Alliés quitteront la ville, ici ça sera la guerre civile... Si vous me laissez, qui s'occupera de moi...

— Eh bien, ne pleurnichez pas, vous avez votre vieil oncle au premier !

— Lui au moins n'a jamais été fasciste. Je suis sûre que papa l'a dénoncé pour ça, et que c'est ça qui les a séparés au moins autant que les histoires de loyer. Alors maintenant s'il y a des dénonciations contre papa, je peux vraiment dire qu'il l'a cherché. »

Elle se mit à pleurer et pendant quelques instants ne fit rien pour étancher les larmes qui coulaient de son petit visage ravagé. Il luttait contre l'envie de la prendre contre lui pour la consoler lorsqu'un nouveau bruit se fit entendre. Il tressaillit.

« Ce n'est pas lui ?

— Mais non. Ça vient de ce qu'il a fallu tout étayer après les bombardements de juillet. De temps en temps ça craque encore...

— Combien de temps ça tiendra, à votre avis ? »

Elle eut un geste d'indifférence. Insidieux, le bruit de ruissellement donnait à Larry l'impression que la maison était minée de l'intérieur par de lents cheminements souterrains.

« Je m'en fiche. Et si ça s'effondre sur moi, ça sera encore mieux.

— Vous en faites trop, Domitilla, dit-il l'air irrité. Allez, je dois y aller. Ecoutez, ce que je peux faire si vous désirez avoir un poste à l'hôpital militaire, c'est dire demain à votre père que ce n'est pas le lieu de dépravation qu'il imagine.

— Il ne vous croira pas. Pas plus que moi, d'ailleurs.

— Je lui dirai que je connais le médecin militaire en chef, le major Hartmann, qui veillera à ce que vous soyez avec des blessés, non avec des convalescents. Je me fais fort de le convaincre. »

Elle eut une moue désabusée puis s'approcha à nouveau.

« J'entendais l'autre jour quand vous parliez avec papa que votre poète était tombé amoureux d'une fille séquestrée dans un couvent parce que son père ne payait pas sa dot... J'aurais aimé que vous tombiez amoureux de moi comme lui l'a fait.

— Vous êtes trop insistante, Domitilla, lui dit-il sur un ton de reproche. Et maintenant, allez tout de suite replacer la photo à l'endroit où votre père l'avait cachée. »

Elle hocha la tête puis quitta la cuisine. Il l'entendit ouvrir une porte puis aller et venir dans la pièce voisine. Lorsqu'elle réapparut il la regarda avec stupeur. Elle avait retiré son corsage et son soutien-gorge, et l'éclairage livide de la cuisine venait modeler comme dans la lumière froide d'un atelier des seins qui semblaient, dans leur libre et tranquille impudeur, indépendants de son buste frêle et de ses maigres épaules, sculptés dans une autre matière plus onctueuse et plus fine et dans une pâte plus grasse et plus lumineuse comme deux plantes épanouies aux larges fleurs roses, étrangement surgies d'une terre ingrate. Il demeura un instant stupéfait.

« Ça, c'est le bouquet ! s'exclama-t-il. Avec le froid qu'il fait ! Voulez-vous bien vous rhabiller immédiatement ! »

Elle s'avança et dans un mouvement convulsif se plaqua contre lui. Il sentit à travers sa vareuse cette poitrine ardente et déjà si empreinte de plénitude et se fit violence pour lui échapper. Il était trop bête aussi : c'était évident qu'elle allait en venir là, et il le savait confusément. Comme elle s'accrochait à lui il la repoussa néanmoins avec brutalité.

« Mais qu'est-ce que... qu'est-ce que ça veut dire ? bredouilla-t-il. Ou plutôt je sais ! Vous me tendez un piège, hein ? J'aurais dû m'en douter. »

Elle secoua la tête dans un geste de dénégation presque éperdu puis, poussant soudain une plainte modulée par de nouveaux sanglots, s'approcha à nouveau de lui.

« Mais enfin, tu es fait comme les autres, non ? Touche au moins mes seins, touche-les, ils sont à toi, t'en meurs d'envie ! Si je pars avec toi tu les auras pour toi tout seul et pour toute la vie... »

Il recula lentement vers la porte.

« Domitilla, vous êtes folle ! Moi qui vous prenais pour une adolescente séquestrée, maltraitée, vous n'êtes au fond qu'une hystérique ! Ce n'est pas comme cela que vous me donnerez envie de vous venir en aide ! »

Alors qu'il reculait à nouveau elle se plaça derechef, avec plus de décision encore que la première fois, entre la porte et lui comme pour couper sa retraite.

« Elles font toutes ça, en ville ! Tu ne les as donc pas vues, via Portacarrese ou à Pizzofalcone, en grappes sur les marches d'escalier, offertes au soldat contre une ration ou un paquet de cigarettes... *Vuoi una bella signorina, Joe ?* Voilà ce que j'entends toute la journée... Moi il faut bien que je te donne quelque chose pour te donner l'envie de m'emmener d'ici... C'est quand même pas si compliqué... »

Elle avait parlé d'une voix blanche et détimbrée, d'où semblait soudain sourdre un accent de violence. La panique le prit brusquement.

« Voulez-vous vous rhabiller et quitter l'embrasure de cette porte ! Et laissez-moi partir, bon Dieu !

— Non », fit-elle en l'agrippant.

Hors de lui, il lui échappa et lui adressa une claque qui atteignit avec violence son visage émacié. Comme un animal touché dans sa course, elle vacilla puis essaya de lui mordre la main.

« Pourquoi... pourquoi tu fais comme lui... gémit-elle.

— Après tout, il a peut-être raison. Vous lui mentez, comme vous me mentez à moi en disant que vous êtes séquestrée. »

Elle se mit à genoux et lui enserra les jambes.

« L'autre jour, via Monteoliveto, je voulais être sûre que tu me plaisais. Tu marchais de façon si victorieuse, l'air si sûr de toi, si tranquille à côté de mon père tout courbé sur ses malheureux œufs qu'il portait comme une paysanne ! Et son pauvre costume rapiécé... J'ai eu honte...

— Vous auriez pu payer ça cher ! Vous auriez pu être tuée par cette bombe ! »

Elle leva son regard vers lui.

« Il aura fallu que tu penses à ma mort pour que tu deviennes un peu gentil », dit-elle.

Soudain troublé par son air égaré il l'attira à lui. Doucement elle lui prit ses mains et les plaqua contre sa poitrine. Il l'embrassa dans le cou. Une mince pellicule de crasse d'une couleur de moire enserrait sa nuque fragile et une odeur entêtante émanait de ses cheveux sombres et épais. Soudain elle lui échappa et fit un pas de côté comme un entrechat de danseuse.

« On sera mieux dans la chambre que dans la cuisine », dit-elle.

Gracieuse et altière comme si elle était déjà consciente de sa victoire elle disparut dans le couloir. Un instant il hésita à lui emboîter le pas, prêtant une nouvelle fois l'oreille à tout bruit qui pourrait survenir. Le ruissellement s'était interrompu et le silence était total ; sans crainte il avança à son tour dans le couloir.

« Domi... » appela-t-il comme il ne la voyait plus.

Le prénom s'étrangla dans sa gorge. Dans l'encadrement livide du haut miroir de la psyché, menaçante derrière le sombre semis des taches comme s'il s'agissait du double maléfique de l'apparition de l'autre jour, avait surgi une silhouette bien reconnaissable. Larry se sentit blêmir. Au même instant Domitilla sortait en courant de sa chambre, brandissant triomphalement une clé dans sa main.

« Et si on allait en bas, proposa-t-elle d'un air radieux, aujourd'hui don Ettore est au café, là au moins on est sûrs que... »

Devant la mine tétanisée de Larry sa phrase demeura en suspens. Tel un oiseau atteint en plein vol elle s'immobilisa à son tour puis partit en reculant les bras croisés contre sa poitrine.

« Ça, par exemple, fit Larry.

— Vous pouvez le dire, rétorqua Ambrogio d'une voix sifflante en s'avançant vers lui. Salopard d'Anglais, salopard de rosbif. J'avais bien raison de me méfier.

Vous en profitez bien, espèce de salaud, de la situation qui règne en ville. Vous m'envoyez au port faire vos courses, et pendant ce temps-là vous sautez ma fille ! Saloperie. Saloperie. Et toi, va te rhabiller, traînée, on parlera de ça après, cravache en main. »

Silhouette menaçante dans la pénombre, il ne bougeait pas de l'entrée. Larry crut déceler qu'il était armé de quelque chose d'oblong et sortit son pistolet d'ordonnance.

« Ne faites pas l'imbécile ! s'écria-t-il en s'avançant avec précaution dans le couloir. Car la situation est plutôt étrange, Ambrogio. Vous m'adressez une lettre me proposant votre fille comme un maquignon proposant son cheptel...

— Ta gueule ! Reste sur place !

— ... Et comme par hasard, alors que je venais m'assurer que tout s'était bien passé et que l'argent que vous me devez irait bien dans ma poche, voilà que votre fille, fidèle en cela à la tactique de son père, se dépoitraille devant moi alors que je n'avais rien demandé, et comme par hasard au moment même où vous arrivez. Joli coup monté, hein ! Déjà l'autre jour elle avait fait irruption dans le couloir à l'instant de mon départ ! »

Ambrogio eut un rire sardonique.

« Comme par hasard, dites-vous. Manque de chance, lieutenant, ce sont vos services qui sont les premiers responsables. Vous m'aviez annoncé, alors on m'a facilité les choses, et tout s'est passé très vite pour les formalités. Sans quoi j'y serais encore, là-bas. »

"Crétin de Murphy, toujours à faire du zèle", pensa Larry.

S'avançant il vit alors distinctement que c'était un poignard effilé et courbe comme un cimeterre que tenait Ambrogio Salvaro. Le fil incurvé de la lame ne lui dit rien qui vaille et il eut pour la première fois de la guerre l'impression qu'il était en danger. Il tenta de parlementer.

« Vous vouliez que je l'épouse, n'est-ce pas ? lança-t-il d'un ton gouailleur. Mais elle ne parlait même pas mariage — elle voulait simplement que je m'installe avec elle. Malheureusement, Salvaro, vous avez dû donner de pitoyables leçons à cette petite, car elle m'a provoqué pour que j'accepte. Et si je tire sur vous elle témoignera contre moi j'imagine. Domitilla, où êtes-vous ? Rhabillez-vous, car le sang risque de couler et ce sera la conséquence d'une belle sottise. »

Le visage congestionné, Ambrogio s'avança vers lui.

« L'épouser oui, la violer non, siffla-t-il les traits convulsés de rage. Ici c'est pas comme chez vous, on ne consomme que quand on a passé contrat avec le père. » Puis sans préavis il se rua sur lui. Larry entrevit l'éclair de l'acier, n'osa pas tirer mais parvint à l'esquiver. Dans le même mouvement l'homme le bouscula d'une violente poussée et lui fit perdre l'équilibre. En tombant il s'agrippa à un pan de papier moisi qui se déchira sans freiner sa chute, puis il fut écrasé par le poids du corps d'Ambrogio qui cherchait à l'immobiliser en jurant comme un soudard. Sentant tout à la fois son haleine lourde, son souffle court et le rêche contact de l'étoffe de son costume contre sa joue, il se trouva immobilisé. Dans la chute son revolver lui avait échappé. Il chercha alors à paralyser le bras droit d'Ambrogio qui tenait le poignard mais, manquant d'appui, il n'y parvint pas et sentit contre son cou le tranchant glacé de la lame. En un éclair d'affolement il se vit égorgé et pensa que ce sombre corridor où les lèvres de Shelley et de Claire Clairmont s'étaient peut-être jointes à l'insu de Mary risquait de devenir son tombeau à lui. A quelques centimètres de lui il voyait à peine le visage d'Ambrogio qui éructait des injures incompréhensibles, semblables lui semblait-il à celles dont il avait accablé le tenancier de la trattoria. C'est

172

alors que dans cette pénombre faiblement éclairée par la lumière qui venait du salon vide il entrevit une silhouette qui avec une souplesse de félin écarta brusquement de lui le corps d'Ambrogio, bloqua son bras puis, d'un violent élan, le projeta tête en avant dans le miroir de la psyché.

Il y eut un cri perçant suivi d'un énorme fracas de verre brisé, puis un profond silence. A demi groggy, Larry parvint à repousser le corps qui l'étouffait et qui bascula sur le côté ; puis il se releva avec peine. Etendu à ses pieds au milieu d'éclats acérés miroitant comme la surface gelée d'un étang, l'*avvocato* gisait sur le ventre devant la glace fracassée. Un filet de sang lui coulait des oreilles. Appuyée contre le mur, la main contre la bouche comme pour s'empêcher de vomir, les yeux exorbités, Domitilla paraissait hébétée. Elle avait eu le temps quand elle s'était enfuie de revêtir son corsage et sous l'étoffe sa poitrine se soulevait convulsivement. Abasourdi, Larry considérait le corps avec une sorte de stupeur, sans trop oser le toucher, lorsqu'un râle plaintif et presque enfantin s'échappa entre deux bulles de salive de sa bouche entrouverte. « C'est toi qui... » commença-t-il.

« Il remue », s'écria Domitilla en bondissant en arrière.

Le corps d'Ambrogio était en effet secoué de sursauts convulsifs. En se penchant sur lui, Larry vit qu'un éclat de verre était resté fiché dans l'aorte. D'un geste vif et instinctif il le retira, libérant un flot de sang qui recouvrit les débris du miroir d'une nappe noire et gluante. Il se retourna vers Domitilla qui demeurait inerte, blanche et immobile comme une statue.

« Mais apportez un linge, n'importe quoi, il faut colmater l'hémorragie, s'écria-t-il avec impatience. Non, pas votre corsage, enfin ! Une serviette ! »

Domitilla parut se réveiller, s'éclipsa et revint tout aussitôt avec un torchon d'un blanc douteux qu'il plaça

173

en tampon sur la blessure, sans oser la comprimer suffisamment par crainte d'étrangler le blessé. Le râle qui s'était interrompu reprit, bientôt prolongé par quelques mots indistincts. Puis ses lèvres exsangues n'exhalèrent plus qu'un souffle devenu inaudible.

« Qu'est-ce qu'il a dit ? » demanda Larry.

Domitilla secoua la tête sans répondre. Elle regardait le corps étendu de son père en secouant la tête de façon incrédule. Dans un dernier spasme il s'était couché sur le dos et l'on ne voyait plus de son visage que son long nez émacié entre deux joues creusées et mal rasées. Dans un dernier sursaut sa main s'était crispée sur le linge taché de sang comme s'il voulait desserrer le garrot qui le faisait suffoquer. Puis un nouveau spasme vint le secouer, et comme s'il recevait une décharge il se cambra violemment et un flot de sang sortit de sa bouche. Son corps parut alors se détendre.

« Je crois bien que c'est... que c'est fini », murmura Larry d'une voix blanche.

Domitilla ne réagit pas. Les lèvres crispées en une sorte de rictus, les yeux fixes, elle paraissait dans la pénombre étrangère à ce qui venait de se passer.

« Oh, Domitilla, vous m'avez sauvé la vie ! dit Larry en haletant. Comment donc avez-vous fait ? Comment avez-vous pu ? C'était affreux, je ne pouvais plus respirer... je ne pouvais plus rien faire et je sentais déjà la lame sur ma gorge... vous avez trouvé la force de l'écarter au dernier moment et de le... de le projeter en avant... »

Elle ferma un instant les yeux et eut une lente inspiration.

« Ce que je sais c'est qu'il allait te tuer et que c'était de ma faute, dit-elle d'une petite voix. Me voir nue devant toi, ça l'a mis dans un état de... de fureur comme je ne l'avais jamais vu. Je l'ai... je l'ai tiré en arrière aussi fort que j'en ai été capable... Il s'est débattu et a essayé de me prendre par les cheveux... je l'ai repoussé violemment, et alors il a perdu l'équilibre et a percuté la glace de tout son poids... oh, cette sale glace... je t'avais dit qu'elle était maléfique... »

Elle se détourna du cadavre avec une grimace de dégoût. « Je peux pas y croire, je peux pas y croire », murmura-t-elle.

Il peinait à reprendre ses esprits et ne répondit rien. Elle le regarda avec un air de bête traquée.

« C'est pas moi qui ai fait ça, dis-moi que c'est pas moi...

— Cessez de me tutoyer, surtout maintenant ! s'exclama Larry avec exaspération. Je vous avais bien dit qu'il m'était totalement impossible de vous emmener. Alors que lui a cru que c'était moi qui profitais de son absence pour vous agresser. N'importe quel père aurait eu une réaction de violence. Quelle imprudence, Domitilla... Et quelle erreur de ma part d'avoir répondu à votre lettre en venant ici... Je m'en veux. Regardez dans quelle situation on se retrouve, maintenant. »

Elle eut un long sanglot étouffé et il vit qu'elle tremblait.

« Tout est de ma faute, reprit-elle d'une voix éteinte. Quel besoin aussi j'ai eu de me déshabiller... Ce que vous lui disiez au sujet de moi, c'était pas gentil mais vous aviez raison de le dire... Je voulais tellement vous attirer pour que vous acceptiez de m'emmener... Ça l'a rendu fou... Je peux pas croire que c'est moi qui ai fait ça... »

Sa diction devenait incohérente. Larry se dit qu'il fallait réagir sans tarder.

« Bon, maintenant il faut s'en sortir, dit-il. Et commencer par prévenir la police militaire. Voilà ce que je dirai : votre père était mon informateur et je venais ici pour recueillir un renseignement. Affolée, vous m'avez ouvert la porte en me disant qu'il venait d'être poignardé par quelqu'un à qui il avait ouvert et qui s'était enfui. Vous aviez juste entendu une discussion qui s'envenimait, puis un cri et les pas de quelqu'un qui dévalait l'escalier... Vous vous êtes alors précipitée dans la pièce, et l'avez trouvé baignant dans son sang. Vous pourriez même ajouter que ce meurtre était peut-être lié à mon passage... Il y a tant d'histoires louches en ce moment, tant de meurtres dus à l'épuration et aux différents clans de camorristes qui s'entre-tuent que presque personne n'ira voir plus loin. »

Il se donnait l'impression d'inventer à mesure ce qu'il avait l'intention de raconter aux enquêteurs. Domitilla se redressa à demi. Son expression avait changé et elle paraissait soudain affolée.

« Il n'y a jamais eu de crime de la Camorra Riviera di Chiaia ! Et tout le monde savait bien qu'il était entouré de canailles qui avaient plus à faire avec les fascistes qu'avec la Camorra, encore que... »

Elle s'était de nouveau mise à pleurer.

« Tous ces membres du Grand Conseil qui faisaient de la contrebande dans la via Forcella grâce à ses réseaux, sans jamais rien lui donner en échange... Ces types lui devaient plein d'argent, oui, c'est lui qui me l'avait dit, et ils vont vouloir se venger sur moi si je dis que c'est l'un d'eux qui l'a tué... Vous voulez un exemple ? Le mois passé il y a eu un crime près du Mercato et le frère de la victime avait accusé une relation d'affaires... Eh bien il a été retrouvé errant sur le Corso, le petit doigt en moins ! On le lui avait coupé... Oh, c'est vrai que ce serait pas difficile de trouver un mobile au crime, il suffirait de dire que mon père avait demandé qu'on le rembourse, mais si je raconte ça je vais le payer de ma vie... Ils vont peut-être même pas attendre que je sois interrogée par la police... Je vais... Qu'est-ce qu'on va faire... Ce que je sais, c'est que je reviendrai jamais ici... »

Elle s'était agenouillée devant le cadavre et remuait son buste d'avant en arrière, ressemblant avec ses cheveux en désordre à une pleureuse sicilienne. Larry sentit venir la crise de nerfs.

« Bon, trouvons autre chose pour que vous restiez complètement en dehors de tout cela, Domitilla, dit-il hâtivement. De toute façon j'étoufferai l'affaire et veillerai à ce que vous ne soyez pas inquiétée. C'est compris, hein : vous n'avez assisté à rien, vous ne mettez en cause personne. Je peux dire que je l'ai poussé moi-même dans la glace parce qu'il me menaçait de son arme.

— Mais tout le monde sait que mon père n'aurait jamais menacé, et encore moins tué un officier ! Il avait trop besoin de se dédouaner ! Et ceux sur qui les soupçons vont tomber se vengeront sur moi... En tout cas, moi je veux pas rester là, je veux pas rester là... »

Il eut un geste d'irritation.

« Vous ne pouvez pas rester non plus avec moi, si c'est ce que vous désirez. Ce serait signer le meurtre à deux. Je vois déjà le major Hawkins profitant de la situation...

— Qui ?

— Mon supérieur. Il serait trop heureux de m'impliquer dans une sale histoire. Oh, ça, il serait trop content. »

Elle le regarda. Elle semblait s'être ressaisie et commençait à rassembler minutieusement les éclats du miroir.

« Quand Crespi revient-il chez lui ? demanda Larry.

— Oh, vers neuf heures... Tous les soirs à la même heure... Pour l'instant, Gianni est absent, alors il prolonge un peu, malgré le couvre-feu... Mon Dieu, quand il va apprendre ça... »

Elle baissa la tête d'un air incrédule, puis la redressa brusquement, le regard soudain vif et décidé.

« On peut faire quelque chose de bien plus simple. D'autant qu'on a le temps.

— Le temps de quoi ?

— Ben, de l'emmener. Dès que la nuit sera tombée on ira déposer son corps dans un bosquet du parc, à trois pas d'ici. On passera par l'escalier de service, c'est plus prudent. Je dirai qu'il était parti au port, ce qui sera confirmé, et qu'il n'est pas revenu de la nuit, ce qui lui arrivait souvent. Comme ça, ni vous ni moi n'y serons pour rien. Oh, à propos du port, reprit-elle soudain. Et la voiture ? »

Il s'arrêta net et la regarda.

« Ils se douteront bien que votre passage est lié à la vente de la Topolino... précisa Domitilla.

— Eh bien... Je dirai la vérité : je lui avais donné ma voiture à vendre pour l'intéresser financièrement selon les services qu'il me rendrait. Quand même, c'est embêtant. Je ne sais même pas où elle se trouve, ni s'il l'a vendue. »

Depuis qu'elle avait exprimé son idée, Domitilla semblait retrouver tout son calme.

« C'est pas difficile de savoir », dit-elle.

Avec adresse elle plongea sa main dans la poche intérieure d'Ambrogio et en retira une liasse de billets qu'elle lui tendit. Larry compta l'argent : huit billets de cinq mille lires.

« Mais... ce n'est pas ce qui était convenu, dit-il.

— Attendez », dit Domitilla.

Elle fouilla cette fois les poches du pantalon et en retira huit autres billets.

« Si on lui avait dit qu'il mourrait les poches pleines », murmura-t-elle.

Elle lui tendit la nouvelle liasse qu'il empocha.

« Ça, il se le gardait, dit-elle. Vous voyez que ce n'était pas un honnête homme !

— J'avais compris. Et je comprends aussi pourquoi il ne faisait pas d'affaires, si c'était pour se conduire comme cela, et pourquoi il avait tant d'ennemis.

— Et moi, vous savez ce que j'ai l'impression de faire en vous donnant tout ça ? Ce que la petite Ita-

178

lienne cloîtrée n'avait pas eu la possibilité de faire : payer ma dot.

— Domitilla, on va pas recommencer, répliqua-t-il. Est-ce vraiment le moment de plaisanter ? Ensuite je vous rappelle que cet argent m'appartient, puisque c'était mon auto que je lui avais donnée à vendre, et puis je vous ai déjà dit que nous ne pourrons jamais nous... »

Elle eut dans le regard une lueur si tragique qu'il s'interrompit net.

Surmontant son dégoût il s'efforça de regarder le cadavre comme s'il s'agissait d'un problème matériel à résoudre d'urgence. Le sortir d'ici, mais comment. Il regarda dehors : la nuit tombait. Chez les Shelley, c'eût été sans doute Mary davantage que Percy qui aurait éprouvé jusqu'à l'absurde l'étrangeté de la situation. Il y avait en effet un climat d'épouvante dans la vision de ce corps recroquevillé entouré de ces fragments acérés et sanglants qui reflétaient une clarté déjà nocturne traversée de funestes signaux. Depuis quelques instants Domitilla s'affairait en les plaçant avec précaution dans un sac de papier, puis avec une énergie redoublée elle nettoya le plancher avec une éponge mouillée. Il ne se souvenait pas de l'avoir vue s'éclipser pour aller chercher tout ce matériel. Elle avait aussi pris le temps de se rhabiller de façon aussi stricte que lorsqu'elle lui avait ouvert — avant que son déshabillage ne provoque toute cette folie. Puis avec un geste presque affectueux elle étendit le cadavre de son père sur le dos et avec l'art consommé des Italiennes pour l'apparat mortuaire lui joignit les mains, épousseta son costume, et il vit le moment où elle allait lui glisser un chapelet entre les doigts et allumer deux cierges. S'il n'avait pas eu ces joues hâves et creuses de malandrin, Ambrogio aurait pris dans son costume sombre et son sévère nœud de cravate l'air enfin paisible et respectable d'un chef de famille pleuré par les siens. A son auriculaire, tel un ultime symbole de la vie qu'il aurait rêvée, la bague de Nobile brillait faiblement.

« On la laisse, n'est-ce pas ? » demanda-t-elle.

Larry fit signe que oui, puis regarda Domitilla à la dérobée. Il lui sembla qu'elle avait pris dix ans, comme alourdie soudain par un trop pesant secret. Mon Dieu, elle avait tué son père, rien de moins que ça, et à cette idée il se sentit vaciller comme après l'explosion de la bombe, puis se ressaisit.

« Il ne sera pas dit qu'il est mort comme un *lazzarone* », murmura-t-elle sans émotion apparente, en faisant avec le pouce un signe de croix sur son front cireux.

Larry se força à regarder Ambrogio pour la dernière fois. Sa bouche encore ouverte semblait exhaler entre ses lèvres exsangues les derniers mots d'une obscure malédiction.

« Avez-vous entendu ce qu'il a dit en mourant ? » demanda-t-il.

Elle ne parut pas comprendre.

« Ce qu'il a dit ?

— Oui, ses derniers mots, sous le coup de l'émotion ils m'ont échappé. »

Elle parut embarrassée.

« C'était en napolitain, et je suis pas sûre d'avoir entendu. J'ai peur que ça soit une sorte de formule pour jeter un mauvais sort, oui, cette *jettatura* qu'il craignait pour lui et ne rechignait jamais à adresser aux autres... je n'ai pas envie de la répéter.

— Essayez de vous souvenir, Domitilla. Le mauvais sort, maintenant il est là, de toute façon, je dirais même qu'il nous écrase sous une chape de plomb. »

Son front s'assombrit soudain comme si elle en prenait conscience.

« "*Che queste sei oche cenerine ti portino all'*

180

inferno !" voilà ce que j'ai cru comprendre : "Que ces six oies cendrées t'emportent en enfer" ; et c'était suivi d'une injure, enfin sûrement pas d'un joli mot, mais je t'assure que je l'ai pas entendu, et c'est pourtant le dernier qu'il aura prononcé ! Ces phrases sortaient toujours de sa bouche comme autant de serpents venimeux, et qui sait après où ça va se nicher, ces bêtes-là ? C'est pour ça que j'ai hâte de plus le voir, ajouta-t-elle avec une impression de dégoût qui lui crispa le visage.

— Six oies cendrées, répéta Larry comme pour lui-même. Je les vois s'envolant dans le ciel ensanglanté du couchant, au milieu de sombres nuées. »

Elle enfouit son visage dans ses mains.

« C'est fou, hein ? Mon propre père s'en va de chez lui, comme ça, vidé de son sang, c'est moi qui ai fait ça, je sais d'ailleurs pas comment j'ai pu, je voulais juste te sauver de son poignard, et maintenant je me sens même pas coupable !

— Moi si, confessa Larry. Je suis fatigué comme si j'avais à nouveau traversé à pied le désert du Fezzan. »

Elle eut un soudain élan vers lui.

« Eh bien, c'est moi qui vais te soutenir, maintenant...

— Encore une fois je vous demande de ne plus me tutoyer. Il y a ça entre nous, maintenant.

— Je suis certaine que ça ne nous séparera pas. Au contraire ce sera désormais comme un pacte qui nous liera, répéta-t-elle d'un air convaincu. C'est comme si on était complices... Maintenant on peut plus se quitter, non ? »

Les traits de Larry se figèrent.

« Ah, mais non ! Je ne me sens complice de rien du tout, lança-t-il avec colère. Je suis venu à votre rendez-vous parce que vous me promettiez un renseignement et je me retrouve, comme dans un mauvais film, avec un cadavre à faire disparaître ! »

Elle baissa la tête comme une écolière prise en faute.

« Quel dommage quand même qu'il soit rentré en

avance... dit-elle d'une petite voix douce. Moi je ne rêvais que d'une chose depuis que je vous avais vu, c'était de me faire aimer de vous. Si mon père n'était pas revenu vous m'auriez fait l'amour, je me serais tranquillement rhabillée, et puis vous auriez quitté la maison et lui serait revenu plus tard, et de bonne humeur qui plus est puisqu'il avait enfin gagné de l'argent ! Voilà ce qui devait se passer, mais rien, rien ne se passe jamais comme je veux et c'est pour ça qu'il ne m'arrive jamais rien de bon... »

Elle s'était remise à pleurer.

« En plus je perds avec lui une précieuse source de renseignements, soupira Larry. A quoi bon tout cet argent, désormais... Et puis qu'allons-nous faire de ces éclats ensanglantés, ajouta-t-il en la voyant qui les rassemblait soigneusement.

— Je vais les laver, puis les jeter dans le débarras près de la cave. Si quelqu'un les trouve, on dira qu'il avait un jour cassé le miroir dans un accès de rage.

— Mais certains sauront bien qu'il était intact jusqu'au jour de sa mort !

— Personne ne montait jamais ici depuis l'armistice de septembre.

— Même pas Crespi ?

— Surtout pas lui, je vous ai dit qu'ils se parlaient plus.

— Je voulais dire : au cas où Crespi serait monté ici en l'absence de votre père ? »

Elle haussa les épaules.

« C'était moi qui descendais », répondit-elle négligemment en emmenant le sac.

Se sentant proche du malaise, il se retrouva seul dans le salon vide envahi par la pénombre. Se tenant le plus loin possible du cadavre il s'approcha de la fenêtre qui donnait sur l'étroite cour. Et Paul, comment lui présenter l'affaire... « Mon "contact", tu sais, celui dont je t'avais parlé... — Eh bien ? — On l'a retrouvé dans un bosquet de la Villa communale, assassiné, à moins de cent mètres de chez lui... — Et la fille ? — Sa fille ? Elle l'a attendu toute la nuit... »

Déjà elle revenait, active et précise comme une petite abeille industrieuse, pour replacer tout en ordre.

« Et la serviette avec laquelle vous avez éponge le sang ? demanda-t-il.

— Je l'ai sur moi, il faudra trouver un endroit pour s'en débarrasser, mais commençons par lui, dit-elle avec un signe vers son père.

— En tout cas il ne faudra jamais, vous m'entendez, jamais que vous racontiez ou commenciez à avouer quoi que ce soit. Il n'est pas rentré, c'est tout — et il ne faut pas chercher à sortir de là, sans cela on risque de se contredire. Vous ne saviez rien, vous n'avez jamais rien su. Car *normalement* on aurait dû faire venir la police, et si je ne l'ai pas fait c'est pour ne pas avoir de problème avec mon supérieur. Essayons maintenant de voir si on peut le transporter à deux. »

Elle s'accroupit pour enserrer ses jambes telle une pleureuse autour d'un gisant gothique, et lui se plaça à sa tête. Ils s'efforcèrent de le soulever.

« Qu'il est lourd pour quelqu'un qui prétendait être affamé », grommela-t-il.

Brusquement elle le reposa et lui désigna la porte d'entrée.

« Que se passe-t-il ? chuchota-t-il.

— Quelqu'un monte... souffla-t-elle.

— Crespi ? »

Elle écouta puis fit signe que non. Les pas s'étaient arrêtés sur le palier.

« J'ouvre pas, murmura-t-elle craintivement.

— Ça ferait curieux, si on sait que vous êtes toujours là... »

L'instant d'après, des coups furent frappés contre la porte.

« Dites à travers la porte que votre père n'est pas

183

revenu, souffla Larry, que vous ne savez pas où il est et que de toute façon il ne vous autorise pas à laisser entrer quelqu'un. »

A contrecœur elle se dirigea vers l'entrée. Il l'entendit parlementer sans ouvrir, puis elle revint.

« C'est le gars qui a acheté la Topolino, dit-elle à voix basse. Il paraît qu'elle démarre pas. J'ai dit que papa n'était pas rentré, mais comme il voulait l'attendre dehors, j'ai prétendu qu'il rentrait pas avant demain. Il est reparti furieux en disant que pour quatre-vingt mille lires elle pourrait quand même démarrer.

— Je ne comprends pas, elle marchait très bien, à Palerme ! Vous lui avez demandé son nom et son adresse ? »

Elle haussa les épaules.

« Pas voulu me les donner. »

Se cachant sur le côté de l'embrasure, elle s'approcha de la fenêtre.

« Il traverse la cour à grands pas, sans se retourner. Voilà, il est passé sous le porche, et je n'ai pu le voir que de dos...

— J'irai tout à l'heure au-devant pour veiller à ce qu'il n'y ait personne dans la rue.

— Et s'il attendait ?

— Dans ce cas, je relèverais son identité puis je lui ordonnerais de filer. Après tout, c'est le couvre-feu, il n'a pas à être là ! Pour plus de précaution on va attendre un peu. »

Il prit le temps d'aller chercher dans la cuisine les pelures d'orange, les plaça dans ses poches puis revint près du cadavre. Etendu sur le parquet désormais déblayé de tout éclat de verre, Ambrogio semblait la victime exsangue de quelque obscure tragédie napolitaine peuplée de reîtres et de spadassins. Domitilla commença adroitement à l'enrouler dans une sorte de couverture matelassée sur laquelle, en dépit des couleurs fanées, était encore lisible l'inscription *Città di Milano*.

« C'est le nom du bateau qui l'avait emmené au Spitzberg, expliqua-t-elle.

— Je sais », dit brièvement Larry.

Lorsque Ambrogio ne fut plus qu'une longue forme vague qui semblait flotter en lévitation dans la pénombre, ils s'efforcèrent à nouveau de le soulever, mais il semblait encore plus lourd à transporter qu'avant l'arrivée inopinée de l'acheteur de la voiture, comme s'ils avaient laissé dans l'affaire un peu de leur force nerveuse. Domitilla finit par le lâcher et les jambes d'Ambrogio rebondirent sur le sol. Elle eut l'impression qu'il esquissait une ultime ruade avant d'entrer dans le néant et s'effondra en pleurs.

« On n'y arrivera jamais », gémit-elle.

L'escalier de service était si étroit et tortueux qu'ils éprouvèrent beaucoup de difficultés pour descendre leur fardeau sur le palier du premier étage. Encore haletante de son effort Domitilla écouta derrière la porte puis s'appuya contre la rampe.

« Je suis trop fatiguée pour continuer, murmura-t-elle en se retournant vers Larry.

— C'est ce que je craignais, répondit-il. Ecoutez, je vais le charger sur l'épaule et je m'en sortirai bien tout seul ! Passez devant moi pour me guider.

— J'ai une meilleure idée pour le transporter », dit-elle comme si elle avait une soudaine inspiration. D'un geste vif elle sortit une clé de la poche de son manteau et ouvrit la porte de service. Il fallait l'en empêcher.

« Vous êtes sûre que personne n'est rentré ? chuchota-t-il.

— Don Ettore revient à pied du Gambrinus chaque soir à la même heure et Gianni est en ce moment chez sa mère à Salerne. Pour vous dire la vérité, ça fait plusieurs minutes que j'y pense. »

Abandonnant sur le carrelage du palier le cadavre ensaché dans son linceul comme elle l'aurait fait d'un sac de linge sale, elle entraîna Larry dans la cuisine. Il eut un moment de surprise tant la profusion des cuivres brillant dans la pénombre et l'état majestueux des fourneaux et des placards que l'on devinait emplis de faïences et de verreries contrastaient avec l'aspect misérable de la pièce d'où ils venaient.

« Suivez-moi, souffla-t-elle. On a quand même pas trop de temps, le jour tombe. »

Les vastes pièces qu'il traversa à sa suite lui parurent encombrées de meubles massifs et assombries de grands tableaux baroques et oppressants qui ne parvenaient pas à masquer les lézardes des murs et la déréliction des lieux. Çà et là des éclats de plâtre étaient tombés sur les épais tapis, et plusieurs meubles paraissaient de guingois et ne tenaient qu'avec le soutien de piles d'infolio. Dans ce labyrinthe surchargé elle s'avançait néanmoins avec grâce et assurance. « Ça, on voit qu'elle connaît les lieux, et plutôt bien », se dit-il amèrement.

« Quand je pense au vide qui règne là-haut, dit-il.

— Et encore vous ne voyez pas tout ! Il y avait plein de belles porcelaines dans cette galerie, mais une frise s'est écroulée après le bombardement du 12 juillet et tout a été brisé, tout. Gianni pleurnichait en ramassant les débris mais don Ettore n'avait même pas l'air de s'en préoccuper tant il était absorbé dans ses calculs. »

Larry fronça les sourcils.

« Ses calculs ?

— Il est mathématicien », répondit Domitilla comme si cela allait de soi.

Sans hésiter elle s'était dirigée vers un petit salon un peu à l'écart dont les rideaux étaient fermés, comme si la pièce était gardée intacte et confinée à l'égal d'un mémorial. Elle alluma une bougie, et une profusion de vitrines et de guéridons recouverts d'éventails et de boîtes en émail sortit de la pénombre.

« La voilà, mon idée », dit-elle.

Il la regarda sans comprendre.

« Mais c'est pas moi qu'il faut regarder, pour une fois », dit-elle.

Devant lui, dans une sorte de renfoncement, deux fauteuils semblables à celui que Paul avait dans son bureau entouraient une chaise à porteurs dont les portières étaient décorées d'amours et de guirlandes de fleurs. Il crut un instant qu'elle voulait lui montrer le meuble où se trouvait la lettre de Mary Shelley.

« Ce n'est pas le moment, dit-il.

— Si, c'est le moment ! C'est un modèle léger, on pourra le transporter là-dedans très facilement. »

Interdit, il la dévisagea.

« Transporter qui, et dans quoi ?

— Eh bien, lui, dit-elle en montrant la direction de la cuisine, et dans la chaise à porteurs. Nous avons au moins deux heures devant nous, nous aurons même le temps de la remettre en place.

— Vous voulez dire qu'on va transporter *là-dedans* le corps de votre père ? demanda-t-il, abasourdi. Mais, Domitilla, nous ne sommes pas dans un rêve comme lorsque le *signor* Crespi vous emmenait dans un fiacre ! Lui voulait peut-être retrouver les parfums d'autrefois, mais vous et moi sommes dans une situation bien réelle, il faut qu'on s'en tire, et en plus, contrairement à ce que vous pensez, on a peu de temps. Moi je ne crois plus aux horaires de retour depuis tout à l'heure. »

Le visage de la jeune fille s'était fermé et rétréci jusqu'à ressembler à la tête des petits fennecs aux grands yeux songeurs qu'il avait vus en Libye.

« De toute façon on n'a pas le choix, répondit-elle. Après un étage j'en peux déjà plus. On le portera bien plus facilement comme cela à travers le grand escalier. D'ailleurs elle avait déjà servi lors d'une fête costumée au château de l'Œuf, et mon père avait dit que ce n'était pas lourd du tout.

— Qui y avait-il à l'intérieur ? »

Elle détourna les yeux.

« Maman, qui était déguisée en Princesse de la Mer. C'était bien avant ma naissance, une autre époque, hein, on peut le dire. »

Déjà il revenait vers la cuisine.

Au mal qu'ils eurent à transporter le corps d'Ambrogio jusqu'au petit salon, Larry se rendit compte qu'ils n'auraient jamais pu parvenir jusqu'aux bosquets de l'aquarium. Lui-même se sentait au bout de sa résistance nerveuse. Ils le déposèrent dans la galerie, puis sortirent la chaise de la petite pièce et en ouvrirent les portières. L'espace exigu à l'intérieur exhalait une odeur confinée d'antique sarcophage, et dans son effort pour installer le passager en position assise sur le siège de velours il le sentit encore vivant, comme s'il allait soudain écarter son linceul afin de réclamer une nouvelle augmentation de sa commission. Une nausée lui souleva le cœur.

« Faisons vite, souffla-t-il. Quel cauchemar. »

C'était elle en revanche qui semblait reprendre du poil de la bête. Elle retourna chercher des allumettes à la cuisine, s'empara d'un flambeau puis alla vérifier que tout au long de leur macabre itinéraire aucune trace de sang n'était demeurée visible ; lorsqu'elle le rejoignit, le chandelier vint nimber d'une lumière dorée la galerie comme si la *portantina* était un siège de gloire et d'apparat. Puis sans émoi apparent elle saisit les poignées des brancards, et ils portèrent à nouveau la chaise jusqu'au vaste vestibule dans lequel ils la déposèrent avec précaution, le temps pour Domitilla d'aller replacer le chandelier et moucher les bougies et de s'assurer qu'aucun bruit ne venait de l'escalier. Larry la regardait aller et venir dans cette lumière fuligineuse comme si elle avait été une gracieuse *cameriera* préposée aux éclairages, ou un papillon de nuit voletant innocemment dans un édifice menacé de ruine. Il avait l'impression que la situation lui échappait désormais totalement, mais lorsque l'obscurité fut revenue et qu'ils se retrouvèrent dans l'escalier, il fut néanmoins soulagé de constater que la lune éclairait suffisamment les marches à travers les loggias pour qu'ils puissent discerner les obstacles causés par le bombardement. Ils descendirent lentement sur le tapis déchiré, entre les fragments de la rampe descellée et les pierres tombées du mur. Larry s'était placé devant et il sentait dans ses bras tout le poids de l'étrange attelage, angoissé comme si le regard d'Ambrogio était rivé sur sa nuque. Parvenu en bas, il s'aperçut qu'il était en sueur et sa pensée se mit à divaguer. Tant de fois Shelley avait dû emprunter cet escalier lorsqu'il revenait avec ses compagnons de ses escapades aux alentours. Il les imagina un instant découvrant avec stupeur leur équipage.

« Allez », l'encouragea Domitilla.

Dans la cour on y voyait comme en plein jour. Ils posèrent à nouveau la chaise sous la voûte, puis il risqua un regard dehors avec l'impression que comme dans un *opera buffa* quelque bretteur en tricorne surveillait sa sortie afin de l'agresser, son épée déjà extraite du fourreau. Mais la longue *riviera* était déserte, et de l'autre côté de la chaussée les obscures frondaisons de la Villa communale offraient déjà leur abri.

« Personne, dit-il en revenant. Vite ! »

Ils bloquèrent le lourd vantail de bois, sortirent et traversèrent aussitôt la chaussée pour se trouver au pied de l'infranchissable grille qui les séparait du sous-bois.

« L'entrée du parc est à cent mètres sur la gauche », murmura Domitilla.

Il s'en voulut de ne pas s'être souvenu de ce détail et accéléra le pas.

« C'est pas trop lourd ? demanda-t-il en se retournant.

— Ça va », entendit-il, et il eut l'impression que c'était la forme blanche qui se profilait derrière les vitres qui avait répondu. Devant eux les rails du tramway brillaient à perte de vue. Ils longeaient la grille depuis quelques instants lorsqu'un bruit de moteur se fit entendre. Larry n'eut même pas le temps de s'alarmer : formée d'une jeep et d'un camion, la patrouille freinait déjà à leur hauteur. Deux MP's en descendirent.

« *What's this all about ?* » demanda le chauffeur.

Larry sentit son cœur s'arrêter. Il s'efforça de poser la chaise sans émoi apparent et se retourna pour affronter le rayon de la torche. Le soldat parut surpris de se trouver devant un officier anglais.

« *Beg you pardon ?* demanda Larry avec son meilleur accent d'Oxford.

— Pardon, mon lieutenant, dit le jeune Américain. Oh, je vois que vous... êtes occupé à... transporter quelque chose, j'imagine... »

Se plaçant entre la chaise à porteurs et lui, Larry sortit de la poche extérieure de sa vareuse sa carte professionnelle et un ordre de mission de la Peninsular Base Section.

« Ce document officiel vous expliquera que je suis chargé, en plus de ma permanence au Field Service, de la réouverture du théâtre San Carlo — le célèbre opéra de la ville. Je dois préparer le spectacle inaugural pour la mi-décembre. Cette chaise à porteurs et le mannequin qu'elle transporte sont des éléments de décor dont nous avons besoin là-bas. »

Le chef de patrouille parut à tout le moins méfiant devant ses explications et se mit à tourner d'inquiétante façon autour de la chaise. A quelques pas de là, Domitilla paraissait changée en l'une de ces statues de pierre qui derrière elle parsemaient les sous-bois de la Villa. Au moins sa présence, qui dut paraître étrange au jeune chef de patrouille, eut-elle le mérite de détourner son attention.

« Et... la jeune dame, c'est une actrice du spectacle ? demanda-t-il.

— Non, la *signorina* est mon interprète auprès des corps de métier.

— Ah, oui, votre interprète... répéta-t-il en hochant la tête d'un ton sceptique. *Si parla inglese, signorina ?* demanda-t-il en se tournant vers elle.

— *Just a little,* répondit Domitilla d'une voix tremblante.

— Et, mon lieutenant... reprit-il de façon incrédule, dans ce théâtre ils ont besoin d'une *sedan-chair* à neuf heures du soir ?

— Je vous ai dit que ce n'était pas ma seule mission, sergent, et je ne peux m'occuper de cet établissement que tard dans la journée. En fait, nous n'avons que quelques jours pour organiser la manifestation. »

Le sous-officier hocha la tête puis s'approcha à nouveau de la portière armoriée. Le corps drapé d'Ambrogio s'était affaissé sur un côté et laissait apparaître derrière la vitre un profil fantomatique.

« Et... le mannequin, il sert à quoi ? » s'enquit-il en se tournant vers Larry.

Celui-ci sentit que le jeune homme cherchait cette fois uniquement à s'informer. Pris de court, il chercha désespérément pendant quelques instants un ouvrage faisant appel à ce type d'objet.

« C'est le... la statue du Commandeur dans *Don Giovanni,* sergent. Vous savez, le chef-d'œuvre de Mozart...

— Si vous le dites, fit le gradé.

— Plusieurs éléments du décor et de nombreux praticables ont été transférés dans les maisons de la ville après que le théâtre a été atteint par une bombe », précisa-t-il d'un air averti.

Devant l'urbanité de Larry, le sous-officier parut vouloir se faire pardonner son insistance.

« Mon lieutenant, nous revenons à vide après un transport à Piedigrotta. Peut-être pourrions-nous vous transporter, vous-même, votre interprète et votre matériel au théâtre San Carlo, cela vous ferait gagner du temps et économiser bien des efforts. »

Larry le regarda.

« Je suis sensible à votre proposition, sergent, mais nous pouvons continuer à pied. Ces accessoires de théâtre, ça semble lourd mais en fait c'est plus léger que ça ne paraît.

— Le camion est vide, c'est dommage de ne pas en profiter, insista le jeune gradé. Après nous rentrons au dépôt de Capodicino, ça ne nous fait donc pas de détour. »

Larry sentait son regard fixé sur lui.

« Eh bien, pourquoi pas après tout... merci de votre offre », dit-il avant de se tourner vers Domitilla.

« Ces garçons vont nous aider, lui souffla-t-il en anglais.

— Pardon ? » bredouilla-t-elle d'une voix presque inaudible.

Sur un ordre du gradé, deux robustes gaillards hissaient déjà la chaise à porteurs sur le camion. Domitilla lui jeta alors un regard d'incompréhension. Il s'en détourna, puis l'entraîna vers la jeep et l'aida à s'installer à l'arrière, avant de prendre place à côté du chauffeur. Ils démarrèrent et descendirent lentement la Riviera di Chiaia.

« C'est ici qu'est votre bureau, s'pas mon lieutenant ? demanda le sergent lorsqu'ils passèrent devant le palais Satriano.

— Absolument, sergent, vous êtes très au courant. Pourquoi, vous y venez de temps en temps ? s'enquit-il avec une soudaine anxiété.

— Non, mais j'y ai fait un jour un transport, comme j'en ai fait au Palais Royal et dans d'autres grandes bâtisses de ce genre : Caserte, Capodimonte... Tous ces gars des états-majors, ils s'emmerdent pas, si vous aviez vu ces décors et ces sculptures partout ! Les dorures de cet opéra que vous remettez en état, ils en ont dans chacun de leurs salons et de leurs chambres, à se demander pourquoi vous vous donnez le mal de leur en ajouter encore ! Alors que si vous voyiez nos cantonnements !

— Mais justement, c'est pas pour eux, sergent, c'est pour la troupe, expliqua hypocritement Larry. Ça vous changera les idées d'écouter un peu de musique, non ? »

Le jeune gradé parut dubitatif. Le convoi suivait maintenant le bord de mer et seul brillait par intermittence sur l'étendue noire du golfe l'éclat lointain d'un phare à éclipse. Larry se retourna. Domitilla était murée dans le silence et il ne voyait de ses yeux que deux gouffres d'ombre d'où n'émanait qu'une expression angoissée. Derrière elle le GMC tressautait sur les nids-de-poule de la via Partenope.

« Pas trop vite, sergent, recommanda-t-il après une soudaine embardée. La chaussée est mauvaise et on risque d'abîmer la chaise à porteurs. On a le temps.

— Ah bon, ils ferment donc jamais, dans ce théâtre ? »

Larry eut un geste dégagé.

« Il y a l'équipe de permanence », dit-il sans donner plus de détails.

Aux abords de la piazza Plebiscito ils ralentirent. En dépit du couvre-feu quelques fenêtres demeuraient allumées au long de la façade du Palais Royal et il craignit soudain d'être aperçu par des camarades sortant du mess de la PBS ou du café Gambrinus. Il lui sembla même entendre des exclamations en français venues de l'ancien dancing transformé en Foyer du soldat.

« Laissez-moi devant l'église, lui dit-il, nous n'avons plus que quelques mètres à faire, juste cette petite place à traverser.

— Vous avez vu ce vent, mon lieutenant ? On dirait le centre de Milwaukee un jour de blizzard !

— Vous êtes de Milwaukee, sergent ?

— Oui, mon lieutenant, et plutôt pressé d'y retourner ! »

Larry surveillait du coin de l'œil les alentours de l'église San Ferdinando. Heureusement personne ne sortait des différents établissements qui jouxtaient la place. Derrière les vitres gravées du Gambrinus on devinait des lueurs de lampes à acétylène. La jeep tourna à droite et stoppa devant le péristyle du théâtre. Tout paraissait désert.

« Y a pas l'air d'avoir grand monde, dites donc, remarqua le sergent d'un air surpris.

— C'est ce que je vois...

— Ils étaient pas censés vous attendre ? Je vois pas de lumière. »

A sa grande inquiétude, Larry s'aperçut qu'il avait repris son air méfiant.

« Ils attendent sûrement à l'intérieur, dit-il avec assurance. Bon, on va tout de suite descendre l'objet. *Signorina, could you help me ?* »

Domitilla essaya de deviner sur son visage ce qu'elle devait faire. Il s'approcha d'elle et, en évitant de la regarder, l'aida à mettre pied à terre. Déjà quatre soldats avaient empoigné la chaise et la transportaient sous les arcades. Larry vit avec inquiétude que, secoué par les cahots, le corps d'Ambrogio paraissait dodeliner de la tête. Il se retourna prestement vers le chef de détachement.

« Bon, eh bien merci pour votre aide, sergent, je saurai m'en souvenir si je vous revois.

— Bonne chance pour le spectacle, mon lieutenant. »

Le sous-officier remonta au volant de la jeep mais, sans doute attentif à ce que l'accès du théâtre leur fût bien ouvert et voulant s'assurer que Larry et son chargement étaient parvenus à bon port, demeura immobile derrière son volant.

« Merde, alors il fout le camp ? » s'inquiéta Larry.

Pour se donner une contenance il se pencha à travers la grille qui commandait l'entrée et frappa contre la porte. Après plusieurs tentatives il vit avec soulagement que la lumière s'allumait. La porte s'entrebâilla et un vieux gardien apparut, habillé d'une sorte de houppelande à capuchon qui semblait provenir des défroques de *Fra Diavolo*. Sans plus attendre, Larry se retourna pour faire signe au sergent qu'il pouvait repartir, mais celui-ci, peut-être surpris par l'accueil peu empressé du vieil homme, n'en fit rien et tout au contraire se pencha pour voir comment tournaient les choses.

« *Signor usciere*, j'amène la chaise à porteurs et le mannequin pour le *Don Giovanni*, expliqua Larry à haute voix en anglais tout en désignant le convoi qui stationnait. Traduis, Domitilla. »

La jeune fille fronça les sourcils.

« *Ma...*

— Traduis, bon Dieu, souffla-t-il. Dis bien haut : le lieutenant apporte la chaise à porteurs. »

Elle répéta la phrase en bredouillant.

« Mais quelle chaise ? » demanda le gardien sans comprendre.

Tournant le dos au sergent pour qu'il ne vît pas son geste, Larry brandit alors à nouveau la carte du Field.

« Police militaire, ouvrez », ordonna-t-il sans lever la voix.

Affolé, le vieil homme ouvrit aussitôt la grille. Peu d'instants après qu'ils eurent transporté à trois la chaise dans le vestibule Larry entendit avec soulagement que le convoi redémarrait, puis s'éloignait.

« On ne m'a pas parlé de l'arrivée d'une chaise à porteurs, surtout à cette heure-ci, dit le gardien. Je vais me renseigner. »

Il s'apprêtait à utiliser la manivelle d'un téléphone intérieur lorsque Larry eut une subite inspiration.

« C'est une *portantina* qui était entreposée au palais Satriano et qui doit rejoindre le Palais Royal, expliqua-t-il en italien. Le camion ne pouvait pas venir avant, excusez-nous pour le dérangement.

— Ah, mais vous n'êtes pas au Palais Royal, vous

êtes au théâtre San Carlo ! s'exclama le vieil homme, qui ajouta d'un ton affable : mais l'erreur s'explique, le Palais est tout proche, en fait c'est dans la même enceinte. Et dans la chaise à porteurs, c'est quoi ? s'enquit-il tout en s'approchant.

— J'imagine que c'est un mannequin, non ? répondit Larry avec désinvolture.

— Je vais vous aider, dit l'homme d'un ton affable. La petite demoiselle semble fatiguée, je peux prendre le mannequin sur l'épaule. »

Sous le regard insistant de Larry, Domitilla parut se réveiller.

« Merci beaucoup, répondit-elle, mais je ne suis pas fatiguée. »

Empoignant la chaise avec décision, ils franchirent à rebours le seuil du théâtre et se retrouvèrent sous le péristyle dans la nuit venteuse. Devant eux une affiche d'avant-guerre annonçait :

GILDA DELLA RIZZA
nel
LA SONNAMBULA
di Vincenzo Bellini.

Larry la lui montra avec irritation.

« C'était plutôt vous, la somnambule ! Pour un peu il nous accompagnait au Palais Royal sans que vous réagissiez ! »

Ils étaient appuyés sur le toit verni de la chaise à porteurs qui brillait doucement sous la lune.

« Mais aussi pourquoi avoir accepté que le camion nous emmène ici ? chuchota-t-elle d'une voix anxieuse. A l'heure qu'il est, tout pourrait être fini, et la chaise à nouveau replacée dans le petit salon... Qu'est-ce qu'on va en faire, maintenant ? Don Ettore est sûrement revenu à l'heure qu'il est !

— Que pouvais-je faire d'autre ? Je n'avais pas le

choix ! Vous n'avez donc pas vu comment le sergent commençait à tourner autour de nous ? Refuser sa proposition n'aurait fait qu'augmenter sa méfiance ! Et de toute façon, à partir du moment où la patrouille nous avait repérés, il devenait impossible de déposer le corps dans le parc, à quelques dizaines de mètres de l'endroit où il habitait... C'était signer ce que les gars auraient sans hésitation appelé un crime...

— Oh, pourquoi a-t-il fallu qu'on tombe sur cette patrouille... gémit-elle. L'instant d'avant il n'y avait personne. Et qu'est-ce qu'on va faire maintenant...

— Commençons par nous éloigner d'ici, répondit Larry. On va prendre la rue qui descend vers le port, là au moins il n'y aura personne pour nous aborder. »

Elle se crispa brusquement.

« Quoi, vous voulez le basculer dans la Darsena comme un cadavre de marin en pleine mer ? Et s'il n'y a pas assez de fond ? Et si la chaise réapparaît et qu'on la découvre ? On saura tout de suite où elle a été volée... Don Ettore le sait bien que j'ai la clé de son appartement... on me demandera sûrement de venir reconnaître le corps ! On me questionnera pour savoir ce qui s'est passé, et je saurai pas mentir... Je saurai même pas expliquer comment j'ai eu la force... la force de faire une chose pareille... »

Ses phrases devenaient de plus en plus saccadées à mesure qu'elle parlait, sa voix plus désaccordée, et Larry craignit soudain qu'elle ne sombre à nouveau dans une crise d'hystérie. Comme pour lui faire comprendre à quel point sa crainte était fondée, elle leva soudain un poing courroucé vers la forme livide.

« *Jettatore !* cria-t-elle. Je suis sûre qu'il nous a jeté un mauvais sort en prononçant en mourant cette phrase sur les oies ! Il ne savait faire que ça, jeter des sorts... Après tout ce qu'il avait fait, avec les crapuleuses relations qu'il avait, c'était presque normal de le retrouver assassiné en face de chez lui, mais moi je restais en dehors de tout ça... Tandis que maintenant... Je veux pas qu'on m'accuse... Mon père... Les gens diront que j'ai tué mon père... Ils sauront pas ce que j'ai vécu... »

Elle sanglotait. Presque instinctivement, pour tenter de la calmer, Larry lui mit la main sur l'épaule. Il la sentit tressaillir.

« Je vous promets, Domitilla, que vous ne serez jamais inquiétée... s'efforça-t-il de dire d'un ton apaisant. En contrepartie je vous demande un dernier effort, et de toute façon nous n'avons plus le choix. »

Il ne se souvenait plus que la calme voie qui descendait vers le port en contrebas des jardins fût si pentue. Il s'était à nouveau placé en tête et sentait dans ses bras tout le poids de ce qu'il appelait *in petto* depuis qu'ils avaient descendu l'escalier : leur attelage. En fait Domitilla n'avançait plus que par brefs sursauts d'énergie vite évanouis, et il avait l'impression qu'elle n'était qu'un fardeau en surcroît, qu'il fallait traîner lui aussi vers le bassin funèbre de la Darsena. Heureusement la ruelle était obscure et à l'écart de toute circulation. Parvenus sous l'arche reliant le Palais Royal au Château angevin il lui fit signe de poser la chaise, puis s'avança jusqu'au coin du quai. Nulle sentinelle n'était en faction le long de la grille du port. Il fit demi-tour et la rejoignit. A peine visible dans la nuit, elle s'était adossée à l'énorme muraille de la forteresse qui semblait l'écraser de sa masse impressionnante et indestructible.

« Vous êtes sûr que l'on ne nous observe pas de là-haut ? murmura-t-elle.

— Ne vous inquiétez pas, il n'y a pas une lumière... Maintenant écoutez-moi. Lorsque je suis descendu au port l'autre jour pour préparer l'arrivée de cette fichue voiture, j'ai remarqué qu'on était en train de réparer la jetée de la Darsena et qu'il y avait sur le môle un tas de pierres servant pour le chantier. Si j'avais su alors que j'allais devoir m'en servir !

— Parce que vous allez...

— Oui, la lester, pardi, dit-il en tapotant nerveusement sur l'un des brancards. Il ne s'agirait pas qu'elle flotte comme une gondole. »

Avec une énergie nouvelle ils franchirent le quai désert puis se dirigèrent à pas comptés vers les bâtiments du port qui dissimulaient le chantier. Domitilla poussa un soupir de soulagement lorsqu'ils eurent à nouveau posé la chaise à l'abri des regards. « Ça m'aura donné plein d'ampoules », murmura-t-elle en contemplant ses mains, avant d'ajouter placidement : « Les seules choses qu'il m'aura jamais données. » Larry s'approcha de l'eau. A quelques pas un vieux cotre achevait de pourrir le long du môle mais il remarqua que la chaîne d'ancre était entièrement déroulée, ce qui était de bon augure quant à la profondeur de l'eau. Il alla choisir une grosse pierre qu'il rapporta en titubant pour la déposer sur le linceul qui parut l'absorber dans ses plis, puis réitéra par trois fois son manège. Ainsi chargée, la chaise était maintenant devenue si lourde que Domitilla ne put même pas la soulever. Ils parvinrent pourtant à la traîner jusqu'à l'extrême bord. Le crissement des pieds de bois contre la pierre du quai était si perçant qu'il provoqua au loin les hurlements répétés d'un chien errant. A moins de deux mètres en contrebas l'eau était striée de rayons de lune qui en moiraient la surface.

« On bascule », souffla-t-il.

Lors de cette ultime poussée la chaise parut hésiter, se balança un instant puis tomba à l'eau dans un fracas qui lui parut se répercuter sur les murailles toutes proches de la forteresse comme une série de coups de canon — si fort et si longtemps qu'ils s'accroupirent derrière les pierres pour ne pas être remarqués. Ils ne sortirent de leur cachette que lorsque le silence fut revenu et, penchés au-dessus de l'eau noire, suivirent des yeux la chaise qui sombrait lentement. Encore visible à la surface au milieu d'un léger tourbillon, la luxuriante décoration des portières lui donnait l'apparence d'une embarcation funéraire emportant vers quelque île des morts surmontée de cyprès effilés son fantomatique fardeau. Peu à peu l'eau monta le long des vitres et engloutit lentement la forme livide. « La seule canaille napolitaine qui soit jamais entrée dans la Darsena en chaise à porteurs », pensa Larry.

« Il bouge la tête ! s'exclama Domitilla.

— Vous êtes fatiguée et ça se comprend », dit Larry.

Elle parut ne pas s'apercevoir de son ton moins distant. Agenouillée à l'extrême bord elle suivit des yeux la disparition de la chaise dont on ne voyait plus que le toit verni.

« Enfonce-toi, sale type, l'entendit-il murmurer d'une voix sourde comme si elle voulait alourdir l'étrange esquif d'un poids supplémentaire de haine et de ressentiment. Descends le plus bas possible. Enfonce-toi, salaud, comme tu as voulu le faire en moi. »

Larry crut avoir mal entendu.

« Quoi ? s'exclama-t-il avec stupeur. Ne me dites pas qu'il vous a... »

Elle baissa la tête.

« Je me suis débattue et j'étais forte, dit-elle. Mais sans cela...

— Je comprends alors pourquoi... pourquoi vous le détestiez tant ! »

Il n'osa sur le moment en dire plus. Le visage penché sur l'eau, Domitilla demeurait immobile, les yeux dans le vague, semblant craindre que la chaise qui venait de disparaître ne vienne tel un submersible émergeant à l'air libre affleurer de nouveau. Elle s'arracha enfin à sa contemplation et commença à s'éloigner sur le quai. Il la rejoignit. Il sentait confusément combien le poids de tout ce qui venait de se passer allait peser sur sa propre vie désormais, et il ressentit à son égard un étrange mélange d'indulgence et d'animosité.

« Je comprends maintenant pourquoi vous avez voulu ainsi le provoquer ! s'exclama-t-il. C'était pour vous venger, n'est-ce pas ? »

Elle eut un geste d'une infinie lassitude.

« Je ne sais pas... je ne sais plus...

— Vous ne vous seriez pas déshabillée, rien ne serait arrivé, et on n'en serait pas là, reprit-il sur un ton de reproche. Lors de son arrivée inopinée, je pouvais parfaitement lui expliquer que je venais juste d'être prévenu par la capitainerie que le véhicule était dédouané, et il aurait trouvé normal que j'accoure aussitôt ! Mais à partir du moment où vous étiez à demi nue, comment vouliez-vous qu'il me croie ? »

Elle se mit à nouveau à pleurer et il sentit ses épaules se soulever spasmodiquement. Puis sans préambule elle vint se blottir contre lui, et il s'aperçut qu'il ne la repoussait pas.

« J'ai bien vu que ma lettre n'avait produit aucun effet, murmura-t-elle. Pourtant j'aurais tellement aimé me faire aimer de toi... »

Il la prit par les épaules.

« J'aurais dû me douter... En ce qui concerne votre père... Vous sembliez ressentir un tel rejet... J'aurais aimé vous consoler avec un peu de cet amour dont vous avez tellement manqué, Domitilla... Mais c'est impossible. Tout nous séparait déjà, mais après ce qui vient de se passer... comment voulez-vous... »

Elle enfouit contre lui son visage éperdu.

« Il y en a certains qu'un secret peut rapprocher... murmura-t-elle d'une voix éteinte. Mais tu vas dire que c'est trop lourd pour nous deux, et tu vas m'abandonner...

— Certainement pas, dit-il en s'efforçant de prendre une voix calme et apaisante. Et pourtant dans l'immédiat il faut qu'on se sépare quelques heures. Vous allez rentrer chez vous en prenant toutes les précautions pour ne pas être vue par une patrouille — ni surtout par don Ettore Crespi. En revanche dès demain matin vous irez le prévenir que votre père n'est pas rentré de la nuit. Vous verrez alors s'il s'est rendu compte de la disparition de la chaise à porteurs.

— Sûrement pas, il ne retourne jamais dans cette pièce depuis la mort de sa femme. C'est Gianni qui ne sera pas long à s'en apercevoir, dès qu'il sera revenu !

— A Gianni pas plus qu'aux autres — même, et surtout, si on vous interroge à ce sujet — vous ne parlerez de ce qui s'est passé cette nuit, lui recommanda Larry. Vous n'avez pas quitté l'appartement, vous ne savez rien des contacts qu'il y avait entre votre père et moi, et si je me trouve en votre présence, vous ne me reconnaissez pas. De mon côté je préviendrai mon supérieur hiérarchique que mon informateur privilégié n'est pas venu au rendez-vous que je lui avais fixé ce soir. »

Elle hochait la tête dans l'ombre comme une élève studieuse.

« Mais les gens qui nous ont vus... la patrouille... le concierge du théâtre...

— Notre comportement leur a semblé normal, ils n'y trouveront rien à redire et ne songeront à prévenir personne. En ce qui concerne la voiture, je dirai très officiellement que j'avais chargé votre père de la transaction. Mais je ne dirai pas que j'ai reçu l'argent. On dira que j'ai agi légèrement et que je suis la naïve victime d'un escroc. Peut-être prétendra-t-on que c'est à cause de cette transaction qu'il a été tué. Mais après tout c'était pour la bonne cause, puisque cet argent devait partiellement le rémunérer de ses informations... et par ricochet vous permettre de vous nourrir à votre faim. »

Il la voyait à profil perdu sur le fond miroitant du bassin.

« On se quitte après avoir franchi la grille, dit-il. Demain matin j'ai plusieurs choses à faire. Disons que nous nous retrouverons à deux heures. Il faudrait que ce soit dans un lieu où l'on ne puisse pas nous voir ensemble. »

Elle réfléchit.

« Et si on allait dans son hangar ? L'endroit où il gardait tout ce bric-à-brac d'expéditions polaires... Personne ne connaît cet endroit. Lui n'y venait presque plus, mais je sais où est la clé.

— J'ai l'impression que vous savez toujours où sont les clés, dit Larry. Et où se trouve-t-il, ce refuge ?

— Au Vomero. En haut du funiculaire, tu prendras la via Cimarosa. Tout de suite sur la gauche, s'ouvrant dans un immeuble, il y a une petite voie en cul-de-sac. Tu la suis jusqu'au bout et tu tombes sur un garage. J'y serai à deux heures, et même avant.

— Don Ettore connaît cette adresse ?

— Non.

— Eh bien, on pourra toujours y faire le point », dit-il brièvement.

Il sentit que ce n'était pas le moment de l'abandonner et la raccompagna jusqu'au bas de l'étroite voie en pente qu'ils avaient prise à l'aller. Il s'aperçut qu'elle frissonnait sous l'abri glacé de l'arche. Le regard vide elle s'était à nouveau adossée à la muraille de la forteresse comme si son visage avait été sculpté dans la pierre à l'époque des rois angevins. Ses lèvres semblaient scellées pour toujours sur leur inavouable secret. Il hésita, puis lui fit un petit signe et la quitta cette fois précipitamment.

5

7 décembre

Comme il s'approchait du kiosque de la piazza Municipio pour acheter le numéro du *Mattino*, un vers de Shelley lui revint en mémoire, tant il paraissait scander sa marche hésitante.

I pant, I sink, I tremble, I expire !

Avec anxiété il se pencha sur les titres de la première page, comme si le sol pouvait à tout moment se dérober sous ses pas. Mais le journal n'annonçait apparemment rien qui pût faire écho aux événements de la nuit. Nulle allusion à une réapparition de la *portantina* à la surface des eaux noires de la Darsena, telle une gondole funèbre, nul spectre d'Ambrogio surgissant au bout du môle, hagard et vaticinant, afin de jeter un sort à sa fille. Vaguement rassuré, le pas désormais plus ferme, il franchit le seuil de l'imposant immeuble et grimpa jusqu'à la salle de consultation. L'horloge de l'entrée indiquait huit heures et les appariteurs n'étaient pas encore à leur poste. Il demeura un instant les yeux fixés sur le cadran avec une sorte d'incrédulité : huit heures, c'était l'heure qu'indiquait également la veille au soir le cartel du théâtre San Carlo lorsque Domitilla et lui y avaient été accueillis par le concierge. Il lui sembla que le temps se contractait avec violence, et il était presque surpris qu'un jour brumeux se lève à nouveau comme si rien ne s'était passé d'anormal depuis la veille. En ce moment même Domitilla devait pourtant s'apprêter à descendre chez don Ettore Crespi pour lui annoncer que son père n'était pas rentré de la nuit. Pourvu qu'elle ne craque pas, pensa-t-il, et l'angoisse qu'il avait ressentie quelques instants plus tôt lui noua à nouveau la gorge.

« *Signor ufficiale.* »

Il tressaillit. Un vieil appariteur s'approchait de lui pour le saluer. Il ressemblait tant au concierge du théâtre que Larry se demanda un instant si ce n'était pas le même personnage qui assumait les deux fonctions.

« Lieutenant Hewitt ? C'est moi qui ai répondu hier matin à votre demande de consultation, dit-il. Les archives d'état civil du Royaume de Naples sont à votre disposition, mais la plupart sont encore entreposées dans les caves. J'ai fait remonter pour vous les registres des années 1819 et 1820.

— *Grazie mille* », dit Larry en lui glissant un billet de vingt lires qui fut empoché avec naturel.

Il se sentit pourtant dévisagé avec insistance et son inquiétude réapparut aussitôt. Après tout, si le vieil homme occupait *vraiment* ces deux fonctions ? Et s'il avait reconnu en lui l'un des porteurs de la chaise ?

« Eh bien, quand vous voulez... grommela-t-il.

— Excusez-moi, mais n'étiez-vous pas déjà venu ici avant guerre ?

— Quelle mémoire ! s'exclama Larry.

— Je me souviens même que vous prépariez un livre sur un poète anglais qui avait vécu à Naples...

— Moi aussi, il me semble que je vous reconnais », dit Larry pour masquer son soulagement.

L'appariteur eut un geste un peu désabusé.

« Je ne sais pas si c'est une bonne chose d'avoir de la mémoire par les temps qui courent, *signor*. Je donnerais cher pour effacer les années depuis la dernière fois où vous êtes venu. »

Larry hocha pensivement la tête. Ce mélange de fatalisme et de gentillesse qu'ils avaient tous en dépit des épreuves, pensa-t-il. Comment Paul ne s'en apercevait-il pas...

« Eh bien, figurez-vous que je profite des circonstances pour venir vérifier un ou deux points précis concernant mes recherches d'alors », précisa-t-il.

A l'entrée de la salle de consultation lambrissée et meublée d'une longue table étroite l'appariteur s'effaça.

« Je vais reprendre la place que j'occupais à l'époque, dit Larry en se détournant.

— Vous avez l'air fatigué, lieutenant, dit le vieil homme comme s'il remarquait soudain ses traits tirés, avec une mine de conspirateur que n'aurait pas désavouée Ambrogio. Voulez-vous un petit café napolitain comme autrefois ? »

Larry s'arrêta net.

« Quoi, vous en avez ?

— On commence à en retrouver, chuchota-t-il. J'ai même un peu de sucre. Je vous propose cela parce que vous êtes en quelque sorte un habitué, même si des années passent entre vos visites.

— Eh bien, merci d'avance pour le café, ce n'est vraiment pas de refus, cela me rappellera ce premier voyage, et puis j'ai peu dormi et cela me fera du bien. »

L'instant d'après il regretta sa dernière phrase, mais l'appariteur avait d'autres préoccupations.

« Ce n'est pas nécessaire de l'ébruiter, n'est-ce pas ? chuchota-t-il.

— Ebruiter quoi ?

— Qu'il y a du vrai café dans la maison. »

Larry lui tapota l'épaule en signe de connivence, puis

se dirigea vers sa place. Deux lourds registres d'état civil aux armoiries du Royaume de Naples l'attendaient au bout de la table. Il se sentait dans une sorte d'état second — bien différent, pensa-t-il avec une sorte de regret, de celui dans lequel il se trouvait la dernière fois qu'il avait ouvert ce registre, alors qu'il était sous le charme de la jeune Livia Bregantini.

« A votre place s'est assis durant de longs mois un vieux professeur qui étudiait la descendance du poète napolitain Marcello Macedonio. »

Larry leva vivement la tête. L'appariteur lui apportait sur un plateau recouvert d'un napperon brodé une cafetière, une tasse et un sucrier. Il semblait en veine de conversation.

« Cela m'avait frappé qu'il s'intéresse tant à Macedonio, continua-t-il. C'est vrai que nous n'avons pas eu tant de poètes à Naples.

— Tout de même, Leopardi... dit Larry sur un ton de reproche.

— Ah oui, fit-il en se sentant en faute. Eh bien, le pauvre *professore,* ça ne lui a pas porté chance de s'intéresser à la généalogie des gens. »

Larry versa le café dans sa tasse de porcelaine — depuis quand n'avait-il plus accompli ce geste —, huma avec délices l'odorant nectar, puis le dégusta à petites gorgées. « Ça va me sortir de ma torpeur », se dit-il. L'appariteur demeurait silencieux à ses côtés, paraissant attendre qu'il s'intéressât à son histoire ou, à tout le moins, qu'il appréciât l'attention du café.

« Délicieux, dit Larry en lui glissant à nouveau dans la main son ultime billet de vingt lires.

— *Prego*, remercia sans façon le vieil homme. Vous ne vous intéressez pas à ce qui est arrivé au professeur...

— J'allais vous le demander. »

Il mima une lame portée en plein cœur.

« *Assassinato,* dit-il d'un ton théâtral. Sur le Corso

en plein midi. J'avais déjà préparé son dossier pour le jour suivant lorsque je l'ai appris. Je n'en ai pas cru mes oreilles. Un homme si cultivé, si courtois... C'était l'année de la guerre. Bien sûr on a raconté des choses. On a dit qu'il s'intéressait plus aux ascendants des membres du Grand Conseil fasciste qu'aux descendants de Macedonio. Vous pouvez pas empêcher les gens de causer.

— Certes », soupira Larry en reposant sa tasse.

Le café avait soudain un goût âcre. L'appariteur desservit alors la table avec la componction d'un vieux maître d'hôtel, puis s'éloigna.

Elena Adelaïde Shelley, fille de Percy B. Shelley, 26 ans, et de Mary Padwin, 27 ans ; née 250, Riviera di Chiaia le 27 décembre 1818 à 7 heures du soir. Déclarée ce jour, 27 février 1819.

Il relut attentivement la déclaration.

« Pourquoi "Padwin" et non pas "Godwin", le vrai nom de Mary ? se demanda-t-il. J'avais déjà remarqué cette erreur à l'époque. Sans doute une mauvaise transcription de l'officier de l'état civil... »

L'écriture régulière et appliquée était celle d'un greffier. Percy avait signé avec deux témoins mais s'était bien gardé de rectifier le nom mal orthographié de son épouse. La signature de Mary, quant à elle, brillait par son absence.

Comme il repoussait le registre de 1819 pour faire place à celui de l'année suivante, une fiche tomba sur le plancher. La ramassant, il s'aperçut qu'il s'agissait d'une note écrite de sa main qu'il avait oublié de retirer et qui était demeurée depuis lors intercalée entre deux pages ; à croire — et c'était sans doute la réalité — que le registre n'avait pas été consulté depuis son précédent passage.

"En dépit déclaration de naissance ci-contre, impossible que Mary soit la mère de la petite Elena, avait-il écrit dans un style succinct. En effet : 1) Mary avait beaucoup souffert de la mort de sa petite Clara trois mois auparavant et il est évident que si Elena avait été sa fille elle n'aurait jamais été remise à des parents adoptifs. 2) Aucune mention ne concerne la petite Elena dans le journal ni dans sa correspondance. 3) A-t-elle même été mise au courant de cette naissance ? J'en doute."

Il demeura quelques instants songeur en se disant que, pour oublier une telle note dans un registre ouvert au public, il devait penser ce jour-là au moins autant à la jeune Livia qu'à Mary Shelley. Pour autant, sept ans après, son opinion n'avait pas changé : comment la signature de Mary aurait-elle pu figurer sur le document alors qu'elle n'avait certainement rien à voir avec cet enfant ! Mais alors pourquoi Percy avait-il dicté son nom (même entaché d'une erreur) à l'officier d'état civil ? A cet instant Larry regretta de ne pas avoir accédé à la proposition de Domitilla de lui lire la lettre — ou la note — adressée par Mary à Percy. Peut-être lui aurait-elle apporté quelques informations sur cette mystérieuse naissance — et plus prosaïquement il lui aurait été possible en l'examinant de juger de son authenticité. Tant pis. L'occasion était passée, et quand se représenterait-elle désormais ? Il ouvrit le registre de l'année 1820 pour découvrir la même écriture de greffier sur les mêmes feuillets de couleur ivoire. *Certificat de décès. 9 juin 1820. Elena Shelley, décédée au 45 Vico Canale à l'âge de 15 mois 12 jours.* Rien de plus. Pas de signature cette fois, nul témoin. Ce 9 juin 1820, toute la maisonnée s'était depuis longtemps envolée. Percy, Mary, Claire, Elise étaient loin. Partis à la sauvette le lendemain de la déclaration de naissance, pour ne plus jamais revenir à Naples. Ils avaient laissé Elena derrière eux. Oh, elle n'avait pas été déposée, emmaillotée, dans un panier aux marches d'une église, mais au fond quelle différence ? Abandonnée, et peut-être aussi mal soignée, mal aimée. Entre ces deux mentions lapidaires, une pauvre petite vie oubliée, une pâle chandelle si vite mouchée à laquelle il était bien le seul au monde, par quelque obsessionnelle et peut-être malsaine curiosité, à s'intéresser encore. *My head is wild with weeping*, avait écrit son père en pensant à elle. Un étroit sillage de larmes, voilà ce qu'elle laissait derrière elle. Sans doute Percy l'aurait-il adulée. Sans doute aussi aurait-elle été ravissante. Sans doute enfin l'aurait-il accueillie plus tard en avouant tout à Mary, si on avait donné à l'enfant le temps de vivre. Qui pouvait être sa mère ? Trouver qui était la mère d'Elena c'était trouver la raison de cet abandon, et aussi expliquer cette détresse que Shelley allait désormais traîner derrière lui comme un lourd et sourd remords. « Mon fardeau napolitain est mort », avait-il écrit à ses amis Gisborne dans une lettre consultée jadis à Oxford. Une fois de plus Larry se retrouva proche de la désespérance de son héros. A cet instant de sa propre vie où tout pouvait basculer, où lui-même pouvait être entraîné dans un scandale ou rendu complice d'un meurtre qui lui semblait douze heures après nimbé d'une étrange lueur sinistre et irréelle, Larry sentit qu'il avait besoin d'une minuscule certitude à laquelle se raccrocher. Trouver qui était la mère d'Elena, voilà ce qu'il avait à faire dans l'immédiat. De toute façon c'était la dernière fois avant longtemps qu'il pouvait disposer des registres d'état civil. Deux brèves déclarations, et entre les deux ce souffle si ténu, tari si tôt...

Un pas se fit entendre. C'était à nouveau l'appariteur qui brandissait la grille de mots croisés du *Mattino*.

« Excusez-moi de vous déranger, *signor*... Vous qui semblez si érudit et parlez si bien italien : "Changement de nature", en six lettres. Je n'arrive pas à trouver. »

Larry se sentit soudain sur ses gardes ; le type avait l'air d'avoir pris ce prétexte pour venir le surveiller. « Ah non, je ne vais pas sombrer en plus dans la paranoia », se dit-il tout en faisant mine de réfléchir.

« Non vraiment, je ne vois pas », répondit-il en se replongeant ostensiblement dans son registre.

Paraissant déçu l'appariteur quitta la pièce. Larry attendit qu'il eût fermé la porte puis, la tête dans ses mains, s'efforça d'occulter les événements de la nuit pour ne se souvenir que du moment où il avait enfin découvert le cadre de vie des Shelley. Etait-ce la tension qui l'habitait, ou son état de fatigue, ou encore le simple fait — mais si longtemps attendu — de connaître désormais les lieux où ils avaient habité, mais il les imaginait tous et toutes avec une précision presque divinatoire qui faisait plus que jamais s'entremêler, comme le soir du fiacre, les époques et les personnages.

Hormis Mary, deux autres femmes habitaient la Riviera di Chiaia, entourant Percy ce 27 décembre 1818 où était née Elena. L'une d'elles était sa mère, et il ne disposait que d'infimes indices pour savoir qui.

Claire Clairmont, d'abord. Vingt ans, demi-sœur de Mary, ancienne amie de Byron dont elle avait une fille, Allegra. Malade tout au long de l'expédition au Vésuve le 17 décembre. Il l'imagina au retour de cette journée épuisante, gravissant péniblement ce même escalier que Domitilla et lui — et Ambrogio — avaient descendu la veille au soir, après ces tragiques péripéties... A cet instant il imaginait Claire comme s'il la voyait réellement, s'appuyant toute chancelante contre un Percy attentionné, sous le regard sombre de Mary. Il était évident que les deux femmes ne s'aimaient pas. Mary devait en vouloir à Claire de profiter du fossé qui s'était creusé entre Percy et elle depuis la mort de Clara en septembre. D'autre part il était évident, à certaines allusions de leurs différentes lettres et journaux (comme ils étaient à l'écoute de leurs propres vies !), que Percy et

Claire avaient été amants lorsqu'ils s'étaient retrouvés fin août en la seule compagnie d'Elise à la villa I Cappuccini, près d'Este. « Toutes ces vaines randonnées ! s'était exclamé Paul un jour qu'il lui énumérait les multiples étapes de Shelley en Italie. Toutes ces calèches et ces équipages lancés dans ce tourbillon frénétique ! Toutes ces villas isolées abritant des amours impossibles ! On dirait des papillons affolés se cognant sans relâche aux barreaux de leurs cages dorées. Leur excuse, me dis-tu, c'était leur génie. Moi, je veux bien... », avait-il conclu d'un air peu convaincu.

Larry se leva et fit quelques pas dans la salle. Depuis toujours (cela agaçait le bibliothécaire de la Bodleian Library) il ne pouvait réfléchir qu'en marchant. Peut-être en effet les péripéties de la nuit auraient-elles enchanté Shelley, mais lui, elles le laissaient exsangue à l'aube sur un rivage désert, avec en tête cette interrogation lancinante à laquelle le moment était venu de trouver une réponse : Claire était-elle la mère d'Elena ? « Il faut que je le sache, et alors j'oublierai tout le reste », se dit-il. Hormis sa liaison avec Percy, un autre point concernant Claire lui paraissait certain : elle était bel et bien souffrante le jour même de la naissance d'Elena : Mary le notait dans son journal. Aurait-elle donc accouché ce jour-là ? Plus il y pensait, plus cela lui semblait impossible. Ça ne tenait simplement pas debout. Claire, qui se préoccupait tellement du sort d'Allegra, la fille qu'elle avait eue de Byron, qui souffrait tant de la savoir quasi séquestrée par son père, pouvait-elle abandonner une autre enfant qu'elle aurait eue de l'homme qu'elle aimait désormais ? Et puis, et surtout, Mary n'aurait pas pu ignorer que Claire était enceinte de neuf mois. « J'avais accès à toutes les pièces et une telle chose n'aurait pu m'échapper », avait-elle écrit à une amie. Il imagina un dialogue entre les deux belles-sœurs se croisant dans la galerie des porcelaines

— cent vingt-cinq ans avant qu'elles ne fussent brisées par les bombes de leurs compatriotes.

« *Oh ma chérie, n'aurais-tu pas un peu trop profité ces temps derniers de la bonne nourriture italienne ?*

— *Mais non, Mary, que vas-tu penser ?* »

Impossible. Son intuition se changeait en conviction. Il retourna à sa place et ouvrit à nouveau le registre de 1819 à la page de la déclaration de naissance. Un détail le frappa soudain. "Mary Padwin, 27 ans", était-il inscrit. C'était le poète lui-même qui avait dicté cette précision au greffier et, bien qu'elle fût lourde de signification elle lui avait échappé. Le voilà, l'indice, plus encore que le mauvais intitulé du nom, pensa-t-il. Car Mary avait vingt et un ans en 1818, et non vingt-sept. Parmi les trois femmes qui gravitaient autour de Percy comme des planètes autour du soleil (il s'en voulut une fois de plus de l'indigence de sa métaphore, mais c'était toujours celle qui lui venait à l'esprit) une seule avait cet âge : Elise.

La figure mystérieuse du trio. Elle les accompagnait depuis 1816, jouant le rôle d'une sorte de gouvernante. Peut-être tenait-elle les comptes de la maisonnée, ou décidait-elle des approvisionnements au gré des étapes. Belle fille sans nul doute — Shelley n'aurait pas accepté ni supporté un laideron. Larry l'imaginait observatrice, vaguement perverse, vraisemblablement amoureuse de Percy, jalouse de Claire plus que de Mary, et prête à exercer une séduction de *femme fatale* si les circonstances s'y prêtaient. Et puis — et surtout — Elise était enceinte. C'était même la raison pour laquelle Mary avait exigé qu'elle épousât le valet de chambre Foggi après avoir eu vent d'une idylle entre eux, faisant même allusion dans l'une de ses lettres à une crainte de fausse couche. Et pourtant l'enfant ne pouvait en aucune façon être de Foggi, qui n'avait rencontré Elise qu'au cours de l'été. En conséquence... Il compta sur ses doigts. La petite Elena ne pouvait avoir été conçue qu'au cours de leur passage à Milan en avril, alors que la tribu espérait louer une villa au bord du lac de Côme. Mary avait-elle pressenti quelque chose ? Cela expliquerait peut-être, pensa-t-il, pourquoi elle avait envoyé Elise à Venise pour s'occuper d'Allegra qui retournait chez son père. Qu'Elise fût la mère d'Elena expliquait un bon nombre de choses — la détresse du père qui devait cacher toute l'affaire à Mary, l'accouchement organisé en catimini, la déclaration d'état civil erronée, la décision de confier l'enfant à des parents adoptifs, le chantage ultérieur de Foggi, privé à la mort d'Elena de la pension que recevait Elise. Quant au risque de fausse couche évoqué par Mary, il devait plutôt concerner Claire, probablement enceinte depuis septembre, sujette à des troubles répétés, et sans doute anxieuse que Mary ne découvrît quoi que ce soit. « Peut-être est-ce pour provoquer une telle issue que Claire s'est imposé cette absurde montée au Vésuve dont elle est revenue si épuisée », se dit Larry. Restait cette étrange coïncidence : la délivrance d'Elise Foggi — la petite Elena était née d'après l'état civil le 27 décembre — et la fausse couche présumée de Claire — qui était d'après le journal de Mary malade à la même date — pouvaient-elles par un surprenant hasard avoir eu lieu le même jour ? Peut-être après tout Claire, jalouse et souffrante, avait-elle eu une violente réaction à la nouvelle de l'accouchement d'Elise... Funeste demeure en vérité. Larry imagina le ballet des sages-femmes entre les étages, les chuchotements, les cris étouffés, les mains crispées sur les linges tachés de sang, les tintements des brocs d'eau chaude, les paniers que l'on emmène à l'extérieur, les poings serrés et les traits anxieux du maître de maison en plein désarroi — et Mary reléguée dans le petit salon, à l'écart de tout cela... Oh, Percy, *quale imbroglio*. Et quelle santé sous un aspect si transparent, aurait ajouté Paul de son ton sarcastique. Trois femmes autour de lui, et honorées toutes les trois, même si c'était à l'insu les unes des autres — Mary allait dès l'année suivante mettre au monde un fils.

« Quand je pense, se dit-il, que moi j'ai *repoussé* cette Elise en plus jeune qu'est Domitilla — et voilà ce qui me tombe dessus pour me récompenser de ma vertu : elle tue son père afin de me protéger... Oh, ça, Percy aurait apprécié ce geste de grandeur antique... Il en aurait sans doute fait une héroïne de son sombre drame des *Cenci*... »

Il se leva lourdement. La tête lui tournait un peu. Lorsqu'il passa devant la loge de l'huissier il vit que la gamme des mots croisés était presque composée.

« Alors, vous l'avez trouvé, votre mot en six lettres ? » lança-t-il d'un ton enjoué. Le vieil homme sortit hâtivement de son réduit et vint à sa rencontre.

« Eh quoi, vous partez déjà, *signor tenente* ? demanda-t-il d'une mine déçue.

— Oui... j'ai d'autres rendez-vous. Encore merci pour le café ! Ça m'a fait plus de bien encore que vous ne pensez.

— Je vous garde les registres en consultation ? »

Larry hésita, puis esquissa un geste vague.

« Ce n'est plus la peine, je crois que je sais désormais ce que je voulais savoir... A bientôt, je reviendrai vous voir », crut-il bon d'ajouter.

Lorsqu'il eut franchi le seuil du Municipio et que la rumeur de la piazza l'eut rejoint, il se souvint qu'il n'avait pas demandé à l'appariteur quel était le mot qu'il cherchait et faillit revenir en arrière. « Six lettres, autant que les oies d'Ambrogio », se dit-il pensivement. Et ce fut soudain comme si l'air devenait plus froid.

La silhouette de Paul se découpait sur la fenêtre de son bureau, par laquelle il pouvait voir briller sous le soleil les hautes verrières de la Galleria.

« T'as des valises sous les yeux ! s'exclama-t-il en se retournant.

— Toujours aimable... qu'est-ce que tu racontes ?

— Franchement, tu as l'air plus que fatigué. On croirait que tu as passé la nuit à *faire la nouba,* comme disent les Français. »

Larry haussa les épaules.

« C'est vraiment mon genre... Décidément, ajouta-t-il avec humeur, je me crois revenu à Oxford du temps de mon affaire avec la petite serveuse, quand tu te croyais mon tuteur ! »

Paul hocha la tête.

« Sais-tu que j'ai essayé de te joindre, hier soir ? Puisque tu parlais des Français, ils donnaient justement un raout dans leur foyer pour fêter l'arrivée d'un de leurs régiments, et j'aurais voulu que tu m'accompagnes. »

Larry leva la tête.

« Ah bon, c'était toi alors qui la faisais, la nouba ! Et... tu as retrouvé ta Jeanne d'Arc de l'autre jour ?

— Tu veux dire, mon dragon ? Eh bien non, malheureusement. »

La phrase semblait avoir échappé à Paul, et Larry se sentit satisfait d'avoir pu reprendre un instant l'avantage.

« A quelle heure m'as-tu appelé ? demanda-t-il.

— Vers huit heures...

— A ce moment-là, j'attendais mon informateur Ambrogio Salvaro devant l'église Santa Maria dei Angeli, pour en savoir plus sur cette histoire de caisses. »

Paul fronça les sourcils.

« Quelles caisses ?

— Tu ne te souviens plus ? Celles qui proviennent de l'usine de jus d'orange.

— Dont tu m'avais parlé le jour de la bombe ? Après le déjeuner avec ton Salvaro ?

— Enfin, déjeuner si l'on veut... Toujours est-il que ce type en sait là-dessus plus qu'il ne veut en dire et qu'il m'a fait remettre quelques heures avant le rendez-vous d'hier soir un nouveau document qui semble compléter ce premier renseignement.

— Comment te l'a-t-il fait transmettre ? »

Larry hésita.

« Par un gosse. »

Paul haussa les épaules.

« Toujours cette manie des indics de distiller les informations au goutte-à-goutte ! Fais-la voir... »

Sans un mot Larry la lui tendit. Paul sortit une loupe de son tiroir et l'examina attentivement, puis se leva et alla comparer avec un recueil de planches de la pinacothèque de Naples. Lorsqu'il revint à son bureau il avait la mine préoccupée.

« Bon Dieu, si les chefs-d'œuvre de la collection Farnèse commencent à se balader sur les routes en pleine guerre, à l'air libre et sans protection !

— A mon avis les tableaux sont à l'abri depuis pas

mal de temps, répliqua Larry. Tu as remarqué, dans le coin droit il y a une branche avec toutes ses feuilles. La photo a dû être prise durant l'été, soit au moment du départ des tableaux de leur premier refuge de Montevergine, soit à leur arrivée dans cette nouvelle destination où ils se trouvent sans doute toujours... Et dans ce cas, le renseignement sur la fabrique de jus d'orange nous apporte un sérieux indice !

— C'est facile à vérifier », dit Paul en prenant sur une étagère un album intitulé *Les Plus Belles Eglises et Abbayes d'Italie*.

« Cette haute porte d'entrée surmontée d'un bossage en arc de cercle, ce ne doit pas être difficile de la retrouver... dit-il en tournant les pages. Ah, voilà. Regarde, c'est bien la grande porte de la façade méridionale du Mont-Cassin. »

Larry acquiesça puis s'efforça de réfléchir. Le café offert par l'appariteur faisait son effet et il se sentait moins fatigué qu'au Municipio.

« Résumons-nous, dit-il. Les tableaux ont dû être transportés à l'abbaye avant l'armistice de septembre. Les *Belli Arti* ont sans doute pensé que les cryptes d'un monastère aussi révéré étaient le refuge inviolable par excellence. Et voilà maintenant que ces peintures risquent de se retrouver au cœur d'une bataille décisive !

— D'autant qu'il n'y a pas seulement les tableaux de la pinacothèque, dit Paul d'un ton soucieux, mais aussi tous les trésors appartenant en propre à l'abbaye : sont concernés les reliques, les centaines d'objets d'art et de tableaux religieux rassemblés au cours des siècles par les pères abbés, et aussi les milliers d'incunables, les dizaines de milliers de livres précieux de la célèbre bibliothèque... Je me souviens d'ailleurs qu'au moment où je m'apprêtais à quitter Palerme, vers la fin octobre, des trafics de camions allemands sur la route d'accès nous avaient été signalés par l'aviation de reconnais-

sance. Bien qu'ils aient la maîtrise du ciel, nos aviateurs n'avaient pas cherché à l'époque à les mitrailler
car il y avait paraît-il des centaines de réfugiés dans
l'enceinte du monastère, et il pouvait après tout s'agir
de convois de ravitaillement. En fait je me demande
maintenant s'ils n'étaient pas chargés de tout évacuer
vers le Nord... N'oublie pas qu'il y a la division Hermann Goering dans le coin ! La menace d'une percée
alliée a dû inciter Kesselring à tout emporter dans
l'urgence.

— Peut-être ne reste-t-il plus rien à sauver là-haut...
dit Larry d'un air songeur.

— Ça m'ennuierait bigrement ! s'exclama Paul.
Larry, j'ai réellement besoin d'une abbaye remplie de
tous ses trésors, sans quoi les gens du IIe corps sont
capables de me la canonner pour forcer le passage. J'ai
beau leur rappeler que d'après le Vatican il n'y a pas
de troupes allemandes dans l'abbaye, à l'état-major ils
ne me croient pas et m'assurent qu'elle fait partie inté-
grante de la ligne Gustav et risque donc d'être pilon-
née et détruite comme les autres fortifications. En
revanche, si je leur certifie qu'il y a des Raphaëls et
des Titiens à l'intérieur, ils y regarderont peut-être à
deux fois...

— De toute façon on n'est pas près de pouvoir y
accéder et de savoir ce qui s'y passe exactement !
s'exclama Larry.

— C'est bien là toute l'utilité de ton Ambrogio ! Il
est sans doute en contact ou de mèche avec quelqu'un
qui a la possibilité, pour des raisons que nous ignorons,
de franchir la ligne de front comme il veut, quand il
veut, et qui pourrait donc nous renseigner sur ce qui
se trouve réellement là-haut... Tu m'accorderas que ça
n'a pas de prix ! »

Larry hocha la tête.

« Si, cela en a un, justement, et c'est pour cela que
j'ai voulu sans attendre l'intéresser à toute l'affaire. Je

me suis rendu compte lors de notre rencontre à la trattoria que l'on ne pouvait pas se l'attacher avec quelques cartouches de Camel ou quelques œufs, et c'est pourquoi je l'ai chargé de me trouver sur place un acheteur pour la Topolino. Je dis : sur place, car il paraît que hors de l'enceinte du port elle aurait été volée dans l'heure ! »

Paul le regarda avec approbation.

« Eh bien, écoute, ça me semble une bonne proposition de ta part, et ça ne justifie pas en tout cas cette mine de papier mâché !

— Ç'aurait été bon s'il avait été au rendez-vous », dit Larry.

Le visage de Paul s'assombrit aussitôt.

« Quoi, il n'est pas venu ?

— Non.

— Tu l'as attendu longtemps ?

— Plutôt. Je n'ignore plus rien de cette église Santa Maria et je t'assure que j'ai eu le temps de la regarder, cette photo, à la lumière des cierges ! »

Paul se leva dans un état de grande agitation.

« Mon Dieu, mon Dieu, j'espère que tu n'as pas été trop léger, de faire confiance à ce Salvaro. Un type qui voulait te vendre sa fille ! Ça fait cher la photo, s'il est parti avec la bagnole ou avec l'argent... Que t'ont-ils dit, au port ?

— Je n'y suis pas encore allé, dit Larry.

— Quoi, il est dix heures du matin et tu ne sais pas si la voiture est toujours là ? Si elle a été vendue ou non ? J'aurais été toi, je me serais rendu dès l'aube à l'Amirauté pour savoir ce qu'il en était...

— Toi peut-être. Mais j'avais quelque chose d'important à faire, moi, ce matin. J'avais en effet demandé aux Archives que l'on me prépare les registres d'état civil des années 1819 et 1820. En fait j'espérais que pendant ma consultation Salvaro me laisserait un message dans ma boîte aux lettres. Comme ça n'a pas été le cas, je vais en effet descendre maintenant au port voir ce qui s'y passe. »

Paul le considéra d'un air méfiant.

« Pourquoi 1819 ? Oh, mais je devine... Toujours cette mystérieuse histoire de naissance qui t'occupe plus que tout le reste, hein ?

— C'était la dernière fois où j'avais l'occasion de consulter ces archives, et j'ai eu raison car j'ai pu enfin me forger une conviction : la mère de cette petite Elena était Elise, la gouvernante.

— Je t'assure que tu m'inquiètes, car c'est à se demander dans quel siècle tu vis ! s'exclama Paul d'un ton sarcastique. Quand je pense que j'ai pris froid à attendre l'autre jour devant cette foutue baraque délabrée... Tout cela pour me faire injurier quelques instants après par un officier texan hystérique et me retrouver avec une autruche empaillée dans les bras ! Ecoute, Larry, j'ai souvent l'impression depuis l'autre jour que tu as l'esprit occupé ailleurs que par nos missions respectives. Tu devrais pourtant penser à notre pacte et à l'aide que nous pouvons nous apporter mutuellement...

— C'est bien de cela qu'il s'agit, non ? La preuve, c'est que j'ai même tenu à te transmettre la photo avant même de descendre au port m'occuper de mes affaires !

— Larry, la vérité c'est que tu perds beaucoup de temps à t'occuper de cette maison hantée par des gens qui ne disent plus rien à personne, sauf à toi. Tout le monde se moque de savoir qui était la mère d'un bébé né et mort à Naples il y a un siècle...

— Cent vingt-cinq ans, rectifia Larry. Mais pourquoi m'attaques-tu comme cela ?

— Je ne t'attaque nullement, protesta Paul.

— Si, tu m'attaques, répliqua-t-il avec irritation. Et tu me permettras de te rappeler que mes recherches personnelles sur Shelley ne perturbent nullement mon travail au Field, et que ce travail je le fais d'ailleurs mieux que quiconque, mieux que certains, en tout cas.

222

— C'est toi qui m'agresses ! s'exclama Paul.

— Je me mouille, moi. J'obtiens des résultats, moi. Je n'ai pas peur de descendre en ville, je la connais jusque dans ses catacombes, ses tréfonds, ses *vici* sordides où toi tu ne pénètres jamais, ou alors en te pinçant le nez ! Mais contrairement à toi j'aime cette ville jusque dans ses miasmes, ses épreuves, les drames qu'elle suscite, et puis n'oublie tout de même pas, ajouta-t-il en baissant la voix, que c'est le fait de m'être intéressé au lieu de résidence de Shelley qui nous a permis de trouver cet informateur dont tu me vantais à l'instant les mérites. »

Le ton avait monté. Paraissant inquiet, un jeune sergent ouvrit la porte donnant sur le couloir et passa la tête. D'un geste bref Paul lui fit signe de se retirer puis sembla tout à coup perdre patience. Il se retourna.

« Ecoute mon petit vieux, s'écria-t-il d'une voix courroucée, puisque tu me cherches je vais te dire une chose qui ne va peut-être pas te faire plaisir, mais j'en ai ras le casque, moi, de ton Shelley.

— Tu parles de lui comme de quelqu'un que tu ne pourrais plus supporter au mess !

— C'est un peu ça. J'ai le sentiment que tu es envoûté, ensorcelé, que tu développes une fixation presque névrotique à son égard, que tu souffres d'une sorte de dédoublement de la personnalité qui te fait faire le grand écart entre deux siècles ! Oui, j'en ai soupé de ce poète inconséquent que tu mets à toutes les sauces depuis une semaine ! Tu n'arrêtes pas de me parler de lui et de son entourage de folles qui ne cessaient de se détester, s'étriper et se jalouser, de faire des bébés sans savoir comment et d'être enceintes sans arrêt en essayant de se le dissimuler les unes aux autres ! C'est bien simple, depuis que je t'ai rencontré je ne sais plus si je vis à Naples au XIXᵉ ou au XXᵉ siècle ! J'en ai marre des voyages erratiques de ce pseudo-visionnaire, de ces femmes-enfants nerveuses et excitées, de ces nouveau-nés toujours promis à des parents de hasard et à des morts prématurées. J'en ai soupé de ces comportements exacerbés dans des maisons sinistres, de ces domesticités inconvenantes et de ces gouvernantes lubriques. Je me moque éperdument de savoir qui était la génitrice de cette malheureuse enfant, qu'elle s'appelle Mary, Claire, ou Elise, la dernière postulante pour le rôle ! Est-il possible de s'intéresser à quelque chose d'aussi lointain et d'aussi futile, et cela juste au moment où s'engage une bataille décisive, où des milliers de soldats vont crever dans ces montagnes escarpées qui nous barrent la route de Rome — à l'endroit même où lui se baladait en calèche en prodiguant des sels à toutes ses nymphomanes ! Alors ne me parle plus de ce dandy déprimé et hypocondriaque ! Je ne lirai plus jamais un vers de Shelley. D'ailleurs je vais te faire un aveu, je lui préfère Byron. Ou Keats. Ou même Wordsworth, c'est te dire. »

Paul s'interrompit brusquement. Larry ne l'avait jamais vu aussi rouge depuis le jour où miss Havercroft l'avait accusé d'avoir trafiqué le compteur de l'appareil de chauffage de leur appartement.

« Il fallait que ça sorte », marmonna-t-il en manière d'excuse.

De toute façon, c'en était trop pour Larry. Il se leva. « Wordsworth ! s'exclama-t-il la voix tremblante. Pourquoi pas Tennyson ! Et puis, dandy déprimé, ça non, c'est vraiment trop mal le juger. »

Il fit quelques pas dans le bureau comme pour évacuer son courroux. Parvenu à la fenêtre il se retourna.

« Bon, écoute Paul, s'efforça-t-il de dire calmement. Je croyais t'avoir expliqué qu'il était pour moi essentiel de me forger ce maigre élément de certitude afin d'apporter un nouvel éclairage permettant de comprendre la fin de la vie de l'un de nos plus grands poètes... C'était aussi, en ce qui me concerne, une réaction intime de rébellion afin d'échapper à la sottise de ce que l'on exige de moi au Field. Apparemment tu n'as rien compris et j'estime donc qu'il vaut mieux que nos existences divergent à nouveau. On s'est très bien passés l'un de l'autre pendant sept ans, et je crois que ça peut continucr. »

Il se dirigea vers la porte et d'un bond fut dans l'escalier. Après un instant de stupeur, Paul se lança à sa poursuite et devant les yeux médusés d'un planton le rattrapa et s'agrippant à sa vareuse chercha à le retenir.

« Mais que fais-tu ? Je dis cela pour ton bien ! C'est fou, de partir comme ça ! Allez, ne fais pas l'idiot ! Larry ! Remonte ! »

Avec brusquerie Larry le repoussa, se mit à courir sous la voûte et Paul le vit disparaître dans la foule de la piazza San Ferdinando. Jouant des coudes il le rejoignit en courant.

« Mais enfin. Qu'est-ce qui te prend ! Qu'est-ce que c'est que cette réaction ! Enfin, tu... »

Il s'arrêta net. Larry s'était retourné. Il paraissait dévasté.

« Larry, répéta Paul. Je suis désolé si je t'ai blessé. Au lieu de dire : "je m'en moque", j'aurais dû dire : "je ne me sens pas concerné". Mais enfin, reviens ! Tu auras toute ta vie pour écrire cette biographie ! Toute ta vie pour revenir à Naples vérifier l'état civil de Shelley et compagnie, et dans des moments plus propices à ce type de recherches ! Allez, viens, insista-t-il en lui prenant le bras. Ne nous donnons pas en spectacle, je t'en prie. »

Larry le repoussa cette fois sans animosité.

« Si tu crois que cette histoire de voiture ne m'ennuie pas, dit-il d'une voix préoccupée. Mais je voulais t'apporter la photo d'abord, tu aurais dû m'en féliciter plutôt que de m'en tenir rigueur !

— Au contraire, Larry, tu as eu mille fois raison, mais ce qui m'ennuie c'est que je ne vais pas pouvoir en référer tout de suite au général Gruenther qui est

pourtant le seul à se préoccuper de mes points de vue...
Je suis envoyé cette semaine en mission à Bénévent. »

Larry parut un instant déconcerté.

« Quoi, tu pars ?

— Quelques jours, pas plus, pour juger des dégâts
faits à la cathédrale. Ne t'inquiète pas, je serai de retour
pour la réouverture de ton grand vaisseau.

— Mon grand vaisseau, répéta Larry comme s'il ne
comprenait pas.

— Ton théâtre, enfin ! fit Paul en désignant d'un
geste large le vaste édifice qui fermait la place. C'est à
croire que tu n'y as jamais mis les pieds !

— Oh, que si, et il n'y a pas longtemps, grommela
Larry. Alors, à bientôt, *old buddy*. »

Paul le regarda.

« Tu me promets que tu n'es pas fâché ? »

Larry eut un geste évasif.

« Mais non.

— Je me suis emporté, pardonne-moi, je ne sais pas
ce qui m'a pris. Tu sais, ne va pas croire que je n'aime
pas Shelley... D'ailleurs je te rappelle que j'avais joué
dans les *Cenci* avec toi à Queen's College lors de notre
première année à Oxford. Toi tu jouais le rôle du prélat Orsino et moi j'avais un tout petit rôle d'invité au
banquet...

— C'est drôle que tu me parles des *Cenci*, j'y pensais tout à l'heure, dit Larry avec un fugitif sourire.

— Je me souviens qu'il y avait miss Havercroft au
premier rang et que cela m'avait tétanisé !

— C'est curieux, je viens aussi de penser à elle, dit
Larry.

— Décidément tu penses trop ! s'exclama Paul tout
heureux du changement de ton dans leur conversation.
Figure-toi que j'entends encore Howard Butts qui jouait
le vieux Cenci annoncer en plein banquet la mort simul-
tanée de ses deux fils.

226

commença-t-il à déclamer d'une voix de basse.

Larry s'arrêta net. C'était comme s'ils étaient seuls au milieu de la foule et qu'un grand silence était tombé sur la piazza San Ferdinando.

« Mon Dieu, dit-il. Tu me donnes la clé. La clé que je cherchais.

— Je ne comprends pas, fit Paul.

— Ou plutôt je ne me souvenais plus que Shelley *lui-même* nous l'avait donnée dans les *Cenci,* deux ans après qu'il eut vécu lui-même cette terrible journée... En fait j'avais vu juste. Tout s'est bien passé le 27 décembre... Par une affreuse coïncidence, deux enfants ce jour-là lui ont été retirés : la petite Elena, parce qu'il savait qu'il allait devoir la laisser à une nourrice, donc se séparer d'elle — comme elle-même allait être séparée de sa mère Elise ; et aussi l'enfant qu'attendait la pauvre Claire qui, comme je le pensais, n'a sans doute pas supporté la tension qu'elle ressentait autour d'elle.

— Oh, tu ne vas pas recommencer à évoquer sans cesse leurs faits, gestes et sentiments ! s'exclama Paul. Et puis tu me permettras de te dire sans que tu te fâches qu'il est peut-être mieux que l'enfant de Claire n'ait pas vécu. Tu imagines l'ambiance dans leur *ménage à trois* si Mary s'était aperçue que sa belle-sœur était enceinte de son mari...

— N'empêche que, si j'avais le pressentiment que ce double drame s'était passé le même jour, toi tu m'en apportes la quasi-certitude, dit Larry songeur. Il n'a pas écrit cela innocemment, deux ans après cette crise. La vérité c'est que j'avais oublié ces vers...

— Tu me citeras parmi tes collaborateurs, hein, Larry ? dit Paul en lui lançant une œillade. Figure-toi que si, moi, je m'en souvenais, c'est parce que je donnais la réplique suivante, une des seules de mon modeste rôle,

O, horrible ! I will depart.

« Bon, eh bien c'est vrai qu'il faut que je m'en retourne moi aussi, *old boy*. Heureusement, nous avons pu éclaircir les choses entre nous plus facilement que dans la vie de Shelley. »

Larry eut à nouveau son sourire las, esquissa un geste d'au revoir puis sans autre manifestation disparut dans la foule. Vaguement préoccupé Paul s'en retourna vers l'enceinte du palais. « Pourquoi aussi ai-je si mal réagi tout à l'heure, pourquoi ne pas m'être contenu, se demanda-t-il avec un brusque et soudain remords. Après tout c'est vrai que ses recherches donnent un sens à sa vie... Comme s'il la vivait, mais par procuration... » Il traversa la place à pas lents. A l'angle de la via Chiaia un garçon du Café Gambrinus lustrait avec application les cuivres de la porte d'entrée. Un enfant hélait les passants en proposant des *taralli* tout chauds encore introuvables quelques jours auparavant. C'était vrai que l'animation joyeuse et insouciante d'autrefois dont lui parlait souvent Larry revenait peu à peu, mais il demeurait étranger à cette allégresse diffuse.

« Dis-moi, j'oubliais... »

Paul se retourna vivement. Son ami l'avait rejoint, paraissant quelque peu essoufflé.

« J'oubliais de te demander... Est-ce que des oies cendrées, ça évoque par hasard quelque chose pour toi ?

— Pardon ? Mais, Larry, en dépit de mes préoccupations concernant la galerie d'histoire naturelle, je ne suis pas un spécialiste de...

— Il n'y aurait pas l'un de ces oiseaux sur les armoiries de la ville ? Ou sur le Château angevin ? Tu n'as jamais entendu parler d'une devise... d'une légende...

d'un tableau célèbre sur lequel figureraient ces foutus volatiles ? »

L'air un peu hagard, il parlait de façon précipitée.

« Ecoute, non... répondit Paul interloqué. Il y a bien les oies du Capitole... Non, c'est vrai, tu veux que cela concerne Naples...

— Ou les environs...

— Il y a des oiseaux sur certaines fresques de Pompéi, mais des oies, je n'en suis pas certain. Pourquoi, Salvaro t'en a parlé ? »

Larry secoua la tête sans répondre, puis fit volte-face et disparut au coin de la via Roma.

6

Même jour

L'impasse s'insinuait entre un long mur couronné de lierre, au-delà duquel on devinait d'opulentes villas entourées de jardins plantés d'ifs, et une succession de petits immeubles modestes aux façades décrépies. Le garage se trouvait au fond de la cour en cul-de-sac dans laquelle venait buter la courte voie. Délavées par les intempéries, les enseignes LANCIA et MOTUL étaient encore visibles au-dessus d'un large vantail à la peinture écaillée. Veillant à ce que personne ne puisse le remarquer, il frappa discrètement à la petite porte adjacente. Comme la veille lors de son arrivée Riviera di Chiaia, elle ouvrit aussitôt.

La sorte de houppelande dans laquelle elle s'était drapée alourdissait tant sa silhouette qu'un bref instant il eut du mal à la reconnaître. Interdit, il demeura immobile sur le seuil avant que, surprise par son attitude, elle ne l'attire vivement à l'intérieur.

« Mais ne reste pas comme ça, enfin, n'importe qui peut te voir ! lui dit-elle d'une voix impatiente. Je commençais à m'inquiéter...

— J'ai eu du mal à trouver, je suis allé trop loin dans la via Cimarosa, expliqua-t-il.

— Et puis l'heure, de toute façon, maintenant... », murmura-t-elle.

Il considéra avec inquiétude ses traits cernés sous sa chevelure en désordre. Derrière elle semblait régner dans une quasi-pénombre un extravagant désordre d'objets hétéroclites et poussiéreux.

« C'était vraiment l'endroit où se retrouver pour se saper le moral, dit-il.

— Lui y montait quelquefois, et moi avec lui, mais nous n'y venions plus depuis la mort de ma mère. C'est à deux pas d'ici qu'a eu lieu l'accident, au coin de la via Bernini. La camionnette transportait une partie de ce bric-à-brac. Ce qui était étrange c'est que maman lui avait demandé, quelques instants avant, de la déposer piazza Vanvitelli pour faire une course, puis elle s'était ravisée.

— Ne repensez pas à tout cela, dit-il. Vous n'avez pas l'air d'avoir beaucoup dormi... »

Elle exhala un long soupir.

« Ça non, souffla-t-elle.

— Vous avez rencontré quelqu'un, hier soir ?

— Personne... Jusqu'à ce matin, lorsque après une nuit blanche je suis descendue chez don Ettore Crespi. Il m'a ouvert la porte en robe de chambre et je lui ai dit que j'avais attendu mon père toute la nuit. Il a essayé de me réconforter et m'a dit : "Ne te mets donc pas dans cet état, tu sais bien que ce n'est pas la première fois que cela arrive... Attends tranquillement qu'il revienne, on avisera ce soir." Et puis il est allé faire sa partie de dominos, et moi je suis montée ici pour te rejoindre.

— Il n'avait pas remarqué la disparition de la chaise à porteurs ?

— Je t'ai dit, c'est Gianni qui la découvrira, pas lui...

Il ne va plus jamais dans cette pièce depuis la mort de sa femme. »

Elle laissa errer son regard avec une sorte d'incrédulité sur les objets qui l'entouraient comme si elle rêvait éveillée.

« Tu te rends compte, reprit-elle, il me sort : "Attends *tranquillement* que ton père revienne... !" Alors que moi toute la nuit j'ai entendu des grincements de porte et des bruits de pas ! Quand enfin j'ai pu m'endormir, c'était pour faire le plus affreux des cauchemars. J'étais sur la jetée, devant moi on draguait la Darsena, l'eau baissait, baissait, et tout à coup on voyait apparaître la chaise à porteurs tout entourée d'algues au milieu desquelles on devinait une forme indistincte ; et soudain on voyait à travers le rideau d'algues un doigt qui était pointé vers moi. »

Elle enfouit son visage dans ses mains et il vit qu'elle était secouée de sanglots.

« En fait le doigt désignait peut-être celui qui était à côté de vous, c'est-à-dire moi, dit-il pour la calmer. De toute façon je n'ai pas dormi non plus, si ça peut vous consoler. Un ami que j'ai rencontré ce matin m'a accueilli en me disant : "Ce que tu as mauvaise mine ! A croire que tu as passé la nuit à faire la bringue !" »

Elle eut un geste de lassitude, comme si elle s'épongeait le front.

« Tu as peut-être mauvaise mine, mais tu n'as pas tué ton père, que je sache ! Moi, si... Le pire, c'est que je n'arrive justement pas à comprendre comment c'est arrivé. A comprendre comment j'ai eu la force. Entre haïr et tuer, il y a quand même une marge ! Lorsque je revis tout ça, j'ai l'impression que c'est quelqu'un d'autre qui l'a fait à ma place. Moi j'ai pas décidé de le pousser dans le miroir, tu sais. Et je savais pas que la glace allait se briser si facilement... ça a été un réflexe de ma part quand j'ai vu qu'il allait t'égorger avec son poignard... Je sais pas comment j'ai trouvé la force... »

Elle parlait la tête baissée et les mots paraissaient s'échapper de ses lèvres en un flux confus et haletant. Il tenta à nouveau de l'apaiser.

« Si vous n'aviez pas eu cette force pour venir à mon secours je ne serais même plus là pour vous répondre, Domitilla. Songez à cela : vous m'avez sauvé la vie, c'est aussi simple que cela. Et probablement aussi la vôtre : il aurait sans doute cherché à vous poignarder et vous n'auriez pas osé vous enfuir car vous n'auriez même pas eu le temps de vous rhabiller. »

Elle se passa fébrilement la main dans les cheveux.

« Quand même, ce serait affreux que j'aille en prison pour ça... ajouta-t-elle d'un ton si désemparé qu'il se demanda si elle n'en jouait pas à dessein.

— Vous pensez bien que vous n'irez pas ! Personne ne sait ce qui s'est passé, à part nous deux.

— Je t'ai dit, on a été vus par plein de monde ! Les Américains qui nous ont transportés... Le vieux gardien du théâtre... C'est facile de remonter la piste... »

Larry secoua la tête.

« Le convoi n'appartient pas à la police militaire mais au matériel. Pour le sergent qui nous a proposé son aide, il ne s'est agi que du transport d'un élément de décor... Une simple péripétie pour nous rendre service, dont il ne rendra même pas compte à son supérieur. Quant au théâtre, si quelqu'un doit être prévenu, c'est moi puisque je suis en charge de sa réouverture ! Non, reprit-il avec un soudain accent d'inquiétude, le seul problème ne vient pas des témoins, mais de la vente de la Topolino. Car elle a bel et bien été vendue, puisqu'on a retrouvé l'argent et que l'acheteur s'est présenté chez vous hier après-midi. Dans cette affaire de voiture, le nom de votre père et le mien sont liés, et à cause de cela je serai obligé de signaler sa disparition.

— C'est vraiment nécessaire ? s'écria-t-elle.

— Il y a au moins trois personnes qui savent que nous étions en contact, votre père et moi : l'officier de permanence au port, un ami américain que j'ai retrouvé ici et avec qui je dois travailler, et j'ajouterai le médecin-major Hartmann, directeur de l'hôpital militaire, auprès de qui je vous ai recommandée tout à l'heure par téléphone — c'est même la dernière chose que j'ai faite avant de prendre le funiculaire. »

Un mince sourire éclaira le visage de la jeune fille.

« A Bagnoli ? demanda-t-elle.

— Oui. Je lui ai dit à mi-mot que votre père était mon informateur, et qu'un service rendu exigeait une compensation : Hartmann libère donc pour vous un poste d'aide-soignante.

— Oh, c'est tout ce que je voulais ! s'exclama-t-elle. Je peux y aller dès demain ?

— Pas avant d'avoir prévenu Crespi que votre père n'est toujours pas rentré. Vous lui direz aussi que vous ne supportez plus de passer la nuit seule à la maison. S'il vous propose de dormir dans son appartement, vous refuserez et lui annoncerez que vous avez trouvé du travail à l'hôpital à condition de loger sur place. Sans préciser bien sûr que c'est grâce à mon intervention ! Après tout ce qui s'est passé, nos deux noms ne doivent jamais plus être rapprochés. »

Elle baissa la tête comme si elle prenait conscience d'un nouveau désastre.

« Pas rapprochés... répéta-t-elle d'un ton atterré. Mais quand même, tu ne vas pas t'éloigner ? Tu ne vas pas me laisser tomber... Tu vas venir me voir à Bagnoli...

— Enfin, vous me prenez pour qui ? Bien sûr que je viendrai vous voir, si vous me promettez de ne montrer aucune effusion en public. »

Elle se serra convulsivement contre lui.

« A la condition que, le jour où la guerre sera finie, tu m'emmènes avec toi... Hein, tu m'emmèneras ? »

Elle avait parlé de façon si suppliante qu'il demeura un instant sans savoir que répondre, par crainte de briser le fragile espoir dont elle paraissait pour l'instant s'accommoder.

« Domitilla, vous savez, on est encore bien loin de la fin de la guerre ! Ce qui importe, c'est de prévoir les jours et les heures qui viennent avant de penser au-delà. Vu ses antécédents, personne ne trouvera anormal que votre père ait disparu. Il y a en ce moment à Naples vingt crimes par jour qui demeureront à jamais impunis. Je rendrai public auprès des autorités militaires l'accord que j'avais passé avec lui, concernant une commission sur la vente de la voiture en échange de renseignements. Je déclarerai que la somme ne m'a jamais été remise, ce qui rendra plus vraisemblable l'éventualité d'une rixe entre votre père et le vendeur, et j'espère que cela s'arrêtera là. De toute façon vous êtes complètement hors de cette affaire, Domitilla.

— Hors de cette affaire... répéta-t-elle en fronçant les sourcils. Ça veut pas dire que tu me laisserais tomber, hein ? Que tu t'occuperas plus de moi...

— Mais je viens de vous expliquer juste le contraire ! s'exclama-t-il. Seulement on ne peut laisser place à aucun soupçon, et on ne peut donc pas se permettre d'être vus ensemble. »

Elle parut se recroqueviller comme si elle voyait dans chacun des termes qu'il utilisait une menace pour l'avenir.

« Quand tu viendras me voir à Bagnoli, est-ce que j'aurai quand même le droit de rester seule un petit moment avec toi ?

— J'y ai songé, et en accord avec le major Hartmann j'ai décidé qu'on ferait pour cela évacuer les blessés, les médecins et les infirmiers », répliqua-t-il.

Devant son ton ironique elle se mit à pleurer.

« Pourquoi es-tu si méchant... murmura-t-elle. Tu sais bien que pour échapper à mon père je voulais partir avec le premier officier venu...

— Merci pour moi », l'interrompit-il.

Elle mit ses mains devant sa bouche avec un air comique d'écolière prise en faute.

« Pardonne-moi, je voulais dire : le premier officier que je rencontrerais, rectifia-t-elle. Ce que je ne pensais pas, c'est que j'allais tomber amoureuse de lui pour de vrai...

— Ne dites pas n'importe quoi ! Hier à cette heure-ci, nous n'avions encore jamais échangé une parole !

— N'empêche qu'au moment où mon père a déboulé comme un fou furieux, on s'apprêtait à aller dans ma chambre et j'allais te prouver combien je l'étais, amoureuse... »

Elle se tourna vers l'amas d'objets étranges qui emplissait le garage.

« Ce que je voulais surtout te dire, c'est que j'aimerais qu'on reprenne là où on en était quand il est arrivé. Au moins cette fois on sera pas dérangés.

— Pas par lui, au moins », dit-il.

Elle haussa les épaules puis d'un geste vif retira sa houppelande. La vision de ses seins tendant la serge défraîchie de son corsage lui fit à nouveau une sensation presque douloureuse.

« Ah, non ! s'exclama-t-il. Ne recommencez pas à vous déshabiller, Domitilla, regardez où ça nous a menés... D'ailleurs après vous avoir donné mes consignes je ne vais pas tarder à reprendre le funiculaire. Si le *signor* Crespi vous demande où vous avez passé la journée, vous pouvez toujours lui dire que vous êtes montée ici pour voir si votre père n'y était pas passé auparavant.

— Au lieu de me lancer à peine arrivé que vous voulez déjà repartir, venez plutôt voir les photos de maman, dit-elle en lui saisissant le bras. Elle était bien plus jolie que moi.

— Ça m'étonnerait », murmura-t-il.

Les mots lui avaient échappé. Elle les entendit et lui adressa un sourire enjôleur. Il se demanda après si ce n'était pas à ce moment précis que tout avait basculé. Alors qu'il aurait dû en toute logique regagner l'impasse puis le funiculaire c'était vers les profondeurs du garage qu'il s'avançait désormais à sa suite. Sous la lumière livide de la verrière, sa silhouette se coulait avec grâce et agilité à travers un rebutant fatras de rouleaux de cordes, de piolets, de harnais, de raquettes de Huron et de skis de randonnée. Il y avait même un piège à loups dont les mâchoires brillaient faiblement dans la pénombre. Paul y aurait vu une si évidente métaphore qu'il ne put s'empêcher de sourire. Sans se rendre compte de l'impression que lui produisait le barbare instrument, elle l'entraîna vers le mur où étaient punaisées quelques photos jaunies. De part et d'autre du mur étaient accrochées à des patères des fourrures et des couvertures qu'il imagina grouillantes de puces.

Il s'approcha.

« C'est elle ? » demanda-t-il en désignant la photo d'une femme dont le papier jauni ne pouvait dissimuler la beauté.

Elle haussa les épaules.

« Elle, c'est la Petacci. L'amie du Duce. Il y a ici un carton plein de photos d'elle découpées dans des revues et je me demande parfois s'il n'est pas devenu fasciste à cause d'elle. Un jour il l'a rencontrée, elle lui a souri et je crois bien que ça a été le plus beau jour de sa vie. Après il ne l'appelait plus que Claretta, comme s'ils avaient été intimes !

— Votre mère était au courant ?

— Oui, il classait ses photos devant elle sans vergogne aucune. Elle trouvait cela ridicule. Elle lui rendait peut-être un peu la pareille, au moins en photo. Tiens, la voilà, maman, avec Italo Balbo, l'aviateur ; elle est un peu mieux que la Petacci, non ? »

Il se pencha et dissimula avec peine sa déception. La mère de Domitilla était affublée d'une coiffure en hauteur qu'il jugea peu seyante.

« Mes parents me disaient qu'ils rencontraient souvent des gens célèbres de passage à Naples, continuat-elle. A mon avis il n'y avait pas la moitié de vrai dans ce qu'ils racontaient, mais à cause de l'amitié d'Umberto Nobile, papa se croyait à l'époque une sorte de *sportsman*. Il avait une Lancia décapotable, il déjeunait avec je ne sais plus quel champion du monde de boxe, Primo Carnera, je crois, et au volant il faisait le beau via Caracciolo. »

Elle avait prononcé le mot *sportsman* avec une moue à la fois désapprobatrice et gourmande comme si c'était le seul terme anglais qu'elle eût jamais connu et qu'il la fascinait encore à son insu. Un instant Larry repensa aux jeunes filles du club de tennis qui sortaient au bras de types de ce genre, pleins de morgue avec leurs cheveux gominés et leurs pantalons blancs.

« Et là, votre mère est avec quel autre *sportsman* ? » demanda-t-il en désignant la photo voisine.

Il s'en voulut tout aussitôt de son ton sarcastique, mais elle ne parut pas s'en apercevoir.

« Eh bien avec Nobile, justement. Elle a dû être prise en 36, avant son départ pour la Russie. C'est d'ailleurs le moment où papa lui a racheté tout ce fatras pour en faire un musée à sa gloire. Vous voyez la tente rouge, là-bas ?

— A vrai dire je la vois plutôt grise... persifla-t-il.

— Sous la poussière, elle est rouge ! C'est la fameuse tente sous laquelle les survivants ont attendu plusieurs semaines les secours, après le désastre du dirigeable *Italia* en 1928. Une véritable épopée qui avait beaucoup marqué mon père.

— Il m'a raconté... Il devait être très nationaliste, j'imagine ?

— Oh là là ! s'exclama-t-elle. Il avait même voulu reprendre du service lors de la guerre contre l'Ethiopie. Regarde, là c'est lui le jour où la foule fêtait l'entrée de Badoglio à Addis-Abeba. »

Il hocha la tête. En fait c'était l'autre photo qui l'inté-ressait, bien qu'elle ne fût pas très nette. Derrière le couple *à la mode* que formaient la *signora* Salvaro et l'explorateur polaire quelque chose l'intriguait. Il l'exa-mina à nouveau.

« Ah, mais voilà ce qui me paraissait étrange ! s'exclama-t-il. Ils sont tous les deux devant la même porte que sur la photo d'hier. La porte qui était der-rière le camion empli de tableaux. »

Il se retourna sur elle.

« Curieux, quand même, une photo prise sept ans auparavant, au même endroit ! En plus vous m'aviez dit que vous ne saviez pas où c'était, et il a fallu que je trouve moi-même ! »

Elle ne semblait en aucune façon embarrassée et le fixait avec des yeux candides.

« Eh bien, où est-ce, puisque tu es si bien renseigné ?

— A l'abbaye du Mont-Cassin. Ne joue pas l'éton-née. »

Elle haussa les épaules.

« Je ne suis jamais montée à l'abbaye, figure-toi, mais c'est vrai que mon père y allait de temps en temps avant la guerre. Il connaissait l'un des pères bénédictins depuis le collège. »

Peut-être, pensa-t-il, y avait-il là l'explication des contacts qu'entretenait Ambrogio avec un informateur bien introduit au monastère. Il se retourna vers Domi-tilla.

« Vous connaissez le nom de ce religieux ? »

Elle secoua la tête.

« Tâchez de vous souvenir, c'est important...

— Si je l'ai su, je l'ai oublié, répondit-elle d'une voix désinvolte. Je me souviens simplement qu'il est mort au début de la guerre et que mon père a regretté de ne pouvoir aller à ses obsèques car il avait déjà vendu son auto.

— Lui aussi... soupira Larry. Et auparavant, il se rendait souvent au Mont-Cassin ?

— Il n'était pas remonté là-haut depuis la mort de maman en 39.

— A propos de cela... vos parents s'entendaient bien ?

— Je ne les ai jamais vus s'embrasser, si c'est ça que vous voulez savoir.

— Sur la photo Nobile et votre mère ont pourtant l'air au mieux... »

Elle eut un petit rire bref.

« Ne va rien imaginer... C'est sûrement mon père qui a pris la photo. Il ne lui laissait pas plus de liberté qu'à moi ! Remarque, il a eu sûrement la vie plus difficile en se retrouvant seul avec sa fille qu'il ne l'aurait eue si maman n'était pas morte.

— Vous ne lui avez jamais pardonné cet accident, n'est-ce pas...

— Je lui rappelais toujours à quel point ma mère me manquait, répondit-elle d'une voix sourde. Peut-être ai-je été difficile avec lui, mais il y avait de quoi, je t'assure !

— Ecoutez, ce que j'ai appris hier m'a causé un tel choc et me dégoûte tellement que je préfère ne pas y penser, sinon pour me dire que, là où il est maintenant, il est à sa juste place. »

Elle parut montrer quelque embarras.

« Peut-être que j'ai un peu exagéré, avoua-t-elle d'une voix sourde. Tout est venu de ce tête-à-tête détestable et malsain après la mort de maman, surtout les dernières années, celles de sa déchéance. Il m'a cloîtrée, il a voulu me garder pour lui, il a voulu combattre par la force ce sentiment de rejet qu'il sentait monter en moi. Mais de là à...

— Vous l'avez dit, pourtant.

— Faut dire que j'étais difficile, murmura-t-elle. Tout

241

aurait été différent si maman avait été là. Mais c'est vrai qu'il m'a souillée de son sale regard.

— Juste le regard ? »

Elle hésita.

« Non. Il en était venu, peut-être pour se venger de mon attitude, peut-être pour me forcer à accepter sa présence continuelle, à saisir la moindre occasion pour me frôler, me toucher, me peloter. Il s'arrangeait pour arriver dans ma chambre juste comme je me levais, parce qu'il savait que je dors nue quand il fait beau.

— Pas plus ?

— Pas plus... Ou alors je ne m'en suis pas rendu compte ! ajouta-t-elle sans qu'il sût si elle y mettait du sarcasme ou de l'ironie.

— Quand même, je suis soulagé que ce ne soit pas allé jusqu'à... ce mot que vous avez utilisé... Je trouvais cela... si répugnant...

— C'est le mot qui m'est venu, quand j'ai vu son corps s'enfoncer doucement dans la mer.

— Oh, taisez-vous. »

Le silence retomba entre eux. Il se sentait une vague nausée. Il ramassa un exemplaire déjà jauni du journal *Roma* qui était daté du 12 septembre. LE FORZE GERMANICHE HANNO ASSUNTO IL COMMANDO ASSOLUTO DELLA CITTÀ DI NAPOLI, indiquait le gros titre qui surmontait une proclamation enflammée du colonel Scholl. Un instant Larry se demanda s'il devait raconter à Domitilla l'histoire des bandes pornographiques fournies par son père au gauleiter, mais il s'abstint.

« On sait au moins qu'il est venu à cette date... dit-il. A ce moment-là ça commençait plutôt à chauffer dans la ville, non ? »

Les yeux de Domitilla brillèrent.

« Ça oui ! Faut pas oublier qu'on s'est libérés tout seuls... On vous a pas attendus, lieutenant, dit-elle en riant.

— Lui aurait pu se racheter...

242

— Penses-tu ! Il croyait que les Allemands allaient reprendre tout ça en main... Il n'est pas sorti de tout le mois, il était bien trop froussard pour ça...

— Sauf cette fois-là !

— Parce qu'on se battait piazza Vanvitelli et qu'il craignait qu'on prenne tout ce bazar pour construire une barricade. Il avait surtout peur pour le canoë.

— Le canoë ? » fit-il sans comprendre.

Elle désigna le fond du garage.

« Il servait aux survivants de l'*Italia* pour la pêche. Mon père l'avait racheté en 36 et il craignait que les *partigiani* ne s'en servent pour la barricade de la via Cimarosa. Il est monté pour le protéger. Je me souviens car j'en ai profité pour me sauver.

— Je le sais bien que vous êtes une petite fugueuse, dit Larry avec un élan de tendresse.

— Il y avait une autre barricade via dei Mille, je l'ai rejointe. J'ai même embrassé des partisans, ajouta-t-elle avec une soudaine excitation. Quelle journée ! J'en ai encore la chair de poule. En attendant viens le voir, ce fameux canoë, je l'ai nettoyé en ton honneur. »

Ils s'avancèrent vers le fond du garage. Contrastant avec les objets recouverts de poussière et de moisissure, l'embarcation paraissait en effet aussi brillante et vernissée que si elle venait de traverser un fjord aux eaux argentées. Il vit que Domitilla avait soigneusement tapissé l'intérieur avec des couvertures de fourrure.

« C'est le premier objet qu'il ait entreposé ici et j'aimais bien m'y étendre quand j'étais petite. Je serrais contre moi un pingouin en peluche que m'avait donné Nobile et je sentais les vagues contre la coque comme si je dérivais au milieu de la banquise. »

Elle lui prit doucement la main.

« Je voudrais qu'on s'y étende comme je le faisais, dit-elle avec simplicité.

— Merci, vous allez me serrer contre vous comme

le pingouin quand vous étiez petite, et puis ça doit être plein de puces.

— Non, dit-elle, j'ai secoué la couverture au-dehors.

— Je vois que vous avez tout prévu...

— On ne sera pas dérangés, cette fois. »

Etrangement sa silhouette malingre d'adolescente mal nourrie paraissait plus charnelle sous l'étoffe de son corsage aux festons avachis que lorsque la veille elle s'était déshabillée. Elle avait dû passer une grande heure à astiquer le canoë avec sa petite idée derrière la tête. Comme la veille, il se força à résister.

« Non mais, Domitilla, vous n'y pensez pas vraiment ! Vous êtes inconsciente ou quoi ?

— Viens, je t'en prie », lui dit-elle d'un ton suppliant.

Pour tenter de faire diversion il revint vers la porte d'entrée afin d'aller chercher son sac, dont il déposa le contenu à même le sol.

« Je vous ai apporté de quoi vous nourrir pendant trois ou quatre jours — au-delà, cela m'aurait été difficile. *Peanut butter,* bœuf en boîte, biscuits à la gelée de fruit et limonade. Pas très napolitain tout ça, mais c'est mieux que rien...

— Pas d'oranges ? fit-elle, déçue.

— Quelle impatience ! Je les gardais pour la fin. En voici deux, et aussi des couverts de campagne, une timbale et une soucoupe. Maintenant vous pouvez soutenir un siège, ou au moins tenir jusqu'à votre arrivée dans votre service à Bagnoli. Je vous laisserai aussi de l'argent, puisqu'il se trouve que j'en ai. »

Elle reprit son air inquiet.

« Ça ne veut pas dire que tu veux partir dès maintenant, hein ?

— Je vous ai déjà dit que je ne resterais pas longtemps », répéta-t-il d'un ton sec.

Elle parut tressaillir sous la mèche d'un fouet, puis se ressaisit et s'approcha à nouveau de lui en le fixant comme si elle voulait l'envoûter. Une sorte de sérénité revint sur son visage et, cédant à une impulsion gracieuse et fluide de danseuse à la barre, elle enjamba le bordage et lui tendit le bras pour qu'il la rejoignît. Ses traits s'étaient figés en une expression grave et un peu rêveuse, semblant jouer là sa dernière carte. Subjugué, il se laissa faire. Presque brutalement elle le poussa en arrière, et il se retrouva au fond du canoë étendu sur la fourrure qui lui chatouillait les joues, une âcre odeur de calfatage aux narines.

« Ça pue et en plus ça me gratte ! s'exclama-t-il.

— S'il y a des puces je les prends pour moi, quant au goudron tu n'y penses pas », dit-elle en s'étendant à son tour sur lui. Il sentit la douce pression de ses seins et tout aussitôt elle l'embrassa avec une sorte de voracité. Au même moment il sentit sa main s'immiscer sous le caleçon réglementaire des Army and Navy Stores.

« Ben dis donc, s'exclama-t-elle d'un ton admiratif.

— Vous faites tout ce qu'il faut pour ça. Je ne suis pas un saint, vous savez.

— Encore heureux », dit-elle.

Tout en gardant sa jupe elle se tortilla pour retirer sa culotte et exécuta ce mouvement giratoire avec l'agilité et la précision paisible qu'elle mettait dans ses gestes dès qu'elle passait à l'action — quelle que fût d'ailleurs celle-ci, ainsi la veille lorsque avant leur départ elle avait minutieusement entrepris la toilette funèbre d'Ambrogio et le nettoyage des lieux. Les yeux fermés, le visage éclairé par un vague sourire à fleur de lèvres, elle l'introduisit en elle avec une sorte d'avidité puis le chevaucha en lentes et régulières ondulations semblables à celles de la houle, comme si la coque protectrice qui les accueillait s'était reprise à naviguer sur une mer septentrionale déjà épaissie par le gel. La faible lumière du jour en tombant modelait son buste sous l'étoffe de façon si provocante et sensuelle que le fait qu'elle ne l'ait cette fois pas dévoilé lui parut une rouerie de coquette qui n'était certes plus nécessaire.

Toutes défenses submergées, son regard fixé sur la frêle ligne de ses épaules au-delà desquelles il ne voyait rien du dérisoire fatras qui les entourait, il se laissa aller à un cri rauque qui sembla — pour autant qu'il pût en juger par le bref regard de triomphe qu'elle lui adressa — la satisfaire autant que l'ample onde de jouissance qui les souleva ensemble. Puis il se sentit gagné par une torpeur bienheureuse.

« Il y avait si longtemps », murmura-t-il.

Elle tendit vers lui un pur visage extatique.

« Longtemps que quoi ?

— Que je n'avais pas fait l'amour. »

Elle parut surprise.

« Pourtant, ici... c'est pas les tentations qui manquent...

— Justement. Je deviens comme mon ami américain, tout ce que je vois dans cette ville finit par me dégoûter. A chaque carrefour, au bas de chaque escalier on entend toujours les mêmes phrases : "Viens me voir, Joe. J'ai une belle fille pour toi, Joe. C'était bien, Joe ?" »

Elle eut à nouveau un bref éclat de rire dont il ne sut trop s'il était approbateur ou moqueur, puis son visage se crispa brusquement lorsqu'elle crut qu'il voulait se déprendre d'elle.

« Laisse-moi te garder, laisse-moi te garder, dit-elle hâtivement en se faisant plus lourde encore sur lui. Tu as senti que tu étais mon premier homme...

— Oui, s'entendit-il murmurer.

— C'est la première fois que ce que j'éprouve me remonte jusqu'aux joues ! Tu ne trouves pas que je suis rouge ?

— Un vrai feu de cheminée, admit-il. Sais-tu que j'avais imaginé qu'il y avait eu bien d'autres feux à tes joues, occasionnés par le vieux Crespi en particulier !

J'avais bien cru qu'il t'avait initiée, celui-là. Rien que d'y penser, ça me répugnait tellement que je n'avais même pas envie que tu ailles le retrouver tout à l'heure ! »

Contrastant avec la subite agitation de Larry, le visage de Domitilla s'illumina brusquement et elle sembla en un instant retrouver la diaphane perfection du jour où elle lui était apparue.

« Tu m'as tutoyée ! s'exclama-t-elle d'un ton émerveillé. En plus tu as l'air jaloux. Oh, je savais bien que ça arriverait !

— Alors, tu avoues, pour Crespi ? Sans aller jusqu'au bout, il devait quand même... »

Elle haussa les épaules d'un air mutin.

« Don Ettore, il a rien à voir avec mon père. Lui, on peut dire qu'il m'a sauvée. Crois-moi si tu le veux, mais sans lui je serais plus ici. D'abord, il m'a empêchée de mourir de faim. Gianni et lui, ils me nourrissaient sur leurs propres bons de ravitaillement. »

Elle se mit soudain à rire.

« Il voulait me faire grossir pour que je puisse remplir les robes de sa femme qu'il aimait me faire essayer. C'est pas bien méchant !

— J'ai pu constater que tu les portais fort bien, ces robes !

— Il suffisait de quelques épingles ! Ça l'amusait aussi de me lacer des bottines du siècle dernier.

— Et comment donc ! Et de te serrer aussi dans les corsets de sa mère, sans doute ?

— Non, pas les corsets, répondit-elle avec naturel. Mais c'est vrai que j'aurais tellement voulu vivre à ces époques où on parlait d'autre chose que de guerre, où on s'habillait bien, où on allait à l'opéra en calèche... C'est à cause de ça que j'aime tant les films en costume. Quand on sera à Rome, la seule chose que je te demanderai c'est de m'y emmener de temps en temps.

— Rome, je t'ai déjà dit que... »

Avec douceur elle plaça un doigt sur ses lèvres et il s'interrompit net.

« Tu allais souvent au cinéma avec ta mère ? préféra-t-il demander.

— Oh oui. A l'Augusteo, au Paradiso... au Corona, via dei Mille... J'ai un autre souvenir, c'était cette fois au Santa Lucia, on avait été voir *Blanche-Neige*. C'est la seule fois de ma vie où, quand on s'est retrouvées dans la rue, j'ai entendu ma mère chanter. »

Elle avait décliné sa liste de cinémas avec une sorte de gourmandise mêlée de nostalgie, comme lorsque son père avait récité les plats d'avant-guerre à la carte de la trattoria. Elle se pencha sur Larry et effleura son profil avec douceur.

« Maintenant on a quelques heures devant nous, dit-elle à voix presque basse. Si on repartait pour une petite partie de canoë ? »

Larry effleura lentement sa joue pâle.

« Songe qu'il faut absolument que tu sois là au retour de don Ettore, sans quoi il risque d'avoir des soupçons, surtout si, même en l'absence de Gianni, il devait s'apercevoir de la disparition de la chaise à porteurs...

— Regarde, il est quatre heures et il rentre jamais avant neuf heures, dit Domitilla. Il sera bien temps alors de voir s'il s'en est aperçu, et de lui dire mon inquiétude que mon père ait toujours pas réapparu. Et demain matin je lui expliquerai que cela fait deux nuits que je ne dors pas, que dans ces conditions je ne veux plus demeurer Riviera di Chiaia et que j'ai décidé de travailler à Bagnoli. Tu vois bien qu'on a tout le temps pour s'embarquer à nouveau... »

Elle se pencha pour l'embrasser. Il se laissa faire mais ne lui rendit pas son baiser. Du coup elle eut une réaction d'humeur et brusquement se déprit de lui, se redressa en laissant retomber sur ses jambes maigres les plis de sa robe et enjamba à nouveau le bord de l'embarcation.

« Pourquoi te détournes-tu de moi ? lui jeta-t-elle sur un ton douloureux. C'était pas bon, peut-être ? Ça t'a pas plu ?

— Mais si, répondit-il d'un air contraint. Tu m'as quelque peu violé, mais je ne vais tout de même pas m'en plaindre ! L'ennui c'est qu'il m'est difficile de séparer ce que je viens de ressentir avec toi de tout ce qui s'est passé auparavant...

— Moi, quand je penserai maintenant à nous deux, je reverrai le canoë, pas la chaise à porteurs !

— J'aimerais bien être dans le même cas », lança-t-il.

Rageuse elle s'éloigna et il la vit slalomer à nouveau entre les faisceaux de piquets de tente et s'immiscer dans le dédale d'objets avec sa grâce languide, comme si l'espace hostile et incongru du garage s'humanisait soudain, se réchauffait, se transformait en un palais fantasmagorique dont elle eût été à la fois la nymphe et la vestale. Soudain elle poussa un cri perçant.

« Qu'est-ce qui se passe encore ? » s'exclama-t-il.

La silhouette de Domitilla semblait soudain se tordre comme si elle avait été saisie en plein vol et il vit avec horreur que les mâchoires d'acier du piège à loups avaient enserré ses minces chevilles. Elle continuait à crier en se tordant les bras, son dos cambré dans une attitude de souffrance. Il imagina aussitôt ses fragiles os brisés, son paroxysme de douleur, une hémorragie impossible à arrêter... Et qui prévenir, dans cette situation. Il se rua sur elle tout en remontant hâtivement son pantalon.

« C'est le bouquet ! s'exclama-t-il. Tomber dans un piège à loups, en plein Naples ! Quelle idée aussi de conserver ça ! Où est la clé de ce truc ?

— Sur l'établi », cria-t-elle.

Il se précipitait déjà lorsqu'il l'entendit gambader derrière lui en hurlant de rire.

« C'était une blague, t'as vu les mâchoires, c'était au

moins fait pour un grizzly ! Je peux passer mes pieds à travers et les retirer... »

La gifle partit sans qu'il l'ait voulu. Il la regretta tout aussitôt, tant elle le regardait avec une indicible expression de reproche.

« Tu... tu fais comme il faisait, souffla-t-elle.

— Ecoute, si tu lui faisais des plaisanteries aussi ridicules, pour la première fois je le comprends un peu. »

Elle s'était remise à pleurer. Il la prit dans ses bras et, la serrant contre lui, s'efforça de la cajoler, tant elle paraissait soudain inconsolable.

« Pardonne-moi. J'ai eu si peur... J'ai cru que tu allais y laisser ta jambe... Je ne suis pas sensible à ce genre de plaisanterie, tu sais. »

Devant tant de bonne volonté elle se calma quelque peu.

« J'allais chercher un cadeau que j'avais pour toi, expliqua-t-elle en reniflant. Je voulais te le donner pour que tu te souviennes de notre première fois. »

Elle parut un instant hésiter, puis ouvrit le petit sac à bandoulière qu'il lui avait vu le jour de la bombe et en sortit un feuillet plié en quatre qu'elle lui tendit.

Il le déplia lentement. Au seul contact avec le grain du papier et avant même qu'il ait lu le moindre mot, lui revint tel un obsédant et lointain souvenir l'entêtante odeur de cire qui émanait jadis de la salle gothique de la Bodleian Library. Les dernières lueurs du jour donnaient au blanc du papier une couleur blême de vieux parchemin.

« Attends, il y a une lampe à acétylène, je te l'allume », dit Domitilla.

Sous la tremblotante lumière il put l'examiner.

« Oh là là, il y a eu de l'eau versée là-dessus », s'exclama-t-il d'un ton déçu.

Un liquide avait en effet été répandu sur le feuillet,

créant de grands cernes bistre qui avaient effacé une partie du texte.

« Sans doute peu après qu'il eut été écrit, précisa-t-il en se penchant sur le papier.

— Tu reconnais l'écriture ?

— Que oui ! dit-il. C'est donc ça, le fameux document provenant de chez Crespi ?

— Non, le message dans le secrétaire auquel tu penses, je ne l'ai jamais eu entre les mains. Don Ettore me l'a simplement lu un jour avant de le replacer aussitôt dans son tiroir. Je crois me souvenir que c'était un mot de reproche à son mari un jour qu'elle se sentait trop seule. Mais tu as l'air tout pâle », s'exclama-t-elle brusquement.

A quelques mètres de là Larry s'était appuyé contre un des piliers du garage et gardait les yeux rivés au sol. Elle le rejoignit.

« Enfin, qu'est-ce qu'il y a ? demanda-t-elle. C'est quand même pas cette malheureuse phrase, la seule qu'on puisse encore lire, qui te met dans cet état ?

— Mais non, ce n'est rien, dit-il en relevant la tête. Mais tu ne m'avais jamais parlé de ce papier jusqu'ici... »

Elle paraissait bouleversée de l'effet qu'il produisait sur Larry.

« Il n'y avait pas de raison que je t'en parle... et là je voulais juste... juste te faire une surprise... Pour te dire la vérité ce papier était dans la poche de mon père, oui, avec les liasses de billets... Je te l'aurais donné dans tous les cas... Je veux dire, même si on avait rien fait dans le canoë... »

Elle parlait en phrases convulsives et saccadées en s'accrochant à lui.

« Mais calme-toi, souffla-t-il d'un air las. Je le sais bien que tu me l'aurais donné.

— C'est pas la lettre que m'avait lue don Ettore, et pourtant mon père a dû la piquer aussi dans son secrétaire. Où veux-tu qu'il l'ait trouvée autrement ? Dans ce meuble il doit y avoir plein d'autres lettres comme celle-là, tu ne crois pas ? Sans doute qu'il pensait que don Ettore ne le verrait pas, et sûrement qu'il voulait te la vendre, maintenant qu'il savait que t'avais des *quattrini.*

— Des quoi ?

— Du pèze... C'est comme ça qu'on dit dans les *bassi...* Depuis qu'il savait que tu t'intéressais à cette époque, sûr qu'il pensait avoir trouvé le pigeon idéal... »

Larry secoua pensivement la tête.

« Cette lettre... elle ne peut pas venir de chez Crespi », dit-il.

Elle le regarda avec étonnement.

« Comment peux-tu dire ça ? Avec tous ces mots qui manquent...

— Il en reste assez, soupira-t-il. *"A sad fate,* lut-il d'une voix éteinte. *The unfortunate baby died one year lat — in Napl — and poor unlucky E —"* »

Il laissa tomber le bras qui tenait le bref message altéré. C'était fou que le funèbre écheveau de l'écriture de Mary Shelley vienne le rejoindre ici, dans ce repaire introuvable. Domitilla lui prit brusquement la main.

« Je n'aurais pas dû te l'apporter ? demanda-t-elle. Hein, c'est cela, je n'aurais pas dû ? »

Larry eut un geste de recul, comme s'il voulait chasser de l'épaule de la jeune fille quelque papillon de nuit.

« Dis-moi plutôt... tu lis E ou C ? »

Elle s'écarta et plongea sa figure dans ses mains.

« Quelle importance, si à cause de cela je t'ai rendu malheureux, murmura-t-elle. Je n'ai même pas compris le sens de ce que j'ai lu. Pourquoi est-ce que tout tourne toujours mal entre nous... »

Il l'attira doucement à lui.

« Sois gentille, fais un effort. C'est à des détails

252

comme celui-là que l'on doit parfois de faire une découverte importante. »

Soudain apaisée elle se pencha à son tour avec une application d'écolière sur le mince feuillet jauni.

« Avec ces taches d'humidité on voit pas bien... E, je crois. La barre centrale a juste été effacée par l'eau, mais on la devine. »

Il hocha la tête.

« C'est ce que je pense aussi, et cela confirme mes réflexions de ce matin. Il s'agit... — il ferma les yeux — Il s'agit de ce bébé né Riviera di Chiaia le 27 décembre 1818. Cherchant à découvrir pour mon livre qui parmi les trois femmes présentes dans la maison pouvait en être la mère, je me suis forgé une opinion et même une conviction ; mais toi tu m'apportes ce que je n'espérais même plus trouver — quasiment une preuve.

— Alors pourquoi tu faisais cette tête-là ? »

Larry demeura silencieux. Il fixait les yeux vitreux d'une tête d'ours naturalisée accrochée au mur devant lui.

« Mon père disait qu'il l'avait tué au Spitzberg, dit Domitilla en suivant son regard, mais c'est comme pour le reste, j'en crois rien... Et pourquoi tu disais que cette lettre ne pouvait pas venir de chez don Ettore ? reprit-elle tout aussitôt, comme si elle ne voulait pas que le silence s'installe entre eux.

— Cette lettre n'a pu être écrite qu'après la mort de l'enfant, puisqu'elle l'annonce. C'était une petite fille prénommée Elena qui est morte vico Canale en juin 1820 — elle avait quinze mois. A ce moment-là sa mère se trouvait loin de Naples. Ils avaient tous quitté l'immeuble dès que la petite avait été déclarée. »

Elle ne parut pas convaincue par le raisonnement.

« Et pourquoi ce serait pas une lettre envoyée au propriétaire, sans doute un aïeul de don Ettore, pour le prévenir de la mort de l'enfant ? Après tout elle y était née et la *signora* Shelley a peut-être voulu qu'il soit mis au courant... »

Larry fit la moue.

« Ça ne paraît pas impossible, mais on n'a jamais retrouvé de correspondance entre Mary et le propriétaire de la maison, dont nous ignorons même le nom. Elle ne fait jamais allusion à lui dans son journal et ne l'a sans doute jamais rencontré. Pourquoi, deux ans après, lui aurait-elle soudain écrit, et pour lui annoncer des événements si personnels ? Et puis il y a une autre raison pour laquelle je ne crois pas que cette lettre vienne de chez Crespi, c'est que ton père n'aurait pas pris le risque de la dérober, alors qu'il ne pouvait la vendre qu'à moi et qu'il se doutait que je devais rencontrer don Ettore. Je lui aurais évidemment demandé si elle venait de chez lui ! »

Domitilla regarda à nouveau le mince feuillet dépositaire de tant d'angoisses passées.

« Alors, admettons que ce soit E la mère de la petite fille. Te voilà bien avancé.

— C, ç'aurait été sa belle-sœur. E, c'est Elise, la gouvernante.

— Mais alors ton gars couchait avec tout le monde ! s'exclama-t-elle en lui lançant une bourrade. Ces Anglais, tout de même, sous leurs dehors réservés ! D'autant que ça devait être compliqué ! Aller d'une pièce à l'autre ou d'un étage à l'autre sans se faire voir... J'en sais quelque chose, avec toutes les fois où j'ai essayé de rentrer sans que mon père me voie !

— A côté de la nôtre, sa situation n'était pas si compliquée, soupira Larry.

— Pourquoi ? fit Domitilla avec ingénuité. Tu trouves notre situation si compliquée que ça ?

— Mais non, absolument pas », répondit Larry.

Apparemment satisfaite de sa réponse elle se blottit contre lui.

« C'est pourtant pas difficile de trouver un peu de joie

254

dans la vie, dit-elle. Tout devient simple, alors. Je t'assure que je serai douée pour ça, plus tard, en me rappelant ce que j'ai enduré. Je serai légère sur ta vie quand on vivra ensemble. Je t'embêterai pas, je te surveillerai pas, tu pourras faire comme ton Shelley.

— Je suis déjà en train de lui ressembler, le génie en moins, les ennuis en plus, grommela Larry.

— Pourquoi, t'as d'autres femmes que moi ? » demanda-t-elle avec vivacité.

Il ne put s'empêcher de rire.

« Tu vois, ça commence déjà !

— Pardon... Quand même, je suis enfermée dans une prison, comme la petite Italienne dont tu parlais à mon père le premier jour... comment s'appelait-elle, déjà ?

— Emilia. Emilia Viviani.

— Comme elle j'ai tant attendu le bel Anglais qui viendrait me sortir de là... »

Elle s'approcha à nouveau et mit sa tête contre lui. L'odeur âcre de ses cheveux lui monta aux narines.

« Je ne cherche qu'à te faire plaisir, je te promets que je ne te ferai plus de plaisanteries de mauvais goût, comme avec le piège à loups. Quant à cette lettre que j'ai trouvée dans la poche de mon père, je me demande encore si j'ai eu raison ou non de te l'apporter... tu as eu l'air si... si triste... »

Larry la repoussa avec douceur.

« En tout cas j'ai la conviction que l'homme qui a transmis ce document à ton père est le même que celui qui lui a fourni la photo du camion empli de tableaux devant la porte du monastère du Mont-Cassin. »

Elle eut une petite inclinaison de la tête.

« La photo d'hier ?

— Oui. Tu ne vois pas qui ça peut être ? Il ne t'a jamais parlé de quelqu'un qui travaillait à l'usine de jus de fruits en bas de l'abbaye ?

— Je t'assure que non... J'aimerais tant t'aider », ajouta-t-elle tendrement.

Elle en profita pour l'enlacer à nouveau, et lui pour revenir à la charge.

« Ce religieux que fréquentait ton père... C'est vraiment dommage que tu ne te souviennes pas de son nom ! Enfin, ce soir quand tu rentreras chez toi, essaie tout de même de découvrir s'il n'y a pas, cachés quelque part, d'autres documents de cette époque... Peut-être ce correspondant de ton père est-il tombé, dans des circonstances que nous ignorons, sur un ensemble important qui avait été préalablement confié à l'abbaye ? Je crois savoir que non seulement des tableaux et des objets d'art, mais aussi des archives précieuses ont été confiées à ce qui apparaissait pour beaucoup comme un refuge inexpugnable, et parmi celles-ci des fonds de manuscrits concernant tous les poètes romantiques anglais qui faisaient leur tour d'Europe et appréciaient tant l'Italie. Ce n'est pas possible que cette lettre ait été isolée... elle faisait sûrement partie d'un ensemble. »

Elle eut un geste d'impuissance.

« Tu penses bien que s'il y avait eu d'autres papiers dans l'appartement, je les aurais vus !

— Même pas dans une cachette... une fausse porte ? Justement pour que tu ne les découvres pas... »

Elle haussa les épaules.

« Crois-moi, il ne reste plus rien », dit-elle d'un ton à la fois fataliste et désinvolte, comme si elle était au fond satisfaite de se sentir ainsi dépouillée de tout.

Larry ne put s'empêcher de sourire.

« Ce que je crains en fait, c'est qu'Ambrogio n'ait été embrigadé dans une sorte de filière. On peut imaginer certaines personnes ayant accès à l'abbaye et qui, s'étant servies au passage — une lettre, c'est tellement plus facile à cacher qu'un tableau ! —, lui auraient demandé de les écouler, comme dans les trafics de médicaments ou de câbles métalliques dont j'ai été amené à m'occuper récemment. Pour ce qui est des peintures, je crains hélas que les Allemands ne s'en soient déjà occupés, car ils ne sont pas du genre à attendre l'hiver pour les faire voyager sans protection sur des camions, comme on l'a vu sur la photo d'hier. Le jour de la bombe, ton père m'avait d'ailleurs parlé d'une histoire de caisses qui me semblait suffisamment explicite. Sans doute qu'à l'heure qu'il est ils ont déjà tout emballé. »

Domitilla fit quelques pas puis se retourna avec un air perplexe.

« Quand même, ce que je ne comprends pas, c'est comment il a pu si vite trouver des papiers qui ont justement à faire avec ce qui t'intéressait le plus ! Alors qu'il te connaissait depuis si peu... L'abbaye, ce n'est pourtant pas un grand magasin où on fait son choix pour être ensuite livré chez soi !

— Je vois les choses comme cela : lorsqu'il a été mis au courant, je ne sais pas comment, de l'existence de ce fonds d'archives abrité au Mont-Cassin, il a d'abord pensé à Crespi en gardant le renseignement sous le coude dans l'espérance de jours meilleurs ; et puis quand je l'ai rencontré et qu'il a su que c'était mon centre d'intérêt, il a aussitôt prévenu la "filière" qu'un poisson avait mordu à l'hameçon. »

Elle eut son petit rire suivi d'une mimique perplexe.

« Et cette histoire d'oies, j'y repensais cette nuit, qu'est-ce que ça peut vouloir dire ? "Six oies cendrées..." répéta-t-elle comme si elle se récitait à elle-même quelque comptine enfantine.

— On dirait un message secret, murmura pensivement Larry. Tu ne vois pas à quoi il pourrait faire allusion ? Il y a bien un sens, bon sang, derrière ces trois mots...

— Sûrement, *signor*, mais j'ai trop sommeil pour le trouver. »

Elle réprima un bâillement et sans prévenir, comme une biche qui s'écroule, s'allongea sur un duvet grisâtre au pied d'un faisceau de piquets.

« Puisque tu veux pas du canoë je vais roupiller un peu, expliqua-t-elle sans chercher cette fois à l'attirer. J'ai si peu dormi la nuit dernière... On a un peu de temps devant nous, non ? Comme tous les militaires tu dois avoir une horloge dans la tête, tu me réveilleras... »

Il n'eut même pas à lui répondre car, pelotonnée dans la fourrure comme si elle s'agrippait à un ours en peluche, le sommeil l'avait déjà gagnée. D'un geste soudain attendri il passa doucement sa main le long de ses cheveux, et comme en réponse elle émit un bref grognement de petit animal apaisé. Puis elle poussa un soupir qui lui fit penser qu'elle était déjà en plein rêve. Soudain épanoui et serein, son visage paraissait flotter telle une fragile luciole à la surface de tous ces objets encalminés sur lesquels semblait planer le grand silence de l'Arctique. Il s'étendit alors à son tour sur une sorte de natte, ferma les yeux et essaya lui aussi de s'assoupir quelques instants. Sur l'écran grisâtre de la verrière où jouait la lueur indécise de la lampe, les mots écrits par Mary Shelley dansaient devant lui en funèbres et sinueuses guirlandes. *The unfortunate baby... died.* DIED. Il se redressa aussitôt et son regard revint vers Domitilla. Elle s'était maintenant tournée sur le côté et il ne voyait plus son profil derrière sa masse de cheveux sombres. Il demeura longtemps à la contempler. Comment lui faire comprendre que ça n'aurait jamais marché entre eux ? A chaque instant passé avec elle, à chaque promesse d'un bonheur conjugal futur, à chaque projet d'avenir dans lequel elle se déclarait d'avance si soumise à ses futurs désirs et desseins, il en était davantage conscient. Et le moment où il l'aurait présentée à Paul ! Le regard que Paul lui aurait lancé ! Au moins il éviterait cela. Peut-être était-ce après tout l'erreur de sa vie. Trouverait-il jamais une autre femme pour se donner à lui — et pour le sauver d'une mort certaine — avec tant d'élan et de fougue ? Et s'il la trouvait, serait-elle le quart aussi belle, aurait-elle une poitrine le dixième aussi somptueuse ? Mais pourquoi aussi avait-il fallu qu'en messagère insouciante elle apporte à l'homme qu'elle avait choisi d'aimer juste le texte qui pouvait lui faire le plus de mal, et cela sans se douter aucunement (comment aurait-elle pu) de l'effet que ces quelques mots lui produiraient. Elle s'était maintenant tournée sur le dos et il se dit qu'il n'était même pas certain qu'elle eût beaucoup plu à Shelley. « Qu'on me la plonge dans un bain ou sous une cascade, qu'on me la coiffe, qu'on me la parfume, qu'on me l'épile et qu'on lui soigne les ongles, aurait-il ordonné. Qu'elle m'apparaisse comme une nymphe sur son lit de mousse, et non pas comme une sauvage dryade des forêts. » Oh, c'était le bouquet, elle s'était mise à ronfler, maintenant. Bon Dieu, elle aurait réveillé tout l'Oxfordshire. Cette campagne autour d'Oxford, si champêtre, si calme tout au long de la rivière — et la rivière justement, si claire, ou si noire selon les jeux de nuages — avec si peu de courant — cette eau dormante —

... Pourquoi aussi avoir choisi les environs de Wallingford où il n'était jamais allé. Pourquoi ? Il y avait tant d'endroits par ailleurs dont il connaissait les berges jusqu'au moindre brin d'herbe. Mais peut-être justement avait-il eu envie de changer, d'éviter les prairies autour d'Abingdon et les bosquets attenants où il y avait chaque dimanche après-midi un tel déballage de nappes à carreaux et de paniers de pique-nique qu'ils n'avaient plus le sentiment de se trouver à la campagne. Toutes ces familles venues chaque week-end d'Oxford, de Northampton ou de Londres par trains entiers, depuis que Jerome K. Jerome avait écrit son maudit bouquin et que canoter sur la Tamise était devenu à la mode ! Moins bien desservi, Wallingford n'attirait pas autant de foules, et puis les berges à cet endroit inspiraient confiance ; elles avaient été stabilisées après l'écluse, et il y avait même en contrebas de Basildon Park un chemin de halage surélevé qui permettait de ne jamais perdre la rivière de vue. Les molles collines piquetées de petites chèvres blanches étaient agrestes et pimpantes, encadrant comme un écran précieux les paresseux méandres sur lesquels évoluaient de longues et étroites barques peintes aux couleurs vives. « *Toys !* » avait crié Alice d'un ton joyeux en tendant le bras. Des jouets. Alors

que la brume matinale entourait encore la gare d'Oxford
— celle de Hywake Street, que nous prenions toujours
— Audrey m'avait cité un proverbe dont je me souviens encore :

> *Grey mists at dawn*
> *The day will be warm*

Et nous avions chanté dans le train, Audrey, Alice et
moi. Et chanté encore après la halte du tortillard, alors
que, dans la chaleur de juin, nous dévalions vers le petit
bois qui, d'après la carte, nous séparait de la rivière.
Je portais le panier d'osier. Alice avait refusé de rentrer dans sa poussette et trottinait entre nous deux. On
entendait l'eau sans la voir à cause des clapotis, des
conversations entre les rameurs et des battements d'aile
des oiseaux aquatiques. « Il doit y avoir une zone
humide qui n'est pas indiquée », fit soudain remarquer
Audrey. Je sentais en effet depuis quelques pas un sol
spongieux sous mes semelles — au point que j'avais
repris la main d'Alice ; Audrey me suivait à une trentaine de pas avec la poussette. Elle m'appela comme
si elle voulait revenir en arrière mais déjà on voyait
l'eau scintiller à travers les arbres et je me souviens de
lui avoir dit : « Garde un œil sur la petite, je vais voir
si on peut déjeuner au bord de l'eau. » J'ai donc lâché
les mains de l'enfant et je suis descendu vers la berge.
Il n'y avait presque pas de courant — normal en aval
d'une écluse. J'ai repéré un petit coin sous des noisetiers qui poussaient ici en désordre et j'ai posé avec soulagement le lourd panier et commencé à disposer son
contenu dans l'herbe, avec le sentiment de délicieuse
disponibilité que l'on éprouve un matin de juin dans
un lieu aussi champêtre qu'un tableau de Gainsborough.
Je ne voyais pas Audrey, mais j'ai entendu sa voix qui
me demandait derrière le bosquet si je n'avais pas
oublié la sauce de la salade. Quand elle est apparue j'ai

vu qu'elle avait tout en marchant déplié la nappe serrée dans la poussette.

« Je m'en veux d'avoir oublié la sauce, m'a-t-elle dit.
Mais depuis qu'Alice l'a renversée, la dernière fois... »

L'ai-je trouvée tout à coup bien insouciante ? J'ai
soudain crié :

« Mais où est-elle, justement, la petite... Je ne la vois
pas... »

Je vis Audrey courir vers moi.

« Mais elle m'a dit : "Je vais avec Papa !" »

Je n'oublierai jamais l'expression d'Audrey. Son
visage était aussi blanc que la nappe. On ne voyait plus
l'enfant. Nous avons appelé de toutes nos forces — et
j'entends encore la voix d'Audrey étranglée d'angoisse
— puis nous avons couru partout à travers les hautes
herbes de la prairie. Ensuite nous sommes revenus sur
nos pas le long de la zone spongieuse. C'est à ce
moment que j'ai remarqué avec effroi que nous étions
en fait passés tout au long d'un petit marécage seulement visible à ses touffes de roseaux et de graminées
et aux quelques bulles qui s'échappaient de flaques
d'eau verdâtres. En émergeaient juste les restes d'une
barque à demi coulée. « Alice ! Alice ! appelions-nous.
Alice, je t'en prie... » Aucune trace de pas n'était visible
sur la berge. J'ai compris enfin le sens de l'expression
« se tordre les mains ». Devant notre agitation les
oiseaux s'étaient tus. Des passagers d'une barque nous
ont fait des signes joyeux ; ils devaient nous prendre
pour des fous, à courir en tous sens autour de ce qui
n'était qu'un petit marais de rien du tout... et puis les
pompiers sont arrivés de Wallingford, appelés par les
passagers d'une autre barque que nous avions cette fois
pu prévenir. Ils s'enfonçaient si peu dans leurs grandes
bottes d'égoutier — même pas jusqu'aux genoux
— que j'ai repris confiance, mais Audrey me retirait le
peu d'espoir que je gardais. Elle s'agrippait aux
hommes en leur criant : « Mais elle était là, elle était

262

là avec nous », et l'un d'eux presque agacé lui a même répondu : « Mais, madame, c'est toujours comme ça que cela se passe, il y a toujours le dernier instant avant, auquel tous se raccrochent... »

Un cri aigu se fit entendre, résonnant en lui comme dans les dédales d'un souterrain, sans qu'il sût trop d'où (ni même de quand) il provenait.

Il se réveilla brusquement, en sueur — oui, ce cri il l'avait déjà entendu, c'était celui, strident jusqu'à l'hystérie, poussé par Audrey qui refusait de réaliser ce qui venait de se passer. Il s'était prolongé en une longue plainte éperdue que les *constables* avaient cherché à calmer pendant que lui, effondré au pied d'un arbre, ne trouvait même plus la force d'y faire écho. Ce n'est que bien plus tard qu'Alice avait été retrouvée, couchée sur le ventre sous deux pieds d'eau, des lenticules plein ses cheveux blonds — et avant de la prévenir un médecin arrivé sur les lieux avait administré à Audrey un puissant sédatif.

Ces souvenirs remontaient en lui avec tant de violence qu'il éprouva soudain une sensation de douleur intense au niveau des côtes, comme s'il avait été transpercé par la défense de morse qui était accrochée au mur au-dessus de lui. A quelques pas Domitilla était désormais recroquevillée en chien de fusil. Elle n'avait cessé de ronfler que pour prononcer des mots inintelligibles. C'était fou l'éventail des bruits ténus et variés qu'elle pouvait émettre pendant son sommeil, comme un renard réfugié au creux de son terrier. Il demeura ainsi de longues minutes, immobile, à l'écouter dormir. Il se sentait encore suspendu au-dessus du gouffre de son cauchemar, et de la perfide surface d'eau verte qui avait englouti son *unfortunate baby*. Il avait si souvent revu la scène que, sept ans après, elle lui semblait plus proche que les hallucinantes péripéties qu'il avait vécues la veille. *The unfortunate baby died* — les mots qui pouvaient lui faire le plus de mal. Pourquoi ai-je lâché sa main ? Elle aurait sept ans maintenant. Il lui écrirait, il s'apprêterait à la retrouver, ç'aurait été cela sa vraie raison de remonter vers Rome... Un sanglot le souleva. Domitilla s'était retournée de l'autre côté — si loin de se douter du mal qu'elle lui avait insconsciemment causé. Elle avait les lèvres un peu enflées de celles qui ont longtemps sucé leur pouce, et un vague sourire attendrissait son visage si pur. Sa poitrine se soulevait doucement. Elle va me demander des enfants, ça c'est sûr, les seins qu'elle a, elle s'imagine sûrement que c'est fait pour nourrir des gosses — et ça, lui faire un enfant, après Alice, j'en suis incapable ; mais elle m'aurait à l'usure, elle ne serait plus que tendresse, séduction et obstination mêlées pour parvenir à ses fins... Je serais sa proie : d'abord envoûté, puis asphyxié et ligoté : elle m'enserrerait comme du lierre... Et puis c'est inutile de me cacher derrière des métaphores : je ne l'aime pas, c'est tout — inutile de prendre pour de l'amour ce qui ne fut que la curiosité de savoir si elle ressemblait à l'apparition que j'avais cru voir l'autre matin dans la pénombre d'un vestibule désert... Trancher dans le vif, voilà ce qu'il faut que je fasse, et cela sans tarder, sans attendre qu'elle se réveille. Me faufiler hors de ce capharnaüm et puis fuir, fuir sans réfléchir et sans regretter. Sans regretter.

Il ne bougeait pas, pourtant, comme s'il avait conscience que tous ces objets griffus pourvus de harnais, de lanières, de pitons, de harpons conçus pour l'extrême de la mauvaise saison et maintenant réduits à l'état de reliques empoussiérées formaient un dédale hostile dans lequel il ne pourrait s'engager — en dépit des lueurs hésitantes de la lampe qui achevait de grésiller — sans la réveiller. Il regarda à nouveau la photo de la mère de Domitilla. Comme il aurait aimé se retrouver lui aussi devant la grande porte de l'abbaye !

Il avait l'obscure certitude qu'un désastre se préparait et qu'on était en train de la mettre à sac. Si des documents précieux semblables à celui qu'elle lui avait apporté existaient encore là-haut, ils risquaient d'être à nouveau jetés sur les routes et d'être perdus, ou détruits par les bombes incendiaires, dès qu'ils auraient quitté l'abri des séculaires murailles. Se rendre sur place sans tarder, c'était peut-être la dernière chance qu'il aurait jamais de sauver des manuscrits qui lui tenaient plus que tout à cœur, et dont le fragment de la lettre de Mary était pour lui comme un pathétique symbole. Ce qu'avait pu réussir l'émissaire d'Ambrogio — franchir les lignes — pourquoi ne pourrait-il pas le tenter ?

« Ce sera considéré comme une désertion, pensa-t-il tout haut. Le major Hawkins ne manquera pas de le faire savoir et je serai tenu pour insoumis. Une folie. Surtout avec la funèbre épave de la Darsena qui risque à tout moment de resurgir avec son contenu... Mais je n'ai pas le choix, je n'ai pas le choix et la découverte de cette lettre de Mary Shelley, qui me replonge dans le désespoir, me donne *aussi* la certitude qu'il n'est pas trop tard et qu'il y a là-haut, encore maintenant, des trésors à sauver du pillage. Il faudra également que je fasse passer un message à Paul en lui disant que j'ai trouvé une occasion unique d'agir et que, conscient de la liberté dont je jouis statutairement, je l'ai aussitôt saisie. Et je lui demanderai de prévenir ma hiérarchie afin de ne pas être jugé comme déserteur. »

A cette idée, un rire nerveux le secoua. Non loin de lui la respiration de Domitilla était redevenue régulière. Il la contempla à nouveau longuement. Est-ce qu'elle admettra jamais que je n'étais pas le mari qu'il lui fallait. Elle risque de ne pas supporter mon départ, de vouloir se venger, ou d'être imprudente dans son désir de me retrouver... Jamais je n'avais été aimé comme cela, même par Audrey, et jamais plus je ne le serai. Mais je ne suis pas fait pour les gouffres que côtoyait Shelley avec sa grâce nonchalante d'équilibriste. Au moment où est survenu le drame de Wallingford ma vie était aussi réglée que la succession des jours et des heures sur l'agenda de miss Havercroft. Mais ce drame m'a déboussolé à jamais. Depuis je me sens troué de toutes parts comme une maison déserte et ouverte à tous les vents. Je vis mal ces années qu'Alice n'a pas vécues. Je me sens absent de ma propre vie dans laquelle elle aurait tant compté, et dont elle ne peut plus faire partie que par mes souvenirs et mes pensées. Paul s'inquiétera de ma disparition, et comment pourrai-je lui expliquer un jour pourquoi je risque à nouveau de disparaître pendant longtemps. Est-ce d'ailleurs moi qu'il a cru retrouver l'autre jour devant ces Sardes déchaînés ? Non, je ne suis plus le Larry qu'il avait connu, et je marche désormais à côté d'une ombre qui n'est plus la mienne — heureusement que j'ai celle de Shelley à laquelle je peux parfois me raccrocher. Ma vie n'a jamais ressemblé à celle des autres, les autres font l'amour à leurs femmes, leurs maîtresses, leurs compagnes, dans des chambres, sur des lits confortables — et moi il a fallu, alors que je ne l'avais pas fait depuis des mois, que ce soit dans un canoë, avec une tête d'ours à l'effrayant rictus au-dessus de moi et un piège à loups pour descente de lit. Audrey s'en est mieux tirée, elle. Un nouveau mariage après notre divorce, une nouvelle petite fille... sauvée, dans un sens. Pas moi.

Domitilla poussa un soupir. Peut-être dans son rêve voyait-elle des oies sauvages dans un ciel clair et non pas des envols de papillons funèbres. Ma pauvre petite, tu n'es pas tombée sur le gars qui te convenait — tu avais raison : c'est un vrai officier formé à Sandhurst qu'il t'aurait fallu — il t'aurait présentée à sa mère qui aurait habité Cheltenham ou Bath, qui t'aurait appris à soigner les rosiers de son jardin — tandis que —

— et Alice — comment aurait-elle été aimée tout au

long de sa vie — par qui — pourquoi ai-je lâché sa main — pourquoi — elle aurait sept ans maintenant —

Avec d'infinies précautions il s'éloigna puis soudain s'assit sur un traîneau à chiens, épuisé comme s'il venait de traverser un continent balayé par des vents glacés, et oppressé comme s'il se trouvait à l'aube d'une grande expédition vers quelque lieu inaccessible. Il sortit alors l'épaisse liasse de sa poche et la laissa bien en évidence sur le manteau qu'elle avait retiré. Puis il arracha une page de son agenda et écrivit quelques mots hâtifs.

> "Souviens-toi d'Emilia, la petite Italienne de Shelley : je t'assure que mieux vaut la dot que les noces. Je garde donc pour moi juste dix mille. Conserve le reste (et cache-le soigneusement) pour les mauvais jours. Ne cherche ni à me remercier ni à me joindre. Je viendrai te voir à Bagnoli après ma mission. Brûle ce mot à la flamme de la lampe avant de sortir d'ici."

Il plaça la feuille d'agenda bien en évidence à côté de la liasse, puis s'éloigna. Elle demeurait ensevelie dans son lourd sommeil d'adolescente. Il se glissa à travers les obstacles accumulés, puis avec une prudence infinie ouvrit lentement la porte du garage. La nuit était claire et il se prit à frissonner dans l'air froid et humide de la petite impasse.

7

14 décembre

Tout en grimpant à grandes enjambées les marches qui menaient du vestibule aux galeries du premier étage, Paul rectifia le nœud de sa cravate d'uniforme et se lissa les cheveux avec le creux de la main. La densité d'officiers supérieurs était telle en effet à l'intérieur du théâtre qu'il convenait de se montrer à son avantage. Se laissant guider par la rumeur, il traversa une rotonde et rejoignit le foyer déjà peuplé d'une foule d'uniformes qui semblaient apprécier de se retrouver, le temps d'un court intermède, dans un lieu si chargé d'histoire et si *civilized* (mot qu'il entendit à plusieurs reprises dans les conversations). Observant avec attention tous ceux qui pouvaient se trouver sur son passage, il erra de groupe en groupe. A mesure qu'il avançait vers les grandes bâches qui tapissaient le fond de la vaste salle pour masquer les dégâts qu'avait subis le vénérable édifice, son inquiétude augmentait : pas trace de Larry. Son ami était en charge du concert de réouverture et il aurait dû être là ce soir, en haut des marches, pour accueillir les généraux d'état-major. Déçu et préoccupé il finit par s'accouder à l'extrémité du long comptoir d'acajou du bar pour essayer, d'un coup d'œil panoramique, de trouver au milieu de la foule quelqu'un qui pourrait lui donner un renseignement. Flottant au-dessus du brouhaha des conversations, des fragrances surannées d'eau de Cologne parvenaient jusqu'à ses narines incrédules comme si des flacons du précieux liquide avaient été soudain retrouvés, juste à temps pour cette fête, dans les placards et offices des vieux palais occupés.

« Hé, tu cherches ta belle-mère ? » demanda finement un petit capitaine qu'il avait déjà croisé dans les couloirs du Palais Royal, sans qu'il eût jamais compris le succès qu'il semblait rencontrer auprès des auxiliaires féminines et des standardistes.

Il ne répondit pas et fit mine de s'absorber dans son verre de Budweiser. Non loin de lui, les officiers britanniques et américains se lançaient en toute confraternité d'armes des remarques acides et des blagues éculées.

« Paraît qu'à son PC pour tromper l'ennui Monty tire au pistolet sur les rats... lançait un jeune colonel des Scotsguards à un général américain sanglé dans un élégant blouson kaki clair.

— ... Toujours bien renseigné, Maxwell ! Ce que vous oubliez de dire, c'est qu'il les rate et que tout le monde se retrouve à plat ventre dans les couloirs !

— Faudrait lui aménager un stand de tir mais, vous autres Ecossais, vous allez trouver que c'est trop cher payé », rétorqua un autre officier anglais, en ponctuant sa plaisanterie d'un rire caustique qui donna à Paul l'envie de fuir. Il n'avait pas fait trois pas qu'il se souvint tout à coup d'avoir vu au mess de la PBS ce visage poupin et rubicond. Son identité ne lui revint que lorsqu'il entendit à nouveau au-dessus du bruit des conversations son rire tonitruant. Le major Hawkins. Le supérieur de Larry. Voyant que les deux autres officiers, sans doute lassés, avaient tourné les talons, il revint sur ses pas et l'aborda.

« Permettez-moi de me présenter, major, dit-il. Prescott, officier des Monuments auprès de la Ve armée.

— Ah, Prescott, j'ai entendu parler de vous. Par... par qui, bon Dieu...

— Ne cherchez pas, sans doute par le lieutenant Hewitt qui dirige sous vos ordres la 31e section. Larry Hewitt est un ami de longue date, ce qui m'a permis d'établir avec lui d'excellentes relations professionnelles. »

Le visage du major s'était assombri, et Paul sentit peser sur lui son regard inquisiteur.

« Nous nous sommes connus à Oxford, précisa-t-il brièvement. Larry m'avait dit qu'il s'occupait de la réouverture de ce théâtre, aussi pensais-je le retrouver ce soir et je m'étonne donc de ne pas le voir. Je rentre d'une mission à Bénévent et je suis surpris de n'avoir aucune nouvelle de lui. Il ne répond pas non plus au téléphone depuis mon retour. Cela ne lui ressemble pas... »

« Ou alors cela lui ressemble trop », se dit-il *in petto*. Quoi qu'il en fût, le directeur du Field parut embarrassé et garda le silence.

« Votre ami a fait valoir ses droits pour une permission, finit-il par répondre comme à regret, avant de préciser : pour des raisons personnelles impératives.

— Une permission ! Pour raisons personnelles ! » s'exclama Paul avec stupeur.

A l'évidence le major mentait. Il semblait si mal à l'aise qu'il se dandinait d'un pied sur l'autre. Paul n'eut à cet instant qu'une crainte : qu'un remous de foule les éloignât l'un de l'autre avant qu'il ait pu en savoir davantage.

« Major, pardonnez-moi, mais c'est impossible d'y croire ! Il m'avait dit que la responsabilité de cette réouverture incombait aux autorités britanniques et il était très fier d'avoir été chargé de cette mission grâce à ses titres universitaires ! Je le connais bien, jamais il ne serait parti dans de telles circonstances ! »

Hawkins parut hésiter, le fixa à nouveau sous son abondant sourcil puis l'attira à l'écart de la foule.

« Puis-je vous faire confiance, Prescott ? s'enquit-il d'un ton incisif.

— Mais, major, poser la question, c'est y répondre et...

— Assez de littérature, mon vieux, il a déteint sur vous, ce n'est pas possible ! répliqua-t-il d'un ton agacé. Quand l'avez-vous vu pour la dernière fois ?

— Il y a une semaine environ... En dehors de nos relations d'amitié datant de l'université, nous avions remarqué que nos enquêtes respectives se recoupaient souvent, et nous avions décidé de travailler en harmonie afin de partager nos informations et de nous aider mutuellement. »

A cette idée Hawkins ne put cacher une moue désapprobatrice.

« Il ne m'en avait pas parlé, dit-il. Il s'arrogeait une liberté que je ne songeais pourtant nullement à restreindre, quoi qu'il en ait dit. Encore que... »

Il s'interrompit, laissa un instant son regard planer sur l'assistance, puis reprit avec brusquerie :

« Comment donc l'avez-vous trouvé, la dernière fois ?

— Mais... comme à l'ordinaire... répondit Paul interloqué. A dire vrai, ce matin-là, il m'a... oui, il m'a un peu paru fatigué. Je dirais plutôt : préoccupé. Mais c'est souvent le cas lorsqu'il a une affaire sur les bras, et c'était l'impression qu'il m'avait donnée, ce matin du... c'était le 7 décembre, je crois. Contrairement à moi qui suis plutôt un homme de dossiers, lui aime s'impliquer sur le terrain. Il est viscéralement attaché à cette ville de Naples. Il aime prendre des contacts pour tenter de repérer les trafics et suivre les filières. Pour cela il pense qu'il faut se fondre dans la population... »

Hawkins réprima un rire bref.

« Ah ça, pour s'y fondre... Eh bien, mon cher, il s'y est tellement fondu qu'il a fini par disparaître.

— Quoi ? s'exclama Paul.

— Disparu, que voulez-vous que je vous dise d'autre... cela fait presque huit jours qu'il n'a pas réapparu piazza Vittoria et que ni moi ni personne à la 110e section n'a aucun contact avec lui. J'ai dû déléguer au lieutenant Wilkinson les opérations de réouverture de ce foutu théâtre dont il aurait dû s'occuper... Je me confie à vous parce que vous me dites que vous êtes son ami, mais je vais bientôt être obligé de le considérer comme disparu... pis, comme déserteur. Demain j'en réfère en haut lieu. »

Paul le regarda avec stupeur.

« Déserteur ! Mais enfin c'est impossible ! C'est qu'il est arrivé quelque chose ! On ne disparaît pas comme cela de l'armée britannique... Il a peut-être été enlevé... Qui sait, poignardé par quelque sbire, quelque soudard dans l'une de ces sordides ruelles de Spaccanapoli, là même où il allait sentir le vent, comme il disait... Je sais qu'il était sur la piste de trafiquants de pénicilline dans le quartier de la Forcella. Il a dû en déranger plus d'un, et ils ont dû vouloir se venger !

— Ecoutez, mon vieux, j'ai examiné toutes les hypothèses, mis sur l'affaire tous les agents dont je dispose, et eux aussi, je vous en réponds, sont des hommes de terrain ! Mais nous devenons démunis devant le mur du silence. La vérité, c'est que cette ville — quoi qu'en puisse dire votre ami qui prétendait pourtant la connaître si bien — est pour nous complètement opaque. Nous n'avons pas d'interlocuteurs civils, voilà le problème. Et tant que nous n'aurons pas de contacts avec la population, nous ne pourrons pas mener d'enquête sur plus d'un meurtre sur dix... »

Abasourdi, Paul s'efforçait de réfléchir tout en l'écoutant.

« Major, je vous assure qu'il est arrivé quelque chose », répéta-t-il d'une voix entêtée.

La sonnette se mit à grésiller pour annoncer le début du concert et sa tonalité stridente lui parut le symbole même de son anxiété.

« Je le pense aussi, répondit Hawkins en haussant la voix pour se faire entendre, encore que cela fait plusieurs fois que votre ami a dû justifier des absences pour lesquelles il n'avait pas reçu d'ordre de mission. Je ne veux pas être médisant, mais le lieutenant Hewitt était d'une indépendance confinant à l'indiscipline, vous savez ! Je l'avais même menacé de me séparer de lui, et pourtant nous disposons de si peu d'agents qui parlent la langue... »

Il avait soudain un tel ton d'animosité que Paul se souvint de ce que Larry lui avait confié sur le caractère de son supérieur. Alors que la sonnette s'interrompait, il s'efforça d'établir une ligne de défense pour soutenir son ami.

« Cette indépendance, il la revendique comme une sorte de garantie pour l'efficacité de son travail, parvint-il à dire. Il m'avait un jour montré sa carte du Field en me disant qu'elle lui permettait de se trouver en tout lieu, à tout moment, sans donner ni raison ni justification.

— De là à ne jamais me mettre au courant de ce qu'il faisait ! répliqua Hawkins. Et maintenant, que voulez-vous que je fasse s'il s'est mis dans un mauvais cas. Au milieu de cette ville qui nous est étrangère, autant chercher une aiguille dans une botte de foin !

— Il a bien dû laisser des indices... parler à ses collègues de la 311ᵉ ... »

Hawkins haussa les épaules.

« Pensez-vous ! Si vous croyez qu'il est d'une nature facile à manœuvrer ! Un de ces universitaires qui vous font comprendre que si vous n'avez pas lu Virgile, vous n'avez pas le droit de débarquer — comme cela a été mon cas — au milieu des temples de Paestum ! Vous avez lu Virgile, vous, Prescott ?

— Lui, c'est plutôt Shelley, lui fit remarquer Paul.

— Ah oui, ce portrait dans son bureau ! Vous travailleriez avec un portrait de poète efféminé en face de vous, Prescott ? Du coup j'ai pensé qu'il était de l'autre bord !

— Larry est un grand spécialiste de Shelley, expliqua Paul. Après la guerre il publiera un livre sur lui qui fera sûrement autorité. Shelley est d'ailleurs passé par Naples au début du siècle dernier et... »

Hawkins haussa les épaules.

« Il me fallait des flics, on me donne des savants ! l'interrompit-il avec humeur. J'aurais encore préféré une simple histoire de gonzesse ! De toute façon, s'il venait à prendre contact avec vous... »

La sonnette vint à nouveau recouvrir sa voix. Hawkins reflua avec la foule, lui faisant signe de l'appeler au téléphone si ce devait être le cas.

La magnifique salle de théâtre était déjà remplie lorsqu'il y pénétra. Il prit le programme qu'on lui tendait, trouva un siège libre proche de l'allée centrale et, sans saluer ses voisins, s'y laissa lourdement tomber. Les dégâts survenus dans la salle à la suite des bombardements étaient beaucoup plus importants qu'il ne l'avait cru : de larges parties de la scène, de la fosse d'orchestre et des loges s'étaient effondrées, masquées désormais par des praticables hâtivement dressés. Mais il n'y prêta guère plus d'attention qu'à la conversation de ses voisins ou à la lecture de son programme : il se sentait si stupéfait et si incrédule devant ce que le major Hawkins venait de lui apprendre que la rumeur de la salle ne lui apparaissait désormais que comme un contrepoint étouffé, confus et vaguement hostile à son désarroi. Qu'avait-il pu se passer pendant son absence, bon sang ? Dans quel guêpier Larry avait-il été se fourrer ? Ce n'était pas tant le manque d'informations qui le troublait que le vague sentiment que son ami, quelque part, l'avait trahi. Pas un mot trouvé à son retour, et c'était bien ce qui l'inquiétait car cela lui rappelait l'époque où il était parti pour l'Italie sans donner signe de vie. Puis il s'en voulut de sa réaction. Et si Larry n'avait seulement pas eu le *temps* de le prévenir ? Se demandant ce qu'il devait faire, il scruta l'intérieur des loges d'un air perplexe. Les multiples miroirs qui en tapissaient les parois reflétaient les flammes des torchères, diffusant une lumière douce et irréelle à laquelle il n'était plus habitué. Pour que le charme fût complet, songea-t-il, il eût fallu que le velours rouge des sièges, même fatigué, servît d'écrin à la beauté de quelques Napolitaines éclatantes, mais celles-ci brillaient par leur absence, du moins à l'orchestre. C'était un public de militaires, officiers et sous-officiers dans sa quasi-totalité, qui s'efforçaient de réapprendre des gestes oubliés — feuilleter un programme, donner une pièce à une ouvreuse, contempler une coupole décorée de dieux et de déesses aux couleurs tendres. Incroyable, impensable que Larry n'en fût pas. Plus que cela, inquiétant. Tout le plaisir qu'il attendait de cette soirée en était gâché. Il se remémora ce que Hawkins lui avait dit, mais le commandant du Field semblait en effet si hostile à Larry qu'il préféra ne pas en tenir compte pour l'instant. Suivant le regard de son voisin qui semblait fort averti, il leva les yeux vers l'amphithéâtre : dans les galeries les plus hautes quelques jeunes gens et jeunes filles de la ville semblaient, par leur fraîcheur et leur visible joie d'être là, prêts à rejoindre d'un envol gracieux l'empyrée des dieux de l'Olympe qui les surmontait. Il y avait aussi quelques couples en civil plus âgés, élégamment habillés, et qui observaient de haut — dans le sens propre — leur théâtre investi par la soldatesque. Un instant il repensa à l'occupant du premier étage du *palazzo* de la Riviera di Chiaia — l'homme au fiacre avec son élégance surannée et sa mystérieuse accompagnatrice. Peut-être étaient-ils là-haut, eux aussi... « Ah non, se dit-il aussitôt, je ne vais pas me laisser gagner par l'atmosphère délétère qui règne dans cette maison — ça suffit d'un. »

Alors que sur scène la fanfare des Coldstream Guards commençait à s'accorder en une bruyante cacophonie, il chercha à se souvenir de la teneur exacte de sa dernière conversation avec Larry dans son bureau du Palais Royal — à un jet de pierre de là où il se trouvait en ce moment. Hawkins lui avait dit que Larry n'avait pas réapparu depuis une semaine : cette dernière rencontre avait donc eu lieu peu avant sa disparition. C'était vrai qu'il semblait tendu et fatigué ce matin-là, sans doute parce qu'il n'avait pas pu joindre la veille son indicateur, ni savoir comment s'était passée la vente de sa voiture — une vente quelque peu imprudente, lui avait-il semblé. Il se souvenait aussi d'avoir évoqué le sort de la fille de cet *avvocato* plus ou moins véreux, mais à ce sujet Larry n'avait laissé filtrer aucun sentiment particulier — ni tension, ni inquiétude notables. Ah, si, il y avait eu *in fine* cette étrange question concernant la présence sur les armoiries des oies du Capitole, non, d'oies tout court... Curieux, à y repenser.

L'orchestre des Guards avait maintenant attaqué l'ouverture du *Barbier de Séville* — l'un des rares morceaux pour lesquels Paul n'avait même pas besoin de consulter son programme. Ils jouaient un peu approximativement, trouva-t-il, mais pourrait-on leur reprocher de ne pas avoir assez répété — après tout, depuis trente-six mois ils avaient eu autre chose à faire que jouer du Rossini. Le grand accord final fut accueilli par un mélange d'applaudissements et de sifflets à l'américaine également empreints d'enthousiasme.

Succéda aux Guards, de façon plus débonnaire, un petit orchestre américain de cuivres : Fanfare de la 34e division, indiquait le programme. Sous la baguette mécanique d'un jeune sous-officier, ils attaquèrent un autre morceau qu'il connaissait : *Appalachian Spring*, qui fut d'un étrange effet dans un tel lieu. Mon Dieu, comme le printemps paraissait loin depuis cet opéra symbole d'un monde révolu, et combien plus encore paraissaient éloignés les Appalaches — ô éclatants bosquets d'églantines autour de Waynesboro, ponts couverts sur la Shenandoah River, brumes du soir sur le lac Cherokee... Gagné par une onde de nostalgie, il ferma un instant les yeux. Ce qui les attendait dans les prochains jours, ce n'était certes pas les hautes terres fleuries de Virginie, mais, sous la pluie et la neige, les reliefs escarpés et sauvages des Abruzzes et les block-haus de la ligne Gustav que les rapports des avions d'observation, amplifiés par la rumeur publique, annonçaient comme infranchissables. Il sentit alors que tout le plaisir qu'il avait éprouvé, quelques instants auparavant, à se laisser submerger par le rythme exaltant de la musique l'abandonnait comme une vague d'équinoxe qui se retire, entraînant avec elle la fragile digue de bien-être qu'il s'était créée contre l'incertitude et l'angoisse. Sa pensée revenait sans cesse vers Larry. Shelley lui-même était venu dans ce théâtre cent vingt-cinq ans auparavant, lui avait-il raconté. C'était donc une raison supplémentaire pour Larry d'être présent ce soir — et c'est à cet instant que Paul eut le pressentiment que quelque chose d'inattendu, et peut-être de fatal, lui était sans doute arrivé.

Autour de lui on ne se gênait pas pour tousser de plus en plus fréquemment et pour manifester une impatience grandissante. Il s'en offusqua intérieurement. Certes, cet *Appalachian Spring* traînait un peu en longueur, mais la vérité c'était que personne n'était plus habitué à écouter de la musique classique dans une salle de concert, comme si l'ouïe ne pouvait réagir désormais qu'aux détonations des Webley 38 et aux rugissements des Sherman. A la fin du morceau lorsque le petit sous-officier se retourna avec raideur pour saluer, il y eut des acclamations moins nourries que pour les Anglais et il fut le seul de sa rangée à montrer sa satisfaction.

« T'as l'air d'apprécier, vieux, tu vas m'expliquer ça au bar ! » lui lança son voisin lorsque la lumière fut rallumée pour l'entracte.

Paul fit mine d'accepter avant de profiter de la bousculade pour se défiler par une porte latérale. L'absence de Larry le préoccupait à ce point qu'il se promit de se rendre dès le lendemain Riviera di Chiaia pour mener sa propre enquête — on verrait bien quel fantôme y apparaîtrait cette fois. A mesure qu'il se faufilait au milieu des groupes et scrutait chacun des visages qu'il croisait, il sentait presque viscéralement combien son ami risquait de lui manquer. Les derniers temps Larry lui avait presque rendu Naples agréable et, à l'idée de ne plus l'avoir à ses côtés, il se sentit aussi solitaire et démuni que lors de son arrivée en ville.

Découragé, se sachant soudain incapable d'assister à la seconde partie du concert, il alla de nouveau s'accouder au comptoir qui fermait le foyer. Son voisin ne s'y trouvait heureusement pas. Surmontant le barman qui tentait de répondre aux dernières commandes de bière et de valpolicella trônaient en majesté des bustes de musiciens dont il ne connaissait même pas le nom.

« De Lucia, Stagni, Stracciani, De Angelis... énuméra-t-il devant un colonel anglais qui lisait attentivement son programme. Ils auraient pu choisir des compositeurs connus, quand même !

— Ce ne sont pas des compositeurs, mais des chanteurs du Théâtre, répondit l'Anglais. J'avais entendu ici même avant guerre Stagni dans *Fedra*. Il nous aurait fallu ce soir un peu de *bel canto* afin d'être dignes d'un tel endroit, *by Jove* ! Je ne sais qui a choisi ces morceaux, mais je ne lui fais pas mon compliment.

— N'êtes-vous pas un peu dur, mon colonel...

— Pas assez pour ce ramassis de casseroles, mais c'est vrai que les ténors doivent être un peu enroués, par les temps qui courent... Quant à vos compositeurs favoris, mon cher ami, vous les trouverez là-bas un peu à l'écart, indiqua-t-il d'un geste du menton. Verdi a même droit à sa propre rotonde. »

Paul sourit avec une sorte de reconnaissance.

« Enfin quelqu'un à qui je pourrais parler d'autre chose que de balivernes et qui... »

Sa voix fut alors recouverte par une admonestation impétueuse.

« Général, je ne comprends même pas que l'on puisse utiliser de tels termes. C'est choquant », entendit-il.

Là-bas entre les fenêtres une jeune femme s'exprimait en français avec tant de fougue que le brouhaha des conversations parut soudain refluer autour d'elle. Paul se retourna vivement. Cette voix. Cette véhémence... Les mains soudain moites il grommela quelques mots pour prendre congé de son colonel mélomane, puis le planta là et chercha à s'approcher. Il ne distinguait devant lui qu'un groupe d'officiers serrés les uns contre les autres, qui entouraient de leurs massives statures quelqu'un qu'il ne pouvait voir. Au cœur du groupe vociférait un officier de haut rang qu'il reconnut aisément, tant sa superbe de prima donna était célèbre sur l'ensemble du front : le général Benedict Mac Intyre, commandant le 2e groupe d'armée néozélandais, dont se colportaient dans les popotes les mots acerbes et les violentes colères.

« Pouvez-vous me répéter cela dans une langue identifiable ? glapit le général.

— Je veux bien utiliser l'idiome dont vous vous servez dans le *bush*, général, répliqua calmement la voix féminine dans un anglais plus qu'acceptable.

— Le *bush,* c'est en Afrique, Ma'am. Ou peut-être en Australie, chez les aborigènes. Mais pas chez nous. »

C'est alors qu'il la vit — ou plutôt, qu'il entraperçut ses cheveux en chignon émerger au milieu du groupe. Elle avait deux galons sur sa stricte vareuse d'auxiliaire féminine du Corps expéditionnaire français. « Je ne l'avais pas remarqué l'autre jour », se dit-il. Apparemment cela lui donnait de l'assurance.

« *Bush* ou pas, général, je me permets de vous rappeler qu'il existe dans le domaine de la protection des monuments une circulaire qui fait autorité. »

Peu habitué à être contredit à la fois par une femme et par un officier subalterne, Mac Intyre la toisait de haut avec des yeux incrédules.

« Nous sommes ici pour opposer notre idéal humaniste à la barbarie nazie, continuait-elle posément. Ce n'est pas pour, à notre tour...

— Idéal mon œil, l'interrompit Mac Intyre d'une voix sarcastique. On est là pour leur botter le cul, rien d'autre, Ma'am, excusez mon vocabulaire. »

Le général commençait apparemment à perdre son calme. Il était bien connu que c'était le cas lorsqu'on osait lui porter la contradiction, et elle semblait avoir compris cela du premier coup. L'ennui, se dit Paul, c'est qu'une fois lancé il était difficile à arrêter.

« Et je vais même vous dire toute ma pensée, miss Je-ne-sais-qui, continua-t-il de plus belle. Je n'en ai rien à foutre des planqués du haut état-major là-bas à Londres, avec leur morgue, leur petit doigt en l'air et leur accent d'Oxford. Ils peuvent signer ce qui leur chante et nous interdire ce qu'ils veulent, moi je sais bien qu'entre la vie d'un de mes hommes et le Parthénon j'aurais vite choisi ! Je ferais sauter toutes les vieilles pierres sans états d'âme si je le jugeais nécessaire. »

Il y eut un silence puis, sans doute en hommage à son accent français, il ajouta : « Et même chose, Ma'am, pour Chartres, la tour Eiffel et tout le toutim, que vous n'avez même pas été capables de défendre en 40. »

Elle défia du regard le colosse et ceux qui l'entouraient.

« Ne parlez pas de ce que vous n'avez même jamais vu, bande de bouseux », rétorqua-t-elle d'une voix suraiguë.

Il y eut cette fois un grand silence. « *My God*, pensa Paul, elle y va fort. » Mac Intyre pencha avec sollici-

tude ses six pieds huit pouces vers le crâne un peu
dégarni d'un jeune capitaine qui paraissait être son aide
de camp.

« Bradshaw, vous avez entendu ce que j'ai entendu ?

— Je le crains, mon général. »

Mac Intyre se tourna à nouveau vers la jeune femme.

« Et la boue des Flandres en 1916, vous étiez bien
contents de la voir sur nos bottes, non ?

— Nous avons perdu quinze cent mille hommes et
vous vingt mille, répliqua-t-elle d'un ton sec. Et vous
n'êtes pas venus pour nous aider, mais pour aider les
Anglais. En revanche vous étiez alors sur une vieille
terre de civilisation et vous l'êtes toujours. Vous n'êtes
pas dans un *saloon*. Rappelez-vous cela. »

La sécheresse du ton et la froideur du regard démen-
taient le sourire. Devant ce crime de lèse-majesté, une
onde de fureur parut enflammer le petit groupe. Il y eut
un nouveau silence chargé de tension. Puis, sans un mot
elle leur tourna le dos. Mac Intyre s'aperçut alors qu'un
cercle de spectateurs silencieux avait suivi la joute et
tenta de la désamorcer.

« Ça, c'est la meilleure, pour une fois que je suis à
l'opéra on me traite de cow-boy », s'exclama-t-il.

L'entourage n'entendait pourtant pas ne pas réagir.
Lorsque la jeune Française voulut s'éloigner, l'aide de
camp la prit par l'épaule, la fit pivoter, et Paul crut un
instant qu'il allait la gifler. Etait-ce les deux Budweiser qu'il venait de boire mais il se sentit gagné par une
douce euphorie, et prêt à intervenir. « Trois galons, j'en
ai autant que lui, je peux me le faire sans risquer la
cour martiale », pensa-t-il.

« Connasse, se contenta de grommeler le Néo-Zélandais. Bouffeuse de grenouilles. Pute de mes deux.

— Pardon ? fit Paul en s'approchant. Quels sons
étranges parviennent à mon ouïe étonnée ? Vous me
répéteriez cela, espèce de kiwi déplumé ?

— Je t'emmerde, Yankee, dit le capitaine en se tournant vers le nouvel arrivant.

— Toi, je sens que tu vas visiter sans tarder la terre des ancêtres », répliqua Paul.

Il s'approcha comme pour le toiser et, lorsqu'il fut contre lui, décocha une courte droite au foie. Le jeune officier perdit l'équilibre, glissa à ses pieds puis se releva, menaçant, les yeux agrandis de fureur dans son visage rubicond.

« Oh, mais ça tourne vilain », lança quelqu'un.

Dans le brouhaha, des officiers cherchèrent à s'entremettre pendant que d'autres s'interrogeaient pour savoir quelle était l'origine de l'incident. Paul profita de la bousculade pour se rapprocher de Mac Intyre.

« Ce n'est pas normal que l'un de vos officiers s'en prenne à une femme, lieutenant de surcroît », dit-il *mezza voce*.

Le général se pencha vers Paul avec une sorte d'incrédulité.

« Mais qu'est-ce qui vous prend de vous mêler de cette affaire, mon vieux ! Qui êtes-vous d'abord ? Vous ne voyez pas que vous gâchez la fête ?

— En ce qui concerne la protection des monuments sur le champ de bataille, il suffirait de suivre la directive d'Eisenhower, mon général, répondit Paul avec aplomb, comme s'il voulait revenir au vrai sujet du débat.

— Et où elle est, cette directive, d'abord ? Qui a pondu cette chose ?

— Où est-elle, me demandez-vous, mon général ? A la signature à l'état-major, répondit Paul tout à trac. Qui l'a pondue ? Moi. A quel titre ? Celui d'officier des Monuments, justement, ce corps qui vient d'être créé.

— Ah, j'avais entendu parler de ces initiatives ridicules ! C'est donc vrai que vous existez, je ne parvenais pas à le croire ! Mais, mon pauvre ami, vous êtes un poète ou un rêveur, lança-t-il d'un ton acrimonieux qui sonnait comme une double condamnation, et j'aimerais savoir si nous combattons les boches ou bien les crânes d'œuf de l'université Harvard ! »

Paul essaya d'argumenter.

« Mais considérez, mon général, les dégâts occasionnés dans cette ville par nos propres bombardiers sur les églises, les palais, et jusque dans ce théâtre... Beaucoup auraient pu être évités... »

La sonnette recouvrit à nouveau sa voix. Mac Intyre hésita, puis parut chercher des yeux la jeune Française, avant de se tourner vers Paul.

« Dites en tout cas à votre amie que je n'ai rien contre son pays ! J'ai d'ailleurs été décoré de la Légion d'honneur à titre militaire par le général Mangin.

— Elle sera ravie de l'apprendre, mon général. Mais ce n'est pas mon amie. Je ne la connais pas. »

Il parut surpris, presque embarrassé, puis s'adressa au capitaine à la calvitie précoce.

« Bradshaw ! Ne nous trompons pas d'ennemis. Faites la paix avec le capitaine Prescott, puis retournons écouter cette putain de musique, puisqu'on est là pour ça. »

Sur ces mots il s'en retourna vers la salle, suivi par le groupe des officiers qui lui emboîtèrent le pas sans même condescendre à le saluer. Seul le capitaine Bradshaw demeura en arrière.

« On se retrouvera entre hommes, Prescott, lui dit-il sèchement. Vous parliez de la terre de mes ancêtres : vous avez intérêt à savoir que je suis de souche irlandaise et que je n'oublie rien. »

Paul haussa les épaules, puis lui tourna le dos sans lui répondre. La sonnette se faisait impérative et le foyer se vidait rapidement. Comme s'ils avaient été rejetés sur une plage déserte par une puissante déferlante, les deux fauteurs de trouble se retrouvèrent face à face. Elle lui adressa un sourire contraint et fit un timide pas vers lui.

« Merci en tout cas d'être venu à la rescousse, capitaine. J'ai bien cru que cette mêlée de rugby allait me fracasser sur place.

— Mac Intyre n'a pas la réputation d'être un tendre !

— En tout cas, vous lui avez bien dit son fait. »

Il esquissa un sourire.

« Il s'agit de mon boulot et je le défends comme je le peux... Mais c'est vous qui avez été courageuse d'engager les hostilités sur ce terrain ! Quand je suis arrivé, la bataille faisait rage !

— Il venait de dire qu'on faisait du surplace et qu'on se devait de reprendre une guerre de mouvement, quel qu'en soit le prix...

— Ce n'est pas faux, remarquez. Votre général dit la même chose !

— Le général Juin ne parle pas de détruire tout ce qu'il y a devant lui... Il ne parle pas de bombarder l'abbaye du Mont-Cassin pour passer en force ! Il est au contraire persuadé qu'il faudrait la contourner par la montagne...

— Quoi ? s'exclama Paul. Mac Intyre a parlé de *bombarder* l'abbaye ?

— Affirmatif, capitaine. Ils parlaient ensemble à haute voix comme s'ils s'excitaient les uns les autres, et il ne s'agissait que de canonnades, d'artillerie, de bombardements, de "faire sauter le verrou coûte que coûte" et *tutti quanti*. En tant qu'officier de liaison entre le Corps expéditionnaire et la Ve armée j'ai cru bon d'intervenir... Ce n'était peut-être pas la meilleure idée de la soirée...

— En tout cas la première phrase de vous que j'ai entendue tout à l'heure était en français... C'est même cela qui...

— Ça devait être l'indignation ! le coupa-t-elle en riant. Mais je ne me suis pas présentée : Sabine Aubriot, du CEF. Nous ne nous sommes jamais rencontrés, je crois. »

Il lui lança un regard vif.

« Que si », fit-il.

Elle parut surprise et le fixa d'un air indécis.

« Rappelez-vous, dit-il avec une expression contrite. Je ne m'étais pas montré alors sous mon meilleur jour et j'ai donc saisi l'occasion, lorsque j'ai entendu votre voix, de vous prouver que je valais mieux que ce que vous pensiez de moi. »

Elle demeura un instant bouche bée.

« Par exemple ! s'exclama-t-elle soudain. Sans votre casque je ne vous reconnaissais pas ! Mon chevalier blanc serait-il celui qui essuyait ses matraques sur mes pauvres goumiers ? »

Il fit la grimace.

« Je n'y étais pour rien, se justifia-t-il avec vivacité. Ça faisait à peine cinq minutes que j'étais dans cette jeep. Ces types m'avaient proposé de me faire un bout de conduite jusqu'au Palais Royal, et je vous assure que je n'avais aucune autorité sur eux ! Croyez bien que j'étais le premier désolé de l'incident...

— Moi aussi j'étais un peu là par hasard, répondit-elle. J'organisais à ce moment-là l'arrivée d'éléments de la 1re DMI. Ils portaient encore leurs uniformes de sortie et ils se sentaient tout beaux avec leurs djellabas neuves. Vos gars ont tout gâché. »

Il joignit les mains.

« *Mamma mia*, murmura-t-il. Je m'en veux encore. Je pense que jamais vous ne me pardonnerez. D'autant que vous devez invariablement être du bon côté, hein ? Toujours la bonne conscience en bandoulière, à voler au secours des victimes, des affligés, des goumiers agressés, des monuments menacés... »

Elle esquissa un sourire.

« Pour ce qui est des monuments, c'est vrai que je m'y suis constamment intéressée, et que le général m'avait recommandé d'être attentive à ces problèmes... Mais peut-être serait-il temps de regagner nos places ? »

Autour d'eux le foyer s'était en effet presque totalement vidé. Même ceux qui semblaient quitter le comptoir du bar à contrecœur finissaient par regagner la salle d'une démarche hésitante.

« Dites-moi, demanda-t-il, les yeux rivés sur son programme : *Cavalleria Rusticana*, par la clique du 2ᵉ Gurkhas, ça vous dit ? »

Elle eut une mimique explicite.

« Vous savez, je n'ai pas l'oreille très musicale...

— Ne me dites pas que vous déserteriez le champ de bataille ? »

Elle le regarda.

« Ne sommes-nous pas, en quelque sorte... en service ?

— Je vous assure qu'on ne sera pas considérés comme insoumis si on n'écoute pas la seconde partie du concert, dit-il en s'étonnant de sa propre hardiesse. On peut tout aussi bien filer discrètement. »

Il sentit à nouveau sur lui ses yeux gris-bleu qui le fixaient sous ses mèches blondes.

« Cela m'est d'autant plus facile que le chœur du Corps expéditionnaire a décliné l'invitation. Par prudence j'imagine, ajouta-t-elle.

— Quoi, vos compatriotes chantent donc si faux ?

— Même moi je m'en apercevais ! » s'exclama-t-elle avec un rire communicatif qui parut surprendre jusqu'aux huissiers en livrée qui attendaient la reprise du concert.

Ils descendirent lentement les marches et traversèrent le vestibule désert. Sous le péristyle un air froid les accueillit.

« Pas d'escorte motorisée cette fois ? » demanda-t-elle d'un air un peu moqueur en regardant la rue déserte.

Il fit mine de ne pas avoir entendu.

288

« J'essaie d'imaginer un endroit plus accueillant que le mess du Palais Royal pour vous inviter à dîner, dit-il en traversant la rue, mais je dois vous avouer que je connais mal les ressources locales. D'après Larry, elles sont très limitées, mais elles existent.

— Larry ?

— Un ami que j'ai retrouvé grâce à vous l'autre jour. Je vous raconterai.

— Eh bien, vous auriez dû lui demander de nous accompagner !

— J'aurais bien aimé », murmura-t-il.

Elle ne parut pas s'apercevoir de son changement de ton.

« Alors il ne nous reste qu'à faire une promenade au clair de lune...

— Les Françaises ! s'exclama-t-il d'un ton lyrique. Elles ont le don de tout transfigurer.

— Pourquoi, vous en connaissez beaucoup ?

— Aucune », admit-il d'un ton penaud.

Le rire de la jeune femme résonna à travers le vaste espace vide de la Galleria qui devant eux paraissait trouée de perspectives indécises.

« On dirait un immense vaisseau qui dérive vers la côte, murmura-t-elle.

— Eh bien, allons faire une petite croisière...

— Oh non, dit-elle en lui saisissant le bras. Les pas y résonnent au point que ça m'oppresse.

— A ce que j'ai vu, vous ne me semblez pourtant guère impressionnable ! »

Elle eut presque un geste de recul.

« Je m'efforce de donner le change... »

Il changea de direction et d'un pas alerte l'entraîna vers l'église San Ferdinando. Elle s'appuyait à son bras comme si elle cherchait à le ralentir.

« Pourquoi donc marchez-vous si vite ? Nous avons tout notre temps...

— C'est vrai qu'ici j'ai pris l'habitude de ne jamais

flâner, répondit Paul. Je reste tout le temps sur mes gardes, comme si de multiples dangers me guettaient à chaque moment. Mon ami Larry aurait prétendu que je ne comprends rien à cette ville et que c'est pour cela qu'elle ne me pardonne pas et que je m'y sens si mal à l'aise... Je dois dire qu'avec vous à mon bras c'est un peu différent », ajouta-t-il.

D'une pression de la main elle lui fit comprendre qu'elle était sensible au compliment.

« On ne peut pas juger Naples ni les Napolitains sur ce que nous voyons depuis quelques jours, alors que nous sommes arrivés lors de l'un des pires moments de leur histoire ! lui dit-elle d'un ton apaisant. Contemplez cette grande place devant nous... Quelle merveille d'harmonie ce devait être lorsqu'il n'y avait pas de chevaux de frise ni de rouleaux de barbelés pour masquer les colonnes, ni d'édicules pour protéger les statues... Mais tout cela n'aura qu'un temps, et vous verrez que nous retrouverons bien vite l'art de vivre qui régnait ici jadis et qui... Tenez, regardez en transparence ces gens attablés au Gambrinus. On a l'impression qu'ils n'ont jamais cessé de deviser ou de jouer aux cartes depuis le temps des Bourbons... »

Derrière les vitres gravées et fumées du café se profilaient en effet comme des ombres chinoises des silhouettes aussi intemporelles et immémoriales que les colossales statues qui montaient la garde au fond des niches de la façade du palais.

« C'est une illusion, ils n'ont sûrement pas oublié que les fascistes avaient fermé leur café de prédilection pendant des années, dit Paul. Je vous y aurais bien invitée, mais j'ai l'estomac dans les talons et on n'y sert que des cacahuètes.

— Moi aussi je commence à avoir faim !

— Je peux vous proposer une pâte de fruits venant d'une boîte de rations...

— Tout à l'heure, si nous ne trouvons rien ! répon-

290

dit-elle en riant. Pour l'instant, j'ai surtout envie d'air frais. »

Dans la nuit ses cheveux mousseux formaient une tache claire en débordant de son calot, et de sa nuque s'exhalait un parfum bon marché qu'elle avait dû acheter au Foyer du soldat pour la soirée. Il hésitait à la serrer contre lui. Elle le regarda à la dérobée.

« Quelle façade impressionnante que celle de ce palais ! Vous, les Américains, vous avez la réputation de toujours choisir les meilleurs endroits ! Montrez-moi donc la fenêtre de votre bureau, demanda-t-elle.

— On ne la voit pas d'ici, il donne de l'autre côté, sur le jardin, répondit Paul avant de préciser : Figurez-vous qu'au XVIIIe, le raccord du théâtre et du palais était plus élégant encore qu'aujourd'hui. Il y avait une tour d'angle et un harmonieux pilastre en demi-cercle.

— Ah bon... », fit-elle.

Il eut l'impression que sa conversation ne l'intéressait pas. Peut-être attendait-elle autre chose de lui. « Ce n'est plus le moment de jouer les guides », se dit-il. Il se tourna vers elle.

« Si vous venez un jour dans mon bureau, je vous montrerai une gravure qui indique comment était la place à l'époque. A l'endroit précis où nous nous trouvons, on voit deux personnages qui se content fleurette avec beaucoup de conviction. »

Elle le regarda fixement.

« J'aurais dû me méfier aussi d'un officier américain qui me parle d'architecture, répliqua-t-elle. Vous amenez cela avec la grâce et la délicatesse d'un char Sherman. »

Il prit une expression affligée.

« Me confondriez-vous par hasard avec l'un de ces butors que nous avons rencontrés ce soir ?

— Mon Dieu, je ne risque pas ! Ils me dépassaient tous d'une tête, alors que je suis plus grande que vous, me semble-t-il !

— Dites que je suis un nabot, pendant que vous y êtes ! »

Elle lui mit la main sur la sienne, avant de la retirer aussitôt.

« Ne faites pas semblant d'être en colère. »

Il haussa les épaules.

« Figurez-vous que j'ai toujours aimé les femmes plus grandes que moi. Un poète a écrit :

The sort of girl I like to see
Smiles down from her great height at me.

— Oh, je suis tout à fait prête à vous sourire, lança-t-elle avec bonne humeur, mais pas depuis cette grande hauteur dont vous parlez dans ce poème. Je ne mesure jamais qu'un mètre soixante-quinze.

— C'est sans doute à cause de ce chignon que je vous voyais plus grande !

— Si vous préférez je peux m'asseoir sur cette borne pour que vous n'ayez pas à vous hausser sur la pointe des pieds. »

En dépit de son ton ironique il y décela une invite. Elle tendait vers lui un visage plein dont les méplats saillants des pommettes reflétaient la vague clarté du ciel nocturne. La prenant fermement par les épaules il l'embrassa doucement sur les lèvres. Elle se laissa faire avec une passivité un peu lasse, et sous sa vareuse ses seins lourds soulevaient lentement l'insigne à l'emblème du coq.

« Je dois vous avouer que vous êtes le premier officier que j'aie jamais embrassé, dit-il en se reculant comme pour contempler sa conquête.

— Vous avez pourtant vous aussi des officiers féminins, si je ne m'abuse ?

— D'abord je n'en ai jamais vu, et ensuite je ne m'y risquerais pas.

— Et pourquoi ça ?

— On se retrouve en conseil de guerre pour moins que ça. »

Elle poussa une exclamation un peu sarcastique.

« Pas mal en tout cas, le coup de la gravure, mais c'est vrai que je me laisse embrasser comme l'une de ces filles à soldats que vous vilipendiez à l'instant.

— D'abord je ne suis pas soldat, répliqua-t-il vivement. Même pas officier, à supposer que j'en aie l'apparence. Pour vous dire la vérité, je ne me sens militaire en aucune façon. Dans le civil je suis architecte à Boston et je ne rêve que de retrouver ma table de travail et mon tire-ligne. »

Il l'attira à nouveau à lui.

« Embrassez-moi encore, Sabine. Comme si on était en voyage tous les deux, seuls au monde, et que je vous montrais une place harmonieuse dans quelque belle ville italienne dont on aurait chassé tout ce qui pouvait nous déplaire... »

Elle détourna cette fois la tête.

« Mais je n'ai pas envie que l'on retire où que ce soit ce qui risque de me déplaire ! murmura-t-elle. Je n'ai jamais aimé qu'on me farde la réalité... »

Elle avait repris sa marche sans même lui saisir le bras, et ses pas résonnaient à côté de lui de façon indifférente et même inamicale. Il craignit de l'avoir effarouchée et eut soudain l'impression que jamais de sa vie il n'avait été aussi seul avec quelqu'un. Autour d'eux, comme pour symboliser son isolement, l'ample hémicycle de la place prenait l'apparence d'un décor hostile et minéral aux proportions démesurées.

« C'est compliqué avec vous, dit-il à mi-voix. Vous vous comportez comme si on avait tout le temps devant nous, alors que c'est peut-être la première et dernière fois que nous nous voyons. En fait je n'ai même plus envie de chercher un restaurant. Je vais vous raccompagner. »

Elle s'assit sur l'une des marches au pied des colonnes.

« Enfin, ne prenez pas mal le seul fait que je refuse un autre baiser à quelqu'un... quelqu'un à qui je n'aurais même pas dû accorder le premier car je ne le connaissais même pas il y a une heure, et que j'ignore encore son nom !

— Oh, je ne me suis pas présenté ? Je croyais que vous aviez entendu mon patronyme éructé par le général ou par sa petite canaille d'ordonnance. »

Il se figea au garde-à-vous.

« Paul Prescott, officier des Monuments rattaché à la Ve armée américaine. Je suis chargé de promouvoir cette étrange mission qui m'a tout à l'heure permis...

— ... de voler à mon secours. Merci, Mr Prescott. Je n'avais pas entendu, car je m'étais prudemment écartée », dit-elle.

Ils rirent cette fois de concert, un peu nerveusement, comme lorsqu'on se rencontre pour la première fois et que l'humour apparaît tacitement comme le terrain d'entente le plus accessible. S'y ajoutait pour Paul un vif soulagement qui lui rendit soudain sa démarche légère et joyeuse et la vaste place, si hostile l'instant d'avant, chaleureuse et enchanteresse comme une *piazzetta* au printemps.

« Ah, je vous préfère comme cela ! s'exclama-t-il. Echanger des baisers, il faut bien dire que ça ne nous arrive plus très souvent, il faut me pardonner de m'être montré si maladroit...

— Comment cela ? Au contraire, j'apprécie votre charme, capitaine. Et croyez-vous que ça m'arrive si souvent à moi, quoi que les autres puissent parfois imaginer, de faire des promenades, disons... sentimentales ? »

Détaché, quelque peu ironique, presque mélancolique, le ton de la jeune femme le dissuada pourtant de chercher à nouveau à l'enlacer. Incertain de ce qu'il pouvait se permettre, craignant une nouvelle rebuffade, il se borna à pencher chastement son front contre le sien.

« Alors, t'y vas, Joe, elle attend que ça, et nous aussi », entendit-il soudain en italien.

Surgi des profondeurs de la colonnade, un concert de ricanements graveleux retentit aussitôt après. Paul leva vivement la tête et essaya de scruter l'obscurité.

« Vous comprenez ce qu'ils disent ? demanda-t-il.

— Je ne préfère pas », répondit la jeune femme.

Il l'abandonna brusquement et se précipita sous les colonnes. Il entrevit confusément un groupe d'adolescents qui se tenaient debout sur les marches, serrés les uns contre les autres tel un essaim malfaisant.

« Et le couvre-feu ? hurla-t-il en réponse. Foutez le camp, ou je tire dans le tas. »

Des ricanements goguenards lui firent écho.

« Tire ton coup, au lieu de sortir ton arme ! » lui fut-il répondu.

Comme pour les défier il sortit alors son pistolet, l'arma et sans sommation appuya sur la détente. Le bruit de la détonation se répercuta sans fin sous la colonnade, suivi d'une clameur affolée de débandade. Paul écouta leur fuite éperdue, puis rejoignit sa compagne. Elle s'était assise sur une marche et le regardait avec stupeur.

« Comme vous y allez ! s'exclama-t-elle.

— Ils me faisaient des gestes obscènes, et j'imagine que les paroles devaient être du même acabit. Ne vous inquiétez pas, j'ai tiré largement au-dessus, mais filons tout de même d'ici avant qu'une patrouille ne vienne me demander des comptes. »

Il la prit par le bras, l'entraîna et ils s'éloignèrent sans précipitation vers les rues étroites qui dominaient la place, avant de s'arrêter aux abords d'une petite fontaine qui semblait depuis longtemps tarie.

« Je vous connais encore bien mal, mais j'ai l'impression que ce soir vous êtes particulièrement remonté, dit-elle lorsqu'ils se furent arrêtés. Tout à l'heure au théâtre j'ai même cru que vous alliez sauter à la gorge de ce petit capitaine chauve !

— J'aurais dû, fit-il avec une expression de regret dans la voix.

— Vous êtes tout le temps comme cela, branché sur cent mille volts ? »

Il eut un geste accablé.

« Mais non, justement... soupira-t-il. Je ne me reconnais même plus moi-même... Je suis calme d'habitude, et ce ne sont pas les deux bières que j'ai bues avant le début de l'inauguration... »

Il la regarda.

« Je me demande plutôt si ce n'est pas la nouvelle de la disparition de mon ami Larry qui m'a déboussolé.

— Qui ? Celui dont vous avez parlé ? Que vous avez revu grâce à moi ? Il a *disparu* ? »

Elle mettait dans ce mot une intonation qui le dramatisait encore. La gorge serrée, Paul fit oui de la tête.

« Oh, mais je me sens un peu responsable de vos retrouvailles ! s'exclama-t-elle avec une sorte d'élan. Que s'est-il passé ?

— Je ne sais pas, dit-il en soupirant. Je l'ai appris juste avant la représentation par son supérieur hiérarchique. Je pensais en effet le voir, puisqu'il était en charge de la réouverture du théâtre. Il travaillait au Field Security Service et nous nous apprêtions à collaborer. Tout cela me paraît bien étrange et quelque peu inquiétant. »

Il se remit en marche au hasard des ruelles. Cherchant à ne pas glisser sur les pavés, elle lui emboîta le pas.

« A vrai dire je baigne dans l'étrangeté depuis que, grâce à vous en effet, je l'ai une nouvelle fois retrouvé, ajouta-t-il lorsqu'elle l'eut rejoint.

— Une nouvelle fois ? répéta-t-elle sans comprendre.

— Il avait déjà disparu une première fois, sans que j'en sache la raison. Nous nous étions connus à Oxford en 33 et pendant trois ans avions partagé le même appartement. Puis il s'était marié et nos liens s'étaient interrompus sans que je comprenne trop pourquoi — peut-être un malentendu car il sentait que je n'appréciais pas trop son épouse. Peu avant de retourner en Amérique lors de l'été 36, j'avais d'ailleurs appris qu'il l'avait momentanément quittée alors qu'elle attendait un bébé pour venir ici pendant trois semaines...

— A Naples, déjà ? répondit-elle avec surprise.

— Il écrivait alors une biographie du poète Shelley. Shelley, ça vous dit quelque chose ?

— Oui, bien sûr ! L'*Ode au vent d'ouest*... Lors de ma licence d'anglais j'avais eu à la traduire... C'est sur la qualité de mon anglais que j'ai été choisie par la suite comme officier de liaison, aussi lui dois-je peut-être ce poste, dit-elle en riant.

— Toujours est-il que Shelley avait alors habité Naples quelques semaines avec toute une maisonnée, et que d'importants événements de sa vie s'étaient produits au cours de ce séjour. Larry était donc venu se documenter pour son livre... L'arrivée de la guerre a semble-t-il contrarié son projet, mais il ne l'a pas abandonné puisqu'il voyait dans ses missions actuelles une occasion inespérée de retrouver ses sources. Je ne vous embête pas avec mon copain ?

— Mais non, au contraire, capitaine.

— Je vous en prie, Sabine. Appelez-moi Paul.

— Je vous sens préoccupé, Paul.

— On le serait à moins. Larry fait le grand écart entre ses enquêtes sur les milieux les plus dangereux et les filières les plus sordides de la ville — et croyez-moi, il a dû en déranger quelques-uns — et cette passion incommensurable, exclusive, pour ce poète dans laquelle il essaie d'ailleurs de m'entraîner. C'en est au point qu'à certains moments, quand je suis ici avec lui,

297

je ne sais plus si je me trouve au XXᵉ siècle en pleine guerre, ou au XIXᵉ peu après le règne de Murat. Songez qu'il m'a même conduit une nuit devant la maison qu'habitait Shelley et que nous sommes restés là une heure entière dans le froid, cachés comme lors d'une planque policière. Ce soir-là Larry semblait envoûté, et à l'écouter on aurait dit que le poète et les gens de son entourage allaient soudain surgir dans la brume sous nos yeux avant de rentrer chez eux. Eh bien, figurez-vous, c'est presque ce qui s'est passé. »

Elle le regarda bouche bée. Elle ne voyait de lui que son visage mince et énergique dont le profil se découpait sur la piazza San Ferdinando, là-bas dans l'axe de la rue.

« Nous avons entendu soudain dans la nuit le pas d'un cheval, puis un fiacre est arrivé et a stoppé devant nous. En sont descendues deux personnes en costume d'époque : un homme et une femme beaucoup plus jeune... Comme je vous le dis... Ils se sont engouffrés par la grande porte. Et puis le fiacre est reparti. J'entends encore le trot du petit cheval famélique décroître sur les pavés.

— Et vous aussi, vous avez quitté les lieux, j'imagine ?

— Pensez-vous ! Nous avons scruté les fenêtres obscures et découvert de mystérieux reflets. Après, j'avais trop froid et je l'ai entraîné... Je vous raconterai la suite un autre jour, ou une autre nuit.

— Un autre jour », dit-elle.

Il ne releva pas. Plus bas, des lambeaux du *Star-Spangled Banner* se faisaient entendre, suivis de bruits de moteur et de claquements de portières.

« Voilà qui nous ramène au temps présent, dit Sabine.

— Les huiles s'en vont, murmura-t-il. Fin des festivités officielles. Avouez qu'on était mieux ici...

— J'ai une idée, dit soudain la jeune femme. Si on y allait.

298

« — Au théâtre ? Mais il va être à nouveau fermé, de toute façon il n'y avait rien à manger au bar...

— Je parlais de la maison de Shelley... C'est loin ?

— C'est pas tellement cela, mais c'est sinistre, à demi détruit car une bombe est tombée à côté, cela vous oppressera le cœur, et vous vous refermerez à nouveau comme une huître.

— Merci de la comparaison mais... Sans plaisanter, Paul... Vous vouliez tout à l'heure faire du temps votre allié. Si tel est le cas, pourquoi ne le bousculerions-nous pas un peu ? C'est une belle nuit pour tenter ça, non ?

— Certes, dit Paul. Il fait froid, venteux, je meurs de faim, et nous avons une demi-heure de marche sans compter le retour. Quant à la frontière entre les siècles, vous savez dans cette ville on la franchit à chaque pas, au point qu'on ne la remarque plus. »

Elle s'approcha à nouveau de lui.

« Moi je vois une chose, Paul. Quel âge avez-vous ?

— Trente ans, répondit-il un peu surpris. Comme Larry.

— Et comme moi aussi. Eh bien, à trente ans les années commencent à compter double pour une femme si elle n'a toujours pas trouvé l'homme qui lui convient. C'est le moment ou jamais de rencontrer mon prince charmant, vous ne pensez pas ?

— Alors ça, fit Paul. Même si le prince charmant est plus petit que vous et qu'il a le menton en galoche ? Même s'il ne peut rivaliser avec vous en beauté et en éclat ? Même s'il n'est pas aussi ambitieux et talentueux que vous auriez pu le souhaiter ? »

Elle eut à nouveau son rire cristallin.

« Vous n'êtes pas si mal que ça, je vous assure ! Vous avez même beaucoup, mais beaucoup de charme ! »

Paul demeura un instant silencieux. En bas la place avait retrouvé son calme.

« Sabine, pardonnez-moi, peut-être est-ce la fringale mais il y a quelque chose qui m'échappe.

— *Go on, captain.*

— Nul doute que notre histoire à venir ne soit belle, mais je ne vois pas de rapport entre elle et la maison de Shelley, et la vie de Shelley. Shelley est un fouteur de merde, et puis il appartient à Larry. Pas à moi, et je ne veux pas mélanger les genres. »

Elle parut un instant songeuse et il craignit un instant de l'avoir à nouveau contrariée.

« Vous disiez à l'instant "Fin des festivités officielles". Paul, c'est donc maintenant que doivent commencer nos festivités privées. Je ne les imagine ni au mess, ni au Foyer du soldat. Je veux des lieux moins convenus. Je veux qu'on se souvienne de cette nuit à jamais, et pas uniquement pour ce à quoi vous pensez. Si nous pouvions nous rendre là-bas dans le fiacre dont vous parliez à l'instant, comme je vous suivrais ! »

Il la regarda, puis la prit par la taille et l'entraîna sur la gauche vers Pizzofalcone, par le dédale des petites rues.

« Voilà, dit-il. C'est de ce banc derrière la grille du parc que Larry observait la façade. Il restait assis de longs moments à imaginer les allées et venues de ce petit groupe qui avait habité là il y a cent vingt-cinq ans à pareille époque. Il savait tout ce qu'ils avaient fait à Naples pendant ces mois de décembre 1818 et janvier 1819, et cela jour après jour, presque heure par heure. Ce fameux soir dont je vous ai parlé, j'avais même du mal à capter son attention, tant il paraissait ailleurs — on aurait dit qu'il entendait non pas ma voix, mais le son de leurs conversations, le crissement de leurs plumes sur le papier, le pas des chevaux qui les emmenaient en promenade. »

Paul parlait à voix basse, comme s'il craignait à son tour d'être entendu.

« Peut-être après tout est-ce ainsi que l'on écrit une grande biographie... murmura Sabine. J'imagine qu'il faut se pénétrer du climat des lieux afin de mieux faire revivre l'époque et la rendre accessible au lecteur comme s'il y vivait lui-même...

— Oh, si j'en juge par l'esprit méthodique de Larry, ce sera sûrement un livre bien informé, dit-il avec une sorte de réticence dans la voix. Mais ce que j'espère surtout en cette minute, c'est qu'il ne lui soit rien arrivé qui pourrait l'empêcher de le terminer. »

Troublée par son ton, Sabine se tourna vers lui.

« Croyez-vous vraiment qu'il soit en danger ? » demanda-t-elle.

Il eut une moue explicite. Face à eux la longue façade délabrée semblait plus lugubre encore dans l'obscurité.

« En tout cas ce n'est pas l'endroit que j'aurais choisi pour une villégiature, surtout en hiver, murmura-t-elle.

— Ça devait être plus gai, à l'époque ! »

Elle lui serra soudain nerveusement le bras.

« Qu'est-ce qui se passe ? demanda Paul.

— Regardez au premier, souffla-t-elle. La... la troisième fenêtre à partir de la gauche.

— Eh bien ?

— Vous ne voyez pas ? Tenant l'embrasse du rideau... une main immobile. »

Elle se serra contre lui et il la sentit frissonner. Il scruta les fenêtres où seuls les voilages donnaient l'impression d'une présence humaine.

« Je ne vois rien...

— Le rideau », répéta-t-elle.

Presque aussitôt celui-ci retomba.

« Vous n'avez pas à avoir peur ! Je vous ai bien dit qu'en dépit des apparences, la maison est habitée. Ce doit être le vieux que j'ai vu rentrer l'autre nuit en si étrange équipage. C'était presque la même heure... Et il n'y a pas que le premier qui est habité. Le second aussi. Par un personnage plus énigmatique encore, selon Larry.

— Mais enfin, vous voyez bien qu'au-dessus il n'y a personne ! s'exclama Sabine. Il n'y a même pas de voilages ni de rideaux aux fenêtres ! »

La lugubre succession des vitres obscures donnait en effet l'impression d'un étage entièrement déserté.

« En attendant j'aimerais bien savoir ce qui se passe là-haut, reprit Paul. Figurez-vous que le fameux soir où

302

Larry me racontait l'histoire compliquée de la tribu Shelley, quelqu'un nous observait depuis cet étage qui vous semble si désert.

— Oh, taisez-vous, dit-elle en faisant mine de frissonner, je vais finir par voir une silhouette se découper dans l'obscurité !

— Cet homme, m'a raconté Larry, a cru que nous le surveillions et, pour en avoir le cœur net, a pris contact avec lui afin de devenir en quelque sorte son informateur. Cela nous intéresse d'ailleurs d'autant plus qu'il semble connaître quelqu'un à l'intérieur de l'abbaye du Mont-Cassin où il se passe apparemment d'étranges choses.

— C'est tout ce que vous savez de lui ?

— Il a aussi une fille, qu'il voulait bien entendu mettre dans les pattes de Larry qui m'avait montré à ce sujet une lettre explicite... »

Sabine l'entraîna vers la grille qui entourait la Villa communale.

« Le mieux serait peut-être d'aller tout simplement sonner à la porte de ce vieux monsieur pour obtenir des précisions. Il vous dira si son voisin du dessus lui a parlé de votre ami... »

Paul parut indécis.

« Ecoutez, Sabine... Nous n'allons tout de même pas dire : on a vu de la lumière et on est montés ! Et puis ce n'est pas à dix heures du soir que je vais commencer une enquête... Nous risquons d'être mal reçus... Mais surtout ça m'embête de vous entraîner dans un coup tordu, pour tenter d'en savoir plus sur la disparition de quelqu'un que vous ne connaissez même pas...

— D'abord je l'ai rencontré. C'est même grâce à moi que vous l'avez retrouvé !

— Pour le reperdre aussitôt », soupira Paul.

Il laissa planer sur la jeune femme un regard songeur.

« Sabine, je préfère aller tâter le terrain tout seul.

Vous allez simplement rester quelques minutes ici à m'attendre.

— Alors ça, pas question ! s'exclama-t-elle. Pour me faire une nouvelle fois ramasser par une patrouille de vos Joe Louis qui me demanderont ce que je fais là, merci ! Je tiens au prestige du CEF ! Ecoutez, Paul, réfléchissons une seconde. Il me semble que le vieux monsieur nous accueillera plus volontiers si nous sommes deux. Donnons l'impression de travailler en équipe, cela nous apporte de la respectabilité, en quelque sorte. Nous pourrons dire que nous avons vu de la lumière et que, nous inquiétant de la disparition d'un ami, nous sommes montés... Peut-être nous invitera-t-il à dîner, souffla-t-elle un ton plus bas. Cela ne pourrait pas mieux tomber, vous ne trouvez pas ? De toute façon nous nous excuserons bien bas de notre intrusion.

— Mais nous n'avons pas à nous justifier, Sabine ! Nous *occupons* cette ville, et c'est mon métier de m'informer. J'ai même sur moi une carte qui me permet de me trouver en tout lieu et à toute heure, à mon entière convenance. Larry a d'ailleurs la même.

— Eh bien alors, capitaine, qu'attendons-nous ? lança-t-elle avec vivacité. Attaquons la place ! »

Elle le prit fermement par le bras et ils traversèrent la chaussée glissante et défoncée comme si c'était l'indécise frontière entre deux mondes.

Parvenu au premier Paul sonna, attendit, puis fit signe à Sabine d'écouter : on entendait en effet un échange de voix assourdies comme si elles provenaient des profondeurs de l'appartement. Puis retentit un pas hésitant suivi du bruit d'une serrure que l'on ouvrait, et la porte s'entrebâilla. Paul ne vit d'abord que les flammes d'un flambeau qui éclairaient les bajoues mal rasées d'un vieux majordome en livrée grenat qui parut effaré de trouver devant lui un couple en uniforme.

« *É la polizia ?* » demanda-t-il avec stupeur.

Paul exhiba alors sa carte d'une façon que Sabine jugea un peu trop martiale.

« Capitaine Prescott, rattaché à la Ve armée, dit-il en avançant d'un pas. Je voudrais rencontrer le *signor,* si c'est possible.

— Mais... *Sua Eccellenza* est à table, *capitano* ! répondit-il sur un ton de désapprobation.

— Voulez-vous le prévenir sans tarder. »

Le ton était sans réplique. Le majordome hésita, puis rebroussa chemin, les laissant sur le palier dans l'obscurité.

« Vous avez entendu cela ? Il dîne », souffla Paul à Sabine avec un clin d'œil de connivence.

Déjà réapparaissait le vieux serviteur qui leur fit signe de le suivre. La lueur vacillante des bougies dévoilait à mesure le faste de vastes pièces encombrées de meubles massifs surmontés de tableaux sombres aux cadres trop dorés. Les lourds rideaux de damas ne parvenaient pas à masquer le réseau des lézardes qui paraissait enserrer les murs de la vaste galerie dans un oppressant filet. A l'entrée de la salle à manger il s'effaça pour les laisser passer.

Ils demeurèrent interdits sur le seuil. Dans la douce lumière émanant des bougies des appliques, le vieux gentilhomme se tenait en habit, immobile et droit sur sa chaise, son profil accusé à la barbe soigneusement taillée se détachant sur une nappe d'un blanc immaculé recouverte de porcelaines, de cristaux et de couverts en vermeil. Au-delà de l'assiette vide qu'il avait devant lui son regard était fixé sur un cartel qui lui faisait face et dont le balancier ne fonctionnait plus. Ni sur la table ni sur la splendide desserte baroque qui se trouvait derrière lui ne figurait la moindre nourriture. Paul se demanda un instant à quel étrange rituel se prêtait le vieil homme. Le majordome s'était éclipsé sans même annoncer leur venue. Après un temps d'hésitation, il s'avança.

« Hmm... *Scusi... Signor cavaliere*, commença-t-il dans son mauvais italien. Pardonnez-nous de vous déranger à une heure aussi tardive mais nous enquêtons, le lieutenant et moi-même, sur la récente disparition d'un officier britannique, le lieutenant Hewitt, qui est aussi mon collègue et mon ami. »

Le vieillard se tourna lentement vers eux.

« Je suis don Ettore Crespi, vous pouvez parler votre langue, dit-il en excellent anglais. J'ai passé plusieurs années dans des universités américaines avant et après la Première Guerre et j'ai toujours entretenu les meilleurs rapports avec vos compatriotes... »

Paul s'inclina.

« Vous me parliez d'amitié, reprit le vieil homme. Vous savez comme moi que l'amitié est un parapluie qui se retourne dès que les vents deviennent contraires...

— Pas dans mon cas, *signor cavaliere*. Je suis d'autant plus inquiet que le lieutenant Hewitt dirige une section du Service de sécurité britannique et qu'il connaissait l'occupant du second étage de votre immeuble qui s'était proposé pour être son informateur. Je sais également pour l'avoir vu la semaine dernière, juste avant que je ne parte pour une mission, qu'ils avaient rendez-vous la veille de sa disparition. Le lieutenant Hewitt m'avait alors dit qu'il l'avait vainement attendu. »

Don Ettore le regarda fixement.

« La veille de *leur* disparition à tous deux, vous voulez dire. Il n'y a plus personne là-haut depuis huit jours.

— Quoi, vous voulez dire que votre voisin n'a pas réapparu, lui non plus ? s'exclama Paul.

— J'ai été prévenu par sa fille Domitilla que son père, Ambrogio Salvaro, n'avait pas couché chez lui depuis deux nuits. Lasse de l'attendre, folle d'inquiétude de devoir rester seule là-haut bien que je lui aie proposé de venir coucher ici, elle s'est fait engager comme fille de salle à l'hôpital militaire de Bagnoli, où elle habitera désormais, m'a-t-elle dit. Je l'ai appelée là-bas il y a trois jours et elle n'avait toujours aucune nouvelle de son père. C'est à ce moment que j'ai prévenu la Sicurezza Pubblica. Vous savez ce qu'ils m'ont répondu ? : "Ça ne fera jamais qu'une crapule de moins." Je sais bien que ces dernières années n'ont été pour lui qu'une longue déchéance, mais tout de même...

— Les indics sont rarement des modèles de vertu, remarqua Paul. Pourtant Larry semble penser que ce n'était pas un si mauvais bougre.

— Il n'a pas tort... Ambrogio Salvaro n'était pas un mauvais sujet mais il a fini, à la suite des circonstances de la guerre et à cause de ses fréquentations fascistes, par être entraîné dans des histoires louches et des entourloupes d'aigrefin. Suffisamment maladroit en plus pour ne jamais y gagner un sou ! Le drame est qu'il a tué sa femme dans un accident d'auto quelques mois avant la guerre et qu'il ne s'en est jamais remis. La suite n'a été qu'une lente descente aux enfers vers une vie dévoyée. Il était autrefois avocat, mais avocat sans cause car il y avait davantage de membres du barreau dans cette ville que de plaignants solvables. Quand je pense qu'il était mon locataire et ne m'a jamais payé son terme. Pourtant il devait savoir mieux que personne ce qu'était un bail !

— Quand même, dit Sabine, deux disparitions à quelques heures d'intervalle, ça fait beaucoup. Vous ne vous êtes pas inquiété quand sa fille est venue vous prévenir ?

— Il était coutumier du fait, répondit don Ettore. Combien de fois Gianni et moi avons-nous recueilli Domitilla en pleurs parce que son père n'était pas revenu depuis deux nuits et qu'elle mourait de faim !

J'espère qu'il n'y a pas de rapport entre ces deux disparitions...

— Il faudra que j'aille interroger cette petite à Bagnoli, dit Paul. Mais, contrairement à vous, je crains fort qu'il n'y ait un lien entre les deux affaires...

— En tout cas je n'ai jamais remarqué la présence d'un officier anglais dans cette maison, capitaine. N'est-ce pas, Gianni ?

— J'étais chez ma mère à Salerne, *Eccellenza*. Je n'ai pas pu surveiller comme à l'ordinaire.

— C'est vrai, admit Crespi.

— Peut-être trouverons-nous là-haut un indice pour nous guider... dit Paul.

— Je vous accompagnerai bien volontiers, mais pas avant d'être passés à table ! Pour une fois je ne dînerai pas seul. »

Il se tourna vers le vieux majordome.

« Vous ajouterez deux couverts, Gianni. »

Sabine échangea avec Paul un regard de satisfaction.

« *Ma, Eccellenza...* » bredouilla Gianni.

Il s'exécuta pourtant et revint avec un plateau d'assiettes et de verres qu'il disposa avec soin devant chacun d'eux. Crespi le regarda faire d'un air à la fois satisfait et un peu nostalgique, comme s'il voyait pour la première fois depuis bien longtemps une table dressée avec art. Puis il se leva avec une vivacité de jeune homme afin d'inviter Sabine à se placer à sa droite et Paul en face de lui.

« Je vois que vous êtes française, dit-il dans sa langue à la jeune femme en désignant l'écusson qui décorait sa vareuse.

— Je suis officier de liaison à l'état-major du général Juin, expliqua-t-elle.

— Liaison, quel joli mot », répliqua don Ettore sur un ton de badinage.

Sabine se sentit rougir et fut satisfaite de voir que Paul n'avait apparemment pas compris. Il la considérait avec une sorte d'étonnement comme si elle prenait sous ses yeux une nouvelle dimension. A la douce lueur des bougies son visage irradiait et elle paraissait plus épanouie encore qu'au foyer du théâtre. « Mon Dieu, elle me fait honneur », pensa-t-il. Crespi se penchait à nouveau vers elle.

« Je trouve que Juin est l'homme de la situation, reprit-il, toujours en français. En tant qu'Italien francophile et antifasciste, je ne pardonnerai jamais à mon pays le coup de pied de l'âne de 1940 et je crains qu'il ne le paie très cher. Dès que les Alliés l'auront quitté, ce seront les sept plaies d'Egypte qui déferleront sur nous et j'espère ne plus être là pour voir cela.

— Qu'est-ce qu'il raconte ? demanda Paul à Sabine. Je me sens exclu de la conversation.

— Un historien d'art, même de circonstance, devrait savoir parler français, lui lança-t-elle *mezza voce*.

— Je disais que toutes les calamités allaient nous tomber dessus après la guerre, répondit en anglais cette fois don Ettore en se tournant vers Paul. Togliatti au pouvoir, le Vésuve en éruption, la Juventus de Turin gagnant le championnat, et j'en oublie sûrement. »

Paul hocha pensivement la tête puis s'attacha à surveiller l'arrivée des plats. Quelques instants après le vieux majordome faisait en effet son entrée, portant avec majesté une magnifique soupière d'argent qui semblait de vermeil tant s'y miraient en un unique foyer les flammes dorées des chandeliers. Crespi le regarda s'avancer comme s'il savourait l'instant. « Ça commence à ressembler à un dîner d'autrefois », murmurat-il. Gianni s'approcha de lui comme s'il voulait lui parler.

« Mon ami, vous oubliez les usages, servez donc la *signora francese* en premier. »

Le visage fermé, Gianni obtempéra et se pencha vers Sabine. Celle-ci n'en crut pas ses yeux lorsqu'elle se fut penchée sur la soupière.

« Mais... elle est vide, s'exclama-t-elle.

— Je sais », soupira don Ettore d'un ton fataliste.

Essayant de masquer sa déception et ne sachant trop quelle contenance prendre, elle regarda Paul.

« Dois-je aussi faire semblant de me servir ? lui demanda-t-elle en anglais.

— Dites que c'est un peu chaud, souffla-t-il d'un ton ironique.

— Je suis désolé, dit don Ettore bien qu'il ne montrât nulle trace de regret. Cela fait plusieurs jours que Gianni ne trouve rien sur les étals de la ville, rien du tout, même pas ces chats étiques qu'il m'a longtemps fait passer pour du lapin. Si j'avais su que j'aurais ce soir des invités, peut-être l'aurais-je autorisé à faire appel au marché noir. Car en ce qui nous concerne, Gianni et moi, nous préférons rester vertueux. »

Sabine le regarda avec de grands yeux.

« Ce n'est pas moi qui vous le reprocherai, *signor* Crespi... Je comprends parfaitement. Mais alors pourquoi tout ce cérémonial ! Ce service, cette nappe, cette argenterie... et même cet habit... »

Il parut se réveiller quelques instants.

« Je ne sais pas si vous le savez, répondit-il, mais c'était ce soir la réouverture du théâtre San Carlo.

— Bien sûr que nous le savons ! s'exclama Paul. Nous y étions. »

Don Ettore eut une moue douloureuse.

« Moi pas, et pas davantage les autres Napolitains, n'est-ce pas ? Et pourtant je suis un abonné de la première heure ! C'est d'ailleurs lors d'une représentation de *Lohengrin,* en 1920 je crois bien, que j'avais connu mon épouse. A l'époque nous étions du bon côté, soupira-t-il, et le roi était là où il devait être, dans la loge royale, et non pas en fuite ou destitué comme aujourd'hui, et nous pouvions alors remplir notre propre théâtre. Notre ami le *direttore* Augusto Laganà avait décidé de commencer chaque saison par un opéra de

Wagner, une tradition qui allait se perpétuer jusqu'à l'autre guerre. Ce soir j'ai voulu marquer le coup en m'habillant comme nous le faisions jadis pour les premières... de temps en temps nous ressortons ainsi de vieux oripeaux pour jouer avec le passé. »

"Je sais", eut envie de remarquer Paul.

« Gianni a même astiqué pour l'occasion les brandebourgs d'argent de sa livrée.

— Je crois que *Sua Eccellenza* n'a pas rencontré Madame à *Lohengrin* mais à *Francesca de Rimini,* l'interrompit ce dernier. La dame que Monsieur a rencontrée à *Lohengrin,* je préfère ne pas rappeler son nom à Monsieur.

— C'est possible après tout, soupira Crespi d'un air rêveur. Peut-être as-tu raison, Gianni... Comme il est dit dans *Rigoletto, "La donn'è mobile..."* »

Il chantonna à mi-voix l'air célèbre.

« Sans quelques accrocs au contrat nous ne serions pas à Naples, reprit-il. Ce qui ne veut pas dire que je n'avais pas épousé une femme charmante. Même l'aridité de mes études mathématiques ne parvenait pas à assombrir son humeur. N'est-ce pas, Gianni ?

— *Sua Eccellenza* peut penser ça, dit Gianni d'un ton circonspect.

— De toute façon tout cela est si loin... reprit Crespi avec un nouveau soupir. C'est comme les soupers que nous donnions pour les artistes après les représentations, les soirs de première...

— Toujours des poissons du golfe suivis de sorbets au citron, précisa Gianni.

— Là aussi c'était une sorte de tradition... J'ai reçu ici la divine Sesanzoni, Fedor Chaliapine, et Tito Schipa, et le grand Beniamino Gigli, et Gilda della Rizza, et le maestro Mascagni... Tu te souviens, Gianni, lorsque Gigli avait chanté *Luna Rossa* à la fin du dîner ?

— Il faut dire qu'il aimait beaucoup votre lacrima-christi, *Eccellenza.* »

Crespi se redressa.

« Oh, mais quelle bonne idée tu me donnes, Gianni !
Il doit bien nous en rester quelques flacons. »

Paul esquissa un mouvement d'humeur. Il avait soudain l'impression d'assister à une scène longuement
répétée entre deux vieux cabots entraînés dans cet
étrange et discordant mélange de fastes anciens et
d'adversités présentes qu'ils s'acharnaient tous deux à
nier en une *commedia* toute napolitaine. A la vue de
tout cet apparat sa faim avait redoublé et il regretta de
ne pas avoir apporté du mess quelques provisions de
bouche qu'il eût avec à-propos sorties de sa poche.
Pourtant il ne s'agissait plus là cette fois pour les deux
hommes d'un trompeur reflet du souvenir. Gianni qui
s'était éclipsé quelques instants revenait déjà avec un
flacon dont le col était entouré d'une serviette immacu-
lée. Il en servit un doigt à don Ettore qui porta le verre
à ses lèvres avec une onction quasi épiscopale.

« Sapristi, Gianni... Ce n'est pas du jus de carotte,
hein.

— Sûr que non, *Eccellenza* ! Ce sont vos vignes. Vos
vignes avec vos armes sur la bouteille.

— J'ai des vignes tout autour du Vésuve, un véritable anneau enchanté de Bacchus entourant le domaine
de Vulcain, expliqua don Ettore en termes quelque peu
exaltés. L'ennui c'est qu'elles ne sont plus entretenues
depuis le début de la guerre, et on m'a même averti
que les Allemands en se retirant les avaient minées pour
empêcher l'accès au champ d'aviation qui est en contrebas. Ce flacon date de 39... Nos dernières vendanges,
n'est-ce pas Gianni ? Par miracle une bonne année. »

Il se pencha vers Sabine qui eut un geste de refus.

« Pardonnez-moi *signor* Crespi, mais je ne peux pas
boire de vin si je n'ai rien avalé, dit-elle. Je serais
capable de chanter *Celeste Aida* et ce serait dommage,
surtout après les artistes que vous avez cités. »

Suspendant son geste don Ettore la contempla, sou-

312

dain songeur, comme si elle faisait revivre dans son souvenir un long cortège de beaux visages de cantatrices encore tout chavirés de chant et de musique. Paul se tourna à son tour vers son profil d'impératrice au casque d'or. Pas étonnant que Juin l'ait remarquée, pensa-t-il. Elle se sentit observée et se tourna vers lui, soudain sur ses gardes.

« Si j'avais su j'aurais apporté le *corned-beef* des rations, juste pour le manger dans de la jolie vaisselle, murmura-t-il pour la détendre.

— A défaut donnez-moi donc la pâte de fruits qui vous reste », demanda-t-elle à mi-voix.

A l'abri des retombées de la nappe et à l'insu du maître de maison il la lui tendit. Elle lui sourit puis mastiqua la poisseuse confiserie masquée derrière sa main, comme une jeune fille qui pouffe. Une impression de bonheur (comme il n'en avait plus connu depuis qu'il s'était cru amoureux d'une certaine Eunice lors d'une promenade en canot sur la Charles River) le submergea. Derrière le cristal des verres le lacrima-christi semblait lui faire de l'œil — comme sans doute jadis, ici même, la *signorina* à laquelle Gianni avait fait allusion. Il but le verre en fermant les yeux avec une ferveur de catéchumène.

« Une petite bulle de bien-être dans un monde qui s'effondre, soupira Crespi comme s'il avait deviné ce qu'il éprouvait. Je vous dis cela au sens propre du terme : cette maison bicentenaire où j'ai passé toute mon existence vit ses derniers moments, et chaque soir j'ai peur qu'elle ne m'ensevelisse pendant la nuit. L'immeuble voisin a reçu une bombe début juillet et je crains qu'à toute la musique entendue dans ce lieu ne succèdent désormais que les craquements des façades qui se fissurent et le fracas des murs qui s'écroulent.

— Ne voyez donc pas tout en noir, don Ettore ! J'ai l'impression que la maison tient encore bien !

— Elle n'est plus étayée par l'hôtel mitoyen et je

suis obligé de faire soutenir les murs qui donnent sur la piazza San Pasquale par tout un appareillage de poutres et d'arcs-boutants.

— Vous avez dû avoir très peur ! dit Sabine.

— Gianni était une fois de plus chez sa vieille mère, ce qui l'a sans doute sauvé. Quant à moi j'aurais pu être enseveli au milieu du parc de la Villa nazionale sous les ruines du Café Vacca que je fréquente depuis toujours. Je m'y rendais lorsqu'il a été bombardé. Je l'aimais beaucoup et il était cher à la mémoire des vieux Napolitains comme moi. C'était encore la Naples des années 80. On y buvait le marsala dans des verres colorés. Après j'allais souvent écouter la fanfare au kiosque à musique... Oui, c'était le 13 juillet, quelques jours avant que Santa Chiara ne soit détruite. Je me suis étendu à plat ventre, sans me rendre compte que les bombes tombaient non seulement sur le café mais sur tout le quartier voisin du parc. A la première rémission je me suis précipité vers la maison. Il y avait partout des éclats de pierres, des incendies, on entendait des cris, c'était affreux. Lorsque je suis arrivé ici j'ai vu la silhouette de Domitilla surgir de la fumée, échevelée, les bras en avant comme une somnambule. Elle criait : "La maison va tomber sur nous, la maison va s'écrouler." J'ai pu alors reprendre mon sang-froid et j'ai essayé de la réconforter... Bien entendu son père n'était pas là. »

Il s'interrompit comme s'il était étreint par l'émotion. Le silence était retombé et Paul entendit au loin le carillon grêle d'une pendule. A travers la table il se pencha vers le vieil homme.

« *Signor* Crespi, je suis sensible aux épreuves que vous avez traversées et je vous remercie d'autant plus de nous faire goûter en cette période de pénurie à ce délicieux nectar, mais je n'oublie pas que nous avons sur les bras cette grave affaire qui ne prête hélas guère à libations... Décrivez-moi donc cette jeune fille. »

Don Ettore parut trouver la question oiseuse, et à tout le moins indiscrète.

« J'irai comme je vous l'ai dit l'interroger à l'hôpital militaire, précisa Paul. J'ai l'intention d'explorer toutes les pistes... »

Les yeux du vieux gentilhomme papillonnèrent un bref instant.

« Puis-je vous glisser l'une de ces confidences que l'on ne fait qu'aux étrangers de passage ? Depuis deux ou trois ans cette petite Domitilla était devenue le sourire de la maison. Un vrai réconfort pour Gianni et pour moi. Une petite tanagra de seize ans que son père séquestrait plus que de raison — il avait peut-être peur qu'elle n'en vienne à fréquenter certains personnages douteux qu'il avait lui-même conduits là-haut. Ce qui est pire c'est qu'il ne parvenait même pas à la nourrir normalement. Comme je vous le disais, combien de fois avons-nous dû, n'est-ce pas Gianni, aider cette pauvre enfant sur nos maigres ressources alimentaires... Mais j'en venais à me consoler du père qu'elle avait, car sans lui elle ne serait jamais venue se réfugier ici. »

Il avait pris un air extatique et Paul eut envie de lui demander s'il s'agissait bien d'elle, l'autre jour, et si elle lui accordait quelques privautés en échange de cette précieuse nourriture.

« Mais cette fois il en a trop fait et elle a pris l'appartement du second en horreur. Peut-être y a-t-il dans sa décision un élément que j'ignore, mais elle ne m'a guère laissé d'espoir de jamais revenir ici. »

Il poussa un profond soupir. "Oh, mais elle reviendra, eut envie de lui dire Paul pour le réconforter. Si elle est vraiment l'âme de cette maison, elle réapparaîtra un jour, descendant gracieusement de son fiacre, ou surgissant de la brume de mer dans une longue robe d'autrefois."

« A propos de nourriture pardonnez-moi encore cette mascarade de repas, reprit don Ettore d'un ton soudain plus enjoué, comme s'il voulait chasser sans attendre une onde de tristesse. Un jour peut-être pourrai-je vous accorder une revanche culinaire, si Gianni n'a pas tout oublié.

— Vous ne vous êtes donc pas nourri de la journée ? demanda Sabine.

— Si, une pomme ce matin, et le soir un peu de miel et des *latticini* que Gianni avait rapportés de chez sa mère, dit-il avec bonne humeur. Oh, c'est frugal, mais vous connaissez le dicton britannique : *An apple a day keeps the doctor away.* En fait je ne me suis jamais mieux porté. Tenez, *cara amica,* venez donc admirer mes tableaux pour avoir au moins une idée de ce qu'était le raffinement de Naples autrefois. »

Il s'approcha de Sabine et galamment lui offrit le bras pour passer directement dans un salon surchargé de meubles et d'objets qui donnait par des portes ouvertes sur la longue galerie. Sur des tables basses, des piles de livres ajoutaient une note de recherche intellectuelle et d'érudition que Paul ne se serait pas attendu à trouver dans ce palazzo hors du temps. Le teint couperosé, hiératique et compassé, Gianni alluma les flambeaux qui illuminèrent la vaste pièce d'une douce clarté. Crespi fit signe à Sabine de s'asseoir sur un large sofa de satin qui semblait de la couleur même de ses cheveux. Elle avait l'impression que le vin — bien qu'elle n'en ait bu que quelques gorgées — lui montait aux joues et elle se sentit soudain si fatiguée qu'elle eut envie de fermer les yeux.

« Oh, *signora*, je n'avais pas vu de présence féminine sur le front depuis l'arrivée des infirmières américaines sur la Piave en 1917, dit don Ettore. Nous étions à l'époque du bon côté et je commandais une batterie. Vous êtes aussi charmante qu'elles étaient... », murmura-t-il en semblant à nouveau le jouet de ses souvenirs.

Il s'aperçut que Sabine ne l'écoutait plus. Les traits

soudain creusés, le chignon un peu dénoué, elle s'était assoupie avec une moue presque enfantine, une miette de pâte de fruits encore collée à la commissure de ses lèvres. Il lui adressa sans qu'elle le vît un sourire presque complice.

« Cet abandon dans le sommeil, murmura-t-il d'un air attendri à l'intention de Paul. On dirait qu'elle habite là depuis toujours. »

Ce dernier hocha pensivement la tête. Contrairement à ce que ressentait Crespi, lui se sentait floué de sa belle nuit d'amour et n'osait même pas la regarder. Il laissa au contraire ses yeux errer sur les murs.

« Quelle superbe version du *Didon et Enée* de Solimena, dit-il pour meubler le silence. Je ne connaissais en photo que le grand tableau du palais Tarsia Spinelli. » Le visage de don Ettore Crespi s'éclaira.

« C'est l'étude préparatoire, dit-il. Je vois que vous vous y connaissez...

— A vrai dire, pas tellement dans l'école napolitaine !

— On la considère comme provinciale et on a tort... On oublie qu'à la fin du XVIIIe Naples était la plus grande ville d'Europe ! C'est vrai que j'ai là quelques belles œuvres qui ne m'ont jamais quitté. Cette *Sainte Famille* de Lanfranco que j'aimais tellement enfant que mes parents ont cru que j'avais la vocation. Mes deux natures mortes de Porpora et de Ruoppolo : à contempler ces accumulations de mets, j'ai l'impression de dîner pour de vrai. Ces deux pendants de Raphaël Mengs qui me viennent de mon grand-père. Et surtout ce rare Vaccaro qui m'élève et m'apaise à ce point que j'ai dû résoudre quelques équations en le contemplant.

— Savez-vous que parmi mes fonctions j'ai celle de tenter de localiser les refuges d'œuvres d'art pour prévenir d'éventuelles déprédations occasionnées par les armées d'occupation ? N'avez-vous jamais songé avec ces bombardements... surtout avec cet individu quelque

317

peu douteux habitant au-dessus de chez vous, à les descendre à la cave pour les protéger ? »

Crespi haussa les épaules.

« Vous nous voyez, Gianni et moi, en train de les décrocher et de les transporter dans l'escalier, au risque de glisser et de tomber, et que plus tard les caves s'effondrent sur eux ? C'est là pour le coup qu'ils seraient en danger ! Et puis où est-elle actuellement, la grande version de la *Didon* ? Dans quelle cave humide, dans quelle abbaye mal protégée des exactions des voleurs ou des sicaires ? Oh non, capitaine, ces tableaux ne quitteront jamais cette pièce où ils sont accrochés depuis l'origine. Cette maison a déjà les stigmates du malheur et je ne vais pas en ajouter d'autres en dépouillant ces murs. Vous imaginez, en plus des lézardes, les empreintes des tableaux disparus comme autant de flétrissures ! Je ne pourrais plus travailler », dit-il en désignant deux lourds in-folio qui étaient ouverts sur son bureau.

Saisi de curiosité, Paul se pencha. « *Über Formal Unentscheidbare Sätze der "Principia Mathematica" und Verwandter Systeme* », lut-il. Autour des volumes, de nombreuses feuilles manuscrites étaient recouvertes d'équations transcrites d'une petite écriture fine et ordonnée.

« Je vois qu'au cours de vos promenades vous ne pensez pas qu'à vos vignes ! lança-t-il, interdit devant l'aspect ardu du traité.

— Oh, répondit Crespi d'un ton modeste, j'avais proposé dès 1910 lors d'un colloque à l'université de Naples une nouvelle approche du théorème de Fermat, vous savez, cette proposition d'apparence si simple mais que depuis trois siècles aucun mathématicien n'est parvenu à démontrer.

— Et... vous y êtes parvenu ?

— Mon ami Gödel — le seul savant allemand dont je sois demeuré l'ami — prétend qu'il existe des théorèmes qui ne peuvent être ni confirmés ni infirmés, et qui sont en fait des déclarations improuvables. Je ne suis pas loin de le penser. »

Son regard s'attarda sur Sabine endormie.

« Bon, assez de mathématiques, revenons au réel. Si je vous emmène au second étage, que faisons-nous de la *signora* ? demanda-t-il en baissant la voix. On ne va pas la réveiller, tout de même...

— C'est que... je ne voudrais pas qu'elle nous cherche, au cas justement où elle se réveillerait, lui souffla Paul à l'oreille.

— Ne vous inquiétez pas, Gianni reste ici, et dans ce cas il l'accompagnerait là-haut. Je vais le prévenir. »

Il s'absenta quelques instants puis revint.

« J'espère que je ne vous ai pas paru trop prétentieux avec mon histoire de théorème, reprit-il. Vous savez, je ne fais pas que me réfugier dans la théorie et l'abstraction, je suis l'avance de vos troupes avec passion, et je passe aussi beaucoup de temps dans les cafés devant les mots croisés du *Mattino* ! »

Tournant le dos au salon il l'entraîna à petits pas dans la galerie.

« Et puis je pense au passé... aux jours enfuis... Imaginez qu'il y avait là sur ces consoles une superbe collection de porcelaines de Capodimonte à laquelle je tenais plus que tout. Lors du bombardement elles ont été projetées à terre et pulvérisées. Eh bien, à ma grande surprise... tant je me croyais détaché de ces choses... je ne m'y fais pas. Il y avait là un éléphant de porcelaine qui figure sur une photo de moi à l'âge de quatre ans... une photo prise en 1867... Eh bien, mon cher ami, aurais-je découvert la solution pour démontrer le théorème de Fermat le jour où j'ai retrouvé cette porcelaine en miettes que cela ne m'aurait pas consolé. »

Il parlait d'une voix sourde que semblait épuiser peu à peu le flux saccadé de son discours, puis demeura quelques instants silencieux et songeur devant les meubles dépouillés.

« Encore que le mathématicien se réveille en moi lorsque je constate que dans le petit salon aucune porcelaine n'a été touchée. Après tout il est soumis aux mêmes vibrations que la galerie. Il y aurait une théorie à entreprendre sur le hasard et le chaos. Tenez, venez voir...

— Le petit salon donne sur l'autre façade de l'immeuble, ça change peut-être les données, dit Paul avec une soudaine impatience. Et nous n'avons malheureusement pas toute la nuit devant nous, *signor* Crespi.

— Nous avons tout de même assez de temps pour que je vous montre quelque chose qui peut, je le pense, vous intéresser car vous me semblez — ne le prenez pas mal — cultivé pour un officier américain. Peut-être avez-vous entendu parler du poète romantique Shelley ?

— Un Américain cultivé devrait pouvoir répondre : oui, grommela-t-il d'un ton narquois.

— Figurez-vous que lui et sa famille ont habité cette maison, il y a de cela cent vingt-cinq ans. Vous saviez cela ? »

Paul le regarda sans répondre. Il se sentait soudain sur ses gardes.

« Cette maison où nous nous trouvons ?

— Je reçois d'ailleurs régulièrement des étudiants anglais qui viennent me demander au cours de leur Grand Tour si je possède encore des documents le concernant. Je les déçois en leur disant que je n'en possède pas, bien qu'il se soit passé ici... et jusque dans cette petite pièce que je vais vous montrer... de drôles de choses à l'époque. »

Il en venait presque à chuchoter.

« Mais alors... dit Paul. Que vouliez-vous donc me montrer ?

— C'est que... j'en ai retrouvé un, de document, dit-il sur un ton de confidence. Par hasard. Il était demeuré coincé derrière un tiroir de ce secrétaire dont il n'avait jamais dû bouger. »

En un éclair Paul se dit qu'il y avait peut-être là une piste à explorer.

« En fait c'est surtout mon ami Larry que cela intéresserait, dit-il. *Lui* connaît très bien Shelley. Saviez-vous cela ? »

Ce fut au tour de Crespi de se montrer surpris.

« Eh bien, mon ami, j'espère que j'aurai un jour l'occasion de le lui montrer. »

Paul hocha pensivement la tête puis suivit le vieil homme qui, un chandelier à la main, pénétrait dans un boudoir, où régnait une entêtante odeur de renfermé. Crespi posa le chandelier sur un guéridon puis se dirigea vers un petit secrétaire à abattant qui se trouvait entre les deux fenêtres.

« C'était la pièce préférée de mon épouse, expliqua-t-il tout en se penchant sur le meuble. Je ne m'y rends plus jamais, cela réveillerait trop de souvenirs...

— Sans vouloir être indiscret, en quelle année votre épouse est-elle morte ? » Paul se crut-il obligé de demander.

Crespi eut un geste las.

« En 1937, d'une *lunga malattia*, comme on dit à Naples et ailleurs. A la fin de sa vie elle ne pouvait même plus marcher, elle qui m'avait si souvent accompagné lorsque j'herborisais dans les vallées les plus escarpées des Abruzzes. Elle passait ses journées ici à faire de la broderie et à dire des médisances... *Ma*, que se passe-t-il, je n'arrive pas à l'ouvrir. »

Ses longs doigts effilés jouaient nerveusement avec la serrure d'un des tiroirs comme s'il était à la recherche de quelque mécanisme secret.

« Je crois que je me trompe de clé, dit-il avec impatience, passez-moi donc celle qui se trouve sur la commode à côté de la chaise à porteurs. »

Mal éclairé par les bougies, le coin de la pièce était empli d'ombre.

« Une chaise à porteurs, ce n'est pourtant pas un bibelot ! Je ne la vois pas », dit Paul.

Surpris, Crespi se retourna puis saisit le chandelier et s'avança.

« Alors ça, s'exclama-t-il. Gianni croit encore à notre opulence d'autrefois, et il l'aura envoyée chez Trotti pour la faire vernir. Je fais vivre ainsi quelques petits artisans avec mes dernières ressources, et ce n'est pas parce que la maison s'écroule qu'il ne faut pas faire le ménage. Mais tout de même... Gianni ! appela-t-il par la galerie d'un ton contrarié.

— Chut, vous allez réveiller la *signora,* s'inquiéta Paul.

— Mon Dieu, je l'oubliais. Ça ne fait rien, nous demanderons à Gianni quand nous redescendrons pourquoi il s'obstine à s'occuper ainsi du superflu alors que nous manquons de tout. Ah, voici cette fichue clé. Tenez, dit-il en ouvrant le secrétaire ; encore que ces souvenirs-là ne méritent peut-être pas d'être réveillés. »

Il tendit le feuillet à Paul qui lut :

"Mon Shilloh.

"Depuis la mort de Clara je me sens si désespérée, comme si le passé s'élargissait chaque jour entre toi et moi jusqu'à devenir gouffre ou océan... Je trouve que cette créature en prend bien à son aise avec toi et je me demande parfois si elle ne me nargue pas. Pardonne-moi les scènes de ces derniers jours, mais parfois mon esprit s'échauffe sans qu'elle cherche aucunement à me réconforter : depuis l'excursion au Vésuve elle préfère garder le lit, pour ne pas avoir à me répondre, sans doute. Et comme cette montagne m'a paru hostile et cette expédition pénible ! Il ne pouvait rien venir de bon de là-haut.

"Et toi, où es-tu à cette heure où j'ai tant besoin de toi ? Parti dans les collines, sans doute, à ruminer ce qui a l'air d'être du désespoir — ou pour échapper à ce que tu appelles mon hystérie... Et personne, personne pour me secourir... Je cherche Elise en vain.

"Ta pauvre
M."

Paul lui rendit la missive en faisant une grimace.

« Dites-moi, cela n'avait pas l'air d'aller très fort, dans le ménage !

— Et qui était donc cette "créature" ? demanda Crespi en replaçant avec soin le feuillet dans le tiroir.

— Mon ami Larry vous aurait répondu aussitôt, mais je l'ai suffisamment entendu en parler pour être capable de vous répondre. Il s'agissait de Claire Clairmont, la belle-sœur du poète. Elle était amoureuse de lui après l'avoir été de Byron. Forcément les relations entre les dames ne devaient pas être excellentes, et si vous voulez mon avis, ces murs ont dû en entendre, des scènes et des récriminations !

— Oh, pas qu'au XIXe siècle », soupira Crespi.

Il y eut un silence qu'il rompit tout aussitôt.

« Bien entendu, je tiens ce document à la disposition de votre ami, surtout s'il est spécialiste de cette époque. »

Paul parut être sensible à la proposition.

« Une question encore à ce propos, si vous me le permettez. Ambrogio Salvaro connaissait-il l'existence de ce... message ?

— Certainement car je l'avais montré à sa fille, mais il n'y avait jamais prêté attention. Vous savez, il y a tellement de choses qui ont davantage de valeur ici, auxquelles il n'a jamais touché... Il avait bien trop peur de mes réactions, et il espérait tellement que mes relations lui permettent d'être blanchi après la guerre !

— L'occasion fait le larron... Il a pu apprendre que le lieutenant Hewitt s'intéressait à ce poète. N'aurait-il pas essayé dès lors de monnayer ce document ?

— Il l'aurait d'abord volé, j'imagine !

— C'est vrai, concéda Paul. Mais peut-être en a-t-il juste parlé à Larry, qui était de toute façon l'intégrité même. Mais là encore je veux examiner toutes les hypothèses. Salvaro avait-il la clé de l'appartement ? »

Crespi hésita imperceptiblement.

« Lui non, mais la petite oui. Ces dernières années, devant ce qui se passait là-haut, je lui avais dit qu'elle pouvait descendre à l'étage quand elle le voulait. »

Après avoir refermé le secrétaire il s'avança à nouveau vers le coin vide. « Quand même, c'est bien étrange », grommela-t-il en quittant la pièce.

Paul lui emboîta le pas et, au moment où il passait devant la porte ouverte du grand salon avant de rejoindre le vestibule, jeta un coup d'œil vers le sofa afin d'apercevoir à la dérobée le profil de Sabine endormie. Il se retourna alors vivement.

« Mais... *signor* Crespi... Elle n'est plus là ! » s'exclama-t-il.

Ils retournèrent hâtivement dans le salon. Le creux du corps de la jeune femme était encore visible sur les coussins.

« Sabine ! appela Paul. Sabine ! »

Elle ne répondit pas. Il se retourna vers Crespi.

« Dites-moi, don Ettore, on disparaît beaucoup dans cette maison ! lança-t-il d'un ton mi-figue mi-raisin.

— Que je sache, votre ami s'est peut-être évanoui, mais il n'est jamais venu dans cette maison ! rétorqua le vieil homme.

— J'aimerais en être certain », murmura Paul.

Crespi s'était avancé vers la cuisine.

« Gianni, bon sang, où êtes-vous ? »

Le vieux majordome apparut, un chiffon à la main.

« Mais, Gianni, où se trouve la *signora francese* ? »

Il demeura interdit.

« Mais là-haut, *Eccellenza* ! Elle s'est réveillée et ne vous a pas vus. Elle a pensé que vous étiez au second et je l'ai accompagnée, puisque vous m'aviez dit de ne pas la quitter.

— Mais enfin, Gianni, nous étions au petit salon !

— Je ne pouvais pas savoir, don Ettore ! D'ailleurs il y avait de la lumière là-haut. Moi aussi j'ai cru que vous y étiez... Je suis monté avec la *signora* et j'ai dû par mégarde fermer la porte à clé derrière elle...

— De la lumière ! s'exclama Crespi avec stupeur. Mais enfin, Gianni, il n'y a personne là-haut depuis une semaine ! »

Paul s'alarma soudain.

« Allons-y sans tarder », dit-il en se précipitant dans le vestibule.

Ils s'engagèrent dans l'escalier et montèrent le plus rapidement qu'ils purent. Un rai de lumière apparaissait en effet sous la porte d'entrée.

« Je comprends, dit Crespi tout en manœuvrant la clé. Ils ont dû nous rétablir la lumière électrique. La centrale était stoppée depuis les bombardements, et Ambrogio avait dû à ce moment-là laisser ouvert l'interrupteur de l'entrée. Il n'en faisait jamais d'autre...

— Sabine ! » appela Paul dès que la porte fut ouverte.

Elle apparut aussitôt, un peu défaite, dans la lumière blafarde d'une ampoule qui brillait au bout d'un fil. Il faillit la serrer contre lui devant Crespi, mais se retint.

« Si j'avais su que j'allais vous réveiller, j'aurais parlé moins fort, dit ce dernier d'un ton confus. Je vous voyais partie dans les bras de Morphée pour un bon moment. Ce n'est vraiment pas un lieu plaisant pour se retrouver enfermée...

— Ça n'a pas été une séquestration bien longue, lui dit-elle en s'efforçant de sourire, et j'ai surtout honte de m'être endormie. Qu'allez-vous penser de moi, maintenant ? »

Crespi lui adressa un regard attendri.

« Vous aviviez le regret d'avoir parlé mathématiques

avec le capitaine, *cara amica*, alors que j'aurais tant aimé vous regarder dormir.

— Je peux vous laisser, si vous voulez, dit Paul.

— En fait j'ai cru dans mon sommeil que vos voix venaient de l'étage au-dessus, et j'ai dit à Gianni en me réveillant : vite, on les rejoint, et puis il y avait cette lumière qu'on voyait dans l'escalier... Le temps de me mener là-haut, il a entendu du bruit et il est redescendu aussitôt en m'enfermant par erreur. C'est à ce moment que je me suis retrouvée seule à arpenter les pièces vides tout en vous cherchant, et que je me suis aperçue de ma méprise... Ça, c'est vrai que ce n'est pas comme en bas, c'est le moins qu'on puisse dire !

— Vous comprenez maintenant ce que je vous disais : *questa canaglia* a tout vendu jusqu'au dernier tapis ! Son père lui avait pourtant laissé de jolies choses. Regardez-moi ça, et imaginez Domitilla cloîtrée là-dedans pendant des années par cet homme. Comment voulez-vous que la colombe ne se soit pas échappée de la cage dès qu'elle l'a pu. »

Hormis la présence d'une paire de chaises dépareillées et d'un tabouret de cuisine qui servait de support à une lampe à acétylène il ne subsistait en effet aucun vestige de l'aisance de jadis sinon, à l'entrée du long couloir menant à la cuisine, une imposante psyché dont le miroir aux trois quarts brisé cristallisait la désolante impression d'infortune et de déchéance qui se dégageait de l'appartement. Sabine sembla soudain y être sensible et son visage se crispa.

« Et ce vieux type qui se promène en habit dans ces pièces vides, comme un spectre, souffla-t-elle à l'intention de Paul. Qu'est-ce qu'on attend pour filer d'ici ? Paul ? »

Elle n'eut pas de réponse et se retourna. Paul s'était arrêté devant la psyché et examinait les débris du miroir.

« A cet endroit, demanda-t-il brusquement à don

Ettore, on se trouve au-dessus de quelle pièce de votre appartement ?

— Au-dessus de l'extrémité de la galerie... Pourquoi, ajouta-t-il avec une soudaine inquiétude. Vous avez remarqué quelque chose ? »

Paul fit non de la tête, puis entraîna Sabine vers l'escalier.

Vaguement confus, Gianni les attendait.

« Je suis désolé pour la *signora*... commença-t-il.

— Gianni, tu ne m'avais pas dit que tu avais donné la chaise à porteurs à revernir, le coupa don Ettore.

— La chaise à porteurs ? l'interrogea Gianni sans comprendre.

— N'as-tu pas remarqué qu'elle n'est plus dans le petit salon ? »

Gianni parut tomber des nues.

« Pourquoi m'en serais-je occupé ? demanda-t-il. J'en aurais parlé à *Sua Eccellenza* avant !

— C'est trop fort, dit don Ettore.

— Elle était là quand je suis parti pour Salerne, en tout cas. Je le sais, j'avais fait le ménage dans la pièce ! »

Ils se déplacèrent en cortège jusqu'au petit salon. A les voir devant lui ainsi habillés en frac et en livrée à la lumière des bougies, Paul eut le sentiment soudain qu'un indéfinissable malaise s'était insinué sous leurs défroques.

« Regardez, il y a encore les marques des montants sur le tapis, fit remarquer Gianni.

— Rien d'autre n'a disparu ? demanda Sabine.

— Il semble que non », répondit don Ettore.

Paul s'agenouilla. Le tapis était d'un ton grenat, à la fois soutenu et un peu passé.

« Pouvez-vous m'éclairer ? » demanda-t-il.

Gianni s'approchait avec le chandelier lorsque don Ettore s'exclama : « Mais qu'on est bêtes ! » et alluma l'électricité.

C'était comme si la petite pièce en perdait toute sa magie, pour redevenir ce qu'elle était : un boudoir confiné et encombré d'objets. Il n'était pas nécessaire de faire des mathématiques, pensa Paul, pour comprendre pourquoi les porcelaines y étaient demeurées intactes : les fissures y étaient beaucoup moins apparentes que dans la galerie. Il s'accroupit afin d'examiner le tapis, le lissa du bout des doigts puis se redressa.

« Vous avez remarqué quelque chose ? demanda Crespi, le visage soudain tendu.

— Puis-je vous poser une question : fermiez-vous l'appartement à clé ? »

Don Ettore hésita imperceptiblement.

« Depuis la guerre, oui. Mais je vous l'ai dit, Domitilla disposait de cette clé. »

Paul hocha la tête, puis les accompagna lorsqu'ils repassèrent tous dans la galerie. A la lumière crue des ampoules, les dommages causés au bâtiment paraissaient beaucoup plus visibles que sous la douce clarté des bougies. Il observa aussi que don Ettore n'avait pas boutonné jusqu'au bout le plastron de son habit. Ce détail rejoignait soudain l'impression de vétusté qui émanait des tapis élimés et des dorures écaillées des cadres des tableaux. Sabine remarqua qu'au moment où ils quittaient la galerie pour le vestibule Paul levait les yeux vers le plafond. Parvenu sur le seuil il se mit au garde-à-vous puis tendit la main au vieux gentilhomme. Gianni était demeuré en arrière.

« Merci de votre accueil, don Ettore. Si vous le permettez je souhaite rester en contact avec vous. Dès demain j'irai interroger cette jeune fille à Bagnoli. »

Crespi eut un bref signe d'assentiment.

« Si j'entends parler d'Ambrogio vous serez prévenu aussitôt, en même temps que la Sicurezza. *Mes hommages, madame* », dit-il en s'inclinant vers Sabine avec quelque raideur.

Immobile sur le seuil il ressemblait à cet instant à

un vieux *condottiere* revenu de tout. Alors qu'elle descendait l'escalier, elle sentit son regard la suivre et ne se sentit soulagée que lorsqu'elle se retrouva dans la rue.

La température s'était radoucie lorsqu'ils arpentèrent à nouveau le trottoir désert. Le ciel était lourd et bas. Ils firent quelques pas en silence et dépassèrent les ruines de l'immeuble voisin.

« J'espère qu'il ne va pas pleuvoir ou neiger, dit Paul avec inquiétude. Les opérations de la Ve armée commencent demain sur le Volturno.

— Je le sais puisque j'assure une liaison constante avec eux... Et moi aussi je dois rejoindre dès demain le PC opérationnel du Corps expéditionnaire à Viterbo. »

Paul s'arrêta. Elle sentit sa main sur son épaule.

« Vous ne m'aviez pas dit ça », dit-il d'une voix qui avait soudain tremblé.

Elle demeura silencieuse.

« J'espère que nous ne serons pas trop loin l'un de l'autre, ajouta-t-il. Et que ce ne sera pas une zone trop exposée. »

Ils s'étaient remis à marcher sans mot dire. « Bon Dieu, ç'aura été court », murmura-t-il encore.

Sabine s'arrêta contre le mur.

« Ça a été plus que court, soupira-t-elle, ça n'a même pas commencé. »

Pour toute réponse il la plaqua contre le mur et, pétrissant ses seins lourds, l'embrassa avec fougue. Elle avait dans la nuit un beau visage offert à fleur de lèvres, et parut s'ébrouer après le baiser comme si elle avait du mal à retrouver sa respiration.

« Avouez que j'ai eu raison de vouloir tenter l'expérience, dit-elle.

— L'expérience de vous laisser embrasser ?

— Mais non ! De vous faire traverser la rue pour aller voir Crespi dès ce soir... Dire que vous vouliez me laisser derrière vous !

— J'aurais peut-être dû... Vous lui avez sacrément tapé dans l'œil, il ne vous quittait pas du regard !

— Quand même, j'ai honte de m'être endormie sur ce divan de courtisane. C'était un peu ridicule, non ?

— J'aurais surtout préféré que ce soit dans mes bras », soupira-t-il.

Elle plaça avec douceur son index devant les lèvres de Paul comme pour lui imposer silence.

« Le sommeil m'a prise lorsque Crespi s'est mis à parler des déclarations improuvables. Je dois vous avouer que je n'ai jamais rien compris aux mathématiques.

— Je peux vous en donner deux exemples facilement compréhensibles, dit-il en l'attirant à lui. Le premier : Supposons que je vous dise que j'ai envie de vous. Cela, je peux le prouver.

— C'est vrai que vous semblez en pleine forme », répondit-elle en riant.

Il l'embrassa dans le cou. Le relent de patchouli s'était heureusement évaporé au creux du sofa.

« Supposons maintenant que vous me disiez que vous avez l'intention de répondre à mes avances. Cela, je ne peux pas le prouver.

— Moi je peux, en revanche. »

Elle saisit ses mains et les posa elle-même sur sa poitrine. Il les remonta lentement vers l'ovale d'albâtre de son visage qui se détachait avec une infinie douceur sur le mur grêlé par les balles.

« Ce mur contre lequel nous nous embrassons, lui murmura-t-elle à l'oreille. Quand je pense que dans six mois il ne sera peut-être plus là, alors que c'est de tous les murs de Naples celui que je voudrais le plus protéger. Bien plus que ceux des monuments dont vous êtes chargé. »

Il sourit.

« Vous savez ce que je raconterai à Larry lorsque je le reverrai ? Comme il est anglais et que je voudrais lui faire plaisir, je lui dirai que l'amour a fondu sur moi comme un Spitfire sur sa proie.

— Oh, mais c'est une métaphore de haut vol, c'est le cas de le dire ! En fait, vous me semblez une proie bien... Elle chercha le mot sans le trouver. Bien consentante, non ? Vous devez avoir un cœur d'artichaut ?

— Pas du tout. Je suis un célibataire endurci, figurez-vous.

— Eh bien moi je vais vous faire un aveu, même s'il est inconsidéré, dit-elle brusquement. Quelque chose en vous m'attire profondément mais je n'ai pas encore eu le loisir de discerner quoi. Vous allez trouver que c'est une bien étrange déclaration, mais je précipite un peu les choses et m'adresse donc à celui que je trouve sur ma route d'ailleurs peu encombrée en lui souhaitant, comme Horatio à la fin de *Hamlet* : *"Good night, sweet prince."* »

Il la serra à nouveau contre lui.

« Vous allez trouver cela grandiloquent, mais si j'avais pu imaginer par quels détours elle passerait, cette route — ce concert aux armées, cette attitude des Néo-Zélandais, ce ballet d'ombres chez Crespi avec simulacre de repas et séquestration involontaire, ces murs promis à la destruction contre lesquels je vous ai embrassée... Puisque vous citez Shakespeare, on pourrait parler du songe d'une nuit... d'hiver, non ? Et puis, la lumière étant revenue à l'aube, c'est-à-dire à la fin du rêve, j'y ai vu plus clair, dans le sens propre du terme, ajouta-t-il en riant.

— Vous voulez dire : dans cette affaire de disparition ?

— Oui, parce que... pour ce qui est de la lumière en moi, j'y voyais déjà clair depuis un bon moment », répliqua-t-il d'un ton cette fois sibyllin.

Ils firent quelques pas en silence alors qu'une brève bourrasque humide venait les entourer comme un souffle bienfaisant. Sabine s'arrêta à nouveau et lui prit la main.

« Si nous parlons de rêve, dit-elle soudain, puis-je vous en raconter un à mon tour ? »

Paraissant soudain inquiet, il ne répondit pas.

« Supposez qu'un fiacre surgisse à nouveau de la brume comme lorsque vous l'avez vu la première fois... »

Elle s'était appuyée au mur, la mine soudain réfléchie. Paul fit semblant de prêter l'oreille, paraissant attendre que le trot d'un cheval perce à nouveau les ténèbres.

« Qui descendrait du fiacre ? Je crois deviner...

— Votre ami Larry et la petite Domitilla. Comme on semble aimer les déguisements dans cette maison, il pourrait même être habillé comme l'était Shelley... Et elle porterait une robe qui...

— Ne plaisantons pas sur tout cela, l'interrompit-il doucement. Vous croyez donc qu'il y a un rapport entre cette fille et la disparition de Larry ? »

Elle hocha la tête.

« Elle a pu cette fois préférer un passager plus jeune que la fois précédente...

— Mon Dieu, puissiez-vous avoir tort, murmura-t-il. Dans quel pétrin il se serait mis.

— Vous en saurez plus demain après l'avoir interrogée, dit Sabine. J'aurais bien aimé être avec vous pour connaître la fin de cette histoire que j'ai prise en quelque sorte en marche ! »

Il s'arrêta.

« Accordez-moi demain un ultime déjeuner avant votre départ. Le mercredi est un bon jour au mess PBS car il arrive des produits frais. Qui sait ? Peut-être même du poisson et des oranges.

— Je gagnerai Venafro tout de suite après », dit-elle.

Il la serra à nouveau contre lui, puis l'embrassa avec une sorte de ferveur. De la lointaine piazza Vittoria provenait non pas le trot d'un cheval de fiacre mais le sourd grondement d'un convoi en déplacement.

« Tout à l'heure vous m'aviez parlé d'un autre exemple de déclaration improuvable », lui rappela-t-elle soudain.

Il la prit brusquement par le bras comme s'il voulait l'arracher à ces murs criblés, cette rue déserte, cette ville hostile.

« Cet autre exemple d'une affirmation dont je suis certain mais que je ne peux prouver pour l'instant, le voici : il y a eu un crime dans cette maison », dit-il en l'entraînant.

8

15 décembre

« Capitaine Prescott ? » entendit Paul lorsqu'il eut décroché le combiné.

Il réprima une moue de contrariété. Cette voix râpeuse de fumeur de pipe. Il revit le teint couperosé et le masque bourru que Hawkins promenait sans plaisir la veille au milieu des fastes défraîchis du théâtre San Carlo.

« Mes respects, major. Charmante soirée que cette inauguration, n'est-ce pas ? répondit-il prudemment.

— Vous avez pu dormir, mon vieux, après cette succession de cacophonies ?

— Mais... pour ne rien vous cacher... fort bien.

— Heureusement que les Gurkhas sont meilleurs au combat qu'à la cornemuse, vous ne trouvez pas ? Bon, ne craignez rien, je ne venais pas vous parler de musique, mais je voulais revenir sur notre conversation d'hier soir concernant le lieutenant Hewitt. Je vous avais promis de vous prévenir dès qu'il y aurait du nouveau : je n'ai pas eu à attendre longtemps. »

Il y eut une pause pendant laquelle Paul l'entendit s'adresser à quelqu'un qui se trouvait dans la pièce.

« Vous êtes toujours là, Prescott ? Bon. Voici l'affaire : nouvellement affecté au Field Security Service pour sa bonne connaissance de la langue italienne, votre ami Larry avait acheté à Palerme dans des conditions un peu particulières — il y avait plus que de la réprobation dans sa voix — une petite Fiat Topolino.

— Qu'appelez-vous : conditions particulières, *sir* ?

— Ah, il ne vous l'avait pas dit... Au poker, figurez-vous. Ça se passait à bord du *Duchess of Bedford* qui le conduisait à Palerme. Au cours de ses missions en Sicile il avait utilisé cette voiture pour se déplacer d'une ville à l'autre avant de la laisser sur place, garée dans un cantonnement militaire, lorsque le Field a quitté l'île. C'est alors que les ennuis commencent : il semblerait que le lieutenant Hewitt ait décidé sans m'en parler de faire venir cette voiture à Naples — non pas pour l'utiliser, mais afin de la vendre en profitant de la pénurie de véhicules qui sévit dans la région. Comme vous m'avez semblé proche de lui, je vous pose donc la question : vous avait-il tenu au courant de cette transaction ? »

La voix était devenue sèche, presque brutale. Pris de court, Paul s'efforçait de réfléchir tout en l'écoutant.

« D'abord, major, vous me parlez certes de cette voiture... Mais avez-vous des nouvelles de *lui* depuis hier soir ?

— Aucune », lui fut-il brièvement répondu.

Paul tenta alors d'établir une ligne de repli pour protéger éventuellement son ami.

« Ce que je sais, c'est que Larry se plaignait de ne pas avoir d'argent pour rétribuer ses informateurs. Il m'avait dit qu'avec l'allocation d'une livre sterling par agent et par mois que lui accordait le Field il lui serait pratiquement impossible d'obtenir un contact ou une information valables. »

Il perçut au bout du fil un silence hostile.

« Pour répondre maintenant à votre question, il ne

m'a pas demandé conseil au sujet de la vente de sa voiture mais, si j'en juge par ses préoccupations, peut-être a-t-il estimé que c'était pour lui la seule façon de se constituer une cagnotte pour rémunérer ses informateurs. D'autre part je peux vous assurer qu'il était sur le point de remonter une importante filière concernant des trafics d'œuvres d'art, et que les informations qu'il recevait à ce sujet ne devaient pas être gratuites ! Peut-être me permettrez-vous de vous donner mon avis ? Je trouve que son intention de mettre ainsi à la disposition de votre service un bien personnel est plutôt digne d'être félicitée que d'être critiquée comme vous venez de le faire...

— Je vous laisse la responsabilité de ce que vous pouvez penser, capitaine, l'interrompit le major Hawkins avec brusquerie. On voit que ce n'est pas vous que l'on convoque à la morgue parce que l'on a trouvé sur un macchabée — un dénommé Angelo Nardi, trucidé à la Forcella d'un coup de couteau — l'attestation de vente de... oui, vous devinez, de la Fiat Topolino immatriculée PA 4086. S'adressant à leurs homologues de Palerme, les gens de la Sicurezza ont vite appris que le propriétaire précédent de l'auto était le lieutenant Lawrence Hewitt, cet officier que tout le monde recherche de Palerme à Caserte alors qu'il est censé être sous mes ordres... L'attestation trouvée sur le corps du sieur Nardi fait état d'un prix d'achat de quatre-vingt mille lires, ce qui semble élevé pour une voiture de ce type et laisse penser qu'il y avait en effet un intermédiaire.

— C'est bien ce que je vous disais, major, et...

— Quand avez-vous vu le lieutenant Hewitt pour la dernière fois ? l'interrompit-il d'un ton sec.

— Le jour même de mon départ pour Bénévent, le 7 décembre. Il y a donc huit jours.

— Vous a-t-il donné l'impression qu'il avait de l'argent ou qu'il espérait en recevoir ?

— Nous n'avons parlé que d'un dossier qui nous intéresse tous les deux car il concerne la pinacothèque de Naples. Nous avions décidé d'échanger nos informations sur cette affaire, et sa disparition me touche donc doublement, professionnellement et affectivement.

— Je vous rappelle dès que j'ai du nouveau », dit Hawkins en raccrochant.

Paul resta quelques instants songeur à contempler les grands pins du jardin qui remuaient doucement dans la brise en masquant le dôme de la Galleria, puis saisit à nouveau le combiné.

« Opérateur ? Appelez-moi Bagnoli sur la ligne protégée. Le médecin-major Hartmann. Docteur ? Capitaine Prescott, attaché à l'état-major de la Ve armée. Je vous téléphone en tant qu'ami personnel du lieutenant Hewitt et à ce titre je souhaiterais que cette communication demeure confidentielle.

— Je suis seul. Mais vous n'avez pas l'accent américain, capitaine, je vous croyais pourtant de chez nous !

— J'ai fait mes études à Oxford avec Larry Hewitt... Major, j'aurais souhaité avoir un entretien, en votre présence si vous le jugez bon, avec la jeune Domitilla Salvaro qui travaille à l'hôpital militaire depuis quelques jours. »

Il y eut un silence, puis la voix reprit, rendue un peu hésitante par le grésillement.

« Je crains qu'il ne soit inutile de vous déranger, capitaine. Vous arrivez trop tard : l'oiseau s'est envolé.

— Allons bon. Quand ?

— Hier. Le lieutenant Hewitt qui m'avait souvent aidé en Tunisie pour l'acheminement des médicaments m'avait demandé comme une faveur de l'engager, en me faisant comprendre qu'elle était la fille de l'un de ses informateurs et que sa sécurité n'était plus assurée en ville. Davantage par amitié que par réel besoin de personnel supplémentaire, je l'ai donc embauchée comme fille de salle. Je dois dire que durant ces quelques jours elle s'est montrée à la fois capable et dévouée — à croire qu'elle avait suivi une école d'infirmières ! — mais aussi qu'elle s'est parfois montrée instable, avec des moments de nervosité et d'absence au cours desquels elle oubliait ce qu'on lui avait demandé.

— Au cours de cette semaine, a-t-elle fait allusion au lieutenant Hewitt ?

— Pas une seule fois, et dans un premier temps j'avais même décidé de ne pas lui faire savoir qu'il avait disparu.

— Comment l'avez-vous appris, major ?

— Le bruit courait au mess britannique depuis quelques jours. Je n'y croyais pas. Vous le connaissez : il était si indépendant. »

Paul ferma les yeux. Bon Dieu, ce type parlait déjà de Larry à l'imparfait.

« ... Oui, merci, sergent, posez le matériel de perfusion ici et laissez-moi. Que vous disais-je, capitaine... J'ai même cru qu'il était parti en mission secrète comme il le faisait parfois en Sicile. Lorsque j'ai fini par le dire à la petite Salvaro elle n'a rien manifesté. Mais le lendemain elle avait disparu.

— Vous ne savez pas où elle peut se trouver ?

— Je viens de téléphoner à celui qu'elle appelle son "correspondant" en l'absence de son père...

— Don Ettore Crespi ? J'ai pris contact avec lui hier soir, et il la croyait encore à Bagnoli...

— Il m'a dit à l'instant qu'elle ne lui avait pas téléphoné et n'était pas redescendue le voir. Manifestement il ignore où elle se trouve. C'est d'autre part lui qui m'a appris que son père n'avait pas donné signe de vie depuis longtemps. Si vous voulez mon avis, capitaine, tout cela ne sent pas très bon, y compris pour votre ami. Quant à la fille, même s'il ne s'agit que d'une fugue, je ne la reprendrai pas.

— Et... rien ne vous a laissé supposer qu'il ait pu y

avoir... disons une liaison entre cette jeune fille et Larry ? insista-t-il.

— Encore une fois elle n'a jamais parlé de lui. Quant à la recommandation de votre ami, elle semblait avoir pour seul motif celui de la protéger contre les ennemis de son père !

— Personne n'est venu l'interroger, ni du Field ni de la Sicurezza ?

— Personne, mais il n'y avait guère de raison. Je n'avais bien sûr pas ébruité l'intervention de Larry. Quant au père, si vous saviez le nombre de gredins qui disparaissent tous les jours à Naples sans que la Sicurezza s'en préoccupe...

— Et... rien ne laissait supposer son départ ? Il n'y a pas eu d'incident, d'altercation, je ne sais pas, moi... Tout indice peut être utile, vous savez... »

Un silence se fit soudain au bout du fil.

« Tout cela reste bien entendu entre vous et moi », insista Paul.

Au bout du fil le major Hartmann réprima un soupir.

« En fait, il s'est produit une chose quelque peu étrange... Je dois avoir là une responsabilité involontaire, bien que je ne mesure pas laquelle, reprit-il. Pour des raisons que je peux parfaitement comprendre, elle tenait à s'occuper des blessés, et non pas des simples convalescents, ces derniers se montrant parfois un peu... insistants. Je lui ai donc demandé hier matin de venir consulter dans mon bureau le plan de travail en compagnie d'autres infirmières et aides-soignantes. Figurez-vous que sur un mur de mon bureau se trouve une grande photographie encadrée représentant une file d'oiseaux migrateurs au-dessus du cap Misène, non loin d'ici. Elle est soudainement devenue toute pâle, puis elle a été saisie d'un tremblement nerveux. Nous lui avons demandé ce qui n'allait pas, je lui ai proposé un calmant, elle s'est ressaisie, a pris connaissance des

340

horaires de nuit... Elle les a même notés sur un papier... et puis personne ne l'a revue... même pas vue partir... »

Il semblait s'en vouloir comme d'une faute professionnelle grave.

« C'est étrange, reprit Paul, votre histoire me rappelle une bizarre réflexion de Larry le matin de mon départ... une manière de question plutôt si je me souviens bien... ces questions sans réponse qu'on se pose comme si on réfléchissait tout haut... ce que je suis d'ailleurs en train de faire... Dites-moi, major, est-ce qu'on distingue les oiseaux sur la photo ?

— Mais... oui, répondit Hartmann d'un air surpris. Des grues. Ou des oies, allez savoir...

— Un petit nombre, j'imagine.

— On dirait que vous avez la photo sous les yeux ! Six ou sept, je crois. Six. » Planté devant son bureau, le *private* Ramsay toussa discrètement. Il y avait dans chacun de ses gestes une retenue à laquelle Paul avait toujours été sensible.

« Mon capitaine, le major Hawkins sur la 2, susurra-t-il à mi-voix.

— Dis-lui que je l'emmerde, dit Paul du même ton.

— Il a l'air un peu... comment dire... impatienté, mon capitaine. »

Paul laissa échapper un long soupir, fit un clin d'œil au soldat et saisit l'autre combiné.

« Major, pardon de vous faire attendre...

— Mon vieux, ça fait dix minutes que je ronge mon frein ! Que vous êtes bavards, les Yankees ! Lorsque les événements se précipitent ce n'est pas le moment de raconter sa vie, nom de Dieu !

— C'était important, *sir* ? Je tente de mener mon enquête, et ce n'est pas simple, surtout avec si peu d'indices.

— Eh bien en voilà un, mon vieux, d'indice : la Sicurezza a retrouvé cette satanée bagnole à l'état d'épave dans une courette au 33, vico delle Zite. Vous avez noté ?

— Mais... mais comment savent-ils que c'est la voiture de Larry... je veux dire du lieutenant Hewitt ?

— Le numéro de châssis, sans doute... En fait c'est vous qui me le direz : car vous allez vous rendre sans tarder sur place pour juger de l'état de la voiture. Peut-être y trouverez-vous quelque trace ou indication concernant cet officier, et puis ce sera un bon exemple de coopération interalliée, ajouta-t-il sans pouvoir masquer son ironie.

— J'aurais préféré être accompagné d'un agent de terrain spécialisé, major. Coopération interalliée ou non, je manque de pratique et je crains de ne pas reconnaître une Topolino d'une autre voiture ; je ne sais même pas où se trouve le numéro du châssis et je n'ai même pas une lampe de poche pour...

— Ecoutez mon vieux, je n'ai personne sous la main ! l'interrompit le major. Et puis après tout c'est votre ami, et vous vous complétiez efficacement lors de vos enquêtes. Faites-moi donc un rapport sur cette affaire pour savoir si nous devons faire boucler le quartier par la police militaire, et emmenez un Colt ou un Webley plutôt qu'une torche, car le quartier n'a pas bonne réputation. Ce n'est pas Oxford, hein ! On prétend que tous les aigrefins de la ville se retrouvent à la Forcella et qu'un Sherman y a même été entièrement désossé en une nuit.

— Ah, parce qu'en plus, c'est à la Forcella ? » s'exclama Paul.

Hawkins avait raccroché.

Certes non, ce n'était pas Oxford. Et pas davantage la via San Carlo dont les hautes cimes ondulantes venaient évoquer jusque sous ses fenêtres les souffles marins et parfumés du golfe. Avaient-ils d'ailleurs jamais vu ou respiré la mer, les malheureux habitants de ce dédale de ruelles obscures et malodorantes sur lequel semblait peser en ce matin d'hiver une chape de torpeur et d'angoisse, comme si sa soudaine arrivée avait fait fuir toute la population du quartier ? A mesure que, son plan à la main, il s'avançait dans la via Vicaria Vecchia, il se sentait suivi tout au long de son itinéraire par des regards inquisiteurs tapis derrière les fenêtres borgnes. A l'angle du vico delle Zite il crut débusquer l'un d'eux derrière une façade décrépie et suintante d'humidité, mais dès qu'il approcha la silhouette disparut comme si elle s'était enfoncée dans les murs. En tout cas l'histoire du Sherman était sans doute fausse, pensa-t-il en enjambant le ruisselet d'eau boueuse qui stagnait au milieu de l'étroite chaussée. Comment un char aurait-il pu manœuvrer dans des ruelles dont la largeur n'excédait pas trois mètres ?

Derrière le numéro 33 s'ouvrait une petite cour sordide entourée de murs aveugles où l'orage de la veille avait laissé une flaque d'eau stagnante irisée de taches d'huile. Au milieu gisait en effet sous la rare lumière qu'éclairait la cour l'épave d'une petite automobile. Avec précaution il en fit le tour, notant soigneusement sur son carnet les éléments manquants. Il ne restait plus ni moteur, ni roues, ni volant, ni pare-brise. Pas davantage de portières, de phares — ni bien entendu de plaques minéralogiques. Entièrement désossée. A se demander comment la Sicurezza avait pu découvrir que c'était la voiture de Larry. Sans doute en effet le numéro de châssis. A se demander aussi pourquoi la carrosserie elle-même n'avait pas intéressé les dépeceurs. Sur le toit de couleur noire un vague signe cabalistique avait été tracé et il se demanda s'il ne s'agissait pas de l'une de ces histoires de *jettatura* — cette spécialité locale dont tout le monde lui rebattait les oreilles. Son carnet à la main, il s'était accroupi pour voir s'il ne découvrait pas un quelconque indice lorsqu'il ressentit à nouveau cette impression d'être surveillé qu'il avait éprouvée depuis le moment même où il avait pénétré dans le quartier. Se retournant brusquement il croisa les yeux creusés d'un adolescent qui, accolé au mur, le dos voûté, les mains dans les poches, l'observait depuis un coin obscur de la courette. Faisant mine de ne pas s'en préoccuper Paul acheva alors posément l'inspection de la carcasse, passant lentement ses mains contre le métal du châssis et de la planche de bord. Soudain les ressorts des sièges arrachés exhalèrent une note plaintive qui fit fuir un chat famélique dans un feulement agressif de fauve en rut. Saisi, Paul tressauta pendant que l'animal disparaissait dans un trou, laissant derrière lui un sillage malodorant de vidange ou de pourriture. Un éclat de rire quelque peu sardonique fit écho à sa réaction. Piqué au vif il s'approcha.

« Ça t'intéresse tant que ça, ce que je fais ? »

Le visage fermé, le garçon fit signe qu'il ne comprenait pas. Paul sortit alors de sa poche un paquet de cigarettes, mais nulle convoitise ne fit briller son regard. Il aurait mérité, se dit Paul en un bref rappel littéraire que n'aurait pas désavoué Larry, de porter l'écriteau dont était affublé David Copperfield dans sa sinistre pension : « Prenez garde, il mord. »

« *Polizia americana,* tu sais à qui appartenait cette voiture ? »

Le gosse secoua la tête.

« *Non capisco.*

— Fais pas semblant de ne pas comprendre, je ne parle pas si mal. Tu sais qui a tué celui qui l'avait achetée ? »

L'adolescent ne prit cette fois même pas la peine de répondre et baissant la tête ne lui renvoya qu'un front buté sous son casque des cheveux drus. Paul comprit qu'il perdait son temps avec cette méthode et brusquement, bien qu'il s'y sentît peu à l'aise, choisit d'utiliser la menace.

« Bon, je vais t'emmener en prison, cria-t-il pour l'impressionner. *Voi capite ?* »

Le garçon haussa les épaules puis eut un geste éloquent vers la courette et la venelle.

« Ici ça l'est déjà, la prison. Là-bas au moins je pourrai manger », dit-il d'une voix sourde.

Paul ne sut que répondre et lui tournant le dos s'approcha à nouveau de l'épave comme pour tenter de lui arracher son dernier secret. Un instant il imagina Larry au volant de l'alerte petite voiture dans les rues ensoleillées de Palerme et son cœur se serra. Lorsqu'il se retourna la cour était vide. Le garçon avait profité de ce qu'il ne le surveillait pas pour s'éclipser avec la même célérité que le chat quelques instants auparavant. Il ne chercha même pas à le poursuivre — en avait-il jamais eu l'intention — et s'en retourna pensivement vers le vico delle Zite. Qu'importait après tout que cette carcasse fût celle de la Topolino de Larry : il avait le sentiment qu'il n'y avait là qu'une affaire de truands qui concernait le nouvel acheteur et non pas son ami disparu. Se sentant quelque peu tranquillisé, il enjamba d'un pas plus léger le caniveau qui coulait le long de la ruelle.

« *Hé, signor. Signor capitano.* »

Il sursauta puis s'arrêta et regarda de tous côtés. C'était comme si la voix provenait du niveau même de la chaussée. Se baissant pour chercher à découvrir l'origine de l'appel, il fit un bond en arrière. Une tête sans âge à la bouche édentée et aux lèvres parcheminées s'encadrait dans un soupirail, telle une gargouille médiévale surgissant du fond de sa niche. Elle semblait avoir sa propre existence, sans corps visible pour la soutenir.

« Vous êtes venu à cause de la voiture, *capitano* ? »

Paul hésita à s'approcher puis, tout en restant sur ses gardes, se résolut à s'accroupir afin de se trouver au niveau du sol. Il émanait de la cave dont avait surgi ce masque grimaçant des remugles d'humidité et de moisi.

« Vous savez quelque chose concernant cette épave ? demanda Paul.

— C'est pas aux jeunes vagabonds qu'il faut proposer de l'argent, c'est aux vieux qui savent, grommela l'homme.

— Je n'ai pas d'argent, mais j'ai des cigarettes si vous me répondez.

— J'ai trouvé quelque chose, moi, dans la voiture, *signor ufficiale,* poursuivit-il. C'était avant qu'ils la désossent complètement, et ça avait glissé sous la banquette arrière. Je l'ai trouvé parce que c'était juste à ma hauteur, précisa-t-il en hoquetant comme s'il s'agissait d'une bonne plaisanterie. Ça vous intéresserait ? »

L'homme s'exprimait de façon presque avenante, mais l'affreux chicot qui lui barrait la bouche donnait à sa diction une sonorité chuintante et sifflante.

« Montrez-moi toujours », dit Paul d'un ton prudent.

Comme dans un minuscule théâtre de Guignol, la tête regarda rapidement à gauche à droite, pour être certain sans doute que personne ne puisse être le témoin de la transaction.

« C'est mille lires, dit l'homme d'un ton soudain plus âpre. *Fa presto, amico mio*, si quelqu'un vient, je disparais dans mon trou et je t'assure que je réapparais pas de sitôt. »

Paul s'aperçut alors que l'homme était assis en tailleur sur une sorte de socle où reposaient ses jambes atrophiées. Derrière lui on pouvait discerner dans la pénombre un grabat et un pot de chambre. Réprimant son dégoût, il s'efforça de répondre sans animosité.

« Vous croyez peut-être que je me promène avec mille lires sur moi dans ce quartier ! De toute façon, j'ai un principe : je regarde d'abord, et je juge après ce que je peux proposer. »

L'infirme glissa sa main sous la camisole élimée qui lui servait de vêtement, puis suspendit brusquement son geste.

« Mille, pas moins. C'est le plus beau papier que j'aie jamais palpé, *cap'tano*. Un papier qui fait si riche qu'on dirait presque un billet de banque. Il a dû glisser entre deux sièges au moment où le vendeur et l'acheteur faisaient affaire. J'sais pas lire, mais c'est sûrement quelque chose qui vous aiderait pour l'enquête, ça j'suis prêt à cracher dans mes mains que ça vous aiderait, dit-il en joignant le geste à la parole.

— Montre-le-moi, au moins ! » demanda Paul.

Comme s'il pressentait cette fois un réel désir de sa part de prendre connaissance du document — erreur que Larry n'aurait jamais commise, se dit Paul tout aussitôt —, l'homme répondit par un haineux rictus de refus. Saisi d'une brusque bouffée de colère, Paul sortit alors son pistolet et le lui braqua entre les deux yeux.

« Crapule ! Tu vas basculer en arrière, disparaître dans ton cloaque et personne ne saura même ce qui t'est arrivé ! » s'écria-t-il.

Avec un ricanement de dépit mêlé de haine et de sur-

prise l'infirme sortit de sa poche un feuillet plié en
quatre. D'un geste prompt Paul le lui arracha des mains
et sentit tout aussitôt une onde de joie mauvaise le submerger. Voilà quels étaient les bons arguments à utiliser. Même pour un architecte qui se prétendait artiste.
Même pour le pacifiste qu'il se targuait d'avoir été
— il y avait un temps pour tout. L'instant suivant il
eut en retour la sensation que sa cheville était broyée
par les mâchoires d'un piège qui se refermait. Il se pencha : l'homme-tronc s'y agrippait de toutes ses forces.

« Espèce de brute, hurla Paul. Lâche-moi, sinon... »

Il allait tirer cette fois, il le savait, il en était certain,
sa main se crispait déjà sur la détente. Un bref instant
l'autre lut dans son regard ce qui allait se passer et relâ-
cha brusquement son emprise. Paul se dégagea et en
retour lui décocha un violent coup de pied en plein
visage. Il entendit une bordée d'injures proférées dans
une sorte de râle puis, comme happée par le tréfonds
fétide de la cave, la tête disparut du soupirail. Sans
demander son reste il s'en fut droit devant lui dans le
vico delle Zite.

Il voyait déjà s'approcher les hautes murailles du
Dôme lorsqu'il entendit quelqu'un courir derrière lui.
Il se retourna : c'était l'adolescent de la cour.

« J'ai vu ce que vous avez fait, il est tombé en arrière.
S'il est mort, c'est de votre faute ! cria-t-il d'un air
menaçant.

— N'approche pas, ou ça risque de faire deux », dit
Paul en le mettant en joue.

Il procédait avec son Webley comme on le lui avait
appris lors de son stage à Beni-Abbès : l'avant-bras
gauche à l'horizontale soutenant le poignet droit qui
tenait l'arme. Il n'avait jamais rien ressenti de tel
— cette envie sauvage et impulsive qui le taraudait soudain d'aller jusqu'au bout de son acte. Je ne vais quand

même pas passer toute cette guerre sans au moins tirer sur quelqu'un, et ce chenapan en train de ricaner a exactement la tête de l'emploi avec sa dégaine de *scugnizzo* et sa voix teigneuse. Comme s'il lisait dans ses pensées le garçon changea brusquement d'attitude.

« Donnez-moi cent lires et j'ai rien vu, lança-t-il.

— N'approche pas. »

La voix de Paul avait claqué. Comme s'il était soudain conscient d'un danger qu'il avait peut-être sous-estimé, l'adolescent s'immobilisa, tétanisé.

« Lancez un paquet de sèches et je dis rien à personne.

— Ah, les tarifs baissent ! Ecoute-moi, il te reste une petite chance de t'en sortir. C'est de foutre le camp, et encore en te magnant le cul. »

Le garçon eut soudain un tic nerveux, suivi d'un rire hystérique jusqu'au sanglot. Autour d'eux il n'y avait plus personne comme si, tel un invisible chœur antique, tous les habitants tapis derrière leurs fenêtres s'étaient détournés de ce qui risquait de se passer sous leurs yeux. Au centre de cette aire d'irréelle solitude Paul sentit qu'une haine froide et implacable remontait en lui face à cette silhouette efflanquée qui semblait le narguer comme l'horrible faciès édenté de tout à l'heure.

« Vous allez pas... »

Il aurait entendu ce ton de supplication une seconde plus tôt qu'il n'aurait peut-être pas tiré. Mais presque à son insu la détonation avait déjà retenti, suivie du miaulement de la balle qui alla se ficher, dans un mur qu'elle étoila, lui sembla-t-il, à un bon mètre de sa cible. Il entendit pourtant un long hurlement modulé comme celui d'une bête blessée qui se répercuta tout au long des murs lépreux de la ruelle, puis il vit la silhouette du jeune homme s'enfuir en claudiquant avant de disparaître au coin de la via dei Tribunali. Boitait-il déjà auparavant ? Il ne se souvenait plus. L'aurait-il donc atteint ? Il en doutait, mais gagna néanmoins aussitôt l'endroit où avait eu lieu l'impact. Un éclat était bien visible dans le mur, mais nulle trace de sang n'apparaissait sur la chaussée. Songeur il s'en retournait dans la direction du Duomo lorsque des feulements rageurs lui firent presser le pas. Devant lui deux chats faméliques se disputaient un lambeau de chair sanguinolente qui avait vaguement, lui sembla-t-il, la forme d'une oreille humaine. Il éprouva un choc. Quoi, sa balle lui aurait donc arraché... A cette idée il dut s'appuyer contre l'une des façades pour ne pas vaciller. Non, ce n'était pas possible, il lui avait bien semblé le rater. Les yeux fixés sur les deux horribles chats qui en étaient au corps à corps comme s'ils copulaient, il avança en luttant contre la nausée. Le beau guerrier que je fais, pensat-il. L'amateur de beauté antique, l'admirateur de Winckelmann, capable de défigurer un adolescent frondeur ! Et puis non, cela ne peut pas être moi, l'éclat était bien plus haut que sa tête, et ce que j'ai vu n'est sans doute qu'un lambeau d'ignoble barbaque venu d'une poubelle. S'efforçant de reprendre son calme il parvint sur une petite place. Devant lui dansaient les lettres d'une inscription à demi effacée : NAPOLI AVRÀ LA POSTA PIU GRANDE DEL MONDO. L'inscription devait dater des années 30, mais il s'agissait presque d'un sacrilège car c'étaient les hauts murs du transept du Duomo qui en étaient le réceptacle. La grande poste de Mussolini exaltée sur le mur même du vénérable sanctuaire de saint Janvier ? « Garde ton indignation pour des faits comme celui-là, c'est là ton domaine, ton terrain, se dit-il. Pourquoi suis-je allé me fourvoyer ailleurs ? Pourquoi cet abruti de Hawkins, qui n'est même pas mon supérieur, a-t-il voulu que j'aille ainsi jouer les justiciers ? Pourquoi m'en suis-je pris à ce gosse chétif et affamé qui risque de garder toute sa vie les stigmates de ce duel inégal ? » Il se demanda si la repoussante apparition de l'homme-tronc dans le soupirail ne l'avait pas à ce point bouleversé qu'il en avait perdu tout sens commun.

Devant lui la haute masse de la basilique paraissait soudain blême et hostile, enclavée dans des maisons qui l'étouffaient. Il s'approcha d'une petite porte, entra et se laissa tomber sur la première chaise qu'il devina dans la pénombre de la nef. D'une lointaine chapelle s'élevaient des incantations psalmodiées par un groupe de religieuses, qui se mirent ensuite à chanter avec une séraphique perfection. Harmonieux et serein à l'image de ces cantiques se déployant dans la majesté de l'immense nef, le visage de Sabine lui apparut soudain, éthéré et comme en suspension dans les rayons de lumière obliques qui provenaient des hautes fenêtres du chœur. Il s'abîma dans sa contemplation comme s'il entrait doucement dans une eau froide et limpide, puis peu à peu parvint à retrouver son calme.

Avec ses hauts caissons baroques planant au-dessus de lui très haut comme un inaccessible paradis, l'intérieur de la basilique lui était déjà familier : quelques jours avant son voyage à Bénévent il y était venu en compagnie d'un fringant monsignore dépêché par le cardinal-archevêque pour faire l'inventaire du trésor. Le prélat lui avait d'ailleurs montré la confiance qu'il lui faisait en lui dévoilant sans attendre la cachette où était abrité le précieux autel en argent sculpté de Solimena que les Allemands avaient vainement cherché avant de quitter la ville. Le visage de Sabine s'était maintenant évanoui dans les rayons de soleil mais les religieuses continuaient à chanter et il demeura ainsi un long moment, perdu dans ses réflexions qui semblaient voguer à leur guise au gré de l'obsédante et harmonieuse polyphonie. Ce ne fut qu'après leur départ qu'il repensa soudain au document qu'il avait arraché aux griffes de l'infirme. « Bon sang, pourvu que je ne l'aie pas perdu pendant que je courais », se dit-il en tâtant brusquement sa poche.

Il le sentit tout aussitôt et le déplia avec précaution. Sur le précieux vélin filigrané étaient gravées les armes du Vatican. La lumière était rare et il dut l'approcher de ses yeux pour le déchiffrer.

SECRÉTAIRERIE D'ÉTAT
Le Cardinal Maglione
Secrétaire d'Etat

Princesse Scalzi
Palazzo Scalzi
via Uffici del Vicario

Cité du Vatican,
Roma, le 2 septembre 1943

"Princesse,

"Je reçois votre proposition de nous adresser afin de le protéger et de l'abriter un fonds patrimonial assemblé par votre famille qui compte, me dites-vous, nombre de manuscrits et documents précieux concernant le séjour de poètes romantiques anglais en Italie.
"Je suis flatté de la confiance que vous nous manifestez, mais il ne m'est malheureusement pas possible de donner suite à cette suggestion, les accords que nous avons passés avec la puissance publique n'autorisant en effet pas le Vatican à servir de refuge pour les documents appartenant à une collection privée qui apparaît de plus sans lien avec l'histoire religieuse.
"A titre personnel je pourrais toutefois vous recommander la célèbre abbaye bénédictine du Mont-Cassin, considérée comme un refuge inviolable, et dont le père abbé dom Gregorio Diamare accepterait sans doute d'accueillir ce fonds d'archives au vu de son intérêt et de sa valeur.
"Avec mon regret de ne pouvoir accéder à votre requête en ce qui concerne le Vatican, je vous

demande néanmoins de me croire, Princesse, votre
bien fidèle et dévoué serviteur dans le Christ,
Armando, Cardinal Maglione"

Il replia le feuillet et s'efforça un instant de réfléchir. A nouveau ses pensées se dirigeaient vers le Mont-Cassin comme vers une étrange acropole menacée. Depuis la date de la lettre le refuge inviolable était devenu un abri précaire — cela l'inquiétait fort, et il s'en était d'ailleurs ouvert à Larry avant son départ pour Bénévent. Une interrogation se posait immédiatement. Comment une telle lettre avait-elle pu se trouver dans la Topolino ? De deux choses l'une : ou elle se trouvait déjà dans la voiture avant que celle-ci ne fût débarquée — et dans ce cas elle aurait été en la possession de son ami alors qu'il se trouvait encore en Sicile. Mais pourquoi la princesse Scalzi l'aurait-elle transmise à Larry ? Ce nom — Scalzi — ne lui était pas étranger : il avait dû l'entendre prononcé par Larry un jour où il notait dans un carnet réservé à cet usage la provenance des nombreux documents dont il se servait pour sa biographie de Shelley. Peut-être même Larry avait-il été la voir lors de son premier séjour en Italie pour consulter sur place certains manuscrits. Pourquoi dès lors ne lui aurait-elle pas demandé conseil par la suite, alors qu'elle craignait de voir pillées et démembrées ses précieuses archives ? Plus vraisemblablement, se dit Paul après une pause de réflexion, ce devait tout de même être Ambrogio Salvaro lui-même qui avait voulu faire lire à Larry la missive du cardinal (certainement obtenue par la même voie que la photo du camion rempli de tableaux) afin de l'avertir du transfert de ces archives littéraires dans les murs mêmes de l'abbaye. Après tout il était payé pour donner à Larry ce genre d'information, mais il avait sans doute apporté cette lettre avec l'arrière-pensée, non seulement de lui prouver la richesse de ce fonds, mais aussi de tenter de lui en vendre une partie.

Tout cela accréditait l'existence d'un contact, voire d'une filière entre Salvaro et un familier du monastère — et entre les deux, il existait probablement un réseau de passeurs, car ce ne devait pas être simple de franchir la ligne de front !

Il se levait pour quitter l'église lorsqu'une scène attira tout à coup son attention. Sur sa gauche dans l'ombre d'un pilier de la chapelle Santa Restituta, une longue et maigre silhouette en soutane était fort occupée à enrouler une bande autour du bras nu d'un adolescent en maillot de corps. Nulle expression d'admonestation sur le visage du prêtre aux traits pourtant sévères : il semblait au contraire chercher à réconforter le garçon en prêtant l'oreille à ce que ce dernier lui disait, comme il l'aurait fait lors d'une confession. Paul ne reconnut pas aussitôt l'adolescent de la cour mais, lorsque ce fut le cas, se rencogna aussitôt dans l'ombre. Il vit alors successivement le prêtre attacher le pansement avec une épingle, aider le garçon à boutonner sa chemise puis d'un geste furtif passer sa main dans ses cheveux bouclés avant de lui donner congé. « Eh bien tout ça ne se termine pas si mal », se dit-il en s'esquivant discrètement, l'épître épiscopale encore à la main.

« Il n'était pas blessé au visage, en tout cas, précisa-t-il à Sabine. Tout au plus une estafilade au bras. Je t'assure que j'ai vite été rassuré. Et tu sais ce que je me suis pourtant dit en quittant l'église, car on ne peut jamais s'empêcher d'être stupide ? : "Après tout je ne tire pas si mal que ça."

— Tu as versé le sang, dit-elle ironiquement. Maintenant tu es un vrai soldat.

— Ah non, n'en remets pas !

— Et puis tu as au moins fait un heureux, ce qui est plutôt rare par les temps qui courent : ce brave abbé si compatissant.

— Ça... » dit-il prudemment.

Autour d'eux quelques officiers d'état-major dissémi-nés en petites tables lisaient le *Stars and Stripes* en avalant leurs rations dans de la porcelaine aux armes royales. FRANCHISSEMENT DU RAPIDO : LE IIe CORPS PARÉ POUR L'ATTAQUE, annonçait le gros titre. Peut-être parce qu'ils s'étaient placés un peu à l'écart contre un mur de damas d'un vert défraîchi sur lequel tranchait l'aspect fruste des roulantes et des casiers de rangement, l'un des serveurs en veste blanche leur apporta un plat rempli de pâtes fumantes.

« Les dieux sont avec nous, dit Paul. Regarde, on est les seuls à en avoir. »

Elle sourit d'un air mélancolique.

« C'est la première fois — en fait il y a eu une vraie première fois mais elle ne compte pas — que je te vois à la lumière du jour, murmura-t-elle. Et peut-être la dernière...

— Tu veux que je te dise ? Tu es encore plus belle que cette nuit. »

Sans répondre elle se dressa à demi de son siège pour contempler à travers la haute fenêtre du Palais la vaste place en arc de cercle illuminée d'une lumière diaphane.

« Il faudra revenir ici plus tard en pèlerinage, dit-elle. Je veux savoir à quoi ressemblent ces statues sans leurs cages de protection. Après tout, même invisibles, elles ont veillé sur le début de notre histoire...

— Ce serait le moment de te faire une déclaration en français, spirituelle et romantique. Malheureusement je me sens très malhabile dans une telle circonstance !

— La première phrase que je t'ai entendue prononcer était pourtant en français : "Pansements dans le jeep." »

Il leva les bras au ciel.

« Oh non, tu ne vas pas recommencer ! Ceci dit c'est incroyable : depuis que je t'ai rencontrée j'ai l'impression d'avoir emprunté la défroque d'un autre. Moi qui suis un type du genre pacifique, moi à qui il n'arrivait jamais rien, qui étais d'humeur placide, voilà que j'agresse un général connu pour son arrogance, que je frappe un infirme, que je tire au pistolet sur un gosse qui ne cherchait qu'à obtenir un peu d'argent pour ne pas crever, que je me lance dans une impossible enquête pour tenter de retrouver un ami qui avait pourtant disparu de mon entourage depuis des années... Ecoute, toi qui sembles avoir les pieds sur terre, dis-moi que je ne divague plus au milieu des songes de cette nuit et que je vais redevenir comme avant ! Et puis non, ne dis rien, ne réponds pas, peut-être après tout fais-tu toi-même partie du songe et je risquerais de te perdre à mon réveil...

— Oui, répondit Sabine d'un ton méditatif, je risquerais de disparaître à l'aube sous les frondaisons de la Villa nazionale, après avoir hélé ce mystérieux fiacre qui semble rouler à grand fracas dans les ténèbres tout au long de la Riviera di Chiaia... Mais je n'ai pas la robe de fête qui convient... », ajouta-t-elle en désignant d'un air de regret son strict uniforme du CEF.

Paul réprima un sourire.

« Manquerait plus que tu t'échappes, après tout ce que l'on vient de vivre... » En réponse elle lui effleura la joue. Devant la familiarité du geste quelques sourcils se haussèrent et des regards la dévisagèrent d'un air désapprobateur.

« Méfie-toi, ici la rumeur galope plus vite encore que du temps des Bourbons, murmura Paul.

— Je crois que s'ils nous regardent c'est qu'on nous a servi des *cannelloni* et pas à eux ! » dit-elle d'un air ironique.

Il ne put cette fois s'empêcher de rire.

« Je n'en suis pas si sûr, dit-il.

— En fait je n'ai pas pu m'en empêcher, pardonne-moi, ajouta-t-elle. C'était si bon, cette nuit.

— Ça, on n'a pas perdu notre temps, admit Paul. Il faut dire qu'il nous était compté.

— Et qu'on avait la première partie de la soirée à rattraper... Un peu éprouvante, non ? Quand je pense que tu as découvert rien de moins qu'un crime ! »

Il hocha pensivement la tête.

« Tu remarqueras que je ne t'en ai plus reparlé. Je ne voulais vraiment pas te troubler, ni gâcher notre fête.

— C'en était une, chéri, mais si tu m'en reparlais, justement ? J'ai envie de connaître la fin du film !

— Pour que je te fasse remarquer que depuis hier soir je fais une sorte de grand écart ? Est-ce bien nécessaire que je te replonge dans cette funeste histoire alors qu'on en vit, nous, une si belle ?

— Tu sais, j'ai appris l'anglais dans les romans gothiques pleins de brumes, de fantômes et d'assassinats », dit-elle d'un air gourmand.

Il lui saisit la main sous les plis de la nappe comme s'il voulait se relier à la fontaine d'énergie qui émanait d'elle.

« Je t'aime et je n'en reviens pas, dit-il d'une voix sourde. Je n'aurais jamais imaginé qu'un coup de foudre puisse faire irruption dans ma vie rangée et méthodique avec tant d'évidence. Mais je n'arrive pas à me faire à l'idée d'être à la fois si heureux et si horriblement préoccupé.

— C'est ça, ton grand écart ?

— J'ai beau tourner les choses dans tous les sens : pour moi il y a eu crime. Et là, de deux choses l'une : ou bien Larry est la victime, ou bien il est le meurtrier. Tu devines qu'aucun des deux cas de figure ne me réjouit particulièrement. »

Elle demeura un instant interdite.

« Ce n'est pas la fatigue et la tension de cette soirée qui te font voir tout cela de façon si dramatique ?

— Ecoute, je reprends les faits, et tu jugeras toi-même. Hier soir, pendant que tu avais sombré dans ce sommeil éthylique...

— Ce culot ! s'exclama-t-elle. Un doigt de lacrima-christi !

— ... Le vieux Crespi m'a entraîné dans un petit salon surchargé de meubles et d'objets afin de me montrer un document qui aurait certainement intéressé Larry plus que moi — une lettre d'ailleurs touchante, et même pathétique, adressée par Mary Shelley à son époux alors qu'ils habitaient la maison de la Riviera di Chiaia. Crespi m'a dit avoir retrouvé par hasard cette lettre dans un secrétaire où elle avait été oubliée pendant cent vingt-cinq ans. Ce que je crains, c'est qu'elle ait en quelque sorte servi d'appât pour attirer Larry dans la maison. Larry était fou de Shelley, comme tu sais. Et cela, à un point que tu n'imagines pas. On peut dire qu'il était envoûté par lui, et lorsque tu l'as "rêvé" descendant du fiacre habillé comme son poète favori, sans doute n'étais-tu pas si loin de la vérité. Il aurait abandonné toute prudence pour découvrir une lettre qu'il ne connaissait pas.

— C'est la fille qui l'aurait attiré afin de... le séduire ?

— J'en ai la conviction. Je sais aussi par Crespi qu'elle avait la clé de son appartement. Apparemment elle était chez lui comme chez elle — enfin, mieux que chez elle, cela va sans dire. D'autre part Larry m'avait plus ou moins fait comprendre qu'elle aurait voulu partir avec lui pour échapper à son père : on peut l'admettre si on imagine l'enfer dans lequel elle vivait. Mais Larry n'était sûrement pas d'accord, et il fallait d'ailleurs voir comment il avait accueilli une lettre d'Ambrogio, sans doute inspirée par Domitilla, qui proposait qu'elle aille vivre avec lui ! C'est vrai qu'il y a ainsi deux ou trois gars à la Ve armée qui vivent avec des Napolitaines... Il fallait donc qu'elle passe à l'acte, et pour cela il n'y a pas trente-six moyens. J'imagine que, sachant qu'Ambrogio allait vendre la voiture, elle a voulu profiter de son absence pour tenter quelque chose... Tu vois ce que je veux dire.

— Mais, Paul, même s'il les prenait sur le fait, le père de Domitilla ne pouvait pas être surpris ou jaloux puisqu'il avait souhaité cette liaison, et qui plus est par une lettre adressée à ton ami, d'après ce que tu me dis !

— C'est cela que je comprends mal. Qu'a-t-il pu se passer entre Larry et Salvaro, d'autant qu'ils avaient besoin l'un de l'autre ? Et puis s'il avait pressenti le moindre danger, Larry ne se serait sans doute jamais rendu dans la maison... Il avait trop l'intuition de ce que peut être un guet-apens ! Le jour de mon départ pour Bénévent, je l'avais pourtant mis en garde, tant je trouvais léger de confier la vente de la voiture à quelqu'un d'aussi douteux, même si c'était en effet pour lui le seul moyen de le rémunérer !

— L'autre lui a peut-être apporté des documents volés là-bas et que ton ami a refusé d'acheter...

— Si c'est le cas, Larry a dû se mettre dans une colère noire ! S'il est incapable de malhonnêteté — par exemple d'acheter un document à l'origine douteuse — en revanche il est capable de vraie folie ! A Oxford, alors qu'il n'avait pas un sou vaillant, il avait un jour engagé tout le montant de sa bourse d'études pour acheter chez un libraire spécialisé un ensemble de lettres de Shelley à Thomas Hogg. Il avait fallu des heures pour le faire changer d'avis !

— Et... S'il avait découvert un trafic quelconque, est-ce que... ce que tu appelles sa folie, demanda-t-elle en hésitant, aurait pu aller jusqu'à... »

Paul eut l'air soudain si décomposé qu'elle regretta sa question.

« Il serait sûrement sorti de ses gonds. Et j'ai pu constater personnellement tout à l'heure que le dérapage est facile et qu'un coup de feu est vite parti... Car il était armé, n'oublie pas.

— Dans ce cas, tu aurais remarqué un impact de balle ! dit-elle pour tenter de le réconforter.

— J'ai quand même peine à imaginer que ce n'est qu'une histoire de manuscrits et que Domitilla n'est pour rien dans cette affaire », grommela-t-il d'un ton préoccupé.

Des bruits de cuisines roulantes se firent entendre. Deux serveurs poussaient devant eux un récipient de café chaud.

« Tu en veux ? demanda Paul. D'après Larry c'est un breuvage qui ne rappelle que de façon fort lointaine celui que l'on buvait à Naples autrefois. »

Sabine fit non de la tête.

« Je n'ai pas besoin de café pour essayer de comprendre ce qui s'est passé, fit-elle d'un air sombre : tu sais, comme je te le disais cette nuit, je suis entrée par hasard dans cette histoire et je vais devoir la quitter sans en connaître l'issue...

— Pas du tout, je te raconterai la suite au fur et à mesure !

— Et... comment ? Dès ce soir on sera séparés par des kilomètres de montagne... Venafro est presque inaccessible...

— Je sens que je vais trouver sans tarder un monument à protéger dans le coin, dit-il. Et puis non, la moindre fontaine un peu antique suffira. »

Le visage de Sabine s'éclaira.

« En attendant, reprends le cours de la soirée au moment où je m'abandonne à ce petit somme dans le grand salon, dit-elle. Toi, tu étais donc dans le boudoir avec Crespi en train de lire aux chandelles le message de cette pauvre Mary Shelley.

— Eh bien... A ce moment précis, notre vieux savant a poussé une exclamation qui m'a arraché à ma lecture : il venait de s'apercevoir qu'une précieuse chaise à porteurs du XVIIIe siècle qui se trouvait d'ordinaire dans un coin sombre de la pièce avait disparu. Sa surprise était telle que, le chandelier à la main, je me suis approché de l'endroit où elle se trouvait et que j'ai examiné avec attention toute cette partie de la pièce.

— Et alors ?

— Le tapis qui recouvrait le plancher et où l'on voyait encore les marques de la chaise était de couleur grenat.

— Intéressant !

— Oui, car sur un fond de cette teinte il n'est pas facile de déceler une tache de sang. »

Sabine écarquilla les yeux.

« Il y avait vraiment une tache de sang ?

— Tu te souviens qu'après, nous t'avons rejointe au second, poursuivit-il sans répondre à sa question.

— Si je m'en souviens ! Quand je me suis retrouvée enfermée là-haut j'ai eu plus peur encore que lorsque les Allemands nous tiraient dessus en Tunisie ! »

Il lui pressa discrètement la main.

« Toujours est-il que, alors que je parcourais ces pièces sinistres et désertes, j'ai été frappé par un nouveau détail. Tu te souviens du grand miroir brisé ? Eh bien, tout autour le plancher avait été tellement frotté, briqué, lustré qu'il brillait comme du vernis au milieu des lattes beaucoup plus ternes qui l'entouraient.

— A ce moment-là, je me rappelle aussi que tu as demandé à notre hôte au-dessus de quelle pièce de son appartement nous nous trouvions. »

Paul acquiesça.

« C'est un renseignement qui m'a été bigrement utile ! Alors que nous quittions l'appartement de Crespi j'ai pu en effet, profitant de ce que l'électricité était revenue, lever les yeux au bon endroit.

— Et qu'as-tu remarqué, Sherlock Holmes ? »

Paul eut à son tour un petit rire puis se pencha vers elle à travers la table.

« Dois-je te rappeler que Sherlock Holmes n'avait pas de femme dans sa vie ? C'était stipulé dans le contrat de l'éditeur. Alors que moi j'en ai une depuis... — il consulta sa montre — quinze heures et trente minutes.

— Quoi, on se connaît depuis si peu de temps ? demanda-t-elle en minaudant cette fois un peu. Tant d'événements en même pas une journée ? »

Les serveurs commençaient maintenant à desservir, à grands bruits de vaisselle entrechoquée.

« Je n'arriverai jamais à savoir ce que tu as vu au plafond, dit-elle sans impatience. Je suis prête au pire.

— Une sorte d'araignée, grosse et noire comme une mygale, incrustée dans les lézardes du plafond comme

362

si elle était suspendue au-dessus de moi. Pas belle à voir. »

Sabine fit mine de frissonner.

« Tu vois des araignées au plafond, maintenant ?

— C'étaient des traînées de sang qui sont passées à travers les lattes du parquet du second jusqu'à s'immiscer dans les fissures du plâtre.

— Encore du sang ! s'exclama-t-elle. Mais ça a peut-être été un massacre ! »

Il se passa nerveusement la main sur le visage.

« En fait, c'est quand j'ai repensé à la chaise à porteurs que tout s'est éclairé pour moi.

— Tu veux dire : c'est alors seulement que tu as pensé qu'un meurtre avait eu lieu ?

— J'ai reconstitué en quelque sorte l'itinéraire : la victime a été tuée devant le miroir du second puis le corps a été ramené dans le petit boudoir avant d'être emmené au-dehors...

— Dans la chaise à porteurs ? dit-elle avec stupeur.

— Elémentaire, mon cher Watson.

— Décidément, tu as une imagination !

— La chaise n'est plus là : il y a bien une raison.

— Maintenant le problème se pose de savoir : le corps de qui. Qu'est-ce qui te fait penser que la victime est Ambrogio Salvaro et non pas... »

Il l'interrompit hâtivement comme s'il ne voulait pas qu'elle prononçât le nom de son ami.

« Je note non seulement que Larry était armé de son arme de service, mais aussi qu'il était beaucoup plus fort et massif que Salvaro. Et puis, excuse-moi, mais il a disparu !

— Salvaro aussi, si je peux dire...

— Mon sentiment est que Domitilla, qui détestait apparemment son père, avec quelques raisons pour cela, a dû se servir de Larry. Sans l'avoir voulu, il s'est ainsi retrouvé complice d'un crime. Peut-être lui et Domitilla sont-ils ensemble à l'heure qu'il est, et dans ce cas le passage de la jeune fille à Bagnoli n'aura été qu'un leurre. Peut-être aussi a-t-il été agressé et s'est-il défendu... Quoi qu'il en soit, et où qu'il soit, tu penses bien que je n'irai pas le dénoncer si je retrouve sa trace ! Mais ça ne m'empêche pas d'avoir une petite idée sur la question.

— Je crois deviner !

— C'est vrai qu'il y a un endroit auquel on ne peut pas ne pas penser, et vers lequel tout nous ramène — et jusqu'à la menace qui pèse sur le fonds Scalzi qui l'aura peut-être poussé à agir...

— Quand même, si c'est au Mont-Cassin que tu penses, cela semble quasi impossible... Réfléchis, il faudrait qu'il parvienne à franchir les lignes ennemies — Winter, puis Gustav — qui sont défendues comme jamais, et cela armé d'un simple revolver ! En se coltinant cette fille comme un fardeau, en plus ! Pourquoi ne prendrait-il pas Rome à lui tout seul, pendant qu'on y est ? »

Paul parut réfléchir.

« D'abord il y a sans doute un passeur dans cette affaire. Comment Ambrogio aurait-il pu disposer sans un passeur de cette photo représentant des tableaux des musées de Naples à bord d'un camion, que Larry m'a montrée ? Comment aurait-il pu entrer en possession de la lettre du cardinal Maglione ? Et puis surtout — là je me place en dehors de toute démarche logique — tu sais que pour une certaine catégorie d'illuminés rien n'est impossible. Or quelque part, comme je te l'ai dit, Larry *est* envoûté par Shelley. S'il pressent que des manuscrits importants de son grand homme sont en danger, rien ne le fera reculer, et il serait capable de demander des comptes à Kesselring lui-même. »

Au calme soudain qui régnait autour d'eux ils s'aperçurent qu'ils étaient désormais seuls dans la grande salle. A regret ils se levèrent et gagnèrent l'escalier monumental.

« Il faudra en tout cas que tu prennes sans tarder contact avec la princesse Scalzi, dit Sabine lorsqu'ils furent à nouveau sur la piazza Plebiscito. Suppose un instant qu'elle n'ait pas suivi les conseils du cardinal et qu'elle ait entreposé ses trésors ailleurs qu'à l'abbaye ! Ce serait des soucis en moins pour toi...

— Si je peux joindre Rome par radio. Je vais tenter d'entrer en contact avec elle, et cela dès cet après-midi...

— Demande-lui par la même occasion si elle avait rencontré Larry lors de son premier séjour ; et si elle lui avait envoyé la lettre du cardinal... »

Elle semblait s'accrocher à ces ultimes conseils pour se sentir moins oppressée.

« Oui, lieutenant », dit Paul en français pour tenter de la détendre.

Elle sourit tristement.

« L'accent est bon, mais tâche de faire quelques progrès dans le vocabulaire pour la prochaine fois...

— *Bon, lieutenant, je fais progrès, promis.*

— Ne te moque pas, chéri. Pas en ce moment, je n'ai plus le cœur à ça. »

Elle s'était arrêtée devant la façade de l'église San Ferdinando et il vit que ses yeux étaient pleins de larmes. Il l'entraîna dans le creux d'une porte et lui sécha doucement les joues avec son mouchoir. Elle protesta faiblement.

« On peut nous voir...

— Eh bien tant pis. C'est ton *sweet prince* qui te le dit : il ne restera pas longtemps séparé de toi. Je partirai te rendre visite à la première occasion. »

Elle renifla, puis sortit de son abri.

« Pardonne-moi, c'est la fatigue, ou l'émotion... Tout cela est arrivé si vite... Rappelle-toi, c'est ici qu'hier soir tu m'as fait le coup de la gravure. On voyait en ombres chinoises les habitués du Gambrinus qui jouaient aux cartes. Je peux maintenant te le dire, je me sentais déjà toute prête à te suivre où tu voudrais...

— Et ces sales gosses qui commençaient à se rassembler sous l'ombre des colonnes pour mieux ricaner de nos baisers... »

Elle poussa un soupir.

« Tu sais, je donnerais n'importe quoi pour être encore là ce soir et leur permettre de se rincer l'œil, car cela voudrait dire que je serais encore dans tes bras. »

Ils firent quelques pas en silence.

« Et voilà déjà le convoi, dit-elle en soupirant. Tu les vois, dans la via Roma ? »

Fanions au vent, une dizaine de GMC étaient alignés au pied de la gare du funiculaire. Elle se tourna bravement vers lui.

« Le mieux est que tu me laisses ici, ils me considèrent comme leur... comme leur madone, en quelque sorte. Je vais tout de suite être entourée. »

Paul avait en effet l'impression que des goumiers déjà embarqués les regardaient s'approcher avec curiosité. Il s'arrêta net.

« J'espère que ce ne sont pas ceux de l'autre jour !

— Mais si, répliqua-t-elle d'un air gouailleur. Et ils t'ont sûrement déjà reconnu ! »

L'un d'eux vint d'ailleurs à sa recherche sans attendre, portant un sac volumineux. Sans dire un mot il salua à distance réglementaire, et Paul se sentit transpercé par son regard inquisiteur.

« Merci, Mehdi, lui dit-elle. Mets-le à part dans le premier camion, que je le retrouve facilement en arrivant. »

Elle se retourna.

« Mon factotum. Secrétaire, ordonnance, interprète, garde du corps. Il faudra que tu l'apprivoises si tu viens.

— Je m'y emploierai. Mais pourquoi : "Si tu viens" ? Je viendrai, et le plus vite possible ! Autour de votre PC, comme je te l'ai dit je protégerai la moindre pierre branlante comme si c'était la Vénus de Milo, et il faudra donc que je me déplace en personne. »

Sous le regard de tout le convoi, ils se tenaient de chaque côté de la rue, et elle voyait dans ses yeux son désespoir de ne pouvoir à cet instant l'approcher davantage. Sur l'autre côté de la via Roma, deux officiers français installés dans une jeep lui firent signe.

« Eh bien... *So long, sweet prince* », crut-il entendre.

Les moteurs avaient déjà démarré comme si on n'attendait plus qu'elle, et dans le fracas du départ il eut surtout l'impression d'avoir lu sur ses lèvres.

DEUXIÈME PARTIE

9

« On se croirait devant le Yankee Stadium un soir de match », dit Pettigrew.

Du moins c'est ce que Paul comprit, tant la voix un peu grêle du jeune sous-officier était facilement recouverte par le fracas des camions et des blindés qui les entouraient. Les ordres tonitruants d'un sergent-major coiffé du casque plat de la 2e division néo-zélandaise qui tentait sans grande réussite d'organiser le trafic à l'entrée du bourg ajoutaient encore à la cacophonie générale.

« De ma vie je ne suis allé au Yankee Stadium, hurla Paul.

— Moi, souvent. On était fous de base-ball dans la famille. Vous savez, quand on est de New York... Les Yankees contre les Giants... »

Il poussa un grand soupir.

« Quand même je ne les félicite pas, reprit-il. Vouloir faire passer une division là où deux mulets bâtés peuvent même pas se croiser... »

Paul regarda autour de lui. Partout c'était le royaume de la boue. Une boue obsédante, gluante, parfois mouchetée de neige sale qui lui donnait un granité crayeux d'emplâtre, et seuls les turbans immaculés des soldats sikhs serrés dans les Dodge immobilisés semblaient y échapper. La pluie redoublait désormais et en dépit de sa parka il se sentit transpercé.

« Commençons par sortir de ce merdier, dit-il avec impatience. Et puis trouvons enfin cette foutue maison.

— La maison du dentiste, en général, les gens savent où c'est ! »

Paul se tourna vers le jeune sergent.

« Parce que vous en voyez, vous, des gens dans les rues ?

— Les pauvres, ils ont été tellement pilonnés par les mortiers, ils doivent même plus penser à leurs rages de dents...

— Pettigrew, épargnez-moi vos réflexions, s'exclama Paul avec impatience. Je croyais que vous connaissiez le coin. C'est même l'une des raisons pour lesquelles on vous a demandé de m'accompagner.

— Mon capitaine, si vous me permettez, moi je tournerais à gauche, on ne sortira de là qu'en prenant un peu de champ. »

Résolument Paul s'engagea dans une ruelle en pente qui s'insinuait entre des ruines aux fenêtres béantes. La jeep patina sur le sol glissant et il dut utiliser le crabot pour bondir d'un seul élan vers le haut du village — ou de ce qu'il en restait. Devant eux, en bordure d'une oliveraie déchiquetée par les obus, un camion civil datant des années 20 était embourbé jusqu'aux essieux. *Soda Clerico,* était-il inscrit en lettres délavées sur la bâche qui battait dans le vent.

« Ça évoque le soleil, soupira Pettigrew. Je ne sais pas depuis combien de temps je ne l'ai pas vu... Vous voulez du café, mon capitaine ? J'ai un thermos brûlant.

— Non merci, je déteste le jus de chaussette, dit Paul.

— Moi qui pensais en débarquant que la campagne d'Italie serait pour nous une lente et joyeuse remontée vers Rome à travers les pins, les fleurs et les jolies filles...

— Où avez-vous débarqué, sergent ?

— Paestum, mon capitaine, comme beaucoup.

— Ah, c'est pour cela. Débarquer au milieu des temples antiques ça donne de fausses idées... Bon, mon vieux, il faudrait s'activer.

— D'après le message que j'ai reçu à sept heures de Presenzano, expliqua le jeune homme en tapotant sur son imposant poste de transmissions du Signal Corps, c'est la dernière maison sur la route de Vallerotonda, dans la direction de Venafro. »

A entendre ce dernier nom, Paul eut l'impression qu'une poigne lui broyait le cœur.

« Quoi, on entre dans le secteur français ? s'écria-t-il.

— On est juste sur leur flanc gauche, mon capitaine, précisa Pettigrew. Je le sais, c'est moi qui depuis janvier assure la permanence de liaison entre la Ve armée et le Corps expéditionnaire. Je peux vous dire en confidence qu'entre Clark et Juin ça va pas toujours tout seul. Juin, il avait quand même raison quand il disait qu'il fallait pas se précipiter tête baissée dans ce défilé, vous avez vu ce qu'ils ont dégusté, les pauvres Texans des 34e et 36e ! Quand je pense qu'ils verront plus jamais un match de base-ball de leur vie. »

Paul acquiesça sans mot dire. Il suivait maintenant avec une prudente lenteur une étroite chaussée criblée de trous d'obus et striée de profondes ornières dans la neige sale, comme si un détachement s'était déjà aventuré par là avant de rebrousser chemin. Hésitant, il s'arrêta à nouveau. En contrebas le tumulte des camions et des blindés s'était atténué. De sa position élevée il pouvait discerner entre les pans de murs calcinés et à demi écroulés du village le miroitement des inondations qui avaient élargi le cours du Rapido aux dimensions d'un fleuve secoué de remous et de tourbillons d'un gris plombé. Soudain à l'arrière de la jeep un témoin s'alluma sur le poste émetteur. En une série de gestes agiles et précis Pettigrew sauta à terre, régla un bouton puis déploya l'antenne et saisit le combiné.

« *Bride,* annonça-t-il, puis, après avoir écouté conclut : *Over.*

— Vous n'avez pas dit un mot, dit Paul avec étonnement lorsqu'il eut reposé le combiné.

— C'était le service de prévisions météo de Presenzano, précisa Pettigrew. C'est peut-être pas une bonne nouvelle pour vous, mon capitaine, ils préviennent qu'il y aura une éclaircie demain matin vers neuf heures. »

Paul ne put dissimuler une grimace puis, sautant à son tour de la jeep, fit quelques pas en direction de l'ouest. L'air était saturé d'aiguilles de grésil qui lui brûlaient les joues. Il sortit ses jumelles et les braqua sur les lourdes nuées qui dans cette direction semblaient barrer la vallée à mi-pente. Au-delà des inondations, les parois ravinées et tavelées de traînées de gel ressemblaient aux côtes rocheuses d'une île inaccessible.

« C'est là-haut que sont placés leurs fichus mortiers de 77, expliqua Pettigrew, et on comprend mieux en voyant ça ce qui a pu se passer. Vous savez, on a de la chance qu'aujourd'hui ils ne puissent pas régler leurs tirs sur nous, je vous assure qu'ils ne se priveraient pas !

— En tout cas, ces mortiers ne se trouvent pas dans l'enceinte de l'abbaye, et c'est ce que je vais essayer de lui faire comprendre...

— Vous croyez qu'il vous écoutera ? » demanda le sergent.

Paul haussa les épaules.

« Vous le connaissez ? s'enquit-il.

— Un peu, que je le connais... Enfin, je l'ai vu, au PC de Keyes. C'est le genre de mec qui est si baraqué qu'il est obligé de rouler des mécaniques en marchant pour garder son cap, sans quoi il part en crabe, si vous voyez ce que je veux dire. Il cherchera à vous écraser plus qu'à vous écouter !

— Vous pensez bien que je ne me fais aucune illusion, sergent, soupira Paul.

— Mais alors, pourquoi... commença Pettigrew.

— Toujours la même histoire, pour pouvoir me dire après que j'ai fait ce que je pouvais... Dites-moi, *bride,* c'est notre code ?

— Oui, mon capitaine. Il m'est communiqué au dernier moment par le *Signal officer,* et juste pour cette mission. Il sait que je suis fiancé, ou peut-être qu'il voulait rigoler, avec nous deux, parce qu'il sait qu'on s'entend bien. »

Paul ne releva pas.

« A propos de transmissions, lorsque vous communiquez avec les Français du CE à Venafro, vous passez par un officier de liaison ?

— Bien évidemment, mon capitaine. J'ai eu tour à tour le lieutenant Voizard, de l'état-major du général, puis le lieutenant Aubriot, une PFAT qui parle bien anglais et dont j'aimais assez la voix, et puis à nouveau maintenant le lieutenant Voizard.

— La PFAT, vous ne l'avez plus en ligne depuis combien de temps ?

— Au moins deux semaines, mais on ne sait jamais à Venafro qui est de permanence. Je veux dire par là que les Français, ils fonctionnent plutôt par secteurs géographiques, et ils sont très mobiles. Beaucoup vont aux avant-postes à tour de rôle et Juin va les visiter l'un après l'autre, et c'est pas toujours évident de le suivre. On peut donc pas demander à parler à quelqu'un en particulier, on sent qu'ils font la guerre, et pas des discours et des déclarations pour expliquer pourquoi ils piétinent, si vous voyez ce que je veux dire. »

Il y avait dans le franc-parler du jeune sergent et dans sa voix nasillarde de *cockney* new-yorkais quelque chose qui intriguait et amusait Paul. Le fin profil imberbe du jeune homme grêlé de taches de rousseur lui donnait l'impression d'avoir à côté de lui le gamin Perry Winkle, son héros favori de bandes dessinées, dont il lisait jadis les aventures chez son grand-père à Baltimore.

« Juin c'est quelqu'un, vous savez, reprenait déjà Pettigrew. Il est roux comme moi et comme Babe Ruth, le plus grand joueur que j'aie jamais vu.

— Ça ferait sûrement un grand plaisir au général d'être comparé à Babe Ruth, dit Paul d'un ton convaincu.

— Quand "Babe" a signé aux New York Yankees, mes parents ont fait la fête toute la nuit ! Mais on allait pas qu'au Yankee Stadium, on allait aussi voir les Giants, et quelquefois même les Brooklyn Dodgers, mais ça c'était rare. Mon père avait des autographes de "Shoeless" Joe Jackson, Lou Gehrig et Joe Di Maggio — mais son préféré c'était le "Babe". Mon père, il m'a promis qu'il m'offrirait une batte de base-ball signée de lui pour mon retour au pays. Eh bien, Juin, il a un peu les mêmes qualités d'anticipation et de vitesse d'exécution que Babe Ruth.

— Le base-ball, ça ressemble un peu au cricket, non ?

— Oh, mon capitaine, fit Pettigrew d'un air affligé.

— Quand même dans les deux cas, il y a un lanceur, une batte, une balle... Bon, je me tais. »

Il ne pleuvait plus et seuls des bruits de ruissellement venaient troubler le silence. Devant eux le chemin bifurquait brusquement vers un vallon escarpé.

« Dites-moi, est-ce que ce ne serait pas cette maison un peu isolée que nous cherchons, là en contrebas du chemin ? Il me semble voir une inscription au-dessus de la porte... »

Pettigrew plaça ses mains en abat-jour.

« Sur le muret du jardin je lis : FORZA BARTALI. C'était qui, Bartali ?

« — Mais non, je parle de l'inscription au-dessus de l'entrée ! »

Il saisit à nouveau ses jumelles.

« *Studio dentistico,* lut-il tout haut. Allez, on y va, il n'y a pas de temps à perdre. »

Ils descendirent la côte à vitesse réduite et vinrent se garer sur l'étroit terre-plein qui isolait la maison du chemin. Aucun véhicule militaire n'y stationnait. La maison était intacte et en dépit de son modeste perron semblait beaucoup plus cossue que les autres habitations du village.

« Ces mecs-là, ils ont jamais la plus moche baraque du coin, fit remarquer Pettigrew.

— Elle a été protégée par le talus, c'est sans doute pour cela que le général l'a choisie... En tout cas, sergent, allez vite installer votre matériel, je veux avoir la possibilité de communiquer avec Presenzano dès que l'entrevue sera terminée. Vous faites pas dégommer, hein !

— C'est juste quand je monte sur le toit pour les antennes que je risque quelque chose, mais aujourd'hui ça serait vraiment la faute à pas de chance ! » rétorqua Pettigrew tout en déroulant ses câbles.

Paul suivit des yeux le jeune amateur de base-ball comme il entrait dans la maison. Puis, demeuré seul, il fit quelques pas en zigzaguant entre les flaques. Vers le sud, l'horizon était toujours bouché.

« Mon pauvre monastère, murmura-t-il. J'aurai tout fait pour le sauver et je ne l'aurai même pas vu. »

Une sonnette tinta dans le silence lorsqu'il entra à son tour. L'étroit vestibule donnait sur ce qui devait être la salle d'attente, car gisaient à terre en désordre des liasses d'anciens numéros du *Mattino* et de *Roma*. La maison semblait avoir été abandonnée en toute hâte avant d'être sans doute pillée dans les jours qui avaient suivi : les pièces étaient aussi dépourvues de meubles que l'appartement d'Ambrogio Salvaro à Naples. Au mur ne subsistait plus qu'une gravure encadrée — et encore sa vitre s'était-elle brisée — représentant les deux angelots de la Madone Sixtine. Loin de la lugubre atmosphère de la pièce abandonnée, ils semblaient vouloir s'envoler vers les nuées qui avaient envahi la vallée. Pensif, il demeura quelques instants à les contempler. Dans quel sombre caveau était-elle pour l'heure ensevelie, la Madone Sixtine ? Dans quelle obscure catacombe les angelots mutins de Raphaël étaient-ils emmurés ? Dans quelle crypte glacée, dans quelle mine de sel de Courlande ou de Thuringe ? On pouvait être sûr d'une chose — les Allemands n'avaient pas dû attendre le dernier moment, comme certains, pour songer aux refuges dans lesquels ils abriteraient les chefs-d'œuvre de leurs musées... Réapparaîtraient-elles un jour, ces œuvres insignes, plus poignantes et plus rayonnantes à la fois d'avoir survécu à ce long ensevelissement ? A l'étage il entendit Pettigrew s'affairer, sans doute pour déployer ses antennes. Sur une table basse figurait encore un carnet de rendez-vous soigneusement rempli. Il était ouvert au 14 décembre — étrange, la date même à laquelle il avait rencontré Sabine. La page était gondolée par l'humidité et maculée de poussière.

    2 heures. DE SANTIS Peppino
    3 heures. BARTOLONI Emma
    4 heures. POMMERONE Egidio (dent de sagesse)

La ligne suivante était tracée au crayon.

    5 heures. PETTIGREW Matthew (caries diverses,
    douleurs persistantes, gaz hilarant réclamé s.v.p.)

Il réprima un sourire.

« Oh, mais le base-ball rendrait-il spirituel ? Il faut

le croire », se dit-il au moment où il pénétrait dans la pièce attenante.

Ce devait être le cabinet du dentiste. Placé au milieu de la pièce le fauteuil du patient évoquait quelque chevalet de torture. Il s'approcha et eut un mouvement de recul. Hâve, le teint exsangue, rendu plus pâle encore par une barbe de plusieurs jours, un jeune officier y était étendu. Hésitant à s'approcher Paul se pencha. Le sang d'une horrible blessure avait transpercé la lourde étoffe trempée de sa capote du 135e d'infanterie pour s'étaler en un nœud de tentacules noirâtres qui paraissaient lui dévorer le ventre.

« Pettigrew ! » appela-t-il.

Pour toute réponse un bruit de mastication se fit entendre, venant de la salle d'attente. Paul s'y précipita. Ses longs poils maculés de boue et de neige sale, un mulet bâté avait commencé à mâchonner le carnet de rendez-vous, et de la bave épaissie par le gel s'écoulait sur les feuillets déchiquetés. Au courant d'air glacé qui venait de l'entrée Paul s'aperçut que la porte était demeurée entrebâillée et que l'animal venait de l'extérieur. A cet instant il entendit un bruit de voix et crut à l'arrivée du général, mais ce fut Pettigrew qui fit son entrée à pas pesants, soutenant un soldat américain qui paraissait épuisé.

« Je l'ai pas vu en entrant, mon capitaine, il s'était écroulé derrière l'escalier. Il me dit qu'il a ramené son chef de peloton, mais je vois pas où il a pu le... »

Paul eut un geste vers la pièce attenante.

« Il est à côté.

— Eh bien, allons l'aider et... »

Paul l'arrêta du regard.

« Occupons-nous plutôt de ce garçon, il en a davantage besoin. »

Ils soutinrent le G.I. pour qu'il puisse s'asseoir et s'efforcèrent de le réconforter, mais il continuait à trembler sans pouvoir s'arrêter.

« On n'a pas d'alcool ? demanda Paul. Il lui faudrait une réaction.

— Il y a bien le thermos de café, mais vous avez dit que c'était du jus de chaussette...

— Ça sera mieux que rien. »

A l'écoute du mot thermos, le soldat se redressa. Pettigrew se précipita vers la jeep puis revint et lui glissa dans les mains un gobelet de carton. Il le but avec difficulté.

« C'est suffisamment chaud ? » demanda le sergent.

Il fit oui de la tête.

« Le lieutenant... Le lieutenant Harrington vivait encore quand on a passé le torrent... expliqua-t-il d'une voix presque indistincte.

— Vous avez passé le Rapido à gué, malgré toutes ces inondations ? s'enquit Paul avec une curiosité admirative.

— C'est... c'est le mulet qu'a tout fait... j'ai suivi... répondit-il d'une voix épuisée. On avait de l'eau jusqu'aux épaules mais c'était comme si cette bête savait où passer. J'ai juste entendu le lieutenant qui me disait : me noie pas, Carter, j'sais pas nager. Je lui ai répondu que moi non plus. Après il a plus rien dit.

— Chapeau, mon vieux, dit Paul. Ramener son chef de peloton dans ces conditions... Vous auriez pu le sauver... Il aurait *dû* être sauvé. Vous n'êtes pas blessé ?

— Je crois pas... En tout cas je sens rien... »

A cet instant il régurgita brusquement tout le café qu'il venait d'avaler en un long jet glaireux qui vint maculer le blouson de Paul.

« Pardon », lui dit-il avec une voix d'enfant pris en faute.

Paul sentit alors une pression sur son épaule. Il se retourna et se trouva nez à nez avec le mufle du mulet qui le flairait avec avidité comme s'il avait sur lui quelque chose à manger. La scène eut le don de ramener un pâle sourire sur le visage du G.I. Carter.

« On en aurait eu des centaines, de ces bêtes-là, on serait peut-être pas là où on en est », murmura-t-il.

Comme si le fait d'avoir vomi l'avait soulagé il semblait peu à peu reprendre des couleurs.

« Vous êtes de la 36e ? demanda Pettigrew tout en essuyant avec soin le blouson de son supérieur.

— Oui, 2e escadron du 135e...

— Le 135e ? J'ai rencontré il y a quelque temps votre commandant en second, dit Paul en repensant soudain à la scène des animaux empaillés dans la nuit venteuse de novembre. Je peux vous dire que votre division vient d'être relevée. Un simple repli, en fait. »

Le soldat ferma un instant les yeux.

« Il y a plus rien à replier, murmura-t-il. Plus de 135e régiment. Plus de 34e division. Plus de IIe corps d'armée. Plus rien. »

Pettigrew prêta soudain l'oreille.

« Mon capitaine, le v'là, lança-t-il d'un ton alarmé. Apparemment, il a pas maigri. Rappelez-vous de ce que je vous ai dit. »

Paul se redressa. Un groupe d'hommes casqués venait d'entrer dans la pièce, se découpant sur la lumière du terre-plein. On ne voyait au milieu d'eux que le colosse, et il se dirigea vers lui.

« Mes respects, mon général, dit-il en se plaçant à contre-jour.

— Mais qu'est-ce que c'est... Qui êtes-vous ? répliqua vivement Mac Intyre. C'est un PC d'opérations ici, je tiens à être tranquille ! Et que fait là ce garçon ? »

Le G.I. regarda de bas en haut la silhouette qui emplissait soudain la pièce de sa présence opaque, et se méprit.

« Je suis venu crever ici, *mister.* Pour le lieutenant, c'est déjà fait.

— *Sir*, rectifia Pettigrew en lui parlant à l'oreille. C'est un général, mec, pas un adjudant-chef comme t'as l'air de croire.

— Le *private* Carter a ramené à dos de mulet son chef de peloton blessé, expliqua Paul en montrant la pièce attenante. Malheureusement, pour le lieutenant Harrington il est trop tard. »

Paul se sentit dévisagé sans aménité mais avec néanmoins quelque perplexité, comme si le général cherchait à se souvenir à quel endroit il l'avait rencontré en dernier.

« Prescott, officier des Monuments auprès de la Vᵉ armée, finit-il par se présenter d'une voix neutre.

— Le théâtre », lui souffla le jeune capitaine qui suivait le général.

Il le reconnut aussitôt. L'officier d'ordonnance avec lequel il s'était colleté dans le foyer deux mois plus tôt. Toujours ces traits empreints de fatuité. Paul fit comme s'il ne le voyait pas, mais la tension en lui monta d'un degré.

« J'y suis, dit Mac Intyre. Bon Dieu, Prescott, vous n'avez donc que ça à faire, jouer la mouche du coche ?

— Vous voulez dire : remplir la mission qui m'a été impartie par les hautes autorités, mon général ? D'après les instructions qui m'ont été données j'ai le droit de me déplacer à ma guise sans avoir à le justifier. Quant au coche, je crains qu'il ne s'embourbe avant peu, si j'en juge par l'état du terrain.

— Ne faites pas l'intéressant, Prescott, nous ne sommes plus à l'opéra ! La scène est désormais toute différente et vous allez me faire le plaisir de la quitter au plus vite. Je ne garde pas un bon souvenir de notre dernière entrevue, et si j'ai choisi cet endroit pour PC, c'est pour être tranquille. Je n'y tolérerai aucun intrus. »

Paul allait répondre lorsque le général désigna Pettigrew.

« Pourquoi êtes-vous escorté d'un sergent du Signal Corps, capitaine ?

— Je ne me déplace jamais sans un élément de transmission, expliqua Paul d'un air énigmatique. Je dois pouvoir être joint à tout moment.

— Et par qui, seigneur ? » s'enquit le capitaine d'un ton narquois.

Paul le toisa du regard.

« Pourquoi, ça t'intéresse, Broadway ?

— Bradshaw, lui fut-il sèchement répondu.

— En l'occurrence, par le PC du IIe corps, condescendit-il à répondre.

— Mais il n'y a plus de IIe corps, mon pauvre ami ! lança le général d'un ton apitoyé qui l'exaspéra d'emblée. Il n'y a plus de 34e et de 36e division, demandez donc au général Keyes ce qu'il en pense ! Vous n'aviez qu'à la gagner, cette bataille, vous les Américains, tant que vous en aviez la possibilité ! La réussir, cette percée, au lieu d'y perdre deux de vos divisions ! Mais c'était une folie de tenter de faire sauter un verrou pareil sans avoir l'appui massif de l'aviation... Maintenant j'assure la relève et je vous réponds que sans ce temps épouvantable ce serait fait à l'heure qu'il est et qu'on y serait, dans la forteresse. Bon, Harris ? Allons rendre hommage à ce malheureux garçon, pitoyable symbole de ce désastre. »

Le colonel avec qui il était arrivé lui emboîta le pas sans dire un mot. Soudain inquiet de la sollicitude dont il avait fait l'objet, Pettigrew avait préféré s'éclipser. Paul resta en compagnie du capitaine Bradshaw.

« Toi tu vas pas nous faire chier longtemps, glapit le Néo-Zélandais dès qu'ils furent seuls. Dégage pendant qu'il est pas là, sans quoi ça risque de franchement se gâter.

— Ton patron vient de dire : forteresse. Fâcheux lapsus : je te rappelle que c'est une *abbaye,* espèce de primate des mers du Sud ! La plus ancienne et la plus célèbre de la chrétienté ! Moi présent, je vous réponds que vous ne toucherez pas une pierre de cet édifice sacré. Suggère plutôt à ton stratège en chambre de faire une manœuvre de contournement et rappelle-lui qu'on n'est plus au XIVe siècle à attaquer les murailles avec des béliers. »

Repoussant d'un pied négligent les fragments du carnet de rendez-vous, Bradshaw s'était assis sur la table basse dans une attitude pleine de suffisance.

« Ah, je reconnais bien là le discours de cette connasse de Française qui l'autre jour au foyer du théâtre voulait nous donner des leçons et qui... »

Le coup de pied de Paul atteignit l'officier au menton. Il fut si fulgurant que celui-ci s'agenouilla en crachant de la bile puis s'inclina lentement sur le plancher en se tenant le visage à deux mains. Paul se pencha. Bradshaw était étendu à ses pieds, sa bouche tordue de douleur exhalant un râle à peine audible qui s'interrompit au moment où il bascula sur le côté comme s'il avait une syncope.

« Pettigrew », appela Paul à mi-voix.

Son sac en bandoulière, le petit sergent refit son apparition.

« Où étiez-vous, bon sang ? J'ai besoin de vous ! » dit-il en montrant l'officier étendu à ses pieds. Pettigrew parut soudain figé de stupeur.

« Bon Dieu, mais qu'est-ce qui s'est passé ?

— Il s'est passé que ce type a dit du mal d'une personne qui m'est chère, aussi je lui ai envoyé un délicat coup de pied à la pointe du menton dont il risque de se souvenir quelque temps.

— Il s'en souvient si bien qu'il remue même plus ! constata Pettigrew.

— Vous allez me comprendre, vous, sergent : sous l'emprise de la colère, c'est comme si j'avais eu une batte de base-ball à la place du pied. »

Paul mima son geste. Le sergent eut une moue mi-admirative, mi-stupéfaite.

« Quand même, vous devriez pas vous mettre dans des états pareils, *captain,* s'exclama-t-il sur un ton de reproche. Même Babe Ruth s'était pas mis dans un état pareil le jour où il avait pas pu conclure son troisième *home run* contre les Giants !

— Désolé, sergent, mais c'est un gars que j'encadre pas.

— Qui, le "Babe" ?

— Mais non ! Ce connard. Pourtant je l'avais déjà boxé pour la même raison et je pensais qu'il avait compris.

— Je croyais, moi... qu'entre officiers... même de nationalités différentes... »

Paul eut un geste fataliste.

« Moi aussi, je croyais. »

Des éclats de voix leur parvinrent soudain d'une pièce qui paraissait se situer au-delà du cabinet du dentiste.

« Les deux là-bas non plus, ils n'ont pas l'air d'accord, fit Paul.

— En attendant le nôtre se réveille, on dirait... remarqua Pettigrew d'un ton craintif.

— Il a l'air complètement sonné, et je vais en profiter pour l'éloigner un peu. J'imagine sans cela la tête de Mac, s'il apprend que j'ai frappé son petit aide de camp !

— Il peut vous mettre aux arrêts ? En cabane ?

— Il n'a pas le droit de le faire, nos juridictions militaires n'étant heureusement pas les mêmes. Et puis ce blanc-bec a par deux fois injurié un officier, une femme qui plus est ! Mais je n'ai pas envie d'aller à la confrontation, pour cela, j'en ai bien assez avec l'abbaye ! Tenez, aidez-moi plutôt à le conduire jusqu'au perron. »

Le regard perdu dans le vague, Bradshaw tentait de se redresser. Ils le prirent l'un et l'autre par le bras et le transportèrent plus qu'ils ne le soutinrent jusqu'au perron.

« Où est donc passé le mulet ? demanda Paul lorsqu'ils furent parvenus dehors.

« — Mais il est attaché au poteau de la clôture, là, devant vous ! » répondit Pettigrew interloqué.

L'animal les regardait en effet arriver, encensant d'un air impatient son pelage encore trempé.

« Le pauvre, il croit qu'on lui apporte son picotin dans sa musette pour le récompenser. Comme s'il était déjà à l'écurie...

— Croyez-moi, sergent, dès qu'on le libérera il le retrouvera vite, le chemin de l'écurie ! s'exclama Paul avec un petit rire.

— Il n'aura pas trop de chemin à faire, la base arrière des compagnies muletières est juste sous la Rocca Janula, expliqua Pettigrew avant de préciser : Vous savez, quand on est aux Transmissions on finit par tout savoir — par exemple que les muletiers là-bas ont du mal en ce moment à trouver du grain. »

Bradshaw poussa alors un bref grognement.

« Aidez-moi plutôt à le ficeler sur le bât avant qu'il ne reprenne conscience, dit Paul.

— Quoi ! s'exclama Pettigrew. Vous n'allez tout de même pas...

— La pauvre bête n'aura pas besoin d'être héroïque cette fois, et au moins elle sera nourrie à l'arrivée. Grouille-toi. »

Ils le soulevèrent et le déposèrent à plat ventre sur le bât, puis le sanglèrent avec soin. L'aide de camp émit cette fois un faible gémissement comme si du fond de son rêve il cherchait à protester. Paul libéra le mulet puis lui tapa sur la croupe en l'encourageant d'un claquement de langue. Comme mû par un réflexe conditionné, l'animal détala aussitôt dans le chemin raviné et pentu qui menait vers Cassino. Ils le suivirent des yeux alors qu'il s'éloignait d'un trot régulier entre les fondrières, son fardeau tressautant à chaque foulée.

« Pas aussi rapide que Mazeppa, mais on fait ce qu'on peut, murmura Paul.

— A ce régime-là, le gars risque quand même de se

réveiller assez vite et alors là, gare au retour ! lança Pettigrew avec sa gouaille habituelle.

— Croyez-moi, il est dans le cirage pour un petit moment et puis, vaniteux comme il est, il se sentirait trop ridicule de raconter qu'il a été empaqueté comme une botte de fourrage ! »

Ils revenaient vers la maison lorsqu'ils entendirent la voix impérieuse de Mac Intyre.

« Bradshaw ! » appelait-il.

Paul s'avança.

« Je crois bien qu'il est sorti, mon général. »

Mac Intyre regarda Paul comme s'il ne comprenait pas qu'il puisse être encore là.

« Sorti ! Et pourquoi cela ?

— Le capitaine Bradshaw ne me fait guère de confidences et se croit sans doute trop supérieur à moi pour m'adresser la parole, mon général. Je l'ai juste entendu dire qu'il allait ramener le mulet à l'écurie. »

Le général ne put dissimuler sa stupéfaction.

« Ramener le mulet ? Mon aide de camp ?

— Je ne me suis pas senti le droit d'intervenir, mon général. Je ne suis pas là pour le mulet, moi, mais pour l'abbaye. »

Mac Intyre lui tourna le dos sans répondre. Paul lui emboîta aussitôt le pas.

« Harris, demanda Mac Intyre au colonel dès qu'il l'eut rejoint dans la salle d'attente. Appelez donc le soldat Carter, pour que le capitaine Prescott comprenne enfin, ou alors il ne comprendra jamais. »

Comme s'il s'agissait d'un jeu de scène tout juste répété, le G.I. entra alors dans la pièce. Par la porte ouverte Paul vit que le corps du jeune lieutenant avait été déplacé et que seule une flaque d'eau rosâtre subsistait sous le fauteuil du dentiste. Carter semblait, lui, avoir repris quelques couleurs. A la surprise de Paul, sans se préoccuper de sa présence, Mac Intyre s'adressa directement au sergent Pettigrew qui se tenait derrière lui.

« Sergent, lui ordonna-t-il, vous descendrez en compagnie du soldat Carter la dépouille du lieutenant Harrington au PC du IIe corps. Vous utiliserez pour cela mon *scout-car* qui me sera ramené par un chauffeur. Je téléphonerai au général Keyes pour convenir des citations que recevront ces deux valeureux garçons. »

Paul s'avança.

« Mon général, c'est à moi qu'il incombe de donner des ordres au sergent du Signal Corps. Vous vous montrez suffisamment sensible à l'indépendance du commandement des troupes néo-zélandaises — indépendance, permettez-moi de vous le rappeler, unique dans le dispositif allié — pour ne pas comprendre mon attitude. »

Pour la première fois Mac Intyre parut incapable de répondre. « Eh bien, allez-y », fut le sens du geste de la tête qu'il lui adressa. Puis son regard se fixa vers la porte comme s'il lui importait avant tout désormais de voir réapparaître son officier d'ordonnance. Paul s'approcha alors de Pettigrew.

« Sergent, vous exécuterez les ordres du général puis vous regagnerez Presenzano avec une navette. Vous-même, Carter, dit-il en s'adressant au G.I., vous accompagnerez la dépouille de votre lieutenant et rendrez compte à votre chef de corps et votre chef de bataillon de votre tentative de sauvetage.

— C'est qu'ils sont morts », répondit le soldat Carter.

Paul entendit soudain avec une intense acuité la voix lasse et sans illusions du major Carlsen alors qu'il restituait les animaux sur la Riviera di Chiaia. "Je me serai fait déquiller bien avant que votre rapport soit écrit."

« Morts tous les deux ? » demanda-t-il, et sa voix en trembla d'émotion.

Carter fit un signe affirmatif

« Le lieutenant était le dernier officier qui nous restait, on l'aimait bien. C'était pas un gars qui nous gueulait dessus, au contraire il nous parlait, nous expliquait la situation, nous montrait où on devait aller, mais malheureusement, là où il nous entraînait, c'était toujours sur des pentes ravinées, glacées, sans possibilité de s'enterrer, avec au-dessus de nous des champs de mines infranchissables, des mortiers et des nids de mitrailleuses... Progresser là-dedans par cette tempête, par ce froid, c'était devenu impossible... Pourtant je suis un des rares de la division qui était pas texan, je suis du Minnesota, alors le froid je croyais connaître... Peut-être que si on avait eu des centaines de mulets comme celui qui est dehors, on aurait pu faire mouvement ailleurs, et alors on s'en serait tirés... Il nous aurait aussi fallu des réchauds... On en a tellement manqué, on a mangé et bu froid pendant des semaines... Au lieu de cela, ils nous ont envoyé des chars qui n'ont même pas pu traverser la rivière... Mais le pire, alors là, le pire, c'était ce sale monastère... »

Mac Intyre hocha la tête d'un air entendu.

« On l'avait complètement pris en grippe avec ses longues façades blêmes aux mille fenêtres qui nous dominaient... nous espionnaient... reprit le soldat d'un ton soudain acerbe. On avait l'impression que derrière chacune de ces fenêtres il y avait un boche qui nous narguait et dirigeait les tirs vers nous... Deux coups d'essai, et au troisième on y avait droit... Oh, cette bâtisse-là, je pleurerai pas quand les colonnes de fumée s'élèveront de ses murailles. Au contraire, j'applaudirai, et tous les survivants avec moi...

— Je vous arrête tout de suite, Carter, l'interrompit Paul en se gardant d'élever la voix. Je comprends votre état d'esprit, votre rage contenue, votre détresse, mais sachez pourtant que nous avons la certitude qu'il n'y a aucune présence militaire allemande dans l'enceinte du monastère. Aucune, vous m'entendez. Les observateurs et les tireurs dont vous parlez se trouvent tout au long des batteries fortifiées de la ligne Gustav, et non pas dans l'abbaye. Or c'est uniquement le sort de l'abbaye qui me préoccupe.

— Alors ça, comment pouvez-vous prétendre une chose pareille ? demanda Mac Intyre d'un ton abrupt.

— Des pères bénédictins avaient quitté l'abbaye dès novembre au moment de la construction des batteries. Ils ont rejoint la maison mère de San Lorenzo et ont prévenu le Vatican.

— Vous pensez bien que l'ennemi a changé de stratégie depuis l'offensive alliée !

— Nous savons qu'une vingtaine de religieux demeurent encore là-haut autour du père abbé et qu'ils ont gardé le contact avec Rome. De plus, ils ont recueilli dans l'enceinte une bonne partie de la population de la ville fuyant les bombardements. Vous n'allez tout de même pas tirer sur des civils !

— Là, vous sortez de votre domaine ! grommela Mac Intyre. Mais qu'est-ce que fiche Bradshaw, bon sang ! »

Il se leva brusquement pour aller dehors, comme si c'était le seul problème qui lui importât. Le colonel Harris le suivit des yeux et Paul eut l'impression qu'il n'approuvait pas l'attitude de son supérieur. Tout semblait en effet l'opposer à ce dernier : il était plutôt petit, fin et avenant.

« Ces civils, mon colonel, reprit Paul. Vous n'allez pas faire tirer sur des civils... des religieux...

— Qui vous parle de cela ? Nous les préviendrons en temps utile.

— Qu'appelez-vous : en temps utile ?

— Un avion les survolera quelques heures avant l'opération et leur lancera des tracts. »

Mac Intyre venait de revenir et Paul eut l'impression qu'il ne fut pas satisfait que son subordonné ait divulgué l'information. Il décida de profiter de ce minime avantage.

« Mais quelle générosité ! Et s'il y a du vent ? Si l'avion est abattu ? Et vous croyez peut-être que les troupes de von Senger laisseront passer les réfugiés ? Il y a des vieillards, des enfants, vous les imaginez lancés par centaines dans la neige sur les pistes de montagne impraticables ?

— La décision est prise, répliqua Mac Intyre, sans hausser la voix, ce qui parut presque plus inquiétant à Paul tant son inflexion était cette fois sèche et précise. A l'heure qu'il est mes hommes sont déjà engagés puisqu'il a fallu relever d'urgence les Yankees, et je ne les laisserai pas subir à leur tour ce que ce garçon et ses camarades viennent d'endurer ! J'ai d'ailleurs l'accord à ce sujet du général Alexander et du général Clark !

— Le général Alexander, je veux bien le croire, puisque l'opération lui échoit, répliqua Paul. Mais vous savez comme moi que le général Clark s'est fait forcer la main, et qu'il ne s'est résolu à cette stratégie — si on peut appeler stratégie que de décider de foncer droit dans le mur — que parce qu'il se trouvait sous la pression des Anglais.

— Ah, rétorqua le général, c'est toujours la même chose ! Toujours à détester les Britanniques, vous, les Américains ! Vous vous croyez des surhommes, et si vous n'emportez pas une position il faudrait que personne ne puisse le faire à votre place ! »

Paul haussa les épaules.

« Il y avait moyen dans cette affaire de ne pas passer en force et de tenter au contraire de contourner l'obstacle. Les Français n'ont cessé de nous montrer la voie, et avec quelque succès me semble-t-il... Encore aurait-il fallu leur donner les renforts qu'ils réclamaient pour tenir les positions qu'ils avaient enlevées derrière la ligne Gustav ! »

Mac Intyre le considéra avec ironie.

« Ah, parce que vous jouez les chefs d'état-major,

maintenant ? Il fallait me le dire tout de suite, j'aurais installé une garde d'honneur à l'entrée ! »

Paul s'efforça de garder son calme.

« Mon général, il n'y a pas besoin d'être Clausewitz pour savoir que dès la fin du bombardement de l'abbaye — il ne put s'empêcher de trembler en prononçant ces mots —, à moins que vous ne soyez en mesure d'attaquer dans les instants qui suivront, les panzergrenadiers investiront les ruines. Dès lors ils seront bien plus difficiles à attaquer que lorsqu'ils étaient à découvert ! Impossible à déloger de leur piton. Inexpugnables. »

Mac Intyre se contenta de secouer la tête.

« Sans compter l'*agit-prop* que Kesselring ne manquera pas de faire ! insista à nouveau Paul. Rappelez-vous leur réaction après les bombardements de Rome en juillet dernier, et la destruction de San Lorenzo ! Faites-leur confiance pour annoncer au monde entier que nous bombardons sans aucune raison un monument insigne et que nous nous conduisons comme des barbares sur cette vieille terre de civilisation. »

Le général parut cette fois touché au vif.

« Des barbares ! Ça, c'est trop fort ! Eux seraient les saints qui protègent les moines et nous, des sauvages féroces et impitoyables ! Décidément, j'aurai tout entendu ! Et le pire, c'est que je ne suis pas certain que vous ne ferez pas chorus ! Non, c'en est trop, capitaine. Vous outrepassez vos fonctions. »

Le ton avait monté jusqu'à devenir acerbe.

« Je n'outrepasse rien du tout, mon général, répliqua Paul. J'ai la responsabilité d'une directive interalliée signée au plus haut niveau qui vise à protéger les monuments historiques dans les zones de guerre lorsqu'il n'y a pas de nécessité absolue à les détruire. Ce qui est bien le cas ici, me semble-t-il.

— Je considère votre circulaire comme un torchon de papier ! hurla Mac Intyre qui parut à cet instant, sous l'œil inquiet du colonel Harris, perdre tout contrôle de lui-même. Il y a eu échec de l'attaque, oui ou non ? Vous n'avez donc pas écouté ce qu'a vécu ce pauvre garçon ! Encore une fois je ne vais pas lancer mes hommes à l'attaque sans un appui aérien d'une exceptionnelle densité qui me servira de bélier, justement, pendant que j'enfoncerai ce satané verrou avec l'épaule ! Il ne restera rien de votre bâtisse de malheur qui n'a été sauvée jusqu'ici que par les intempéries ! Si je ne le fais pas c'est le front tout entier qui sombrera dans le doute, vous pouvez peut-être comprendre cela ! J'ai joint le général Saville qui dirige le 12ᵉ Tactical Air Command : il est prêt à l'action. Ceci dit vous n'auriez jamais dû savoir où se trouvait mon PC et encore moins venir m'emmerder jusqu'ici ! Ça doit être encore un coup de ces sales Yankees qui nous détestent », ajouta-t-il en se tournant vers Harris.

Le casque plat incliné sur le côté, l'insigne des Transmissions néo-zélandaises sur le blouson, un capitaine fit alors irruption. Derrière lui un soldat gurkha déroulait un câble à mesure qu'il avançait. Il s'immobilisa dans un garde-à-vous impeccable.

« Oui, Fitzsimmons ? fit Mac Intyre qui parut satisfait de la diversion.

— Mon général, j'ai enfin obtenu le contact avec le général Lovett au PC de la 7ᵉ division indienne.

— J'aimerais surtout avoir le contact avec mon officier d'ordonnance, rétorqua Mac Intyre. Où est-il, cet imbécile, alors que celui-ci a bien su me trouver, dit-il en désignant Paul. Oui, Ted, fit-il en s'emparant du combiné. Cela fait une demi-heure que j'essaie de vous joindre, *old buddy*. »

Au milieu des grésillements la voix de son interlocuteur leur parut lointaine et brouillée mais pourtant audible.

« Ben, nous avons ici un gros problème. A ce qu'on m'avait dit, la cote 593 avait été prise par les *red bulls* de Ryder. Apparemment ce n'est pas le cas, ou alors elle a été reprise par les *Krauts* après la relève. La situation n'est pas bonne, nous ne pouvons progresser qu'en rampant. En plus on n'y voit goutte, et à cause des inondations je ne peux pas me déployer sur un large front. Du coup je ne peux plus progresser vers la Tête de Serpent. »

L'inquiétude du général Lovett était aisément perceptible. Par la fenêtre Paul regarda de l'autre côté de la vallée les premières pentes qui disparaissaient dans le brouillard.

« Quant au Royal Sussex qui devait m'épauler sur ma droite, reprenait déjà Lovett, il a perdu toute sa réserve d'obus au fond d'un ravin à la suite de la chute d'un camion.

— Bien reçu, Ted. Avez-vous encore des éléments de la 36ᵉ division américaine sur votre gauche ?

— Affirmatif, pour ce qu'il en reste...

— Peuvent-ils être d'un certain secours ?

— Négatif, Ben. A relever d'urgence. »

De lointaines rafales vinrent ponctuer la fin de la communication, qui fut suivie d'un étrange bruit de ruissellement, comme si l'inondation gagnait là-bas jusqu'au poste de transmission. Mac Intyre ne put réprimer une grimace.

« Lovett ? appela-t-il. Ted ? »

Perplexe il reposa le combiné et parut un instant indécis. Une sonnerie grêle se fit à nouveau entendre.

« Ted, ah, je vous reçois à nouveau.

— Je tente de m'accrocher au rocher, comme un macaque à son cocotier, Ben.

— Avez-vous la liaison avec Dimoline ? Avec ce manque de visibilité je ne sais pas si la 2ᵉ brigade progresse vers vous.

— Pas à ma connaissance.

— Bon, alors écoutez, ne vous occupez plus de la cote 593. Pour l'instant veillez surtout à ce que les Gurkha Rifles préparent leur base d'attaque pour cette nuit.

Le 2ᵉ Rajpoutana devrait les rejoindre. Car il faudra bien le reprendre demain ce terrain, Ted, surtout si on veut gagner la Tête de Serpent !

— Il nous faut surtout de l'appui, Ben.

— Vous l'aurez. »

La communication fut à nouveau interrompue.

« Vous voyez bien, dit Mac Intyre en se tournant vers Paul.

— Je vois surtout que le général Dimoline a du mal à se mettre en place et que dans ces conditions, jamais les 5ᵉ et 7ᵉ divisions indiennes ne pourront attaquer demain matin ! Dès lors le bombardement ne sert à rien, il vaudrait mieux vous replier pour venir épauler les Français. Avant deux jours je suis certain que vous vous retrouveriez à Abate, de l'autre côté de la ligne Gustav. L'abbaye serait alors préservée et mon *agit-prop* personnelle ferait de vous un héros. »

Mac Intyre s'avança l'air menaçant.

« J'en ai assez de vos élucubrations et de votre chantage à l'humanisme, Prescott. D'ailleurs je vous ai trop vu. Deux fois en deux mois, c'est trop. Maintenant vous dégagez. Ne vous retrouvez plus jamais sur mon chemin, est-ce assez clair ?

— Mon général, je me trouverai toujours là où je déciderai de me trouver », répliqua Paul avec hauteur au moment de franchir la porte.

Il faillit heurter un major de l'armée de l'air qui arrivait à grandes enjambées, une lourde enveloppe à la main.

« *Sir*, j'arrive à l'instant de l'aérodrome de Capodicino. Les photos ont été prises lors de l'éclaircie de ce matin. Elles sont à peine sèches. »

Mac Intyre déchira impatiemment l'enveloppe et en sortit une liasse de photos qu'il jeta en désordre sur la table basse. Paul vit aussitôt que c'étaient des prises aériennes des différentes façades de l'abbaye pour lesquelles l'avion semblait s'être approché tout près, au point que l'on voyait se détacher son ombre menaçante à moins de cent pieds de la muraille.

« La *Loggia del Paradiso,* expliqua-t-il en se saisissant de l'une des photos. Elle date de la fin du XVIe siècle. De ce lieu suspendu au-dessus du vide dont a été tellement vantée l'inoubliable beauté, l'Arioste et saint Ignace ont médité à l'heure du couchant devant l'immense paysage.

— Eh bien, vous savez ce qu'il en restera, demain à cette heure-ci, de votre paradis ? »

D'un geste rageur le général prit la photo et de son crayon gras zébra la façade jusqu'au soubassement. Pris d'un soudain accès de fureur Paul la lui arracha des mains et se leva tout aussitôt.

« Général, je n'ose pas qualifier votre comportement, mais sachez que je ne me gênerai pas pour le faire connaître en haut lieu et que vous n'en sortirez pas grandi ! » s'écria-t-il d'une voix blanche.

Dans un silence empli de tension et de haine ils se mesurèrent du regard puis, d'un revers de la main qui se voulait négligent, Mac Intyre fit glisser la liasse des clichés à terre.

« Vous pouvez toujours les garder pour vos archives, Prescott », dit-il d'un ton méprisant.

Paul hésita à les ramasser, mais se borna à brandir celle qu'il avait déjà en main.

« Cette photo restera pour moi le symbole de votre forfait », lança-t-il avec un mélange d'amertume et d'emphase.

En réponse il reçut une bordée d'invectives dans laquelle il crut déceler une sommation à déguerpir sur-le-champ. Le moment était venu de faire retraite dans la dignité — comme l'avait fait après tout le IIe corps d'armée dont il était en quelque sorte le pupille — et sans saluer quiconque il s'en fut à grandes enjambées. Pettigrew se mit ostensiblement au garde-à-vous lorsqu'il passa devant lui comme s'il saluait un exploit de son héros des New York Yankees. Paul ne se souvenait déjà plus du nom du joueur que le jeune sergent admirait tant, mais c'était quand même drôle de penser cela en un tel moment.

Sous la pluie il se dirigea vers la jeep et se laissa lourdement tomber derrière le volant. Il ressentait le poids d'une immense lassitude et néanmoins une vague satisfaction du devoir accompli lui permit de ne pas s'abandonner complètement au découragement. Les doigts gourds il s'efforçait de glisser la photo dans sa serviette de cuir lorsqu'une rafale de vent la lui arracha brusquement des mains. Il se précipita pour la ramasser et s'aperçut alors que des flocons de neige boueuse en avaient souillé la surface, altérant de bavures humides les traits rageurs de Mac Intyre qui en perdaient un peu de leur brutalité. Peut-être y avait-il là, songea-t-il, un signe prémonitoire lui révélant que l'éclaircie prévue le lendemain n'aurait pas lieu, et que les intempéries continueraient à protéger l'abbaye perdue dans les nuées. Soudain il tressaillit : de l'une des bavures émergeait une silhouette fantomatique qui se détachait au milieu de la loggia. En humectant son doigt il continua à la dégager de son halo d'encre puis se pencha pour l'examiner. C'était bien une silhouette masculine qui surgissait ainsi entre les piliers. Paraissant aspirer goulûment l'air pur des Abruzzes (à moins qu'il n'observât avec surprise l'irruption de l'avion tout proche) l'homme se détachait avec une précision qui faisait honneur au matériel photographique des observateurs de l'armée de l'air américaine. Le visage semblait barbu — presque impossible à reconnaître de toute façon ; mais cette attitude un peu rigide, cambrée à l'excès comme si seules les mains crispées aux balustres lui permettaient de garder son équilibre, il l'avait déjà remarquée un jour où Larry et lui se trouvaient tous deux en haut de la Rotonde Radcliffe à Oxford. « Je me souviens, je lui expliquais qui était James Gibbs, l'architecte de la Rotonde, et il m'écoutait le dos tourné, l'air apparemment rêveur en regardant le panorama de la ville, mais en fait attentif à chaque mot, et il avait exactement la même attitude que sur cette photo », pensa-t-il. A mesure qu'il l'examinait, sa fugitive impression se transformait en intime conviction. Cette silhouette reconnaissable entre toutes, comment aurait-elle pu laisser subsister un doute ? Comment pouvait-il avoir une hésitation ? Et au fond cela le surprenait si peu d'apprendre que Larry était parvenu là-haut — où aurait-il pu être, sinon là-haut ? Paul y avait tant réfléchi qu'il n'attendait qu'un signe pour en être certain, et ce signe, son ami venait de le lui adresser — même si c'était à son insu.

Paul regarda pensivement derrière le pare-brise ruisselant le fond de la vallée perdu dans la brume. Là-haut Larry était en danger de mort, et sans même le savoir. Comment avait-il pu faire pour traverser les lignes, bon sang. Pour justifier une entreprise si risquée, il avait dû apprendre ce que lui-même savait depuis qu'il avait reçu — en réponse à sa lettre — un message du secrétaire de la princesse Scalzi : les fonds d'archives et de manuscrits appartenant à la famille avaient bel et bien été entreposés dans l'abbaye après le bombardement de Rome. Inquiet de ce que les manuscrits fussent menacés, Larry, au risque d'être considéré comme déserteur, avait dû alors s'arroger la fonction de Dernier-Gardien-des-Ecrits-de-Shelley. En fait depuis le 1er janvier

Larry était considéré comme disparu. Disparu au combat, sans laisser de traces à l'image d'Ariel, l'esprit de l'air de *La Tempête* — ainsi, ne voulant pas d'ennuis, en avait décidé le Field. De toute façon il n'y avait pas de veuve à prévenir, lui avait aimablement fait remarquer le major Hawkins.

Paul referma sa serviette puis démarra, prenant presque inconsciemment la route de Cassino. Le chemin était si raviné qu'il ne dépassait pas la vitesse d'un homme à pied. Un homme à pied il en croisa un, justement — silhouette voûtée et maculée de boue qui remontait la côte d'un pas harassé. Il s'arrêta à sa hauteur.

« Hello, *sweetheart,* la balade était bonne ? La selle, confortable ? Dépêche-toi, ton cornac te cherche », lui lança-t-il ironiquement.

Il redémarra aussitôt, et ne vit que dans le rétroviseur le haineux bras d'honneur que l'autre lui adressait.

Il n'avait plus Pettigrew à son côté, et donc la mission « Bride » ne pouvait plus communiquer. Peut-être, songea-t-il, était-ce à dessein que le général avait confié au jeune sergent du Signal Corps cette mission de descendre le corps du lieutenant Harrington. Comment pouvait-il en effet prévenir désormais le PC de la Ve armée de l'échec de cette ultime tentative pour empêcher le bombardement ? Depuis le retrait des Américains devant Cassino et la relève par les troupes du Commonwealth, leur état-major était sans illusions quant au sort réservé à l'abbaye. Encore heureux que sur sa propre insistance on lui ait laissé tenter cette négociation que tout le monde à Presenzano considérait comme sans espoir depuis le feu vert d'Alexander...

Au sortir d'un tournant il s'aperçut qu'en contrebas la route de Sant'Elia était toujours aussi encombrée. Progressant à perte de vue dans la boue, des files de Dodge transportaient vers le front des bataillons de Sikhs, Gurkhas et autres Rajpoutes aux visages impassibles sous leurs turbans immaculés. « Ils doivent se croire de retour dans les Himalayas », se dit-il en considérant la base des parois escarpées dont les versants se perdaient dans l'épais brouillard. Hésitant, il stoppa au milieu du chemin. Il était évident que la via Casilina ne permettait qu'une progression très lente, surtout si les Anglais et les Néo-Zélandais devaient croiser les Américains du IIe corps revenant vers Naples. « Jamais je ne serai à Presenzano à temps pour passer mon message », s'inquiéta-t-il. Il décida alors de rebrousser chemin vers le secteur français. Bien sûr le PC du Corps expéditionnaire — où devait en ce moment se trouver Sabine — était situé à Venafro, aussi difficile à rejoindre que Presenzano, mais Pettigrew lui avait encore rappelé tout à l'heure combien les troupes de Juin multipliaient dans leur zone les avant-postes et les unités mobiles, et il se dit que ce serait bien le diable s'il ne trouvait pas sur sa route un de leurs détachements muni de moyens de transmission. Afin de ne pas repasser devant la maison du dentiste il tourna dans un chemin de terre puis longea le village dévasté pour regagner la route de Vallerotonda. Parsemée de rigoles et de nids-de-poule la chaussée était quasiment impraticable, mais au moins était-elle dégagée. Il conduisait avec précaution, comme s'il se déplaçait soudain dans un espace différent de celui des autres belligérants, un espace sans pesanteur, à l'air raréfié et aux reflets livides. Il se rendit compte qu'il s'était mis à chantonner comme pour se donner du courage sur les rythmes de Cab Calloway et de Glenn Miller qu'il entendait au mess à longueur de soirées. Puis, sans transition, leur succéda une musique tout autre, celle des vers que lui apprenait depuis deux mois le caporal-chef Marchiset, ancien instituteur dans le Constantinois. Car Paul avait décidé d'apprendre le français pour en faire la surprise à Sabine lorsqu'il la retrouverait, et la méthode pédagogique de Marchiset passait par la poésie récitée par cœur. L'étrange était que ce n'étaient pas des poèmes qu'apprenait Paul (il n'en aurait guère eu le temps) mais des alexandrins sortis de tout contexte et dont il ignorait jusqu'à l'auteur. « Simplement pour la sonorité », précisait Marchiset. Après tout, c'était sa formule, et Paul lui donnait sa ration hebdomadaire de cigarettes pour que celle-ci fût efficace.

« *L'œil était dans la tombe et regardait Caïn*, déclama-t-il tout haut. *C'était pendant l'horreur d'une profonde nuit.* » Marchiset aimait les vers graves et fortement scandés, sans aucun doute efficaces pour les dictées. Pour le coup, Sabine serait plutôt surprise ! *Le piétinement sourd des légions en marche.* « J'espère que je n'ai pas trop pris l'accent pied-noir ? » avait-il demandé au caporal-chef offusqué. Il avait eu beaucoup de mal avec ce mot : *piétinement*, et il songeait de temps à autre qu'avec le tour d'esprit qu'il avait cru déceler chez Sabine, elle ne manquerait pas de lui dire à quel point ce serait difficile à placer dans la conversation. Tout ce qu'il espérait c'était qu'elle serait au moins touchée par son effort. Le seul vers qu'il parviendrait peut-être à placer lorsqu'il la reverrait était *et si je vous disais pourtant que je vous aime* — celui-ci, Marchiset lui avait dit de qui il était, mais il avait oublié. Enfin, c'était toujours mieux que du Shelley. Sacré Shelley. Sa fantasmatique évocation avait-elle guidé Larry jusque dans l'enceinte du monastère, alors que deux divisions allemandes campaient à moins de deux cents mètres ? Je vais finir par croire à la lévitation ! A la divination ! Aux passe-murailles !

A nouveau indécis, il stoppa à un carrefour battu par la pluie glacée, et ressentit soudain une grande impression d'abandon. Une lointaine rumeur troublait le silence, sans qu'il sût trop s'il s'agissait du passage des convois dans la vallée ou du grondement du Rapido en crue. Devant lui l'écriteau indiquant VALLEROTONDA avait été projeté à plusieurs mètres du poteau qui le soutenait et dressait de façon dérisoire sa plaque tordue et rouillée vers le ciel bas. Il avait l'impression que la silhouette de Sabine allait à son tour surgir du néant, cheveux dénoués, pour monter à son bord et le guider sur son territoire. Il secoua la tête. « Je suis fatigué », pensa-t-il puis, pour la millième fois peut-être, il sortit de sa poche intérieure l'unique message qu'il avait reçu d'elle depuis leur séparation. Il était daté du 31 décembre et le texte était un étrange mélange de français et d'anglais.

Orig. PC CEF Venafro 31.12.43. 16 h 45
POUR : CAPTAIN PRESCOTT, MONUMENTS OFFICER,
PC Ve ARMÉE, PALAIS ROYAL NAPLES — PROPOSITION
IMPROUVABLE : S'ATTENDRE À TROP DE BONHEUR EST
UN OBSTACLE AU BONHEUR — SEE YOU IN ROME ???
— HAPPY NEW YEAR — S.

Il replia soigneusement le feuillet et le replaça dans sa poche. Manquerait plus que le vent le lui arrache des mains, son talisman, son unique viatique. Après toutes ces lectures il demeurait toujours aussi perplexe. Il savait bien qu'elle ne pouvait guère mentionner quoi que ce fût de personnel (et encore lui semblait-il qu'elle avait été là à l'extrême limite) mais il y avait dans ce message quelque chose de sibyllin et de désabusé qui l'avait inquiété. Tous ces points d'interrogation ! Il se souvenait que son triste « réveillon » de *pie* spongieux et de marsala éventé sur fond de *Chattanooga Choo Choo* en avait été tout assombri. Et cette inquiétude était fondée : il n'avait plus reçu de message depuis lors. Il lui avait lui-même envoyé plusieurs cartes-lettres qui étaient demeurées sans réponse, alors même que l'embrasement du front dans le secteur français lui rendait impossible — en dépit de ce qu'il avait espéré — toute tentative de venir la rejoindre. En ce moment elle était certainement cantonnée à Venafro. « Essayer de revenir par là demain matin, se dit-il. Il suffira de prendre la route du col après Vallerotonda. La revoir me rendra peut-être moins insupportable ce qui va se passer. » Sans qu'il sût trop pourquoi, cette pensée ne lui apporta pourtant pas un réel réconfort.

Il allait repartir lorsque se produisit quelque chose qu'il n'attendait plus : une soudaine éclaircie. Si imprévue qu'il en demeura saisi. Une longue flèche pâle vint déchirer la brume telle une oriflamme irisée claquant dans le vent. Et sur ce fond limpide l'immense et majestueux édifice apparut soudain au sommet de sa butte comme une acropole antique. Agitées de courants et de tourbillons les nuées qui flottaient autour d'elle lui donnaient un aspect de Walhalla légendaire sur un océan de songes. Troublé, il se dit que c'était la première fois qu'il voyait de ses yeux l'abbaye pour laquelle il s'était tant battu. Elle surgissait dans toute sa gloire au moment même où elle entrait dans son ultime nuit après plus d'un millénaire d'existence — la première fois qu'il la découvrait, et la dernière qu'il la voyait intacte. Des larmes de rage lui montèrent aux yeux, et il eut l'impression de se trouver au chevet d'un être aimé dont approchait la dernière aurore et qui montrait face à l'épreuve un visage serein mais déjà lointain.

Il sortit ses jumelles, les braqua sur la façade nord puis les promena tout au long des innombrables fenêtres. Personne n'y apparaissait. De là où il se trouvait il ne pouvait voir la Loggia del Paradiso où peut-être en ce moment même, profitant de l'éclaircie, Larry venait à nouveau prendre l'air sans savoir que le danger s'approchait et que le trésor qu'il était venu sauver allait être réduit en cendres. A cet instant il eut l'impression que Larry et Mac Intyre étaient de part et d'autre de la vallée reliés par un lien ténu comme un fil de la vierge, et pourtant dangereux comme une mèche de détonateur. Puis le brouillard retomba et il eut la sensation que sa vue se troublait à mesure que la longue façade suspendue au-dessus du gouffre s'évanouissait à nouveau.

Il se rassit lentement dans la jeep, se sentant gagné par une vague de tristesse. A mesure que la brume s'épaississait vers l'ouest, les sombres contreforts des

Abruzzes s'effaçaient les uns après les autres, et seuls désormais le Belvédère et le Cifalco se dressaient devant lui au milieu de sombres ravins. Il suivit des yeux les multiples lacets de l'étroite route montant vers Terelle, en espérant que Sabine ne se soit jamais engagée dans un tel traquenard — eût-elle même été protégée par ses goumiers du premier jour. A nouveau la pluie s'était transformée en grésil et lui donnait l'impression de se trouver en haute altitude. « Que puis-je de toute façon espérer d'elle par un froid pareil, pensa-t-il. C'est dans la douceur de la nuit romaine que je dois lui réciter mes vers, et peut-être était-ce cela, le sens de son message ! » A cette idée il se sentit un peu réconforté. « Ça me donne encore un peu de temps pour en apprendre d'autres », ajouta-t-il pour s'encourager.

Il venait à peine de démarrer lorsqu'un puissant bruit de moteur l'arracha brusquement au cours de ses pensées. Une batterie mobile tractant deux canons de 150 et deux obusiers le dépassait. Il fit de grands gestes et le convoi s'immobilisa aussitôt. Du *command-car* qui portait l'écusson de CEF surgit le visage casqué d'un jeune lieutenant. Paul se dirigea vers lui.

« *Bonsoir, bonsoir,* lança-t-il avec une jovialité un peu forcée. Prescott, de la Ve armée. Je cherche un poste de transmissions, car mon adjoint du Signal Corps a dû retourner à Sant'Elia. Je dois passer à Presenzano une communication urgente. »

"Pas mal pour un début, se félicita-t-il *in petto*. Pas une faute. Marchiset serait satisfait. Peut-être même qu'au PC je pourrai placer dans la conversation un vers ou deux."

« Le PC est à Venafro, lui fut-il répondu, mais nous avons un poste avancé sur la route, à deux kilomètres d'ici. Si vous voulez me suivre...

— Et comment », dit Paul en bondissant dans sa jeep.

A un *mile* environ après Sant'Elia le jeune artilleur lui désigna une ferme non loin de la route puis, sans s'arrêter, entraîna ses affûts plus haut dans la montagne. Avant qu'il ne disparaisse dans le tournant Paul lui fit un signe d'amitié auquel il répondit d'un geste large. La ferme n'aurait guère été visible de la route s'il n'y avait eu tout autour un campement de tentes pyramidales qui révélaient l'existence d'une unité mobile. En roulant lentement il s'approcha. Derrière les tentes une grange à demi ruinée était adossée à la paroi rocheuse qui dominait le campement et il put voir par les brèches du mur qu'elle abritait une compagnie muletière. Contrairement au pauvre animal crotté sur lequel il avait juché Bradshaw les bêtes paraissaient soignées et presque pimpantes, tranquilles jusqu'à l'apathie avec leurs musettes garnies et leurs queues décorées de pompons multicolores. Il immobilisa sa jeep un peu à l'écart du campement. Devant le bâtiment de la ferme un mât de fortune avait été dressé, sur lequel flottaient gaiement le drapeau tricolore et le pavillon du CEF. A peine se fut-il arrêté qu'un sous-officier portant un calot noir bordé de blanc sortit de la ferme et vint à sa rencontre.

« Adjudant Perronneau, de la prévôté d'armée, se présenta-t-il. Mes respects mon capitaine, si je peux vous aider. »

Etait-ce le dialogue échangé quelques moments plus tôt avec le commandant de batterie qui l'avait mis en confiance ? Il répondit en français avec une facilité dont le caporal-chef Marchiset, gérant des approvisionnements du Foyer et expert en vers raciniens, ne l'aurait sans doute jamais cru capable.

« Capitaine Prescott, attaché auprès de la Ve armée. Si c'est possible, je souhaiterais passer une communication urgente avec mon état-major à Presenzano.

— Je vous conduis auprès du bureau transmissions, mon capitaine. »

Comme ils traversaient le terre-plein enneigé Paul s'aperçut qu'était stationnée un peu à l'écart de la ferme une roulotte automobile flambant neuve arborant un fanion cravaté de blanc.

« N'est-ce pas l'emblème du général Juin que je vois là-bas sur le Dodge ? demanda-t-il à l'adjudant.

— Ça se pourrait », répondit brièvement le sous-officier.

Paul se garda d'insister. Ils pénétrèrent dans une pièce glaciale où étaient entreposés des bâts pour les mulets, puis dans l'ancienne cuisine où les postes de transmission avaient été installés sur une massive cuisinière en fonte. Sur les murs noircis de suie étaient punaisées des cartes piquetées de fanions. Un jeune brigadier se leva à l'arrivée des deux hommes.

« Va prévenir l'officier de permanence, lui ordonna l'adjudant. Je vous laisse avec lui, mon capitaine », ajouta-t-il avant de s'éclipser.

L'officier arriva l'instant d'après. Il avait trois galons, une taille brève de gentleman-rider et ressemblait vaguement à l'acteur Edward G. Robinson dans *Kid Galahad* — le dernier film qu'il avait vu à Boston avant de faire son paquetage. Paul se présenta et réitéra sa demande.

« Asseyez-vous donc, cher ami, lui répondit-il d'une voix un peu nasillarde. Capitaine Leblée, du 3ᵉ bureau. Je vous passe sans tarder votre état-major. Désirez-vous faire chiffrer le message ?

— Ça sera parfait en phonie et en clair, je n'ai rien à cacher ! répondit Paul. Je suis simplement obligé de parler anglais », ajouta-t-il avec un sourire.

Déjà le jeune brigadier s'affairait autour de fiches.

« Puis-je vous offrir quelque chose en attendant la liaison ? » proposa Leblée.

Le mot fit à Paul un étrange effet. Il se demanda à cet instant par quel subterfuge il allait pouvoir s'enquérir si Sabine était dans les parages.

« Oh... bredouilla-t-il. Vous êtes aimable... peut-être un peu de thé... »

Leblée eut un petit rire.

« Je ne suis pas sûr que ce soit le genre de la maison, dit-il. Vous êtes en France, que diable ! Voulez-vous un pastis ?

— J'ai Presenzano, mon capitaine », l'interrompit le brigadier en lui tendant le combiné.

Paul se leva et le rejoignit. Il vit alors que le capitaine Leblée avait quitté la pièce mais que la porte était demeurée ouverte.

« Ici *Bride,* annonça Paul. Je vous appelle d'un poste avancé français. Je voudrais Autorité 2. »

Il y eut un silence empli de grésillements.

« Autorité 2 n'est pas accessible ? OK, pouvez-vous lui faire passer en extrême-urgent le message suivant : *Bride à A2 — 16 h 40. Ai rencontré comme prévu ce jour 14 heures général commandant secteur C. N'ai pu infléchir ordre donné connu de vous, en dépit...* — Il chercha un instant ses mots — *... En dépit vive discussion. Peut-être possibilité recours auprès 12ᵉ Tactical Air Command...* Non, à la réflexion, supprimez dernière phrase. *Over.* »

Il reposa lentement le combiné. Le capitaine Leblée

409

vint le rejoindre. Il avait cette fois une courte pipe à la bouche, ce qui augmentait encore la ressemblance avec Robinson.

« J'ai entendu, dit-il sans chercher à nier l'évidence. Nous savions par nos services que vous étiez opposé à cette stratégie. »

Paul eut un geste d'impuissance.

« J'aurai tout tenté, mais pour ces gens je ne suis qu'un rêveur et un gêneur, souffla-t-il avec lassitude. Que pouvais-je faire en réalité pour essayer de sauver cette malheureuse abbaye alors que le général Clark dont je dépends territorialement se faisait forcer la main de belle manière par le général Alexander ! Douze siècles de civilisation, cela ne compte plus quand on veut enfoncer la porte, et les Anglais n'ont eu de cesse que de pousser les kiwis à exiger un bombardement massif avant d'attaquer... Et maintenant les dés sont jetés. »

Le capitaine Leblée hocha la tête.

« Il faut dire que Clark est affaibli par l'échec du général Keyes sur le Rapido, dit-il en tirant sur sa bouffarde. Nous, nous défendions une tout autre stratégie. »

Paul acquiesça pensivement.

« Je le sais bien », murmura-t-il.

Leblée le considéra fixement, comme s'il pensait soudain à quelque chose.

« Si vous permettez, je reviens tout de suite », dit-il.

Brusquement il quitta la pièce. Paul demeura seul avec le jeune gradé qui l'observait à la dérobée. Le cantonnement semblait étrangement silencieux, comme si la brume extérieure avait fini par l'asphyxier. Puis il y eut un lointain bruit de conversation et l'officier réapparut.

« Puis-je vous faire une proposition, reprit-il. Nous avons la chance d'accueillir ce soir le général Juin qui nous a rendu visite en compagnie de son chef d'état-major. Je crains qu'il ne soit trop tard pour influencer le général Alexander, mais vous semblez partager ses idées et je suis certain qu'il aimerait vous rencontrer. »

Paul le regarda.

« Oh, j'en serais très honoré ! Malheureusement, si mon français est peut-être suffisant pour les capitaines comme vous et moi, dit-il en riant, il est bien trop médiocre pour converser avec un cinq étoiles !

— Mais... Vous parlez très bien, Prescott ! Et puis, vous connaissez Juin de réputation, il saura vous mettre à l'aise !

— Je parviens à donner le change, mais en fait je comprends encore plus mal que je ne m'exprime. Vraiment, je préférerais que vous fassiez appel à un officier de liaison qui servirait d'interprète, au moins pour cet entretien. »

Le capitaine Leblée prit un air désolé.

« Nous n'avons ici qu'un officier bilingue, une PFAT, mais elle a demandé à être mutée dans un bataillon médical. Je lui aurais néanmoins demandé de venir, mais les mortiers du Cifalco ont encore fait des dégâts et elle a été prise ce matin sous leurs tirs alors qu'elle accompagnait un convoi d'ambulances sur la piste du Secco. »

Paul se sentit pâlir affreusement.

« Une femme... Mais n'est-ce pas le lieutenant Aubriot ?

— Oui, dit Leblée avec surprise. Vous la connaissez ?

— Je... Je l'avais rencontrée au moment de mon arrivée lors de ma présentation aux différents états-majors. Elle était alors l'officier de liaison entre le CEF et la Ve armée... Mon Dieu, j'espère qu'elle n'a pas été blessée...

— Elle non, mais en revanche la conductrice de l'ambulance où elle se trouvait l'a été grièvement, et elle se trouve à son chevet à l'infirmerie du poste.

— Oh... je comprends... balbutia-t-il.

— Nous sommes tous sous le choc, d'autant qu'on croyait le secteur sous le Belvédère redevenu à peu près calme, et que la jeune fille qui a été blessée était très appréciée... »

Paul s'obligea à expirer lentement.

« Peut-être pourrai-je, en dépit de ce drame, saluer le lieutenant Aubriot avant mon départ ?

— Bien sûr, mais vous ne partez pas tout de suite puisque le général souhaite vous voir... Dites-moi, à ce sujet, permettez-moi une question plus personnelle... »

Paul le fixa avec inquiétude.

« Ne me regardez pas comme cela, je voulais juste savoir si vous tapiez le carton.

— Pardon ? » fit-il.

Leblée se mit à rire.

« C'est une expression familière qui signifie : jouez-vous aux cartes ? Je compte bien en effet que vous restiez dîner avec nous à la popote ; or le général apprécie une petite partie de bridge avant de se coucher, et cela quelles que soient les circonstances des opérations. Pour gagner votre ordinaire vous pourriez faire le quatrième, car je ne vous cache pas que nous avons besoin d'un peu de renouvellement.

— "Popote" en revanche, comme tous les officiers alliés je connais ce mot ! Et je vous remercie vivement de votre invitation, mais pour ce qui est des cartes je crains beaucoup de vous décevoir car je n'y joue jamais, dit-il d'un ton un peu confus. A vrai dire je n'ai jamais été doué pour aucun jeu.

— Mon capitaine, un télégramme de Sant'Elia à toutes unités, daté de 16 h 40 », l'interrompit brusquement le brigadier.

Leblée le lui prit des mains avec quelque fébrilité.

« *We are starting the party,* lut-il tout haut.

— Que la fête commence, traduisit Paul d'une voix sourde. Et voilà. C'est écrit noir sur blanc désormais, et de quelle façon. On espère toujours qu'au dernier moment la raison va prévaloir, et puis... »

Il s'assit sur un tabouret. Il se sentait accablé, comme si tout venait soudain le submerger à la fois — la destruction de l'abbaye désormais programmée et affirmée en termes si arrogants, tout autant que la soudaine prise de conscience des dangers que courait Sabine, qu'il n'avait pas prévus si grands — il la croyait relativement protégée de se trouver dans l'entourage immédiat du général. Il eut soudain hâte de voir se terminer l'entretien avec Juin pour la rejoindre au plus vite, et en même temps il se rendit compte qu'à cette idée une sourde appréhension venait l'oppresser. A cet instant le jeune gradé vint s'encadrer à nouveau dans la porte.

« Deux nouveaux messages, mon capitaine, dit-il en brandissant son bloc de références.

— Donne, dit Leblée avec impatience. Voyons : celui-ci vient de Presenzano : "ÉCLAIRCIE PRÉVUE DEMAIN MATIN." Merci du renseignement ! L'autre du PC de Mac Intyre à Sant'Elia : "POPULATION CIVILE PRÉVENUE EN TEMPS ET HEURE."

— En temps et heure ! s'exclama un nouveau venu dans l'encadrement de la porte. Si c'est pour entendre ces sornettes que je suis monté jusqu'ici ! »

D'un seul mouvement les deux hommes se figèrent au garde-à-vous. Coiffé d'un simple calot, le général Juin venait de pénétrer dans la pièce, accompagné d'un colonel de tirailleurs en tenue de campagne.

« Prescott, officier des Monuments, rattaché à la Ve armée, se présenta Paul.

— Je sais qui vous êtes, Prescott, répondit le général avec bonhomie. Le lieutenant Aubriot qui était jusqu'il y a peu mon oreille et ma voix dès qu'il fallait s'exprimer en anglais m'avait fait part de vos efforts souvent mal compris...

— Je me suis en effet beaucoup battu pour sauver

413

cette vénérable abbaye, répondit Paul. En pure perte je dois l'admettre. »

Juin l'observa quelques instants d'un air pensif.

« Venez donc me parler de votre entretien avec le général Mac Intyre, lui dit-il.

— Entretien si l'on veut, mon général. Ce fut plutôt...

— Venez me raconter cela. Bon, Linarès, dit-il en s'adressant au colonel, je vais faire les honneurs de mon PC mobile au capitaine Prescott ; c'est l'une des rares choses qui puissent me donner en ce moment quelque satisfaction. A tout à l'heure pour le dîner. »

Paul se tourna vers le capitaine Leblée qui l'encouragea du regard, puis emboîta le pas du général. Celui-ci l'entraîna hors de la ferme par une porte dérobée. Déjà de l'autre côté du terre-plein enneigé un tirailleur en grande tenue déployait l'escalier qui permettait d'accéder à l'imposant véhicule. Paul le suivit dans l'habitacle.

« Il n'y en a que trois en circulation, lui expliqua Juin tout en montant. Celui de Clark, celui d'Alexander et le mien. »

Il semblait en franchissant le seuil de l'habitacle un enfant émerveillé devant son nouveau jouet.

« Regardez, je dispose d'une chambre-bureau avec un lit de camp, d'une armoire et de coffres qui ferment à clé, et je peux travailler sur une table rabattante. J'ai aussi un cabinet de toilette, et toute cette installation bénéficie d'un plancher surélevé pour éviter l'humidité. Vous imaginez l'Empereur à Austerlitz jouissant d'un confort pareil ?

— Oh, mais j'avais visité avant guerre à Malmaison sa tente de campagne, avec ses couverts en vermeil. Ce n'était pas si mal ! »

Paul s'était efforcé de prendre un ton allègre. Le général eut en réponse un rire chaleureux. Paul se sentait d'autant plus en confiance que son français fonc-

414

tionnait à merveille. "Il faudrait que je puisse placer un vers au cours de l'entretien pour pouvoir m'en vanter auprès de Marchiset", se dit-il.

« Mon général, le capitaine Leblée m'a demandé d'être votre partenaire au bridge et j'ai été navré de devoir refuser, mais je n'ai jamais touché une carte de ma vie... Je sais que c'est une grande lacune...

— De toute façon, mon cher ami, vous n'auriez pas eu ce soir le cœur à jouer, répondit Juin en lui faisant signe de s'asseoir en face de lui. Quant à moi, il est vrai qu'une petite partie me détend, même si comme aujourd'hui je me trouve sans influence sur une stratégie que je n'aurais pas adoptée. Heureusement ce n'est pas toujours le cas...

— Et comment, mon général ! Les exploits du CEF au Monna Casale et au Belvédère ont enflammé Naples, et vous avez su redonner l'espoir au front tout entier au moment où chacun avait le sentiment de piétiner. »

Le général hocha la tête.

« C'était une question d'honneur, murmura-t-il comme s'il se sentait soudain en confiance. Il nous fallait à nouveau être considérés et nous avons payé le prix fort pour cela. Savez-vous que lorsque je suis arrivé le 30 novembre à Capodicino personne, personne m'entendez-vous, n'est venu m'accueillir à l'aérodrome. En dépit de nos succès en Tunisie nous ne comptions plus pour rien... La prise du Belvédère est certes une grande page de bravoure et d'héroïsme, mais ce fait d'armes nous permet aussi de montrer notre loyauté vis-à-vis des Alliés. L'ennui c'est qu'il ne servira à rien si nous ne poursuivons pas la stratégie de contournement que j'avais proposée à Clark, qui nous aurait évité de buter ainsi contre le verrou du Mont-Cassin et de nous obstiner des semaines durant devant un obstacle insurmontable. »

Bien que Juin s'efforçât de parler lentement pour être certain d'être compris, ménageant même des plages de silence entre les phrases, Paul s'épuisait à tenter de ne rien perdre de ce qu'il lui disait. Sans doute le général voulait-il dans l'intimité d'une conversation à deux faire passer son message par une autre voie que celles auxquelles il était accoutumé, aussi Paul décida-t-il de noter quelques phrases dans son carnet.

« Cette stratégie aurait permis non seulement d'éviter le mortel casse-tête de Cassino, mais aussi d'exploiter nos succès sans donner le temps à nos adversaires de réorganiser la ligne Gustav ! Ce qu'il fallait, c'était foncer en pleine montagne par la ligne de crête vers Terelle et Atina et de là, faire irruption dans la vallée de la Melfa en prenant Arce... Atina était une véritable plaque tournante d'où rayonnaient toutes leurs communications... La route de Rome aurait alors été ouverte et l'ennemi pris à revers... Mais je vous fatigue, mon petit, avec mes manœuvres d'armée », ajouta-t-il d'une voix douce.

Paul reposa son crayon.

« Au contraire, mon général, c'est un privilège pour moi de me sentir quelques instants votre confident... J'ai l'impression d'avoir appris le français bien imparfaitement, mais juste à temps pour jouer ce rôle... »

Juin sourit, entrouvrit la vitre et huma un instant l'air du soir. La nuit était tombée.

« La route de Rome était à nous, disais-je, encore aurait-il fallu exploiter la brèche que j'avais ouverte ! Mais je n'avais plus de troupes fraîches... Clark le savait pourtant bien que je n'avais que deux divisions. Il aurait fallu qu'il engage ses réserves là où nous avions percé. S'il l'avait fait, le IIᵉ corps n'en serait plus aujourd'hui à piétiner devant ces montagnes tout en subissant de lourdes pertes. Clark l'a compris trois jours après, mais l'occasion était passée. Et maintenant il est obligé de cautionner une opération malvenue, et qui est infiniment trop localisée ! Quant à Alexander ! Lui n'a toujours pas compris puisqu'il laisse Mac Intyre commettre son inutile forfait... Remarquez, je comprends leur fureur. Le Mont-Cassin est pour eux ce que le Cifalco est pour nous... L'arrogante paroi d'où nos adversaires nous observent pour pointer leurs affreux tirs de mortier...

— Mais, mon général, il n'y a pas d'Allemands dans l'enceinte et...

— Je le sais bien, mais l'ennemi n'en est tout de même pas bien éloigné, et puis vous savez, à la guerre, il y a comme cela des bâtisses que l'on prend en haine... »

Presque machinalement le général s'était mis à griffonner sur une carte comme s'il voulait matérialiser son grand dessein. Paul put constater à cet instant que, contrairement à la légende qui courait, il écrivait parfaitement de la main droite, mais que celle-ci reposait pourtant sur le papier dans une position anormale. Une atmosphère crépusculaire avait maintenant envahi la roulotte. Comme s'il y était sensible, Juin laissa soudain tomber le crayon avec un geste de découragement, et Paul se demanda s'il ne regrettait pas une fois de plus les occasions perdues.

« Eh bien, capitaine Prescott, puisque vous ne voulez pas accepter notre modeste pitance, il vous faut songer à regagner Presenzano.

— En effet, mon général... Permettez-moi d'ailleurs d'être franc : si j'avais accepté votre invitation, j'aurais dû coucher ici... Je ne vous cache pas que je préfère ne pas être là pour voir cela. »

Juin opina pensivement.

« Moi malheureusement je dois y assister, et c'est même la raison pour laquelle je suis revenu ce soir sur le front de Sant'Elia. Monsabert doit me rejoindre... Il faut que nous sachions si les Hindous et les Néo-Zélandais pourront attaquer tout de suite après le bombardement. C'est dans les minutes qui suivront la fin de l'action aérienne que se jouera toute l'opération. Savent-ils seulement que l'ennemi va se ruer dans les ruines et qu'elles seront diablement difficiles à prendre ?

— C'est ce que j'ai dit au général Mac Intyre ! Mais lui ne doute de rien. Pourtant je sais, pour avoir entendu les communications échangées entre eux, que les généraux Lovett et Dimoline ne sont pas prêts à attaquer après le bombardement. Ils manqueraient de temps pour asseoir leur base.

— Ah bon ? Pas prêts ?

— C'est mon sentiment, mon général. »

Juin eut un geste fataliste — et en même temps Paul eut l'impression qu'il venait d'apprendre ce qu'il voulait savoir.

« Alors ce sera un fiasco », grommela-t-il.

Paul soupira.

« Si vous me permettez de prendre congé, mon général. Et si vous me permettez également de faire savoir tout ce que vous venez de me confier... »

Il eut un petit rire.

« Ils le savent par cœur, mais vous pouvez toujours en repasser une louche », dit-il.

"Repasser une louche ? se demanda Paul. Il faudra que j'interroge Sabine."

Juin eut un mince sourire et lui tendit sa main valide. Paul se leva, salua, puis ouvrit la porte du PC mobile et descendit l'échelle. La nuit était venteuse et il vit fugitivement derrière la vitre embuée le profil du vieux guerrier se replonger dans ses cartes.

« Paul », s'entendit-il appeler d'une voix étouffée alors qu'il revenait vers la ferme. Il se retourna.

« C'est toi ? » demanda-t-il.

La silhouette de la jeune femme se fondait dans les pierres grossières du mur de la longue bâtisse. Se sentant protégé par l'obscurité il s'avança vers elle.

« J'allais justement demander à te voir, dit-il en la serrant contre lui de façon presque convulsive. Oh, mais je sens tes côtes, c'est fou ce que tu as maigri depuis deux mois !

— J'ai perdu six kilos », dit-elle d'une voix sans timbre.

Elle s'était laissé étreindre avec une passivité qui ne ressemblait en rien à ce dont il se souvenait. Un instant déconcerté, il la saisit par les épaules.

« Et toi, demanda-t-il avec douceur, comment as-tu su que j'étais ici ?

— Le bruit s'est vite répandu qu'un officier américain s'entretenait avec le général. Comme il y a des rumeurs concernant un bombardement imminent du Mont-Cassin, j'ai pensé que c'était peut-être toi qui étais venu tenter une ultime démarche... »

Sabine s'exprimait de façon posée, un peu terne et lasse, comme si elle était dans l'exercice de ses fonctions. Il la regarda. Il ne la reconnaissait pas. Non ce n'était pas elle, et pas davantage l'accueil — l'élan, la fougue — dont il avait rêvé.

« Il s'agit bien du Mont-Cassin ! s'exclama-t-il. Moi je viens d'apprendre que ton ambulance avait été atteinte par des tirs de mortier, que tu en avais réchappé par miracle, et toi tu me parles de bruits qui courent ! Je ne me doutais pas que tu affrontais de tels dangers... Oh, chérie... chérie... Tu ne m'avais rien dit. Quelle émotion, mais aussi quel bonheur de te serrer contre moi... »

Il sentit qu'elle frissonnait.

« Tu as froid !

— Mais non.

— Prends au moins ma parka ! » dit-il.

D'un geste large il lui en couvrit les épaules. Elle ne réagit pas. Il se sentit pâlir comme si ses pires craintes se trouvaient soudain justifiées.

« J'ai appris à cette occasion que tu n'étais plus officier de liaison et que tu avais été mutée dans un bataillon médical...

— Oui, dit-elle presque machinalement.

— Quand je pense que je te croyais à Venafro, à peu près protégée dans ton bureau d'état-major ! Si j'avais su que tu courais les pistes sous la mitraille dans une ambulance, je n'aurais pas dormi une seule heure depuis deux mois !

— Tu vois, c'était mieux que tu ne le saches pas », dit-elle d'une voix monocorde.

Paul sentit un peu d'irritation le gagner.

« Sabine, je ne risquais pas de le savoir, tu ne m'as jamais envoyé la moindre nouvelle ! Tu pouvais pourtant t'imaginer avec quelle impatience je les attendais !

— Mais je t'ai adressé un message de Nouvel An, protesta-t-elle faiblement.

— Parlons-en, de ton message ! Je n'y ai rien compris. Il m'a plongé dans des abîmes de perplexité et, je

420

peux te dire, d'inquiétude... Et ensuite, aucune réponse à mes demandes d'explications !

— Tu m'avais dit que tu essaierais de venir... »

Il eut un geste d'impuissance.

« J'ai tout fait, tout imaginé pour essayer de te rejoindre... Mais l'embrasement du front a rendu cela impossible, et à l'état-major mes malheureux prétextes pour partir en mission dans ton coin étaient toujours refusés par mes supérieurs. »

Elle ne répondit pas. Il prit doucement son visage dans ses mains. Son regard s'habituait à l'obscurité et il eut l'impression que ses traits étaient devenus émaciés et que ses yeux n'étaient plus que des gouttes d'ombre. Plus rien de la rayonnante créature dont il se souvenait.

« Je ne te retrouve pas, s'exclama-t-il sur un ton de déception. Qu'est-ce qui se passe ? Tu n'as même pas l'air contente de me revoir... »

Sabine se passa nerveusement les mains dans ses cheveux.

« Pourquoi aussi ne m'as-tu pas prévenue avant de venir ? Je me serais préparée... un peu arrangée...

— Mais il y a une heure je ne savais même pas que j'allais me retrouver ici ! s'exclama-t-il. Devant ton général, en plus ! Et je n'imaginais pas davantage que tu puisses te trouver dans cet avant-poste si exposé... Remarque, j'aurais eu bien besoin avec Juin de tes talents de polyglotte, car mes rudiments se sont vite révélés insuffisants !

— Insuffisants ? Mais, Paul, tu n'avais pas de rudiments du tout ! Tu ne parlais pas un mot de français, si je me souviens bien.

— Au cours de ces deux mois j'avais un peu appris avec un gérant du Foyer qui avait été instituteur, dit-il d'une voix marquée par la déconvenue. Je voulais te faire la surprise. »

Elle demeura sans réaction. A une trentaine de mètres

d'eux quelques officiers étaient sortis pour prendre l'air, si proches que l'on pouvait les entendre et distinguer le bout rougeoyant de leurs cigarettes. Ils se rencognèrent contre le mur inégal pour ne pas être remarqués.

« Si tu savais ce qu'on a vécu, souffla-t-elle comme pour se justifier de sa froideur.

— Je m'en doute bien...

— Non, tu ne peux pas. Moi-même je ne savais pas ce que c'était que la guerre... Quand ça a commencé à barder en janvier et que nous avons eu tant de pertes après les prises de la Mainarde et du Monna Casale, nous avons demandé dans l'urgence des volontaires pour le corps des conductrices-ambulancières. A peine arrivées elles se sont montrées si héroïques sous le feu que je ne me suis plus senti le droit de rester cloîtrée dans mon bureau de Venafro à traduire sans risque les messages qui me provenaient du bureau des transmissions. Comme il y avait besoin d'encadrement pour les nouvelles, j'ai obtenu d'être mutée au 3e bataillon médical, avec une demi-douzaine de véhicules sanitaires sous mes ordres.

— C'est courageux, écoute ! Ça ne m'étonne pas de toi.

— Il s'est alors passé une chose que je n'attendais pas. Parmi ces ambulancières qui venaient d'arriver de Tunis avec le 27e Train, j'en ai retrouvé une que j'avais connue jadis en Algérie.

— Quelle coïncidence... Tu la connaissais bien ? »

Sabine secoua la tête.

« C'est la fille des fermiers qui cultivaient l'exploitation de mes parents, près de Sidi-Ferruch... Sachant où j'étais, elle a voulu me rejoindre en s'engageant comme seconde classe...

— Et toi, tu ne savais pas qu'elle cherchait à te retrouver ?

— Mais non... D'ailleurs quand je t'avais rencontré

à Naples en décembre, je ne savais pas que nos trajectoires allaient se croiser à nouveau... »

Paul parut étonné de sa réponse.

« Je ne vois pas le rapport entre elle et moi, sinon qu'elle aussi voulait te revoir ! »

Elle eut un geste vague.

« Oui... Et il a fallu que... »

Brusquement sa voix s'était brisée.

« Oh, mais j'y songe, c'est elle qui t'accompagnait ce matin ?

— Comment... comment as-tu deviné ? bredouilla-t-elle.

— Tu as l'air toute retournée... »

Elle se mit soudain à pleurer, à petits sanglots silencieux. Il lui mit doucement la main sur l'épaule.

« Que s'est-il passé exactement ?

— Quoi ? Avant, entre elle et moi ?

— Mais non... ce matin ! »

Comme pour exorciser une vision d'horreur, elle plongea son visage dans ses mains.

« Il y avait eu à l'aube un accrochage sous le Belvédère... Depuis le Cifalco en face, les mortiers allemands avaient concentré leurs tirs sur les sapeurs de la 2e compagnie de combat qui terminaient un remblai pour protéger la piste du Secco. On a été aussitôt alertés car il y avait beaucoup de blessés... Nous sommes parties avec des sanitaires et une jeep du 7e Chasseurs qui devait nous ouvrir la piste. Derrière la jeep j'étais en tête du convoi, je conduisais le Dodge et j'avais pris Agnès à côté de moi.

— Parce qu'elle s'appelle Agnès ? »

Sabine tressaillit.

« C'est vrai, je ne te l'avais pas dit... On était à peine en vue de la plaine de Sant'Elia quand ils nous ont repérés entre deux écharpes de brume... Ils ont tiré sur la jeep de tête, moi j'ai fait un écart, on s'est embourbées et ça a bloqué celles qui suivaient... Alors là ils se sont déchaînés. En dépit des immenses croix rouges qu'on avait sur les parois et sur les toits, ils se sont acharnés sur nous avec leurs 77... "Il y en a un qui s'est affaissé sur le volant de sa jeep, j'y vais", m'a crié Agnès, et ce sont les derniers mots qu'elle m'aura dits. Aussitôt elle s'est précipitée vers la jeep pendant que moi je descendais en courant le long du convoi pour dire aux filles de se mettre à l'abri derrière le remblai. On voyait bien où étaient les batteries qui tiraient, et heureusement un peloton de chars du 3e Spahis qui était en couverture a pu les réduire au silence. Mais moi quand je suis revenue au camion, j'ai vu qu'elle s'était traînée jusqu'au marchepied, comme si elle voulait que ce soit moi qui la retrouve... »

Il sentit qu'elle tremblait.

« C'est grave ? » demanda-t-il.

Elle le regarda à la dérobée.

« Viens », murmura-t-elle.

Elle lui prit la main et l'entraîna. C'était le premier geste un peu amical qu'elle avait à son égard depuis qu'ils étaient réunis. Il la suivit silencieusement jusqu'à un bâtiment bas qu'il n'avait pas encore remarqué et qui devait être une ancienne bergerie, tant l'odeur du lait suri imprégnait encore les murs. Il la vit se baisser pour entrer et lui fit signe qu'il l'attendrait dehors, comme s'il redoutait instinctivement ce qu'il risquait d'y découvrir. Elle disparut à l'intérieur puis après un bref moment réapparut sur le seuil en lui faisant signe de la rejoindre. Elle avait à cet instant la même expression anxieuse que deux mois auparavant lorsqu'il était monté la « délivrer » après qu'elle fut restée enfermée chez Ambrogio. A contrecœur il la suivit. Un poêle à charbon maintenait une température supportable dans la vaste salle éclairée par une unique lampe à pétrole. Une jeune PFAT se leva lorsqu'elle entra.

« Comment est-elle depuis tout à l'heure ? demanda doucement Sabine.

424

— Elle est calme, mon lieutenant. Avec ce qu'on lui a donné... Le médecin-capitaine est revenu et a dit qu'elle partirait à l'aube pour l'hôpital de campagne 422.

— Oui, je sais, je pars avec elle », répondit Sabine.

A pas silencieux elle se dirigea vers le fond de la salle, et après une hésitation Paul la rejoignit. Etendue les yeux clos sur un lit de camp une jeune fille reposait, paraissant endormie. Tout le bas de son visage était recouvert d'un volumineux pansement qui dissimulait son nez, sa bouche et son menton. Relié à un bocal posé à même le sol un tuyau en émergeait comme une sorte de drain, et Paul remarqua que suintait dans le bocal un liquide semblable à la flaque rosâtre qu'avait laissée sous la table du dentiste le corps du jeune lieutenant. Etait-ce la douce lumière d'une bougie qui achevait de se consumer à son chevet : ce qu'il put voir des traits de la jeune fille lui parut d'une pureté cireuse de gisante gothique. Sabine se pencha alors sur elle, la contempla quelques instants puis, d'un geste furtif, lui passa la main sur le front avec une expression d'une telle ferveur que Paul détourna son regard comme s'il était le témoin de quelque scène intime qu'il n'aurait jamais dû voir. Puis elle rectifia l'inclinaison de l'oreiller avant de demeurer un long moment, contemplative et comme absente, au chevet de la blessée. Silencieusement Paul s'éloigna. La jeune PFAT de garde s'était assoupie sur sa chaise. Il passa devant elle et sortit de la bergerie afin d'inspirer longuement l'air frais de la nuit. Puis il s'appuya contre le mur du bâtiment et attendit Sabine. Sa vision se brouillait à mesure que l'impression grandissait en lui qu'elle avait tenu à ce qu'il l'accompagne pour qu'il puisse comprendre — sans qu'elle eût à formuler d'aveu — l'intensité des liens qui l'attachaient à la jeune fille. Lorsqu'elle réapparut, il la prit par le bras et l'entraîna à quelques pas.

« Je vais te laisser, il faut que tu te reposes, lui dit-il

avec une sorte de compassion. Quelle terrible journée tu as vécue.

— A qui le dis-tu, murmura-t-elle.

— Tu salueras le capitaine Leblée pour moi. »

Elle le regarda à la dérobée.

« Je te raccompagne », souffla-t-elle.

Les yeux fixés à terre elle marcha à petits pas contraints qui parurent à Paul bien différents de ses grandes enjambées sur la piazza Plebiscito, deux mois auparavant. Dans la nuit les plaques de neige dentelées ressemblaient à des lambeaux du linge suspendu dans les ruelles de Naples qui auraient été emportés par le vent jusqu'à ce coin perdu.

« Ravissante, murmura-t-elle d'une voix presque inaudible. Elle était ravissante...

— Tu sais, on fait des miracles maintenant, dit-il pour tenter de la réconforter. Il faut qu'elle soit dans les meilleures mains possible. Je suggère...

— Je t'assure que tout sera fait pour le mieux », l'interrompit-elle d'une voix lasse, mais qui donnait le sentiment qu'elle avait déjà tout arrêté.

Il n'insista pas et ils traversèrent la cour en silence.

« Tu m'avais dit que tu la connaissais, reprit-il doucement. Tu ne m'avais pas dit que tu l'aimais. »

Elle s'arrêta net. Elle se tenait à quelques pas de lui et il la discernait à peine.

« Le moment est venu de te dire une vérité que tu as déjà devinée et je savais bien que ce moment viendrait, commença-t-elle avec une gravité presque emphatique. Elle avait quatorze ans lorsque... il n'y a pas d'autre mot... elle m'est apparue. Moi j'en avais vingt. Elle se baignait un soir dans une petite crique proche de la propriété de mes parents, et je ne crois de ma vie avoir jamais eu une vision plus radieuse. Je me promenais ce soir-là tranquillement et je ne savais pas que je la surprendrais ainsi, nue dans le couchant, mais je n'ai aucunement cherché à me dissimuler pour la regarder.

Au contraire je me suis approchée et elle ne s'est pas enfuie. Je lui ai pris la main, je l'ai embrassée, puis je lui ai caressé les cheveux, et enfin tout son corps. Elle s'est laissé faire sans même paraître étonnée, gracile et pâle comme un lis de mer, mais avec déjà une belle poitrine d'adolescente. Après cette mémorable rencontre, pendant les deux ou trois ans qui ont suivi je n'ai plus pensé qu'à elle. De temps en temps nous parvenions à nous donner rendez-vous et je la retrouvais au bout de cette plage. Et puis est arrivé... eh bien, le moment que je redoutais — celui où elle a découvert les garçons. »

Elle ne put réprimer un soupir.

« Je suis alors partie pour Paris passer ma licence d'anglais. C'était une bonne façon d'essayer de l'oublier... Là-bas j'ai tenté d'avoir une ou deux aventures pour me prouver que loin de mes parents j'étais libre et que des hommes pouvaient m'intéresser... mais en fait je n'avais de goût et de désir que pour elle. Par la suite elle m'a confié qu'en ce qui la concernait cela avait été la même chose, et qu'après quelques brèves idylles insatisfaisantes mon souvenir avait continué à la hanter et que de loin elle m'avait toujours suivie à la trace, sans jamais oser m'envoyer de lettre ! Et quand je l'ai revue... peut-être à cause de ces années d'absence, peut-être aussi parce que nos sensibilités étaient exacerbées par l'aventure que nous vivions, cela a été comme si la foudre nous tombait à nouveau dessus pour nous calciner. Deux petits tas de cendres, voilà ce qu'on était après s'être retrouvées.

— C'est le moment où tu as demandé à être mutée ? » demanda-t-il d'une voix blanche.

Elle fit à nouveau oui de la tête.

« Et... les autres se doutaient de quelque chose ?

— Je ne sais pas... Le général a été surpris lorsque je lui ai demandé de m'autoriser à devenir ambulancière... Leblée, lui, s'est peut-être douté de quelque chose... De toute façon on essayait de ne pas être vues ensemble, et comme je suis officier je ne pouvais que rarement partir en mission avec elle. Après la bataille du Belvédère il y a pourtant eu tant de pertes au 4e RTT que j'ai dû emmener tout le bataillon médical sur le terrain et qu'on a pu partir toutes les deux dans le même véhicule. C'est curieux, en plus de ce qu'elle représentait pour moi, elle était une sorte d'archange pour tout le bataillon médical, comme si mon amour pour elle la rendait invulnérable dans la tourmente... »

Elle passa nerveusement sa main dans ses cheveux.

« Je te demande pardon de laisser parler ainsi mes sentiments avec tant de passion... D'autant que je ne sais même pas si je peux aujourd'hui me raccrocher à eux... Tu sais, je crois que je ne supporterai pas de la voir défigurée. Je ne dois pas encore l'aimer assez, car je crois que je préférerais la voir morte... J'ai peur qu'elle ne sente désormais la compassion dans mon regard, et non plus l'émerveillement. Si c'était le cas je ne le supporterais pas... »

Paul sentit qu'elle ne se maîtrisait plus. Il lui prit la main, la serra et elle le regarda avec une sorte de reconnaissance comme lorsque au théâtre il était venu à son secours lors de l'altercation avec Mac Intyre.

« Je ne peux pas te laisser dans cet état, dit-il. Crois-moi, ce n'est peut-être pas si grave... souvent on est impressionné par le sang et... »

Les traits de Sabine se décomposèrent en un long sanglot de révolte.

« Mais je l'ai vue, tu sais... Je l'ai tenue dans mes bras... J'ai vu la blessure... te rends-tu compte qu'elle n'a plus de visage... Une telle atteinte à la beauté... à jamais... cette pauvre petite gueule cassée...

— Je te l'ai dit, on fait maintenant des prodiges. J'ai entendu dire que travaille à Bagnoli l'un des meilleurs spécialistes de chirurgie réparatrice. Je vais m'en préoccuper dès demain matin pour qu'il se mette en rapport avec l'hôpital 422. »

Elle poussa une sorte de plainte et ils marchèrent en silence vers la jeep. Dans l'écurie on entendait les mulets mastiquer bruyamment dans leurs besaces. Cherchant à la détendre Paul fut un instant tenté de lui raconter comment, à titre de vengeance, il avait juché l'officier d'ordonnance de Mac Intyre sur l'un d'eux, mais ne se sentit pas le courage de l'arracher à ses pensées.

« Et... fit-il en hésitant. Pardon de te parler à mon tour de mes sentiments car je sens combien c'est devenu dérisoire... Mais que va-t-il advenir de nous, désormais ?

— Nous ? répéta-t-elle comme s'il s'agissait d'une entité irréelle et vaguement incongrue.

— Oui, nous deux... précisa-t-il d'une voix étranglée. J'ai peine à te l'avouer maintenant, mais j'y ai tellement cru. Tu aurais dû me le dire tout de suite que ton cœur était déjà pris... Que ce soit par un homme ou une femme, qu'est-ce que cela changeait pour moi ? Tu n'étais nullement obligée de me le dire ! Et puis tu t'étais donnée avec tant d'élan et de fougue !

— Lorsque je t'ai rencontré j'étais à mille lieues de penser que j'allais retrouver Agnès sur ma route ! Et je me suis dit que tu serais peut-être le *sweet prince* que je pourrais enfin présenter dignement à mes parents... J'avais été éblouie, une telle séduction émanait de toi ce soir-là ! Non seulement tu étais venu à mon secours mais tu m'avais entraînée dans cette insolite errance en ville, vers cette maison étrange avec ce vieux savant, son majordome et ses propositions improuvables... Moi qui déteste la grisaille du quotidien, cela me semblait de bon augure et j'y avais vu une chance de pouvoir vivre enfin une aventure avec un homme... Je ne me voyais pas mariée, mais je te promets qu'à ce moment-là, pendant ces quelques heures, j'étais de bonne foi et je me suis sentie capable de vivre une telle aventure. Et puis j'ai revu Agnès... »

429

Elle parlait en longues phrases syncopées, avec un timbre de voix assourdi qu'il ne lui avait encore jamais entendu.

« Quelques heures, répéta-t-il d'un air sombre. Voilà quel aura été mon lot. Pour toi ces heures sont oubliées, mais pour moi elles ne s'effaceront jamais. J'y pensais tout le temps, j'échafaudais des projets pour monter te rejoindre, je faisais de chacun des pavés que tu avais foulés dans les rues de Naples l'un des jalons d'un itinéraire enchanté...

— Paul ! Pas maintenant. Pas après ce que tu as vu.

— Pardon, Sabine... »

Il se laissa lourdement tomber sur son siège. Le pire c'est qu'il ne se sentait même plus capable de revenir à Presenzano. Tout cela allait se terminer dans un ravin. « On pensera que j'avais trop bu de pastis chez les Français, ou que le bombardement de l'abbaye m'a rendu fou, ou encore que les kiwis ont fini par avoir ma peau. » Il leva les yeux vers Sabine. Il ne voyait de son visage qui paraissait se dissoudre dans l'ombre que l'éclat de ses cheveux dénoués.

« Bon, dit-il. J'y vais.

— Je ne voudrais pas que tu repartes désespéré », dit-elle.

Il haussa les épaules.

« Mais qu'est-ce que tu vas penser, c'est la pleine forme ! s'exclama-t-il. Je m'étais pris à t'aimer, je voulais même te le dire dans ta langue, qui plus est en alexandrins, car mon ancien instituteur ne rêvait que de Racine !

— Tu ne vas tout de même pas partir sans m'en citer un », lui lança-t-elle d'un air soudain incrédule.

Il eut un bref rire empli de mélancolie.

« C'était dans la douce lumière de Rome que je voulais te les réciter... Ça sera pour une autre fois. »

Alors qu'il démarrait elle courut à côté de la jeep en

zigzaguant comme si elle utilisait là ses dernières forces. Il freina.

« Tu ne tiens plus debout et tu cours ! s'exclama-t-il. Au risque de tomber ! Bon, écoute... *Dans un mois, dans un an, comment souffrirons-nous.* L'accent est bon ? Le vers te semble bien choisi ? »

Il eut l'impression qu'elle faisait mine de ne pas entendre pour ne pas avoir à répondre.

« Et l'abbaye, tu ne m'en parles pas ! lança-t-elle sur un ton de reproche, comme si elle voulait détourner la conversation. Que va-t-il se passer ?

— L'abbaye ? *"They are starting the party",* comme ils disent. C'est toi qui assisteras à cela demain matin en compagnie de tes généraux. Moi je serai loin...

— Tu oublies que je serai avec elle, murmura Sabine. Et ton ami disparu ? Tu ne m'en dis rien non plus... »

Il crut cette fois qu'elle cherchait encore un sujet pour se raccrocher à lui, comme si elle avait soudain pris conscience qu'elle allait le perdre à jamais. « Toi qui ne voulais pas descendre en marche de cette histoire », pensa-t-il amèrement. Il s'entendit néanmoins lui répondre avec calme.

« Figure-toi que lui aussi a été présent aujourd'hui... sous forme d'apparition... On pourrait même dire : de spectre. »

Elle ne parut pas comprendre.

« De spectre ? répéta-t-elle. On n'en avait pas vu assez, non, cette nuit-là... »

Sans répondre cette fois il démarra à nouveau. Elle tressaillit au bruit du moteur, semblant prendre conscience que l'irréparable était désormais consommé.

« Et les oies ? cria-t-elle pourtant comme si elle s'était gardé une ultime munition. Ces oies cendrées qui te préoccupaient tant ? »

Il haussa les épaules, accéléra, puis sentit qu'elle lui rendait sa parka en la lui jetant à la volée sur les épaules. A la sortie de la ferme il se retourna pour conserver une dernière vision d'elle. Sa silhouette était désormais à peine visible. Le dos un peu voûté, ses bras croisés sur sa poitrine — ce trésor qui n'était plus pour lui désormais —, les yeux fixés à terre, elle revenait vers la bergerie d'une démarche chancelante. Puis elle devint aussi indistincte que l'était sur la photo la silhouette de Larry.

10

15 février, minuit

« La fontaine est là tout près, en contrebas, chuchota Felice. Essayez de ne pas faire tant de bruit, nom de Dieu !

— L'essieu grince, on aurait dû huiler davantage, renchérit celui qui tenait avec lui le brancard de la citerne.

— C'est bien le moment d'y penser, alors que ça grouille de types tout autour de nous ! »

Le long de la piste, les roches paraissaient translucides dans la nuit tant elles avaient été lavées de pluie. Le cheminement était si étroit qu'il fallait par instants soulever les roues pour qu'elles ne patinent pas dans la boue des bas-côtés ou qu'elles ne glissent pas dans le vide. Ils dépassèrent une oliveraie qui avait dû essuyer de nombreux tirs d'obus car les arbres n'apparaissaient plus que comme des moignons. Brusquement la citerne pencha d'un côté et le brancard lui échappa des mains.

« Comment tu t'appelles ? demanda-t-il à son compagnon d'attelage.

— Pietro.

— Eh bien, Pietro, ça serait pas mal que tu fasses un peu ton boulot. Si tu lâches déjà la tonne alors qu'elle est vide, tu imagines tout à l'heure ! »

Il sentit sur lui le regard réprobateur du porteur.

« Dis donc, toi, tu viens d'où pour la ramener comme ça ?

— C'est des questions qui se posent ?

— Tu parles italien comme un Yankee...

— Parce que j'en suis un, figure-toi ! T'as jamais entendu parler des Italiens aux Etats-Unis, et de leurs petites pratiques ? Alors, porte la citerne et tais-toi.

— Quand même, au retour il faudra s'y mettre au moins à six », grogna Pietro.

"Le gars a raison, même à vide la tonne pèse plus lourd que la chaise de Crespi avec le corps d'Ambrogio à l'intérieur, se dit-il. J'ai quand même été de bonne composition de proposer mon aide."

Un bruit de cascade se fit entendre sur la droite. Ils s'approchèrent avec précaution, puis un homme de haute stature qui s'était présenté au départ, tel un personnage des *Géorgiques*, comme « vacher dans le Latium » se détacha du groupe et vint s'arc-bouter à l'avant dans la descente finale afin d'éviter que la citerne ne s'écrasât contre le muret qui encerclait la fontaine. Celle-ci semblait creusée dans le mur d'une maison abandonnée. Les tuiles de l'auvent avaient disparu et sa charpente se découpait dans le ciel avec le désordre ingénu d'une crèche napolitaine. L'endroit devait être charmant l'été, pensa-t-il, avec les lavandières et les cyprès se reflétant dans l'étroit bassin. Pour l'heure Felice déployait un long tuyau qui ressemblait dans la nuit claire à quelque dragon légendaire endormi au bord du Styx. A l'aveuglette il parvint à l'approcher de la bouche d'eau puis à l'amarrer à la citerne qui commença tout aussitôt à se remplir dans un tumulte de gargouillements qui, pensèrent-ils, devait s'entendre à des kilomètres. Puis le bruit se fit plus régulier — frais et presque joyeux comme si, jaillissant d'une source, il devenait le symbole d'un sang nouveau prêt à irriguer la sombre foule des réfugiés assoiffés demeurés là-haut. A peine s'en était-il réjoui que des voix se firent entendre, toutes proches.

« *What's going on over there ? Who are you ?* »

Felice brandit aussitôt le drapeau blanc qu'il avait été chargé de déployer en cas de mauvaise rencontre.

« *Italiani !* cria-t-il. *Rifugiati dall'abbazia !* »

Puis il se retourna vers son voisin et tenta de le pousser en avant.

« Toi, t'as l'air de savoir l'anglais, parle-leur !

— Pas question, on me demanderait ce que je fais là... »

Heureusement les soldats paraissaient avoir compris sans qu'il fût besoin d'un intermédiaire. Soulagé, Felice reprit sa place derrière les brancards.

« Pourquoi t'as pas voulu leur parler ? insista-t-il néanmoins. T'as des choses à te reprocher ?

— Plutôt. »

Devant son ton Felice n'insista pas davantage. La citerne était maintenant remplie mais le plus dur restait à faire et il sentit sans doute que ce n'était pas le moment de perdre son énergie dans ce type de querelle. Après que celui qui se nommait Pietro l'eut malaisément rebouchée, ils se mirent cette fois à six pour la remonter. Le « vacher » commandait la manœuvre par des ordres étouffés. Devant eux la masse de l'abbaye semblait dans la nuit claire irréelle comme un songe. Et si lointaine. Remonter là-haut cette tonne emplie jusqu'à l'orifice leur parut sur l'instant une tâche insurmontable.

« Allez, ils n'attendent que nous là-haut », dit Felice pour leur donner du courage.

L'essieu grinçait plus encore qu'à l'aller et le tangage de la tonne semblait menacer à tout moment le précaire équilibre de l'attelage. Puis comme si les sous-bois fourmillaient de soldats égarés, des voix britanniques résonnèrent à nouveau. Cette fois Pietro prit les devants.

« *Acqua per l'abbazia,* répéta-t-il. *Rifugiati.* »

Presque aussitôt ils furent pris dans le puissant faisceau d'une torche. Le temps que Felice saisisse à nouveau le drapeau blanc et un petit groupe déboulait vers eux.

« *Who are you ?*

— Je vous l'ai dit : on est des réfugiés civils de l'abbaye. On cherche de l'eau.

— *Do you know Albaceta ?*

— La ferme ? Et comment ! Mais éteignez vos lumières, les boches sont au-dessus ! dit Felice en leur faisant signe d'éteindre.

— Parle pas des Allemands comme ça, c'étaient nos amis il y a pas si longtemps », dit Pietro.

Les Anglais ne partaient pas et demeuraient sur la piste étroite, les empêchant de passer. Tout à coup l'un d'eux s'avança.

« *Well, I'll be damned ! This is Larry !* s'exclama-t-il. *Aren't you Larry Hewitt ?* »

Il allait répondre en italien, lorsqu'une lointaine rafale de mitrailleuse étoila le silence.

« Fermez-la, bon Dieu ! » éructa Felice.

Larry vit alors un militaire anglais mouillé et crotté jusqu'à la ceinture déboucher dans la plage de lumière, et lorsque celui-ci s'approcha il découvrit avec anxiété deux barrettes sur son épaule.

« Enfin, j'en aurai le cœur net ! s'exclama le chef de patrouille en anglais. C'est toi, Larry, non ? On était au Royal Sussex ensemble !

— *Non capisco.*

— Tu ne me remets pas, Larry ? Tu ne te souviens pas de moi ? Stevie Beckinsale ! On était ensemble au 1er bataillon ! En Tunisie, tu me parlais des livres qu'il faudrait que je lise après la guerre ! Tout le monde dit que tu as disparu, on te cherche, il y en a qui disent que tu as déserté... Si tu as un problème c'est le moment, notre ancien régiment est en position plus bas, sous la cote 593 !

— *Non capisco ciò che dici* », dit-il en secouant la tête.

Un soldat rejoignit le jeune officier.

« Mais non, mon lieutenant, je l'ai bien connu le lieutenant Hewitt, il avait trente livres de plus, et puis, comment voulez-vous reconnaître quelqu'un avec une barbe, des cheveux longs et une cape de paysan ? »

L'officier parut en convenir mais adressa à Larry un regard hostile.

« Peut-être, mais fais quand même gaffe que je ne te retrouve pas ! » lui lança-t-il.

Les Italiens étaient demeurés à quelques pas, postés autour de la citerne et semblant la protéger.

« *Andiamo,* fit Pietro impatienté. L'aube va arriver.

— *This way* », ordonna l'officier à ses hommes en se retirant du passage.

Le soldat qui était intervenu demeura un instant sur la piste, l'œil perplexe. Avant de suivre son chef, il se retourna vers Larry :

« Moi j'étais de ceux qui vous ont cherché, on en a bavé ! Comme si on en avait pas assez ! Je vous promets moi aussi que si par hasard... », commença-t-il sur un ton de rancune contenue.

Voyant que Larry haussait les épaules, le soldat lui fit alors un geste obscène avec le doigt avant de reculer aussitôt dans l'ombre à la suite de son chef, comme effrayé par sa propre effronterie. Furieux, Larry bondit sur son compatriote et d'un mouvement vif lui arracha sa boîte de ration. Celui-ci se rebiffa et tenta de récupérer son bien, pour se trouver devant la lame effilée d'un poignard. Un instant ils se défièrent, puis le soldat replongea dare-dare dans la nuit.

« *It couldn't be him, he went to Oxford* », entendit Larry alors qu'il se replaçait déjà derrière le brancard.

C'était la voix de Beckinsale. Il se souvenait vaguement de lui, avec son perpétuel air de donneur de leçons. Il réprima les battements de son cœur, et lorsqu'ils eurent disparu son soulagement se transforma en un grand rire silencieux. A quelques pas, Felice s'était agenouillé devant l'essieu comme pour le supplier de moins grincer.

« Alors ça, fit Pietro à mi-voix. Je te croyais *mafioso* et je te découvre soldat anglais !

— On dit rien, mais tu nous files la moitié de la boîte », renchérit Felice sur un ton menaçant.

Larry recula d'un pas.

« Encore un mot, je rentre tout seul et vous vous démerdez sans moi.

— Alors, c'est fini, on n'a pas que ça à faire ! » grommela le vacher en se retournant.

Au-dessus d'eux les nuages passant devant la lune nimbaient d'une clarté changeante la puissante façade occidentale de l'abbaye qui paraissait soudain vaciller sur son socle de rochers.

"Sans doute la fatigue", pensa Larry.

A peine eurent-ils roulé à grand fracas la citerne dans le cloître d'entrée qu'une bousculade se forma. Felice intervint aussitôt.

« A la file ! cria-t-il d'une voix exaspérée. On n'est pas devant les fontaines de Naples ici ! On est dans un saint lieu ! Une personne et un récipient par famille ! »

L'aube se levait, sortant de la pénombre les arcades du cloître dont l'harmonieuse régularité contrastait singulièrement avec l'agitation de la foule vociférante — comme cela devait déjà se passer au Moyen Age, pensa Larry, lorsque les religieux distribuaient aux pèlerins les résultats des moissons et des récoltes d'olives.

(Il avait lu cela dans la *Vita di San Benedetto* qu'il avait trouvée dans une maison abandonnée de Galuccio où il avait plusieurs fois passé la nuit.) Se sentant épuisé il s'éloigna discrètement et, à l'écart de la foule qui assiégeait la citerne alla s'asseoir sur une marche, le dos appuyé contre une colonne, emmitouflé dans la lourde cape qu'il avait achetée à un berger avant de s'aventurer dans la traversée de la ligne du front. Vérifiant qu'il n'y avait personne autour de lui, il ouvrit la boîte de ration et en disposa méthodiquement le contenu sur les dalles avec l'intention d'en faire trois parts pour les trois jours à venir. Dire que pour avoir sous les yeux ce semblant de profusion — *peanut butter, strawberry jelly* et une boîte de *meat and beans* qu'il aurait fallu réchauffer — il avait dû sortir un poignard. Si facile, au fond. Il ferma un instant les yeux. La rumeur qui montait de la foule des réfugiés lui parvenait, lointaine et comme irréelle, et il sentit soudain la faim le tenailler. Et si je mangeais tout d'un seul coup jusqu'à m'en faire péter l'estomac, se dit-il en ouvrant la boîte de haricots avec la clé qui y était attachée. Cela fait bien trois semaines que je n'ai pas fait un vrai repas. Au départ j'avais ce petit pactole provenant de la vente de la voiture (du moins ce que je n'avais pas donné à Domitilla) mais avec les huit mille lires qui m'avaient été réclamées par le passeur de Roccamonfina pour franchir la ligne il m'était resté juste assez pour acheter de temps en temps un peu de pain et de saindoux. Quand même, c'était étrange cette rencontre avec les gars du Royal Sussex. Avec mon bonnet de berger et ma barbe de six semaines, je ne pensais vraiment plus que j'étais encore en état d'être reconnu par quiconque, même par le major Hawkins, même par Paul — et moi-même je ne me souvenais que fort mal de celui qui m'avait dévisagé. Ç'aurait pu vraiment mal tourner, et je m'en tire avec une boîte de ration !

« Donne-m'en », implora une petite voix.

Il leva vivement la tête. Une femme s'était glissée silencieusement à côté de lui. Encadré d'un pauvre fichu son visage ne manquait pas d'une séduction lasse et harassée, comme si elle avait surgi de la pénombre pour envoûter les moines en proie aux démons de l'aube. Avant qu'il ait pu l'en dissuader elle se pencha sur le maigre étalage, les yeux brillants de convoitise.

« Donne-moi quelque chose, j'ai personne qui s'occupe de moi, insista-t-elle.

— Tu regardes ça comme si c'était la devanture de la pâtisserie Caflish avant la guerre ! Tu ne vois donc pas que je meurs de faim moi-même et que ce n'est qu'une ration militaire ? Tu ne vois pas non plus que je suis aussi fourbu que les pèlerins qui venaient ici au Moyen Age ? Et sais-tu que cette boîte, j'ai dû l'arracher à la pointe du couteau ? »

Elle ferma les yeux dans une expression de madone douloureuse.

« J'ai plus la force de quémander mais je saurai te récompenser. Si tu me donnes un peu de ta ration je te ferai tout ce que tu veux. »

Larry eut un geste d'irritation.

« Me proposer cela dans ce saint lieu, comme disait Felice tout à l'heure ! Vous vous conduisez donc toutes comme des putes ?

— Si tu crois qu'on a le choix... Moi j'étais une belle femme autrefois, tu sais. J'aurais pu aller la tête haute dans le café que tu disais... Allez, donne...

— Eh bien, choisis, mais dépêche-toi, je peux pas laisser ça à la vue de tout le monde, tu vois l'effet que ça produit. »

Elle examina l'étiquetage des boîtes avec attention, comme si elle supputait le pouvoir énergétique de chaque aliment.

« Je crois que je vais faire comme toi, prendre les haricots, décida-t-elle d'une voix soudain plus claire. Bien sûr ce serait mieux si c'était chaud, mais ça tient au corps et il y a d'assez gros morceaux de viande qui nagent dedans. »

Sans même chercher à voir s'il y avait une fourchette disponible, elle avalait gloutonnement le contenu de la boîte. Puis, les yeux fermés comme si elle retrouvait des sensations oubliées, elle mastiqua longuement. Fasciné il la regardait faire, en oubliant même sa propre faim.

« Prends-en aussi, dit-elle après avoir croisé son regard.

— Oh, mais tu es trop aimable. »

Il l'imita et fit glisser le reste du contenu de la boîte directement dans sa bouche, puis lui donna un morceau de pâte de fruits.

« Le dessert », annonça-t-il.

Elle esquissa un sourire et d'une bouchée avala la sucrerie.

« Maintenant, à moi de te régaler, mets-toi à l'aise, fit-elle.

— Pardon ?

— Déboutonne-toi. »

Il haussa les épaules.

« Tu ne t'es pas lavé les cheveux depuis le début de la guerre, et en plus tu as de la sauce qui dégouline sur le menton, je t'assure que c'est pas ragoûtant. »

Surprise, elle le regarda.

« T'es bien difficile, Joe, fit-elle. Y en a beaucoup qui s'en sont contentés, et pas qu'un peu. »

Il était en train de couper une tranche de jambon avec un couteau et s'interrompit net.

« Pourquoi tu m'appelles Joe ? demanda-t-il sans aménité.

— Tu parles pas mal la langue, répliqua-t-elle d'un ton gouailleur, mais si t'entendais l'accent que tu te paies ! »

Il eut une moue de mécontentement qui fit penser à la femme qu'elle était allée trop loin.

« T'es là depuis quand ? reprit-elle. Accent ou pas, tu peux me le dire, les hommes ont toujours aimé se confier à moi. »

Il hésita. C'était peut-être le moment de vérifier la crédibilité de son histoire.

« Je suis arrivé hier matin à l'abbaye. Cela faisait deux mois que j'étais en route. Je suis italien, mais je vivais aux Etats-Unis et j'ai toujours parlé l'anglais en dehors de la famille. J'ai été incorporé, et puis, au moment de l'armistice...

— Je sais, l'interrompit-elle. J'ai vu sur les routes ces hordes de types en guenilles qui rejoignaient leurs villages alors qu'ils auraient dû nous défendre. Plusieurs ont essayé de me violer, certains y sont arrivés.

— Ça ne devait pas être si difficile, fit-il.

— Ça dépendait de ce qu'ils m'offraient. Ils vivaient de leurs rapines, et il en restait quelquefois un peu. »

Il ne put s'empêcher de sourire.

« En tout cas, moi, reprit-il, je n'avais quasiment rien à offrir et pas d'endroit où aller. L'abbaye, que j'avais vue en photo quand j'étais gosse là-bas en Amérique, était mon seul but, mon rêve, mon asile inaccessible. Je dois avoir l'esprit des pèlerins qui se réfugiaient jadis dans les monastères quand la guerre faisait rage. Tu me croiras pas, mais hier à peine arrivé je me suis précipité sur la Loggia del Paradiso que je voyais d'en bas pour me persuader que j'étais enfin parvenu là où je voulais tant arriver.

— Justement, comment t'as fait pour rentrer ?

— Là, j'ai eu un peu de chance, il y avait plusieurs religieux qui parlementaient avec un groupe de villageois de Cervaro, à ce que j'ai cru entendre. Les moines leur refusaient l'entrée en leur disant qu'il y avait déjà trop de monde pour les ressources qui restaient. Moi, j'étais seul, j'en ai profité pour me faufiler...

— C'est mieux qu'on ne t'ait pas remarqué sur la loggia ! Les réfugiés n'ont pas le droit d'aller dans cette partie du couvent. Nous on n'a droit qu'aux bâtiments du séminaire et du noviciat.

— Oh, j'ai sans doute été vu, figure-toi ! Par un avion d'observation qui frôlait l'abbaye de si près hier matin que je voyais comme je te vois le visage des deux gars qui nous observaient. Ce besoin de nous regarder sous le nez, ça me dit rien de bon. »

D'un geste vif elle retira son fichu, faisant apparaître une épaisse masse de cheveux noirs retenus par des peignes. La lumière de l'aube qui glissait sur le méplat de ses hautes pommettes rendait ses traits moins tragiques. « Voilà une femme qu'une simple ration a fait revivre », pensa-t-il.

« Tu t'appelles comment ? » lui demanda-t-il.

Elle le regarda avec un sourire indéfinissable.

« Qu'importe mon nom, tu ne t'en souviendras plus dans cinq minutes ; tu es du genre à ne faire partout que passer, hein ? Avant de disparaître...

— C'est assez bien vu.

— Même si tout cela devait mal se terminer, je suis sûre que tu te rappelleras notre déjeuner comme ton dernier bon souvenir ! s'exclama-t-elle. En tout cas, moi, je peux te dire que c'était le meilleur repas de ma vie.

— N'exagère pas...

— Si, c'est vrai.

— Ce qui est vrai c'est qu'il ne reste plus rien dans la boîte, constata-t-il d'un ton prosaïque.

— Tu l'avais fauchée à un soldat ? T'es gonflé, dis donc. »

Il ne répondit pas et se leva. Lorsqu'elle comprit qu'il partait elle s'accrocha à lui avec une énergie qu'il ne lui aurait pas supposée.

« Tu ne vas pas me laisser seule, dit-elle d'un ton soudain éperdu.

— Si », dit-il.

Au loin le brouhaha qui venait du bâtiment du séminaire s'accroissait à mesure que la clarté de l'aube augmentait.

« Je vais aller dormir un peu, lui annonça-t-il. Je m'étais proposé pour aller chercher de l'eau cette nuit afin qu'on ne puisse plus m'expulser après, mais ça m'a fatigué.

— Mais reste donc ici ! s'exclama-t-elle. Je veillerai sur toi, je te réveillerai si tu veux...

— Je n'ai pas besoin qu'on s'occupe de moi », grommela-t-il.

Elle lui jeta un regard suppliant et s'accrocha de nouveau à lui lorsqu'il se leva. Il la repoussa avec brusquerie et lorsque, courant presque, il s'éloigna, il l'entendit pousser une sourde plainte. Devant lui s'étendait le plus gracieux espace qu'il eût jamais vu — un cloître d'une exquise harmonie, au-dessus duquel, comme dans un tableau de Giotto, brillaient encore quelques étoiles. Au moment où il s'approchait du clocher il vit qu'une sorte de niche s'ouvrait sur sa gauche, lui permettant d'être à l'abri du vent. Emmitouflé dans sa cape il se laissa glisser sur le sol froid et sombra tout aussitôt dans un lourd sommeil.

Il marchait le long d'interminables galeries bordées de balustres et dallées de marbre qui paraissaient suspendues au-dessus du vide et qui à chaque instant tournaient à angle droit comme s'il s'était engagé dans un inextricable labyrinthe. Le bruit de ses pas lui parvenait à la fois démultiplié et assourdi par une sorte d'écho qui rythmait son errance, lui donnant l'impression de n'avoir jamais, depuis des mois, cessé de marcher — alors même qu'il dormait il marchait et marchait encore. Aussi lorsque le froid le réveilla, fut-il tout surpris de se retrouver étendu contre un mur et non pas en train de déambuler comme dans son rêve. Péniblement il se redressa. Bien que le soleil ne fût pas encore apparu, il faisait cette fois presque jour — il n'avait pas dû rester endormi bien longtemps. Il se sentait transi, courbatu et ravagé de brûlures d'estomac comme si son corps lui faisait grief d'avoir temporairement, grâce à la ration, abandonné son état d'anachorète. A petits pas il rejoignit le cloître d'entrée. La plupart des réfugiés dormaient encore sous les arcades à l'abri du vent, regroupés en cercles par familles et quelquefois (avait-il remarqué depuis vingt-quatre heures) par villages. Au centre de certains de ces groupes figuraient quelques dérisoires réserves de vivres protégées comme des trésors de guerre — jambons de montagne, grappes d'oignons et bocaux d'olives. Certaines familles faisaient aussi chauffer sur des braseros du jus d'orge et des décoctions diverses dont le seul fumet (tant il avait été obligé d'en avaler depuis deux mois) lui donnait la nausée. Au bas des colonnades du cloître figuraient de petits autels portatifs décorés de fleurs de celluloïd comme dans les rues de Naples. Il ne voyait nulle part la femme de la nuit — l'aurait-il même reconnue, d'ailleurs, tant il l'imaginait maintenant comme une sorte de gorgone exaltée, une Domitilla vieillie, épuisée par les épreuves, qui devait, tel un rapace nocturne, se trouver tapie à l'écart de la foule dans quelque recoin des cloîtres. C'est alors que, non loin de l'entrée du grand réfectoire, enfla soudain le bruit d'une querelle qui dégénéra rapidement en une véritable altercation.

Il n'avait pas assisté à une rixe aussi violente depuis la scène avec les goumiers en octobre dernier. Il crut comprendre à travers les injures en dialecte que l'un des enfants du village de Sant'Angelo avait volé le *pecorino* de toute une famille de Pignataro. De toute façon il n'avait nullement cette fois l'intention d'intervenir, au contraire de tous ceux qui autour de lui avaient pris fait et cause pour l'un ou l'autre des deux clans.

« *Fratelli ! Fratelli !* » s'écria soudain une voix de stentor.

Un religieux de haute taille venait de faire son apparition à la porte du grand réfectoire.

« Dom Gaetano, dom Gaetano, cria quelqu'un, c'est toujours les mêmes qu'arrêtent pas de se battre...

— Mes frères, reprit le prieur, les incidents se multiplient à propos de la nourriture, je sens que vous devenez nerveux et inquiets et que vous en perdez le goût du partage. J'ai foi dans le Christ et confiance dans la protection de saint Benoît, mais c'est à nous de réagir aux épreuves qui nous sont envoyées. Or la vérité, frères, la vérité vraie, c'est que les réserves de vivres s'épuisent, que les règles les plus élémentaires de l'hygiène ne sont plus respectées, et que le chef de la petite équipe qui cette nuit, avec tant de courage, a pu nous ramener une citerne emplie d'eau doute qu'une nouvelle expédition nocturne puisse être possible, tant la bataille risque de faire rage sous peu autour de la ferme Albaceta. L'eau sera donc désormais rationnée, mais pour votre sécurité nous devons voir au-delà : dès ce matin nous profiterons de l'éclaircie pour tenter une sortie en compagnie d'une partie du chapitre en direction du village de Villa Santa-Lucia. Nous serons précédés de la statue de notre saint fondateur et d'un drapeau blanc. »

Bien que la perspective de quitter l'abri tutélaire du monastère parût angoisser l'assistance, l'autorité naturelle du père prieur fit son effet.

« Mais où voulez-vous que nous allions après, dom Gaetano ! s'écria une femme. Drapeau blanc ou pas, les Allemands nous empêcheront de passer...

— Frères, vous ne me laissez pas parler ! Les blindés de la 15e division motorisée sont à moins de cinq cents mètres et j'ai envoyé des émissaires pour prévenir le commandant de l'escadron et...

— En attendant ils ne sont toujours pas revenus ! l'interrompit quelqu'un sur un ton de colère contenue. Quant à nous... »

Le reste du dialogue se perdit soudain dans un vrombissement qui emplit brutalement tout l'espace. Larry le reconnut aussitôt — c'était le même que la veille lorsqu'il se trouvait dans le cloître des Bienfaiteurs. Arrivant du sud et faisant fi des lignes allemandes, le petit avion venait de réapparaître. Il frôla le bâtiment des séminaires, vira à gauche pour faire le tour du clocher et piqua sur le cloître d'entrée en rasant les toits. Larry put à nouveau voir distinctement les deux occupants de l'avion. L'observateur était cette fois occupé à envoyer par brassées entières des centaines de tracts qui descendirent en tourbillonnant sur la petite foule massée dans le cloître d'entrée. A mesure qu'ils atteignaient le sol les réfugiés se bousculèrent pour les attraper.

« C'est comme l'eau de la citerne, y en aura pas pour tout le monde », bougonna à côté de lui un vieux paysan.

Déjà l'avion avait plongé vers la vallée et Larry l'aperçut quelques instants après, rasant tel un gros bourdon la plaine inondée. Avant même qu'il ait pu saisir l'un des tracts qui voletaient encore, une nouvelle et sourde rumeur d'inquiétude et de désarroi s'élevait du cloître.

« Dites-moi ce qu'ils racontent, je sais pas lire », murmura le vieil homme d'une voix anxieuse.

Il eut envie de chiffonner le papier de rage dès qu'il en eut pris connaissance : c'était tellement — au mot près — ce qu'il prévoyait qu'il avait l'impression de lire un texte qu'il savait déjà par cœur. Encore heureux que ce fût écrit en italien et qu'il n'eût pas à le traduire — ils auraient été capables de ne même pas se soucier de la langue de ceux qu'ils s'apprêtaient à écraser sous les bombes. Il essaya pourtant de ne pas effrayer le vieux berger, et ne se départit pas de son calme en lui lisant les quelques lignes.

AMIS ITALIENS, PRENEZ GARDE ! JUSQU'À PRÉSENT, NOUS AVONS SOIGNEUSEMENT ÉVITÉ DE BOMBARDER L'ABBAYE DU MONT-CASSIN. LES ALLEMANDS N'ONT PAS MANQUÉ D'EN PROFITER. MAIS LA BATAILLE S'ÉTANT DE PLUS EN PLUS RAPPROCHÉE DU LIEU SACRÉ, L'HEURE EST VENUE OÙ NOUS SOMMES OBLIGÉS DE DIRIGER NOS ARMES SUR LE MONASTÈRE LUI-MÊME. NOUS VOUS AVERTISSONS AFIN QUE VOUS PUISSIEZ VOUS METTRE EN SÉCURITÉ. NOTRE AVERTISSEMENT EST PRESSANT ! QUITTEZ IMMÉDIATEMENT LE MONASTÈRE ! SUIVEZ CET AVERTISSEMENT ! IL Y VA DE VOTRE PROPRE INTÉRÊT.

C'était signé : *LA Ve ARMÉE.*

Il froissa nerveusement le feuillet avant de le chiffonner en boule. Le vieil homme semblait pensif et incrédule.

« *Siamo costretti a puntare le nostri armi...* », répétat-il comme pour se pénétrer du sens de l'avertissement, avant de relever brusquement la tête.

« Ils ne vont quand même pas démolir un lieu qui existe depuis plus d'un millénaire ! s'exclama-t-il.

— C'est quand même mieux pour votre sécurité que vous partiez, dit Larry. D'ailleurs regardez. »

Au milieu des cris de frayeur ou d'excitation des enfants, des familles entières s'étaient déjà levées et se dirigeaient en se bousculant vers la voûte précédant la grande porte. Pour tenter de juguler ce début de panique, le père abbé entouré du chapitre sortit alors du bâtiment du noviciat. Derrière les moines, quatre hommes portaient une naïve statue de saint Benoît, parmi lesquels Larry reconnut sans surprise Felice, l'un des héros de la nuit. La haute stature de dom Gaetano s'avança alors au-devant de la petite foule anxieuse.

« Frères, c'est le père prieur qui vous parle, je vous demande de garder votre calme. Sans plus attendre nous allons sortir en cortège comme je vous le disais, derrière le chapitre. Je vous demande aussi de laisser dans le cloître d'entrée tout ce qui est lourd et encombrant. Vous remplirez au passage vos gourdes à la citerne. Une fois arrivés à la ferme Albaceta vous attendrez à l'abri pendant que le père abbé et moi nous tenterons de prendre contact avec les Allemands pour qu'ils nous laissent passer. »

Le timbre empreint d'autorité de dom Gaetano fit à nouveau merveille et la longue colonne s'ébranla dans un ordre relatif.

« Frère Andrea, vous pouvez ouvrir », commanda-t-il d'une voix forte.

Le père portier s'exécuta et les deux lourds battants

s'écartèrent avec lenteur et majesté, créant un violent courant d'air glacé qui fit frissonner le cortège et claquer le drapeau blanc avec le même bruit désagréable, pensa Larry, que les cerfs-volants sur la plage de Brighton lorsqu'il était enfant.

« J'ai peur. J'ai peur », entendit-il à côté de lui.

C'était une petite fille justement — de l'âge de ses vacances d'alors. Il se pencha sur elle.

« Tu es toute seule ? » demanda-t-il.

Elle paraissait découvrir soudain dans l'axe de la voûte les montagnes toutes proches en écarquillant les yeux comme si, le temps de sa réclusion, elle les avait oubliées.

« Je suis avec ma grand-mère, je la cherche, expliqua-t-elle d'un air timide.

— Elle aussi doit te chercher, tu devrais essayer de vite la retrouver, et de... »

Sa voix fut recouverte par les cantiques qui s'élevèrent au moment où la statue franchissait l'enceinte. Puis la colonne s'éloigna et par la grande porte demeurée ouverte il put voir les plis immaculés du drapeau se fondre peu à peu dans les contreforts hostiles du Monte Cairo. Il ne manquait, pensa-t-il, que les gurkhas de cette nuit pour évoquer le départ d'une caravane vers les hautes vallées de l'Himalaya. A l'arrière, des traînards titubaient déjà plus qu'ils ne marchaient, et deux religieux s'étaient placés en serre-file pour les aider et les encourager. Il se dissimula alors derrière un pilier dans la crainte d'éventuels retardataires. Sous ses yeux les maigres provisions abandonnées par les réfugiés étaient demeurées çà et là au milieu des tracts qui jonchaient le cloître d'entrée, dans une atmosphère de désolation seulement égayée pendant quelques instants par le carillon du clocher qui sonna neuf heures.

Avec soin il sortit alors de sa poche le document qu'il avait deux mois auparavant cherché tout au long de la via San Biagio dei Librai — parmi les nombreux libraires de livres anciens pas un en effet ne semblait l'avoir, comme s'il avait été frappé par quelque censure militaire. Enfin il y était parvenu et, contre une somme qu'il avait trouvée modique, lui avait été remis ce précieux plan datant de 1808 qu'il déplia précautionneusement avant de s'orienter et de se diriger aussitôt vers l'aile méridionale.

Il lui fallait désormais longer le grand réfectoire et traverser le cloître du prieur. Son plan à la main il glissait plus qu'il ne marchait, attentif à ne faire aucun bruit comme s'il était le spectre livide de ces milliers de religieux qui s'étaient succédé dans ces lieux depuis des temps immémoriaux. Il suivit une galerie puis pénétra dans une longue salle meublée de cathèdres surmontées d'austères portraits d'abbés. Tombant des hautes fenêtres une lumière dure et glaciale, comme lavée par tant de jours de pluie, se reflétait sur les dalles en un miroitant effet qui lui donnait l'impression de marcher sur les eaux de la vallée inondée en contrebas. Face aux fenêtres, de hautes portes en chêne sculpté devaient permettre d'accéder — si son plan disait juste — à la bibliothèque. Le cœur battant, il ouvrit avec précaution celle qui était la plus proche.

Il demeura ébahi sur le seuil. La longue salle comportait encore les écriteaux en lettres gothiques qui indiquaient l'emplacement des différents départements. *Philosophiae, Theologiae,* eut-il le temps de lire avant que son regard ne s'arrête, accablé, sur les rayonnages ainsi différenciés. Ils étaient vides. L'odeur cirée du chêne de Hongrie donnait le sentiment de se trouver devant une immense ruche désertée qui n'offrait plus au regard que la béance de ses alvéoles. L'intensité de la déception fut telle qu'il sentit ses jambes se dérober sous lui et dut s'appuyer au chambranle de la porte. Deux mois d'efforts, tant d'épreuves et de fatigue, le risque encouru à tout moment de se faire rattraper comme déserteur ou comme insoumis pour en arriver là, dans cette vaste pièce totalement vidée de son contenu. Incrédule, il s'avança lentement le long des armoires grillagées qui avaient dû contenir des milliers de codex. Au moins, pensa-t-il, c'était la certitude qu'ils ne seraient pas détruits et qu'on pourrait peut-être les retrouver un jour.

« Mais que faites-vous ici, jeune homme ? » entendit-il derrière lui.

Il tressaillit et se retourna d'un seul élan. Sa canne à la main, un vieux moine le regardait avec une surprise mêlée de réprobation.

« Je... je cherchais mon chemin, bafouilla-t-il.

— Vous n'avez pas le droit d'être dans cette partie de l'abbaye, expliqua le religieux d'une voix lasse mais sans hostilité. Il vous faut retourner vers les bâtiments du noviciat et du séminaire qui sont réservés aux réfugiés. »

Il lui indiquait la galerie qu'il venait d'arpenter, et elle lui parut cette fois si longue et si morne qu'elle semblait se prolonger jusqu'à un infini de désolation.

« Mais il n'y a plus de réfugiés dans l'abbaye, père... Ils sont tous partis. Vous n'avez donc pas lu le tract ?

— Le tract ? répéta le vieux bénédictin sans comprendre.

— Un avion d'observation américain vient de nous survoler ! Tenez, lisez », dit-il en le lui tendant.

Avec un soupir, le père chaussa son lorgnon, lut le texte à mi-voix, puis le lui rendit en haussant les épaules.

« Mais personne ne touchera jamais à cette abbaye, je vous en réponds ! s'exclama-t-il avec une sorte de conviction désespérée. C'est ici qu'a été fondée la première communauté monastique, et toute la civilisation occidentale est issue de ce haut lieu ! Ces gens qui nous libèrent de Mussolini ne sont tout de même pas des butors ! Moi je leur fais confiance, et je ne voulais d'ailleurs pas qu'on emporte quoi que ce soit d'ici, je me suis assez opposé au père abbé et au père prieur sur ce sujet !

— Mais vous avez pu lire, père, ce n'est plus seulement une menace, c'est un avertissement pressant ! Peut-être est-ce une bonne chose après tout que tout ait été évacué. Et vous-même devriez rejoindre les autres sans tarder à la ferme Albaceta. Je vous accompagnerai si vous le voulez... »

Le visage du vieil homme se contracta.

« Non, mon petit, laissez-moi maintenant. Vous, vous êtes jeune, partez donc les rejoindre... Pensez à votre vie d'abord... Moi, je ne quitterai jamais ces lieux qui sont les miens depuis toujours. »

Il eut un geste circulaire de pasteur rameutant un invisible troupeau.

« Il y avait là cent mille volumes précieux et des milliers d'incunables, expliqua-t-il à Larry. Sans parler des dizaines de tableaux admirables, bien que ce ne fût pas ma spécialité. Cela fait cinq mois que je marche au milieu de ces multiples étagères vides et je ne m'y fais pas.

— Tout a donc été emmené dès le mois d'octobre ? »

Il eut une moue affligée.

« Tout a été chargé à la va-vite dans des caisses à claire-voie fournies par une usine de Cassino, puis entassé n'importe comment dans des camions à peine bâchés. Le déménagement a duré quinze jours et j'avais l'impression que le sang s'échappait goutte à goutte de notre saint lieu... Vous devinez mes mises en garde, puis mon désespoir quand j'ai senti que je n'étais pas écouté. Mais le colonel Schlegel qui commandait l'opération — car c'en était une — et qui paraissait, je dois le reconnaître, avoir de bonnes intentions, avait su circonvenir le père abbé, le père prieur, et même le Vatican. Quand je protestais je sentais bien qu'on me considérait comme un vieux fou tout juste bon à nourrir ses mésanges et à fleurir sa statue de sainte Scholastique !

"Dom Mauro, vous ne mesurez pas l'étendue des risques, songez que nous sommes sur la ligne de feu", me disait-on. Pauvre sainte, à qui je porte un véritable culte ! Ils ont emmené ses reliques qui reposaient ici depuis quatorze siècles, et cela au moment même où elle aurait pu nous protéger ! *E vero,* mon cher ami. Pour la première fois Benoît et Scholastique, le frère et la sœur, ont quitté ces lieux où ils avaient passé toute leur sainte vie.

— Et où sont allées ces reliques, père ?

— Au Vatican, comme je vous le disais. Après quelques hésitations dues à des refus antérieurs le cardinal Maglione, secrétaire d'Etat, a accepté de tout abriter. C'est ce qu'avait promis le colonel Schlegel à dom Gregorio et à dom Gaetano, et c'est pourquoi ils ont accepté. Moi je craignais qu'il n'y ait des fuites vers... certains prédateurs, si vous voyez ce que je veux dire. Vous savez comment s'appelait la division dont Schlegel dirigeait l'escadron de services ? Hermann Goering... En fait il semble pourtant que tout se soit bien passé et que le colonel se soit montré honnête homme, et soucieux du patrimoine de l'abbaye. Dom Gaetano avait exigé qu'un père bénédictin accompagne chaque camion jusqu'à Rome et puisse signer un bon de décharge. J'espère que tout reviendra ici après la guerre, reprit-il après un silence, mais en attendant... »

Il eut un geste las.

« Peut-être ai-je péché par orgueil, murmura-t-il. Peut-être me suis-je cru au-dessus des querelles des hommes...

— Mais au cours des siècles l'abbaye a souvent été rattrapée par la guerre, père ! Si je me souviens bien de mes lectures, il a même fallu la reconstruire trois fois... »

Dom Mauro lui jeta un regard vif.

« Oh, mais je vois que vous êtes très au courant de

l'histoire du monastère », s'exclama-t-il sur un ton de réelle surprise.

Larry craignit un instant de s'être découvert.

« Je suis italien d'origine et j'ai fait mes humanités en Amérique où j'habite, répondit-il brièvement.

— Voilà pourquoi vous avez un accent... un accent peu prononcé, à vrai dire, ajouta précipitamment dom Mauro comme s'il avait craint de le blesser.

— J'avais gardé mon passeport italien et je suis revenu avec nos troupes, juste pour assister à cette... humiliante défaite, précisa Larry. Et puis je me suis trouvé errant sur les routes, sans domicile ni famille, en exil dans mon propre pays. J'avais gardé le souvenir d'une vue de l'abbaye qui était dans ma chambre quand j'étais enfant, alors j'ai...

— Oh, vous avez bien fait, d'ailleurs nous avons accueilli ces derniers mois des centaines, voire des milliers de réfugiés, surtout après le bombardement de Cassino. Nous les avons hébergés, réconfortés, nourris... C'est le rôle séculaire des abbayes d'être de tels havres. Nous avons aussi abrité des œuvres d'art qui nous étaient confiées de tous les coins de l'Italie... » ajouta-t-il.

Larry prêta l'oreille.

« Ah bon ? fit-il d'un air intéressé.

— Que oui. Les tableaux du musée de Naples étaient déposés ici et eux aussi sont partis avec Schlegel. Et pas seulement de Naples, de toute l'Italie... On devait penser que nous étions un vaisseau insubmersible... C'est comme ça que nous avons vu arriver toutes sortes de choses... Jusqu'à des documents fort éloignés des objets de nos études, comme des manuscrits de Leopardi.

— Ah bon ? insista Larry. Il vous parvenait des manuscrits littéraires ?

— Tenez, par exemple, le célèbre poème qui commence par *Dolce e chiara è la notte,* il était ici... Oui, et des objets d'art... des cartes anciennes... Nous abritions même à la bibliothèque une précieuse collection de planisphères du XVIIᵉ siècle. »

Un lointain tir de mitrailleuse se fit alors entendre. Dom Mauro sursauta.

« Qu'est-ce que c'est que ça ? demanda-t-il nerveusement.

— Il me semble que ça vient encore d'Albaceta. L'endroit où devrait se trouver le cortège en ce moment. Ça voudrait dire qu'ils n'ont pas pu passer, ajouta Larry à mi-voix.

— Je savais bien qu'il ne fallait pas quitter le couvent », murmura dom Mauro.

Une nouvelle rafale crépita. Larry se dit que les moines allaient sans doute rebrousser chemin et se sentit gagné par un soudain sentiment d'urgence.

« Je vous parlais à l'instant de manuscrits parce que cela m'intéresse, reprit-il, j'ai fait des études de lettres et écrit un mémoire sur le séjour de Shelley en Italie. »

Il n'enregistra de la part de dom Mauro aucune réaction à l'écoute du nom du poète.

« Si j'avais su qu'il y avait quelqu'un de lettré dans nos murs... murmura-t-il seulement sur un ton de regret.

— Shelley ne devait pas avoir non plus droit de cité dans votre bibliothèque, reprit Larry sur un ton de plaisanterie. Avec sa vie un peu... scandaleuse...

— C'est vrai que je ne l'ai jamais lu, admit dom Mauro avec simplicité. En revanche j'ai lu un peu Leopardi à cette occasion, mais le pauvre était miné par la maladie, ajouta-t-il comme s'il y avait là une justification pour quelque comportement étrange.

— Tout de même, s'il y avait eu des manuscrits de Shelley entreposés ici, vous l'auriez su ?

— Ce n'est pas certain, si ces manuscrits faisaient partie d'archives non inventoriées... De toute façon, inventoriés ou pas, et que ce soit Leopardi ou Shelley...

cela ne faisait pas partie du patrimoine de l'abbaye, et ça ne reviendra jamais dans nos murs... »

Il regardait la bibliothèque comme si le spectacle des étagères vidées de leur contenu lui était à chaque instant plus insupportable.

« Tout ce qui appartenait en propre à l'abbaye reviendra un jour, père, dit Larry en lui prenant le bras comme s'il tenait à le réconforter.

— Oui, mais quand ? Et me souviendrai-je alors de mes classements, de l'ordre savant dans lequel j'avais rangé ces milliers de traités et de livres... Tout était dans ma tête, mon petit, et ma tête, l'aurai-je encore lorsqu'on nous ramènera tout cela... Certains des frères du chapitre en doutent à tel point qu'ils avaient même cru bon dès septembre dernier de me faire aider par un jeune novice... "Il vous rendra de menus services, il montera sur les escabeaux à votre place", avait prétendu dom Gaetano. Eh bien c'était un joli choix que ce petit Corrado ! Celui-là, je m'en souviendrai... C'était ce qui pouvait m'arriver de pire ! Je n'avais aucune confiance en ce jeune godelureau qui ne laissait derrière lui que désordre et confusion. A l'intérieur de cette bibliothèque, on aurait dit une musaraigne dans un poulailler ! »

Pour la première fois, dom Mauro avait haussé la voix sur un ton de vif ressentiment. Puis le silence retomba, presque aussitôt troublé par un sourd brouhaha qui paraissait provenir du cloître d'entrée.

« Les voilà qui reviennent, dit Larry.

— Qu'est-ce que je vous disais ! soupira dom Mauro. J'ai observé le départ de loin : le père abbé n'avait pas trouvé bon de se faire accompagner par sainte Scholastique. Même pas une effigie ! Et voilà ce qui arrive. »

Il se tourna vers Larry comme s'il voulait lui faire une confidence très intime.

« Vous savez, depuis cinquante ans je fleuris tous les jours sa statue au pied de l'escalier des Bienfaiteurs.

J'ai toujours éprouvé pour elle une vénération si fervente que même les autres pères en souriaient. C'est qu'elle a vécu si seule, et je la comprenais car je l'étais aussi. Vous savez, elle vivait dans un ermitage à l'extérieur du couvent et son frère Benoît ne venait lui rendre visite que deux fois l'an... »

Ils revinrent dans la galerie au moment où des voix inquiètes et des appels angoissés se faisaient entendre du côté du noviciat. Puis ce fut la voix autoritaire de dom Gaetano qui retentit, ordonnant aux réfugiés de descendre sans attendre dans les caves du séminaire. Larry fut tenté de les rejoindre. « A quoi bon faire bande à part désormais, pensa-t-il, de toute façon j'arrive trop tard. » Peut-être Shelley aurait-il pu écrire un poème sur cette longue quête inachevée en terrain hostile, pour l'aider à trouver la clé secrète qui lui manquait tant.

« Je n'ai pas envie, moi, de retrouver les autres, grommela dom Mauro comme s'il voulait détourner le cours de ses pensées. A l'image de ma sainte patronne, je me sens plus seul encore qu'un anachorète dans le désert. Et pourtant je n'en souffre pas. *In solis sis tibi turba locis,* comme dit le poète. Dans la solitude sois une foule pour toi-même. Et puis c'est l'heure de mes animaux de compagnie, c'est-à-dire de mes mésanges... l'heure de les nourrir...

— Quoi, s'exclama Larry, vous avez des oiseaux ? comme saint François et ses *uccellini* ? »

Il eut un geste comme pour se justifier.

« Vous savez, passer cinquante ans dans un tel lieu sans avoir un petit dérivatif... Les livres et les manuscrits médiévaux, c'est bien joli, mais le petit souffle de vie qu'apportent quelques pépiements dans le silence m'est devenu indispensable... Et puis les mésanges sont des oiseaux très faciles à vivre car peu farouches, ajouta-t-il sur un ton de confidence. J'ai eu des merles et des fauvettes, mais je préfère de beaucoup les mésanges... Tenez, vous m'êtes sympathique, vous n'avez pas suivi le troupeau à l'extérieur, alors venez donc les voir. »

Déjà il le prenait par le bras pour l'entraîner.

« Dom Mauro, vous n'y pensez pas, ce n'est pas raisonnable ! protesta Larry avec une soudaine nervosité. Vous avez lu le tract ! Vous avez entendu le père prieur qui faisait descendre les réfugiés dans les caves. Allons plutôt les rejoindre. Je vous assure, vous ne pouvez pas rester seul ici.

— Et qui nourrira les oiseaux ? demanda dom Mauro avec une ingénuité désarmante.

— Mais il faut les libérer, père ! Et sans tarder ! Elles s'en sortiront... »

Dom Mauro esquissa un signe de dénégation puis, appuyé sur sa canne qui scandait sur les dalles son pas résolu, déboucha au pied des marches qui menaient au cloître des Bienfaiteurs. Larry lui avait emboîté le pas. Non loin de la statue de la sainte dont il voyait d'ici le visage voilé, le vieux religieux avait installé sous l'une des arcades du Bramante une jolie cage dont les parois dorées et contournées paraissaient dignes du travail d'un orfèvre. Les oiseaux s'agitèrent dès qu'ils aperçurent leur père nourricier.

« *Tranquilli... tranquilli* », murmura-t-il.

Il se retourna vers Larry.

« Les mésanges ont aussi ceci de bien qu'elles sont faciles à nourrir, lui expliqua-t-il en fouillant dans sa poche. Quelques graines de tournesol ou de chènevis, un peu de graisse ou de saindoux, quelques miettes de pain et voilà l'affaire... Tenez, *miei bellissimi...* Mais vous, *amico mio,* cessez de scruter le ciel, puisque je vous dis qu'il n'arrivera rien ! Je les connais, elles s'agiteraient si elles sentaient quelque chose.

— J'aimerais vous croire, murmura Larry.

— Ce qu'il leur faut en revanche pour qu'elles restent calmes, précisa soudain dom Mauro, c'est un nichoir. Etrangement il doit être orienté vers l'est pour qu'elles voient le soleil se lever, sans quoi elles deviennent neurasthéniques. Il faut aussi que ces nichoirs soient inaccessibles aux chats. Oh, les chats ! Ce sont les seules créatures du Seigneur que je déteste, ils m'en ont tué des dizaines. »

Larry observa le nichoir avec une soudaine attention. Sur la face qu'il pouvait voir était marquée au feu de façon bien visible l'inscription ORANGES DE FORMIA. « Je vois que vous utilisez des caisses d'agrumes, dit-il.

— Oui, c'était ce petit vaurien qui me les ramenait de l'usine d'en bas. Il lui suffisait de creuser ensuite une petite cavité à mi-hauteur, et de cela il était capable, mais de rien d'autre. »

Larry ne put dissimuler sa surprise.

« Quoi, il avait donc le droit de sortir de l'abbaye ? »

Dom Mauro poussa un soupir.

« En fait dom Gaetano le lui permettait car il fallait quelqu'un pour compter les caisses à l'usine de Cassino et les numéroter à mesure avant qu'elles ne montent ici se faire remplir de livres. Il avait donc pris l'habitude de faire la navette. »

Larry sentit percer en lui une lueur d'espoir. « Bien des objets ont dû lui passer dans les mains », pensa-t-il. Il se pencha vers dom Mauro.

« Je pourrais peut-être le rencontrer, votre chenapan, dit-il négligemment. Ces petites canailles peuvent quelquefois...

— Inutile, dit dom Mauro. A quelque chose malheur est bon, et au moins ces tristes événements m'auront-ils débarrassé de lui.

— Vous ne le voyez donc plus aux offices ?

— Non, il a disparu un beau matin. »

Larry sursauta.

« Disparu !

— Dans le courant du mois de novembre. Personne ne l'a revu depuis. On a d'abord cru qu'il était parti avec l'un des convois de Schlegel et puis dom Bernardo Bracci a pu nous faire savoir de Rome qu'il n'en était rien. Ça, on ne peut pas dire que c'était de la bonne graine de bénédictin », ajouta-t-il.

Larry demeurait songeur, puis son regard revint vers la cage pour examiner à nouveau l'inscription sur la caisse servant aux oiseaux. Il se tourna alors vers le vieux bibliothécaire.

« Ecoutez, dom Mauro, je n'y connais rien en ornithologie, mais il me semble que contrairement à ce que vous disiez, vos mésanges se montrent plutôt agitées. Peut-être est-ce ma présence... »

Celui-ci fronça les sourcils puis s'approcha.

« Plutôt les rafales que l'on a entendues tout à l'heure, grommela-t-il d'un ton soudain préoccupé. Bizarrement jusqu'ici, il n'y avait que le novice Corrado Cariani qui les énervait. *Calma, calma, miei bellissimi.*

— Père, je vous assure que vous devriez les libérer. Elles n'iront pas bien loin, croyez-le. Savez-vous ce que l'on racontait à Naples lorsque j'y suis passé il y a deux mois ? ajouta-t-il. Les oiseaux chassés par les bombardements, on les retrouvait blottis dans les confessionnaux des églises ! »

Dom Mauro esquissa un pâle sourire.

« Mes mésanges dans un confessionnal de Naples ? Elles en apprendraient sans doute de belles... C'est vrai qu'elles manquent un peu d'expérience... Elles ne m'ont pas vu beaucoup pécher et j'en viens à me demander si je ne dois pas le regretter.

— Peut-être quelques mouvements d'impatience envers ce jeune novice ?

— Ça oui, je ne peux que l'admettre... »

Larry hésita.

« A propos du petit Corrado, reprit-il. En dépit des mauvaises relations qu'il paraissait avoir avec les oiseaux, ne vous a-t-il pas parlé un jour... enfin, pen-

dant les derniers temps où il était au monastère...
d'oies... d'oies cendrées ? »

Dom Mauro le regarda sans comprendre.

« Vous voulez dire : de migrations ? »

Larry haussa les épaules.

« Par exemple...

— Des migrations d'oies et de grues, nous en voyons
ici quand elles piquent vers le nord à la sortie de l'hiver,
mais je n'ai jamais songé à les lui montrer, tant ce jeune
homme s'intéressait peu à la nature... Ecoutez, je ne me
souviens pas qu'il m'en ait parlé, mais c'est une étrange
question, non ? Au vrai, la seule histoire d'oiseaux dont
je me souvienne ici ces derniers temps car elle a tourné
à ma confusion, je ne crois même pas qu'il était présent.

— Dites toujours, père.

— Cela s'est passé quand j'ai fait visiter la bibliothèque à ce fameux colonel allemand. Je lui parlais des
précieux codex de Tacite ou de saint Grégoire et lui
me répondait mètres cubes et camions, alors nous pouvions difficilement nous entendre ! Toujours est-il qu'il
venait — sans doute pour tenter de m'amadouer — de
me féliciter pour l'ordre qui régnait dans les salles de
lecture lorsque, alors qu'il examinait distraitement les
rayonnages où se trouvaient les Pères de l'Eglise, il a
sorti presque triomphalement un in-quarto placé entre
saint Ambroise et Basile de Césarée dont le titre était
*Histoire naturelle des oiseaux de paradis et des tou-
cans*. Avec quelle ironie me l'a-t-il fait remarquer ! Je
ne me suis jamais senti plus humilié de toute ma vie !
Comme vous pouvez le deviner j'ai mis cette faute de
classement inexcusable sur le compte du novice Corrado Cariani qui avait en effet coutume de faire
n'importe quoi pour s'épargner un effort ! A part ce
futile épisode, je ne vois rien d'autre concernant les
oiseaux... »

Larry hocha la tête puis tout aussitôt prêta l'oreille.

Psalmodié comme une sorte d'invocation rituelle, un chant liturgique se faisait entendre à l'autre extrémité de la galerie.

« Ecoutez ! ils chantent tierce dans la cellule du père abbé... C'est la troisième des heures canoniales, précisat-il.

— Vous devriez les rejoindre, père. L'angoisse est peut-être moins forte d'être supportée à plusieurs, encore que...

— Personnellement je ne crains rien et me remets dans la main du Seigneur et de sa servante, répondit dom Mauro d'une voix à la fois sereine et chevrotante. Mais je ne veux pas que dom Gregorio s'inquiète pour moi, aussi vais-je en effet descendre le retrouver dans sa cellule. Je désirerais que vous m'accompagniez, mon petit, ajouta-t-il comme sous le coup d'une inspiration soudaine. Je n'avais pas parlé à quelqu'un depuis si longtemps, et la parole devient un exutoire quand on parvient à rencontrer quelqu'un à qui on fait un peu confiance... Ce n'est pas le cas tous les jours, croyezmoi, et cela ne peut pas s'arrêter ainsi. »

Touché par l'attitude du vieux religieux il le suivit à petits pas à travers un dédale de couloirs et d'escaliers. Lorsqu'ils entrèrent toutes les têtes se levèrent. Il sembla à Larry qu'une grande partie du chapitre était présente dans la petite pièce, ainsi que quelques civils serrés contre le mur du fond.

« Ah, vous voilà, dom Mauro, dit le petit homme en soutane noire et portant lunettes qu'il avait vu tout à l'heure en tête du cortège. Nous n'avons pas pu aller bien loin, et il ne nous reste plus qu'à prier le Seigneur et saint Benoît...

— Et sainte Scholastique, dom Gregorio », ajouta dom Mauro avec un regard de reproche.

Le père abbé inclina la tête et dom Mauro s'agenouilla, le visage soudain apaisé. Larry rejoignit au fond de la pièce les quelques civils qui s'y étaient regroupés. Les litanies et antiennes avaient repris et il eut soudain l'impression, à se sentir ainsi immergé dans le plain-chant, de se retrouver quelques années plus tôt dans la chapelle de Jesus College lorsque la maîtrise donnait son concert spirituel le dimanche soir. C'était l'affreuse époque de la mort d'Alice et du départ d'Audrey, et il se souvenait à quel point ces psaumes et ces cantiques lui faisaient du bien et combien leurs entêtantes mélodies lui permettaient d'endormir parfois sa douleur. Pendant quelques instants il éprouva les mêmes sortilèges qui lui firent un instant oublier, non pas la crainte du bombardement, mais la profonde déception qu'avait été pour lui la découverte de la bibliothèque entièrement dépouillée de ses richesses. La vaste pièce s'ouvrait encore devant lui en pensée, comme une plaie béante qui le laissait tétanisé, en proie à une sorte de vertige devant ces rayons et ces coffres vides dont certains avaient dû contenir ce qu'il cherchait si ardemment. Le fragment de la lettre de Mary Shelley que lui avait remis Domitilla au garage de Vomero après avoir fouillé dans la poche de son père provenait certainement d'un fonds d'archives qui avait été entreposé dans ces lieux. « Il y avait sûrement d'autres documents qu'il avait l'intention de te vendre, avait ajouté la jeune fille. En t'en montrant un dont il savait qu'il t'intéresserait, il voulait juste t'appâter. »

« Il savait qu'il t'intéresserait. » C'était à ce point vrai qu'il n'avait même plus besoin de sortir de sa poche le message de Mary Shelley, tant il se souvenait avec précision de ses rares mots encore lisibles.

"A sad fate. The unfortunate baby died one year lat — in Napl — and poor unlucky E —"

Ces mots, il les avait prononcés avec gravité, presque avec compassion. Mary Shelley parlait certes de la mort de l'enfant avec un certain détachement, mais après tout elle n'était pas la mère de la petite Elena, et sans doute avait-elle tout ignoré de la liaison de son mari... Tan-

464

dis que Shelley... Il avait dû éprouver le même désespoir que lui-même après le drame du marais de Wallingford lorsque, devant cette surface d'eau noire parsemée de lentilles verdâtres, il avait senti sa raison vaciller. « Cette communion dans le malheur explique sans doute la fascination que j'ai toujours éprouvée pour lui », se dit-il une fois de plus. Et quelque part il regrettait amèrement de ne pas avoir pu prendre connaissance des documents qui se trouvaient rassemblés ici même. « Cela m'aurait peut-être permis d'ajouter un précieux chapitre à ma biographie... mais surtout, *surtout,* en retrouvant des réactions à une douleur semblable à la mienne, de délier le nœud que je sens en moi depuis la mort de cette enfant. Ce nœud qui m'étrangle et m'étouffe... »

Pro nobis Christum exora, chantaient les moines — phrase que reprit l'assistance en chœur, sauf lui, tant il poursuivait le cours de ses réflexions dans une sorte de rêverie hallucinée. Ce fut alors qu'une terrible explosion les précipita brutalement les uns contre les autres.

Il se retrouva à terre mais se releva sans mal. Non loin de lui il vit le père prieur se relever lui aussi en s'époussetant d'un geste machinal, mais la poussière qui avait envahi la pièce l'empêcha de voir où se trouvait dom Mauro. Il se sentait un peu sonné, comme si sa tête avait reçu un choc, sans pourtant qu'il s'en souvînt. « Allongez-vous tous ! » cria quelqu'un. Presque aussitôt une nouvelle série d'explosions se fit entendre, plus violentes encore que la première. Les murs tremblaient si fort qu'il eut l'impression qu'ils allaient s'effondrer sur eux comme lors de l'explosion de la bombe près de la grande poste — mais là il n'y avait plus la silhouette gracieuse de Domitilla pour jouer l'ange des décombres et le sauver de l'affolement. Les moines s'étaient réfugiés dans un coin de la pièce autour du père abbé comme pour le protéger, et la poussière pulvérulente recouvrait déjà leurs robes noires. Pâle comme un mort, dom Gregorio ramassa ses lunettes qui étaient tombées puis leva la main pour donner l'absolution à tous ceux qui l'entouraient, avant qu'une déflagration plus proche encore ne vienne interrompre son geste. Larry eut l'impression de reculer de plusieurs mètres comme s'il était pris dans une soufflerie et se retrouva assis sur un prie-Dieu, voyant confusément à travers la poussière des groupes de réfugiés s'enfuir vers les caves. « Dom Mauro », appela-t-il. Un père se retourna.

« Je l'ai vu quitter la pièce, il doit être allé juger des dégâts à la bibliothèque, dit ce dernier d'un ton alarmé. Ou alors il est retourné auprès de sa chère statue. Il faudrait qu'il nous rejoigne dans les caves sous la Torretta, mais si je dois lui ordonner cela, il ne me suivra jamais...

— Moi j'y vais », dit Larry avec détermination.

Il avait soudain l'impression que dom Mauro avait encore quelque chose à lui transmettre. Un peu à l'aveuglette, mais sachant cette fois à peu près comment s'orienter dans le dédale envahi par la fumée, il remonta la galerie en courant. La succession des explosions se faisait, lui semblait-il, au rythme du plaintif leitmotiv qui rythmait l'*Ode au vent d'ouest* : « *Hear ! Oh, hear !* » A chaque impact les murs se fissuraient, des morceaux de plâtre tombaient au sol et des cris perçants se mêlaient dans l'obscurité au bruit des déflagrations. Au pied de l'escalier des Bienfaiteurs il discerna de façon indécise un petit nombre de religieux qui tentaient d'indiquer à leurs protégés affolés où se trouvaient les accès aux caves. Lorsqu'il déboucha à la lumière du jour, ce fut pour voir s'éloigner la vague des forteresses volantes et il ne put s'empêcher de lever le poing vers le ciel obscurci par une fumée noire. Non loin de lui la statue de sainte Scholastique était décapitée et à demi détruite. La tête éclatée avait roulé à terre en bas des marches et les colombes de cuivre doré qui étaient naguère posées sur le livre qu'elle portait avaient été projetées sous ce qui restait des arcades du Bramante — quelques fûts encore debout au milieu d'une montagne de débris. Dom Mauro n'était pas là. Seule une femme sans âge demeurait assise, prostrée, claquant des dents, recroquevillée au bord du cratère qui venait de s'ouvrir au centre du cloître. Elle tressaillit lorsqu'il lui toucha l'épaule et leva vers lui un visage de suppliante — ce n'était pas celui de la femme de cette nuit.

« *Scusi,* demanda-t-il. N'auriez-vous pas vu un vieux religieux devant la statue de la sainte ? »

Elle ne semblait pas comprendre ce qu'il lui demandait.

« Mais de toute façon vous ne pouvez pas rester ici, *signora.* Prenez l'escalier et descendez vite dans les caves. Ils y sont tous. »

Il l'aida à se relever puis la poussa sans ménagement vers la galerie.

« L'escalier est à l'autre extrémité », lui cria-t-il lorsqu'il la quitta.

Déjà il revenait vers la cage des oiseaux. De ce côté du cloître les arcades avaient mieux résisté mais dom Mauro ne s'y trouvait pas non plus. En proie à la plus vive agitation les mésanges volaient en tous sens en piaillant de concert. Au moment où il allait ouvrir la trappe et les libérer, il hésita. Et si l'aviation s'en tenait là ? Dom Mauro risquerait de lui en vouloir pour toujours. Il s'avança au milieu du cloître vers le puits central. Les colonnes corinthiennes qui la bordaient et qu'il avait admirées la veille lorsqu'il s'était rendu sur la loggia avaient été pulvérisées et gisaient en morceaux, non loin des débris de la statue. Il continua sa progression à pas hésitants et pensa soudain, devant l'entablement qui s'était effondré en travers de la margelle de marbre, au désespoir qu'éprouverait Paul à voir ainsi saccagée la suprême harmonie des deux cloîtres contigus qui menaient à la basilique. Paul. Il regarda autour de lui comme si son ami allait apparaître au chevet du grand bâtiment mutilé. Cela faisait longtemps qu'il n'avait pas pensé à lui. Dans les premiers jours de sa fuite il avait pourtant souvent appelé son nom comme on appelle au secours. Qu'avait-il pu penser de sa disparition — la seconde après celle qui avait suivi la mort de la petite Alice ? Avait-il pris contact avec l'affreux Hawkins pour l'empêcher de le déclarer insoumis ? Et sa Junon du premier jour, l'avait-il revue ? Peu à peu la poussière retombait doucement comme la cendre après une éruption, et c'est alors qu'il entendit à nouveau le sourd grondement des bombardiers.

Il se précipita sur ce qui restait de la loggia et n'eut même pas à se pencher pour observer la vallée. La vague était sur eux. Il reconnut cette fois des B-17 et des Marauders, et il y en avait des centaines qui survolaient déjà le Monte Trocchio, occupant une immense partie du ciel. Sa seule pensée fut qu'il n'allait rien rester de l'insigne édifice, rien. Il se mit à courir vers la cage des mésanges, l'ouvrit et dut, en dépit du vacarme, taper des mains pour les faire partir. Affolées elles s'enfuirent en voletant à l'aveuglette, se regroupant dans le coin le plus exposé. La vieille femme avait quitté les lieux. Il se replia en hâte vers le cloître d'entrée en criant *Ils reviennent, ils reviennent !* à l'intention de ceux qui seraient restés en surface. Mais il n'y avait plus personne au-dehors, lui sembla-t-il.

A mesure qu'il descendait les dégâts semblaient moins visibles, tant les profondeurs de l'édifice, creusées dans le rocher même qui en formait le socle, avaient mieux résisté que les bâtiments en surface. Soulagé de ne plus voir quiconque autour de lui mais las d'errer au hasard, il pénétra dans une sorte de cave qui lui parut aussi encombrée d'objets que le garage d'Ambrogio. Un vague rai de lumière provenant d'un soupirail creusé dans l'épaisseur du mur lui permit de découvrir avec surprise une batterie d'instruments de mesure aux cuivres ternis. Il y avait là tout un ensemble de thermomètres, de baromètres et de barèmes inscrits sur des papiers moisis qui rappelaient l'existence d'une station météorologique depuis longtemps abandonnée. Il s'assit à même le sol face à la constellation des cadrans livides et muets. Les déflagrations avaient repris, assourdies certes par l'épaisseur des murs, mais il lui semblait pourtant qu'elles étaient plus denses encore que lors de la première vague. Il sentait autour de lui les murs craquer, trembler et gémir tour à tour sous de terrifiants coups de boutoir auxquels succédaient des secousses brèves et violentes comme les spasmes d'un animal frappé à mort, et des bruits d'éboulis et d'effondrements qui lui rappelaient à chaque instant qu'il pouvait être enseveli sous ces voûtes cyclopéennes. Soudain l'un des instruments de mesure vint se fracasser à ses pieds et il regarda hébété le cadran au verre brisé qui semblait lui indiquer l'heure même de sa mort. Et puis, comme s'il s'agissait en fait d'un autre message, tout s'arrêta brusquement et un silence improbable retomba sur l'abbaye.

Il attendit quelques instants puis quitta son abri et se mit à marcher droit devant lui au milieu des débris qui jonchaient le sol. Une épaisse fumée pulvérulente avait envahi le dédale des galeries, et il croisa bientôt des silhouettes égarées qui courbées en deux plaquaient leurs vêtements contre leur visage. A demi aveuglé, il continua d'errer au hasard mais crut bientôt s'y retrouver : il reconnaissait vaguement le bas de l'escalier du noviciat. Avec précaution il s'engagea à travers les marches démantelées qui se chevauchaient sous la lumière grise comme une banquise lors de l'embâcle et il put en s'appuyant contre un pan de mur noirci de poudre déboucher enfin à l'air libre. C'est là qu'il tomba par hasard sur une partie du chapitre et s'attacha au pas des religieux. Silencieux, accablés, les pères entouraient dom Gregorio qui paraissait incrédule devant le spectacle qui s'offrait à lui. Les yeux mi-clos derrière ses lunettes il marchait avec difficulté. Lorsqu'il parvint devant l'immense cratère qui remplaçait le cloître des Bienfaiteurs, il sembla vaciller.

« La basilique », dit-il d'une voix éteinte.

De basilique, il n'y en avait plus. Le gracieux campanile qui couronnait d'un frêle signal l'immense édifice horizontal n'apparaissait plus que comme un moignon foudroyé, dont la silhouette tronquée était à peine visible dans la brume opaque où se mêlaient la fumée des incendies et le brouillard qui remontait de la vallée. Vers le Monte Trocchio cette fumée s'élevait au contraire droit dans un ciel encore clair, comme un poignant cri de protestation devant le forfait qui venait d'être accompli.

« C'est absurde, absurde, ne cessait de répéter dom Gregorio d'une voix blanche. Ils le savaient pourtant que les Allemands n'y étaient pas...

— La seule présence allemande qu'il y ait eu dans nos murs, c'est quand le général von Senger est venu communier la nuit de Noël, renchérit dom Gaetano.

— Ils pensaient qu'il y avait un observateur muni de jumelles derrière chacune des fenêtres de l'abbaye, et que ces observateurs permettraient aux artilleurs de pointer leurs tirs droit sur eux. »

Tous les regards des pères se dirigèrent vers lui. "Mais pourquoi suis-je intervenu", pensa Larry.

« Comment savez-vous cela ? demanda dom Gaetano en se retournant avec une sorte de brusquerie.

— Mais je... je faisais partie de la petite équipe qui est allée cette nuit chercher de l'eau à la fontaine, répondit Larry. Nous avons rencontré des Anglais et c'est bien ce qu'ils nous disaient... Demandez à Felice. »

Dom Gaetano hocha la tête sans répondre puis, comme en écho à ses paroles, des tirs de mortier se firent entendre en contrebas. « Les Anglais vont arriver tout de suite, et là je suis fichu », pensa-t-il. « Tout le monde te cherche », lui avait-on dit à la fontaine. Cette fois on le trouverait et on l'amènerait menottes aux mains devant Hawkins. *Ecce homo.* Vous n'êtes qu'un déserteur, lieutenant Hewitt. Vous faites honte à l'armée. Cour martiale, déshonneur, dégradation... les mots dansaient dans son esprit. Et qui pourra comprendre quelque chose à mes arguments, qui ? Est-ce que ceux qui me jugeront connaîtront seulement le nom de Shelley — et se douteront-ils qu'il y avait peut-être ici dans ces murs maintenant calcinés le mystérieux talisman qui presque à mon insu me liait à lui, et dont la découverte (telle la pièce manquante d'un puzzle) m'aurait permis de m'en sortir ? Alors que maintenant... Il sentit sur lui le regard vaguement inquisiteur de dom Gaetano.

« Père, je suis également inquiet pour dom Mauro, ajouta Larry. Je l'ai accompagné tout à l'heure jusqu'à la cellule du père abbé, et puis je ne l'ai plus revu. »

Les tirs avaient repris, se faisant soudain plus proches comme si, sans plus se soucier du sort réservé à l'abbaye, les deux lignes ennemies continuaient à s'affronter. *Comme avant.* Il eut du mal à comprendre ce qui se passait. En toute logique, le Royal Sussex aurait déjà dû investir les ruines, sans quoi les parachutistes allemands allaient le faire avant eux, et seraient dès lors impossibles à déloger. Le petit groupe des religieux avançait lentement sans mot dire au milieu des fûts brisés, au milieu de ce qui avait été l'harmonieux et aérien cloître du Bramante. La Loggia del Paradiso n'était plus qu'une brèche géante d'où s'échappait une vapeur méphitique à l'âcre odeur de poudre.

« Dom Mauro ? Il a dû redescendre à la bibliothèque », dit une voix, comme s'il y avait encore là-bas des milliers de livres sur les rayonnages.

Ce fut toujours assez pour qu'il réagisse avec promptitude.

« Je vais aller voir », dit-il.

Il s'éloigna rapidement. Sur l'étroit terre-plein entre le réfectoire des moines et le séminaire, des réfugiés se rassemblaient à nouveau avec une lenteur accablée. Même les enfants semblaient frappés de stupeur. Des familles cherchaient avec obstination les effets qu'elles avaient abandonnés avant leur premier départ, et tentaient de les regrouper dans d'informes balluchons. Il aperçut Felice qui s'efforçait d'organiser le chaos. Admirable Felice — il se donna pour mission de le faire savoir après, mais à qui ? Il n'était pas jusqu'à ces mots, *après la guerre*, qui ne semblaient aussi absurdes que ce qui venait de se passer.

« Beaucoup ne sont pas remontés de la crypte, dit Felice lorsqu'il le vit. Je vais descendre pour savoir ce qui se passe. »

Larry eut à peine le temps de lui répondre « Je viens avec toi », qu'il sentit le sol s'incliner sous ses pieds dans un grand silence et il eut l'impression de tomber dans un puits sans fond.

En proie à des crampes d'estomac insupportables — et peut-être à cause d'elles — il reprit lentement conscience. Il ne souffrait pas et se tâta la tête sans remarquer ni ressentir de blessure. Sans doute avait-il reçu sur le crâne une pierre tombée d'une voussure et le choc venait maintenant lui brouiller le souvenir des événements de la veille — la veille ? La nuit même ? Le jour suivant ? Il n'avait plus aucune notion du temps écoulé. Sans doute Felice l'avait-il traîné dans cette anfractuosité protectrice avant de l'oublier. Il n'entendait pas un bruit et la perspective qu'il découvrait devant lui oscillait dans la brume comme une passerelle de bateau. Pour se raccrocher à quelque repère il consulta sa montre mais, maculée de poussière, elle s'était arrêtée. A mesure que sa lucidité lui revenait il se demandait si sa perte de conscience prolongée ne lui permettait pas finalement de se retrouver dans la situation qu'il avait au fond de lui-même désirée tant et plus — mais qu'il n'aurait peut-être pas eu le courage d'assumer : attendre que les religieux et les réfugiés aient quitté définitivement ces lieux saccagés pour y demeurer seul et y circuler tout à loisir... Une nouvelle crampe lui rappela qu'il était également démuni de tout, sans eau et sans nourriture. Tant pis. C'était soudain comme s'il lui était devenu viscéralement impossible de quitter ces murs démantelés, dont il sentait confusément qu'ils avaient encore dans leur agonie quelque chose à lui apporter. Il se releva péniblement et fit quelques pas hésitants. La lumière du jour déclinant était livide — celle des lendemains de désastre, celle qui pesait sur le marais lorsque les *constables* avaient retrouvé le corps d'Alice. Il crut entendre un bruit de voix et s'arrêta aussitôt sur le qui-vive, mais cela devait se passer dans sa tête tant le silence, s'aperçut-il l'instant d'après, était total et presque irréel. Même les tirs lointains s'étaient faits sporadiques et assourdis comme si le grand vaisseau avait payé suffisamment cher pour ne plus représenter désormais un objectif stratégique ni même une cible, et qu'il n'était plus désormais qu'un accident de terrain, un chaos de rochers parmi d'autres.

Il était parvenu derrière le déambulatoire, lui sembla-t-il, dans une partie du monastère qui paraissait avoir été moins atteinte par les bombes que celle d'où il venait. Il ne reconnut qu'à peine l'endroit où il se trouvait : c'était la galerie où, le matin même, il parlait avec dom Mauro. Les majestueuses cathèdres qui la meublaient avaient été déchiquetées, et les cadres qui la décoraient fracassés. La plus haute des portes était désormais fendue en deux comme le tronc d'un vieux chêne foudroyé. Enjambant les débris calcinés qui parsemaient le sol, il pénétra alors dans ce qui avait été la bibliothèque. Là c'était pire encore, et les bombes avaient arraché les lambris qui s'étaient en tombant désolidarisés des murs. Machinalement il passa sa main dans l'interstice entre le bois et la pierre et ne sentit sous ses doigts que des toiles d'araignée et de la poudre de salpêtre. L'espace qu'il avait devant lui ressemblait à celui des mauvais rêves avec ses perspectives confuses parsemées de planches noircies dressées vers le ciel comme des gibets — c'était tout ce qui restait des innombrables rayonnages qui couraient le long des murs. Seul, miraculeusement préservé, un lutrin était demeuré en place, paraissant attendre qu'une main précautionneuse y posât quelque antiphonaire ou manuscrit enluminé. A son pied gisait l'un des écriteaux qu'il avait aperçus suspendus à l'entrée de chaque département. *Literatores,* lut-il après l'avoir ramassé.

« Vous avez vu, entendit-il derrière lui. Ils ont osé. »

Il se retourna sans hâte. Presque invisible devant les murs effondrés, appuyé sur sa canne, le vieil homme semblait détaché et presque serein. Il avait parlé d'une voix lasse, étrangement égale. Larry ne fut pas surpris, comme s'il était certain que sa chancelante silhouette continuerait jusqu'au bout à hanter ces lieux comme celle d'un gardien des ruines muré dans son désespoir. Il se rapprocha de lui.

« Mais vous êtes blessé ! » s'exclama-t-il.

Un filet de sang s'écoulait le long de sa joue parcheminée.

« Ce n'est rien, juste une estafilade due à un éclat de pierre, répondit dom Mauro en se tamponnant avec sa manche de bure.

— Je me suis inquiété, dit Larry. Vous aviez disparu de chez le père abbé...

— Vous avez libéré les mésanges, dit dom Mauro sur un ton de reproche.

— C'est lorsque j'ai vu la deuxième vague arriver... Je ne vous voyais plus et j'ai pensé faire pour le mieux. Mais je vous l'ai dit, à mon avis elles n'iront pas loin. »

Dom Mauro hocha tristement la tête.

« Vous avez sûrement raison, dit-il.

— Heureusement en tout cas que les livres sont partis à temps, reprit Larry. Vous imaginez, père, quelle serait votre détresse si tout ne se trouvait pas à l'heure qu'il est en sécurité au Vatican...

— Admettons en effet que ce colonel Schlegel avait vu juste », dit dom Mauro à contrecœur, tout en avançant à petits pas précautionneux.

« Je ne peux pas m'arracher à ces lieux, reprit-il d'une voix entêtée. Cinquante ans dans cette... je n'ose plus dire cette pièce... ma table de travail se trouvait là... »

Sa main désignait une étroite crevasse qui s'ouvrait dans le plancher, autour de laquelle les lames de parquet se soulevaient pour former un nœud acéré qui rappela à Larry le piège à loups de Domitilla.

« Pourquoi, mais pourquoi ont-ils fait cela... gémit dom Mauro.

— Je vais vous répéter ce que j'ai dit au prieur, père. J'ai entendu cette nuit des soldats alliés. Tous n'avaient qu'une idée en tête : voir détruite cette longue façade hautaine et indifférente qui les dominait et qui semblait les narguer. Je vous assure qu'ils pensaient qu'il y avait plein d'Allemands dans l'enceinte... Les officiers n'ont fait que transmettre ce que pensaient leurs hommes. »

Dom Mauro haussa les épaules d'un air accablé.

« Et vous avez vu dans quel état se trouve la statue de sainte Scholastique ? soupira-t-il. Sa tête arrachée laissant le cou béant... Le livre ouvert qu'elle tenait contre elle comme un symbole de tout le savoir amassé entre ces murs au cours des siècles est tombé à ses pieds... Quant aux colombes qui étaient posées sur les pages du livre, elles ont été projetées à plusieurs mètres... Il faut maintenant que je profite des dernières heures du jour pour tenter de rassembler les morceaux.

— Une statue, ça peut se refaire, dit Larry pour tenter de le réconforter. L'important, c'est que les reliques soient en sécurité à Rome.

— Je sais, je sais », admit dom Mauro.

Il contourna le plancher défoncé et se dirigea avec difficulté vers la galerie.

« Je vais vous accompagner, père, dit Larry. Essayons de ne pas nous séparer.

— D'autant que j'ai fait depuis quelques jours une maigre provision de pain et d'eau dans ma cellule, dit

dom Mauro. Cela nous permettra au moins de subsister.

— Du pain et de l'eau ! s'exclama Larry. Père, quels
festins en perspective ! »

Dom Mauro ne releva pas. L'un soutenant l'autre, ils
sortirent dans la galerie dévastée, cherchant à chaque
pas à éviter les obstacles dans la pénombre qui grandissait.

« La seule chose que je ne regretterai pas, c'est la
série de portraits des pères abbés qui étaient accrochés
sur ces murs, dit dom Mauro. Tous ces regards sévères
qui me suivaient à chaque fois que j'allais travailler !
Je me sentais toujours en faute. De toute façon il est
peut-être préférable que leurs effigies n'aient pas survécu, tant ils auraient eu à me reprocher : cela faisait
plusieurs mois en effet, avant même le déménagement
des livres, que je ne travaillais plus sérieusement.
Depuis l'arrivée du petit novice mon esprit était tour-
neboulé, et les bons pères ne se privaient pas de me le
faire remarquer. Je protestais contre sa présence, mais
j'étais une *vox clamans in deserto*.

— Vous revenez toujours à lui !

— Vous pensez bien que c'était lui qui avait placé
n'importe où et n'importe comment ce livre dont je
vous parlais ce matin et que le colonel Schlegel avait
trouvé dans le département théologie. Ce livre sur les
toucans. Avec lui c'était toujours la théorie du moindre
effort ! Oh, ça, il ne risquait pas de recevoir les ordres
majeurs ! Quant à moi, ce volume m'aura au moins permis de perfectionner mes rudiments d'ornithologie.

— Ah, vous l'avez donc consulté ! lança Larry en
manière de plaisanterie. Les mésanges n'ont pourtant
rien à voir avec les oiseaux exotiques... »

Dom Mauro eut une petite moue.

« J'étais resté mortifié par la réflexion de Schlegel,
et avant d'aller remettre le livre à sa place habituelle
je l'ai feuilleté presque machinalement, peut-être pour

chercher une raison au comportement du jeune novice. C'est alors que j'ai remarqué... Vous n'avez rien entendu ? s'interrompit-il brusquement.

— Non, père, répondit Larry qui masquait avec peine son impatience. Qu'avez-vous donc remarqué ?

— Un feuillet avec quelques lignes manuscrites était demeuré collé contre la page de garde. Je l'avais lu, puis détaché avec soin, mais comme je n'entends rien à la langue de Shakespeare je l'avais emmené dans ma cellule pour le soumettre au père archiviste avant qu'il ne parte à Rome pour accompagner les reliques. Il m'a dit qu'il s'agissait d'une dédicace. »

Larry se sentit pâlir.

« Quoi, le livre sur les toucans était dédicacé en anglais ? s'exclama-t-il. Mais à qui ? Et vous souvenez-vous de la traduction de votre archiviste ?

— A vrai dire non, *amico mio,* dit-il à son tour avec un certain agacement. Mais après tout, qu'est-ce que cela peut vous faire ? Je ne saurai sans doute jamais ce que vous êtes venu chercher ici, mon petit, mais on dirait que ce bout de papier est tout ce qui vous intéresse au milieu du désastre qui nous accable !

— Il y avait peut-être là, pour moi, en effet... bredouilla Larry, la possibilité de débrouiller un écheveau que depuis si longtemps je cherche à remonter et que...

— Ecoutez, le coupa-t-il, au lieu de vous préoccuper de cela, venez plutôt m'aider à rassembler les fragments épars de ma pauvre Scholastique avant que la nuit ne tombe. Je vous ai dit dans quel état je l'ai retrouvée !

— Je le sais, père, reprit Larry avec nervosité, mais je sais aussi qu'à chaque instant les commandos peuvent investir les ruines. Qu'ils soient anglais ou allemands, de toute façon je ne peux courir le risque qu'ils me trouvent ici. Pour moi chaque minute compte... Essayez de vous souvenir de ce qu'est devenue cette dédicace. »

Il y avait dans sa voix une telle impatience que dom Mauro s'efforça de réfléchir.

« Je me souviens maintenant que le père archiviste était venu dans ma cellule me rapporter le feuillet. Après tout, peut-être est-il encore dans mon armoire... »

Larry l'entraînait déjà.

« Je vous promets de vous aider aussitôt après pour la statue », l'assura-t-il.

Ils descendirent un escalier dont les marches étaient pour la plupart descellées, puis suivirent un long couloir où seules les fissures dans le mur indiquaient ce qui venait de se passer.

« Plus on se rapproche du rocher et moins les murs ont été touchés, fit remarquer dom Mauro. Je le sais, je suis allé prier dans ma cellule après le bombardement. »

La petite pièce était en effet presque intacte, et si exiguë que le lit ne laissait place qu'à un prie-Dieu et une étroite armoire. Par la fenêtre Larry pouvait voir les brumes du soir monter de la vallée comme pour effacer, à jamais, jusqu'au souvenir de cette funeste journée. Sur sa couche étroite dom Mauro avait placé une plaque de marbre brisée en trois morceaux qu'il avait soigneusement rassemblés et qui comportait une inscription gravée.

« *Veni columba mea, veni, coronaberis,* lut Larry tout haut.

— "Viens, ô ma colombe, viens et tu seras couronnée", traduisit dom Mauro d'un ton ému. J'ai été la rechercher après la première vague. Couronnée ! ajouta-t-il dans un bref sanglot. Décapitée, oui... »

En soupirant il ouvrit alors l'armoire. Larry aperçut sur les rayonnages quelques pauvres effets, des sacs de graines et un carnet de moleskine noire entouré d'un élastique. Le vieil homme commença à le feuilleter avant d'en extraire un feuillet de papier ivoire.

« Le voilà », dit-il avec simplicité en le lui tendant.

Larry le sàisit sans hâte comme s'il voulait masquer son impatience. Au seul toucher du papier, il eut l'impression de se retrouver à nouveau sous les voûtes gothiques de la salle de lecture de la Bodleian Library.

"Pise, le 10 septembre 1821.

"Mon cher Shilloh,

"Puisse cette gracieuse migration emporter avec elle les sombres nuages qui ont tant pesé sur ta vie, afin que demeurent en toi la grâce, l'endurance — et le sens de l'orientation — qui animent ces intrépides voyageuses."

La signature était un gribouillis illisible. Le feuillet à la main Larry demeura silencieux et perplexe.

« En quoi cela peut-il vous intéresser, mon jeune ami ? » demanda dom Mauro.

Pour toute réponse Larry sourit de façon énigmatique. C'était comme si les documents qu'il découvrait petit à petit ponctuaient les sinueux contours d'un étrange fil d'Ariane qui le guidait inexorablement vers... Vers quoi ? se demanda-t-il une fois de plus.

« J'ai tenté d'apprendre l'anglais, dans Gibbon en particulier, reprit dom Mauro, mais je ne dois être doué que pour les langues mortes ! Il n'empêche que lorsque je lis : *migration,* je comprends le sens de la phrase mais je me dis tout aussitôt : il n'y a pas de migration chez les toucans, que je sache. »

Larry se mit à rire puis lui traduisit le texte de la dédicace.

« On ne peut pas davantage traiter ces oiseaux d'intrépides, il me semble, reprit dom Mauro. Et pourtant c'était bel et bien ce feuillet qui était dans le livre.

— A mon avis s'il n'était pas à sa place, dit Larry,

c'est que votre jeune homme voulait se souvenir avec précision de l'endroit où il l'avait caché.

— Le livre ?

— Non, ce billet que je viens de vous lire... »

Dom Mauro secoua la tête sans comprendre.

« C'est simple, père : il a choisi un livre qui traitait d'oiseaux justement parce que cette dédicace avait à faire avec des oiseaux. Mais s'il l'avait laissé dans son département habituel, il risquait de ne plus le retrouver au milieu de cent traités d'ornithologie. Tandis que là...

— Cent ! Là, vous exagérez, *amico mio* ; l'abbaye n'était tout de même pas un muséum d'histoire naturelle !

— Père, vous souvenez-vous tout de même à peu près du nombre d'ouvrages sur les oiseaux que vous aviez ici ? »

Dom Mauro ferma les yeux comme s'il revoyait les anciens rayonnages.

« Je dirais, une vingtaine... Et encore parce qu'un précédent père abbé s'y intéressait.

— Eh bien, cela suffit pour avoir décidé de le déplacer afin de le retrouver facilement le moment venu !

— Mais enfin, pourquoi le frère Corrado, à supposer qu'il ait découvert ce document dans quelque dossier, l'aurait-il déplacé afin de le voler ? Il n'a pas de valeur...

— Que si », fit Larry.

Dom Mauro le regarda avec surprise.

« Je suis désolé d'évoquer dans ce saint lieu un libre penseur notoire, mais cela me semble être l'écriture de Lord Byron. »

Dom Mauro fronça les sourcils.

« Vous le pensez, ou vous êtes certain ?

— En fait j'en suis certain. Plusieurs de ses manuscrits me sont passés dans les mains lorsque j'étudiais à Oxford. Et il était bien à Pise à cette date, au palais Lanfranchi. Je peux même vous préciser que c'est une dédicace à son ami Shelley — il était l'un des seuls à l'appeler ainsi.

— Mon Dieu, il doit venir du fonds romantique de la princesse Scalzi, qu'elle nous avait demandé d'abriter... Mais enfin, c'est impossible que ce chenapan ait su tout cela, il savait à peine lire ! »

Larry réfléchit.

« Père, vous avez raison, la dédicace de Byron ne devait sûrement pas concerner le volume sur les toucans. Pourquoi aurait-il adressé un tel livre à Shelley, d'ailleurs ! Non, mon impression est qu'il avait dû lui donner quelque chose dont même le jeune Corrado a pu s'apercevoir qu'il avait de la valeur. Et c'était *cela* qu'il avait caché dans le livre, et non pas le billet d'accompagnement... C'est cela aussi qu'il voulait être sûr de retrouver... Oh, le petit gredin.

— Mais alors, qu'est-ce qui tiendrait entre les pages d'un volume ? Un poème manuscrit ? Entre confrères... Un dessin, peut-être... Une migration d'oiseaux, cela correspondrait au moins à la dédicace... »

Larry hocha la tête.

« Justement, père, au cours de l'inventaire de ces archives dont vous me parliez, n'auriez-vous pas remarqué par hasard un dessin représentant... des oies en vol ?

— Des oies en vol, répéta dom Mauro. Oh, j'en ai vu pour de vrai chaque printemps au-dessus du Monte Trocchio quand elles remontent vers le nord... Mais dessinées, non, je ne vois pas. »

Il regarda pensivement Larry appuyé à l'armoire.

« Et puis, seriez-vous donc venu pour un dessin représentant des oies ? Car vous avez fait un long chemin, n'est-ce pas ? Et je ne parle pas uniquement du franchissement des lignes du front. Je ne saurai sans doute jamais ce qui...

— Père, l'interrompit Larry, peut-être pourrions-nous aller jeter un coup d'œil sur l'endroit où couchait le jeune frère Corrado.

482

— Dans son dortoir ? Mais vous pensez bien que je m'y suis rendu dès qu'il a disparu ! Bien sûr il n'y avait plus rien dans son coffre à effets, ni même dans sa paillasse... Je vous assure que j'entends quelque chose », ajouta-t-il d'un ton soudain anxieux.

Ils prêtèrent l'oreille. Un bruit de pierres déplacées était en effet perceptible au-dessus d'eux. Il fut bientôt suivi d'éclats de voix inaudibles, puis ce fut, tout proche, l'éclatement d'une grenade. Larry blêmit.

« Ecoutez, mon petit, dit dom Mauro. J'ai compris que vous n'êtes pas plus italien que je ne suis jésuite, n'est-ce pas, et que vous ne pouviez pas courir le risque de...

— C'est exact, père, dit Larry en s'approchant de la porte.

— Je ne saurai jamais ce qui vous entraînait ici ni ce que vous y cherchiez, mais...

— Le savais-je moi-même, murmura Larry. Mais dites-moi une dernière chose, père. D'où venait le jeune novice Corrado Cariani ? »

Silencieusement dom Mauro avait ouvert la porte de la cellule. Il passa la tête à l'extérieur. Le corridor était vide.

« D'un hameau au-dessus de San Sebastiano, sur les premières pentes du Vésuve, répondit-il. Maintenant, filez, chuchota-t-il. Au fond à main droite vous trouve-rez un petit couloir qui donne sur une porte de sortie vers l'oliveraie. Gardez le feuillet, il a l'air si impor-tant pour vous, un jour vous m'expliquerez pourquoi. Moi je suis assez vieux pour amuser la galerie der-rière. »

Il y eut d'autres éclats de voix.

« Des paras allemands, s'exclama Larry. C'était cer-tain, si les autres n'arrivaient pas tout de suite. »

Prenant congé d'une simple pression de la main, il s'élança dans le couloir et plaça tout en courant le feuillet dans sa poche.

« *Halt !* » cria quelqu'un.

Il s'immobilisa net et se retourna. D'un geste impératif, dom Mauro lui fit signe de continuer. Il allait à nouveau s'élancer lorsqu'un pistolet mitrailleur retentit. Dom Mauro tomba en arrière. Larry hésita, puis revint vers lui. Le vieux religieux était étendu à terre, les yeux ouverts, et ses lèvres étaient pleines de sang.

« Tu seras couronnée, et je serai à ton côté », murmura-t-il.

Puis son regard devint fixe. Déjà une silhouette menaçante s'encadrait au coin de la galerie et du corridor. Larry s'élança dans la direction opposée.

« *Halt !* » cria-t-on à nouveau derrière lui.

Le corridor lui paraissait cette fois interminable. Il tourna à droite. La porte. Elle résistait. Il s'arc-bouta et elle s'ouvrit dans un grincement digne de l'essieu de la citerne, cette nuit. Le souffle glacé de l'air. Les oliviers à quelques pas. Il plongea dans la pénombre, puis une nouvelle rafale crépita dans son dos, et il sentit une atroce douleur lui déchirer le bras.

11

21 mars

« Ouvre ! cria Larry, ou je m'en occupe moi-même et ça risque de faire du vilain ! »

Personne ne répondit. Sur la porte de la masure aux murs dégradés était accroché, comme si son occupant avait l'habitude de se raser dehors, un fragment de miroir qui lui renvoya l'image d'un être hâve et amaigri qu'il reconnut à peine. Il pouvait aussi y voir un groupe d'enfants qui se tenait à distance sur le fond piqueté d'arbres en fleurs des premières pentes du volcan. Ces derniers paraissaient conscients à son ton de voix que les choses risquaient de dégénérer à tout moment et qu'il allait peut-être y avoir du spectacle.

« Ouvre, Cariani, répéta-t-il, je sais que tu es là, moinillon de mes deux ! J'ai demandé à tes voisins, ils m'ont dit : le cabot est à la niche !

— Evidemment, répondit une voix à peine audible. Pour eux, c'est comme si j'étais curé, et par ici ils sont tous communistes. »

Larry entendit quelques ricanements derrière lui et se retourna.

« Les gosses, il y a pas que sur la porte que je peux donner des coups de pied ! » lança-t-il.

Devant son attitude menaçante le calme revint, ce qui lui permit d'entendre que l'on déplaçait hâtivement des meubles à l'intérieur. Sans doute Corrado essayait-il de bloquer l'entrée avec une commode ou une armoire et il fallait faire vite. Sans plus attendre il enfonça de son épaule valide la porte qui céda comme une planche pourrie. Il s'avança dans une pièce qui n'était guère meublée que d'un grabat, d'un poêle éteint et d'une grossière armoire. Une longue silhouette frêle se tenait face à la fenêtre, braquant sur lui un pistolet.

« Tu es complètement fou, Corrado, où as-tu encore volé cette arme ? cria Larry. Pose-la immédiatement, ou ça te coûtera cher ! »

Il vit que la main du jeune homme hésitait et que son regard montrait autant de crainte que d'indécision.

« Je vous connais pas... bredouilla-t-il. Qu'est-ce que vous venez faire... Comment vous m'avez trouvé... »

Autour de la tonsure encore visible ses cheveux avaient poussé en désordre, encadrant de façon ingrate son visage d'adolescent. Larry fit mine de s'écarter, puis brusquement bondit sur lui, saisit son poignet et le tordit avec violence afin qu'il lâche son arme. Dans la courte lutte qui s'ensuivit le jeune homme appuya sur la détente sans que Larry comprît si le geste était ou non intentionnel. La détonation fit un bruit affreux et la balle ricocha sur le carrelage avant d'aller se ficher dans le vantail de l'armoire qui se brisa avec un bruit sec. Au même instant Corrado poussa un cri perçant.

« Je me suis blessé, je me suis blessé », cria-t-il en se tenant la jambe droite tout en sanglotant.

Larry s'aperçut alors que son pantalon était déchiré et que du sang apparaissait sur l'étoffe.

« J'ai mal, gémit le jeune novice.

— Imbécile ! C'est malin ! Tu voles une arme, tu me menaces, et tout ce que tu trouves à faire c'est de tirer dans ta propre jambe ! Tant pis pour toi, tu vas finir cul-de-jatte, c'est un vrai fonds de commerce dans les rues de Naples par les temps qui courent ! Maintenant, dis-moi où tu l'as caché. Hein ? Où se trouve-t-il, sale voleur ?

— Criez pas, m'sieur. Le revolver il est tombé par terre, je l'ai volé à un soldat italien qui rentrait chez lui. »

Larry ramassa l'arme, vérifia qu'il n'y avait pas de balle engagée dans le canon et la glissa prestement dans sa poche. Puis il ouvrit l'armoire et dispersa les quelques hardes qui s'y trouvaient.

« Où l'as-tu caché, Corrado ? Tu sais bien de quoi je parle, *ladrone* !

— J'sais pas ce que vous cherchez. Moi j'ai rien ici, rien... »

C'était maintenant les tiroirs de la commode dont Larry renversait rageusement le contenu sur le carrelage.

« C'était les affaires de mes parents... pleurnicha le jeune homme. Partis dans le Nord au début de la guerre... C'est tout ce qu'ils m'ont laissé... »

Larry s'approcha de lui, menaçant.

« M'oblige pas à m'énerver.

— J'ai plein de sang qui coule sur ma cuisse, regardez...

— M'en fous, répliqua-t-il durement. Alors, où ?

— Je vois pas ce que vous voulez, grommela-t-il. Là-bas au monastère j'étais un moins que rien. »

Il s'était affalé sur la paillasse. Larry l'agrippa violemment par le col et le souleva vers lui mais ne réussit à le fouiller que superficiellement tant son épaule lui faisait encore mal. Il put pourtant s'assurer que Corrado ne portait rien sur lui qui ressemblât à ce qu'il cherchait.

« Tu l'as caché où ? répéta-t-il en hurlant. Dis-le-moi,

ou tu vas le payer cher. Tu crois peut-être que j'ai fait tout ce voyage pour rien ? »

S'affolant soudain, le jeune homme se mit à trembler de tous ses membres.

« Je vous le dis où il est, je vous le dis, dit-il avec précipitation, mais je vous préviens : il est un peu... un peu abîmé...

— Comment ça, un peu abîmé, *brutto* ?

— Un peu sali, quoi...

— Qu'est-ce que tu en as fait, salopard ! Gare à toi s'il est seulement écorné !

— J'ai dû ramper dans la boue pour passer les lignes quand je me suis enfui de l'abbaye... J'avais pourtant pris la précaution de le rouler dans de la toile mais ça n'a pas suffi... »

Il avait repris un ton geignard qui lui donna l'envie de se mettre à nouveau en colère.

« Ramper dans la boue ! Il doit être en bel état ! Montre-le-moi plutôt, au lieu de me raconter tes sottises ! »

Corrado changea soudain d'expression.

« Je veux de l'argent », dit-il de façon abrupte.

Larry le regarda avec stupeur.

« De l'argent ! Mais t'es fou ! Tu crois que j'en ai, peut-être ! Tu crois que je me promène avec des milliers de lires sur moi ! T'as qu'à me regarder !

— Je sais pas où vous les avez cachées mais je sais que vous en avez, dit le jeune homme avec une assurance qu'il n'avait pas encore montrée. Et moi il faut que je puisse me nourrir et me soigner. »

Larry sentit l'emprise glacée d'une onde de haine monter en lui.

« Tu vas voir comment je vais te soigner, moi. Je compte jusqu'à trois. Un... deux...

— Le poêle, parvint à articuler Corrado.

— J'aurais dû m'en douter, puisque tu ne l'avais pas allumé », maugréa Larry.

Tout en le surveillant il recula et, sans le quitter du regard, fouilla à tâtons de sa main libre dans la cendre froide du poêle. Il découvrit alors, à demi engagé dans le tuyau, un cylindre qu'il tira précautionneusement à lui. L'instant d'après il considérait avec incrédulité le paquet oblong et noirâtre qu'il venait d'extraire de la suie. Incroyable qu'un objet aussi laid puisse être le but ultime de sa quête. Il se retourna.

« T'aurais mieux fait de me le dire tout de suite, au lieu de m'attendre pistolet au poing ! A l'heure qu'il est t'aurais encore l'usage de ta jambe ! »

Le jeune homme grimaça.

« J'ai mal, regardez, je perds du sang... Quand je pense que j'aurais pu les perdre, mes guibolles, avec les traversées de ces champs qui sont minés partout, et que je trouve le moyen de me faire ça moi-même...

— T'as juste une éraflure ! La seule chose que t'auras réussi à faire, c'est à déchirer ton pantalon !

— J'ai mal, je vous dis », gémit Corrado.

Larry haussa les épaules et défit le nœud de la ficelle qui entourait le paquet. Avec satisfaction il perçut sous la toile grossière non pas le contact rigide du papier mais la caressante souplesse d'un parchemin. « Il aura mieux résisté », pensa-t-il. Au moment de le dérouler il se dit pourtant qu'il aurait souhaité être seul pour le découvrir — se retrouver à tout le moins loin de ce garçon cupide, geignard et malfaisant qui ne le quittait pas des yeux.

« Tu l'as regardé, j'imagine ?

— Vous allez trouver qu'elles sont trop engluées pour pouvoir voler », ricana Corrado.

Accroupi sur le sol, Larry déroula le dessin et constata avec consternation l'ampleur du désastre.

« Tu l'as bel et bien saccagé, pauvre imbécile ! lança-t-il avec fureur. Encore plus que ce que je craignais. Regarde-moi dans quel état il est, maintenant.

— Je le sais bien qu'il est abîmé ! s'exclama le jeune

homme. Salvaro était assez furieux contre moi ! "Fallait pas ramper, imbécile", qu'il m'a dit. Je lui ai répondu que si j'avais pas rampé j'aurais pas pu franchir les lignes avec. Eh bien, vous savez ce qu'il a fait ? Il m'a donné une claque !

— Et comment est-ce qu'un ignare comme toi savait que c'était un dessin de valeur ?

— C'est venu de dom Andrea Martino, l'archiviste qui devait ensuite accompagner les reliques au Vativan. Sans le vouloir il m'avait mis la puce à l'oreille en me disant quelques jours avant l'arrivée du colonel allemand : "C'est toi l'assistant de dom Mauro ? Il a un peu la tête ailleurs en ce moment avec ce qui se raconte sur une attaque possible de l'abbaye, aussi je te recommande de prendre soin de ce dessin que j'ai remarqué dans un dépôt de documents de moindre importance qu'on nous a confiés." J'ai pensé que si dom Andrea disait cela c'est qu'il valait de l'argent !

— Malheureuses paroles que celles qui tombent dans l'oreille d'un gredin, soupira Larry. Ça, pour le protéger, tu l'as protégé ! Mais comme tu es un petit malin, tu as eu pour cela l'idée, puisque c'était un dessin représentant des oiseaux, de le glisser dans un livre sur les oiseaux ! Bravo, bravissimo ! Fallait y penser ! Mais comme tu es encore plus malin que je ne le croyais, ce livre, tu as eu en plus l'idée géniale de le déplacer hors de son rayon habituel pour le retrouver plus facilement en cas d'urgence... pour ne pas avoir à le chercher au milieu de dizaines de livres traitant du même sujet, au cas où tu devrais agir dans la précipitation ! Oh, il y en a, là-dedans ! conclut-il en lui frappant le front.

— Vous moquez pas de moi, si j'étais comme vous dites j'aurais pas oublié le papier qui était collé derrière. D'abord je l'ai décollé du dessin sans faire exprès dès que je l'ai touché, et ensuite dans mon impatience je l'ai oublié dans le livre ! Si vous aviez vu la tête de

Salvaro quand je le lui ai dit ! Déjà que j'avais abîmé le dessin... Il m'a dit qu'il y avait sûrement quelque chose d'important d'écrit sur le papier, et que ça aurait sans doute doublé sa valeur ! Vous croyez que c'est vrai ?

— Ce papier était une dédicace, dit Larry sans autre précision. Figure-toi que dom Mauro et moi on s'est doutés que c'était toi qui avais fait le coup, et comme il savait d'où tu venais, j'ai pu ainsi remonter jusqu'à toi.

— Il a pas dû vous dire des choses gentilles sur moi, dom Mauro, soupira Corrado. Il m'aimait pas. Faudra que je m'explique un jour avec lui.

— Trop tard, dom Mauro... Dom Mauro n'a pas survécu au bombardement de son abbaye. »

Corrado le regarda.

« Ah, ben, zut, fit-il pour toute oraison funèbre. Et les mésanges, qui s'en occupe, maintenant ?

— Je ne sais pas, répondit sèchement Larry. Pour te dire vrai, je n'ai pas envie de parler de dom Mauro avec toi. En revanche, parlons de ton alter ego en filouterie : Salvaro. C'est bien toi qui lui as proposé ce dessin, non ? Tu le connaissais donc ?

— Un peu que je connaissais Ambrogio, et depuis longtemps ! répondit Corrado.

— Comment ça ? Je te croyais enfermé dans ton monastère ! »

Il reprit son air sournois.

« Peut-être je vous raconterai, dit-il d'un ton mystérieux. En tout cas je lui avais pas apporté que le dessin... mais aussi une photo que j'avais prise pour le prévenir qu'il y avait de sacrés beaux tableaux arrivés là-haut depuis juillet, et aussi un papier que j'avais pris un peu au hasard dans le dossier parce qu'il y avait "Naples" écrit dessus et que j'avais pensé que ça l'intéresserait. Ce dernier papier il l'a lu — c'était de l'anglais — et il m'a dit que ça pourrait intéresser quelqu'un.

— Celui-là ? » demanda Larry en lui montrant le mot de Mary Shelley annonçant la mort de la petite Elena.

Il le regarda avec stupeur.

« Oui... alors ça, comment ça se fait que vous l'avez ? Il vous l'a vendu ? »

Larry haussa les épaules.

« J'étais bien en effet la personne que ça pourrait intéresser, mais tu penses bien que jamais je n'aurais acheté un document volé ! Ni un dessin volé ! Je m'occupais au contraire de *retrouver* les objets volés, espèce de connard !

— Je vous connaissais pas, moi... répliqua Corrado en reprenant son ton geignard. C'était Ambrogio qui devait me l'acheter, pas vous... »

Larry laissa alors éclater sa colère.

« Et que va-t-elle dire, la princesse Scalzi, lorsqu'on va lui rendre *ça* ? demanda-t-il en effleurant le parchemin comme si c'était la peau d'un grand malade. Ruiné, ce dessin, et c'est vrai qu'il devait être beau, à ce que l'on en devine encore ! Ça me met hors de moi, un trésor avait été confié aux moines, oui, laissé en toute confiance, et voilà qu'une petite frappe en profite ! Voleur ! »

De fureur il tapa sur la jambe du blessé qui poussa une nouvelle plainte.

« Crève donc ! s'écria Larry. Regarde-moi ça. Pauvres intrépides voyageuses ! Elles sont six à voyager désormais dans les ténèbres ! Il y a bien le compte, mais c'est à peu près tout ce que l'on voit ! Dans le dessin tel qu'il était avant que ta sale patte ne vienne le souiller, elles devaient se déployer dans un pur ciel d'ocre pâle, comme si elles aspiraient à l'infini ! Et maintenant les pauvrettes ont l'air de voleter dans une grotte comme un essaim de chauves-souris... Avant toi elles dévoraient l'espace illimité dans le gracieux et

492

puissant déploiement de leurs ailes — après toi elles se retrouvent égarées, aveuglées, à l'image de ce qu'a été ta vie, espèce d'incapable ! *Cosa inutile !* »

Corrado ferma les yeux sous la myriade d'insultes.

« J'ai soif, murmura-t-il.

— M'en fous ! Où tu te crois, d'abord ? Tu penses peut-être que je vais me rendre pour toi au puits, comme quand j'avais été l'autre nuit remplir la citerne à la fontaine ?

— Il reste un peu d'eau près de l'évier... dit Corrado d'une voix suppliante.

— Eh bien, va la chercher toi-même ! »

Le jeune homme essaya de se relever.

« Je peux plus », souffla-t-il.

Son front était en sueur et son visage devenu d'une pâleur de cire. Brusquement inquiet, Larry s'approcha.

« Je vais te chercher de l'eau mais n'en profite pas pour te sauver, tu n'irais pas loin », le prévint-il d'un ton menaçant.

Sur l'évier il n'y avait que deux serpillières mais il vit en effet sur la table de la cuisine une bouteille à demi remplie. Il la rapporta à Corrado qui but avidement au goulot. Dans sa précipitation le jeune homme s'étrangla pourtant et recracha sur un coin du dessin la rasade qu'il venait d'avaler. Cette nouvelle maladresse eut le don d'exaspérer Larry.

« Voilà que tu recommences ! s'exclama-t-il. Après la boue, la suie, maintenant c'est l'eau que tu recraches. Mais qu'est-ce qu'ils t'ont fait, ces malheureux volatiles, pour se retrouver sur ton chemin !

— Regardez, ça a quand même retiré un peu de boue », remarqua Corrado comme pour s'excuser.

Larry se pencha sur le dessin. Il avait dit vrai, pour une fois : une trace plus claire était apparue sur un coin du parchemin. Il humecta sa chemise et, frottant légèrement, retira sur une petite superficie la boue qui maculait le dos du dessin.

« C'est bien la couleur qu'il avait avant », constata Corrado avec une soudaine et presque comique autorité d'expert en dessins anciens.

Larry réprima alors une exclamation et se pencha sur la surface fraîchement dégagée tout en bas du feuillet : les premiers mots d'une inscription venaient d'apparaître.

« Et là, tu n'avais rien remarqué ? demanda-t-il.

— J'avais pas eu trop le temps de regarder... répondit Corrado avec son air d'écolier pris en faute, j'étais surtout embêté d'avoir décollé le papier au-dessus. »

Larry avait reconnu aussitôt l'identité du scripteur, mais son écriture, si affirmée d'ordinaire, semblait cette fois lasse et tremblée. Se penchant il se décida à frotter cette fois à sec et dévoila trois lignes brèves, peu visibles sur le fond encore maculé de traces noirâtres.

"Je voudrais aider Elise Foggi et lui remets donc en mémoire de notre petite Elena ce précieux dessin à la plume sur parchemin qui me fut donné par Lord Byron, comme l'indique la dédicace ci-dessus.
Fait à la Casa Magni, Lerici, le 26 avril 1822.
Percy Bysshe Shelley."

Larry releva vivement la tête. Corrado s'était étendu sur la paillasse, les yeux fermés.

« Oh, mais voilà, murmura Larry comme pour lui-même. Allegra, la fille de Byron dont Shelley se souciait tellement, venait de mourir une semaine auparavant à l'âge de cinq ans, et cela avait dû réveiller de tragiques souvenirs. En tout cas voilà la preuve que je cherchais. La pièce du puzzle qui me manquait. »

Pourtant un élément de déception dominait. Il tournait et retournait le dessin, se sentant vaguement déçu. Il se pencha vers Corrado.

« Te souviens-tu s'il y avait quelque chose d'écrit de l'autre côté ? Du côté du dessin ? »

Cette fois Corrado ne répondit pas. Il s'était brusquement recroquevillé sur sa couche et Larry vit tout à coup une large tache rouge sombre s'élargir sur le matelas comme si une hémorragie s'était déclarée. Sa colère tomba d'un coup.

« Retire ton pantalon », lui dit-il.

Il dut l'aider. Corrado grimaçait et pleurnichait beaucoup. La jambe maigre apparut enfin : un profond sillon traversait le haut de la cuisse juste au-dessus du genou. Avec les deux serpillières de l'évier, Larry confectionna un grossier garrot.

« Bon, tu vas descendre avec moi à San Sebastiano, on va chercher un médecin.

— Je peux pas, gémit Corrado. J'en peux plus...

— Ecoute, il y a pas un kilomètre entre San Domenico et San Sebastiano. T'as qu'à descendre à cloche-pied en t'appuyant sur moi, je te soutiendrai mais je suis moi-même blessé et je ne peux pas te porter. »

Corrado ne dit mot mais avec difficulté parvint à se redresser. Larry l'empoigna par les épaules et ils firent ainsi quelques pas hésitants jusqu'à la porte. Ils n'avaient pas franchi le seuil que le jeune homme tournait de l'œil et s'écroulait à ses pieds. « Il va quand même pas me claquer dans les mains », se dit Larry. Il se pencha et versa le reste de l'eau de la bouteille sur son front et ses tempes. Le jeune homme rouvrit les yeux.

« Ce qu'il aurait fallu, c'est la chaise à porteurs », murmura-t-il.

Larry n'en crut pas ses oreilles.

« Comment ça ? demanda-t-il. Toi, tu en sais plus que tu ne veux bien le dire ! »

Corrado ne répondit pas. Un large cerne lui creusait les yeux. Larry s'efforça de réfléchir, puis se pencha sur lui.

« Ecoute-moi. Tu as intérêt à tout me raconter, sans quoi je te laisse tomber. Si tu as vu la chaise à porteurs c'est que tu étais dans la maison d'Ambrogio le jour où c'est arrivé ! Tu lui avais déjà apporté le dessin, n'est-ce pas ? C'était donc bien une commande ! »

Corrado secoua négativement la tête.

« Je voulais me faire bien voir de lui, c'est tout, assura-t-il. C'est pour cela que je lui avais apporté cette photo que vous avez vue, oui, celle qui montrait l'arrivée à l'abbaye d'un camion chargé de tableaux, que j'avais prise avec mon vieux Kodak que je gardais en cachette. C'était juste pour qu'il sache qu'il y avait plein de belles choses là-haut...

— Parmi lesquelles tu commençais déjà à faire ton choix, *ladrone* ! Tu avais commencé par le dessin, puis tu avais volé la lettre que j'ai sur moi ! Et tu en aurais certainement emmené davantage si tu l'avais pu ! Ce que tu ne me dis pas c'est comment tu as fait pour transporter ton butin jusqu'à Naples ? En principe les moinillons comme toi n'ont pas le droit de quitter l'abbaye ! »

Corrado eut un petit rire.

« Lorsque le déménagement a été décidé par le père abbé et le colonel Schlegel j'ai reçu pour mission de descendre à l'usine de jus d'orange pour aider à fabriquer des caisses qui devaient être remplies de livres. C'est là que j'ai appris qu'un camion de l'usine allait partir pour Naples afin de ramener des saisonniers qui avaient travaillé ici pendant l'été. Le temps d'emmener ce que vous savez puis de voler dans une maison des vêtements civils et une casquette pour cacher ma tonsure et je me glissais dans le camion.

— Félicitations ! Mais, encore une fois, pourquoi voulais-tu venir ici ? »

Il eut pour la première fois un indéfinissable sourire qui rendit son visage moins ingrat.

« Pour revoir Domitilla », dit-il tout de go.

Larry le regarda avec stupeur.

« Quoi, tu la connaissais ? »

Presque timidement il fit oui de la tête.

« Oh oui, je la connaissais. C'est même par elle que j'ai connu son père, et je vous assure que c'est pas mon meilleur souvenir. Quand j'avais seize ans et elle treize, il me pourchassait dès que je cherchais à la voir. J'habitais au coin de la via Carlo Poerio depuis que mes parents étaient revenus travailler en ville. Ici à San Domenico il y avait pas de quoi vivre, ni même à San Sebastiano... C'était avant que je me retrouve orphelin à la suite d'un accident de car à Sarno et que mon tuteur me mette en pension à Santa Restituta. Pour ce qui est d'Ambrogio, on savait déjà dans le quartier qu'il était de tous les trafics, mais il ne voulait quand même pas que je voie sa fille, il se croyait sans doute encore avocat ! D'ailleurs, ajouta-t-il d'un ton fataliste, c'était même pas la peine qu'il lui interdise, elle m'a même jamais regardé, et pourtant certains jours je l'attendais toute la journée au coin de l'Aquarium, où je savais qu'elle allait jouer.

— Tu étais amoureux ? »

Il eut une moue désenchantée.

« Elle m'a jamais regardé, je vous dis, répéta-t-il d'un ton désolé. Vous savez, on m'a envoyé chez les moines contre mon gré, et la vérité c'est que pendant toutes ces années où j'étais novice au monastère je n'ai pensé qu'à la revoir. En trouvant enfin le moyen de m'enfuir de l'abbaye et en apportant de la marchandise à trafiquer à son père, je pensais qu'il me permettrait d'entrer dans la maison et que je pourrais peut-être la retrouver... même un instant... Mais vous savez ce qu'il a fait ? Après m'avoir reproché de l'avoir apporté en mauvais état, il a emmené le dessin en me disant qu'il allait le montrer à des gens qui pourraient être intéressés, et il a refusé de me donner de l'argent en contrepartie ! La lettre où il reste que quelques mots, il l'a prise aussi, et en plus il a crié comme si j'avais fait couler moi-même de l'eau dessus ! Bon, j'ai attendu toute une semaine et puis ce matin-là je me suis introduit dans la maison pour essayer de récupérer mon bien.

— Pour essayer encore de la revoir ?

— Ah, pour ça cette fois je l'ai vue ! s'exclama-t-il, et son visage s'éclaira. J'ai été récompensé de mon plan ! Oh, ça je me suis bien rincé l'œil, ce fameux jour. Et je peux même vous dire... »

Il entendit soudain des cris d'enfants. L'interrompant Larry alla ouvrir la porte. Depuis quelques minutes l'atmosphère avait changé. Il y avait dans l'air une âcre odeur soufrée qui semblait peser sur les arbres en fleurs étrangement immobiles.

« Oh, les enfants ! appela-t-il. Il y a deux pièces de dix lires à se partager. »

Deux silhouettes juvéniles surgirent des masures du hameau. Ils semblaient être aussi livrés à eux-mêmes que les *sciuscias* qui couraient dans les rues de Naples.

« Vos parents sont partis ? demanda-t-il.

— Chercher des légumes à San Sebastiano...

— Vous allez m'aider à descendre Corrado, il s'est blessé, dit-il en leur donnant une pièce à chacun.

— J'ai un vieux vélo mais il n'a plus de pneus, dit le plus âgé après une brève hésitation.

— Vite, alors. »

Larry retourna en courant à l'intérieur de la maison, roula le parchemin et le prit contre lui, se sentant étrangement réconforté de le sentir contre sa peau dans un contact tiède et comme charnel. Corrado s'était à nouveau écroulé sur le grabat en geignant.

« Tu peux enfourcher un vélo ? lui demanda Larry d'un ton encourageant. Ça descend jusqu'au village, t'auras pas à pédaler, on va te tenir. »

Les enfants revenaient déjà, poussant devant eux un vieux clou rouillé. Avec difficulté ils hissèrent Corrado en selle et tout en le soutenant empruntèrent le chemin en pente raide qui menait au village.

« Me lâchez pas », supplia Corrado avec inquiétude.

Sa tête dodelinait dans la descente comme s'il cherchait à lutter contre l'évanouissement. Alors qu'il se trouvait à mi-pente en vue d'une bergerie en ruine il se mit à vomir sur le guidon.

« Arrête de salir tout ce que tu touches ! cria le plus âgé des enfants d'un ton dégoûté, et Larry se demanda s'il faisait allusion à des affaires de voisinage.

— Courage, je vois les premières maisons, lui lança-t-il.

— Oh, mais ça brûle ! » s'exclama Corrado en portant sa main à la joue.

Au même instant Larry sentit lui aussi une sensation de brûlure sur le front comme si une guêpe l'avait piqué. Il se retourna vers le sommet du volcan. Le petit panache blanc et duveteux qui le couronnait d'habitude et qui la veille encore prolongeait la neige du sommet s'était transformé en une immense colonne de fumée opaque, moirée tel un bloc de houille et ravinée comme les pentes du Cairo deux mois auparavant. Le vent était complètement tombé mais sur le fond des nuées noires, des escarbilles enflammées fusaient comme des étoiles filantes. Un vers du *Prométhée* lui revint en mémoire : *Like a volcano's meteor-breathing chasm,* murmura-t-il tout haut. Il se souvint aussi que Shelley, Mary et Claire étaient montés au Vésuve le 18 décembre 1818. Tous, sauf Elise. Et tous avaient gardé de l'expédition un désastreux souvenir.

« Depuis hier ça sent le soufre mais ça arrive quelquefois, expliqua l'un des enfants avec le calme que seul pouvait apporter un long compagnonnage avec le géant.

— Non, là c'est du sérieux, répondit Larry. En tout cas, nous on n'arrivera pas au bout avec lui. Je vais attendre à la bergerie. »

Posément il ramassa au milieu des crottes de brebis une vieille planche qui avait jadis dû servir de volet à l'une des lucarnes de la bergerie.

« Prenez ça pour vous abriter, dévalez en bas et rejoignez vos parents. A toutes jambes, hein ! »

Déjà ils disparaissaient en courant tout en se disputant la planche et en poussant des cris dont il ne sut s'ils étaient d'excitation ou d'appréhension. A l'abri de la masure il les regarda s'éloigner, puis un rire nerveux le saisit. Une éruption ! Les enfants avaient en effet quelques raisons d'être émus ! Cela faisait un bon bout de temps qu'il avait lui-même l'impression d'errer dans un monde où les orages des dieux répondaient en tragique écho aux violences des hommes. Seule sainte Scholastique dans sa candeur y aurait peut-être retrouvé ses colombes. « Eh bien protège-nous, *sanctissima mia,* l'invoqua-t-il tout bas en installant Corrado contre une mangeoire de bois. Protège ce pauvre garçon que ton adorateur appréciait si peu, mais qui a pourtant fleuri bien souvent ta statue. » Il se pencha sur sa jambe pour détendre le garrot. La blessure n'avait pas bel aspect mais l'hémorragie semblait arrêtée. Corrado gardait les yeux fermés et gémissait doucement.

« Dès que les cendres arrêtent de tomber je vais chercher du secours, lui dit Larry.

— C'est des *lapilli,* murmura Corrado. J'avais connu ça en 33, quand les laves avaient recouvert la Strada Matrone, vers Boscotrecase. Puis il ajouta sur le même ton, comme s'il s'agissait d'une autre précision topographique : Je sens plus ma jambe.

— Ecoute, je vais chercher du secours dès que c'est possible. Tu ne saignes plus, et l'on ne meurt pas d'une balle dans le gras de la cuisse ! Dis-moi, qu'est-ce que tu avais commencé à me dire tout à l'heure avant que les enfants n'arrivent ? »

Corrado le regarda, puis parut chercher dans sa tête.

« C'est moi qui ai tué Ambrogio », finit-il par dire d'une petite voix.

A nouveau Larry crut avoir mal entendu.

« Mais qu'est-ce que tu racontes... C'est Domitilla ! J'ai quelques raisons de le savoir ! Ambrogio avait bondi sur moi et me brandissait un poignard sous le nez. Sans elle qui a retenu son geste et qui l'a ensuite projeté violemment dans le miroir, je serais plus là pour te le raconter. »

Corrado eut un petit rire.

« C'est moi, je vous dis. Elle aurait jamais eu la force. Vous ne me croyez pas ?

— Non. J'ai même l'impression que tu délires, lui dit-il en lui touchant le front.

— Je délire pas, mais j'ai froid... murmura-t-il. Si froid, alors que pleuvent ces cendres brûlantes...

— J'espère que les gosses sont arrivés sans encombre, dit Larry. Ecoute, si t'as froid je te passe ma veste. »

Il eut un geste de refus.

« Merci, elle pue plus encore que le froc des moines !

— Désolé, je te trouve bien difficile, et n'oublie pas que ça fait deux mois que je vis là-dedans ! »

Corrado hocha la tête.

« Puisque vous me croyez pas, je vais vous raconter comment je l'ai tué, Ambrogio, dit-il d'une voix soudain plus ferme et presque orgueilleuse. Comme je vous le disais, il avait emmené ce que j'avais apporté de l'abbaye sans me donner un sou en échange, aussi ce fameux matin je me suis planqué dans la maison en passant par le toit pour récupérer mon bien, et je l'ai attendu.

— Ton bien ! T'es quand même gonflé ! D'autant

que tu avais aucune chance, le gars n'avait pas un sou et même s'il en avait eu, tu le connais assez pour savoir qu'il ne t'aurait rien donné ! »

Corrado haussa les épaules.

« De toute façon il était pas là.

— Je suis le premier à le savoir, il était parti au port me vendre ma voiture ! Et puis ça t'arrangeait au fond, comme ça tu pouvais voir Domitilla à ton aise. »

Il hocha la tête.

« Oui... répondit-il avec un voile de tristesse. Je la revoyais pour la première fois depuis trois ans... J'étais caché dans le cagibi derrière la cuisine. J'ai assisté à tout ce cirque qu'elle vous a fait. Je peux aller retrouver sainte Scholastique là où elle est, maintenant : j'ai vu ce que je voulais voir et, même si c'était à vous qu'elle avait envie de le montrer, ça valait plutôt la peine ! »

Il referma les yeux avec une moue extasiée comme s'il tenait à conserver à jamais le souvenir de cette vision. Larry eut un rire moqueur.

« Si tu devais aller au paradis, ce dont je doute, tu risquerais d'y retrouver aussi dom Mauro, et ça risque de moins te plaire. »

Corrado haussa les épaules.

« Voilà en tout cas que le gars rapplique alors que personne l'attendait, continua-t-il. Et voilà que fou furieux il vous fonce dessus... Moi, sans dévoiler ma présence, je le suis sur la pointe des pieds, je me cache derrière le rideau à l'entrée du couloir comme un vrai *spadaccino,* et puis je vois Domitilla qui vole à votre secours — oh, vous avez remarqué le courage qu'elle a montré ? Bien sûr j'aurais tellement voulu qu'elle soit amoureuse de moi comme elle l'était de vous, mais j'ai vite remarqué aussi qu'elle allait pas faire le poids en face de ce fou furieux... C'est pas vrai qu'elle l'a projeté dans le miroir. Ce qu'elle a fait, vous me direz, c'est l'essentiel. Elle l'a empêché de vous égorger en immobilisant son bras. Le reste... reprit-il avec un rictus explicite, le reste a été mon boulot. C'est moi qui l'ai poussé en avant, qui ai ramassé le poignard qu'il avait laissé tomber et qui ai achevé le travail en faisant... eh bien, ce qu'il voulait faire sur vous. »

Il mima le geste avec un tel naturel que Larry sentit un frisson lui parcourir l'échine.

« Après je ne suis plus resté dans la maison que quelques instants. J'ai encore vu Domitilla nettoyer le sol autour du cadavre, puis sortir les liasses de billets de la veste... C'est comme ça que j'ai vu que vous aviez de l'oseille, et pas qu'un peu.

— L'argent provenait de la vente de ma voiture. Domitilla survit actuellement avec, j'imagine...

— Parce que vous non plus vous l'avez plus revue depuis cette fameuse nuit ?

— Si le lendemain, pendant quelques heures, et puis... moi aussi je suis parti.

— Pourtant, elle semblait tellement vous aimer !

— Oui, mais ce n'était pas réciproque, et peut-être que je doutais justement de son amour... Elle voulait surtout fuir son père, et elle aurait suivi n'importe quel officier pour quitter Naples. »

Corrado parut apaisé et ses traits se détendirent quelque peu.

« En tout cas c'est bien de lui avoir laissé du fric, surtout qu'elle avait jamais dû tant en voir, dit-il d'un ton admiratif.

— Merci de ton approbation. Mais raconte-moi la suite...

— Eh bien quand j'ai vu comment les choses tournaient, surtout avec le mal que vous aviez à descendre l'escalier avec le corps d'Ambrogio, j'ai pensé à venir vous aider et à me mettre derrière le brancard de la *portantina* sans rien dire, mais je ne savais pas comment réagirait Domitilla, et je voulais surtout rester en dehors de tout ça. Alors j'ai fui dans la nuit et je suis revenu ici à San Domenico dans l'ancienne maison de mes parents. »

Quelque chose dans ce compte rendu troublait pourtant Larry.

« Pour en revenir à ce soir-là, tu me dis que tu ne savais pas comment Domitilla réagirait... Tu ne m'as pas dit si elle a su que tu étais là ?

— Je comprends qu'elle a su, nos regards se sont croisés ! Mais comme je vous ai dit, elle m'aimait pas. Elle arrêtait pas de dire quand elle était petite et que moi j'étais encore au lycée, que j'en profitais pour toujours chercher à la surprendre, à lui faire peur, à... »

Il eut une contraction douloureuse du visage.

« Enfin, je l'aurai revue », murmura-t-il.

Soudain lassé de cette évocation de Domitilla, Larry se rapprocha de la porte.

« Ecoute, il n'y a plus de *lapilli* pour l'instant, je vais descendre. Surtout ne bouge pas d'ici, je remonte avec un secouriste. »

Corrado le regarda.

« Si vous deviez un jour la retrouver...

— Il y a bien peu de chances, répondit Larry avec impatience.

— Dites-lui... et puis non », fit-il.

Il avait à nouveau fermé les yeux. Larry le considéra quelques instants en silence.

« Dom Mauro avait raison, tu n'étais pas en effet la recrue rêvée pour les bénédictins, dit-il. Mais pourquoi aussi as-tu accepté d'aller t'enfermer là-haut ? Tu me disais même que c'était contre ton gré, ce que je peux facilement admettre. Ce que je ne comprends pas en revanche, c'est comment les moines ont pu se méprendre à ce point sur toi qui étais — disons les choses comme elles le sont — de la graine de voyou ?

— Le directeur du pensionnat de Santa Restituta où je suis rentré à quatorze ans après la mort de mes parents trouvait pourtant que j'étais plutôt un bon élève,

504

surtout en latin... que je servais bien la messe... En plus ça débarrassait mon tuteur... Alors quand il m'a proposé de devenir novice, j'ai accepté, mais pas de gaieté de cœur... Et c'était pas pour rentrer dans les ordres, hein. C'était plus pour oublier... »

Sa main retomba sur sa cuisse comme pour la protéger.

« Après quand tout cela est arrivé c'est d'ailleurs vers lui que je suis allé... pas pour lui raconter ce qui s'était passé Riviera di Chiaia, bien sûr, mais simplement pour lui dire que je ne supportais plus la vie du couvent... J'ai eu la chance qu'il le comprenne. Il ne dirigeait plus le pensionnat, il était devenu chanoine du Duomo... Moi aussi j'ai un peu survécu grâce à lui. Il me protégeait un peu, me donnait de la nourriture, un peu d'argent... Un jour j'ai été blessé par un militaire américain dans la rue, c'est vers lui que je suis allé... S'il m'arrivait un jour quelque chose, prévenez-le... Le chanoine Caracci... »

— Il ne t'arrivera rien, dit Larry. On va venir te descendre, et puis je veillerai à ce qu'on s'occupe de toi. Dans cette région de vin, on devrait pouvoir t'embaucher. Tu n'aurais sûrement pas fait un bon moine, tu feras peut-être un bon viticulteur. Allez, à tout de suite. »

Il enfourna le pistolet dans l'une de ses poches, ouvrit la porte puis se mit à dévaler la pente.

Tendant au-dessus de sa tête la veste dédaignée par Corrado il atteignit très vite les premières maisons de San Sebastiano. Adossé aux premières pentes du volcan le village paraissait de ce côté désert comme si les habitants avaient fui vers la mer — ou peut-être s'étaient-ils dirigés vers la partie du ciel qui demeurait encore limpide. Il se retourna pour bien situer la bergerie qui semblait d'ici tellement minuscule et fragile sous les nuées qui continuaient à s'obscurcir, puis se dirigea vers l'église dont il apercevait le dôme modeste au milieu des toits de tuile. Une atmosphère oppressante et irrespirable écrasait la rue vide et silencieuse.

« Il n'y a personne ? cria-t-il. Enfin, ce n'est pas possible ! Il me faudrait un médecin ! J'ai besoin d'un médecin », répéta-t-il, mais seul l'écho des maisons noires et désertes lui renvoya son appel angoissé.

Il continua à descendre vers la place de l'église et c'est seulement lorsqu'il fut parvenu au centre du village qu'il comprit ce qui se passait. Une foule muette et dense stationnait là, grise et comme hébétée, observant la lente avancée d'une coulée de lave dans la rue principale. Cela n'avait rien à voir avec les langues de feu et les projections enflammées qu'il avait pu imaginer en regardant les sous-verre du Vésuve en éruption dans les trattorias napolitaines. A moins de cent mètres, au-delà du barrage dérisoire d'un cordon de *carabinieri,* l'infect magma avançait avec l'implacable et gluante lenteur de quelque tentacule géant. La lave se coulait entre les interstices des maisons avec une obstination acharnée autant qu'inéluctable, s'infiltrait dans les placettes et les ruelles et là, inexorablement, dès qu'elle avait circonscrit et entouré le malheureux bâtiment attaqué par sa base, le broyait dans un bruit sournois de succion suivi d'un sourd fracas d'écroulement. Cela lui parut l'exact opposé (et non moins cruel) de ce qu'il avait observé lors du déchaînement hystérique et assourdissant qui avait présidé au bombardement de l'abbaye. Là, c'était dans un grand silence oppressant et angoissé que, sous les yeux consternés de ses habitants, disparaissait tout un village — happé, englouti avec une visqueuse voracité.

« Reculez, reculez », criaient les *carabinieri* à mesure que la lave s'octroyait un nouveau territoire. A contre-cœur, comme si elle pouvait représenter une ultime barrière à l'avancée du fléau, la foule reculait tout en se lamentant. De temps en temps un sanglot plus perçant déchirait le silence après qu'une maison de plus se fut écroulée, dévoilant de façon presque obscène son intimité de pauvres papiers peints fleuris et fatigués, de meubles modestes et de photos jaunies un instant entrevues avant de glisser irrémédiablement dans le mâchefer boueux.

« Il y a quelqu'un qui est blessé là-haut à San Domenico, clama Larry. N'y aurait-il pas un médecin dans la foule ? »

On se retourna vers lui comme si dans de telles circonstances son intervention était à tout le moins déplacée.

« C'était pas le jour pour tomber malade, maugréa une vieille femme.

— Mais il n'est pas malade, il est blessé, il perd son sang ! Il n'y a pas de médecin, *porco cane* ? »

Devant l'absence de réaction il s'avança vers un gradé des *carabinieri*.

« J'ai entendu, mais qu'est-ce que vous voulez que je fasse, répliqua ce dernier. C'est vraiment pas le moment !

— Vous êtes pas du village, ni même du coin, vous, ajouta un notable d'un air méfiant. Qui c'est, votre gars ? L'un de ces soldats si pressés de rentrer à la maison qu'ils nous ont conduits droit à l'armistice et mis dans la merde où vous nous voyez ? Allez donc demander à vos amis américains de le soigner. Depuis qu'ils savent que le volcan a ses humeurs ils arrivent en bas vers Cercola avec tout le matériel qu'il faut pour nous aider.

— Il sera trop tard !

— L'église », lança quelqu'un sans hausser la voix, comme pour conjurer ce qui risquait d'advenir.

Le vénérable édifice venait d'être atteint à son tour et la foule dès cet instant comprit que même la Providence ne pouvait plus rien pour lui. Le dôme d'un blanc grisâtre se fissura soudain comme un œuf près d'éclore. La lave avait en effet pris les deux côtés de l'église comme dans un étau et le fronton parut à cet instant se soulever puis, par un étrange phénomène de lévitation, s'élever dans l'atmosphère saturée de soufre. L'instant d'après, dôme, colonnes et murs s'écroulèrent avec un bruit sourd dans le flasque magma, et il ne demeura plus du sanctuaire qu'un portique livide ouvrant sur l'immensité plombée du ciel. Une sourde plainte de désespoir ou de protestation parcourut la foule.

« Pourquoi est-ce qu'on a pas sorti le saint ? lança alors quelqu'un d'une voix péremptoire. Faites sortir le saint, bon Dieu ! Pourquoi est-ce que la confrérie ne le sort pas ? C'est le moment ou jamais !

— C'est que maintenant on attend tout des Amerloques et plus rien de l'Eglise ! renchérit quelqu'un.

— Résultat, elle est par terre, lança son voisin d'un ton ironique.

— Tout ce que je sais, c'est qu'on avait sorti la statue en 29, hein, tu te rappelles, Fabrizio ? Et à quoi ça a servi, je te le demande ! C'est pas les habitants des villages détruits à cette époque qui te diront le contraire ! »

Un vieil homme au teint rubicond, portant une lourde cape un peu surannée, s'approcha alors des carabiniers.

« Il arrive, il arrive, on trouvait plus la clé, annonça-t-il d'une voix à la fois essoufflée et pleine d'espoir.

— Trop tard pour le dôme, mais qui sait, peut-être pas pour le cinéma... », commenta le sous-officier.

Larry leva les yeux vers le cinéma Roxy qui était en face de l'église. Sous les colonnes écaillées du péristyle on pouvait encore deviner en haut d'une affiche datant d'avant guerre les noms partiellement amputés des acteurs.

ALID VAL MASSIMO GIR

Le bas avait été déchiré. Il ne connaîtrait jamais le titre du film mais cela importait peu puisqu'il ne faisait aucun doute que le noble visage d'Alida Valli allait à son tour être englouti, dans une ultime offense à la grâce et à la beauté. A l'idée de perdre leur cinéma après leur église, les habitants du bourg semblaient pris d'un découragement proche de l'apathie et il sentit qu'il ne trouverait personne à cette heure et en cet instant pour lui venir en aide. « Tant pis, je vais le descendre tout seul comme je le pourrai, et quand ils le verront étendu sur la place, procession ou pas, il faudra bien qu'ils fassent quelque chose », se dit-il. Il s'écarta de la foule et reprit la petite rue en pente qu'il avait suivie pour entrer dans le village. Un carabinier sortit d'une maison et lui barra le chemin.

« On ne passe pas, dit-il.

« — Mais je suis passé il n'y a pas cinq minutes ! Il y a un blessé à mi-pente du hameau de San Domenico. Le fils Cariani.

— Que ce soit le fils Cariani ou le prince de Savoie, on ne passe pas, répéta-t-il. C'est trop tard. »

Il y avait déjà dans sa phrase une inflexion funèbre. *E troppo tarde.*

« Trop tard pour quoi ? Pour sauver quelqu'un qui perd son sang ? »

Le jeune carabinier parut soudain exaspéré.

« Vous voyez pas ce qui se passe ? Y a plus rien et, blessé ou pas, votre pauvre gars il a trouvé sa tombe. »

Le bousculant, Larry grimpa encore quelques mètres pour se rendre compte par lui-même et tenter d'apercevoir la bergerie. Au sommet du volcan l'énorme colonne avait encore enflé, comme sculptée dans une matière toujours aussi opaque et plombée, mais parcourue désormais de lents tourbillons menaçants. Au loin l'air paraissait saturé de tant de particules que la lumière du soleil ne semblait même plus pouvoir traverser.

« Revenez », lui ordonna le carabinier.

Larry croyait l'avoir entendu armer son pistolet lorsqu'une immense clameur retentit derrière eux, provenant du centre du village. Sans un regard pour le jeune homme il fit demi-tour et revint sur la place. L'atmosphère avait changé en quelques minutes, et les habitants semblaient gagnés par une étrange euphorie. Quelques enfants commençaient même une farandole sur les franges de l'immonde cloaque qui venait de submerger la moitié de la petite ville.

« Que se passe-t-il donc ? demanda-t-il avec stupeur.

— Ça n'avance plus », répondit un villageois d'une voix tremblante de soulagement.

Devant le cinéma, les carabiniers avaient planté au pied des colonnes du Roxy des témoins pour marquer la limite extrême atteinte par le magma avant qu'il ne s'immobilise en strates superposées comme celles d'une pâte feuilletée. Le regard pensif d'Alida Valli ne fixait plus désormais qu'un paysage désolé — un champ de laves fumantes surmontées de pans de murs noircis, de cimes d'arbres et de fragments du dôme éclaté. Plus près, à l'endroit où se trouvait quelques instants auparavant la *merceria,* surnageaient un vieux pneu à demi carbonisé et, comme un symbole des temps heureux, un gracieux panier d'osier qui paraissait intact.

« Quand même, le saint qui sauve le cinéma et pas l'église ! » maugréait la vieille dame qu'il avait vue tout à l'heure. Non loin, considérant sans doute que l'interruption de ce cataclysme était pourtant une demi-victoire, un groupe de citoyens du village drapés dans de longues capes noires s'éloignaient en portant la statue. Ils chantaient allégrement un cantique dont il osa espérer qu'il ne fût pas d'action de grâces. Il se souvint des bénédictins qui, cinq semaines auparavant, groupés derrière leur fondateur s'étaient dirigés en cortège vers les lignes allemandes avant de se replier hâtivement vers l'abbaye. Chaque saint avait-il ainsi dans ce pays vocation à protéger ou justifier un désastre ? Certains des membres de la confrérie étaient jeunes — peut-être la distinction d'en faire partie se transmettait-elle de père en fils. Il se porta à leur rencontre, décidé à ne s'adresser qu'au groupe tout entier pour se faire entendre.

« *Signori,* lança-t-il après les avoir salués, peut-être pouvez-vous m'aider. Il y a un blessé là-haut à San Domenico. Il faudrait d'urgence un médecin. »

Ils se regardèrent.

« Mais il n'y a pas de médecin à San Sebastiano, mon pauvre ami ! lui répondit un homme entre deux âges. Ils sont tous à Naples, bien trop occupés à se faire du pognon pour s'occuper de nous !

— Il y aurait bien l'infirmier, rétorqua son voisin. Le fils de Cesare. Comment s'appelle-t-il déjà... Ah oui, Valerio. Valerio ! » appela-t-il.

Un jeune homme s'approcha. Il portait bien la cape

noire, la longue veste et la chaîne d'argent de ses camarades, mais cet apparat semblait particulièrement sévère pour sa silhouette juvénile.

« Valerio, tu prends ton matériel et tu accompagnes le *signor,* ordonna celui qui semblait le chef de la confrérie. N'oublie pas, ajouta-t-il, que nous sommes des hommes de bien. »

Un détail attira soudain l'œil de Larry. Pour tout ornement sa veste portait une pochette rouge dont la couleur un peu passée lui rappela immédiatement quelque chose. Les sourcils froncés, il se demanda d'où il tenait cette fugace impression, mais le garçon attendait et il s'abstint de l'interroger — ce n'était certes pas le moment de lui poser des questions.

« Je prends mon sac au passage et je vous suis, dit Valerio avec flegme.

— Il faut faire vite », lança Larry sur un ton si fébrile qu'ils se mirent presque à courir dans la montée.

Le carabinier n'était apparemment plus à son poste et ils dépassèrent les dernières maisons sans être rappelés à l'ordre.

« J'espère que c'est pas trop grave, je n'ai pas de médicaments, prévint le garçon d'une voix anxieuse.

— Au pire on le fera descendre à Naples par une ambulance de la Ve armée », décida Larry.

Parvenus en vue du volcan, ils s'immobilisèrent. L'immense colonne au-dessus du cratère paraissait maintenant solidifiée, comme si le ciel avait pris racine sur un gigantesque socle de granit. Tout le reste n'était plus qu'un vaste champ d'épandage de boue et de mâchefer d'où émanaient des fumerolles méphitiques.

« Je ne vois plus la bergerie, s'inquiéta-t-il.

— Forcé, la lave a tout emporté, dit Valerio. Ça doit être la coulée qui est arrivée droit sur l'église... »

Le plus étrange était qu'au-delà de la pente suivie par le magma dont on voyait bien d'ici le profil luisant et fumant comme celui d'une route fraîchement goudronnée, le hameau de San Domenico semblait avoir été épargné.

« Pauvre garçon, murmura Larry. Il ne valait pas grand-chose, mais une fin pareille...

— Il serait resté là-haut qu'il lui serait rien arrivé ! remarqua Valerio. Mais peut-être qu'il a pu s'enfuir...

— Ça m'étonnerait car il s'était blessé, dit Larry sans donner davantage de précisions. C'était un drôle de gars, remarqua-t-il. Sûrement pas un modèle de vertu !

— Alors il n'aurait pu être admis dans notre confrérie, remarqua Valerio.

— Figure-toi qu'il avait été admis dans une assemblée bien plus sainte encore ! Tu ne me croiras jamais si je te disais laquelle.

— Ah bon ? » fit le jeune infirmier sans montrer d'autre curiosité.

Larry ressentait une réelle émotion devant le champ de lave qui resterait à jamais le linceul de cette pauvre vie dont Domitilla avait sans doute été la seule lumière. Marchant d'un pas songeur, il repensa à l'étrange et capital rôle que par deux fois Corrado avait joué dans sa propre vie. D'abord il la lui avait tout simplement sauvée en retournant contre Ambrogio le poignard avec lequel celui-ci voulait le frapper, et puis il lui avait permis — bien contre son gré ! — d'entrer en possession de ce dessin dont il attendait tant. D'un geste furtif il effleura le rouleau de parchemin dont il sentait contre lui le contact doux et soyeux comme s'il caressait le plumage de l'une des six oies cendrées. Après tout ce n'était pas la faute de Corrado si leurs ailes ne lui avaient pas apporté tout à fait ce qu'il espérait !

L'âcre odeur qui s'échappait des fumerolles était si forte que sans même se concerter ils battirent en retraite. Une centaine de mètres plus bas Valerio qui le précédait s'arrêta pour reprendre haleine.

« Qu'est-ce que tu avais dans ton sac ? demanda Larry par curiosité.

— Du coton, un peu d'alcool, une bande...

— Tu n'aurais pas pu faire grand-chose », dit Larry. Valerio hocha la tête.

« Et encore... C'est parce que j'ai pu emmener ça de l'hôpital...

— Tu es infirmier, m'a-t-on dit ?

— Oui... dit-il sans détour. Enfin, par raccroc. Et je n'y serais pas resté bien longtemps, si je n'avais pas trouvé là-bas ma fiancée.

— Ah bon ? » dit Larry décontenancé par cette soudaine confidence.

Soudain il eut un éblouissement.

« Mon Dieu, dit-il en le regardant fixement.

— Qu'est-ce qui se passe ? fit Valerio.

— Gutta-percha, murmura Larry en s'avançant pour palper l'étoffe de sa pochette.

— Pardon ?

— C'est de la gutta-percha, n'est-ce pas. Oh, je revois la toile dans le garage. Dis-moi, ce ne serait pas la jeune Domitilla Salvaro, ta fiancée ? C'est un morceau de la tente de Nobile, n'est-ce pas ? Elle a dû te donner cela comme une sorte de gage précieux...

— Vous savez, Nobile était de Prato, pas loin d'ici, expliqua Valerio comme s'il lui fallait se justifier de façon plus prosaïque.

— Oh, mais j'y suis, tu as dû la connaître à Bagnoli !

— Non, à l'hôpital Gesú e Maria, mais je l'avais déjà rencontrée lorsqu'elle accompagnait don Ettore Crespi dans ses vignes... C'est vrai qu'elle arrivait de Bagnoli mais elle n'a fait qu'y passer. »

Les yeux écarquillés il considéra soudain Larry, comme si lui aussi faisait un rapprochement qui lui parut sur l'instant évident.

« C'était vous, l'officier anglais dont elle me parlait ? »

Larry fit oui de la tête. Il se sentait vaguement déçu de l'aspect malingre du jeune homme et de son visage sans caractère. Cet être de feu qu'était Domitilla, ces seins somptueux, dans ces bras-*là* ? Etrangement il ressentit un peu de la déception et de la morsure de jalousie qu'aurait éprouvées Corrado, et il lui vint d'ailleurs les mots réticents que ce dernier lui avait adressés.

« Eh bien, tu lui diras de ma part... et puis non, ne lui dis rien du tout, fit-il.

— Même si vous lui dites rien, vous pourrez le faire vous-même, rétorqua le garçon.

— Quoi, elle est en bas ?

— Je comprends !

— Elle n'était pas parmi les gens qui se trouvaient devant le cinéma Roxy, quand même !

— Mais si... Elle m'avait même dit : "Si on a même plus de cinéma, je retourne à Naples." »

Ça, c'était le bouquet — elle était tout à l'heure dans la foule. Il avait pourtant eu l'impression qu'avec ses véhémentes démarches pour trouver un médecin on ne devait voir que lui. Et pourtant elle ne l'avait pas remarqué — ni, même, apparemment, reconnu. Au moment où ils abordaient à nouveau la place il se demanda s'il avait envie de la retrouver. Ils étaient encore loin du cinéma et il avait largement le temps de prendre congé du jeune homme.

« Tu t'appelles comment ? lui demanda-t-il.

— Ganzoni. La famille est de San Sebastiano, expliqua Valerio d'une voix égale. Heureusement notre maison n'a pas été détruite. Mon père a des vignes vers Graziano mais on a toujours habité ici. Seulement, voilà cinq ans qu'on n'a pas fait les vendanges et il fallait que je travaille ailleurs pendant quelque temps...

— Je comprends, dit Larry. Bon, écoute, je crois que ce n'est pas utile que je la revoie. Je me demande même si c'est utile que tu lui dises qu'on s'est rencontrés. En tout cas, merci de m'avoir accompagné.

— Mais j'ai rien fait », dit Valerio en désignant son sac qu'il n'avait pas ouvert.

Pensif, il suivit au hasard une étroite rue qui descendait vers la campagne.

« Larry », entendit-il derrière lui.

Cette voix un peu rauque. Il se retourna d'un seul élan.

« Alors ça, fit-il. Ton fiancé venait de me dire que tu étais en bas tout à l'heure, et que tu t'apprêtais à...

— Ce n'est pas un mauvais garçon, le coupa-t-elle sans même le saluer. Son père est membre de la confrérie, cela signifie qu'ici c'est une famille de notables.

— Tu m'en vois ravi », dit-il froidement.

En quatre mois il lui sembla qu'elle avait gagné en maturité. Ses yeux étaient moins cernés, sa chevelure et son apparence générale plus soignées, même si elle avait perdu un peu de son éclat de sauvageonne.

« Quand même, Domitilla, remarqua-t-il, ce ne sont pas des paroles de femme amoureuse !

— Je ne le suis pas, lui affirma-t-elle sans ambages d'une petite voix ferme et triste. Valerio, s'il te plaît, laisse-nous... Nous avons quelques petites choses à nous dire qui ne te concernent pas. »

Larry se retourna. Sans qu'il s'en fût rendu compte, le jeune homme les avait rejoints, après avoir vu sans doute Domitilla lui faire signe.

« Ne t'inquiète pas, Valerio, je pars aussitôt après, et pour longtemps », lui lança-t-il afin de le rassurer.

Sa sacoche inutile lui battant les flancs, le garçon les quitta à contrecœur. Larry le suivit quelques instants des yeux, puis se tourna vers la jeune fille.

« Tu m'avais dit que tu épouserais un officier ! lui lança-t-il. Celui-là, tu vas le mener par le bout du nez, au point que je me demande s'il est fait pour toi... »

Elle eut un vague sourire mêlé d'un soupir, puis ils se regardèrent sans mot dire.

« Quatre mois déjà, dit-elle d'une voix éteinte.

— Je t'ai appelée à l'hôpital de Bagnoli quelques jours après mon départ, depuis un café de Caiazzo qui avait un poste téléphonique. Tu n'y étais plus et on n'a pas voulu me dire où tu étais. Après, c'est moi qui ai pris le maquis.

— Oh, à Bagnoli ils parlaient tous anglais. Ça me rappelait trop ton départ, justement. Je me suis fait muter à l'Ospedale Gesú e Maria dont le directeur connaissait ma mère. C'est là où je l'ai rencontré, dit-elle en montrant du menton la direction vers laquelle était parti Valerio. En fait j'avais déjà fait sa connaissance à San Sebastiano lorsque je venais voir un vieil oncle qui habitait à côté d'ici, à Massa. »

Elle vit qu'il n'écoutait pas et lui adressa une sorte de bourrade exaspérée.

« Pourquoi es-tu parti ? demanda-t-elle en changeant brusquement de ton. Comme ça, sans me prévenir... Qu'avais-je fait pour mériter ça... »

Il y avait tant de colère contenue dans sa voix qu'il recula d'un pas.

« A t'écouter, on dirait qu'on a vécu ensemble pendant des mois ! Tu oublies qu'on ne s'est connus que quelques heures, Domitilla ! Même si ces heures ont été particulièrement intenses et chargées d'événements, ça ne peut pas me voiler le fait que...

— Que tu ne m'aimais pas ? demanda-t-elle avec vivacité.

— Comprends-moi. Je sentais que tu avais surtout le désir de quitter ton père, ce que je peux facilement admettre. Mais pour cela tu avais décidé de tomber amoureuse et de te faire épouser par celui que tu *croyais* aimer, alors qu'il n'était que l'un des éléments d'un plan mûrement réfléchi.

— Je comprends rien à ce que tu racontes... Dis-moi seulement pourquoi tu es parti... »

Elle le regardait avec des yeux agrandis par l'interrogation qui avait dû la tourmenter et miner depuis des mois.

« Je pensais jamais te revoir, et peut-être que ça aurait été mieux, mais puisque je te retrouve je veux savoir, insista-t-elle.

— Mais je suis parti parce que... Je t'ai dit... Je me retrouvais entraîné sur un chemin que je ne voulais pas suivre et que je... »

A l'encontre de ce qu'il lui disait, il se sentait si troublé de la revoir qu'il en bafouillait.

« Domitilla, il nous est arrivé tant de choses pendant ce temps si bref, reprit-il en cherchant à retrouver son calme. Trop sans doute, qui t'ont masqué une évidence : pour de tout autres raisons, je n'étais pas plus fait pour toi que Valerio ! C'est vrai que tu te faisais une idée complètement fausse de moi et de mon pays. Tu t'imagines en Angleterre, l'hiver, à regarder la pluie tomber en attendant que je revienne de mes cours ? Et même pas de bain de concombres comme tu l'avais lu dans ta revue de cinéma au sujet de Vivien Leigh. J'avais d'ailleurs l'impression que tu pensais la croiser à chaque coin de rue ! Au contraire tu aurais ressenti à tout instant le froid et l'humidité car tu n'aurais jamais eu sur toi les jetons et pièces nécessaires pour faire fonctionner leurs satanés compteurs : j'en sais quelque chose ! Avant deux semaines, frigorifiée, déprimée, tu aurais eu envie de crier ta peine d'exilée et tout le monde t'aurait prise pour une folle car personne n'exprime *rien* chez nous... Non, ça n'aurait jamais marché, Domitilla.

— Tu noircis le tableau, et je sais bien que tu le fais exprès ! Chez toi il y a du soleil comme partout, il y a de beaux parcs, les gens sont élégants, raffinés, bien habillés, ils ne se querellent pas tout le temps, les enfants ne mendient pas et même ils ont des nounous, les femmes savent se tenir... Et puis je croyais que tout ce qu'on avait vécu allait nous rapprocher... D'abord parce qu'il y avait ce secret, à jamais, entre nous... »

Elle se serra convulsivement contre lui. Songeant que Valerio pouvait les espionner il l'écarta doucement de lui.

« A ce sujet, dit-il, tu n'as jamais été inquiétée ? Je veux dire, par la police ? »

Pour la première fois le visage de la jeune fille s'éclaira.

« Prends pas cette mine de conspirateur ! Non, j'ai même pas été interrogée. J'y suis pourtant allée à la police, et l'on m'a surtout considérée comme une victime, à cause de la réputation de mon père. Surtout quand j'ai dit qu'il me battait. Je suis aussi retournée dans le quartier. Tout le monde a dit que ce n'était pas une perte, que des sales histoires remonteraient un jour à la surface et l'on m'a beaucoup plainte, voilà.

— Il y a une autre chose qui m'inquiète. Tu n'as pas retrouvé les papiers concernant la vente de la voiture ? Cette auto a pourtant bien été vendue... A qui, je ne sais pas, et c'est bien ce qui me préoccupe.

— Oh, s'exclama-t-elle avec désinvolture. Les papiers, s'il y en a eu, je peux t'assurer qu'ils sont pas perdus pour tout le monde ! »

Il sentit qu'elle ne souhaitait pas s'appesantir sur le passé et décida pourtant d'insister.

« Mais, Domitilla, c'est pas seulement des sales histoires qui peuvent remonter à la surface, c'est lui-même, et au sens propre ! N'oublie quand même pas qu'il est au fond de la Darsena et qu'un jour la chaise à porteurs réapparaîtra comme un esquif funèbre, avec son spectre assis à l'intérieur. Il suffira pour cela d'un dragage ou de je ne sais quel incident maritime ! Ce jour-là on saura tout de suite que la *portantina* venait de chez Crespi et que c'était ton père qui était dedans !

— Tu sais, j'ai aussi été voir don Ettore. Il m'a proposé de me loger pendant que l'immeuble tenait encore debout. J'ai refusé en lui disant que je préférais ma chambre à l'hôpital, et il a bien compris que je n'avais aucune envie de jamais revenir dans cet immeuble.

— Il t'a parlé de la chaise à porteurs ?

— Oui, et j'ai dit que je savais rien, mais je me demande si un de tes amis n'était pas venu avant moi pour lui en parler.

— Paul ? Je veux dire, le capitaine Prescott ?

— Je ne sais pas, mais c'était quelqu'un qui devait s'inquiéter de ta disparition et qui faisait sa petite enquête... A la façon dont me regardait don Ettore, je me demande aussi s'il n'avait pas remarqué ou appris quelque chose.

— Tu ne lui as rien dit ?

— Bien sûr que non...

— Tu ne diras jamais rien, rien, n'est-ce pas, même si on venait te questionner, insista-t-il. Personne ne peut rien contre nous.

— T'inquiète pas ! On ne peut pas savoir de toute façon ce qui s'est passé. Personne ne nous a vus descendre l'escalier avec la chaise à porteurs.

— Si », dit-il.

Elle tressaillit comme une biche prise au piège, fronça les sourcils puis le regarda comme si elle ne comprenait pas. Il sentit que ses yeux scrutateurs cherchaient à savoir ce qu'il avait appris.

« Oh, tu l'as rencontré le petit moinillon ? finit-elle par demander avec une moue de mépris. Lui ne dira rien contre moi.

— C'est à mon corps défendant que je l'ai rencontré ! » dit-il.

D'en bas provenaient des rumeurs et des chants comme si on fêtait le miracle du saint. Sans doute Valerio était-il au premier rang, l'air victorieux. Il s'approcha d'elle avec une furieuse envie de l'embrasser.

« Je me demandais aussi comment tu avais pu avoir la force de projeter ton père dans le miroir lorsqu'il a tenté de m'égorger.

520

— Mais je l'ai eue ! s'exclama-t-elle d'un ton soudain courroucé. J'ai eu cette force, lieutenant Larry. C'était tout mon amour pour toi qui me donnait la force d'agir. D'ailleurs tu as bien vu ce qui s'est passé ! Tu as pu voir comment je l'ai empêché de te...

— Quand même tu étais au courant, hein, que l'autre était dans la maison. Ecoute, je préfère savoir que ce n'est pas toi qui as tué ton propre père. Toi en revanche tu le savais, mais je t'assure que c'est un grand poids de moins pour moi. »

Elle baissa la tête.

« Corrado était un voisin, il habitait via Carlo Poerio. Il était déjà amoureux de moi quand j'avais treize ans.

— Je connais l'histoire, dit-il.

— Ce qu'il ne t'a peut-être pas raconté, c'est qu'il n'arrêtait jamais d'essayer de me coincer pour tenter de m'embrasser ou de me frôler au passage. Mon père s'était même plaint auprès de ses parents qui l'ont envoyé dans un internat d'Etat, et c'est de là qu'il est parti novice au couvent. Toujours est-il que fin novembre, une semaine avant cette fameuse nuit du 6 décembre, il était revenu Riviera di Chiaia, alors que je ne l'avais pas vu depuis trois ans. Il avait sans doute l'intention de me surprendre à nouveau, et pour se faire bien voir de mon père il lui avait apporté la photo du camion plein de tableaux que je t'ai montrée, et aussi le papier ancien que je t'ai donné au garage. Peu après, une scène violente avait éclaté entre mon père et lui pour une histoire de dessin. Puis il a disparu avant de reparaître ce soir-là...

— Le dessin représentait six oies en vol... Celles dont ton père a parlé au moment de sa mort... Il n'en avait pas parlé avant ?

— Je vais tout te dire : ce matin du 6 décembre, j'ai vu Corrado avant que tu arrives. Papa était déjà parti pour le port. Il m'a dit que mon père avait gardé le dessin pour lui sans lui donner d'argent, que lui était venu le récupérer, et il en profitait pour me dire qu'il n'avait jamais cessé de m'aimer. Il a essayé de m'embrasser, je lui ai donné une gifle et lui ai dit de vider les lieux. J'ai cru qu'il l'avait fait jusqu'au moment où je l'ai vu se tenir silencieusement à côté de moi, alors que je venais de me précipiter sur mon père pour essayer d'arrêter son geste. Je me souviens que le poignard est tombé et que Corrado l'a ramassé et... »

Elle mima sans émotion particulière le geste de Corrado.

« Oh, j'ai vu son regard à ce moment-là. C'était un regard de défi qui disait : "Je le fais pour toi, tu ne t'en serais pas tirée sans moi et lui non plus." Lui, c'était toi, précisa-t-elle.

— J'avais compris.

— Dans tout cela je ne sais pas ce qu'est devenu le dessin dont tu me parles. Je ne l'ai pas vu. J'imagine que Corrado l'avait déjà repris et le gardait sur lui.

— Je le sais puisqu'il l'avait caché dans sa masure et que j'ai presque dû le lui arracher des mains. Il est très abîmé mais je vais le rendre aux moines dès que je le pourrai.

— Je peux le voir ?

— Si tu veux ! Je l'ai sur moi. Autant qu'on puisse y voir quelque chose... »

Elle haussa les épaules.

« En fait j'en ai même pas envie. Si encore ces oies m'avaient emmenée vers toi à travers les cieux, oui... Mais là...

— Quand même, tu aurais dû me raconter dès le lendemain au garage ce qui s'était passé, lui dit-il sur un ton de reproche. D'abord, comme je te l'ai dit, cela m'aurait retiré l'énorme poids du parricide. Et aussi, peut-être aurais-je agi différemment par la suite... Peut-être ne serais-je pas allé au monastère... J'aurais juste essayé de retrouver ce Corrado, puisque tu connaissais son nom, en pensant qu'il avait emmené des choses qui pouvaient m'intéresser... »

Elle se mit soudain à pleurer sur son épaule à petits sanglots sporadiques.

« Je voulais que tu m'admires... Je voulais que tu saches que je t'avais sauvé...

— Mais je t'admire, Domitilla ! Tu m'*as* sauvé et je m'en souviendrai toujours. C'est toi qui en immobilisant son bras l'as empêché de m'égorger. Ce pauvre Corrado n'a fait que... finir le travail, en quelque sorte... »

Il s'écarta d'elle et la regarda. Elle continuait à pleurer silencieusement. Il eut à nouveau envie de l'attirer à lui et de la prendre avec la fougue de cette nuit-là.

« Je m'en souviendrai si bien qu'après la guerre, peut-être je reviendrai te voir pour te remercier encore...

— Ah non, dit-elle. C'est trop facile. »

Elle parvint à étancher ses larmes avec un coin de sa jupe et dans ce geste presque enfantin dévoila ses jambes minces et musclées.

« Pourquoi es-tu parti ? répéta-t-elle en hoquetant. Il y a sûrement une autre raison que celle de vouloir te séparer de moi... Il y a quelque chose que tu m'as pas dit... Moi je t'avais tout raconté de moi...

— Pas l'histoire de cet amoureux défroqué, en tout cas !

— Lui ne fera rien contre moi, je te l'ai dit. Il est comme toi, il a trop envie de me revoir encore, même si je suis mariée !

— Je ne m'inquiète plus pour lui, ton pauvre amoureux est là-dessous, dit-il en montrant le champ de lave derrière eux.

— Tu veux dire qu'il...

— Oui. »

La bouche entrouverte elle regardait en silence la langue de lave luisante surmontée de fumerolles qui s'élevaient au-dessus des arbres en fleurs.

« Le père bibliothécaire m'avait indiqué le nom de son hameau, expliqua Larry. Lorsque je suis arrivé à San Domenico pour lui poser certaines questions, il a voulu me tirer dessus et s'est blessé lui-même. J'ai pu récupérer le dessin, et puis je suis revenu en compagnie de ton futur mari pour lui venir en aide...

— Il n'aurait pas pu faire grand-chose, dit Domitilla. Il est bien trop maladroit !

— Mais très jaloux, apparemment », lui dit-il en faisant un signe des yeux.

Domitilla se retourna. Le garçon était là en contrebas, à quelques mètres, et on le sentait nerveux et angoissé devant la longueur de leur conciliabule.

« Valerio, tu nous fiches la paix ! cria-t-elle avec hargne.

— Tu l'auras durant toute une vie, ajouta Larry avec flegme. Laisse-lui encore quelques instants...

— Qu'est-ce que vous avez donc fait, vous deux, pour que ça dure si longtemps ! » s'exclama-t-il avec fureur.

Avec une vivacité de panthère Domitilla s'approcha de lui et lui assena sans ménagement une gifle dont il se souviendrait sans doute longtemps. Penaud, il s'éloigna en jetant à Larry un regard haineux.

« Domitilla, je reste persuadé que "nous deux", comme dit Valerio, ça n'aurait pas duré, reprit Larry dès que le jeune homme se fut éloigné. On s'est expliqués là-dessus et ce n'est pas nécessaire d'y revenir. Mais enfin ce n'est pas non plus une raison pour choisir par dépit amoureux quelqu'un qui ne te convient pas !

— C'est fait, répondit-elle l'air buté. Je suis fiancée. Chez nous c'est une promesse qui compte. »

Il y eut un silence. Larry se sentait un peu comme Shelley lorsque le poète avait dû laisser partir la jeune Emilia, dont il s'était entiché, dans le lit d'un barbon qui acceptait de l'épouser alors qu'elle était cloîtrée dans un couvent et n'avait ni bien ni dot. Quant à Domitilla, le visage offert, la poitrine tendue sous le caraco, elle attendait une dernière explication. Elle ne disait plus : pourquoi es-tu parti ?, mais son regard si sombre exigeait la vérité.

« C'est quand tu m'as donné ce fameux papier, finit-il par répondre. Rappelle-toi, c'étaient quelques mots de Mary Shelley qui annonçaient la mort d'un enfant.

— Eh bien ?

— Cela m'a donné un affreux cauchemar.

— Mais pourquoi... pourquoi ? » demanda-t-elle d'un air soudain affolé.

Il secoua la tête.

« J'avais vécu un drame comme cela avant la guerre, et ça a tout... tout réveillé. »

Elle le regarda comme si elle ne semblait pas comprendre.

« Quoi ? C'était ta fille ? »

Il fit oui de la tête. Elle parut complètement décontenancée.

« Mais ça s'était passé il y a longtemps... C'est quand même pas à cause de cela que tu m'as quittée ! balbutia-t-elle. Oh, pourquoi... pourquoi t'ai-je donné cette lettre... Je pensais bien faire...

— Mais tu as bien fait, Domitilla, s'efforça-t-il de lui dire avec une tendresse qu'il n'avait pas ressentie en lui depuis si longtemps. L'existence de ce billet montrait qu'il y avait bien au Mont-Cassin un ensemble de documents littéraires concernant cette époque, qu'il fallait protéger. Je pensais que ces archives pouvaient non seulement m'apporter une clé précieuse pour la vie de Shelley mais aussi — et sans doute était-ce bien présomptueux de ma part — pour la mienne, tant les épreuves qu'il avait vécues semblaient les mêmes que celles que j'avais endurées. Il faut te dire aussi qu'à l'époque je craignais un bombardement de l'abbaye par les Alliés — en fait, je craignais exactement ce qui est arrivé. Heureusement tout avait été évacué à temps, mais cela je ne l'ai appris qu'en arrivant là-haut. »

Elle ne l'écoutait plus.

« Je suis désolée... bredouilla-t-elle. Tu serais resté avec moi si je ne t'avais pas donné ce papier... C'était toi que j'aimais et c'était pas du tout, comme tu le crois, pour quitter mon père, mais au moins ça aurait eu cet avantage...

— Je t'assure que je ne t'aurais pas aimée comme tu mérites de l'être.

— Tu veux dire : tu aurais trouvé un autre prétexte pour me quitter ? »

Il ne répondit pas. Elle s'était remise à sangloter sur son épaule.

« Tu as présenté ton fiancé à don Ettore Crespi ? demanda-t-il pour tenter de la calmer.

— Oui, il nous a invités à prendre une glace au Gambrinus. Je crois qu'il a eu la même impression que toi... Il m'a dit que j'allais le mener par le bout du nez... Oh, et puis j'oubliais : merci pour l'argent. C'est pas avec ce qu'on nous donne à l'hôpital que je pourrais vivre, alors je le fais durer... Dis donc, ajouta-t-elle en le regardant, tu veux pas que je t'en redonne un peu ?

— Pourquoi, tu trouves que je fais un peu... Il chercha son mot. Un peu négligé ?

— Pour un Anglais, oui. T'as moins d'allure qu'avant. C'est peut-être ta barbe. Tu fais un peu vagabond. »

Il eut un petit rire.

« J'ai été blessé, expliqua-t-il. J'ai été soigné dans une ferme, et pendant deux semaines je n'ai bu que du lait de chèvre et mangé que de la polenta.

— Blessé ! s'exclama-t-elle. Mais je peux te...

— Va plutôt le rejoindre, dit-il. Tu as été un peu brutale avec lui, il ne faut quand même pas que tu exagères, c'est lui qui ne va plus vouloir de toi.

— Ce serait le comble, dit-elle.

— A propos, je ne t'avais pas dit comment je l'avais repéré ? A cause de sa pochette qui me rappelait la toile de tente de Nobile qui était dans le garage !

— Au moins tu te souviendras de quelque chose du garage », murmura-t-elle d'une voix sourde.

Elle avait fermé un instant les yeux et repris la physionomie qu'elle avait la première fois lorsqu'il l'avait vue à la dérobée, dans l'appartement d'Ambrogio. Puis elle tourna les talons et sans même un geste d'adieu s'éloigna. Il la vit presser le pas vers la place, puis se fondre là-bas dans la petite foule qui continuait à faire face à la lave noire qui avait englouti la plus grande partie du village.

« Domitilla », voulut-il crier, mais aucun son ne sortit de sa bouche.

12

Il s'avança à découvert sur la route de Portici. Une cinquantaine de Dodge de la Vᵉ armée s'étaient placés en épi et des escouades de grands G.I.'s rigolards en sortaient des monceaux de couvertures grises qu'ils empilaient à mesure sur les bas-côtés. Un peu plus loin s'édifiait avec la même hâte autour d'une grange désertée un village de tentes pyramidales comme il en avait vu dans les cantonnements militaires en Sicile — chacune d'elles pouvait abriter une dizaine de lits de camp, mais c'était à son avis mal connaître les habitants des maisons englouties que de penser qu'ils iraient se réfugier dans un camp américain plutôt que chez leurs compatriotes épargnés par le désastre. En revanche les soldats qui montaient les tentes ne craignaient pas de rire et de plaisanter — comme si l'éruption du Vésuve n'était pour eux qu'une récréation passagère, un moyen exotique pour échapper à la monotonie des casernements ou aux dangers de la ligne de front.

Il choisit d'observer toute cette agitation depuis l'intérieur désert d'une grange d'où il lui était possible de surveiller l'alignement des tentes en attendant le moment où, selon les bons principes de la Ve armée, l'on devait commencer à distribuer les vivres. Il avait si faim que pour endormir ses crampes d'estomac il cherchait à se souvenir de la dernière fois où il avait avalé quelque chose — il y avait bien eu le pain chapardé à Trocchia et les deux pommes ridées trouvées près d'un hameau après Massa, mais le dernier vrai repas devait remonter à plus de dix jours. Cela ne pouvait plus continuer ainsi ! A certains moments, des éblouissements venaient lui couper les jambes et le plonger en un univers livide, comateux, sans pesanteur ni densité, dans lequel le cône gigantesque qui couronnait le volcan paraissait soudain se transformer en un immense nuage opaque prêt à s'élever dans un air raréfié.

Soudain à quelques pas de lui un bruit de voix attira son attention. S'approchant de l'embrasure il entrevit fugitivement deux personnages qui pénétraient sous la tente la plus proche, poursuivant un dialogue sans doute commencé au-dehors — en fait un monologue de l'un des deux hommes, se rendit-il compte.

« J'apprécie cette atmosphère de camp volant, colonel. Cela me rappelle les attaques que nous avions menées sur la Piave avec mon régiment contre les Autrichiens pour essayer de stabiliser le front après Caporetto. Ce devait être à la fin de 1917... Mon Dieu, nous étions du bon côté à cette époque, le roi était respecté en dépit de la défaite, et quelle ardeur nous avions ! Vos jeunes soldats si actifs et pleins d'entrain me redonnent un peu de cette vitalité que nous avions alors... »

Cette fougueuse profession de foi fut accueillie par un silence, comme si celui à qui elle était dédiée ne savait comment y répondre ou la jugeait hors de propos. Elle avait été exprimée dans un anglais parfait, avec un accent italien peu prononcé — à l'opposé de la façon dont il s'exprimait lui-même, avec son italien courant qui ne pouvait cependant faire longtemps illusion tant son intonation anglo-saxonne était encore présente. Le pan de la toile de tente ne descendait pas jusqu'au sol et Larry pouvait voir à la fois les guêtres impeccables et le bas du long manteau de loden de celui qui avait parlé, et les rangers tachés de boue dont était chaussé le colonel.

« Mes gars ne sont pas cette fois venus pour combattre, mais pour venir en aide aux populations civiles, précisa ce dernier dans une parfaite langue de bois. Ceci dit, vous avez raison, *signor*. Il va leur en falloir, de l'énergie. Une éruption ! Il ne nous manquait plus que ça !

— Mais, colonel, les populations qui côtoient le Vésuve vivent depuis des siècles avec les humeurs du volcan, ses foucades et ses colères ! Elles font partie de leurs vies ! Que de fois ai-je entendu les paysans dire : je me suis marié l'année de l'éruption de 1906, ou bien : ma mère est morte juste après l'éruption de 29 ! Ces éruptions ne sont pas si rares qu'elles n'aient rythmé jusqu'à leurs existences ! Moi-même je me suis surpris à dire à mes étudiants ou à mes collègues d'université : ce théorème a été démontré l'année de l'éruption de 1872, ou : cette intégrale fut définie le jour où les laves sont descendues jusqu'à Boscotrecase !

— Oh, vous êtes professeur de mathématiques ? demanda le colonel avec une soudaine considération.

— Oui, j'ai enseigné à Princeton, répliqua le loden avec simplicité. En 1933, encore une année d'éruption, j'y ai même rencontré Einstein peu après son arrivée et échangé avec lui quelques idées. En fait il n'y a qu'en 1929 que j'ai eu la possibilité d'étudier la lave sur le terrain. J'avais même eu cette année-là l'idée d'un barrage au Grand Vallon qui aurait peut-être pu sauver les villages de Pagani et de Campitelli. A ce propos, peut-être cela vous intéressera-t-il d'apprendre que j'ai confié les plans que j'avais conservés au jeune et brillant capitaine que vous avez pu rencontrer tout à l'heure, qui est architecte dans le civil. Il pense qu'une digue de ce type serait possible sur le flanc ouest au fond du Vallon du Cheval et il est allé en discuter avec les gens du Génie, mais vous les connaissez, ces architectes, dès qu'ils le peuvent ils souhaitent édifier des murailles dignes de Jéricho ! Toujours est-il qu'il doit venir me chercher avec sa jeep et je vais donc me permettre de prendre congé de vous, colonel. »

Il y eut un claquement de salut réciproque, puis le personnage qui venait de parler quitta la tente. Bien qu'il fût coiffé d'un sémillant chapeau tyrolien et que Larry ne l'eût aperçu qu'une seule fois, descendant du fiacre devant sa maison, le bref instant pendant lequel il passa devant l'entrée de la grange lui suffit : c'était don Ettore Crespi, et l'architecte auquel il venait de faire allusion était certainement Paul. Domitilla lui avait d'ailleurs bien dit que Paul était venu rendre visite à Crespi pour enquêter sur sa disparition — et comment ne l'aurait-il pas fait ! C'était sans doute à ce moment qu'ils avaient fait connaissance.

Larry se rencogna dans la grange et, le cœur battant, réfléchit à ce qu'il convenait de faire. Certes il ne fallait pas laisser passer l'occasion de retrouver Paul, mais il ressentait quelque inquiétude à cette idée. Comment Paul allait-il l'accueillir après qu'il l'eut pour la seconde fois laissé sans aucune nouvelle ? S'ajoutait à son embarras une sensation toute différente concernant Crespi. Une récurrente révérence — qu'il croyait évanouie depuis longtemps — pour la hiérarchie universitaire et pour la dignité de leur statut commun de professeur l'inclinait à ne pas se présenter devant un personnage aussi considérable qu'un ex-collègue d'Einstein — Domitilla ne lui avait rien dit de tout cela ! — sous l'apparence d'un vagabond. A cet instant un G.I. passa le long de la grange chargé de couvertures. Il sortit de son abri et l'apostropha.

« Hé, Joe, la laine c'est bien beau, mais t'aurais pas plutôt de l'eau et du savon ? Je fais même peur aux chèvres le long des routes. »

Il avait utilisé un étrange sabir anglo-italien inventé pour l'occasion. Sans doute médusé par son apparition autant que par son langage (qu'il devait prendre pour une sorte de dialecte local), l'autre stoppa net et le dévisagea avec stupeur.

« Qu'est-ce que tu veux, de la soupe ? Va y en avoir, vieux, ça et du lait condensé.

— Je sais, mais c'est de l'eau qu'il me faudrait, pour me rendre présentable !

— Désolé, mec, mais y a pas d'institut de beauté à la 36ᵉ division ! Pourtant ça serait pas du luxe, y a des gars qui ne se sont pas lavés depuis la Sicile et qui cocottent fort.

— Il me faudrait juste un peu d'eau dans un broc... Comprends, vieux, j'ai tout perdu dans ce merdier qui nous est tombé dessus... »

Le soldat parut soudain ému devant tant d'adversité.

« Ça, peut-être que j'peux », promit-il.

Quelques instants après il revenait avec le récipient désiré.

« Je l'ai emprunté à l'infirmerie, expliqua-t-il, gare à toi si tu le ramènes pas. »

Larry fit signe qu'il le ferait sans faute, puis se hâta de se passer le visage à l'eau, avant de s'attacher sans trop de réussite à lisser ses cheveux et sa barbe. Avec consternation il y retrouva des reliefs de la polenta dont il s'était nourri à la ferme de Pignataro pendant sa convalescence. « Quelle image de moi j'ai dû donner à Domitilla ! se lamenta-t-il. Pas étonnant qu'elle m'ait dit que j'avais moins d'allure qu'avant. Un vrai clodo. Quand je pense qu'elle avait encore l'air de me regretter... »

Le visage débarbouillé, les cheveux lisses, les mains enfin propres, il se sentait pourtant meilleur moral et regretta de ne pas avoir de miroir afin de juger de la transformation. S'il avait seulement pu manger un morceau il se serait presque présenté sous son meilleur jour. Il remarqua alors que Crespi n'était plus en compagnie du colonel de la 36ᵉ et que c'était sans doute le bon moment pour l'aborder. Sortant discrètement de son abri il rejoignit à grands pas la haute silhouette patricienne.

« *Signor*, j'étais derrière la tente et j'ai entendu par hasard votre conversation... dit-il en italien. J'ai alors pensé que nous avions peut-être un ami commun. »

Il se sentit dévisagé avec insistance, puis Crespi lui tendit la main.

« *Lieutenant Hewitt, I presume* », lui dit-il.

Larry eut un mince sourire.

« Autrefois j'étais quelque chose comme ça », répondit-il.

Il eut l'impression que Crespi le considérait avec autant de sympathie que de curiosité.

« Lieutenant, c'est en effet votre ami qui va être content ! Il s'est tellement inquiété et il a tout fait pour vous retrouver. Songez qu'il a été jusqu'à m'écouter parler de mathématiques !

— Et à quel niveau, j'imagine... J'entendais parler d'Einstein... J'ai cru comprendre aussi que Paul allait revenir vous chercher ?

— Je l'attends : il m'a promis de m'emmener dans mes vignes au-dessus d'Ottaviano. J'ai peur qu'elles n'aient été atteintes par d'autres coulées, comme en 1906. »

Un soudain brouhaha vint recouvrir leur conversation. Devant la tente voisine une queue venait en effet de se former spontanément, puis elle dégénéra en quelques instants en bousculade et en cris.

« A juger par le don qu'ont les habitants du coin à deviner où peut apparaître la nourriture, j'imagine que c'est l'arrivée de la roulante, remarqua Crespi.

— Eh bien tant mieux, je mangerais bien quelque

chose, grommela Larry. Ça ne m'est pas arrivé depuis un bout de temps.

— Vous savez, nous en sommes tous un peu là ! Cela m'a au moins permis de retrouver mon poids de cavalier. »

Il y eut entre eux un silence troublé par les vociférations voisines. Larry sentit que le vieux gentilhomme le regardait à la dérobée.

« C'est à cause de vous que j'ai connu votre ami, reprit-il. Comme je vous le disais, peu après que vous avez disparu il est venu me voir pour me demander si je vous connaissais et me prévenir que vous aviez dû fréquenter professionnellement cette canaille de Salvaro. Il m'a demandé également si je pouvais lui indiquer une piste... Je me souviens particulièrement de cette soirée en sa compagnie. Figurez-vous en effet que mon vieux majordome Gianni avait voulu pour la réouverture du théâtre me servir avec le luxe et le raffinement d'autrefois... Sauf que nous n'avions rien à mettre dans les soupières ! Et le capitaine Prescott est arrivé au beau milieu de ces simagrées, accompagné d'une amie, en plus !

— Une amie ! s'exclama Larry.

— Oui... Et moi, pour leur donner une image de l'hospitalité napolitaine de jadis, je les ai entraînés dans ce semblant de dîner alors qu'ils mouraient de faim ! Gianni et moi nous nous sommes sentis le lendemain tellement humiliés par les conséquences de notre petit jeu que nous avons décidé de leur donner une éclatante revanche dès que ce serait possible, afin qu'ils gardent un tout autre souvenir de la cuisine italienne. En votre présence si vous le permettez... »

Larry sourit machinalement.

« Vous avez parlé d'une amie... répéta-t-il. Pouvez-vous me la décrire ? »

Don Ettore Crespi regarda brièvement à l'extérieur pour voir si Paul n'arrivait pas.

« Une Française du Corps expéditionnaire... Une bien charmante créature... Oh, mais je vous en ai trop dit et ne lui en parlez surtout pas... Il est assez secret me semble-t-il, mais j'ai cru comprendre que ça ne s'était pas bien passé par la suite. »

Larry hocha la tête.

« Je le voyais comme un célibataire endurci, murmura-t-il.

— Tout le monde a droit à son chemin de Damas ! Bon, si nous nous occupions de choses sérieuses, c'est-à-dire d'essayer d'obtenir du potage. »

En passant par l'arrière ils se rendirent dans la tente voisine. Il y planait un effluve oublié : une délicieuse, une merveilleuse, une indescriptible odeur de soupe aux pois émanait de la roulante. Celle-ci semblait toute neuve : cela se voyait au poli de l'aluminium et à l'étiquette encore apposée sur le côté : DON DE L'ÉTAT DU NEW JERSEY. La plupart de ceux qui attendaient à l'extérieur de la tente étaient munis de récipients en tout genre, de l'assiette classique à l'écuelle de terre et même au bidon d'huile de vidange — ce fut l'ustensile que présenta l'un des premiers dans la queue, un vieux *contadino* qui devait avoir tout perdu.

« Hé, tu veux avoir la courante jusqu'à la fin de la guerre ? lui lança en anglais le grand malabar qui, muni d'une vaste louche, avait commencé à servir.

— *Non capito* », répondit l'homme en humant avec délices le bidon plein d'un potage qui s'irisa aussitôt de taches douteuses.

Crespi avisa l'un des serveurs. Il était habillé d'une blouse blanche et faisait plutôt penser à un infirmier.

« Pourriez-vous apporter au lieutenant qui arrive de mission une assiette bien pleine, demanda-t-il. Sans trop tarder.

— Deux, précisa Larry. Pour don Ettore et pour moi. »

Etait-ce leur anglais si distingué à l'un et à l'autre ?

Les deux assiettes furent apportées — avec des cuillers, et une tout autre diligence que le broc d'eau quelques moments plus tôt.

« Ça mérite pour le moins de s'asseoir », dit Crespi.

Ils s'installèrent en silence sur l'un des lits de camp comme si rien d'autre soudain — l'éruption, les retrouvailles à venir avec Paul — ne comptait. Larry savoura la soupe comme il n'avait rien savouré de tel de toute son existence. Etrangement le succulent brouet lui rappelait les odeurs de cuisine de Frances Tavern dans Beaumont Street, où il emmenait Audrey de temps à autre (mais où il n'avait jamais commandé de potage). Lorsque son assiette fut terminée, il poussa un soupir de satisfaction proche du rot et constata qu'heureusement Crespi qui lampait la sienne avec une belle énergie ne paraissait avoir rien remarqué. Mon Dieu c'était la vie qui revenait en lui.

« Il faudra que je trouve le moyen d'aller remercier un jour les gens du New Jersey qui ont offert la roulante, dit-il à Crespi. J'essaierai de leur faire comprendre ce que j'ai ressenti à cet instant. Comme je suis professeur de littérature, peut-être pourrai-je en reconnaissance faire chez eux un cours sur un de leurs poètes, à condition que ce ne soit pas Whitman. »

Don Ettore sourit obligeamment, mais Larry nota qu'en dépit de son séjour en Amérique et de ses grades universitaires il ne semblait pas connaître Walt Whitman.

« Oh, vous êtes professeur de littérature, répéta-t-il simplement.

— Oui, et je suis spécialiste de Shelley, répondit-il en soupirant. C'est comme ça d'ailleurs que tout a commencé. »

Il eut l'impression que Crespi lorgnait vers la possibilité d'obtenir une deuxième portion et n'avait guère prêté attention à ce qu'il disait.

« C'est d'ailleurs à Oxford que j'ai connu Paul, précisa-t-il.

— Tu ne trouves pas que ça ressemble à l'odeur de Frances Tavern ? » dit une voix derrière lui.

Larry se leva précipitamment.

« Oh, c'est incroyable, j'y pensais justement ! » s'exclama-t-il.

Paul le regarda, sourit de manière un peu contrainte et ne le prit pas dans ses bras comme il l'avait peut-être espéré.

« Si tu n'avais pas été avec don Ettore ce n'est même pas sûr que je t'aurais reconnu, ajouta Paul avec quelque froideur.

— Un passage chez le barbier et tu me retrouveras vite », répliqua Larry.

Le silence retomba, aussitôt rompu par de nouvelles clameurs provenant des bousculades autour de la roulante. Paul se tourna vers Crespi comme pour expliquer son attitude.

« Ce n'est pas la première fois qu'il me fait le coup de la disparition, vous savez !

— Le pire, c'est que c'est sans doute pour la même raison », murmura Larry.

On aurait dit qu'il se parlait à lui-même. L'atmosphère était devenue proche de la gêne et Crespi le sentit. Croyant bien faire il lança à nouveau la proposition qu'il venait de faire à Larry.

« Nous fêterons nos retrouvailles à la maison, si elle ne s'est pas écroulée d'ici là. Capitaine, je vous dois une revanche culinaire. Gianni saura cette fois retrouver la magie des repas d'autrefois et...

— Il y aura sans doute moins de magie que la première fois, et en tout cas quelqu'un de moins à table, malheureusement », l'interrompit Paul d'un ton morose.

Crespi craignit d'avoir commis un impair et arbora aussitôt une mine confuse.

« Si on sortait d'ici, suggéra-t-il. Capitaine, vous m'aviez promis de me conduire quelque part...

— Ça m'est d'autant plus facile, don Ettore, qu'au PC du Génie à Cercola ils m'ont dit ce matin qu'ils n'avaient pas encore assez d'hommes ni de matériel pour pouvoir envisager le barrage que je préconisais. »

Crespi avisa les plans des abords du volcan que Paul avait étalés sur l'un des lits de camp.

« Vous savez, je me demande s'il n'est pas bien tard pour édifier des défenses, fit-il remarquer. La lave va toujours où elle veut, et j'aurais aimé savoir si c'était dans mes vignes qu'elle voulait cette fois encore se répandre... »

Paul souleva le pan de toile et s'effaça pour le laisser passer.

« Je suis à votre disposition, don Ettore », dit-il avec la déférence d'un chauffeur de maître.

Larry était demeuré en retrait. Paul se retourna, impatienté.

« Alors, tu viens ? Tu ne vas pas nous jouer *La Muette de Portici* comme on le donne en ce moment au San Carlo, alors que tu as tant de choses à me raconter, du moins je l'imagine !

— Moins que tu ne crois, si tu es si mal disposé », répliqua Larry.

Paul eut un mouvement d'humeur.

« Ecoute, je fais tout pour que tu ne sois pas placé sur la liste des insoumis et autres déserteurs, et voilà comment tu me traites ! » s'exclama-t-il avant de voir, au grand soulagement de Crespi, son attention soudain détournée par un groupe de soldats apparemment inactifs qui s'étaient regroupés autour d'un lecteur du *Stars and Stripes*.

« On me refuse du monde, et pendant ce temps-là ces gars lisent le journal », maugréa-t-il.

Il s'approcha du groupe et en gagna aussitôt un nouveau motif d'irritation.

« Et ce titre ! s'exclama-t-il. Vous avez lu ce que je lis ? VESUVIUS COMING ALIVE. SO HAPPY TO SEE HIS OLD AMERICAN FRIENDS BACK AGAIN. Ça, c'est la meilleure de l'année ! "Le Vésuve revient à la vie tant il est heureux de revoir ses vieux amis américains !" C'est une honte d'écrire des conneries pareilles ! Qui a pondu ça ? Gaitskell ? Il va m'entendre ! Toujours à faire des bourdes, celui-là !

— Pourquoi te mets-tu dans cet état ? demanda Larry.

— Tu imagines la réaction des gens qui ont tout perdu si on leur traduit ces âneries ! On va encore se faire bien voir...

— Décidément, vous ne changerez jamais, vous autres, lança Larry. Vous donnez des titres stupides à vos journaux, vous pilonnez sans raison des abbayes millénaires...

— Oh, ça va, toi. Non seulement j'ai tout fait pour le sauver, ce foutu monastère, mais en plus c'est à une brute néo-zélandaise que je me suis opposé, et ce type était sous commandement britannique, que je sache ! Et puis, enfin, m'expliqueras-tu ce que tu faisais là-haut ? »

Larry parut tomber des nues.

« Alors ça ! Comment sais-tu que j'y étais ? »

Paul haussa les épaules avec une désinvolture étudiée.

« Rien de ce qui se passe dans les monuments historiques de ce pays ne m'est étranger.

— Calmez-vous, mes petits ! lança Crespi dans une impatiente tentative de conciliation. Il est temps que nous partions, capitaine. Lieutenant, j'espère que vous m'accompagnez.

— Je ne comprends toujours pas comment tu as pu savoir où je me trouvais, insista Larry en fixant Paul.

— Et c'était pendant le bombardement, pour aggraver ton cas ! »

Sans paraître se préoccuper de la soudaine précipitation de Crespi, Paul semblait en revanche visiblement s'amuser de la perplexité de son ami.

« Tu l'aurais su par Corrado ? s'interrogea Larry. Mais non, qu'est-ce que je raconte... Quand je l'ai retrouvé hier, le pauvre garçon avait fui l'abbaye depuis la mi-novembre ! »

Crespi intervint alors avec vivacité.

« Eh bien, *moi* je le connais, votre jeune novice. C'est un vaurien qui n'avait de cesse de lutiner la fille de ma canaille de locataire. Oh, ça, j'étais bien entouré ! Les bénédictins feront bien de ne pas chercher à faire de ce gosse un futur moine !

— Ça ne risque pas, dit Larry. Ou plutôt, ça ne risque plus. J'ai d'ailleurs pu prévenir moi-même Domitilla qu'elle était désormais débarrassée pour toujours d'un encombrant soupirant.

— Quoi, Domitilla était dans le village ? demanda Crespi sans se préoccuper davantage de ce qui était arrivé au jeune novice.

— Je vous signale tout de même, don Ettore, que ce petit Corrado avait été le maillon qui nous avait permis, à Paul et à moi, de savoir que les tableaux du Musée de Naples avaient été transférés à l'abbaye, ce qui était tout de même un renseignement de première main ! Il s'était réfugié à San Domenico et une partie du hameau s'est trouvée sur le trajet de la coulée, ajouta-t-il sans donner d'autres détails.

— Vous voulez dire qu'il est mort ? demanda Crespi. Mort enseveli ?

— Je le crains. Il était blessé lorsque je l'ai retrouvé, et il n'a pas dû pouvoir fuir.

— Paix à son âme, pauvre garçon... Je ne pense

pourtant pas que Domitilla s'en plaindra : il la harcelait de façon assez déplaisante.

— Puisque vous parlez d'elle, vous n'êtes pas sans savoir qu'elle est fiancée depuis peu avec un garçon d'ici.

— Oui, elle me l'a présenté... A vrai dire je trouve qu'elle méritait mieux ! Le plus étrange pourtant dans notre grand jeu de "qui a permis quoi", c'est qu'elle l'a connu grâce à moi, à l'époque où j'effectuais encore en carriole mes tournées dans les vignes. Je faisais étape ici pour commander à mon tonnelier les barriques dont j'avais besoin. Son père ne craignait jamais d'abandonner Domitilla de longues journées, et comme je ne voulais pas la laisser seule, je l'emmenais avec moi.

— En carriole ou en fiacre », dit Paul *mezza voce* en tapant discrètement sur le bras de son ami.

Crespi fit comme s'il n'avait rien entendu. Quant à Larry, pourtant heureux qu'un signe de connivence apparût enfin entre eux, il ne put réprimer une grimace de douleur.

« Qu'est-ce qui se passe encore ? demanda Paul excédé.

— J'ai l'épaule gauche en compote.

— Tu as été blessé ?

— Une balle allemande, figure-toi. »

Paul le regarda, médusé.

« Une balle *allemande* ?

— Absolument. Une rafale au moment où leurs commandos investissaient les ruines de l'abbaye que je cherchais à fuir. A l'issue de mon tortueux jeu de piste, je venais enfin de connaître mon ultime étape : l'endroit où je trouverais ce que j'appelais mon "Graal" ! C'est à ce moment que j'ai été atteint. J'ai pu me réfugier en pleine nuit dans une ferme près de Pignataro. Chez une famille de cultivateurs à qui je dois une gratitude éternelle. Non seulement ils m'ont recueilli mais ils avaient en plus une grande connaissance des emplâtres à base d'herbes qui remontaient à l'époque romaine, me disaient-ils. J'ai été soigné avec ça, mais il n'empêche que la cicatrice n'est pas très belle. »

A mesure qu'il l'écoutait le visage de Paul s'illuminait.

« Ton épaule labourée par une rafale allemande ! Mais c'est épatant ! s'exclama-t-il. Rien ne pouvait arriver de mieux !

— Pardon ? fit Larry.

— On va tout organiser autour de cette blessure, dont le moins qu'on puisse dire est qu'elle est bienvenue. Moi qui me rongeais les sangs pour savoir comment te faire réintégrer lorsque je te retrouverais... Car je savais bien que tu réapparaîtrais : c'est ce que tu sais faire le mieux ! C'est Hawkins qui va en être baba. On va donner la gomme. Ecoute-moi : à la suite de ta blessure, tu auras eu quinze jours d'inconscience, suivis d'une longue période d'amnésie, au cours de laquelle tu ne savais même plus ton *nom,* si tu étais anglais ou allemand, bénédictin ou aigrefin dans la Forcella...

— Merci toujours !

— Je prononce déjà la plaidoirie pour t'arracher aux geôles britanniques. Tu auras été recueilli par une pauvre famille du coin...

— En plus c'est vrai, je viens de te dire !

— Bel exemple justement d'héroïsme au quotidien...

— N'exagérons rien ! Il n'y avait plus de panzergrenadiers dans le secteur et j'ai dû donner ma montre en échange de leur générosité.

— Mais, bon sang, s'exclama Paul, peu importe la réalité, j'essaie de te sauver ! Je serai ton témoin de moralité et de courage. Cette famille qui te recueille... Excellent pour eux, pour nous, pour toi. Article dans le *Stars and Stripes* : Gaitskell ne me refusera pas cela. Il n'y a que le major Hawkins — qui te portait dans son cœur comme tu le sais — qui fera une de ces têtes ! Figure-toi que ton bon directeur du Field t'avait mis depuis janvier sur la liste des insoumis et des déserteurs ! Il se pourléchait déjà les babines à l'idée de te faire passer devant la cour martiale ! Demande à don Ettore, j'ai tout fait, moi, pour te retrouver, et c'est d'ailleurs comme cela que j'ai fait sa connaissance !

— Je lui ai raconté, dit Crespi.

— Par la suite une bonne partie de mes réflexions était d'imaginer mon système de défense pour te réhabiliter. On te fera obtenir une décoration, ajouta-t-il comme s'il pensait tout haut. Après ils ne pourront rien contre toi.

— En 1917, il y avait eu un officier italien qui avait reçu une décoration anglaise, je ne sais plus laquelle, dit Crespi. Il avait demandé un cessez-le-feu au passage d'un car qui transportait des infirmières autrichiennes sur le front, et l'on avait considéré qu'une conduite si humaine méritait bien un tel hommage. »

Au mot d'infirmière le visage de Paul se crispa.

« Et puis je leur montrerai ta photo, reprit-il hâtivement.

— Quelle photo ? demanda Larry.

— La photo qui m'a permis d'apprendre que tu te trouvais là-haut, tiens ! Tu ne te souviens pas d'avoir été survolé par un petit avion d'observation, la veille du bombardement ?

— Mais oui... je comprends !

— J'ai quasiment arraché cette photo au général Mac Intyre à qui elle venait d'être apportée, parce que j'avais cru te reconnaître... Tu avais la même attitude que lorsque nous étions montés en haut de la Camera Radcliffe à Oxford !

— Mac Intyre, *che bestia*, s'exclama Crespi. Quand je pense que cet horrible bombardement n'a servi à rien et que les commandos allemands occupent toujours les ruines que vous avez sans doute, lieutenant, été le dernier à quitter...

— C'est exactement ce que j'avais prédit, soupira

Paul. Il est toujours plus facile de défendre des ruines qu'un bâtiment intact ! Je l'avais rappelé à Mac Intyre, et sur quel ton... Mais en pure perte ! Toujours est-il que je tâcherai de faire savoir à ton major, et d'une façon cette fois plus accommodante, que tu étais là-haut à mon instigation pour tenter de sauver des trésors de l'abbaye ce qui pouvait encore l'être... »

Larry eut un geste de lassitude.

« En fait il n'y avait plus rien, *old boy*. Mais cela, ni toi ni moi ne le savions...

— Si seulement le jeune Corrado avait pris contact avec nous au lieu de chercher à obtenir de l'argent d'Ambrogio... Il le connaissait pourtant suffisamment pour savoir que c'était voué à l'échec !

— Pauvre garçon, ce qui l'intéressait avant tout c'était certainement de revoir Domitilla ! intervint à nouveau don Ettore. Et les documents qu'il avait apportés, bien que je n'en connaisse pas la teneur, ne pouvaient être qu'un prétexte pour tenter une dernière fois sa chance auprès de la petite. Quant à Ambrogio Salvaro, dans le cas où Corrado l'aurait averti que tout avait été transféré hors de l'abbaye, il n'aurait certainement pas souhaité que vous l'appreniez.

— Et pourquoi ? demanda Paul.

— Il s'agissait sans doute pour lui de faire monter les enchères sur les renseignements qu'il pourrait vous donner. Pour s'attacher votre clientèle, en quelque sorte. Puis, connaissant votre intérêt pour ces sujets, sans doute en aurait-il profité pour vous faire croire qu'il avait mis la main sur une véritable mine de documents précieux...

— Ni Paul ni moi n'aurions jamais acheté un document douteux, ou volé !

— Je le sais, *cari amici*, mais un vrai filou n'imagine jamais qu'il puisse se trouver en face de quelqu'un d'honnête ! Cela dit, j'aimerais bien savoir ce qui lui est arrivé.

— Parce qu'il n'a jamais reparu ? » demanda Larry en s'efforçant de mettre dans sa voix ce qu'il pouvait de conviction, voire de curiosité.

Ce fut à don Ettore de sembler surpris.

« Quoi ? Domitilla ne vous a rien raconté ?

— Que vous a-t-elle dit au juste ? demanda Larry sans éprouver de réelle crainte sur ce que Crespi allait lui répondre.

— Eh bien... que son père ne lui avait plus jamais donné signe de vie. Elle a passé les deux premières nuits à l'attendre, pauvre petite, toute seule dans l'appartement de la Riviera di Chiaia. Elle ne voulait même pas descendre d'un étage pour accepter mon hospitalité. Ensuite elle n'a plus jamais voulu revenir dans l'immeuble, malgré mes propositions de la loger chez moi, ajouta-t-il avec une apparente ingénuité.

— Moi je me souviens simplement qu'Ambrogio n'était pas au rendez-vous que je lui avais donné à l'église dei Angeli. Tu te rappelles, Paul, j'étais venu te prévenir de ce contretemps... Juste après, tu partais pour Bénévent. »

Paul acquiesça.

« Si je me souviens bien, ce fut notre dernière conversation, et je me souviens aussi qu'elle ne s'était pas trop bien passée... »

Larry haussa les épaules comme s'il s'agissait d'un détail sans importance.

« Quant à Domitilla, reprit-il, je la connaissais à peine. Ne me regarde pas comme cela, Paul, c'est ainsi. Seulement j'ai l'impression que pour des raisons différentes, père et fille avaient ourdi une sorte de petit complot afin qu'elle se fasse épouser par moi. Ils s'étaient d'ailleurs mis à deux pour m'adresser une étrange missive qui avait beaucoup inquiété Paul, précisa-t-il à Crespi. En véritable ami, il me voyait déjà piégé et ligoté pour ma vie entière !

— C'est que tu n'y étais pas insensible, avoue-le !

— Toujours est-il que je l'ai rencontrée hier, alors que la foule suivait des yeux le lent ensevelissement de son village par la lave. Ce n'était vraiment ni le lieu ni le moment pour une longue conversation, mais je venais de découvrir que c'était son fiancé qui était venu m'aider à secourir Corrado lorsqu'elle m'a rejoint ! Lui, c'est le fils d'un notable d'ici : au moins elle ne manquera de rien. »

Il esquissa le geste de chasser une mouche, comme s'il voulait dire "Et maintenant, suffit avec l'histoire Domitilla".

« J'ai bien compris qu'elle avait une bonne raison de se trouver à San Sebastiano, rétorqua pourtant Paul. Mais toi ? Tu soignais ta blessure à Pignataro, me dis-tu, et tu te retrouves ici ?

— Peut-être voulais-je étudier de près une éruption, comme don Ettore en 29... plaisanta Larry.

— Mais encore ? Tu parlais de ton "Graal"...

— Eh bien... Pour te dire vrai je voulais retrouver ce document qui m'avait échappé à l'abbaye car j'avais acquis là-bas la certitude que le "petit moinillon" comme vous disiez, don Ettore, l'avait déjà emporté avec lui. C'est non loin d'ici à San Domenico, un hameau dans la montagne, que j'ai pu retrouver le garnement et boucler mon jeu de piste.

— Alors, tu l'as retrouvé, ton papier ?

— En fait c'est un parchemin, dit-il en sortant le cylindre de toile de sa chemise. Corrado m'a dit qu'il était venu le rechercher, parce qu'Ambrogio Salvaro avait refusé de lui donner de l'argent...

— On ne me retirera pas de l'idée qu'il doit y avoir un rapport avec la disparition de Salvaro, remarqua don Ettore. Peut-être Corrado a-t-il voulu se venger de son commanditaire... Enfin, le petit novice est mort avec son secret, et cela fait deux gredins de moins dans ce pays !

— Tout le monde dans la vie peut prétendre à des circonstances atténuantes, intervint calmement Larry.

D'après ce que j'avais compris, la mort de sa femme avait été le début de la déchéance d'Ambrogio. De même la fascination qu'opérait Domitilla sur Corrado..

— Arrête de plaider leur cause, l'interrompit Paul avec impatience. Montre-moi plutôt ce que tu cherchais ainsi au péril de ta vie...

— Quelque chose dont j'attendais trop, sans doute », murmura Larry.

De lointaines et sourdes explosions avaient repris au sommet du volcan. L'immense cône qui couronnait le sommet prenait des teintes de basalte plus foncées que la veille.

« Nous voilà mis en condition, dit Crespi. Toutes les ténèbres du monde ont l'air de fondre sur nous.

— Rentrons à nouveau sous la tente, suggéra Paul. Le temps d'examiner ce que nous montre le lieutenant et nous repartons, don Ettore. »

Déjà Larry, retirant la ficelle, déployait le dessin sur l'un des châlits.

« Elles ont envahi aussi ce dessin, soupira-t-il. Corrado avait rampé dans la boue en le gardant contre lui, ça ne l'a pas arrangé. »

Don Ettore et Paul se penchèrent avidement.

« Six oies en vol, si je compte bien, dit Paul avant de se retourner sur Larry. Dis-moi, lors de cette dernière conversation, ne m'avais-tu pas demandé quelque chose à ce sujet ?

— En effet, Ambrogio en avait parlé lors d'un de nos entretiens, mais sans que je comprenne de quoi il retournait. Ça prouve bien qu'il avait l'intention de nous vendre ce dessin !

— L'important est que tu l'aies retrouvé, dit Paul. Tu sembles y attacher une telle importance ! Il me semblerait d'une jolie facture s'il n'était pas ruiné... ajouta-t-il en l'observant à nouveau.

— C'est vrai que ces pauvres oies ont l'air de traverser les nuées de Vésuve en ce moment ! renchérit

Crespi. Mais il mérite d'être restauré. Si vous voulez, je vous donnerai le nom de l'homme de l'art qui s'occupait jadis de mes tableaux. Il avait sauvé mon Lanfranco après une fuite d'eau.

— C'est la princesse Scalzi qui décidera, mais ce qu'elle ne savait sans doute pas, c'est que ce dessin est en quelque sorte valorisé par une double dédicace. L'une de Byron à l'intention de Shelley, qui s'était sans doute décollée du parchemin : celle-là même que Corrado avait oubliée au Mont-Cassin à la grande fureur d'Ambrogio (du moins c'est ce que le petit m'a raconté). Byron avait sans doute donné ce dessin à son ami afin de le remercier de l'avoir reçu à Pise. Quant à l'autre dédicace, ajouta-t-il en retournant le dessin, je l'ai découverte en le nettoyant légèrement au dos. Elle est de Shelley lui-même et concerne cette fois la gouvernante Elise, ce qui appuierait mon hypothèse qu'Elise Foggi a bien été la mère de la petite Elena, ce mystérieux bébé dont la naissance avait tant troublé Shelley et qui avait été laissée en nourrice après leur départ hâtif de Naples le 28 février 1819...

— Quand je pense que tout cela s'est passé sous mon toit ! s'exclama Crespi. Je dois vous avouer qu'il m'a quasiment fallu votre arrivée pour que je m'intéresse enfin à ce qui s'était passé dans ma propre maison il y a cent vingt-cinq ans. De cette époque j'avais bien cette lettre retrouvée dans mon secrétaire que je vous avais montrée ce fameux soir, capitaine...

— Don Ettore me l'avait en effet lue la nuit du faux dîner, expliqua Paul à Larry. Mary Shelley se plaignait des états d'âme dépressifs de son époux. Encore faut-il être sûr que cela soit d'elle.

— C'est facile à vérifier », dit Larry.

Il sortit son portefeuille et en retira le feuillet aux mots manquants transmis par Domitilla.

« C'est la même écriture ?

— Oui », répondit Crespi sans hésitation.

Paul ne put s'empêcher de rire.

« Dis-moi, tu es à toi tout seul le département manuscrits de la Bodleian Library ! Tu en as encore beaucoup comme cela, sur toi ?

— C'est tout ce qui reste d'une lettre de Mary qui annonce justement à un proche la mort de la petite Elena. Corrado l'avait choisie pour intéresser Ambrogio car, m'a-t-il expliqué hier avant sa mort, on y lisait le mot "Naples". Non seulement elle m'avait touché pour des raisons personnelles, mais elle avait aussi la caractéristique de n'avoir pas été écrite par Mary au cours de son séjour Riviera di Chiaia, mais après le décès de l'enfant. Donc cette lettre ne pouvait avoir été volée chez vous, don Ettore. C'est à la suite de cela que j'ai pensé qu'elle venait certainement des archives entreposées au Mont-Cassin, et que j'ai alors décidé de m'y rendre coûte que coûte. »

Le souvenir des brèves heures passées avec Domitilla dans le garage et de son propre départ — sa fuite — en catimini était encore si vivace que la main de Larry trembla lorsqu'il replaça le feuillet dans sa poche.

« Pour ce qui est de l'autre message de Mary, celui si pathétique qu'elle adresse à son mari, j'ai quand même eu de la chance qu'il ne m'ait pas été volé, avec ce coquin que j'abritais à l'étage au-dessus ! s'exclama Crespi. D'autant qu'il en connaissait l'existence puisque je l'avais lu à Domitilla ! Pauvre petite, ajouta-t-il dans un soupir. Elle ne risque pas d'avoir à écrire ce genre de billet avec le garçon qu'elle épouse.

— Quoi qu'il en soit, fit remarquer Larry, Ambrogio ne s'est intéressé à ce type de papiers que bien après, lorsqu'il a vu que je m'y intéressais moi-même. C'est à ce moment-là que derrière le papier vergé du XIXe, il a commencé à imaginer un autre type de papier, celui des billets de banque !

— En tout cas je me fais d'avance une joie de vous

montrer la lettre de Mary, tant elle est touchante, dit Crespi.

— Que de documents inédits ! lança ironiquement Paul. Ton livre va finir par faire date dans l'histoire littéraire ! »

Larry jeta sur son ami un regard vif. C'était curieux, songea-t-il, comme Paul avait toujours un ton persifleur lorsqu'il parlait de son *work in progress*. Ça lui passera lorsqu'il aura un peu construit par lui-même au lieu de faire de faux manoirs Tudor, pensa-t-il.

« Ce n'était pas tant la perspective de trouver des inédits qui m'intéressait, lui expliqua-t-il avec une mine convaincue, c'était le besoin de me relier à Shelley de façon plus personnelle, de me rattacher à lui d'une façon forte, presque charnelle. C'est sur ce plan que ce dessin m'a déçu. Je pensais... Je ne savais pas en fait ce que j'allais y trouver mais j'espérais qu'il se montrerait à la hauteur de tout ce que j'avais enduré avant de le découvrir. Au lieu de cela, je tombe sur cette migration de volatiles... se déplaçant dans la nuit arctique, dirait-on, ajouta-t-il avec un petit rire, tout en glissant à nouveau le parchemin dans sa toile protectrice.

— A propos de déplacement, avez-vous raconté à Larry l'affaire de la chaise à porteurs ? » demanda Paul sur le même ton un peu gouailleur qu'il avait utilisé pour évoquer son futur livre.

Larry ne s'attendait pas à l'irruption soudaine de la *portantina* dans la conversation et parvint difficilement à dissimuler une certaine confusion. Sans s'en apercevoir Crespi se pencha vers lui.

« Oui, vous ne me croirez pas, mais figurez-vous qu'on m'a volé une chaise à porteurs ! s'exclama-t-il. Elle était depuis toujours dans le petit salon où se trouvait également le secrétaire contenant la lettre de Mary Shelley — eh bien, ce n'est pas la missive, c'est la chaise que l'on a volée !

— C'est en effet étrange, admit Larry.

— Je ne vous cache pas que cela m'avait beaucoup intrigué, dit Paul.

— Je me souviens en effet qu'après ce fameux dîner fantôme, reprit Crespi, vous étiez remonté dans la galerie et que vous aviez une drôle d'expression lorsque vous avez retrouvé votre délicieuse petite Française. Oh, pardonnez-moi. »

Paul avait pâli. Don Ettore semblait si sincèrement désolé que Larry décida cette fois d'en avoir le cœur net. Cela avait aussi l'avantage de changer de sujet car il ne tenait guère à ce qu'ils s'appesantissent sur la disparition de la chaise.

« Ta... ta Junon du premier jour ? lui demanda-t-il à mi-voix.

— Oui, répondit Paul sur le même ton. Quelque chose s'était... s'était ébauché. Je te raconterai », ajouta-t-il sans paraître très décidé à s'exécuter un jour. « Bien, don Ettore, reprit-il sur un ton faussement léger, si je comprends bien, pour vous empêcher d'évoquer le passé il faut que je vous conduise sans délai dans vos vignes.

— Je suis désolé, lui dit Crespi en se levant. Je suis vraiment trop maladroit ! Bon, je vais prendre avec moi l'une de ces couvertures dont personne n'a l'air de vouloir, car tout à l'heure j'ai eu froid dans la jeep en montant ici. »

Il ressemblait soudain à un garçonnet pris en faute. Paul lui tapa gentiment sur l'épaule.

« Quoi qu'il en soit je suis content si c'est là le souvenir que vous conservez d'elle, car c'est aussi le mien », dit-il sans le regarder.

Don Ettore s'installa à côté de Paul et Larry casa comme il put à l'arrière sa grande carcasse efflanquée.

« Je vais prendre la route du littoral par Torre del Greco pour me faire une idée des dégâts sur le flanc sud, puis l'on remontera vers vos vignobles, décida Paul d'un ton un peu cassant, comme s'il voulait faire oublier ce moment d'abandon.

— Comme vous voulez », répondit Crespi qui paraissait encore tout penaud.

Paul s'attendait à trouver sur la route la confusion qui avait précédé le bombardement à Cassino mais en ce deuxième jour d'éruption c'était surtout la stupeur des populations figées dans une impuissance hagarde qui dominait, comme si le seul salut, en cas de nouvelles coulées de lave, ne pouvait venir que d'une fuite précipitée vers la mer. Certains regardaient le visage émacié et hirsute de Larry avec hostilité, comme si le fait qu'il soit ainsi conduit par un militaire et par quelqu'un qui ressemblait à un notable leur donnait l'impression qu'ils emmenaient avec eux quelque *jettaturo* — un jeteur de sort venu exercer ses funèbres talents sur les flancs mêmes du géant avec le résultat que l'on voyait. Ils reçurent ainsi au passage des imprécations courroucées. Paul se retourna.

« C'est ton côté Méphisto, dit-il à Larry d'un ton sarcastique. Tu fais peur aux gens. »

A mesure qu'ils longeaient la côte, l'ambiance changeait pourtant quelque peu. Le vent était tombé, et avec lui la senteur âcre de l'immense nuage de fumée qui s'élevait toujours aussi droit dans le ciel à une hauteur vertigineuse, hostile et raviné comme pouvaient l'être un mois auparavant les versants du Monte Cairo au pire de l'attaque des 34ᵉ et 36ᵉ divisions. Par comparaison les flancs du volcan paraissaient sur ce versant sud presque agrestes avec leur parure fleurie, et à chaque tour de roue ils avaient le sentiment que le soulagement prenait le pas sur l'anxiété, comme si les populations avaient l'impression d'être passées cette fois de peu à côté du désastre.

« Voilà, on se trouve sur le trajet des laves de 1906 », indiqua en écho don Ettore alors que Paul quittait la route côtière et attaquait les premières pentes.

Sa gêne dissipée, le vieux gentilhomme semblait gagné par une excitation de jeune homme alors que s'évanouissait la crainte de voir ses vignes atteintes par une coulée de lave.

« Oh, vous verrez, lieutenant, dit-il en se retournant vers Larry la mine satisfaite. Vous verrez la merveille qu'est mon lacrima-christi. Très fruité, avec une légère petite saveur soufrée. Votre ami l'a d'ailleurs goûté et apprécié, je crois. »

Larry le regarda fixement afin qu'il ne replonge pas Paul dans ses souvenirs. Crespi s'arrêta net.

« Une saveur soufrée... reprit Larry sur le ton de la plaisanterie. Je ne suis pas sûr que ce soit une vertu, en ce moment !

— C'est un vin remarquable, et si tu voyais les verres dans lesquels il était servi », dit Paul.

C'était maintenant un petit souffle printanier qui les accueillait avec les premières pentes — guilleret, parfumé, annonciateur de la fin de tant d'épreuves, et ils

554

parurent céder tous les trois, alors que le vaillant petit moteur ronflait dans les virages, à une douce euphorie. Les épreuves, les combats et les amours malheureuses de l'interminable hiver, et même la chape plombée du volcan qui planait au-dessus d'eux comme une menace, tout cela était soudain occulté, voire oublié alors que, telle une vision sous le bleu éteint du ciel, un paysage paradisiaque s'ouvrait entre les montants du pare-brise.

« Devant nous c'est Sorrente, Amalfi et Ravello ! s'écria Crespi comme pour cristalliser l'euphorie qui les submergeait soudain. La plus belle route d'Italie ! Les calèches et les tonnelles. Les citronniers et les vents parfumés ! »

Paul se tourna vers lui et cligna de l'œil. Don Ettore y vit un signe de réconciliation complète et son allégresse s'en accrut. Il contint un rire silencieux qui fit un instant ressembler son visage mobile à celui d'un vieux *condottiere* au soir d'une victoire. Sans doute celui qui devait le gagner après la résolution d'un problème insoluble ou d'une improbable équation, se dit Paul. Soudain au sommet d'une côte il se dressa presque dans la jeep.

« Regardez, les voilà ! s'écria-t-il avec un geste large. Les voilà, mes vignes ! »

Paul essaya de masquer sa déception. Les ceps disparaissaient dans un vaste glacis désordonné au milieu duquel son œil exercé discerna pourtant, sillons béants dans la garrigue, des traces de chars et de mortiers tractés. Il pensa que les Allemands avaient dû faire retraite par là afin d'éviter les colonnes côtières de la Ve armée.

« Les grains apparaîtront à la mi-mai comme un signe de renaissance ! continuait Crespi avec sa gaieté contagieuse. Et maintenant que les vignerons sont revenus au pays, je vous donne rendez-vous pour la fête des vendanges ! »

La route était devenue un simple chemin de terre battue et Paul s'immobilisa presque dans un virage serré.

« Je reconnais le sentier », s'exclama Crespi.

Avant que Paul ait pu l'en empêcher il avait sauté à terre avec une agilité juvénile et s'enfonçait déjà entre les ceps en jachère.

« Non ! » hurla Paul.

C'était trop tard. Une explosion sèche s'était fait entendre. Don Ettore poussa un cri bref et il le vit s'effondrer à quelques mètres de la route.

« Bon Dieu ! s'écria Paul. Je venais de repérer les traces qu'avait laissées la 10e Panzer, je n'ai même pas eu le temps de le prévenir et voilà qu'il m'échappe... »

Larry l'avait rejoint à l'orée du sentier.

« Ils laissaient toujours un terrain miné derrière eux. Mets bien tes pieds dans mes empreintes, il y en a sûrement d'autres », cria Paul.

Ils le rejoignirent rapidement. Don Ettore Crespi gisait sur le côté et se tenait la jambe droite en gémissant.

« C'est trop bête, c'est trop bête, murmura-t-il. Moi qui étais si content... »

Larry se pencha sur la blessure. Le tibia se dressait à angle droit et le sang coulait à flots. Il retira immédiatement sa chemise.

« Mais qu'est-ce que... commença Paul.

— J'ai l'habitude », dit-il.

Il établit le garrot le plus serré qu'il put, et empêcha un bref moment le sang de couler.

« Essayons de le transporter à la jeep », dit-il.

Paul tremblait de tous ses membres.

« Mais comment... comment n'ai-je pas eu le temps de le prévenir... balbutia-t-il à nouveau.

— Tu n'y es pour rien, on ne pouvait pas penser qu'il allait jaillir de la jeep comme un cabri !

— Non, vous n'y êtes pour rien, capitaine, souffla Crespi. C'est moi... qui ai agi comme un âne... C'est trop bête, Gianni m'avait mis en garde... J'étais entre deux amis enfin retrouvés... De belles années s'annonçaient... Et voilà... »

Son front était couvert de sueur.

« On va vous ramener. don Ettore, dit Larry. Le garrot a l'air de tenir. »

Crespi eut un sourire triste, puis il eut un geste en direction du Vésuve.

« Je m'en vais, souffla-t-il. Vous savez ce que disait Pline... en parlant de son oncle mort dans l'éruption de 79... "Il gisait sur les débris du monde." »

Il ferma les yeux. Tous ses traits étaient crispés par une intense douleur. Paul se pencha sur lui.

« Je vais rouler très lentement, lui dit-il avec douceur. Il y a un hôpital de campagne à San Sebastiano et les médecins sauront parfaitement vous soigner. »

Ils essayèrent alors de le soulever mais il poussa un nouveau cri.

« Non... mes amis... Ça ne sera pas possible... Je me sens partir... C'est dommage... Un monde que j'aurai tellement aimé en dépit des mauvais jours... Oui, tellement aimé mon passage sur la terre... J'aurais détesté... ne pas naître... Il n'y a pas une minute de ma vie que je... »

Il ne put continuer. Paul et Larry étaient agenouillés sans trop savoir s'ils devaient faire une nouvelle tentative. Il leva faiblement la main.

« Ecoutez-moi, dit-il d'une voix toujours haletante mais qui se raffermissait peu à peu. Prévenez Gianni... avec ménagement... Dites-lui que *Sua Eccellenza* lui a fait le mauvais coup de... partir avant lui. Cela faisait cinquante ans que je l'avais à mon service, et il sait que je lui ai ouvert un petit compte à son nom au Banco di Lavoro, via Roma. Et puis... Vous transmettrez mes archives à l'université de Naples... Elles n'ont pas l'importance de celles de la *principessa* Scalzi, mais quand même... A propos de Shelley, vous donnerez à cette dame la lettre qui était dans le secrétaire... Ça la consolera un peu des dégâts occasionnés à son dessin...

— Ce sera fait, don Ettore, mais ne parlez pas trop... dit Paul d'une voix étranglée. Tout cela, vous le lui direz vous-même... »

Crespi eut à nouveau son mince sourire.

« Et puis... Domitilla... Je voudrais un peu aider ce mariage, même s'il me semble bien mal assorti... Il y a un petit coffret dans le salon... Pour elle. Oh, mon Dieu, je ne pensais pas qu'on pouvait souffrir autant. »

Sa tête reposait sur une levée de terre, sur ce sentier dans les vignes inconnu de tous. Paul retira son blouson pour en faire un oreiller. Crespi avait refermé ses yeux lorsqu'il s'agita à nouveau.

« N'auriez-vous pas un papier sur vous ? leur demanda-t-il soudain. Il y a une phrase obscure à la fin de mon dernier traité, celui qui est sur le bureau du salon, dans la chemise verte... J'aurais aimé... la clarifier.

— Tu as du papier sur toi ? demanda Paul à Larry. Je n'ai que mon stylomine.

— Mais non... Et puis si, j'ai sur moi ce billet de Mary Shelley !

— Ecrivez au verso du feuillet, mon petit, dit-il d'un ton précipité. J'aurais préféré que la littérature se mêle à la science... en d'autres circonstances... mais nous n'avons plus le choix... »

Il passa nerveusement sa main sur son front.

« Ecrivez... "Après avoir regroupé les termes précédents j'ai obtenu : somme $(n+1) = 1/2 \ (n+1)$ — ouvrez le crochet, $(n+1) + 1$", fermez le crochet, ils comprendront... Montrez-moi... Oui... Je continue : "Ce qu'il faut relever ici, c'est que la forme de cette nouvelle équation est identique à l'équation originale, à cette différence que n a été remplacé par $(n+1)$." Ça va ? »

Sa voix n'était presque plus perceptible. Attentif au

558

souffle qui sortait de ses lèvres, Larry écrivait fébrilement.

« Vous voulez que je relise ? demanda-t-il.

— Non... J'ai encore quelques lignes... "En d'autres termes, si ma formule s'applique à n, elle doit aussi s'appliquer à n+1. Si un domino tombe, il fait tomber le suivant. J'insiste sur le fait que c'est une complète preuve par induction", conclut-il avec une brève lueur dans les yeux.

— J'ai tout noté, dit Larry. Ensuite je vais recopier cette note et la glisser dans votre dossier.

— Mes braves joueurs de dominos du Café Vacca », murmura encore Crespi.

Un peu de salive sortit de sa bouche. Puis il se raidit et sa main retomba. Larry regarda Paul qui paraissait sonné.

« Encore une fois, tu n'y es pour rien ! dit Larry d'une voix douce. Et puis c'est une belle vie qui s'interrompt, non ?

— Je peux te dire une chose : je ne boirai jamais plus de lacrima-christi », dit Paul.

Doucement il lui ferma les yeux.

Avec difficulté ils le transportèrent jusqu'à la jeep et l'installèrent à l'arrière le mieux qu'ils purent en le drapant dans la couverture qu'il avait apportée. « Quand je pense que la dernière fois que j'ai porté un corps, c'était celui d'Ambrogio avec l'aide de Domitilla, se dit Larry ; et Corrado nous observait. » Paul démarra sans plus attendre, fit demi-tour et resta sans parler jusqu'à Boscotrecase. Larry n'osait pas se retourner sur le corps de don Ettore et regardait droit devant lui. « C'est trop bête, c'est trop bête », disait de temps en temps Paul sans desserrer les dents. Puis, comme ils entraient dans Torre del Greco, brusquement Larry le vit stopper au bord de la route pierreuse, comme s'il ne pouvait se résoudre à traverser l'agglomération en pareil équipage. Plusieurs fois sans dire un mot il tapa violemment sur le volant.

« Enfin, arrête de te culpabiliser ! » s'écria Larry.

Paul eut un sanglot nerveux, vite réprimé.

« Il tenait tant à revoir ses vignes ! dit-il d'une voix étouffée. Je ne pouvais pas refuser, d'autant qu'il savait que je devais me rendre sur place et qu'il m'avait même communiqué ses calculs de résistance des matériaux pour un barrage au Grand Vallon... Je devais les montrer au colonel du Génie...

— Bien sûr que tu ne pouvais pas refuser.

— Ce qui est idiot c'est que je venais à peine de repérer les traces de chars et de me dire : "Bon Dieu, ça doit être miné", qu'il sautait hors de la jeep...

— Ça, pour sauter, il a sauté, le pauvre gars.

— Oh, je t'en prie !

— Pardonne-moi, mais je t'assure, tu te mets trop martel en tête...

— Je l'avais connu grâce à toi, tu sais — ou plutôt à cause de toi. Il avait vraiment essayé de m'aider pour te retrouver. Lorsque Domitilla était venue lui dire qu'elle partait pour Bagnoli, il avait tenté de l'interroger... Quand même, si tu veux le fond de ma pensée, il y a bien des choses que j'ignore dans cette affaire, et j'ai un peu l'impression que tu dois en savoir plus que moi. Cette disparition de chaise à porteurs...

— Il y a bien des choses que tu ignores sur bien des sujets me concernant. Moi aussi d'ailleurs, dans le sens inverse. C'est ainsi que j'ai l'impression que tu as laissé des plumes dans l'histoire de ta Junon...

— Sabine, rectifia Paul. Oh, oui. Je ne suis pas près de retomber amoureux d'une Française. »

Il y eut un silence.

« Je pensais que tu allais me rétorquer : ni moi d'une Italienne, ajouta Paul.

— Mais sache que je n'ai jamais été amoureux de

560

Domitilla ! Une inclination tout au plus, due à son air de sauvageonne et à ses seins glorieux ! Elle en revanche l'était vraiment de moi, je le pense. Je veux dire : pas seulement pour quitter son père. Tu vois la tête que j'ai en ce moment, eh bien, il fallait voir hier comme elle me regardait lorsque nous nous sommes retrouvés... J'ai alors eu un moment de faiblesse, surtout quand je l'ai vue si mal embarquée, et j'ai pensé : pourquoi pas, après tout ? Pourquoi ne pas l'emmener, cette sauvageonne, dans mes bagages ? Et puis il a suffi que je me dise quatre mots pour que ça me passe.

— Quels mots ?

— "Imagine-la à Oxford." »

Paul eut un petit rire.

« Remarque, ajouta Larry, je l'ai quand même dotée.

— Ah bon ?

— Je lui ai laissé l'argent de la vente de ma petite Fiat que me rapportait son père. Un argent qui m'a par ailleurs bien manqué. »

Paul le regarda.

« Il avait donc réapparu, le bougre ? »

Larry sentit qu'il s'était coupé et se mit à rire.

« Avant de disparaître pour de bon.

— Tu m'en diras plus un jour ? »

Larry cligna de l'œil en signe d'assentiment.

« Dire que si je n'avais pas gagné au poker sur le bateau cette satanée voiture, je n'aurais pas envoyé Ambrogio la vendre et on n'en serait pas là », soupira-t-il.

Paul sentit qu'il n'en saurait pas plus pour l'instant.

« Sais-tu que j'avais fait à ce sujet ma petite enquête ? lui dit-il. Ton aimable major m'avait ordonné d'aller examiner l'épave qui avait été retrouvée, entièrement désossée dans le quartier de la Forcella. L'acheteur dont on a fini par retrouver l'identité grâce à l'un de nos contacts a dit qu'en la vendant en pièces détachées il en avait tiré trois fois plus d'argent que ce qu'il avait donné à Salvaro. C'est d'ailleurs au fond de la carcasse dans laquelle elle avait glissé que j'ai retrouvé la lettre du cardinal Maglione suggérant à la princesse Scalzi de placer ses archives littéraires au Mont-Cassin, où elles seraient en parfaite sécurité. Et c'est à partir de ce moment que j'ai pensé que tu étais sans doute là-haut, bien qu'Ambrogio Salvaro n'avait plus la possibilité de te montrer cette lettre pour t'aguicher puisqu'il l'avait perdue entre-temps. »

Larry eut un petit rire. Paul le regarda pensivement.

« C'est quand même bien de t'être montré si généreux avec ta petite conquête... Moi, avec celle dont nous parlions, je n'ai même pas eu le temps de me poser la question.

— J'ai l'impression que ça ne s'est pas passé comme tu voulais... »

Paul esquissa une moue désenchantée.

« Figure-toi que c'était la première fois que ça m'arrivait.

— De tomber sous le charme d'une Française ?

— De tomber amoureux tout court. C'était si bien parti... Et puis, figure-toi qu'elle est tombée amoureuse, elle aussi, mais pas de moi, hélas.

— D'un autre officier ?

— D'une infirmière du Corps expéditionnaire.

— Alors ça... dit Larry un peu déconcerté.

— Pire : cette infirmière est morte à la suite d'un accrochage. Il paraît que Sabine ne s'en remet pas.

— Et toi non plus, apparemment. »

Paul eut un soupir comme il ne lui en avait jamais entendu.

« Mais quoi, insista Larry. Vous aviez...

— Oui.

— Alors elle aime les hommes, quand même... »

Paul eut une mimique incertaine, puis retrouva son don inné pour l'*understatement*.

« Je m'interroge », dit-il.

562

Il y avait la mer étincelante devant eux et au bas d'une déclivité tapissée de romarin et de genévriers des myriades de citrons commençaient à mûrir. Au loin ils pouvaient voir les falaises de Capri qui prenaient des teintes d'améthyste.

« Pourquoi est-ce que dans les chouettes endroits ce sont toujours les mauvais souvenirs qui remontent », reprit Larry.

Paul ne répondit pas.

« Je ne t'ai jamais dit, hein, pourquoi je t'ai... pourquoi je ne t'ai jamais plus donné signe de vie, en 36 ?

— Là encore il y a bien des choses que je ne sais pas, répondit benoîtement Paul.

— Ainsi que tu le sais, je m'étais marié avec Audrey. Pas plus qu'avec Domitilla, tu n'avais à l'époque paru enchanté de mon choix, mais de choix justement je n'en avais pas car elle était enceinte, et je ne te cache pas que ton attitude m'avait quelque peu froissé. Pendant sa grossesse, afin de prendre un peu de recul, je suis parti comme tu le sais sur les traces de Shelley en Italie, et je suis quasiment revenu pour voir naître ma petite Alice. Au début sa présence ne m'a rien fait, mais plus l'enfant grandissait, plus je m'éprenais d'elle — comme si je transférais sur elle l'amour que je n'avais pas pour la mère.

— Mon Dieu, fit Paul malgré lui. Je redoute la suite.

— Tu as raison, car elle est morte à trois ans. Elle s'est noyée dans un marais près d'Oxford, pendant les dix secondes où on ne la surveillait pas.

— Oh, souffla Paul d'un ton douloureux en se mettant le visage dans les mains. Je comprends maintenant pourquoi... Mais bon sang, pourquoi ne m'as-tu pas prévenu quand c'est arrivé ? Je sais bien que j'étais à Boston, mais j'aurais pu t'écrire... te câbler... tenter de te réconforter... »

Larry hocha la tête en silence.

« Je sais aussi qu'il y a bien peu à faire dans un cas aussi tragique, soupira Paul. Et Audrey ?

— Ça a été la fin de notre ménage. Heureusement elle s'est remariée par la suite avec un médecin de Northampton et je sais qu'elle a eu d'autres enfants. »

Il y eut un nouveau silence troublé par le bruyant passage d'une carriole à âne. Paraissant indifférent au Vésuve enténébré, comme si ce qui se passait au-dessus de sa tête n'était après tout qu'un frisson intemporel des éléments et non pas un événement de sa propre vie, le conducteur leur jeta néanmoins un regard étonné. Mais la crainte, le respect et le prestige mêlés que suscitaient des jeeps étoilées étaient tels qu'il ne s'arrêta pas.

« Tu comprendras que cette mystérieuse histoire d'enfant né et mort ici, qui avait tant bouleversé mon poète favori, m'ait, vu les circonstances, encore rapproché de lui.

— Oh non, on ne va pas reparler de Shelley ! s'exclama Paul.

— Mais si, au contraire, c'est le moment, et peut-être pour la dernière fois, car parler de lui c'est parler de moi. Figure-toi que j'en étais réduit à un tel état, je dirais presque de paranoïa, que je m'étais persuadé que Shelley allait me tendre la main dans ma détresse.

— Comment cela ?

— Me transmettre un message, en quelque sorte, bien que je ne voyais pas quelle forme cela aurait pu prendre...

— Alors ça, les joies de l'amitié ! A moi tu ne me donnais pas la possibilité de te passer des messages, mais à lui, oui ! J'imagine, reprit-il après un temps de réflexion, que c'est pour cela que tu as cherché... je dirais presque : traqué désespérément ce dessin.

— Ce document qui s'est révélé être un dessin, précisa Larry.

— Au fond cela allait bien au-delà des recherches historiques pour ton livre...

— Que oui, dit-il. C'est pour cela que quelque part je me sens déçu. »

Paul se tourna vers le corps de don Ettore.

« Tu lui demandes son avis ? demanda Larry d'un ton ironique.

— N'oublie pas que c'était un connaisseur, qui avait vécu au milieu de fort beaux tableaux. Or il avait dit que le dessin était bon. »

Un paysan les dépassa alors. Paraissant intrigué par la scène, il s'écria néanmoins « *Viva gli Alleati !* » comme pour se dédouaner de les avoir surpris.

« Don Ettore n'avait pas dit : "alliés", remarqua Larry. Il avait dit : réconciliés. "Enfin réconciliés".

— Non il avait dit : "enfin retrouvés".

— Quand j'y repense... il était si désolé tout à l'heure de t'avoir blessé !

— Tu l'auras peu connu, mais c'était un homme auquel je me suis beaucoup attaché, peut-être justement parce que son souvenir reste à jamais pour moi lié à celui de ma rencontre avec Sabine. Et puis c'était un homme raffiné dans la conduite quotidienne de sa vie, en dépit des pénuries, et depuis quatre ans tu admettras que nous n'en avons pas rencontré tant ! Toi évidemment tu as la famille Shelley, mais moi... Je t'ai parlé des cristaux et des porcelaines de ce fameux dîner, mais je peux t'en donner un exemple plus récent : figure-toi que pas plus tard que ce matin, alors que j'étais venu le chercher avec la jeep et que nous étions déjà au coin de la piazza Vittoria, il m'a fait retourner chez lui parce qu'il avait oublié sa boîte de pâte dentifrice, et cela dans le cas où il aurait dû coucher en route !

— Moi, je sais que je ne serais pas revenu ! s'exclama Larry.

— Il en était si malade que je l'ai pourtant fait. Il

venait de m'expliquer qu'il s'agissait d'une pâte que l'on faisait spécialement pour lui dans une officine du Vomero car il exigeait qu'elle soit un peu abrasive... Il voulait sans doute avoir les dents aussi blanches que son sourire était enjôleur.

— En France, si je peux encore l'évoquer, ils disent : les dents en touches de piano.

— Lui c'était plutôt le blanc d'ivoire de ses chers dominos. J'entends encore Gianni : "*Sua Eccellenza* joue aux dominos." Quand je pense que c'est à nous de lui annoncer...

— Mon Dieu, fit soudain Larry. Est-ce que don Ettore l'aurait encore sur lui, cette boîte de pâte à dents ? »

Paul le regarda avec stupeur.

« Mais certainement... je te dis, on est allés la rechercher... »

Déjà Larry était descendu et, soulevant doucement la couverture, les mains un peu tremblantes comme s'il commettait un sacrilège, fouillait les poches du loden de don Ettore. Enfin il palpa la petite boîte ronde et l'en retira avec soin. *Polvere di dentifricio per far brillare i denti,* lut-il tout haut.

« Vraiment tu m'inquiètes, dit Paul. Si tu me remontrais plutôt le dessin, ça m'intéresserait de le revoir.

— Et comment », dit Larry.

Avec précaution il le sortit de son cocon de protection et l'étala sur le capot.

« Passe-moi ton mouchoir, à condition qu'il soit propre, demanda-t-il à Paul.

— Non, mais je n'ai pas la gale ! »

Il le lui tendit néanmoins. Larry plaça un peu de poudre gingivale sur la fine étoffe de batiste et frotta doucement un coin du parchemin qui s'éclaira aussitôt.

« Oh, mais voilà », marmonna-t-il.

Ebahi, Paul le regardait faire sans un mot. Avec d'infinies précautions il attaqua le corps même du dessin, frottant légèrement puis soufflant à mesure la fine poudre noirâtre qui demeurait à la surface. Un premier oiseau, puis un second sortirent ainsi de l'ombre, avant que n'apparaisse l'ensemble du dessin. Les six oies se suivaient désormais dans un grand frémissement d'ailes sur un fond de ciel devenu diaphane et presque translucide.

« Alors ça, fit Paul en se penchant, le coup de la poudre dentifrice !

— Je me souviens, c'est un archéologue travaillant à l'Ashmolean qui m'avait donné cette recette : il avait utilisé sur le terrain un produit semblable afin d'éclaircir un papyrus recouvert d'une millénaire couche de poussière. Je ne garantis pas toutefois que chez les chartistes on verrait ça d'un bon œil !

— Ecoute, aux grands maux les grands remèdes, et en attendant il se révèle en effet sacrément beau, dit Paul en se penchant. Il y a une finesse dans les plumes des oiseaux... Tu sais quoi ? ajouta-t-il en l'examinant, je me demande si ce n'est pas un Pisanello. D'abord il a dessiné beaucoup d'oiseaux. Ensuite, puisque tu parlais à l'instant de l'Ashmolean d'Oxford, eh bien je me souviens que ce musée conserve une œuvre authentique de lui, une encre sur parchemin qui a exactement la même texture que celle-ci. Je le sais, je l'ai tenue dans les mains...

— Elle représente des oiseaux ?

— Non... Une dame de profil en grands atours et un jeune cavalier, lui-même fort élégant, je crois me souvenir, mais tu pourras vérifier dès ton retour.

— Byron n'aurait jamais donné à Shelley un dessin d'une telle valeur !

— Ni lui ni l'antiquaire qui le lui a vendu ne s'en sont sans doute rendu compte. Shelley peut-être davantage, puisqu'il le lègue à Elise comme s'il voulait lui faire une vie plus facile...

— J'espère qu'elle n'a pas été trop naïve lorsqu'elle l'a elle-même vendu », murmura Larry.

Il continuait à frotter pour dégager les côtés, comme s'il voulait enfin donner aux « intrépides voyageuses » un peu de cet espace loin duquel elles avaient été si longtemps confinées.

« Dis-moi, ce n'est pas une liste de noms qui apparaît ? » s'interrogea soudain Paul.

Avec des gestes presque tendres de nourrice, Larry en venait à davantage lisser le parchemin que le frotter.

« Mais tu as raison ! » murmura-t-il.

Il souffla à nouveau lentement la poussière comme si c'était pour lui aussi un dernier soupir. Paul égrena tout haut les prénoms à mesure que l'un après l'autre ils sortaient de l'ombre.

« (Unnamed)	1815
Clara	1818
William	1819
Elena	1820
Allegra	1822

lut-il. Ton poète a aussi ajouté deux vers d'une petite écriture fine :

When the lamp is shattered
The light in the dust lies dead. »

Il se tourna vers son ami.

« C'est bien son écriture, à ton avis ? demanda-t-il.

— Oui, et tout devient simple, répondit Larry. Il y a d'abord sur cette liste les trois enfants qu'il a eus de Mary, avec la date de leur mort — tous disparus en bas âge. Le premier n'a vécu que deux semaines et n'a même pas reçu de prénom. Clara est morte à un an, à Venise. William, à trois. Ensuite ce fut la petite Elena, dont la naissance lui a causé les soucis que tu sais et dont je pense avoir découvert qui était la mère. Il y a ajouté la fille de Byron et de Claire Clairmont, Allegra, morte à quatre ans, qu'il aimait comme sa propre enfant et qu'il avait essayé de soustraire au triste internat où l'avait confinée son père, pour la faire rendre à sa mère... »

Paul soupira.

« Cette existence rythmée par le chagrin et... »

Craignant soudain de blesser son ami il s'arrêta net et demeura embarrassé, ne sachant soudain plus comment se comporter. Comme hypnotisé, Larry contemplait à la fois le dessin et la liste.

« Comme si les enfants étaient entraînés tels des flocons de neige dans le sillage de ces oiseaux », l'entendit-il murmurer.

« J'ai en effet lu jadis une histoire d'oies qui emmenaient un petit garçon vers le Grand Nord, dit Paul pour tenter de l'arracher à cette morose contemplation. Ceci dit, as-tu remarqué ? Il y a six oies pour cinq enfants »

Larry eut un sourire qui éclaircit brusquement son visage de contrebandier.

« Repasse-moi donc ton stylomine », dit-il.

Paul le lui tendit et son ami se pencha pesamment, presque lourdement sur le capot de la jeep.

« Alice, 1939 », écrivit-il avec application au bas du dessin.

Puis il lut à voix basse la petite colonne de noms.

« Eh bien voilà, dit-il avec la secrète satisfaction de quelqu'un qui a enfin terminé son travail. Voilà quelle était sa place. Voilà où devait être inscrit son nom : ici, et non pas là-bas sur une petite tombe. Elle vogue avec eux, maintenant, vers ces cieux enfin dégagés. Ils l'attendaient depuis tant d'années. Les oies peuvent maintenant les emmener loin, loin... »

Paul s'aperçut alors qu'il se parlait à lui tout seul en passant rêveusement sa main sur le parchemin qui avait pris le teint de pêche d'une joue d'enfant. Au moment où il pensait que Larry avait complètement oublié sa présence son ami se retourna pourtant vers lui.

« Et sais-tu qu'Alice m'emmène aussi dans sa course comme si elle voulait qu'on ne se quitte jamais... Oh, ne me regarde pas comme ça... Je ne te l'ai pas dit, mais j'ai failli me tuer, hier, avec le pistolet qu'avait gardé Corrado sur lui après l'avoir volé à un soldat italien. Il m'a menacé avec cette arme lorsque je l'ai retrouvé, puis cet imbécile a trouvé le moyen de se tirer une balle dans la jambe, ce qui l'a empêché de fuir lorsque la lave est arrivée. Eh bien cette envie de me supprimer vient brusquement de me quitter. Voilà, je t'ai raconté ça, conclut-il comme à regret, mais peu à peu tu en sauras bien d'autres...

— Viens, lui dit doucement Paul comme s'il parlait soudain à un grand malade. Tu as vraiment besoin de te reposer. Ce n'est pas drôle ce que tu as vécu et enduré, mais on arrangera tout ça peu à peu. »

Larry le regardait sans paraître l'écouter, ses pupilles un peu dilatées comme s'il fixait quelque chose derrière son épaule.

« Si depuis quelques instants je ne me sens plus dans ces tristes dispositions d'hier, reprit-il, et qu'au contraire une sorte d'exaltation me gagne, c'est que maintenant — mais comment te dire cela sans que tu me prennes pour un fou — je me sens relié à ma petite Alice comme je me sens relié à Shelley et à sa vie toute parsemée de tombes d'enfants. Relié à tout ce qu'il a — pour reprendre tes mots — lui aussi vécu et enduré... C'est comme si Percy lui-même avait adopté mon enfant, l'avait entraînée dans son sillage magique, et avait en la regardant composé l'un de ses poèmes si grandioses et si émouvants... *The graves are all too young as yet... To have outgrown the sorrow"*, écrit-il dans son *Adonaïs*. Cette lourde persistance du chagrin, c'est ce que j'attendais de lui. Avoir écrit le nom d'Alice au bas de cette liste, c'était ce qu'il fallait que je fasse, c'est le geste qui me libère... Cela valait donc la peine que je m'intéresse tant à lui, que je sente entre lui et moi ce lien si privilégié... Il a fini par le transmettre, le message...

— Non sans mal, tu l'admettras », dit Paul.

Larry ne parut pas l'entendre et Paul se rendit tout aussitôt compte que l'humour n'était pas de mise alors que se passait sous ses yeux quelque chose d'important dans la vie de son ami : sans doute le desserrement d'un nœud qui, la veille encore, avait failli le garrotter... Il eut l'impression que Larry arrivait au terme de cette longue période de souffrance pendant laquelle il avait tant culpabilisé sur la mort de sa fille qu'il voulait maintenant et avant tout lui donner une *place* bien à elle — et cette place, pour lui, se trouverait désormais à l'évidence et à jamais dans l'émouvant sillage des enfants Shelley disparus. Ainsi, se dit Paul, Larry devait-il, par le biais d'un étrange transfert ou d'une sorte de dérivatif se rattacher plus encore à son poète bien-aimé, justifiant ainsi tous les efforts qu'il avait entrepris pour le suivre à la trace et l'étudier, vers après vers, dans ses continuelles errances. Quelle étrange démarche, pensa-t-il, mais qu'importait après tout à partir du moment où il voyait le visage de son ami se détendre peu à peu et retrouver une physionomie apaisée. Il l'entendit pourtant murmurer encore d'une voix blanche « Ils volent tous très haut... en plein ciel... loin au-dessus des marais...», mais il eut l'impression que ces mots désolés comme un sombre exode ressemblaient plus à un ultime travail d'exorcisme qu'à une nouvelle complainte.

« Que je te montre quand même le document qui m'a permis de découvrir que tu étais là-haut », lui dit-il néanmoins pour changer de sujet.

Il fouilla dans sa sacoche et en sortit alors la photo

sur laquelle Larry se pencha aussitôt avec empressement.

« Quand je pense que tu as pu me reconnaître dans cette silhouette si floue ! s'exclama-t-il en souriant. La caméra Radcliffe c'est bien joli, mais moi j'y vois surtout la preuve d'une... Je cherche le mot pour qualifier cette amitié, *old buddy*... Faut-il évoquer Oreste et Pylade ? Achille et Patrocle ? Laurel et Hardy ?

— Bel exemple, il paraît qu'ils se détestent ! Quant à nous il faudrait plutôt trouver un exemple de ménage à trois, car tu oublies ce cher Shelley dont j'ai été quelque peu jaloux, je peux te le dire maintenant !

— C'est vrai qu'on aurait eu bien des occasions de se séparer, dit Larry avec une feinte placidité.

— Peut-être, mais notre scène de rupture n'aurait pas atteint le dixième de la violence de celle que j'ai eue avec le général Mac Intyre au sujet du bombardement de l'abbaye. C'est d'ailleurs à la suite de cette scène que j'ai subtilisé cette photo, comme l'aurait fait un vulgaire Corrado. Ah, je t'assure, moi aussi j'en ai des choses à te raconter !

— En ce qui me concerne je préfère commencer tout de suite, répondit Larry en souriant. Quand tu me vois sur cette photo, paraissant si faraud et conquérant au milieu de la Loggia del Paradiso, songe que je m'y croyais vraiment, au paradis, prêt à accéder au saint des saints, c'est-à-dire à la bibliothèque de l'abbaye ! A cet instant je ne savais pas : primo, que la bibliothèque était vide, secundo, que la Loggia allait être détruite le lendemain...

— Pour rien, soupira Paul. Quand je pense que les Alliés n'ont pu réussir aucune percée... Juin avait vu juste.

— ... Tertio, reprit Larry, j'ignorais alors que mon but allait encore m'échapper jusqu'à l'étape suivante ! Mais maintenant que je suis parvenu à l'atteindre, je formule un vœu solennel : Paul, je te voudrais désormais aussi heureux et apaisé que je le suis moi-même depuis quelques instants. Oublie donc la douce France, je vais te trouver une petite Bostonienne bien mignonne, fille si possible d'un architecte établi, afin d'assurer ton avenir...

— Merci pour moi, merci pour elle, lui lança ironiquement Paul. Et comment trouveras-tu cet oiseau rare ?

— J'ai l'intention après la guerre de me rendre dans le New Jersey voisin pour remercier les associations de leur don de cette roulante, grâce à laquelle j'ai mangé la meilleure soupe de ma vie ! De là je viendrai te voir à Boston, et je m'occuperai de toi.

— Et que feras-tu pendant les rares moments où tu ne t'occuperas pas de mes relations sentimentales ? demanda Paul avec intérêt.

— Eh bien... Je pourrais donner au département littéraire de l'université du Massachusetts un cours sur... qui tu sais... Le ménage à trois sera ainsi reconstitué comme du temps d'Havercroft !

— Auparavant il y aura d'autres choses qu'il faudra un jour que tu me racontes. Au sujet de la disparition d'Ambrogio, par exemple. En compagnie de Sabine, j'avais découvert dans l'appartement des traces fort suspectes... »

A cette évocation Larry fut pris d'un rire nerveux.

« On ne rit pas en présence d'un mort », s'écria Paul d'un ton faussement scandalisé.

Sans même se consulter ils se retournèrent puis, avec une soudaine gravité, soulevèrent la couverture et découvrirent le visage de don Ettore Crespi. Il semblait sourire aux preuves par induction et aux vendanges futures. L'un après l'autre ils passèrent doucement leur index sur l'arête de son grand nez impérieux comme s'ils frôlaient le marbre d'un gisant.

« Puisque tu parlais d'Havercroft, te souviens-tu de ce qu'elle disait toujours, souffla Larry : "Trois ans chez moi, et vous êtes armés pour la vie."

— Cette vieille chouette, grommela Paul. Cette sale punaise. Mais c'est vrai que ce n'est pas entièrement faux.

— Surtout en ce qui te concerne, dit Larry. C'est d'ailleurs pour cela que je vais te faire une dernière requête — avant de te demander ton aide pour ma réaffectation, bien entendu...

— Quoi donc ? » demanda Paul d'un ton soudain inquiet.

Larry remonta lentement les plis de l'étoffe sur les traits sereins de don Ettore.

« Je préfère que ce soit toi qui préviennes Gianni », dit-il.

Du même auteur :

LES RIVES DE L'IRRAWADDY, Fayard, 1975 ; rééd. Stock, 1981.

L'ADIEU À LA FEMME SAUVAGE, Stock, 1979 (Grand Prix du roman de l'Académie française, 1979, Prix RTL, 1979).

A L'APPROCHE D'UN SOIR DU MONDE, Stock, 1983.

LES FRÈRES MORAVES, Stock, 1986 (Prix des Quatre Jurys, 1986).

LA LETTRE À KIRILENKO, Stock, 1989 (Prix Chateaubriand, 1989).

LA MARCHE HONGROISE, Grasset, 1992.

PASSAGE DE LA COMÈTE, Grasset, 1996.

Composition réalisée par JOUVE

Imprimé en France sur Presse Offset par

BRODARD & TAUPIN

GROUPE CPI

La Flèche (Sarthe).
N° d'imprimeur : 18758 – Dépôt légal Éditeur 32325-06/2003
Édition 1
LIBRAIRIE GÉNÉRALE FRANÇAISE - 43, quai de Grenelle - 75015 Paris.

ISBN : 2-253-15493-8   31/5493/7